George R. R. Martin (Hrsg.)

Wild Cards – Die erste Generation 3
Der Astronom

AF222088

Wild Cards – Die erste Generation bei Penhaligon:
1. Vier Asse
2. Der Schwarm
3. Der Astronom

Wild Cards (die zweite Generation) bei Penhaligon:
1. Das Spiel der Spiele
2. Der Sieg der Verlierer
3. Der höchste Einsatz

Besuchen Sie uns auch auf www.facebook.com/blanvalet
und www.twitter.com/BlanvaletVerlag

GEORGE R.R. MARTIN

präsentiert

DER ASTRONOM

Wild Cards – Die erste Generation 3

Geschrieben von
Melinda M. Snodgrass, Leanne C. Harper, Walton Simons,
Lewis Shiner, John J. Miller, George R. R. Martin,
Edward Bryant

Deutsch von Christian Jentzsch

penhaligon

Die amerikanische Originalausgabe erschien 1987 unter dem Titel
»Wild Cards – Jokers Wild« bei Bantam Books, New York.

Die vorliegende Anthologie ist bereits im Heyne Verlag erschienen
unter den Titeln »Wild Cards – Wilde Joker«.

Verlagsgruppe Random House FSC® N001967

1. Auflage
Copyright © 1987 by George R. R. Martin
and the Wild Cards Trust
Published by agreement with the authors and the authors' agent,
The Lotts Agency, Ltd.
Copyright © der deutschsprachigen Ausgabe 2017
by Penhaligon in der Verlagsgruppe Random House GmbH,
Neumarkter Str. 28, 81673 München.
Umschlaggestaltung und -illustration: Isabelle Hirtz, Inkcraft
Redaktion: Catherine Beck
HK · Herstellung: sam
Satz: Uhl + Massopust, Aalen
Druck: CPI books GmbH, Leck
Printed in Germany
ISBN 978-3-7645-3178-2

www.penhaligon.de

Inhalt

Dieser Band ist den Herausgebern gewidmet,
die mir unter die Arme gegriffen haben.
Für Ben Bova, Ted White und Adele Leone,
für David G. Hartwell, Ellen Datlow und Ann Patty,
für Betsy Mitchell, Jim Frenkel und Ellen Couch,
für die Erinnerung an Larry Herndon und das Texas Trio
und natürlich für Shawna und Lou, die immer wussten,
wann sie ein Gewinnerblatt auf der Hand hatten.

Prolog

Es gibt den Mardi Gras in New Orleans, den Karneval in Rio, Fiestas und Festivals und Gründertage zu Hunderten. Die Iren haben den St. Patrick's Day, die Italiener den Kolumbustag, die Amerikaner den Vierten Juli. Die Geschichte wimmelt von Aufzügen, Maskenfesten, Orgien, Feiertagen und vaterländischen Ausschweifungen.

Der Wild-Card-Tag ist ein wenig von alledem und mehr.

Am 15. September 1946 starb Jetboy am kalten Nachmittagshimmel über Manhattan, und das takisische Xenovirus – allenthalben unter dem Namen Wild Card bekannt – wurde auf die Welt losgelassen.

Es ist nicht ganz klar, wann die Feierlichkeiten begannen, aber gegen Ende der Sechziger hatten diejenigen, die eine Wild Card gezogen und überlebt hatten, die Joker und Asse von New York, den Tag zu ihrem Feiertag gemacht.

Der 15. September wurde zum Wild-Card-Tag. Zu einem Tag des Feierns und Trauerns, des Kummers und der Freude, des Gedenkens an die Toten und des Glücks der Lebenden. Zu einem Tag des Feuerwerks, der Straßenumzüge und -feste, der Maskenbälle, politischen Kundgebungen und Gedächtnisbankette, des Trinkens, des Liebens und der Straßenkämpfe. Jedes Jahr wurden die Feierlichkeiten größer und fieberhafter. Kneipen, Restaurants und Krankenhäuser hatten Hochkonjunktur, die Medien nahmen Notiz von dem Rummel, und schließlich strömten auch die Touristen in die Stadt.

Einmal im Jahr erfasste der Wild-Card-Tag Jokertown und New York City, und ein karnevalistisches Chaos beherrschte die Straßen.

Der 15. September 1986 war der vierzigste Jahrestag.

Erstes Kapitel
06:00

Ruhiger und dunkler wurde es auf der Fifth Avenue nicht. Jennifer Maloy warf einen Blick auf die Straßenlaternen und den stetig fließenden Verkehr. Sie spitzte verärgert die Lippen. Das Licht und die Aktivitäten gefielen ihr nicht, aber sie konnte kaum etwas dagegen tun. Schließlich war dies die Fifth Avenue auf Höhe der 73rd Street, inmitten einer Stadt, die nie schläft. In den letzten Tagen, in denen sie die Gegend ausgekundschaftet hatte, war es um diese Uhrzeit nicht weniger geschäftig zugegangen, und sie hatte keinen Grund zu der Annahme, dass sich die Verhältnisse je bessern würden.

Die Hände tief in den Taschen ihres Trenchcoats, ging sie an dem fünfstöckigen grauen Wohnhaus vorbei und huschte in die Gasse dahinter. Sie zog sich in einen Teil der Gasse zurück, der durch einen Müllcontainer abgeschirmt wurde, und lächelte.

Wie oft sie es auch schon getan haben mochte, es war immer noch aufregend. Ihr Puls beschleunigte sich, und sie atmete schneller, während sie sich die kapuzenähnliche Maske überstreifte, die ihre fein gemeißelten Züge und den im Nacken zu einem Knoten zusammengebundenen blonden Schopf verbarg. Sie zog ihren Trenchcoat aus, faltete ihn ordentlich zusammen und legte ihn neben den Müllcontainer. Unter dem Trenchcoat trug sie nur einen knappen schwarzen Bikini. Sie war hager, auf grazile Art muskulös und hatte kleine Brüste, schlanke Hüften und lange Beine. Sie bückte sich, zog die Turnschuhe aus und stellte sie neben den Trenchcoat.

Beinahe zärtlich strich sie mit der Hand über den Verputz des grauen Wohnhauses, lächelte und ging dann einfach durch die Wand.

♣

Es war das Geräusch einer Motorsäge, die durch feuchtes, hartes Holz schnitt. Das Jaulen der Kette bereitete Jacks Zähnen Schmerzen, während sich der nur zu bekannte Junge mühte, sich tiefer im Gewirr der Zypressen zu verstecken.

»Er ist irgendwo da drinnen!«

Das war sein Onkel Jacques. Die Leute um Atelier Parish nannten ihn Snake-Jake. Zumindest hinter seinem Rücken.

Der Junge biss sich auf die Lippe, um nicht aufzuschreien. Dann biss er noch fester zu, bis er Blut schmeckte, um sich nicht zu *verwandeln*. Manchmal klappte das. Manchmal …

Wieder fuhr die Stahlsäge kreischend in feuchtes Zypressenholz. Der Junge duckte sich ganz tief. Braunes, brackiges Wasser schwappte ihm gegen den Mund und in die Nase. Er würgte, während der Bayou über sein Gesicht wusch.

»Ich sag's doch! Der kleine Alligatorköder ist da drinnen. Fangt ihn.« Andere Stimmen fielen ein.

Die Säge heulte erneut auf.

Jack Robicheaux schlug in der Dunkelheit um sich, einen Arm in sein verschwitztes Laken verheddert, während der andere nach dem Telefon tastete. Er knallte die Tiffany-Lampe gegen die Wand, fluchte, als er irgendwie den Lampenfuß zu fassen bekam und sie wieder auf den Nachttisch stellte, und spürte dann die kühle Glätte des Telefons. Mitten im vierten Klingeln nahm er den Hörer ab.

Jack fing wieder an zu fluchen. Wer zum Teufel hatte diese Nummer? Bagabond natürlich, die aber hielt sich in einem anderen Zimmer seiner Behausung auf. Bevor er den Hörer ans Ohr hielt, wusste er, wer anrief.

»Jack?«, sagte die Stimme am anderen Ende der Leitung. Das bei Ferngesprächen typische statische Rauschen übertönte sie für einen Augenblick. »Jack, hier spricht Elouette. Ich rufe aus Louisiana an.«

Er lächelte im Dunkeln. »Ich dachte mir, dass du es bist.« Er drückte auf den Einschaltknopf der Lampe, doch nichts geschah. Der Glühdraht der Birne musste gerissen sein, als er die Lampe umgestoßen hatte.

»Ich habe noch nie über eine so große Entfernung telefoniert«, sagte Elouette. »Robert hat sonst immer die Verbindung hergestellt.« Robert war ihr Mann.

»Wie spät ist es?«, fragte Jack. Er tastete nach seiner Armbanduhr.

»Ungefähr fünf«, sagte seine Schwester.

»Was ist los? Ist es wegen Ma?« Er wurde langsam wach und schüttelte die Eindrücke seines Traums ab.

»Nein, Jack, Ma geht es gut. Ihr wird nie was passieren. Sie wird uns beide überleben.«

»Was gibt es dann?« Ihm fiel der scharfe Unterton in seiner Stimme auf, und er versuchte, ihn herauszunehmen. Er war ungehalten, weil Elouette so langsam sprach und er beinahe sehen konnte, wie sich ihre Gedanken in die Länge zogen.

Die Stille, die nur vom statischen Rauschen gestört wurde, dehnte sich weiter. Schließlich sagte Elouette: »Es geht um meine Tochter.«

»Um Cordelia? Was ist mit ihr? Stimmt irgendwas nicht?« Wiederum Stille. Dann: »Sie ist ausgerissen.«

Jack überkam ein merkwürdiges Gefühl. Schließlich war *er* vor vielen Jahren ebenfalls ausgerissen. Und da war er noch viel jünger gewesen als Cordelia jetzt. Wie alt mochte sie jetzt sein? Fünfzehn? Sechzehn? »Erzähl mir, was passiert ist«, sagte er beruhigend.

Und das tat sie. Cordelia, sagte sie, hatte sich nicht ungewöhnlich benommen. Am Morgen des vergangenen Tages war das Mädchen nicht zum Frühstück heruntergekommen. Make-up, Kleidung, Geld und eine Tasche fehlten. Ihr Vater hörte sich bei Cordelias Freundinnen um. Es waren nicht viele. Dann verständigte er den Gemeindesheriff, der wiederum die Streifenwagen informierte. Niemand hatte sie gesehen. Die Polizei vermutete, dass sie per Anhalter gefahren war.

Der Sheriff hatte traurig den Kopf geschüttelt. »'n Mädchen, das so aussieht ... Tja, da müssen wir uns wirklich Sorgen machen.« Er tat, was er konnte, aber das dauerte natürlich seine Zeit, kostbare Zeit. Schließlich war es Cordelias Vater gewesen, der auf etwas gestoßen war. Ein Mädchen (»Das hübscheste kleine Ding, das ich seit einem Monat gesehen hab«, sagte der Fahrkartenverkäufer) mit üppigem schwarzen Haar (»So schwarz wie der Bayou-Himmel bei Neumond«, sagte ein Schaffner) hatte in Baton Rouge einen Bus bestiegen.

»Es war ein Greyhound«, sagte Elouette. »Sie hat eine einfache Fahrt nach New York gelöst. Als wir das herausgefunden hatten, sagte man bei der Polizei, es sei nicht möglich, den Bus in New Jersey anzuhalten.« Ihre Stimme zitterte ein wenig, als sei sie den Tränen nah.

»Das geht schon in Ordnung«, beruhigte sie Jack. »Wann kommt der Bus hier an?«

»Ungefähr um sieben«, erwiderte Elouette. »Um sieben Uhr deiner Zeit.«

»*Merde.*« Jack schwang die Beine aus dem Bett und richtete sich in der Dunkelheit auf.

»Kannst du hingehen, Jack? Kannst du sie finden?«

»Klar«, sagte er. »Aber dann muss ich sofort zum Busbahnhof, sonst schaffe ich es nicht mehr rechtzeitig.«

»Gott sei Dank«, sagte Elouette. »Rufst du mich an, wenn du sie gefunden hast?«

»Mache ich. Dann überlegen wir uns, was wir als Nächstes tun. Ich gehe jetzt, okay?«

»Okay. Ich rühre mich nicht von der Stelle. Vielleicht kommt Robert auch bald.« Vertrauen lag in ihrer Stimme. »Danke, Jack.«

Er legte auf und stolperte durch das Zimmer. Er fand den Lichtschalter an der Wand und konnte in dem fensterlosen Raum endlich etwas sehen. Die Arbeitskleidung des gestrigen Tages lag verstreut auf der klobigen Bank gegenüber. Jack streifte die ausgewaschene Jeans und das grüne Baumwollhemd über. Er verzog das Gesicht wegen der stinkenden Arbeitssocken, aber er hatte keine anderen. Heute war sein freier Tag, und er hatte ihn eigentlich in einem Waschsalon verbringen wollen. Rasch schnürte er die Lederstiefel mit den Stahlkappen, wobei er nur jede zweite Öse benutzte.

Als er die Zimmertür öffnete, standen plötzlich Bagabond, die beiden großen Katzen, ein ganzer Schwung kleiner Kätzchen und ein glotzgesichtiger Waschbär vor ihm und starrten ihn schweigend an. Im diffusen Licht, das vom Wohnzimmer ausging, nahm Jack den Glanz von Bagabonds dunkelbraunen Haaren und den noch dunkleren Augen wahr. Wangenknochen und Haut sahen bleich aus.

»Jesus, Maria und Josef!«, sagte er, indem er einen Schritt zurückwich. »Erschreck mich doch nicht so!« Er holte tief Luft und spürte, wie die ledrige, körnige Haut auf seinen Handrücken wieder weicher wurde.

»War nicht meine Absicht«, sagte Bagabond. Der schwarze Kater rieb sich an Jacks Bein. Er machte einen Buckel, der Jack bis zur Kniescheibe reichte. Sein zufriedenes Schnurren klang wie das Summen einer Kaffeemühle. »Ich hab das Telefon gehört. Ist alles in Ordnung?«

»Ich erzähl dir alles auf dem Weg zur Tür.« Er gab Bagabond eine kurze Zusammenfassung des Telefongesprächs, während er in die Küche ging, um den vom Vortag übrig gebliebenen Kaffee in einen Pappbecher zu gießen, den er mitnehmen konnte.

Bagabond hielt ihn am Arm fest. »Sollen wir mitkommen? An einem Tag wie heute könnten ein paar zusätzliche Augen am Bahnhof von Nutzen sein.«

Jack schüttelte den Kopf. »Dürfte kein Problem sein. Sie ist sechzehn und war noch nie in einer Großstadt. Hat nur viel ferngesehen, sagt ihre Mama. Ich werde sie direkt am Bus in Empfang nehmen.«

»Weiß sie das?«, fragte Bagabond.

Jack bückte sich und kraulte den Schwarzen rasch hinter den Ohren. Die Gescheckte miaute und kam, um sich ebenfalls ihre Streicheleinheiten abzuholen. »Nee. Wahrscheinlich hätte sie mich nach ihrer Ankunft angerufen. So sparen wir eben Zeit.«

»Mein Angebot steht immer noch.«

»Bis zum Frühstück bin ich längst wieder mit ihr da.« Jack hielt inne. »Oder auch nicht. Sie wird sich unterhalten wollen, also gehe ich mit ihr vielleicht noch ins *Automat*. In Atelier wird es so was nicht geben.« Er richtete sich auf, und die Katzen jankten enttäuscht. »Außerdem hast du doch eine Verabredung mit Rosemary, oder?«

Bagabond nickte zögernd. »Um neun.«

»Mach dir keine Sorgen. Vielleicht essen wir alle gemeinsam zu Mittag. Hängt davon ab, wie hoch es in der Innenstadt hergeht. Vielleicht können wir was vom Koreaner mitnehmen und auf der Staten-Island-Fähre picknicken.« Er beugte sich vor und gab Bagabond einen flüchtigen Kuss auf die Stirn. Bevor sie die Arme auch nur halb gehoben hatte, um ihn zu umarmen und den Kuss zu erwidern, war er schon verschwunden. Zur Tür hinaus. Ihrer Wahrnehmung entzogen.

»Verdamm mich«, sagte sie. Die Katzen sahen zu ihr auf, verwirrt, aber mitfühlend. Der Waschbär umschlang ihren Knöchel.

♥

Jennifer Maloy glitt wie ein Geist durch die beiden unteren Stockwerke des Wohnhauses. Sie störte nichts und niemanden und wurde weder gesehen noch gehört. Die Wohnungen waren vor einiger Zeit in Eigentumswohnungen umgewandelt worden, das wusste sie. Die drei oberen Stockwerke gehörten einem reichen Geschäftsmann mit dem bedauernswerten Namen Kien Phuc. Er war Vietnamese und besaß eine Restaurantkette sowie mehrere chemische Reinigungen. Diese Informationen hatte Jennifer einem Beitrag von *New York Style* entnommen, der vor zwei Wochen von PBS gesendet wurde. Die Show lud ihre Zuschauer zu Besichtigungen der gewollt künstlerischen und stilvollen Häuser und Wohnungen der New Yorker Oberschicht ein und versorgte Jennifer mit zahllosen nützlichen Informationen.

Sie schwebte durch den dritten Stock, wo Kiens Dienstboten wohnten. Sie hatte keine Ahnung, was sich im vierten Stock befand, da er von den Fernsehkameras nicht erfasst worden war. Also ließ sie ihn aus und steuerte Kiens Wohnbereich im obersten Stock an. Er wohnte dort allein in acht Zimmern voller Luxus und Überfluss, fast schon Dekadenz. Jennifer war bisher nicht klar gewesen, dass mit Reinigungen und chinesischen Restaurants so viel Geld zu verdienen war.

Im fünften Stock war es dunkel und still. Sie mied das Schlafzimmer mit dem runden Bett unter einer Spiegeldecke (ein wenig schäbig, hatte sie gedacht, als sie es auf dem

Bildschirm gesehen hatte) und den mit handbemalter Seide bespannten spanischen Wänden. Sie ließ auch das im westlichen Stil eingerichtete Wohnzimmer mit seinem zweitausend Jahre alten Bronzebuddha aus, der gütig von seinem Ehrenplatz neben einer bombastischen Stereoanlage nebst Großbildfernseher, Videorekorder und CD-Player herabstarrte, flankiert von einer Reihe Regale, die mit Video- und Audiokassetten sowie CDs vollgestopft waren. Sie wollte ins Arbeitszimmer.

Dort war es so dunkel wie im ganzen Stockwerk, und sie erschrak, als sie eine schattenhafte Gestalt neben dem riesigen Teakholzschreibtisch aufragen sah, der die Rückwand des Zimmers beherrschte. Obwohl sie beim Herumgeistern gegen körperliche Angriffe unempfindlich war, bewahrte es sie nicht vor Überraschungen, und diese Gestalt war von den Kameras von *New York Style* nicht gefilmt worden.

Rasch zog sie sich in die nächste Wand zurück, aber die Gestalt rührte sich nicht und ließ auch keine Anzeichen erkennen, dass sie Jennifer bemerkt hatte. Vorsichtig glitt sie wieder in das Arbeitszimmer und stellte mit Erleichterung fest, dass es sich bei der Gestalt um die annähernd einen Meter achtzig große Terrakottafigur eines orientalischen Kriegers handelte. Die künstlerische Vollkommenheit der Figur war atemberaubend. Gesichtszüge, Kleidung, Waffen, alles war mit einer unglaublichen Liebe zum Detail gestaltet. Es war, als sei ein lebendiger Mensch in Ton verwandelt und dann in einem Ofen gebrannt und durch die Jahrtausende konserviert worden, um hier in Kiens Arbeitszimmer zu landen. Ihr Respekt vor Kiens Reichtum – und Einfluss – stieg noch ein wenig. Die Figur war ohne Zweifel ein Original. Kien hatte in dem Fernsehinterview deutlich gemacht, dass er für Nachbildungen nichts übrig hatte. Jennifer wusste aber auch, dass die 2200 Jahre alten Terrakotta-Grabfiguren Ying Zhengs, des ersten Kaisers der Qin-Dynastie und Einiger Chinas, für private Kunstsammler definitiv nicht zu bekommen waren. Kien musste sich einiger Tricks bedient und ein Vermögen für Bestechung ausgegeben haben, um die Figur zu erwerben.

Es war ein unglaublich wertvolles Stück, aber zu groß für Jennifer, um es mitzunehmen, und wahrscheinlich auch zu einzigartig, um es verkaufen zu können.

In ihrer unstofflichen Gestalt verspürte sie einen jähen Schwindelanfall und nahm rasch wieder Substanz an. Sie mochte dieses Gefühl nicht. Es trat immer dann auf, wenn sie sich überanstrengte – ein sicheres Anzeichen dafür, dass sie bereits zu lange unstofflich war. Sie wusste nicht, was geschehen würde, wenn sie zu lange ein Gespenst blieb, und wollte es auch nicht herausfinden.

Wieder im stofflichen Zustand, sah sie sich in dem Zimmer um. Es war mit einer Vielzahl von Vitrinen angefüllt, die Kiens Jadesammlung enthielten: die schönste, größte und wertvollste Sammlung in der westlichen Welt. Wegen dieser Sammlung hatte *New York Style* Kien vorgestellt, und ihretwegen war sie gekommen. Zumindest wegen einiger Stücke. Ihr wurde klar, dass sie nicht alle mitnehmen konnte, auch wenn sie ein Dutzend Mal in die Gasse zurückkehrte, denn ihre Fähigkeit, Fremdmasse unstofflich werden zu lassen, war begrenzt. Bei jedem Gang konnte sie nur ein paar Stücke geistern. Aber mehr als ein paar Stücke brauchte sie auch nicht.

Doch bevor sie sich um die Jadesammlung kümmerte, musste sie noch etwas anderes tun. Der dicke Flor des luxuriösen Teppichs fühlte sich unter ihren nackten Fußsohlen fast sinnlich an, während sie beinahe so lautlos wie in ihrer unstofflichen Gestalt um den Teakholztisch herumging und vor dem Hokusai-Druck stehen blieb, der an der Wand hing.

Hinter dem Druck, hatte Kien gesagt, befand sich ein Wandsafe. Er hatte es erwähnt, weil der Safe hundertprozentig, total und unwiderruflich diebstahlsicher war. Kein Dieb könne sich mit der Mikroelektronik ausreichend auskennen, um das elektronische Schloss zu umgehen, und der Safe sei stark genug, um jedem gewaltsamen Öffnungsversuch zu widerstehen – von einer Bombe, die das ganze Haus in die Luft sprengen würde, einmal abgesehen. Niemand könne ihn irgendwann irgendwie aufbrechen. Kien, der sehr selbstzufrieden aussah, als er all das gesagt hatte, war offenbar ein Mann, der gern prahlte.

Mit einem schelmischen Lächeln auf den Lippen, da sie sich fragte, welche Reichtümer Kien wohl in seinem Hightechsafe verborgen haben mochte, geisterte Jennifer ihren rechten Arm. Dann schob sie die Hand durch das Bild und die Stahltür dahinter.

◆

Er jonglierte sie in den Armen, während er nach seinem Schlüssel suchte und schließlich die Tür aufschloss.

»Lass mich runter, du Idiot. Dann kannst du die Tür öffnen.«

»Nee, ich trag dich über die Schwelle.«

»Wir sind nicht verheiratet.«

»Noch nicht«, erwiderte er und grinste sie an.

Aus ihrer Perspektive war die Entstellung seines Halses besonders deutlich zu sehen, und sein Kopf sah aus wie ein Tennisball auf einem Podest. Abgesehen von dem Hals – ein Vermächtnis des Wild-Card-Virus – war er ein ziemlich gut aussehender Mann. Kurz geschnittene braune Haare, die an den Schläfen ergrauten, verschmitzte braune Augen, kräftiges Kinn – ein nettes Gesicht.

Er öffnete die Tür und stellte sie auf die Füße. »Mein Zuhause. Ich hoffe, es gefällt dir.«

Das Apartment spiegelte den Arbeiterhintergrund dieses

Mannes wider. Ausziehbare Couch, ein Lehnstuhl vor dem Fernseher, ein Stapel *Reader's Digest* auf dem Kaffeetisch, ein großes und nicht besonders gutes Ölgemälde eines Segelschiffs, das sich durch übertrieben hohe Wellen kämpfte. Die Art Gemälde, die man auf Verkaufsausstellungen hungernder Künstler in Hilton-Hotels fand.

Aber alles war makellos sauber und mit einem gewissen Feingefühl eingerichtet, das bei einem derart großen und starken Mann fehl am Platz wirkte. Auf den Fensterbänken stand eine Reihe bunter Usambaraveilchen.

»Roulette, ich war seit meinem Highschool-Abschlussball nicht mehr die ganze Nacht aus.«

»Ich wette, dass du bis zum nächsten Morgen aus warst.«

Er errötete. »Hey, ich war ein guter katholischer Junge.«

»Vor guten katholischen Jungen hat mich meine Mama immer gewarnt.«

Er trat näher und legte ihr seine kräftigen Arme um die Taille. »So ›gut‹ bin ich längst nicht mehr.«

»Ich hoffe, das bezieht sich auf deine Moral und nicht auf dein Stehvermögen, Stan.«

»Roulette!«

»Du bist prüde«, neckte sie ihn.

Er liebkoste ihren Hals und nagte an ihrem Ohrläppchen, und Roulette wunderte sich wieder einmal über die zufällige Natur des Wild-Card-Virus – dass es diesen ganz normalen Allerweltsmann infiziert und zu einem Übermenschen gemacht hatte.

Sie streckte die Hand aus und strich über seinen geschwollenen Hals. »Stört dich das nicht?«

»Der Howler zu sein? Teufel, nein. Das macht mich zu etwas Besonderem, und ich wollte schon immer etwas Besonderes sein. Das hat meinen Alten wahnsinnig gemacht. Er sagte immer, Wasser sei gut genug für unsereins, was bedeutete, ich sollte nicht zu hoch hinauswollen. Wahrscheinlich wäre er jetzt ziemlich überrascht. Hey.« Er strich ihr über die Wange und fing eine Träne auf. »Warum weinst du?«

»Nur so. Ich … fand das irgendwie traurig.«

»Na, dann zeige ich dir wohl besser, wie gut mein Stehvermögen ist.«

»Vor dem Frühstück?«, fragte sie, um das Unvermeidliche hinauszuzögern.

»Klar, das ist gut für den Appetit.«

Resigniert folgte sie ihm ins Schlafzimmer.

♠

Jennifer tastete in dem Safe herum und berührte etwas, das sich wie ein Münzstapel in einem kleinen Beutel anfühlte. Sie versuchte eine der Münzen zu geistern und runzelte die Stirn, als sie fest blieb.

Wahrscheinlich Gold, dachte sie. Krügerrands oder kanadische Maple Leafs.

Es war schwierig, dichte Materialien wie Metall zu geistern, insbesondere Gold, da ein höherer Grad der Konzentration und ein größerer Energieaufwand erforderlich waren. Sie beschloss, die Münzen erst mal zu lassen, wo sie waren, und erforschte den Safe weiter.

Ihre Hand strich über einen flachen rechteckigen Gegenstand, der sich viel leichter geistern ließ als die Münze. Sie zog drei kleine Bücher heraus, und da sie in der Dunkelheit keine Einzelheiten erkennen konnte, schaltete sie die kleine Schreibtischlampe ein. Zwei der Bücher hatten schlichte schwarze Einbände. Das dritte hatte einen blauen Stoffeinband mit Bambusmuster. Sie schlug das oberste Buch auf.

Kleine bunte Papierschnipsel steckten in Taschen auf den dicken Seiten des Buchs. Briefmarken. Bei denen in der obersten Reihe schien es sich um britische zu handeln, aber sie trugen einen Stempel in einer anderen Sprache und mit der Jahreszahl 1922. Sie beugte sich vor, um sie eingehender zu betrachten, und erstarrte, als ein schwaches Geräusch von irgendwoher außerhalb des Lichtkreises ertönte, der einen Teil der Schreibtischplatte erhellte.

Sie blickte auf und sah nichts, da sich ihre Augen an das Licht gewöhnt hatten. Dann klappte sie den Lampenschirm hoch, sodass das Licht auf den Rest der Schreibtischplatte fiel.

Sie erstarrte, das Herz rutschte ihr in die Hose.

Am Rand der Schreibtischplatte stand ein Zwanzigliterbehälter von der Größe eines Wasserspenders. Nur dass dieser Behälter aus Glas und nicht aus Plastik war, außerdem war er auch nicht mit einem Spender verbunden. Er stand auf einem flachen Sockel auf der Schreibtischkante, offenbar eine Art Aquarium für das Ding, das darin trieb.

Es war kaum größer als ein Fuß und hatte eine grüne, glibbrige und irgendwie warzige Haut. Der Kopf befand sich außerhalb des Wassers, und die Hände mit den Schwimmhäuten zwischen den Fingern waren gegen das Glas gepresst. Menschliche Augen in einem spitzen Gesicht starrten Jennifer durchdringend an. Sie glotzten einander einen langen Augenblick an, dann öffnete das Ding den Mund und rief mit schriller, heulender Stimme: »Kiennnnnn! Dieeeeeeb! Dieeeeeeb!«

New York Style hatte nichts davon erwähnt, dass Kien sich einen krötenartigen Joker als Wachhund hielt, dachte Jennifer. Ihre Gedanken überschlugen sich, während in anderen Räumen die Lichter angingen. Aus anderen Bereichen der Wohnung hörte sie tumultartigen Lärm, und der Joker in dem Glasbehälter fuhr fort, mit wehklagender Stimme, die ihre Ohren zu umgehen und direkt in ihren Verstand zu dringen schien, nach Kien zu rufen.

Konzentrier dich, sagte sie sich, konzentrier dich, oder

der wagemutige Dieb, das selbst ernannte Gespenst, wird geschnappt und als Jennifer Maloy, Bibliothekarin in der öffentlichen Bibliothek von New York, enttarnt. Sie würde ihren Job verlieren und mit Sicherheit ins Gefängnis wandern. Was würde ihre Mutter dann von ihr denken?

An der Tür bewegte sich etwas, und jemand schaltete das Deckenlicht im Arbeitszimmer ein. Jennifer sah einen hochgewachsenen, schlanken, reptilienhaft aussehenden Joker. Er zischte sie an, und seine lange gegabelte Zunge zuckte zwischen den Lippen hindurch. Er hob eine Pistole und schoss. Er hatte genau gezielt, aber die Kugel schlug harmlos in die Wand ein. Jennifer sank bereits durch den Fußboden, die drei Bücher eng an die Brust gepresst.

Als Jack gegangen war, begann Bagabond, die immer noch den getigerten Bademantel trug, den er ihr gegeben hatte, mit ihrem Morgenritual. Sie setzte sich auf einen der mit rotem Samt bezogenen Polstersessel, schloss die Augen und lokalisierte die Wesen, die das Leben mit ihr teilten. Die Gescheckte säugte ihre Jungen, während der Schwarze sie bewachte. Der Waschbär schlief mit dem Kopf an ihrem Knöchel. Er war müde, weil er die ganze Nacht in Jacks viktorianischem Zimmer herumgestöbert hatte. Bagabond hoffte, keine Unordnung angerichtet zu haben. Sie hatte Sicherungen im Kopf des Waschbären eingesetzt, die ihn von Jacks Habseligkeiten abhielten. Die Sicherungen waren ziemlich wirksam, aber sie würde nie die Auseinandersetzung mit Jack vergessen, als der Waschbär jedes seiner Pogo-Bücher aus dem Regal geholt hatte.

Sie bückte sich, um den Waschbären zu streicheln, und dehnte ihr Bewusstsein auf die Stadt aus. Es fiel ihr jetzt leicht, dieses Ritual des Aufwachens – obwohl sie sich, wenn sie nicht mit Jack zusammen war, mehr und mehr zu einem Nachtmenschen entwickelte. Jahrelang hatte sie ihre Beziehung auf einer beiläufigen Ebene aufrechterhalten und war nur aufgetaucht, wenn das Wetter extrem schlecht war, oder an Tagen wie diesem, wenn sich Fremde an Orte vorwagten, an die vorzudringen sie normalerweise nicht den Mut hatten. Wenn Jack zu Hause war, blieb sie. Wenn nicht, zog sie in einen anderen Bau. In letzter Zeit hatte sie jedoch begonnen, unter ständig neuen Vorwänden seine Gesellschaft immer öfter zu suchen. Jack und Rosemary waren ihr sehr wichtig geworden, und zwar auf eine Art, die sie nicht definieren konnte. Es hatte Jahre gedauert, bis sie ihnen vertraute. Inzwischen war es jedoch beängstigend leicht, sich darauf zu verlassen, dass sie für sie da waren. Verärgert schüttelte sie den Kopf, weil sie sich dazu hinreißen ließ, über Dinge nachzudenken, auf die sie keinen Einfluss hatte, und dabei die Wesen vernachlässigte, für die sie verantwortlich war.

Mit ihren Wesen zu wachen und zu leiden, kam ihr jetzt natürlicher vor. Ihr Geist tummelte sich zwischen den Ratten, Maulwürfen, Opossums, Eichhörnchen, Tauben und anderen Vögeln. Sie machte eine Bestandsaufnahme der Opfer, die die Nacht gefordert hatte. Jeden Morgen gab es viele, die nicht überlebt hatten. Sie hatte gelernt, dass es keine Rettung für die Opfer gab. Viele starben, weil sie Beute der Raubtiere wurden. Andere wurden von Menschen getötet. Einmal hatte sie versucht, sie zu retten, die Beute vor den Raubtieren zu schützen. Das hätte sie fast in den Wahnsinn getrieben. Der natürliche Kreislauf von Leben, Tod und Geburt war stärker als sie, und so hatte Bagabond angefangen, nicht gegen ihn, sondern in ihm zu arbeiten. Die Tiere starben. Es gab andere, die ihren Platz einnahmen. Nur die Einmischung des Menschen konnte den Rhythmus stören. Menschen konnte sie noch nicht kontrollieren. Sie verweilte kurz bei den Insassen des Zoos. Hass auf die Käfige färbte ihre Eindrücke. *Eines Tages,* versprach sie den Gefangenen des Zoos wieder. *Eines Tages ...*

Eine warme Pfote auf ihrer Wange brachte sie zurück. Der Schwarze. Seine vollen vierzig Pfund lagen auf ihrer Brust. Als sie die Augen öffnete, leckte er über ihre Nase. Sie kraulte ihn hinter den Ohren.

Das kurze Fell in seinem Gesicht war mittlerweile von einer Spur Grau durchsetzt, aber meistens bewegte er sich immer noch wie ein junger Kater. Sie vermittelte ihm das Gefühl, das sie für Liebe hielt. Er schnurrte und antwortete mit dem Bild der Gescheckten, die die Jungen von Jacks viktorianischen Möbeln fernhielt. Wenn sie nicht gut auf die Jungen achtgaben, fanden die, dass die wie Löwenpfoten gestalteten Stuhlbeine wunderbare Kratzpfosten abgaben.

Tja, alter Freund, Jack hat mich letzte Nacht abgewiesen. Was glaubst du, was stimmt da nicht? Die unterbewusst formulierte Frage zog zuerst nur einen fragenden Blick des Katers nach sich, aber dann vermittelte er ihr ein Bild von ihr, wie sie von Hunderten ihrer Wesen umgeben war.

Ja, ich weiß, dass ihr alle da seid, aber ab und zu will ich auch mit einem anderen Menschen zusammen sein. Sie schuf ein Bild vom Schwarzen und der Gescheckten als Paar. Der Schwarze antwortete darauf mit einer Vision von Bagabond und einem Kater in Menschengröße. Bagabond nickte, während sie den Jungen beim Spielen zusah. *Bedauerlicherweise nicht mein Typ.*

Sie fragte sich, warum Jack nicht mit ihr schlief. Ihre Enttäuschung und ihr Mangel an Verständnis verwandelten sich langsam in Verärgerung. Es hatte erst im letzten Jahr begonnen. Jedes Mal, wenn sie mit den Jungen spielte, hatte sie das Gefühl, dass in ihrem Leben etwas fehlte.

Das Gefühl ärgerte sie, aber sie konnte es nicht leugnen. Vor Kurzem hatte sie sich an Jack gewandt, um bei ihm Trost zu finden, aber er hatte sie abgewiesen. Sie beschloss, ihn nicht noch einmal zu behelligen.

Ohne die Schichten alter, schmutziger Kleidung, die sie in der Welt draußen schützten, war sie nicht unattraktiv, das wusste sie. Um ihrer Freundin Rosemary Peinlichkeiten zu ersparen, hatte sie gelernt, sich bei seltenen Gelegenheiten annehmbar zu kleiden, aber es war immer ein unangenehmes Gefühl. Das waren Zeiten, in denen sie eigentlich ein Kostüm trug, und sie verabscheute es. Vielleicht hatte sie sich zu sehr mit Jack und Rosemary eingelassen. Vielleicht war es an der Zeit, wieder unterzutauchen.

Der Schwarze folgte der Stimmung ihrer Gedanken, auch wenn er ihre abstrakte Bedeutung nicht übersetzen konnte. Er war mit dem Abbruch der Beziehung zu den Menschen einverstanden, indem er ihr ein Bild von einigen ihrer ehemaligen Behausungen sandte.

Aber nicht heute. Heute muss ich mich mit Rosemary treffen. Bagabond stemmte sich aus dem Sessel und ging zu dem Stapel alter, schmutziger, formloser Kleidung, die den größten Teil ihrer Garderobe ausmachte. Der Schwarze und zwei Junge folgten ihr.

Nein, ihr bleibt hier. Vielleicht will Jack mich erreichen. Außerdem ist es auch ohne eure Begleitung schon schwer genug für mich, in ihr Büro vorzudringen. Sie richtete ihre Aufmerksamkeit auf die Kleidung. *Blauer Mantel oder grüner Armeeparka?*

♥

In dem Zimmer befanden sich dreizehn schwarze Kerzen. Wenn sie brannten, nahm das Wachs die Farbe frischen Blutes an und lief an den Seiten herunter. Jetzt wurde das Zimmer allmählich grau, und der schwache Lichtschein der Kerzen verblasste.

»Weißt du, wie spät es ist?«

Fortunato sah auf. Veronica stand in rosa Baumwollslip und zerrissenem T-Shirt vor ihm, die Arme vor der Brust verschränkt. »Fast Morgen«, sagte er.

»Kommst du ins Bett?« Sie drehte den Kopf zur Seite, und Wellen schwarzer Haare fielen über ihr Gesicht.

»Später. Steh nicht so da, du streckst den Bauch heraus.«

»Ja, o Sensei.« Der Sarkasmus war unterdrückt, kindisch. Ein paar Sekunden später hörte er, wie sie die Badezimmertür hinter sich zusperrte. Wäre sie nicht Mirandas Tochter gewesen, hätte er sie schon vor Wochen zurück auf die Straße geschickt.

Er streckte sich und starrte ein paar Sekunden lang auf die trüben Wolken, die am Osthimmel Gestalt annahmen. Dann widmete er sich wieder dem Werk vor sich.

Er hatte den fünfzackigen Stern auf dem Boden mit Tatami abgedeckt und darauf Hathors Spiegel gelegt. Er war etwa einen Fuß lang und trug an der Verbindungsstelle zwischen Griff und Sonnenscheibe ein Bildnis der Göttin. Ihre Kuhhörner ließen sie ein wenig wie einen mittelalterlichen Narren aussehen. Der Spiegel bestand aus Messing, die Vorderseite verspiegelt für Hellsicht, die Rückseite abgeschliffen, um die Angriffe eines Feinds abzuwehren. Er hatte ihn bei einem alternden Hippie im East Village bestellt und die letzten zwei Tage damit verbracht, ihn mit Ritualen für alle neun bedeutenden Gottheiten zu reinigen.

Seit einigen Monaten war er weniger denn je in der Lage, an etwas anderes als an seinen Feind zu denken, an jenen Mann, der sich selbst »Astronom« nannte und ein ausgedehntes Netz Ägyptischer Freimaurer beherrscht hatte, bis Fortunato und die anderen deren Nest in den Kreuzgängen vernichtet hatten. Der Astronom war entkommen, auch wenn das für das bösartige Ding, das er aus dem Weltraum mitgebracht hatte, nicht galt. Die Monate der Ruhe hatten Fortunato nur noch ängstlicher gemacht.

Das Ungeborene Ritual, das Akrostichon von Abramelin, die Sphären der Kabbala, die gesamte westliche Magie hatte ihn im Stich gelassen. Er musste die Magie des Astronoms gegen ihn einsetzen. Er musste ihn irgendwie finden, und zwar trotz der Barrikaden, die der Astronom errichtet hatte und ihn für Fortunato unsichtbar machten.

Der Trick bei der ägyptischen Magie – der wirklichen, nicht der verdrehten und blutrünstigen Version des Astronoms – bestand darin, von ihrer Verehrung von Tieren auszugehen. Fortunato hatte sein ganzes Leben in Manhattan verbracht. Zuerst in Harlem, dann, als er es sich leisten konnte, in der Innenstadt. Für ihn waren Tiere Pudel, die ihre Scheiße auf dem Bürgersteig liegen ließen, oder träge, übel riechende Kreaturen, die ihr Leben im Zoo verschliefen. Er hatte sie nie verstanden oder auch nur gemocht.

Es war eine Einstellung, die er sich nicht mehr leisten konnte. Er hatte erlaubt, dass Veronica ihre Katze mit in die Wohnung brachte, ein eitles, übergewichtiges, grau getigertes Ding, das Veronica zu Ehren des Filmstars Liz genannt hatte. Im Moment schlief die Katze auf seinen gekreuzten Beinen, die Krallen in die Seide seines Morgenmantels geschlagen. Das primitive Wertesystem der Katze war eine Tür zum ägyptischen Universum.

Er nahm den Spiegel in die Hand. Er hatte jetzt fast die richtige Einstellung. Er betrachtete sein Spiegelbild: schlankes Gesicht, braune Haut, vom Schlafmangel ein wenig fleckig, die Stirn von *Rasa* angeschwollen, der tantrischen Macht des aufgestauten Spermas. Langsam schmolzen seine Züge und zerliefen.

Er hörte einen Laut aus dem Badezimmer, einen gedämpften Seufzer, und verlor die Konzentration. Und dann sah er in dem Spiegel anstelle des Astronoms Veronica. Sie saß auf der Toilette, den Slip um die Knöchel. In der linken Hand hielt sie einen Taschenspiegel, in der rechten ein kurzes

Stück eines rot gestreiften Strohhalms. Ihr Kopf schwankte locker hin und her, sie rieb sich die Wange an der Schulter.

Er legte Hathors Spiegel wieder auf die Matte zurück. Das H überraschte ihn nicht, nur dass sie es hier tat, in seiner Wohnung. Er hob die protestierende Katze von seinen Beinen und ging zum Badezimmer. Dort öffnete er das Schloss mit seinen Geisteskräften und trat die Tür auf. Veronicas Kopf kam schuldbewusst hoch. »Hey«, sagte sie.

»Pack deinen Kram und verzieh dich«, knurrte Fortunato.

»Hey, is' nur 'ne Prise Koks, Mann.«

»Um Himmels willen, für wie blöd hältst du mich eigentlich? Glaubst du, ich erkenne kein Smack? Wie lange bist du schon auf diesem Scheiß?«

Sie zuckte die Achseln und verstaute Spiegel und Strohhalm in ihrer offenen Handtasche. Dann stand sie auf, stolperte beinahe und sah dann, dass sich ihre Füße im Slip verheddert hatten. Sie hielt sich am Handtuchhalter fest, während sie den Slip hochzog und dann ihre Handtasche schloss. »'n paar Monate«, sagte sie. »Aber ich bin nicht *auf* irgendwas. Ich tu's nur manchmal. Pardon.«

Fortunato ließ sie vorbei. »Was zum Teufel ist los mit dir? Kümmert es dich nicht, was du dir antust?«

»Ob es mich kümmert? Ich bin 'ne beschissene Hure, warum sollte es mich kümmern?«

»Du bist keine Hure, gottverdammt, du bist eine Geisha.« Er folgte ihr ins Schlafzimmer. »Du hast Verstand und Klasse und ...«

»Geisha, am Arsch«, sagte sie, indem sie sich schwer auf die Bettkante sinken ließ. »Ich lasse mich für Geld von Männern ficken. Das ist das Allerletzte.« Sie schob ein Bein in ihre Strumpfhose, wobei der Nagel des großen Zehs eine Laufmasche über die ganze Länge des Beins riss. »Du verarschst dich mit diesem Geishaquatsch gern selbst, aber echte Geishas lassen sich nicht für Geld ficken. Du bist ein

Zuhälter, und ich bin eine Hure, und mehr gibt es dazu nicht zu sagen.«

Bevor Fortunato darauf antworten konnte, hämmerte jemand gegen die Wohnungstür. Wellen der Anspannung und Dringlichkeit strahlten vom Flur ins Schlafzimmer aus, aber nichts Bedrohliches. Nichts, das nicht warten konnte.

»Ich dulde keine Junkies bei mir«, sagte er.

»Ach nein? Dass ich nicht lache. Die Hälfte der Mädchen in deinem Stall snieft zumindest ab und zu. Fünf oder sechs sind an der Nadel. Voll drauf.«

»Wer? Ist Caroline …«

»Nein, deine kostbare Caroline ist clean. Nicht dass du's erfahren würdest, wenn sie's nicht wäre. Du hast doch überhaupt keinen Schimmer, was verdammt noch mal abgeht!«

»Ich glaube dir nicht. Ich kann nicht …«

Ein kratzendes Geräusch an der Wohnungstür ließ ihn innehalten, dann öffnete sich die Tür. Ein Mann namens Brennan stand im Eingang, einen Plastikstreifen in der einen Hand. In der anderen hielt er einen etwas zu groß ausgefallenen ledernen Aktenkoffer. Darin befanden sich, wie Fortunato wusste, die Einzelteile eines Jagdbogens und ein Köcher mit Pfeilen.

»Fortunato«, sagte er. »Tut mir leid, aber ich …« Sein Blick wanderte zu Veronica, die sich das T-Shirt ausgezogen hatte und ihre Brüste in den Händen hielt.

»Hi«, sagte sie. »Willst du mich ficken? Du brauchst nur etwas Geld.« Sie strich sich mit den Daumen über die Brustwarzen und leckte sich die Lippen. »Wie viel hast du? Zwei Dollar? Eineinhalb?« Tränen rannen ihr über die Wangen, und aus einem Nasenloch lief ein dünner Rotzfaden.

»Halt die Klappe«, schnappte Fortunato. »Halt, verdammt noch mal, die Klappe.«

»Warum schlägst du mich nicht?«, schrie sie ihn an. »Das tun Zuhälter doch, oder nicht?«

Fortunato sah Brennan an. »Vielleicht solltest du später wiederkommen.«

»Ich weiß nicht, ob die Sache warten kann«, sagte Brennan. »Es geht um den Astronom.«

Zweites Kapitel

07:00

Als Jack schließlich am Busbahnhof ankam, wünschte er, er hätte seinen elektrischen Streckenwartungswagen genommen und mit den Zügen Himmel und Hölle gespielt. Aber was soll's, dachte er, als er die Stufen zu den Bahnsteigen des City-Hall-Bahnhofs erklomm – heute ist *Feiertag*. Er wollte nicht an die Arbeit denken. Mehr als alles andere wollte er seine Klamotten waschen, ein paar Kapitel des neuen Romans von Stephen King, *Die Kannibalen*, lesen und vielleicht zum Central Park gehen, um dort an einem Stand mit Bagabond und den Katzen ein paar billige Hot Dogs zu essen.

Aber dann war der 7th-Avenue-Zug kreischend in den Bahnhof gefahren, und er hatte das Gefühl gehabt, es sei eine gute Idee einzusteigen. Während der Zug durch Tribeca, das Village und Chelsea fuhr, fiel Jack durch die verschmierten Scheiben auf, dass die Bahnhöfe für einen Feiertag schrecklich belebt waren – zumindest so früh am Morgen.

Als er am Times Square ausstieg und durch den gekachelten Tunnel unter der 42nd Street den Block nach Westen ging, hörte er einen Bahnpolizisten angewidert zu seinem Kollegen sagen: »Warte erst mal, bis du nach oben kommst. Da draußen sieht es aus wie eine Mischung aus dem Bronxer Zoo und dem Frühlingsanfang in Lauderdale.«

Auf der Eighth Avenue kam er ans Tageslicht und ließ den starken Geruch nach Desinfektionsmitteln hinter sich, der den Gestank nach Erbrochenem kaum überdecken konnte.

Der Betrieb auf der Straße war so wie an jedem Wochentag in der Stoßzeit, aber Jack hatte den Eindruck, dass das Durchschnittsalter der Leute bedeutend geringer war als sonst, und die grauen Anzüge waren grelleren Aufmachungen gewichen.

Jack verließ den Bürgersteig, um nicht mit einem schwankenden Trio von Teenagern – ihrem Aussehen nach Norms – zusammenzustoßen, die unmögliche Kopfbedeckungen aus Schaumgummi und Styropor trugen. Die Hüte waren mit Tentakeln, hängenden Lippen, segmentierten Insektenbeinen, Hörnern, ausgelaufenen Augen und anderen, unappetitlicheren Anhängseln versehen, die bei jeder Bewegung schwankten und schaukelten.

Einer der Jungen legte die Daumen an die Wangenknochen und schnitt den Passanten Grimassen. »Blblblblb«, rief er ihnen zu. »Wir sind Mutanten. Wir sind böse!« Seine Freunde lachten schallend.

Einen Block weiter kam Jack an einem der Straßenhändler vorbei, der die Hüte verkaufte. »Hey!«, rief der Händler. »Hey, kommen Sie her, kommen Sie her! Sie müssen kein Joker *sein*, um wie einer auszusehen. Heute ist die Gelegenheit, sich wie einer zu *verhalten*. Haben Sie Interesse?«

Jack schüttelte wortlos den Kopf, kratzte sich den Handrücken und ging weiter.

»Hey!«, rief der Mann einem anderen möglichen Kunden zu. »Seien Sie einen Tag lang ein Joker! Morgen können Sie wieder Sie selbst sein.«

Jack schüttelte den Kopf. Er war nicht sicher, ob es besser war, deprimiert weiterzugehen oder einfach umzukehren und dem Straßenhändler den Hals umzudrehen. Er sah auf die Uhr. Fünf vor sieben. Der Bus würde jede Minute eintreffen. Das Leben des Verkäufers war vorübergehend außer Gefahr.

Das große, hoch aufragende Busbahnhofsgebäude war ein

dunkleres Grau im kühlen Grau des morgendlichen Manhattan. Jack fiel auf, dass die meisten Fußgänger das Gebäude zu verlassen schienen, anstatt es zu betreten. Der Anblick erinnerte ihn an eine Wohnung, nachdem die Kammerjäger ihre chemischen Bomben zur Explosion gebracht hatten – ein Exodus von Schaben, die aus jedem Ausgang quollen.

Er kämpfte sich durch einen der Haupteingänge, wobei er die hoch aufgeschossenen Männer ignorierte, die ihn mit ihren Sprüchen behelligten. »Hey, Mann, wollen Sie 'n Taxi? Brauchen Sie 'ne Begleitung zum Bus?« Die meisten Schaufenster der Geschäfte im Gebäudeinnern waren dunkel und mit Rollgittern versperrt, aber in den Snackbars lief das Geschäft auf Hochtouren.

Jack sah noch mal auf die Uhr. Sieben Uhr zwei. Normalerweise wäre er stehen geblieben und hätte die große kinetische Skulptur »42nd St. Carousel« bewundert, ein Glaskasten mit einem wunderbaren musikalischen Apparat von Rube Goldberg, aber jetzt war dazu keine Zeit. Weniger als keine Zeit.

Er warf einen Blick auf die Ankunftstafel. Der Bus, den er suchte, fuhr in einem Bahnsteig drei Etagen höher ein. *Merde!* Die Rolltreppen waren außer Betrieb. Die meisten Leute strömten die normalen Stiegen hinunter. Jack eilte zu den stationären Metalltreppen. Er fühlte sich wie ein Lachs, der sich zur Laich stromaufwärts kämpfte.

Nur ein Bruchteil der ankommenden menschlichen Flutwelle schien zu der gewöhnlichen Sorte von Leuten zu gehören, die mit dem Bus nach Manhattan kamen. Die meisten schienen entweder Touristen zu sein – Jack fragte sich, ob tatsächlich *so* viele Leute wegen dieses Feiertags in die Stadt kamen – oder Joker. Jack nahm zur Kenntnis, dass die Norms wegen der Enge der Treppen und Rolltreppen gezwungen waren, sich auf einen viel engeren Kontakt mit den Jokern einzulassen, als ihnen vermutlich lieb war.

Dann rammte ihm jemand schmerzhaft den Ellbogen in die Seite, und die Gelegenheit zum Sinnieren war vorbei. Als er schließlich die dritte Etage erreicht hatte und aus dem Strom der abwärtsstrebenden Menge trat, hatte Jack das Gefühl, die Spitze der Freiheitsstatue erklommen zu haben.

Jemand in der Menge tätschelte ihm den Hintern. »Pass auf, du Penner«, sagte er ohne Groll und ohne hinzusehen.

Er fand den Bereich mit dem Bahnsteig, den er suchte. Überall herrschte dichtes Gedränge. Es sah aus, als sei mindestens ein halbes Dutzend Busse gleichzeitig angekommen. Er stürzte sich in die Menge und schlug die ungefähre Richtung zu seinem Bahnsteig ein. Dann blieb er stehen, um einem Dutzend traditionell gekleideter Nonnen zu gestatten, im rechten Winkel an ihm vorbeizugehen. Ein großer Joker mit ledriger Haut und großen Hauern, die aus seinem Oberkiefer nach unten ragten, versuchte sich durch die Nonnen zu drängen. »Hey, bewegt euch, ihr Pinguine!«, rief er. Ein anderer Joker mit großen braunen Hundeaugen und Wunden in den Handflächen, die wie Stigmata aussahen, erhob Einwände. Das daraufhin einsetzende Geschrei erweckte den Eindruck, als könne es in Gewalttätigkeiten ausarten. Natürlich blieb eine zunehmend dichter werdende Menge stehen, um sich das Spektakel anzusehen.

Jack versuchte, den Auflauf zu umgehen. Er stolperte gegen einen anscheinend Normalen, der sich mit einem Stoß revanchierte. »Tut mir leid!«

Der Norm war über sechs Fuß groß und entsprechend muskulös. »Schwirr ab.«

Und dann sah er sie. Es war Cordelia. Er wusste es so sicher wie nur irgendwas, obwohl er sie noch nie in seinem Leben gesehen hatte. Elouette hatte zum vorigen Weihnachtsfest ein paar Bilder geschickt, aber die Fotos wurden der jungen Frau nicht gerecht. Cordelia sah aus wie seine Schwester vor dreißig Jahren, fand Jack. Seine Nichte trug Jeans und ein Sweatshirt. Das Sweatshirt hatte einen verwaschenen roten Farbton und einen leuchtend gelben Aufdruck. FERRIC JAG-GER, las Jack. Er kannte den Namen, obwohl ihn Heavy Metal nicht sonderlich interessierte. Außerdem konnte er eine Art Muster aus Blitzstrahlen und ein Schwert erkennen und etwas, das wie ein Hakenkreuz aussah.

Cordelia war etwa zehn Meter von ihm entfernt auf der anderen Seite des dichten Stroms aussteigender Fahrgäste. Sie hielt einen abgewetzten, mit Blumen bedruckten Koffer in der einen und eine Ledertasche in der anderen Hand. Ein großer, schlanker, teuer gekleideter Hispano versuchte, ihr mit dem Koffer zu helfen. Jack empfand augenblicklich Misstrauen gegen jeden hilfsbereiten Fremden, der einen violetten Nadelstreifenanzug, einen Schlapphut und einen pelzbesetzten Mantel trug. Das Material sah aus wie Robbenfell.

»Hey!«, schrie Jack. »Cordelia! Hier drüben! Ich bin's – Jack!«

Offensichtlich hörte sie ihn nicht. Für Jack war es wie Fernsehen oder vielleicht ein Blick durch das falsche Ende eines Teleskops. Es gelang ihm nicht, Cordelia auf sich aufmerksam zu machen. Wegen des Lärms im Bahnhof, der Busse, die ihre Motoren aufheulen ließen, und des massierten Gebrülls der Menge konnten seine Worte die Kluft zwischen ihnen nicht überbrücken.

Der Mann nahm ihren Koffer. Jack schrie hilflos. Cordelia lächelte. Dann ergriff der Mann ihren Ellbogen und führte sie zu einem Seitenausgang.

»Nein!« Das war so laut, dass sogar Cordelia den Kopf wandte. Dann sah sie einen Moment lang verwirrt aus, bevor sie auf Drängen ihres Führers weiterging.

Jack stieß einen Fluch aus und fing an, Leute aus dem Weg zu schieben, um den Wartebereich zu durchqueren. Nonnen, Joker, Punker, Penner, es spielte keine Rolle. Zumindest nicht, bis er gegen einen Joker stieß, der in etwa die Gestalt und ungefähr das halbe Gewicht eines VW-Käfer hatte.

»Hast du's eilig?«, fragte der Joker.

»Ja«, antwortete Jack, indem er sich an ihm vorbeizudrängen versuchte.

»Ich bin extra den ganzen Weg von Santa Fe gekommen. Ich hatte schon vorher gehört, dass die Leute hier grob und unhöflich sind.«

Eine Faust von der Größe eines Zweischeibentoasters packte Jacks Hemdrevers. Stinkender Atem ließ ihn an eine öffentliche Toilette nach der Stoßzeit denken.

»Entschuldigung«, sagte Jack. »Hör mal, ich muss meine Nichte erwischen, bevor sie mir so ein verdammter Zuhälter von hier entführt.«

Der Joker betrachtete ihn einen Moment lang. »Verstehe«, sagte er. »Wie in der Glotze, hm?« Er ließ Jack los, der ihn umrundete wie einen Bergausläufer.

Cordelia war verschwunden. Der piekfein gekleidete Mann, der sie geführt hatte, auch. Jack erreichte den Ausgang, den die beiden vermutlich genommen hatten. Er konnte Hunderte von Leuten sehen, hauptsächlich ihre Hinterköpfe, aber niemanden, der aussah wie seine Nichte.

Er zögerte nur eine Sekunde. Diese Stadt hatte acht Millionen Einwohner. Er hatte keine Ahnung, wie viele Touristen und Joker aus allen Teilen der Welt zum Wild-Card-Tag in die Stadt geströmt waren. Wahrscheinlich noch ein paar Millionen. Er brauchte nur eine Sechzehnjährige aus dem ländlichen Louisiana zu finden.

Im Moment war alles eine Sache des Instinkts. Ohne weiter darüber nachzudenken, strebte Jack den Rolltreppen entgegen. Vielleicht holte er den Mann und Cordelia noch ein, bevor sie den Bahnhof verließen. Wenn nicht, würde er Cordelia eben auf der Straße suchen.

Er wagte nicht daran zu denken, was er seiner Schwester sagen sollte.

♦

Spector hatte nicht geschlafen. Er nahm das bernsteinfarbene Fläschchen mit Tabletten vom Nachttisch und warf es in den Abfall. Er brauchte etwas Stärkeres.

Die Schmerzen waren immer da, wie der Geruch nach abgestandenem Rauch in einer schmierigen Bar. Spector richtete sich auf und atmete langsam. Das Licht des frühen Morgens ließ seine Wohnung noch grauer aussehen als sonst. Er hatte das kleine Apartment mit billigem Schrott aus Pfandleihen und Secondhandläden möbliert.

Das Telefon klingelte.

»Hallo.«

»Mr. Spector?«

Die Stimme hatte einen kultivierten Bostoner Akzent. Spector kannte sie nicht.

»Ja. Wer sind Sie?«

»Mein Name ist unwichtig, zumindest einstweilen.«

»Schön.« Sie wollten also die Verschlossenen spielen, aber das taten die meisten. »Warum rufen Sie mich an? Was wollen Sie?«

»Ein gemeinsamer Bekannter namens Gruber hat angedeutet, dass Sie bestimmte einzigartige Fähigkeiten besitzen. Ein Klient von mir ist daran interessiert, Sie zu beschäftigen, anfangs auf freischaffender Basis.«

Spector kratzte sich am Hals. »Ich glaube, ich verstehe, was Sie meinen. Wenn das irgendein falsches Spiel ist, sind Sie ein toter Mann. Wenn nicht, wird es Sie einiges kosten.«

»Natürlich. Vielleicht haben Sie schon von der Shadow Fist Society gehört? Es könnte ziemlich lohnend für Sie sein, für diese Organisation zu arbeiten. Diese Leute sind jedoch sehr vorsichtig und würden zunächst eine Demonstration verlangen. Wäre heute Morgen zu früh?«

Es hieß allenthalben, dass die Shadow Fist Society vom neuen anonymen Verbrecherkönig der Stadt betrieben wurde. Die Organisation setzte den alten Bandenbossen schwer zu. Spector würde sich in dem bevorstehenden Blutbad wie zu Hause fühlen. »Ich habe nichts anderes vor. Wer schwebt Ihnen vor?«

»Das ist ohne Bedeutung für uns.« Er hielt inne. »Mr. Gruber scheint einiges über Sie wissen, und er ist nicht gerade die Verschwiegenheit in Person ...«

»Von mir aus.«

»Seien Sie um elf Uhr dreißig am Times Square. Wenn wir der Ansicht sind, dass Sie unseren Anforderungen genügen, wird man Kontakt mit Ihnen aufnehmen.«

»Was ist mit dem Geld?« Spector hörte ein Summen am anderen Ende.

»Darüber verhandeln wir später. Wenn Sie mich jetzt bitte entschuldigen, ich muss mich um etwas anderes kümmern. Auf Wiedersehen, Mr. Spector.«

Spector ließ den Hörer auf die Gabel fallen. Er lächelte. Gruber gehörte nicht gerade zu den Leuten, auf die er gut zu sprechen war. Der Mann zahlte niemandem einen fairen Preis für die Ware, die man ihm brachte. Einen gierigen Hehler zu töten war so etwas wie Dienst an der Öffentlichkeit.

Er ging nackt ins Badezimmer und starrte in den Spiegel. Sein strähniges braunes Haar musste gewaschen werden, und sein Schnurrbart wuchs bereits über seine dünne Unterlippe. Er sah anders aus als an dem Tag, an dem er gestorben war. An dem Tag, als Tachyon ihn zurückgeholt hatte. Spector fragte sich, ob er vielleicht ewig leben würde. Im Moment war ihm das egal. Er streckte die Zunge heraus. Sein Spiegelbild tat es nicht, sondern lächelte ihn an.

»Keine Sorge, Demise«, sagte sein Gesicht im Spiegel. »Du kannst immer noch sterben.« Es lachte.

Er wich ins Schlafzimmer zurück. Ein lautes Knistern ertönte. Spector lief ins Wohnzimmer. Die Schlafzimmertür knallte ihm ins Gesicht. Er roch Ozon.

»Na, na, Demise. Ich wollte nur ein wenig plaudern.« Spector erkannte jetzt die Stimme. Er drehte sich um. Das projizierte Ich des Astronoms saß auf dem Bett. Er trug einen schwarzen Hausmantel, der von einer Kordel aus Menschenhaar zusammengehalten wurde. Sein verkrüppelter Körper war gerader als üblich, was bedeutete, dass seine Kräfte aufgeladen waren. Er war mit Blut besudelt.

»Was willst du?« Spector hatte Angst. Der Astronom gehörte zu den wenigen Leuten, bei denen seine Kraft nicht funktionierte.

»Weißt du, was heute für ein Tag ist?«

»Wild-Card-Tag. Alle Welt weiß das.« Spector hob eine braune Cordhose vom Boden auf und zog sie an.

»Ja. Aber es ist auch noch ein anderer Tag. Der Tag des Jüngsten Gerichts.« Der Astronom verschränkte die Finger.

»Der Tag des Jüngsten Gerichts? Wovon redest du?«

»Von diesen Schweinehunden, die meinen Plan durchkreuzt haben. Sie haben sich in unsere wahre Bestimmung eingemischt. Sie haben uns daran gehindert, die Welt zu regieren.« Die Augen des Astronoms funkelten. In ihnen lag ein Irrsinn, wie ihn selbst Spector noch nicht gesehen hatte. »Aber es gibt andere Welten. Diese Welt wird mein Abschiedsgeschenk für die Wichser, die mir in die Quere gekommen sind, so schnell nicht vergessen.«

»Turtle. Tachyon. Fortunato. *Den* Burschen willst du an den Kragen?« Spector klatschte leicht in die Hände. »Wie schön für dich.«

»Bis zum Ende des heutigen Tages werden sie alle tot sein. Und du, mein lieber Demise, wirst mir dabei helfen.«

»Blödsinn. Ich habe einmal die Drecksarbeit für dich erledigt, jetzt nicht mehr. Du hast mich ziemlich hängen lassen, und ich gebe dir keine zweite Chance.«

»Ich will dich nicht töten, also gebe ich dir Gelegenheit, deine Meinung zu ändern.« Ein Regenbogen aus farbigem Licht umschwirrte unversehens den Astronom.

»Verpiss dich, Mann.« Spector schüttelte die Faust. »Du wirst nicht noch mal einen Idioten aus mir machen.«

»Nein? Dann muss ich wohl eine Leiche aus dir machen. Zusammen mit all den anderen.« Der Astronom verwandelte sich in einen Schakalskopf. Er öffnete das Maul. Dunkles Blut strömte dampfend auf den Teppichboden. Er heulte. Das Gebäude erbebte bei dem Geräusch.

Spector hielt sich die Ohren zu und fiel zu Boden.

♠

Fortunato rief Caroline an und trug ihr auf, Veronica abzuholen. Caroline konnte sie ins Stadthaus ihrer Mutter bringen, der offiziellen Geschäftsadresse der Hostessenagentur. Caroline und ein halbes Dutzend der anderen Frauen wohnten dort, mehr oder weniger. Er scheuchte Veronica in ihre Kleider und ließ sie dann dösend auf der Wohnzimmercouch zurück.

Brennan sagte: »Kommt sie wieder auf die Beine?«

»Ich bezweifle es.«

»Ich weiß, es geht mich nichts an, aber bist du nicht ein bisschen zu hart mit ihr umgegangen?«

»Es ist unter Kontrolle«, sagte Fortunato.

»Klar ist es das. Ich habe nie behauptet, dass es das nicht ist.«

Sie standen da und sahen einander ein paar Sekunden lang an. Als Yeoman war Brennan wahrscheinlich der einzige von den kostümierten Helden, die in New York frei herumliefen, dem Fortunato traute. Zum einen, weil Brennan noch ein Mensch und nicht vom Wild-Card-Virus verändert worden war. Zum anderen, weil Brennan und Fortunato in dem monströsen außerirdischen Wesen, das einige Leute den Schwarm nannten, einiges zusammen durchgemacht hatten.

Der Astronom nannte ihn TIAMAT, und er hatte eine Maschine benutzt, die er Shakti-Vorrichtung nannte, um ihn zur Erde zu holen. Fortunato hatte die Maschine persönlich zerstört, allerdings nicht früh genug. Der Schwarm war bereits eingetroffen, und Hunderttausende waren deswegen auf der ganzen Welt gestorben.

»Was ist mit dem Astronom?«, fragte Fortunato.

»Kennst du einen Burschen, den sie das Walross nennen? Jube, den Zeitungsverkäufer?«

Fortunato zuckte die Achseln. »Kommt mir bekannt vor.«

»Er hat den Astronom heute früh in Jokertown gesehen. Er hat Chrysalis davon erzählt, und sie hat die Information an mich weitergegeben.«

»Was hat sie dich gekostet?«

»Nichts. Ich weiß, das sieht ihr gar nicht ähnlich. Aber sogar Chrysalis hat Angst vor dem Kerl.«

»Woher kennt dieser Jube den Astronom?«

»Ich weiß es nicht.«

»Also haben wir die Schilderung eines unzuverlässigen Zeugen aus zweiter Hand und eine kalte Spur?«

»Bleib ruhig, Mann. Ich hab versucht, dich anzurufen. Die Vermittlung hat mir gesagt, der Hörer sei abgenommen. Das ist nicht mal mein Kampf. Ich bin nur gekommen, um dir zu helfen.«

Fortunato warf einen Blick auf Hathors Spiegel. Er würde vermutlich den ganzen Tag brauchen, um ihn zu reinigen und sich so zu konzentrieren, dass er es erneut versuchen konnte. Wenn der Astronom tatsächlich aus seinem Loch gekrochen war, konnte es in der Zwischenzeit eine Menge Ärger geben.

»Ja, okay. Ich kümmere mich noch um diese andere Geschichte, dann können wir der Sache nachgehen.«

Als Fortunato sich angezogen hatte, traf Caroline ein. Obwohl ihre Haare ein Gewirr aus kurzen blonden Locken waren und sie nur ein altes Sweatshirt und Jeans trug, begehrte Fortunato sie, kaum dass er sie sah.

Sie sah nicht älter aus als vor sieben Jahren, als er sie aufgenommen hatte. Sie hatte ein Kindergesicht und einen stämmigen, energetischen Körper, dessen Muskeln sie voll unter Kontrolle zu haben schien. Fortunato liebte alle seine Frauen, aber Caroline war etwas Besonderes. Sie hatte alles gelernt, was er ihr beibringen konnte – Benehmen, Fremdsprachen, Kochen, Massage –, aber ihr Wille war ungebrochen. Er hatte sie nie gezähmt, und vielleicht war das der Grund, warum sie ihm im Bett immer noch mehr Freude bereiten konnte als alle anderen.

Er küsste sie flüchtig, während er sie einließ. Er wünschte, er hätte sie mit in sein Schlafzimmer nehmen können, um sich von ihr einen Schuss tantrischer Macht geben zu lassen. Aber dazu blieb keine Zeit.

»Was willst du mit ihr machen?«, fragte Caroline.

»Hat sie heute Abend eine Verabredung?«

»Es ist Wild-Card-Tag. Jeder hat heute Abend eine Verabredung. Meine müsste bis Mitternacht vorbei sein, und ich muss vielleicht noch mal raus, wenn ich zu früh nach Hause komme.«

»Behalt sie im Auge. Lass sie ausgehen, wenn du glaubst, dass alles mit ihr in Ordnung ist. Aber halt sie vom H fern. Den Rest überlege ich mir später.«

Sie warf einen Blick auf Yeoman. »Ist was passiert?«

»Kein Grund zur Sorge. Ich ruf dich später an.« Er küsste sie noch einmal und sah ihr nach, wie sie Veronica zu dem wartenden Taxi führte. Dann wandte er sich Brennan zu und sagte: »Also los.«

♣

»Ist das ein Hummer, oder ist das ein Hummer?«, fragte Gills. Er hielt ihn hoch, sodass Hiram ihn inspizieren konnte, und der Hummer bewegte hilflos die Beine. Die Scheren waren zugebunden, und ein paar Stränge Seegras lagen auf der harten Schale.

»Ein Hummer von Rang«, stimmte Hiram Worchester zu. »Sind alle so groß?«

»Dieser gehört eher zu den kleinen«, sagte Gills. Der Joker hatte eine gesprenkelte grünliche Haut und Kiemenschlitze in den Wangen, die sich öffneten, wenn er lächelte, sodass feuchtes rotes Fleisch zu sehen war. Die Kiemen funktionierten natürlich nicht. Hätten sie es getan, wäre der ältliche Fischhändler kein Joker, sondern ein Ass gewesen.

Draußen fiel das Licht des Morgengrauens über die Fulton Street, aber auf dem Fischmarkt herrschte bereits reges Treiben. Fischhändler und Käufer feilschten um die Preise, Kühltransporter wurden beladen, Lastwagenfahrer schnauzten einander an, und Männer mit gestärkten weißen Schürzen rollten Fässer über die Bürgersteige. Der Fischgeruch hing wie Parfum in der Luft.

Hiram Worchester hielt sich für eine Nachteule und zog es an den meisten Tagen vor, bis lange in den Tag hinein zu schlafen. Aber heute war kein gewöhnlicher Tag. Es war Wild-Card-Tag, der Tag, an dem sein Restaurant für die Öffentlichkeit geschlossen und Schauplatz einer Privatparty der New Yorker Asse war. Die Party war zu einer Tradition geworden, und besondere Anlässe erforderten besondere Maßnahmen wie zum Beispiel frühes Aufstehen zu einer Zeit, wenn es draußen noch dunkel war.

Gills wandte sich ab und versenkte den Hummer wieder in dem Fass. »Wollen Sie noch einen sehen?«, fragte er, indem er eine Handvoll nasses Seegras beiseitewarf und einen zweiten Hummer hervorholte. Er war größer als der erste und lebendiger. Seine dünnen Beine bewegten sich energisch. »Sehen Sie doch, wie er sich wehrt«, pries Gills seine Ware an. »Sagte ich frisch, oder sagte ich frisch?«

Hirams Lächeln war ein Aufblitzen weißer Zähne inmitten seines schwarzen Vollbarts. Er war sehr wählerisch, was das Essen betraf, das er im *Aces High* servierte, und ganz besonders am Wild-Card-Tag. »Sie enttäuschen mich nie«, erwiderte Hiram. »Diese Hummer sehen wirklich hervorragend aus. Lieferung bis spätestens elf Uhr, nehme ich an?«

Gills nickte. Der Hummer wedelte mit seinen Beinchen in Hirams Richtung und betrachtete ihn mürrisch. Vielleicht sah er sein Schicksal voraus. Gills steckte ihn wieder ins Fass.

»Wie geht es Michael?«, fragte Hiram. »Ist er immer noch in Dartmouth?«

»Es gefällt ihm dort wirklich sehr gut«, sagte Gills. »Er beginnt gerade sein vorletztes Jahr, aber er schreibt mir schon vor, wie ich mein Geschäft führen soll.« Er legte den Deckel auf das Fass. »Wie viele brauchen Sie?«

Hiram rechnete damit, ungefähr hundertfünfzig Personen verköstigen zu müssen – um die achtzig Asse, die alle einen Ehepartner, Liebhaber, eine Geliebte, eben einen weiteren Gast mitbringen würden. Aber natürlich würde Hummer nicht die einzige Vorspeise sein. Auch in dieser Nacht der Nächte bot Hiram Worchester seinen Gästen eine Auswahl an. Er hatte drei weitere Vorspeisen geplant, aber diese Hummer sahen so gut aus, dass sie zweifellos großen Zuspruch finden würden, und es war immer besser, ein paar zu viel als ein paar zu wenig zu haben.

Die Tür öffnete sich hinter ihm. Er hörte die Glocke läuten.

»Sechzig, glaube ich«, sagte Hiram, bevor er merkte, dass

Gills ihm keine Beachtung mehr schenkte. Die übergroßen Augen des Jokers waren auf die Tür gerichtet. Hiram drehte sich um.

Es waren drei. Ihre Jacken waren aus dunkelgrünem Leder. Zwei sahen normal aus. Einer war kaum einen Meter fünfzig groß, hatte ein schmales Gesicht und etwas betont Prahlerisches. Der Zweite war groß und breit, und über seinem Gürtel, dessen Schnalle die gekreuzten Knochen und den Totenschädel der Piratenflagge zeigte, wölbte sich ein steinharter Bierbauch. Er hatte sich den Schädel kahl rasiert. Der Anführer war offensichtlich ein Joker, ein Zyklop, dessen einzelnes Auge die Welt durch ein Monokel mit einem Glas betrachtete, so dick wie der Boden einer Colaflasche. Das war merkwürdig: Joker und Norms taten sich nicht oft zusammen.

Der Zyklop zog eine Kette aus der Tasche seiner Jacke und wickelte sie um die Faust. Die anderen beiden sahen sich in Gills Laden um, als gehöre er ihnen. Einer fing an, mit seinem schweren, abgenutzten Stiefel das Sägemehl auf dem Boden aufzuwirbeln.

»Entschuldigen Sie mich«, sagte Gills. »Ich muss … ich … ich bin gleich wieder da.« Er ließ Hiram einstweilen stehen und ging zu dem Zyklopen. Zwei von Gills' Angestellten auf der anderen Seite des Raums steckten die Köpfe zusammen und flüsterten miteinander. Ein dritter Mann, ein geistig etwas unterbelichteter Joker, der das nasse Sägemehl mit einem Besen zusammenfegte, gaffte die Eindringlinge an und zog sich langsam zur Hintertür zurück.

Gills flehte den Zyklopen in eindringlichem Ton an, während er mit seinen breiten, mit Schwimmhäuten versehenen Händen gestikulierte. Der Jugendliche starrte ihn mit seinem unerbittlichen Auge an, das Gesicht eine kalte, leere Maske. Er wickelte weiterhin die Kette um seine Faust, während Gills mit ihm redete.

Hiram runzelte die Stirn und wandte sich ab. Ärger, gewiss, aber er ging ihn nichts an, er musste heute an genügend andere Dinge denken. Er ging durch einen mit Sägemehl bedeckten Gang, um eine Ladung frischen Thunfisch in Augenschein zu nehmen. Die großen Fische waren in Holzkisten aufeinandergestapelt und hatten die glasigen Augen auf ihn gerichtet. Geschwärzter Thunfisch, dachte er. Die Eingebung zauberte ihm ein Lächeln aufs Gesicht. LeBarre war ein Genie, was Cajun-Cuisine anbelangte. Natürlich nicht für heute, dieses Menü war schon seit Wochen geplant, aber geschwärzter Thunfisch war mit Sicherheit eine wunderbare Bereicherung seiner üblichen Speisekarte.

»Hör auf mit dem Scheiß«, brüllte der Zyklop auf der anderen Seite des Raums. »Daran hättest du vor einer Woche denken müssen.«

»Bitte«, flehte Gills mit dünner, verängstigter Stimme. »Nur noch ein paar Tage ...«

Der Zyklop stellte einen gestiefelten Fuß auf den Rand eines Eimers voller Fisch und stieß ihn um. Weißfisch ergoss sich auf den Fußboden. »Bitte nicht«, wiederholte Gills. Von seinen Angestellten war nichts mehr zu sehen.

Hiram machte kehrt und ging auf sie zu, die Hände in den Taschen seiner Jacke vergraben. Für so einen massigen Mann war sein Tempo überraschend flott. »Entschuldigen Sie«, sagte er zu dem Zyklopen. »Gibt es ein Problem?«

Der jugendliche Joker überragte Gills, der ohnehin sehr klein und durch sein verkrümmtes Rückgrat noch viel kleiner war, um einiges, aber Hiram Worchester war ein ganz anderer Fall. Hiram war knapp einen Meter neunzig groß, und die meisten Leute schätzten sein Gewicht nach einem Blick auf seinen Leibesumfang auf dreihundertfünfzig Pfund. Sie lagen um dreihundertzwanzig Pfund daneben, aber das war eine andere Geschichte. Der Zyklop musterte Hiram durch sein dickes Monokel und lächelte gemein. »Hey, Gills«, sagte er, »seit wann verkaufst du Wal?«

Seine Begleiter, die an der Tür standen und gelangweilt und gefährlich zugleich auszusehen versuchten, kamen näher. »Seht mal, das ist der verdammte Goodyear-Zeppelin«, sagte der Kleine.

»Bitte, Hiram«, flüsterte Gills, indem er sanft an seinem Arm zupfte. »Ich weiß das zu schätzen, aber ... hier ist alles in Ordnung. Diese Burschen sind ... äh ... Freunde von Michael.«

»Es ist mir immer ein besonderes Vergnügen, Freunde von Michael kennenzulernen«, sagte Hiram, indem er den Zyklopen musterte. »Aber ich bin ein wenig überrascht. Michael hatte immer so gute Manieren, und seine Freunde hier haben überhaupt keine. Wisst ihr, Gills hat einen schlimmen Rücken. Ihr solltet ihm dabei helfen, diesen Eimer voll Fisch wieder einzusammeln, den ihr umgestoßen habt.«

Gills' Gesicht sah grüner aus als üblich. »Ich lasse es machen«, sagte er. »Chip und Jim können das tun ... machen Sie ... machen Sie sich keine Gedanken deswegen.«

»Warum verziehst du dich nicht, Schmalzarsch?«, regte der Zyklop an. Er warf einen Blick auf den Kleinen. »Cheech, halt ihm die Tür auf. Hilf ihm dabei, seinen Fettarsch hindurchzuzwängen.« Cheech trat zurück und öffnete die Tür.

»Gills«, sagte Hiram, »ich glaube, wir unterhielten uns gerade über die Lieferbedingungen für diese ausgezeichneten Hummer.«

Der große Bursche mit dem kahlen Kopf sprach zum ersten Mal. »Lass ihn quieken, Auge«, sagte er mit tiefer Stimme. »Lass ihn quieken, bevor du ihn gehen lässt.«

Hiram Worchester musterte ihn mit aufrichtiger Abscheu und einer Gelassenheit, die er eigentlich nicht empfand. Er hasste solche Dinge, aber manchmal blieb einem keine andere Wahl. »Ihr versucht, mich einzuschüchtern, aber ihr macht mich nur wütend. Ich bezweifle sehr, dass ihr tatsächlich Freunde von Michael seid. Ich schlage vor, ihr verschwindet jetzt, bevor das hier zu weit geht und jemand verletzt wird.«

Alle lachten. »Lex«, sagte Auge zu dem Kahlen, »hier drinnen ist es verdammt heiß. Ich schwitze. Ich brauche frische Luft.«

»Ich sorge für Abkühlung«, sagte Lex. Er sah sich um, packte mit beiden Händen ein kleines Fass, stemmte es mit einem einzigen kräftigen Ruck über den Kopf und ging einen Schritt auf das große Schaufenster zur Fulton Street zu.

Hiram Worchester nahm die Hände aus der Tasche. Seine herabhängende rechte Hand ballte sich zu einer harten Faust. Ein bedeutungsloser kleiner Tick, das wusste er. Es war sein Geist, der das tat, nicht seine Hand, aber die Geste war ebenso sehr Teil von ihm wie seine Wild-Card-Kraft. Einen Moment lang konnte er die Schwerkraftwellen um das Fass schwirren sehen wie Hitzeflimmern über dem Asphalt an einem heißen Sommertag.

Dann schwankte Lex, seine Arme gaben nach, und ein Fass mit Salzheringen, das plötzlich dreihundert Pfund wog, krachte ihm auf den Kopf. Er konnte sich nicht mehr auf den Beinen halten und stürzte schwer zu Boden. Die Fassdauben brachen und begruben Lex unter dem Fisch. Sehr *schwerem* Fisch.

Seine Freunde waren völlig fassungslos und starrten Lex an. Hiram trat forsch vor Gills und schob den Fischhändler zur Seite. »Rufen Sie die Polizei«, sagte er. Gills wich zögernd zurück.

Der Kleine, Cheech, versuchte Lex unter dem zerschmetterten Fass hervorzuziehen. Es war schwerer, als es aussah. Der Zyklop gaffte, dann sah er Hiram plötzlich scharf an. »*Du* hast das getan«, schnaubte er. »Du bist dieser Fatman.«

»Ich hasse diesen Spitznamen«, sagte Hiram. Er ballte wieder die Faust, und Auges Monokel wurde schwerer. Es löste sich von seinem Gesicht und zerbrach auf dem Boden. Der Zyklop schrie eine Unflätigkeit und zielte mit seiner kettenumwickelten Faust auf Hirams stattlichen Bauch. Hiram wich aus. Er war wesentlich flinker, als er aussah. Seine Körpermasse variierte, aber er hielt sein Gewicht seit Jahren bei konstant dreißig Pfund. Auge ging kreischend auf ihn los. Hiram wich zurück, ballte die Faust und machte den Joker mit jedem Schritt schwerer, bis dessen Beine unter seinem eigenen Gewicht nachgaben und er stöhnend liegen blieb.

Cheech war der Letzte, der aktiv wurde. »Scheiß-Ass«, sagte er. Er hielt die Hände vor sich, die Handflächen gerade, offenbar eine Art Karate oder Kung Fu oder so etwas. Als er sprang, schoss sein metallbeschlagener Stiefel auf Hirams Kopf zu.

Hiram ließ sich in das Sägemehl fallen. Cheech sprang über ihn hinweg und weiter und weiter, da er plötzlich viel weniger wog als noch einen Augenblick zuvor. Die Kraft seines Sprungs trug ihn bis zur nächsten Wand, wo er abrupt und hart endete. Er fiel zu Boden, rollte sich ab, versuchte aufzuspringen und stellte fest, dass er zu schwer war, um sich überhaupt vom Boden zu erheben.

Hiram stand auf und klopfte sich das Sägemehl von der Jacke. Seine Kleidung war hinüber. Er würde nach Hause gehen und sich umziehen müssen, bevor er ins *Aces High* ging. Gills gesellte sich kopfschüttelnd zu ihm. »Haben Sie die Polizei verständigt?«, fragte Hiram.

Der alte Mann nickte.

»Gut. Wissen Sie, die Schwerkraftverzerrung ist nur vorübergehend. Ich kann sie hier festnageln, bis die Polizei eintrifft, aber damit würde ich mich ziemlich verausgaben.« Er runzelte die Stirn. »Außerdem wäre es ziemlich ungesund für sie. Dieses viele Gewicht ist eine furchtbare Belastung für das Herz.« Hiram warf einen Blick auf seine goldene Rolex. Es war kurz nach halb acht. »Ich muss wirklich ins *Aces High*.

Verdammt, dieser Unsinn hat mir gerade noch gefehlt, vor allem heute. Was hat die Polizei gesagt, wann sie …«

Gills unterbrach ihn. »Gehen Sie. Gehen Sie einfach.« Er schob den größeren Mann mit sanftem, beharrlichem Druck zur Tür. »Ich regle das, Hiram. Bitte gehen Sie.«

»Die Polizei wird meine Aussage aufnehmen wollen«, sagte Hiram.

»Nein«, widersprach Gills. »Ich kümmere mich darum, Hiram. Ich weiß, Sie meinen es gut, aber Sie sollten nicht … ich meine … na ja, Sie verstehen das einfach nicht. Ich kann keine Anklage erheben. Gehen Sie, bitte. Halten Sie sich raus. Das ist für alle das Beste.«

»Das kann nicht Ihr Ernst sein!«, sagte Hiram. »Diese Schläger …«

»Sind meine Sache«, beendete Gills den Satz für ihn. »Bitte, ich bitte Sie als Freund. Halten Sie sich raus. Gehen Sie. Sie werden Ihre Hummer bekommen, sehr gute Hummer, das verspreche ich Ihnen.«

»Aber …«

»*Gehen Sie!*«, beharrte Gills.

♥

Sein heiseres Grunzen und das Stoßen seines Unterleibs gegen ihren bildeten einen Kontrapunkt zum Ticken des leuchtend gelben »Baby Ben«-Weckers aus irgendeinem Ramschladen auf dem Nachttisch. Roulette wandte den Blick ihrer topasfarbenen Augen von Stans braunen Augen ab und beobachtete die Rundreise des zweiten großen Zeigers über das Zifferblatt.

Zeit. Das Ticken der Uhr, der Strom des Blutes in ihren Adern, getrieben durch den unermüdlichen Schlag ihres Herzens. Zeitfragmente. Fragmente, die das Verstreichen eines Lebens markierten. Letzten Endes lief es darauf hinaus. Die Zeit achtete weder Reichtum noch Macht noch Frömmigkeit. Früher oder später würde dieser stete Puls erlöschen. Und sie hatte ihre Befehle.

Roulette berührte sanft Stans Schläfe.

Sie holte Luft – ein Sammeln von Willenskraft und Macht –, aber es kam nichts. Hass war erforderlich, und sie empfand lediglich Unsicherheit. Sie entspannte sich und beschwor ein Bild des Entsetzens herauf. *Die Qual der Wehen und das Wissen, dass sie bald vorbei sein würden, und dann würde sie ihr Kind halten, und alle Qual würde vergessen sein. Die Augen des Arztes, die vor Schreck groß wurden. Sie selbst, wie sie sich aufrichtet, um einen Blick auf das Ding zwischen ihren Beinen zu werfen ...*

Ihr straff gespannter Bauch erschlaffte, und eine zusätzliche Wärme wusch durch ihre Vagina, eine Vortäuschung der Leidenschaft, als die giftige Flut anbrandete. Howler quollen plötzlich die Augen aus dem Kopf, sein Mund arbeitete, und er zuckte vor ihr zurück, wobei sein rasch anschwellender Schwanz bei dem abrupten Rückzug grob gegen das weiche Gewebe ihrer Vagina scheuerte. Hände legten sich schützend um sein zitterndes und verfärbtes Glied. Er würgte mehrmals und stieß schließlich einen erstickten Schrei aus. Ein dünner Speichelfaden lief über sein Kinn, und der Spiegel der Kommode explodierte in einem Kristallwasserfall, der das Bett mit Glassplittern übersäte. Der kleine Big Ben wurde von der sich ausbreitenden Geräuschwelle erschüttert. Sein Glas zerbrach, die Zeiger erstarrten, und als der Schrei das Uhrwerk erreichte, gab der Wecker ein blechernes, deprimiertes Zetern von sich, als wollte er sich über sein jähes und ungerechtes Ableben beschweren.

Ein Geräusch wie eine Faust streifte Roulette an der rechten Wange, hinterließ einen fleckigen Bluterguss auf ihrer milchkaffeebraunen Haut und entlockte ihrem Ohr ein dünnes Rinnsal Blut. Ihr angehaltener Atem fühlte sich in ihrem Hals wie ein zerklüfteter Felsblock an, und ihr Bauch war ein Meer aus Übelkeit. Howlers gequältes Gesicht hing über ihr, und sie wusste, dass sie den Tod ansah. Seine Brust hob und senkte sich, seine Zähne waren gebleckt, und eine blauschwarze Woge breitete sich von seinem jetzt völlig schwarzen und angeschwollenen Penis auf Schenkel und Bauch aus.

Auf dem zerknitterten Satinbett fanden ihre um sich tretenden Beine keinen Halt. Sie fühlte sich, als schwimme sie auf Glas. Mit einer letzten verzweifelten Anstrengung kam sie auf die Knie und schlang einen Arm um die Brust des Asses. Ihre andere Hand verkrampfte sich in seinen verschwitzten Haaren, und sie riss seinen Kopf herum, sodass sein Gesicht auf die Wand gerichtet war, die das Schlafzimmer vom Wohnzimmer trennte. Ein lebensbeendender, die Zeit anhaltender Schrei hallte bis zu den Rändern des Universums und wieder zurück, und die Wand explodierte. Gipsstaub wirbelte träge in Spiralen und erschwerte das Atmen. Schutt und Trümmer lagen überall auf dem Wohnzimmerfußboden, und die jenseitige Wand wölbte sich. Einen Moment lang stellte Roulette sich vor, wie diese Wand ebenfalls einstürzte, stellte sich das kleinbürgerliche, fette Paar in der Nebenwohnung vor, wie es auf die Szenerie starrte, die sich ihm darbot. Eine nackte Frau, die einen nackten Mann hielt. Sein Schwanz war zu Hengstproportionen angeschwollen, und auch der Rest seines Körpers dehnte sich aus, als das Gift die Blutgefäße platzen ließ. Man sah es an einer Spur schwarzblauer Verfärbungen.

Ein weiterer Krampf schüttelte Howler, aber sein Hals war angeschwollen, und seine Stimme versagte. Die schweißnasse Haut seines Rückens presste sich kalt und klamm gegen ihre Brüste, und der Gestank seiner sich leerenden Blase und Gedärme erfüllte den Raum. Würgend stieß sie ihn weg,

54

kroch vom Bett, hockte sich auf den Boden und schlug die Arme um sich.

Die Zerstörung der Kreuzgänge. *Er* hatte durchblicken lassen, es sei Turtle gewesen, der die Steinmauern zum Einsturz gebracht hatte ... *Aber er hat gelogen!* Er hatte versprochen, es sei kein Risiko, obwohl dies das erste Ass war, das sie je getötet hatte. *Und er hat gelogen.* Sie fasste an ihr Ohr und starrte fasziniert auf das getrocknete Blut an ihren Fingern. Das Gefühl, verraten worden zu sein, fraß sich in ihr Bewusstsein und verwandelte sich in Wut. *Er hat es gewusst und mich nicht gewarnt.* Hatte er gewollt, dass sie hier starb? Aber wer würde dann Tachyon für ihn töten?

Sirenen erinnerten sie an die Gefahr, in der sie schwebte. Sie war so vertieft in ihre Grübeleien über Tod und Verrat gewesen, dass sie die Realität vergessen hatte. Niemand in Lower Manhattan konnte diesen Todesschrei überhört haben. Ihre Zeit wurde knapp. Und wenn sie überleben wollte, um ihr endgültiges Ziel zu erreichen, musste sie sich beeilen. Sie strich sich das zerwühlte Haar zurück, wobei die in ihre Zöpfe eingeflochtenen Perlen und Kristalle an ihren Fingern hängen blieben. Sie stopfte Strümpfe und Strumpfgürtel in die Handtasche, streifte sich ihr Kleid über und schlüpfte in ihre hochhackigen Sandalen.

Ein letzter Blick über den verwüsteten Raum, um sich zu vergewissern, dass sie keine Spur zurückgelassen hatte – abgesehen von der offensichtlichen natürlich, der aufgeblähten Leiche auf dem Bett.

Ich wollte schon immer etwas Besonderes sein.

Ein unartikulierter Schrei entrang sich ihrer Kehle, und sie lief zur Feuerleiter. Ein Absatz blieb in dem Eisengitter hängen, und mit einem Fluch zog sie die Schuhe aus. Einen in jeder Hand, hastete sie die fünf Treppen zum Erdgeschoss hinab und ließ die Leiter auf die schmutzige, abfallübersäte Gasse herunter. Glassplitter von hundert zerbrochenen Fensterscheiben lagen wie funkelnder Schnee zwischen verfaulten Salatblättern, Sixpackhaltern aus Plastik und stinkenden Dosen. Es knirschte unter ihren Füßen, als sie auf dem Boden ankam, und ein Splitter drang tief in ihre Ferse ein.

Sie wimmerte, als sie ihn herauszog und sich die Schuhe überstreifte. Eine Tetanusspritze, ich brauche eine Tetanusspritze. Ich habe keine mehr bekommen, seit Josiah und ich vier Wochen in Peru waren.

Der Gedanke an ihren Exmann setzte Erinnerungen in Bewegung. Sie ruckten vorwärts wie ein Zug, der langsam beschleunigte. Bilder jagten sich, als laufe in ihrem Kopf ein Horrorfilm mit doppelter Geschwindigkeit ab ... bis keine zusammenhängenden Bilder mehr da waren, sondern nur noch ein wabernder Nebel aus Kummer und Schmerz und brennender Wut, der in einem Gefühl der Erleichterung gipfelte, als sie die Flut ausgelöst hatte und Howler gestorben war.

Durch die Gasse und auf die Straße. Und der Versuch, sich unauffällig zu verhalten. Es wäre verdächtig, diesen Albtraum einer Versicherungsgesellschaft und diese Wunschvorstellung jeden Glasers ringsum einfach zu ignorieren. Doch sie konnte sich einfach nicht dazu überwinden, sich der gaffenden, schubsenden Menge anzuschließen. Viele von denen, die sich zu Trauben zusammengefunden hatten, um die mit Glasscherben übersäte Straße und die geparkten Wagen mit gesprungenen oder demolierten Scheiben anzustarren, waren noch im Schlafanzug oder im Bademantel. Vielleicht war es besser, eine junge Arbeiterin zu mimen: interessiert, aber darauf bedacht, nicht zu spät zur Arbeit zu kommen ...

Ein Polizeiwagen schoss die Straße entlang und bremste jäh, als er sie passierte, sodass die beiden Insassen wie Crashtest-Dummys nach vorn ruckten. Ausdruckslose, blutunterlaufene Augen musterten sie, und sie zwang sich, den misstrauischen Blick des Bullen zu erwidern, obwohl die Angst ihren Magen zusammenkrampfte. Es war eine überwiegend weiße Wohngegend, und sie war zwar unauffällig elegant gekleidet, aber ihr Kleid war eindeutig für den Abend gedacht.

Hure.

Der Gedanke stand wie mit Druckbuchstaben in dem aufgedunsenen rosa Gesicht, und in ihr regte sich so etwas wie Groll. Highschool-Jahrgang 70, Vassar, Abschluss in Wirtschaftswissenschaften. Keine Prostituierte, du Arschloch. Aber sie war sorgfältig darauf bedacht, einen neutralen Gesichtsausdruck zu wahren.

Ein Mann rannte aus Howlers Wohnhaus. Seine Arme ruderten. Sein Mund öffnete und schloss sich, obwohl die Worte über dem Sirenengejaul nicht zu verstehen waren. Der Bulle wurde abgelenkt und verlor das Interesse an Roulette. Er knurrte seinem Partner etwas zu und zeigte mit dem Daumen auf das Gebäude. Der Wagen fuhr weiter, und Roulette zwang sich weiterzugehen.

Die Angst war wieder da. Nicht vor den spürbaren Verfolgern, die sich hinter ihr sammelten, sondern vor dem Bellen ihrer Seelenhunde, die an ihren Flanken hochsprangen. Sie warteten auf die Zeit, wenn Zweifel, Entsetzen und Schuldgefühl, die mit jedem Mord stärker wurden, sie überwältigten und niederrangen, und dann würden sie kommen und sie vernichten. Jetzt waren sie nur da – und warteten. Sie konnte sie hören. Bisher hatte sie sie noch nie gehört. Sie wurde wahnsinnig. Und wenn sie wieder tötete, was würde dann geschehen? Aber sie musste es tun. Und Tachyons Tod würde selbst den Wahnsinn erträglich machen.

Drittes Kapitel
08:00

Die Steinlöwen, die die Treppe vor dem Haupteingang der öffentlichen Bibliothek von New York bewachten, hätten sich auch den Tag freinehmen können. Die Bibliothek war geschlossen, die Treppe verlassen.

Jennifer, die in ihre Wohnung zurückgekehrt war, um ein leichtes Frühstück zu sich zu nehmen und sich umzuziehen – konservatives schwarzes Kostüm und weiße Bluse –, tätschelte einem der Löwen im Vorbeigehen die Seite, als wollte sie ihn aufmuntern. Sie schloss auf und trat ein. Die Sohlen ihrer Schuhe klickten laut und hallten in dem großen Bibliotheksvorraum unheimlich.

»Morgen, Miss Maloy«, begrüßte sie ein alter Mann in einer zerknitterten Uniform, als sie durch den höhlenartigen Saal zu ihrem Schreibtisch in der Nähe der Bücherregale im Erdgeschoss ging.

»Guten Morgen, Hector.«

»Gehen Sie nicht zu der Parade?« Der alte Mann war einer der Wachmänner. Er erzählte gern Geschichten darüber, wie er damals, als er noch ein Bulle gewesen war, Jetboy im Himmel über Manhattan gegen den Zeppelin hatte kämpfen sehen. Damals, als das Wild-Card-Virus in den ersten schrecklichen Augenblicken des neuen Zeitalters auf die Welt losgelassen worden war.

»Vielleicht später«, sagte sie. Sie mochte den alten Mann, aber jetzt war nicht der rechte Zeitpunkt, sich seine endlosen

Erinnerungen anzuhören. »Ich habe zu tun. Ein Projekt, das ich beenden will.«

Hector klickte mit der Zunge gegen sein Gebiss und schüttelte den Kopf.

»Sie arbeiten zu viel, Miss Maloy. So eine hübsche junge Frau wie Sie sollte mehr ausgehen.«

»Das werde ich auch. Ich dachte nur, heute wäre ein guter Tag, mein Projekt zu beenden. Wo doch die Bibliothek geschlossen hat.«

»Hab schon verstanden, schon verstanden«, sagte der alte Mann gut gelaunt, indem er die Reihe der im Dunkeln liegenden Tische entlangging. »Ich hab noch nie ein Mädchen gesehen, das sich so viel aus Büchern macht und so wenig aus abends Ausgehen und Spaßhaben«, murmelte er vor sich hin.

Jennifer ging zu den Regalen zurück, wobei sie Hector im Auge behielt und sich vergewisserte, dass er mit einer seiner ziellosen Runden begonnen hatte. Es wäre nicht gut, sagte sie zu sich, wenn er über eine Bibliothekarin stolperte, die mit ein paar Alben voller seltener Briefmarken über einem Katalog brütete. Nein, das wäre überhaupt nicht gut.

♦

Der Geräuschpegel im *Crystal Palace* war noch so niedrig, dass man bei einzelnen Unterhaltungen mithören konnte, aber Spector hatte kein Interesse zu lauschen. Er ging ohne Umwege zur Bar, setzte sich und schlug mit den Fingern einen Trommelwirbel auf dem polierten Holz. Sascha, der allein hinter der Bar stand, war damit beschäftigt, einer Blondine in einem engen rot-weißen Kleid einen Brandy Alexander zu mixen. Beim Anblick von Saschas augenlosem Gesicht überlief es Spector kalt.

»Hey«, sagte Spector gerade laut genug, um Sascha auf

sich aufmerksam zu machen. »Ich brauche einen doppelten Jack Black.«

»Ich bin sofort bei Ihnen.«

Spector nickte und strich sich das Haar aus der Stirn. Er war zu verängstigt, um etwas zu essen, aber trinken konnte er immer. Scheiße, dachte er, ich hätte zu allem, was er wollte, Ja und Amen sagen sollen. Der verdrehte alte Furz kann Hackfleisch aus mir machen. Er legte die Hand vor den Mund und versuchte, seine Atmung zu beruhigen.

Er drehte sich um, weil er plötzlich Angst hatte, der Astronom könne direkt hinter ihm stehen. Nur die wenigsten Leute würden überhaupt den Schneid haben, irgendwas im *Crystal Palace* anzufangen, aber der Astronom würde keinen Augenblick zögern.

Gott, ich will diesen Schweinehund echt nicht am Hals haben. Vielleicht ist er ja zu beschäftigt mit den anderen. Sogar der Astronom wird Probleme haben, wenn er sich mit allen anlegt.

»Ihr Drink.«

Beim Klang von Saschas Stimme fuhr Spector zusammen, dann drehte er sich um. »Danke.« Er zog einen Fünfer aus der Tasche und warf den zerknitterten Geldschein auf den Tresen. Sascha zögerte einen Augenblick, dann nahm er das Geld und ging.

Spector hob das Glas und stürzte den Whiskey hinunter. Vielleicht sucht er in Brooklyn nicht nach mir. Er lachte im Stillen. Vielleicht wird ein Joker nächster Präsident.

Als er den *Palace* verließ, war es draußen kühl und windstill. Er rieb sich die Handflächen und ging dann rasch über die Straße zur nächsten U-Bahn-Station.

♠

Ihr erster Mord war eigentlich kein Mord, sondern ein Unfall gewesen – wenn so etwas je Unfall genannt werden kann –, und den konnte sie sogar jetzt noch entschuldigen, weil Kröten wie Sully wirklich nicht gestattet werden sollte, sich zu paaren und zu vermehren.

Sie hatte gerade ihren Job verloren. Ihre Finger verkrampften sich, und Zucker- und Doughnut-Krümel fielen auf den Plastikteller. Es war als Urlaub deklariert worden, aber sie wusste es besser. Seit Wochen hatte sie das Geflüster verfolgt, das um die Ecken der Trennwände im Büro schlich, durch die Waschräume hallte und auf jedem Gesicht eine sichtbare Spur hinterließ. *Das arme Ding ... ihr Mann lässt sich scheiden ... Stimmt das? ... Sie hat ein ... Monster bekommen?*

Mehrere ihrer schwangeren Freundinnen ließen sie fallen, als könnte ihre bloße Anwesenheit deren Kinder mutieren lassen. Die Angst wurde nicht geringer durch das beunruhigende Gerücht aus den Reihen der CDC, dass zwei anomale Fälle von Wild-Card-Virus-Infektionen aufgetreten waren, nur erklärbar, wenn die Krankheit tatsächlich ansteckend war. Frank war an diesem Tag freundlich gewesen, als er sie in sein Büro gerufen hatte, aber auch sehr entschlossen. Ihre Anwesenheit im Büro beeinträchtige die Arbeitsmoral und Produktivität. Und brauche sie nicht ein wenig Zeit für sich allein, um mit dem, »was ihr zugestoßen war«, zurechtzukommen? Warum nicht erst einmal Urlaub nehmen?

Wochen später, als ihr Geld knapp wurde und ihre Stimmung auf den Nullpunkt gesunken war, hatte Sully Thornton an ihre Tür geklopft. Er war eine erbärmliche kleine Kröte und prahlte ständig, einer von Josiahs »Geschäftspartnern« zu sein. Roulette war nie aufgefallen, dass er irgendwelche Geschäfte erledigte, wenn er bei Smallwoods war. Stattdessen hatte er sich darauf konzentriert, so viel kostenlosen Schnaps wie möglich in sich reinzuschütten und ihr immer dann, wenn er sie allein erwischte, feuchte, betrunkene Küsse aufzudrücken. Einmal hatte sie ihn geschlagen, und nach einem wiehernden Gelächter, bei dem sein vorspringender Adamsapfel wie wild herumhüpfte, hatte er ihr mit der undeutlichen Aussprache eines Betrunkenen erklärt, er hätte nur Opa Thorntons Faszination für dunkelhäutige Frauen geerbt. »Das liegt mir einfach im Blut.«

Ja, hatte sie mürrisch gedacht, *so wie Jungs zu verprügeln und Mädels zu ficken. Ist das Natürlichste von der Welt.*

Sully hatte irgendwas davon geschwafelt, dass er sie mal besuchen wollte, weil Josiah sie so schlecht behandelt hätte. Er könnte ihr ein Essen spendieren, hätte gehört, dass sie ihren Job verloren hätte. Ob sie vielleicht einen »kleinen Kredit« brauchte? Ihr entging keineswegs, was er damit meinte, und trotz ihrer Abneigung gegen den Mann willigte sie ein. Pleite zu sein ruiniert eben die Maßstäbe.

Spät in dieser Nacht, als er stöhnend und keuchend auf ihr lag, hatte sie sich an die erschütternde Erleichterung erinnert, als sie ihr Kind geboren, sich auf die Ellbogen gestützt und gesehen hatte … *Nein!* Dann war eine Erleichterung anderer Art gekommen, und Sully war gestorben.

Ihre Seelenfresser hatten wenige Stunden nach Sullys Tod damit begonnen, sie zu quälen. Und wenn Judas sie nicht gefunden hätte, würde sie vielleicht längst aufgehört haben, mit dem Tod zu handeln. Aber der Ass-Spürhund des Astronoms hatte sie entdeckt und zu den Kreuzgängen gebracht, und der Astronom hatte ihre verborgensten Gefühle angesprochen und ihren schwelenden Hass geschürt. Er hatte ihr versprochen, dass sie ihre endgültige Rache bekommen und er ihr Frieden schenken würde, wenn der letzte Mord begangen war – indem er die Erinnerung an ihr Kind ein für alle Mal auslöschte.

Der Astronom hatte sie gezielt eingesetzt, darauf bedacht, ihr Geheimnis und ihre Effektivität zu wahren. Und sie war effektiv. Der heutige Mord war der dritte, den sie für ihren grässlichen Meister begangen hatte, und jedes Mal wurde es schlimmer. Sie trank einen Schluck vom starken Kaffee des *Sunshine Café*, um den ekelerregenden Geschmack des Todes wegzuspülen, der ihr auf der Zunge lag.

Diesmal würde er es erfahren. Er würde ihre Schuldgefühle und Zweifel spüren und darauf reagieren, und sie hatte Angst, ihn zu enttäuschen. Nein. Sie hatte nur Angst. Vor ihm. Vor seinen Kräften. Vor seinem besessenen Drang zu zerstören. Zuerst TIAMAT. Und jetzt jene, die ihm seinen endgültigen Sieg verwehrt hatten.

Und wenn sie einfach nicht zurückkehrte?

Nein, ohne ihn konnte es keine endgültige Erlösung geben, keine endgültige Befreiung von der Erinnerung an Ungeheuer. Er konnte alle anderen haben, aber Tachyon gehörte ihr. Der Außerirdische hatte ihr Leben zerstört. Sie würde sich bei ihm rächen, indem sie seines zerstörte. Das war *ihre* Besessenheit, die der Grund dafür gewesen war, mit dem Astronom eine unheilige Ehe des Hasses und der Vergeltung einzugehen, und das war ein viel stärkeres Band als Liebe.

»Lady, ich vermiete hier nicht stundenweise Tische«, knurrte der Besitzer des *Sunshine Café*, ein lebender Beweis dafür, dass die Verfasser fröhlicher Werbung nicht verpflichtet waren, dafür einzustehen.

Sie warf Geld auf den Tisch und kam zu dem Schluss, dankbar für die Unterbrechung zu sein, statt sich darüber zu ärgern. Ihr Zufluchtsort in Gestalt einer schmierigen Kaschemme stand nicht mehr zur Verfügung. Sie musste gehen.

Zu ihm.

♣

Normalerweise fuhr Hiram gern durch die Straßen der Stadt, um Ebbe und Flut des menschlichen Dramas auf den Straßen Manhattans durch die getönten Scheiben seines Bentleys zu beobachten, während sich sein Fahrer Sorgen wegen verstopfter Kreuzungen und Kamikazetaxis machte. Aber heute würden Jokertown und Umgebung ein Chaos sein, wenn die Joker auf die Straße gingen und Tausende Touristen zu den Umzügen, Flohmärkten, Feuerwerken und anderen Feierlichkeiten des Wild-Card-Tags in die Stadt strömten.

Um nicht in Staus zu geraten, befahl Hiram Anthony, den FDR Drive zu nehmen, aber der Verkehr war dennoch ein Albtraum. Hiram hätte es vorgezogen, in seine Wohnung zurückzukehren, um sich umzuziehen, aber dazu war keine Zeit mehr. Sie fuhren direkt zum Empire State Building.

Vor den Expressaufzügen zum *Aces High* hingen Samtkordeln und ein geschmackvolles Schild mit der Aufschrift GESCHLOSSENE GESELLSCHAFT in Goldbuchstaben. Hiram sprang leichtfüßig über die Samtkordel, was für einen Mann, der nur dreißig Pfund wog, nichts Besonderes war, aber der eine oder andere in der Lobby ließ sich immer wieder davon beeindrucken. Der Fahrstuhl brachte ihn direkt ins Foyer des Restaurants.

Als sich die Türen öffneten, hörte er, wie sein Küchenchef jemanden anschrie. Zweifellos den Saucier. Die beiden stritten sich ständig. Ein Hausmeister fegte die Garderobe aus, als Hiram den Fahrstuhl verließ. »Vergessen Sie nicht, die Aschenbecher zu leeren, Smitty«, sagte Hiram zu ihm. Er blieb einen Augenblick stehen, um sich den Raum anzusehen. Der Marmorboden glänzte, die Sofas waren frisch gereinigt. Alle Wände waren mit gerahmten Fotos von Berühmtheiten geschmückt: Politiker, Sportler, Sexsymbole, Angehörige der oberen Zehntausend, Schriftsteller, Filmstars, Zeitungsredakteure und eine Vielzahl von Assen. Die meisten hatten eine herzliche persönliche Widmung für Hiram auf ihre Konterfeis gekritzelt. Er blieb stehen, um das Bild von Senator Hartmann und dem Howler zurechtzurücken, das in der Nacht der Wiederwahl des Senators aufgenommen worden war. Dann rauschte er durch die breite Doppeltür in den Speisesaal.

Paul LeBarres Stimme war hier drinnen trotz des allgemeinen Tumults viel lauter. Arbeiter stellten runde Banketttische für die Feier auf und räumten die Alltagstische weg. Putzkolonnen wienerten den Boden, die lange gewundene Bar und die umwerfenden Art-déco-Kronleuchter, die einiges zum Ambiente des *Aces High* beitrugen. Die breiten Türen zur Sunset-Terrasse standen offen, um den Raum zu lüften, und eine steife New Yorker Brise wehte herein. Von weit unten konnte Hiram vage den Verkehr und Polizeisirenen hören.

Curtis, sein Oberkellner und rechte Hand, kam mit einem Dutzend Bogen steifer Dekopappe unter dem Arm zu Hiram Worchester. Er war ein schlanker, hochgewachsener Schwarzer mit weißen Haaren. In seinem Smoking würde er heute Abend elegant, prächtig und sogar ein wenig streng aussehen. Mit seinem Flanellhemd und der abgetragenen Arbeitshose wirkte er im Moment nur gequält.

»Die Küche ist ein Chaos«, verkündete er kurz und bündig. »Paul beharrt darauf, dass Miriam seine Hollandaise ruiniert hat, und droht, sie von der Sunset-Terrasse zu werfen. Wir hatten ein kleines Feuer in der Küche, aber es ist gelöscht, keine Schäden. Die Eisskulpturen sind überfällig. Sechs unserer Kellner haben sich heute Morgen krankgemeldet. Feiertagsgrippe nenne ich es, verschlimmert durch die Tatsache, dass auf diesen Privatveranstaltungen niemand Trinkgeld gibt. Eine größere Prämie könnte zu einer raschen Genesung führen. Die üblichen Gerüchte über Golden Boy haben die Runde gemacht, und ich habe drei Anrufe von Gästen bekommen, die uns unbedingt mitteilen wollten, dass sie nicht kommen, wenn *er* kommt. Ach ja, und Digger Downs hat angerufen, um mir zu sagen, dass das *Aces!*-Magazin dieses Restaurant nie wieder erwähnen wird, wenn er heute Abend nicht eingelassen wird. Und wie geht es Ihnen heute Morgen, Hiram?«

Hiram seufzte und strich sich nervös über den kahlen Kopf, ein Überbleibsel aus einer Zeit, als er noch Haare gehabt hatte. »Sagen Sie Digger, ich lasse ihn ein, wenn mir sein Herausgeber schriftlich gibt, dass wir nie wieder im *Aces!*-Magazin erwähnt werden. Besorgen Sie sechs Aushilfskellner – nein, warten Sie, zehn sind besser, sie werden nicht so gut sein wie unser Stammpersonal. Wegen Paul mache ich mir keine Sorgen. Er hat bisher noch nie jemanden aus dem Fenster geworfen.« Er schlug die Richtung zu seinem Büro ein.

Curtis begleitete ihn. »Es gibt immer ein erstes Mal. Was ist mit Golden Boy?«

Hiram schnaubte abfällig. »Wir hören jedes Jahr dasselbe Gerücht, und bisher ist Mr. Braun noch nie aufgetaucht. Sollte er es je tun, kümmere ich mich um die Zusammenstellung seines Menüs. Wer will nicht kommen?«

»Sparkle Johnny, Trump Card und Pit Boss«, erwiderte Curtis.

»Beruhigen Sie Shawna und Lou«, sagte Hiram, »und sagen Sie Sparkle Johnny, dass Golden Boy definitiv hier sein wird. Sind das die Pläne für die Sitzordnung?«

Curtis gab sie ihm. »Ich rufe Kelvin an und horche mal, was mit den Eisskulpturen los ist«, sagte er, während Hiram die Tür zu seinem Privatbüro aufschloss.

»*Aus dem Fenster!*«, schrie Paul LeBarre in der Küche. »Und auf dem Weg nach unten kannst du dir überlegen, wie man eine richtige Hollandaise macht. Vielleicht dämmert's dir ja, bevor du aufschlägst!«

Hiram zuckte zusammen. »Tun Sie das«, sagte er. »Und jemand soll mir ein kleines Frühstück bringen. Ein Omelett, würde ich sagen. Tomaten, Zwiebeln, gehackter Schinken, Käse.«

»Cheddar?«

Hiram hob eine Augenbraue. »Gewiss. Vier Eier. Mit Pommes frites und einer Karaffe Orangensaft, dazu eine Tasse Earl Grey. Haben wir süße Brötchen?«

Curtis nickte.

»Gut. Drei, bitte. Ich bin ganz schwach vor Hunger.« Wenn er seine Kräfte einsetzte, war er danach völlig ausgehungert. Dr. Tachyon sagte, es hätte etwas mit Energieverlust zu tun. »Anthony kommt bald mit einem sauberen Anzug zurück. Ich hatte heute Morgen in der Fulton Street eine ziemlich heftige Auseinandersetzung. Schicken Sie jemanden in die Lobby, der auf den Anzug wartet. Wenn Anthony versucht, ihn hochzubringen, wird wahrscheinlich der Bentley abgeschleppt.« Er schloss die Tür.

Seinem Schreibtisch gegenüber hing ein Farbfernseher mit einer 65-cm-Bildröhre an der Wand. Hiram setzte sich auf den riesigen, maßgefertigten Ledersessel, der nach den Räumlichkeiten eines sehr alten, sehr exklusiven britischen Herrenclubs roch, schaltete die eingebaute Vorrichtung zur Rückenmassage ein, breitete die Papptafeln mit der Sitzordnung vor sich auf dem schwarzen Walnussholz aus und schaltete mit einem Druck auf die Fernbedienung den Fernseher ein. Willard Scott und Peregrine nahmen auf dem Bildschirm Gestalt an. Willard trug aus irgendeinem Grund Elchsohren. Peregrine trug so wenig, wie man ihr im Fernsehen gerade noch durchgehen ließ. Sie redeten über den Jokertown-Umzug. Hiram stellte den Ton ab. Er ließ den Fernseher bei der Arbeit gern nebenher laufen, eine Art Videotapete, die ihn mit der Welt verband, aber der Ton lenkte ihn zu sehr ab. Nach einem letzten Blick auf Peregrines bewundernswertes Kostüm sah er sich die Sitzordnung an und zeichnete jede Tafel in der unteren rechten Ecke ab, nachdem er sie überprüft hatte.

Als Curtis mit dem Omelett zurückkehrte, war Hiram fertig. »Zwei Änderungen«, sagte er. »Setzen Sie Mistral näher zur Terrasse. Wenn es zu windig wird, kann sie das für uns regeln. Tachy und Croyd tauschen die Plätze. Wenn wir Tachyon und Fortunato an einen Tisch setzen, werden in dem daraus resultierenden Kreuzfeuer vermutlich Unschuldige sterben.«

»Ausgezeichnet«, sagte Curtis. »Sechs Tische für die Ungeladenen?« Zum Wild-Card-Tag-Dinner im *Aces High* wurden alljährlich offizielle Einladungen mit der Bitte um Rückmeldung verschickt, aber es gab Asse, die ihren echten Namen geheim hielten, und andere, die noch unbekannt waren. Die Veranstaltung stand auch ihnen offen, und die Schlange derjenigen, die durch die Vorführung eines Ass-Talents hofften, eingelassen zu werden, wurde jedes Jahr länger.

»Acht Tische«, sagte Hiram nach einem Augenblick des Nachdenkens. »Schließlich ist heute der vierzigste Jahrestag.« Er sah wieder auf den Bildschirm. »Noch eins.« Er nahm sich die oberste Tafel und machte eine Notiz. »Hier.«

Curtis studierte sie. »Peregrine sitzt neben Ihnen. Sehr gut, Sir.«

»Das dachte ich mir«, erwiderte Hiram mit einem dünnen Lächeln. Er war sehr zufrieden mit sich.

»Die Eisskulpturen werden in der nächsten Stunde angeliefert.«

»Hervorragend. Geben Sie mir Bescheid, wenn sie eintreffen.«

Curtis schloss die Tür hinter sich. Hiram lehnte sich zurück, sah auf den Bildschirm und wechselte den Kanal. Auf den Stufen von Jetboys Grab interviewte Linda Ellerbee gerade Xavier Desmond. Er sah ihnen eine Minute lang dabei zu, wie sie stumm Sätze formulierten. Dann wurde ihr Gespräch durch eine aktuelle Meldung unterbrochen. Irgendetwas über den Howler, dessen Bild plötzlich den Schirm ausfüllte. Auf dem Foto trug er seinen gelben Kampfanzug.

Ein netter Bursche, aber was Farben anging, war sein Geschmack fast genauso schlecht wie der von Dr. Tachyon.

Hiram runzelte die Stirn und faltete nachdenklich die Hände vor dem Gesicht. Alles war unter Kontrolle. Die Feier würde ein überwältigender Erfolg, das gesellschaftliche Ereignis des Jahres. Er hätte in Hochstimmung sein müssen. Stattdessen war er beunruhigt.

Die Geschichte auf dem Fischmarkt in der Fulton Street, das war es. Er bekam sie nicht aus dem Kopf. Gills steckte in irgendwelchen Schwierigkeiten. Er brauchte Hilfe. Hiram mochte den alten Joker. Sie machten seit einem Jahrzehnt Geschäfte miteinander, und das *Aces High* hatte sogar die Feier anlässlich des Highschool-Abschlusses von Gills' Sohn ausgerichtet.

Jemand sollte herausfinden, was vorgeht, dachte Hiram. Natürlich nicht er. Er war Gastronom, kein Abenteurer. Aber er kannte die richtigen Leute, und viele von ihnen schuldeten ihm einen Gefallen. Vielleicht sollte er seine Kontakte nutzen.

Hiram fand Dr. Tachyons Nummer in seinem Filofax, hob den Hörer ab und wählte. Er ließ es lange klingeln. Der Takisier war ein notorischer Langschläfer. Schließlich gab Hiram auf. Der Wild-Card-Tag war immer eine schwere Belastung für Tachyon. Meistens ertrank er in Schuldgefühlen, Selbstmitleid und Cognac. Da dies der vierzigste Jahrestag war, konnte es sein, dass der Angstzustand des Doktors besonders akut war. Oh, Dr. Tachyon würde pünktlich zum Essen kommen, kein Zweifel, aber Hiram wollte sofort jemanden auf die Geschichte ansetzen.

Er dachte kurz nach. Sein guter Freund, Senator Hartmann, würde ihm fraglos die Dienste eines Asses aus dem Justizministerium zur Verfügung stellen, aber die Regierung einzuschalten war zeitraubend und unsauber. Fortunato half ihm vielleicht – oder auch nicht.

Er drehte den Filofax um und sah sich die Namen an. Natürlich stand der Name da, gleich auf der ersten Karte:

JAY ACKROYD
Vertrauliche Ermittlungen
und Zauberkunststücke

Lächelnd nahm Hiram Worchester den Hörer ab und wählte. Ackroyd meldete sich beim fünften Klingeln. »Es ist noch zu früh«, beschwerte sich der Privatdetektiv. »Legen Sie wieder auf.«

»Raus aus dem Bett, Popinjay«, sagte Hiram fröhlich, weil er wusste, dass ihn das reizen würde. »Morgenstund hat Gold im Mund, und heute werden Sie sozusagen für Ihr Mittagessen arbeiten.«

»Ich kann nur hoffen, dass es mehr als ein Mittagessen ist, Hiram«, sagte Ackroyd. »Und nennen Sie mich nicht Popinjay, verdammt noch mal!«

♥

Jedes Album hatte zehn Seiten, und jede Seite enthielt etwa hundert Briefmarken, unter denen jeweils die Nummer aus dem Scott-Postage-Briefmarkenkatalog stand, sodass sie leicht zu bestimmen waren.

Es gab zehn Irland #38 (Großbritannien #171, in blauschwarzer Tinte »Rialtar Sealadac na hèineann 1922« überschrieben), postfrisch, Katalogwert $ 1500 pro Stück. Hinzu kamen acht Dänemark #1 (ungezähnt), leicht entwertet und mit vier hervorragend erhaltenen Rändern, Katalogwert $ 1300 pro Stück. Weiter ging es mit zwölf japanischen #8 (einheimisches Papier ohne Gummierung), postfrisch, Katalogwert $ 450 pro Stück. Und so weiter und so fort. Alles in allem waren es 1880 Briefmarken mit einem durchschnittlichen Katalogwert von 1000 $ pro Stück, sodass jedes Album etwa eine Million Dollar in Briefmarken enthielt. Das dritte Buch dagegen ...

Jennifer blätterte es rasch durch, aber ihre Gedanken wurden durch das Vermögen in den anderen Büchern auf dem überladenen Schreibtisch zu sehr abgelenkt, um das Geheimnis des dritten Buchs zu ergründen.

Kien hatte eine ganz beachtliche Sammlung zusammengestellt. Jennifer wusste wenig über Philatelie, aber eine rasche Durchsicht der Informationen zur Preisentwicklung, die sich vorn im Katalog befand, und ihre allgemeinen Kenntnisse auf dem Gebiet seltener und sammelnswerter Gegenstände verrieten ihr, dass Kien die perfekte Sammlung zusammengestellt hatte, um maximale Gewinne zu machen, wenn die Zeit zum Verkauf gekommen war.

Die Marken, die er gesammelt hatte, waren selten, aber nicht übermäßig selten. Von den wirklich seltenen Marken waren alle noch vorhandenen Exemplare dokumentiert. Von Kiens Marken gab es jedoch noch so viele, dass sie sich nicht zurückverfolgen ließen. Sie waren einerseits selten, andererseits gewöhnlich genug, dass ihr Erscheinen auf dem Markt keinen Aufruhr verursachen würde.

Sie waren außerdem so gesucht, dass Kien – natürlich je nachdem, wie verzweifelt er war, wenn er seinen Besitz liquidierte – erwarten konnte, annähernd den Katalogpreis zu bekommen, wenn er sein Geld in leichter verkäufliche Dinge stecken wollte.

Ein Blick in einige ältere Kataloge verriet ihr, dass die Marken jedes Jahr im Wert stiegen. Wenn Kien seine Karten richtig ausspielte, sobald er die Marken verkaufte, würde er keine Steuern für den Erlös zahlen müssen. Natürlich konnte ein einzelner Briefmarkenhändler kaum genug Bargeld aufbringen, um die gesamte Sammlung zu kaufen, aber in jeder größeren Stadt gab es eine Menge Briefmarkenhändler.

Bedauerlicherweise, sann Jennifer, während sie die Seiten mit den Briefmarken müßig betrachtete, hatte sie diese Möglichkeit nicht. Sie konnte die Sammlung nicht Stück für Stück verkaufen. Sie musste sie auf einmal loswerden, und wenn sie Glück hatte, würde ein Hehler ihr zehn Prozent des Werts geben.

Trotzdem, zehn Prozent waren ganz nett. Zweihunderttausend waren nicht schlecht für die Arbeit eines Morgens.

Demnächst war eine ziemlich fette Rate für ihre Wohnung fällig, die vor Kurzem in eine Eigentumswohnung umgewandelt worden war. Und dann waren da noch ihre besonderen Projekte. Sie holte ein kleines schwarzes Buch aus ihrer Handtasche und ging die Liste ihrer liebsten Wohltätigkeitseinrichtungen durch, in der Hauptsache kleine, finanziell schlecht ausgestattete Frauenhäuser, Kinder- und Tierheime. In der gegenwärtigen Phase der Kürzungen von Regierungsbeihilfen mussten Privatleute alles tun, was sie konnten, um würdige Anliegen zu unterstützen. Jennifer war der Ansicht, dass es auf der Welt furchtbar viele würdige Anliegen gab.

♦

Nässe sickerte aus einem langen Spalt, der schräg über die Tunnelwand verlief. Das gesamte Gewicht Manhattans schien sich über ihrem Kopf zu ballen, und sie fragte sich zum hundertsten sinnlosen Mal, ob dieser Kaninchenbau aus Tunneln und winzigen Räumen erhalten bleiben würde. Vielleicht waren ihre Schritte die letzte noch erforderliche Belastung, um den ganzen wackligen Bau zum Einsturz zu bringen. Die Angst ließ sie schneller atmen, und sie eilte vorwärts, während die Nässe seitlich in ihre Sandalen kroch.

Sie konnte kaum glauben, dass nach dem Debakel im Mai, als New Yorks Asse die Kreuzgänge gestürmt, eine ganze

Reihe von Freimaurern getötet und die Shakti-Vorrichtung vernichtet hatten, der Astronom klammheimlich wieder in seinen alten Schlupfwinkel zurückgekehrt war *und niemand es bemerkt hatte.* Zugegeben, es waren nur noch eine Handvoll übrig: Kafka, der Meister persönlich, Roman, Kim Toy, Gresham, Imp und Insulin – und sie selbst, gerettet, weil sie es an jenem Tag vorgezogen hatte, ein Konzert zu besuchen. Vielleicht bot die Bedrohung durch den Schwarm – die erst kürzlich endgültig beseitigt worden war – eine Erklärung dafür.

Der Tunnel mündete in einen kleinen Raum. Roulette betrat ihn, spürte, wie sie ausrutschte, als sie in das glitschige, dunkle Blut trat, das sich dort in immer größer werdenden Pfützen auf dem Steinboden befand. Es musste ein ausgiebiges Ritual gewesen sein, denn auch die Wände waren mit Blut bespritzt. Ein greller roter Fleck hier, ein paar Rinnsale dort, all das auf grauem, nässendem Gips, eine moderne Kunstausstellung zum Thema Grausamkeit. Abgetrennte Gliedmaßen lagen wie Holzscheite gestapelt in einer Ecke, der Kopf mit seinen starren Augen wie eine Melone obenauf. Sie war hübsch gewesen, ihr langes dunkles Haar umschmeichelte den gezackten Stumpf ihres Halses, und Kristallohrringe funkelten im grellen Licht einer nackten Glühbirne an der Decke, die an ihrer Leitung leicht hin und her schwang.

Stillleben für einen Wahnsinnigen, dachte Roulette, und Hysterie und Abscheu schnürten ihr die Kehle zu.

Kafka, der in seiner Funktion als Handtuchständer ausgesprochen dadaesk aussah, hockte neben dem Astronom. Mehrere flauschige Handtücher mit aufgestickten Teddybären hingen über seinen skelettdünnen Chitinarmen. Sein Rückenschild klapperte, doch ob vor Kälte oder Angst, konnte Roulette nicht sagen.

Schließlich zwang sie sich, den Blick auf ihren Meister zu richten, der sich ausgiebig die Hände an einem Handtuch abtrocknete, um es dann auf den Boden fallen zu lassen. Seine Augen schwammen hinter den dicken Gläsern seiner Brille wie riesige Monde, aber er war lebenssprühend und knisterte förmlich vor Energie, und sie wusste, er war bereit, den Tag in Angriff zu nehmen. Ein Blutschmaus, um sich auf das bevorstehende Gelage vorzubereiten.

»Und?«

»Der Howler ist tot.«

»Ausgezeichnet, meine Liebe. Ausgezeichnet.« Er drehte sich um und schob verächtlich seinen Rollstuhl beiseite. Die Räder quietschten trauervoll, als er in eine Ecke rollte. »Aber erzähl mir alles. Jede subtile Nuance, jede gequälte Grimasse …«

»Es war nicht besonders subtil«, sagte sie entschieden, indem sie ihre kleinen Zöpfe beiseiteschob, um den Bluterguss zu enthüllen. »Und auf dem rechten Ohr kann ich immer noch nicht richtig hören.«

Er lachte, ein tiefes, kehliges Grollen, bei dem sie vor Angst zitterte.

»Ich hätte sterben können! Bedeutet dir das nichts?«

»Nicht sonderlich viel.« Seine Augen ruhten auf ihr, und sie wand sich, da sie seinem Blick nicht begegnen konnte.

»Du hättest mich wenigstens warnen können«, rief sie in dem Versuch, einen sicheren Ruheplatz für ihren Blick zu finden, aber überall war Wahnsinn.

»Ich bin nicht dein Daddy. Ich nahm an, du wärst intelligent genug, eigene Nachforschungen anzustellen.«

»Ich bin kein Profikiller. Ich stelle keine *Nachforschungen* an.«

Sogar Kafka stieß ein flüsterndes, japsendes Kichern aus, das klang, als würden trockene, tote Hände gerieben. Der Astronom warf den Kopf in den Nacken und brüllte vor Lachen, wobei die Sehnen in seinem mageren Hals wie Zweige hervortraten.

»Ach, meine Liebe. Versteckst du dich so vor deiner Seele? Du kleine Närrin. Du solltest dich dem Hass öffnen, ihn auflecken, verschlingen, darin schwelgen. Ich biete dir die einzigartige Gelegenheit, Vergeltung zu üben. Verlust mit Leid zu erwidern. Und wenn all das vorbei ist, gebe ich dir die Freiheit, nach der du dich sehnst. Du solltest mir danken.«

»Ich werde zu einem Ungeheuer«, murmelte Roulette.

»Höre ich da Zweifel? Dann unterdrücke sie bitte. Ein Schuldgefühl ist äußerst beeinträchtigend. Es macht dich schwach. Weißt du, Zweifel können zu Verrat führen, und du weißt, wie ich mit jenen verfahre, die mich verraten. Ich gebe dir Tachyon, obwohl ich ihn eigentlich lieber selbst töten würde, also plärr mir nicht die Ohren voll, wie nah du dem Tod warst und wie schrecklich ich bin, weil ich dich dazu bringe zu töten. Und denk ja nicht daran zu kneifen. Ich habe keine Zeit, mich selbst um den guten Doktor zu kümmern – ich musste Turtle sogar Imp und Insulin überlassen –, also wäre ich sehr unzufrieden mit dir, wenn ich Tachyon wieder auf meine Liste nehmen müsste. Das Vergnügen würde den Ärger nicht aufwiegen, glaub mir.«

»Ich glaube nicht, dass du ihn mir aus Großzügigkeit überlassen hast. Ich glaube, du hast Angst vor ihm. Deswegen schickst du mich zu ihm.«

Die Worte waren heraus, und sie war verrückt, sie geäußert zu haben, denn er war schon bei ihr, und seine Finger schlossen sich wie ein Schraubstock um ihr Kinn.

»Nennst du mich einen Feigling, meine süße kleine Mörderin?« Sein Gesicht war zu einer Teufelsgrimasse verzogen.

»Nein.« Sie zwang das kaum hörbare Flüstern heraus.

»Gut. Ich würde auch nicht glauben wollen, dass du mich nicht respektierst. *Und jetzt!* Erzähl mir alles über den Howler.«

»Nein, ich will … ich kann das nicht alles noch einmal … nacherleben.« Sie war wesentlich größer als er, sodass sie auf seinen kahlen Schädel starrte, der nur mit ein paar vereinzelten Haarsträhnen und Flecken schuppiger Haut bedeckt war.

»Dann erleb *das* nach!« Und die Erinnerung kehrte zurück. Das scheußliche missgestaltete Ding, das zwischen ihren Beinen gelegen hatte. Das Ergebnis vieler schmerzhafter Stunden in den Wehen. Ein Monster, so grotesk, dass sogar die Schwestern sich geweigert hatten, es anzufassen.

»Schon gut, schon gut! Er … hat sehr gelitten.«

»Sein Gesicht, was war mit seinem Gesicht? Er muss dich angesehen haben.«

»Er sah traurig aus. Wie ein verblüfftes Kind, das nicht verstehen kann, warum man ihm wehtut.« Schluchzer lauerten in ihrer Kehle wie gezackte Glassplitter.

»Und hat es dir Spaß gemacht?« Seine freie Hand schloss sich um ihre linke Schulter, und er zwang sie vor sich auf die Knie. Sie spürte, wie sich ihr Rocksaum mit Blut vollsog, das auf der nackten Haut ihrer Knie klebte.

Sein Blick war wieder auf sie gerichtet. Sie konnte nicht hoffen, mit einer Lüge durchzukommen.

»Nein.« Die Tränen flossen über und liefen in heißen Linien ihre Wangen herunter. »Ich kannte ihn eigentlich gar nicht. Nur eine Nacht. Aber er war nett zu mir. Und jetzt ist er tot, und ich habe Angst.«

»Wovor?«

»Vor dem, was aus mir wird. Ich habe Angst weiterzumachen …«

»Meine Liebe, es wäre besser, wenn du Angst davor hättest, was passiert, wenn du nicht weitermachst. Du gehörst mir, Roulette, und ich werde dich schrecklich bestrafen, wenn du mich im Stich lässt.«

Ein schriller Schrei blieb ihr im Halse stecken, als sie sah, wie seine Hand in ihre Brust glitt. Sie spürte den Druck, als er ihr Herz umschloss.

»Ein einziger Ruck, Roulette, und du stirbst.« Seine Hand wanderte nach unten, massierte ihre Eierstöcke und löste Schmerzwellen in ihrem Bauch aus. »Zwing mich nicht, dich zu töten, Roulette. Es wäre so eine Verschwendung.« Er zog die Hand aus ihrem Körper und streichelte den Bluterguss auf ihrer Wange. »Aber ich will dich nicht ängstigen, mein Liebling. Ich will dir helfen, deine Seele zu retten und zu befreien. Du wirst tatsächlich wahnsinnig, Roulette, wie du es befürchtest, wenn du nicht deine endgültige Vergeltung übst und deine Seele säuberst. Ohne diese Reinigung wird es dir nichts nützen, wenn ich dir die Erinnerung nehme. Und jetzt geh, finde Tachyon und töte ihn, dann bist du frei.«

»Frei«, seufzte sie. Der Astronom löste plötzlich seinen Griff um ihr Kinn, und sie fiel vornüber, konnte sich aber gerade noch mit den Händen abfangen. Als das gerinnende Blut zwischen ihren Fingern hervorquoll, wimmerte sie leise. *Sogar frei von dir,* dachte sie mit einem Gefühl, das weder Liebe noch Hass war, sondern von beidem etwas hatte.

»Ja, meine Liebe. Sogar von mir.« Sie kniff die Augen zu und wartete auf den Schlag oder eine andere Bestrafung, die folgen musste. Augenblicke vergingen, nichts geschah. Vorsichtig öffnete sie die Augen.

»Und wann wirst du ...«

»Deine Vergangenheit auslöschen? Wenn du dich zurückmeldest und mir alles in schmerzhaften Details berichtest, jeden Augenblick von Tachyons Tod.«

»Ja ... in Ordnung ... das werde ich tun.«

Roulette raffte sich auf. Mit einem Rucken des Kopfs bedeutete der Astronom Kafka, den Raum zu verlassen. Der widerwärtige Schaben-Joker huschte zur Tür und bot Roulette eines der verbliebenen sauberen Handtücher an. Sie nahm es dankbar entgegen.

»Werde ich dich hier antreffen?«

»Das hängt von der Uhrzeit ab. Mein Terminkalender ist

heute ziemlich voll.« Er grinste, dann musterte er sie nachdenklich. »Du hast mir gut gedient. Ja, warum eigentlich nicht? Ich habe beschlossen, meine ergebensten Anhänger mitzunehmen, wenn ich verschwinde.« Er wickelte sich ein Stück Schlauch um den Oberarm und klopfte die hervortretende Vene ab.

»Wenn du verschwindest?«

»Ja, ich verlasse diese Welt, die mich verraten und betrogen hat.«

»Aber wie?«

»Mit Tachyons Schiff.«

»Aber du weißt nicht, wie man ein Raumschiff fliegt. Oder doch?«, fügte sie plötzlich zweifelnd hinzu. Seine Macht war Ehrfurcht gebietend. Vielleicht wusste er es doch.

»Das Schiff wird von allein fliegen, weil es ein intelligentes Wesen mit Verstand ist, und alles, was einen Verstand hat, kann ich kontrollieren. Unser Rendezvous ist für drei Uhr dreißig morgen früh angesetzt. Sei dort, dann kannst du mitkommen. Immer vorausgesetzt, du hast Tachyon getötet und dein kleiner Bericht erfreut mich. Und, was sagst du dazu? Ich könnte nicht fairer sein«, fügte er in nachdenklichem Ton hinzu, während er über seinen Großmut nachdachte.

Das dünne Lächeln, zu dem sich seine Lippen verzogen hatten, erlosch, und sein Gesicht verzerrte sich zu einer widerlichen Grimasse. »*Und jetzt geh!*«, schrie er. Auf seinen Lippen bildeten sich kleine weiße Speicheltröpfchen und spritzten ihr ins Gesicht.

Sie ging, rannte förmlich durch den feuchten Tunnel, das Handtuch vor die Lippen gepresst. Kafka schlurfte immer noch durch den Tunnel. Als sie ihn überholte, fragte sich Roulette, wie viel er mitbekommen hatte, ob er zu den »Ergebensten« gehörte und was der Astronom mit ihm anstellen würde, wenn er von seiner Lauscherei erfuhr. Für einen kurzen Augenblick trafen sich ihre Blicke, und Roulette sah in dem Joker dieselbe Mischung aus Angst, Verwirrung, Hoffnungslosigkeit und Hass, die sich auch in ihren Augen widerspiegeln musste.

Sie legte ihm sanft eine Hand auf den Rückenpanzer. »Danke für das Handtuch, Kafka.«

»Gern geschehen«, sagte er mit einer merkwürdigen Förmlichkeit, die seinen bizarren Zustand noch absurder und herzzerreißender machte. »Roulette«, fügte er hinzu, als sie sich von ihm entfernte. »Sei vorsichtig. Ich wünsche mir, dass wenigstens einer von uns beiden diese Sache mit einem Anschein von Menschlichkeit übersteht.«

»Nun, ich werde es nicht sein, aber vielen Dank für die Anteilnahme.«

Viertes Kapitel
09:00

Jennifer hob den Hörer ab und wählte eine Nummer, die sie im vergangenen Jahr nur ein halbes Dutzend Mal gewählt, sich aber fest eingeprägt hatte. Es klingelte dreimal, bevor abgehoben wurde und eine kultivierte Stimme mit einem unterschwelligen Brooklyner Akzent sagte: »Die Fröhliche Pfandleihe.«

»Hallo Gruber.«

Die Stimme bekam einen neuen Unterton. Sie wurde tiefer und triefte vor unerwünschter Fürsorge. »Meine liebe Wraith.« Er nannte sie bei dem Pseudonym, das Jennifer angenommen hatte. »Es ist eine Weile her. Wie ist es Ihnen ergangen?«

»Gut.« Jennifer beschränkte sich bei ihren Antworten auf das Notwendigste. Sie mochte Leon Gruber nicht, obwohl er ständig seine allzu offensichtlichen Gefühle für sie offenbarte. Er war ein dicklicher, teiggesichtiger Kokser mit einem Abschluss in Kunst, den er an der Columbia-Universität abgelegt hatte. Er besaß eine Pfandleihe, die er von seinem Vater geerbt hatte – nach allem, was Jennifer gehört hatte, unter ziemlich merkwürdigen Umständen. Er war ihr Hehler. Trotz der kalten Höflichkeit, mit der sie alle ihre Transaktionen ausführte, hörte er nicht auf, sie anzumachen.

»Haben Sie etwas für mich?«, fragte er.

Er ließ die Frage obszön klingen. Jennifer konnte ihn fast vor sich sehen, wie er sich die wulstigen Lippen leckte.

»Briefmarken«, erwiderte sie knapp.

»Wie viel?« Als er sich damit abfand, über das Geschäft zu reden, lag so etwas wie ein Seufzen in seiner Stimme.

»Fast zwei Millionen Katalogwert.«

Daraufhin herrschte für längere Zeit Schweigen, und als Gruber schließlich antwortete, hatte sich seine Stimme erneut verändert. Hinter seinen Worten lag etwas, das Jennifer noch nie zuvor gehört hatte, etwas, das ihn noch kälter und berechnender klingen ließ als sonst.

»Sie erstaunen mich, meine Liebe. Sagen Sie, stammen die Marken von einem Händler oder aus einer Privatsammlung?«

»Das geht Sie nichts an.«

»Wir hüten unsere kleinen Geheimnisse, nicht wahr?«

»Meine Geheimnisse sind meine Sache«, entgegnete Jennifer entschlossen und mehr als verärgert. »Wenn Sie kein Interesse an den Marken haben, wird es mir nicht schwerfallen, jemand anderen zu finden.«

»Oh, ich habe Interesse. Sehr sogar. Ich interessiere mich für alles, was mit Ihnen zusammenhängt, meine liebe Wraith.« Jennifer verzog das Gesicht. Sie konnte sich lebhaft vorstellen, welche Szenen dabei in seinem vollgekoksten Verstand abliefen. »Sie sind eine sehr ... äh ... faszinierende Person. Sie sind aus dem Nichts aufgetaucht und in weniger als einem Jahr zum besten Dieb der Stadt avanciert. Ich bin sehr glücklich, mit Ihnen zu ... äh ... verkehren, und ich bin an diesen Marken äußerst interessiert. Allerdings habe ich heute Morgen bereits einen Termin. Ich erwarte einige Leute. Können Sie so gegen elf vorbeikommen? Vielleicht können wir zusammen zu Mittag essen, nachdem ich mir die Ware angesehen habe.«

»Vielleicht.« Es hatte keinen Sinn, ihn gegen sich aufzubringen, bevor er einen Blick auf die Marken geworfen hatte. »Also um elf. Ich werde kommen.«

»Ich erwarte Sie, meine Liebe.«

Sein letzter Satz hallte ölig in ihrem Verstand nach, als

sie auflegte. In ihm lag mehr gierige Vorfreude als sonst. Sie kam zu dem Schluss, dass sie sich einen neuen Hehler suchen musste. Sie konnte Grubers lüsterne Bemerkungen nicht mehr ertragen. Vielleicht hatte seine Kokainsucht auch zu gewaltige Ausmaße angenommen. *Er zieht sich so viel von dem Zeug durch die Nase,* dachte Jennifer, *dass eines Tages sein Herz explodieren wird.*

♠

Fortunato sah auf die Uhr. Wegen der Menschenmenge musste er den Arm eng am Körper hochnehmen und dann vor die Brust legen, um das Zifferblatt ablesen zu können. Es war kurz nach neun. Als er wieder aufsah, war die Welt wie ein Kaleidoskop. Grelle Farbflecke umgaben ihn, die sich beständig zu neuen Mustern arrangierten, unvorhersehbar, aber doch nicht ganz zufällig.

Als Caroline gesagt hatte, es sei Wild-Card-Tag, hatte ihm das nichts bedeutet. Er hätte es besser wissen müssen. Jetzt saß er mit Brennan in der Menge fest. Alle paar Minuten erwog er, seine Regel hinsichtlich öffentlicher Demonstrationen zu brechen. Es würde ihm nicht schwerfallen, sich aus der Menge zu levitieren und in den Frieden seiner Wohnung zurückzuschweben.

Dann dachte er an den Astronom, der vielleicht nur ein paar Meter entfernt war und möglicherweise kurz davor stand, wiederum zu töten und sich dadurch noch stärker zu machen.

Nicht weit vor ihnen stieß die Hester Street auf die Bowery, mitten in Jokertown. Straßensperren der Polizei blockierten den Zugang zu den Seitenstraßen, obwohl so viele Touristen unterwegs waren, dass kein Wagen durchgekommen wäre, selbst wenn es jemand versucht hätte. Die meisten schienen mit ihren Shorts, Turnschuhen und scheußlichen T-Shirts gerade richtig für eine Leichtathletikveranstaltung

gekleidet zu sein, wenn man davon absah, dass sie überge-
wichtig waren, Kameras umhängen hatten und Kappen mit
idiotischen Sprüchen trugen.

»Seht mal, da ist einer«, rief einer von ihnen, indem er auf
Fortunato zeigte. Die Kappe des Mannes verkündete ESSEN
GEHEN MACHT SPASS. Fortunato erwog, den Magen des Man-
nes nach außen zu stülpen, sodass er ihm an der langen
Speiseröhre aus dem Mund hing und sich sein Blut, Sabber
und Frühstück auf den Bürgersteig ergießen würden.

Bleib locker, sagte er sich. Bleib einfach locker.

In typischer Joker-Manier war der Umzug außer Rand
und Band. Die offiziellen Festwagen sollten sich am Kanal
aufreihen, aber die Straße wimmelte bereits von inoffiziel-
len Beiträgen, deren offensichtlichster ein sechs Meter langer, glänzend rosafarbener Latexphallus war, der in einem
Sechzig-Grad-Winkel aufwärts zeigte. Er war auf einer hölzernen Plattform befestigt, und drei maskierte Joker versuchten, ihn durch die Menge zu schieben. Der Penis war ge-
gabelt, und zwischen den beiden Eicheln hing ein Schild mit
der Aufschrift NORMS, FICKT EUCH INS KNIE. Ein vierter Joker
stand auf der Plattform und warf anscheinend gebrauchte
Kondome in die Menge. Zwei Trauben von Leuten kämpften
sich zur Plattform durch, ein Trupp Bullen und ein Trupp
aufgebrachter Touristen.

»Da ist er.« Brennan musste Fortunato ins Ohr brüllen,
um sich verständlich zu machen. Fortunato drehte sich um
und sah Jube klein, fett und mit im Morgenlicht glänzenden
Hauern auf seinem Zeitungsstand sitzen.

»Okay«, sagte Fortunato. Er setzte seine Macht behutsam
und gezielt ein, um den Platz vor dem Kiosk zu räumen.
Dann legte er die Hände trichterförmig vor den Mund und
rief zu ihm hoch: »Können Sie kurz runterkommen?«

Jube zuckte die Achseln und kletterte hinunter. Fortunato
hielt seinen schwarzen, gummiartigen Knöchel fest, um ihn

zu stützen. Im Augenblick des Kontakts spürte Fortunato, wie ihn eine seltsame Vibration durchlief. Jube sah nach unten, und ihre Blicke trafen sich. Fortunato las unfreiwillig seine Gedanken.

»Ja«, antwortete Fortunato ihm. »Jetzt weiß ich Bescheid.« Jube war kein Mensch.

»Ich habe Sie im *Crystal Palace* gesehen«, sagte Jube. »Aber wir sind einander nie offiziell vorgestellt worden.« Er streckte die Hand aus. »Wie gut können Sie Geheimnisse für sich behalten?«

»Ich kümmere mich in erster Linie um meine eigenen Angelegenheiten«, sagte Fortunato. »Weiß Tachyon über Sie Bescheid?«

»Nein. Sie sind der Einzige. Ich nehme an, ich muss mich darauf verlassen, dass Sie keinen Grund haben, mich zu verraten.«

Jubes Gesicht wurde ausdruckslos, als Brennan zu ihnen stieß und sagte: »Chrysalis hat mir gesagt …«

»Ich habe den Astronom gesehen.« Jubes Kopf, ölig schwarz und mit Büscheln rötlicher Haare bedeckt, bewegte sich auf und nieder. »Heute Morgen gegen fünf. Ich habe gerade den *Enquirer* abgeholt. Wie jeden Montag, wisst ihr.«

Fortunato räusperte sich ungeduldig. »Er saß im Fond einer Limousine und fuhr die Second Avenue entlang.«

»Woher wussten Sie, dass er es war?«, fragte Fortunato. Jube zögerte, und Fortunato machte einen Befehl daraus. »Sagen Sie mir die Wahrheit.«

»Ich … war bei einigen ihrer Treffen. Bei den Ägyptischen Freimaurern. Ich dachte, sie hätten … etwas, das ich wollte.«

Ein plötzlicher Knall ließ den Außerirdischen überrascht zusammenzucken. Fortunato drehte sich um. Auf der anderen Seite der Hester Street war eine Schaufensterscheibe explodiert. Vier orientalische Jugendliche in blauen Satinjacken schwärmten aus dem Laden. Der letzte zerschmetterte mit einem Baseballschläger das Glas in der Tür. »Und vergiss das nicht, Alter!«, rief der Jugendliche. »Die Silberreiher verarscht man nicht, Mann!« Sie tauchten in der Menge unter und verschwanden.

Brennan hatte in zwei Sekunden den Lederkoffer geöffnet und die beiden Hälften des Bogens zusammengesetzt. Trotzdem hatte er keine Gelegenheit zum Schuss. Er packte den Bogen wieder ein und wandte sich Fortunato zu. Der hatte sich nicht gerührt.

»Sie haben nicht gelogen«, sagte Jube. »Sie kümmern sich wirklich nur um Ihre Angelegenheiten.«

»Ich mische mich nicht ein, wenn ich nicht weiß, was los ist«, sagte Fortunato. Er dachte an das Jahr 1969, als sich seine Kraft zum ersten Mal manifestiert hatte. Ein paar Monate lang hatte er sich mit einer politischen Untergrundbewegung eingelassen, die versuchte, das Abschlachten der Joker in Vietnam zu verhindern. Obwohl der Fall so klar gewesen war wie nur irgendwas, hatte er ein unangenehmes Gefühl dabei gehabt. Eine Frau hatte eine Rolle gespielt, und als sie verschwand, war es das Ende für ihn gewesen. Und seitdem war er für sich geblieben. »Wenn ich Bulle sein wollte, wäre ich einer.«

Er wandte sich wieder an Jube. »Ich glaube, wir beide müssen uns irgendwann mal zusammensetzen und uns ausgiebig unterhalten. Wenn nicht so viel los ist. Im Moment halten Sie einfach die Augen offen. Wenn Sie den Astronom noch mal sehen oder irgendjemanden, von dem Sie wissen, dass er für ihn arbeitet, rufen Sie Tachyon an. Er kann mich erreichen. In Ordnung?«

Der Außerirdische nickte.

»Und versuchen Sie um Himmels willen«, fügte Fortunato hinzu, »sich etwas aufzuheitern.«

♣

Spector sah sich hektisch in alle Richtungen um, während er langsam die Stufen der U-Bahn-Station hinaufging. Der Jack Daniel's hatte nicht geholfen. Er hatte den Astronom bereits töten sehen. Ein paarmal war er sogar unmittelbar daran beteiligt gewesen. Der alte Mann konnte ihn schneller in Stücke reißen, als Spector sich regenerieren konnte. Er erschauerte und stolperte weiter. Grubers Pfandleihe war nur ein paar Blocks entfernt.

Die Flatbush Avenue war ruhig, fast verlassen. Auf einer Veranda spielte ein Kind. Es hielt einen Jet in der einen und einen Zeppelin in der anderen Hand. Er rammte das Flugzeug in die Seite des Zeppelins und rief: »Ich kann noch nicht sterben. Ich habe *Die Jolson-Story* noch nicht gesehen.«

Spector schüttelte den Kopf. Er begriff nicht, warum Jetboy als Held angesehen wurde. Der kleine Scheißer hatte verhindern wollen, dass das Virus über New York freigelassen wurde, aber er hatte es verpfuscht. Dafür hatte er ein Denkmal bekommen und die Bewunderung von Millionen.

»Jetboy war ein Verlierer«, rief er dem Jungen zu.

Der Junge starrte ihn an. Dann sammelte er sein Spielzeug ein und verzog sich ins Haus.

Spector griff in die Tasche seines grauen Anzugs und zog seine Totenkopfmaske heraus. Gegenüber der Fröhlichen Pfandleihe streifte er sie sich über.

Spector überquerte rasch die Straße und versuchte die Tür zu öffnen. Sie war abgeschlossen. Er klopfte mehrmals laut an und wartete. Kein Laut. Er versuchte es noch einmal. Diesmal vernahm er schwere, eilige Schritte. Er hörte das Schloss klicken, dann öffnete sich die Tür einen Spalt.

»Ich bin gerade beschäftigt. Kommen Sie später wieder«, sagte Gruber.

»Sie haben Koks am Revers«, entgegnete Spector, indem er auf den maßgeschneiderten Tweedanzug zeigte. Er stellte den Fuß in die Tür. »Ich bin's, Spector. Ich muss etwas kaufen.«

Gruber öffnete die Tür und schloss sie hinter Spector rasch wieder. »Kaufen? Das ist etwas ungewöhnlich. Nun, was brauchen Sie?«

»Eine automatische Pistole und eine Flakjacke.« Spector sah sich in dem dämmrig beleuchteten Durcheinander um. Der Laden roch unbenutzt und nach Grubers Rasierwasser. »Wie finden Sie hier irgendwas?«

»Alle wichtigen Transaktionen finden hinten statt.« Gruber öffnete die rückwärtige Tür und ging in den Käfig hinter dem Tresen. Der Mann war fett und weich. Spector hätte ihn schon allein dafür hassen können. Er folgte dem kleinen Mann, wobei er sich auf seinen Schmerz konzentrierte.

Gruber öffnete einen Wandschrank und entnahm ihm eine Pistole. »Ingram Mac-11 mit Schulterhalfter. Von einem normalen Kunden würde ich achthundert verlangen, aber bei Ihnen bin ich mit einem Tauschgeschäft einverstanden. Sie werden bald etwas für mich haben, hoffe ich.«

Spector nahm die Ingram und untersuchte sie. Die Kanone war gut geölt, und der Kolben lag angenehm in der Hand. »Sicher. Keine Flakjacke?«

»Tut mir leid.«

Spector hatte gehofft, die Jacke könne helfen, wenn der Astronom versuchte, ihm das Herz aus der Brust zu reißen. Sein übliches Pech. Normalerweise hatte Gruber solche Dinge vorrätig. »Was ist mit Munition?«

»Hier.« Gruber gab ihm eine ungeöffnete Schachtel. »Warum brauchen Sie eine Kanone? Ich meine, wo Sie doch ein Ass sind, kommt es mir … äh … unnötig vor.«

Spector bemerkte, dass Gruber darauf achtete, seinem Blick nicht zu begegnen. Er packte den fetten Mann bei den Ohren und zog ihn näher heran. Gruber versuchte mit einer Hand, Spector die Augen auszustechen, und zog mit der anderen eine 22er Automatik. Spector packte Grubers Pistolenhand und richtete sie auf den Magen des Hehlers. Zwei

Schüsse knallten, beide trafen Gruber in den Unterleib. Spector schlug die Kanone weg. Er wusste, dass Gruber mit den beiden Schusswunden lange brauchen würde, um zu sterben. Er riss Grubers Kopf herum, sodass sich ihre Augen auf gleicher Höhe befanden.

»Nein«, sagte Gruber, indem er die Augen schloss. Spector schlug Gruber gegen den Hals und zu Boden. Er hockte sich auf den fetten Mann und nagelte seine Arme fest.

»Töten Sie mich nicht. Bitte.«

»Sie sind schon tot.« Spector packte Grubers Augenlider und zog sie hoch. Gruber schrie, aber es war zu spät. Ihre Blicke trafen sich.

Spector war der Einzige, der die Pik-Dame gezogen und überlebt hatte. Unglücklicherweise war die Erinnerung an seinen Tod immer da. Er ließ sie auf Gruber los und überzeugte ihn davon, dass er starb, indem er seine Todesqualen in Grubers Körper projizierte. Grubers schwammiges Fleisch glaubte ihm. Er verdrehte die Augen und keuchte. Spector spürte, wie er zu einem Haufen toten Fleischs wurde, und ließ ihn los.

Er warf einen Blick auf den Schreibtisch. Gruber hatte ein Wort auf einen Notizblock geschrieben. *Briefmarken.* Er zuckte die Achseln und wandte sich ab.

Spector legte das Halfter an und schob die Ingram hinein. Wenn er dem Astronom begegnete, half sie vielleicht. Er verschloss die Käfigtür, streifte sich die Maske über und verließ die Pfandleihe durch die Hintertür.

♥

Dämlich! Hätte ich mich überhaupt noch idiotischer verhalten können?, dachte Jack, während er sich durch die Menge kämpfte. Sein Zorn auf sich selbst war immer noch nicht abgeklungen. Er suchte das, was er von der Eighth Avenue vor sich sehen konnte, mit den Augen ab. Wo war das Mädchen mit dem Mann im violetten Anzug und dem geschniegelten Filzhut?

Er hatte Cordelias Mutter immer noch nicht angerufen. Elouette würde warten müssen, ungeduldig oder nicht. Jack hatte den einen Anruf getätigt, der etwas nützen mochte. Wenn Bagabond und ihre Tiere seine Nichte aufspüren konnten ... würde er sich um den Rest kümmern. Seine Zunge fühlte sich rau an, sie glitt über Zähne, die etwas zahlreicher, schärfer und länger zu sein schienen als üblich. Er versuchte seinen Zorn zu beherrschen. Dafür war später noch genug Zeit.

Beherrschung. Offensichtlich hatte er jetzt ein wenig davon. Anfangs, nachdem er den Busbahnhof verließ, hatte er ziellos gesucht und sich zuerst in einer Richtung durch die Menge gekämpft, dann in eine andere. Schließlich hatte der menschliche Teil seines Verstands das ungeduldig drängende Reptilienhirn beruhigt. Geh nach einem Schema vor. Such nirgendwo zweimal. Versuch es in der Innenstadt. Möglicherweise ist Fortunato eine Spur. Er *wusste* nicht, ob der Bursche, den er für einen Zuhälter hielt, einer von Fortunatos freischaffenden Talentspürern war. Tatsächlich wusste er nicht einmal, ob Fortunato derartige Leute überhaupt einsetzte. Aber es war einen Versuch wert. Der Mann bei Cordelia würde es leichter finden, sich vom Strom der Menge, die nach Jokertown strebte, mitziehen zu lassen. Die Eighth war im Moment weniger dicht bevölkert als die anderen Avenues. Irgendwann würde Jack sich Gedanken über eine gute Durchgangsroute machen müssen. Aber erst mal folgte er seiner Eingebung.

Das zahlte sich aus.

Er erreichte die Kreuzung 38th Street. Plötzlich erspähte er auf der anderen Straßenseite einen vertrauten Schlapphut, der ein wenig wackelte, als sehe sich sein Träger verwirrt um. Außerdem sah er einen Hinterkopf, einen Schopf glänzender schwarzer Haare. Der Schlapphut bewegte sich auf das schwarze Haar zu. Die junge Frau mit dem schwarzen Haar entfernte sich weiter von ihm. Sie rannte.

Der Schlapphut verfolgte sie.

Jack, der ihnen nachsah, verließ den Bürgersteig. Eine Hand packte ihn grob an der Schulter und riss ihn zurück. Ein hupendes Taxi fuhr ihm fast die Zehen und das latent vorhandene Maul ab.

»Pass auf, Kumpel«, sagte ein kräftiger Joker, der neben ihm stand. »Taxifahrer geben einen Scheiß drum. Jedenfalls heute. Und eigentlich immer.«

Mittlerweile war die Kreuzung voller Fahrzeuge. Die letzten Taxis, die noch durchkommen konnten, hatten das auch getan. Jetzt stauten sich die Autos in allen Richtungen. Niemand schien sich wegen des automatischen Strafzettels in Höhe von 25 Dollar für das Blockieren einer Kreuzung Gedanken zu machen.

»Nie siehst du 'n Bullen, wenn du einen brauchst«, sagte jemand.

Jack spurtete über die Kreuzung wie ein guter Runningback. Die Jets wären stolz auf mich, dachte er zusammenhanglos. In dieser Saison hätten sie ihn gut gebrauchen können. Auf der anderen Seite der 38th ging ihm auf, dass weder der Schlapphut noch Cordelia zu sehen war.

Verdammt. Früher oder später, dachte er. Also weiter in Richtung Innenstadt. Er sah sich nach einem von Bagabonds Vögeln, einer Katze, einem Eichhörnchen, nach irgendwas um.

Nie sah man eine Taube, wenn man eine brauchte.

◆

Nachdem sie ihre Kleidung aus der Sammlung zerlumpter, nicht zueinander passender Mäntel, Hosen und Hemden, die sie bei Jack aufbewahrte, ausgewählt hatte, quetschte sich Bagabond eine griechische Fischermütze über ihr strähniges Haar und machte sich ohne die Katzen durch die Tunnel auf den Weg zur Oberfläche. Durch jahrelanges Herumwandern im Untergrund geübt, benutzte sie die Augen der Ratten, die hier unten lebten, um sich zurechtzufinden. Die Bodenperspektive der Tiere reichte, um den meisten Hindernissen auszuweichen. Sie hatte schon Tage unter der Erde verbracht, ohne ihre eigenen Augen zu benutzen. Es war am besten, den Kontakt mit der Masse der Leute, die auf der Oberfläche herumkrochen wie ihre Wesen in den Tunneln und Höhlen, weitgehend zu vermeiden.

Bagabond packte die Sprossen der Leiter, die in die Welt über ihr führten, und kletterte hinauf. Sie hob den Kanaldeckel ein wenig an, schaute sich um und sah nur einen schlafenden Obdachlosen in der Gasse. Sie kletterte hinaus, schloss den Einstieg wieder und schlurfte den Massen an der Gasseneinmündung entgegen. Vor langer Zeit hatte sie den kürzesten Weg zu Rosemary Muldoons Büro im Gebäude des Bezirksstaatsanwalts entdeckt, aber heute waren die Straßen vollgestopft mit Feiernden. Viele trugen groteske Masken, manche vollständige Kostüme. Bagabond empfand Zorn auf diese »normalen« Leute. Das Virus, das ihr eine Möglichkeit zum Überleben gab, hatte sie auch dieser Welt der Menschen entfremdet. Manchmal bedauerte sie das, meistens aber nicht. Es bereitete ihr keine Mühe, die Menge zu verwünschen und sich einen Weg zum Justizgebäude zu bahnen.

Jemand pfiff, dem Klang nach anerkennend. Sie drehte sich nicht um. Ihr konnte der Pfiff nicht gelten.

Bevor der Wachmann sie bemerkte, schloss sich Bagabond einer Traube von Leuten an, die auf den Fahrstuhl warteten. Dann ging sie gesenkten Hauptes und mit verstohlenen Seitenblicken zur Treppe, indem sie die Traube dreiteiliger

Anzüge zwischen sich und dem Wachmann hielt. Es dauerte ein paar Minuten, bis sie im achten Stock angelangt war, aber sie hasste den Fahrstuhl.

Anstatt der üblichen Empfangsdame, die wusste, dass sie eine alte Klientin Rosemarys aus deren Zeit beim Sozialamt war, saß ein gut aussehender schwarzhaariger Mann in einem braunen Anzug hinter dem Empfangspult. Als sie sich ihm näherte, hatte er gerade Probleme mit der Telefonanlage.

»Verdammt! Schon wieder ein Gespräch verloren. Wer diese Warte-Tasten erfunden hat, sollte erschossen werden. Finden Sie nicht auch?« Er sprach, ohne von seiner Telefonkonsole aufzuschauen, deren Tasten er drückte. »Natürlich weiß ich, dass das keine Einstellung für einen Anwalt ist.« Schließlich blickte er auf, und auf seinem Gesicht stand einen Moment lang Überraschung. »Guten Tag. Was kann ich für Sie tun?« Er lächelte die Bag-Lady an. »Sind Sie auf dieser Etage richtig? Hier ist das Büro des Bezirksstaatsanwalts. Wen suchen Sie denn?«

»Rosemary.« Bagabond hielt den Kopf gesenkt, ihre Stimme klang schwach und rau.

»Rosemary? Ich bin neu hier, aber die einzige Rosemary hier ist, glaube ich, Rosemary Muldoon. Sie gehört zu den Stellvertretern des Bezirksstaatsanwalts.« Er warf einen zweifelnden Blick auf die Telefonkonsole. »Nun, ich könnte versuchen, sie anzurufen, aber …«

»Rosemary.« Die Stimme der Obdachlosen klang kräftiger und wütend. Als er wieder aufsah, begegnete er für einen Sekundenbruchteil dem scharfen Blick eines klaren, dunklen Augenpaars.

»Ich tue mein Bestes.« Das Telefon klingelte. »Paul Goldberg. Büro des Bezirksstaatsanwalts. Was kann ich für Sie tun?«

Bagabond ging auf die Tür hinter Goldberg zu. Als sie nach dem Türknopf griff, öffnete sie sich.

Die Frau hinter der Tür war klein, sieben oder acht Zentimeter kleiner als Bagabond. Das wusste sie, weil sie einmal gezwungen gewesen waren, die Kleidung zu tauschen. Rosemarys Augenfarbe schwankte je nach Stimmung zwischen dunkel- und haselnussbraun. Heute waren die Augen dunkel und intensiv.

»Hallo. Schön, dich zu sehen. Geh gleich durch. Ich bin sofort wieder zurück.« Rosemary Muldoon hielt Bagabond die Tür auf. Bevor sie das Büro betrat, drehte sie sich noch einmal zum Empfangspult um. Rosemary nickte. »Paul, rufen Sie noch einmal diesen Aushilfsdienst an. Sagen Sie ihnen, dass wir uns an eine andere Firma wenden, wenn in fünfzehn Minuten niemand hier ist. Das ist lächerlich.«

»Ja, Ms. Muldoon. Ich hoffe, ich habe Ihre Klientin nicht beleidigt.« Er lächelte die Bag-Lady entschuldigend an, die nur kurz den Kopf schüttelte.

»Meine *Freundin*, Paul«, sagte Rosemary. »Stellen Sie bitte einstweilen keine Anrufe durch, ja?«

Der Mann hinter dem Tisch seufzte und nickte. »Selbstverständlich, Ms. Muldoon. Ich freue mich auf Ihren nächsten Besuch, Miss«, sagte er zu Bagabond. Er griff bereits nach einem klingelnden Telefon, während Bagabond ihn noch einmal anstarrte, dann machte sie kehrt und schlurfte in Rosemarys Büro.

»Donnis hat Urlaub, und hier herrscht das Chaos.« Rosemary schloss die Tür und ging zu ihrem Schreibtisch aus Walnussholz. »Wir sind unterbelegt, und unsere neueste Erwerbung muss Telefongespräche entgegennehmen, anstatt Fälle bearbeiten zu können. Aber er ist dekorativ.« Rosemary hockte sich auf die Kante ihres Schreibtisches. »Sie haben mir angeboten, dieses grässlich grüne Ungetüm durch einen neuen Teppich zu ersetzen. Stattdessen habe ich mich für einen weiteren Assistenten entschieden.«

»Gute Wahl.« Bagabond setzte sich auf die Kante eines

alten Stuhls mit gerader Lehne. Sie setzte die Fischermütze ab und strich sich das Haar aus dem Gesicht.

»Wie geht es Jack?« Rosemary streckte die Hand aus und nahm Bagabond die Mütze ab. Sie setzte sie auf und sah Bagabond fragend an, die den Kopf schüttelte.

»Passt nicht zum Tweed.« Bagabond lehnte sich vorsichtig an, als mache sie sich Sorgen, der Stuhl könne unter ihr zusammenbrechen. »Ganz gut, schätze ich. Im Moment reden wir nicht viel miteinander. Ich habe gerade einen Anruf von ihm erhalten, bevor ich hergekommen bin. Er ist hinter seiner Nichte her, die nach New York City ausgerissen ist.«

Rosemary hob eine Augenbraue.

»Sie heißt Cordelia Chaisson. Sechzehn Jahre alt. Ein Mädchen vom Lande. Aus Louisiana. Jack sagt, sie ist echt hübsch – groß, schlank, schwarze Haare, dunkelbraune Augen. Mehr hat er mir nicht gesagt. Er hörte sich ziemlich aufgeregt an.«

»Ich gebe die Nachricht an die Polizeireviere weiter«, sagte Rosemary. »So viel kann ich tun. Zu viele Kinder reißen in die Großstadt aus.« Sie entnahm der Schreibtischschublade einen Füllfederhalter.

Bagabond nickte zustimmend. »Wie lebt es sich jetzt, wo du nicht mehr auf der Straße bist?«

»Wer sagt, dass ich nicht mehr auf der Straße bin? Bei diesem Job komme ich nie davon weg.« Rosemary seufzte und spielte weiter mit ihrem Füller. Es war offensichtlich, dass ihr andere Dinge im Kopf herumgingen. »Es wird immer schlimmer mit der Familie. Der Schlachter – erinnerst du dich noch an Don Frederico? – lässt jeden umbringen, der seine Autorität bedroht. Das ist keine Art, die Gambione-Familie zu führen. Wir haben nicht mehr die völlige Kontrolle über Jokertown. Jemand hetzt die Joker gegen uns auf, gegen die Familie. Natürlich werden sie nur benutzt.«

»Die Joker werden immer benutzt. Entweder sind sie die

große unterdrückte Minderheit dieses Jahrhunderts oder eine Plage, die ausgerottet werden muss.« Bagabond fixierte sie mit ihren großen dunklen Augen.

Rosemary fuhr fort. »Sie bekommen etwas dafür, wenn sie den Gambiones Schutzgeld bezahlen. Das ist eine Tradition, mit der selbst der Schlachter nicht zu brechen wagt.« Sie gestikulierte mit dem Füller. »Ich denke immer, dass dies alles nicht geschehen würde, wenn mein Vater einen Sohn hätte, der die Gambiones führen könnte. Vielleicht erleidet dieser Hurensohn von Schlachter einen netten kleinen Unfall. Rutscht in der Badewanne aus oder so.«

»Er war schon immer ein übler Kerl.« Bagabond lächelte Rosemary humorlos an. »Unsere Bekanntschaft war zwar nur sehr flüchtig, aber ich kann nicht behaupten, dass er einen guten Eindruck auf mich gemacht hat. Wenn ich irgendwas höre, lasse ich es dich wissen. Normalerweise meide ich Jokertown, aber den Ratten gefällt es dort. Es gibt da viel zu essen.«

»Ich will keine Einzelheiten hören, bitte.« Rosemary erschauerte. »Willst du wissen, was mein Leben sonst noch interessant macht? Das Erste, was ich heute Morgen hörte, war, dass ein paar wertvolle Notizbücher auf der Straße sind. Ich weiß nicht mal, wem sie gehören, aber die Silberreiher wollen sie haben. Und wenn die Silberreiher etwas haben wollen, dann will ich es auch. Du hörst die komischsten Sachen – solltest du also irgendwas darüber herausfinden, wäre ich dir sehr dankbar.« Rosemary wollte Bagabonds Blick nicht begegnen. »Ich fühle mich, als würde ich dich benutzen, Suzanne, aber du weißt Dinge, die sonst niemand weiß. Danke.«

»Ich habe viele Augen und Ohren.« Bagabond sah aus dem Fenster hinter Rosemarys Schulter. »Du bist meine Freundin. Ich habe sonst nur noch einen Freund – unter den Menschen. Ich will dir helfen.«

»Ich wünschte, Jack wäre nicht so ein Idiot«, sagte Rosemary. »Was ist nur mit dem Burschen *los?*« Mitfühlend schüttelte sie den Kopf. »Hast du daran gedacht, dich mal anderswo umzusehen?«

»Vielleicht in der Mission?« Bagabond kämmte sich mit den Fingern die Haare ins Gesicht und quetschte sich die Mütze auf den Kopf. Sie stand auf und breitete den vergammelten Paisleyrock aus, den sie über einer Baumwollhose trug. »Oder vielleicht in den Single-Bars? Ich könnte einen neuen Modetrend setzen.«

»Es tut mir leid.« Rosemary glitt vom Schreibtisch und legte Bagabond die Hand auf die Schulter. Bagabond tauchte unter der Hand weg.

»Ich war jahrelang allein. Ich werde es überleben. Außerdem sind so die Katzen glücklicher.« Bagabond zeigte ihre Zähne, die weiß und spitz waren. »Ich melde mich wieder.«

Rosemary öffnete die Tür und ging mit ihr zum vorderen Schreibtisch.

»In zwanzig Minuten habe ich einen Gerichtstermin. Ruf mich an, wenn du irgendwas brauchst.« Die gebückt schlurfende Bag-Lady nickte kurz und ging davon. Als sie das Empfangspult passierte, sah Goldberg auf.

»Ich hoffe, Sie bald wiederzusehen. Einen schönen Tag noch.«

Bei seinen letzten Worten drehte sich die Bag-Lady zu ihm um und starrte ihn an.

»Ja, ich kann auch nicht glauben, dass ich das gesagt habe.« Er grinste und zuckte entschuldigend die Achseln, dann klingelte wieder das Telefon. »Wiedersehen.«

Auf dem Weg die Treppe hinunter fragte sich Bagabond, ob Jack in der Zwischenzeit Cordelia wohl schon gefunden hatte. Verloren gegangene Mädchen, verloren gegangene Notizbücher. Jeder war auf der Suche nach irgendwas. Sie nicht. Das war der Vorteil, wenn man nichts zu verlieren hatte.

♠

Die Joker fingen an, alle gleich auszusehen.

Dasselbe galt für die Norms, die sich als Joker verkleidet und zurechtgemacht hatten.

Jack blinzelte verwirrt. *Alle* Gesichter zu betrachten, denen er begegnete, war etwa so, als sehe er sich ein Dutzend Regale mit Bücherrücken an. Nach einer Weile sahen alle Farben, Größen und Titel gleich aus. Er sah schwarzes Haar – niemals das *richtige* schwarze Haar. Er sah Schlapphüte, Panamahüte, Filzhüte, aber keiner war der, den er suchte.

An der Ecke zur 10th Street West wäre er beinahe mit einem Jugendlichen zusammengestoßen, der nach Osten unterwegs war. »Pass doch auf, Schwuli«, sagte der junge Mann.

Jack starrte ihn überrascht an.

»Du kannst mich nicht zum Narren halten«, sagte der Bursche. »Versuch's gar nicht erst.«

Jack wollte um ihn herumgehen, da offensichtlich war, dass sich der Bursche nicht bewegen würde. Ein Punk, dachte er. Ein echter Straßenpunk – kein kostümierter Punk mit Irokesensichel und Make-up.

Der Bursche war kleiner als Jack und drahtig wie ein Frettchen. Mit seinem ausgemergelten Gesicht und den Augen mit der Farbe von Regenwasser hatte er etwas Gespanntes an sich wie eine Stahlfeder. »Pass bloß auf«, sagte er noch einmal.

Als Jack an ihm vorbeiging, wurde er von einem Passanten angerempelt. Er hielt das Gleichgewicht, streifte aber mit der Hand den Ellbogen des Burschen. Der junge Mann zuckte zurück, und seine Hände kamen hoch, als er Kampfhaltung annahm.

»Fass mich nicht an, du schwule Sau«, drohte der Bursche. Sie starrten einander mehrere Sekunden lang an. Dann nickte Jack, wich einen Schritt zurück und wandte sich zum Gehen. Er sah sich nicht um, hatte aber das Gefühl, dass der Bursche ihm mit seinem gemeinen, psychopathisch durchdringenden Blick nachstarrte.

♣

Der *Crystal Palace* roch wie jede andere Bar am frühen Morgen – nach schalem Rauch, verschüttetem Bier und Desinfektionsmitteln. Fortunato fand Chrysalis in einer dunklen Ecke des Clubs, wo sie ihre durchsichtige Haut praktisch unsichtbar machte. Er und Brennan setzten sich an ihren Tisch.

»Dann hast du die Nachricht also erhalten«, sagte sie mit ihrem unechten britischen Hochschulakzent.

»Habe ich«, erwiderte Fortunato. »Aber die Spur ist kalt. Der Astronom kann mittlerweile überall sein. Ich hatte gehofft, du könntest vielleicht noch etwas anderes für mich haben.«

»Vielleicht. Kennst du einen Penner, der sich ›Demise‹ nennt?«

»Ja«, sagte Fortunato. Seine Nägel kratzten ergebnislos am Lack der Tischplatte.

»Er war vor einer Stunde hier. Sascha hat seinen Gedankeninhalt erfasst, deutlich und klar. ›Er wird mich umlegen. Der verdrehte alte Furz.‹«

»Womit er den Astronom meint.«

»Genau. Dieser Demise schien völlig daneben zu sein. Ihm ist 'ne Menge im Kopf rumgegangen, sagt Sascha.«

»Du meinst, da ist noch mehr«, hakte Fortunato nach.

»Ja, aber das Nächste wird dich was kosten.«

»Bares oder Gefälligkeiten?«

»Wir sind wohl ziemlich unverblümt heute Morgen, wie?

Tja, ich neige zu den Gefälligkeiten. Und zu Ehren des Feiertags gebe ich dir sogar Kredit.«

»Du weißt, dass ich dafür einstehe«, sagte Fortunato. »Früher oder später.«

»So oder so, ich kassiere nicht gern für schlechte Nachrichten. Der andere Satz, den Sascha mitbekommen hat, lautete: ›Vielleicht ist er zu beschäftigt mit den anderen.‹«

»Jesus«, stöhnte Fortunato.

Brennan sah ihn an. »Du meinst, er will so etwas wie eine Mordorgie starten.«

»Mich überrascht daran nur, dass es so lange gedauert hat. Aus irgendeinem verdrehten Gefühl für das Dramatische muss er auf den Wild-Card-Tag gewartet haben. War sonst noch etwas?«

»Nicht über den Astronom. Aber da ist noch eine andere Sache, und die schlägt vielleicht mehr in dein Fach, Yeoman. Heute Morgen bekam ich einen Anruf, in dem ich angewiesen wurde, die Augen nach einem gewissen gestohlenen Buch offen zu halten. Eigentlich sind es drei Bücher. Zwei davon sind Alben mit seltenen Briefmarken. Das dritte schien den Anrufer jedoch am meisten zu interessieren. Es hat die Größe eines normalen Notizbuchs, ist blau und hat ein Bambusmuster auf dem Einband.«

»Wer war der Anrufer?«, fragte Brennan.

»Unwichtig. Was mich interessiert, ist die Gruppe, der er anzugehören scheint. Es hat mich ein wenig Zeit und Einfluss gekostet, aber schließlich bin ich an einen Namen gekommen.«

»Was verlangst du?«, fragte Brennan.

»Information gegen Information. Ich glaube, wenn wir uns in dieser Angelegenheit zusammentun, können wir beide profitieren. Aber du darfst mir nichts verheimlichen. Ich würde es merken, wenn du das versuchst.«

»Einverstanden.«

»Sagt dir der Name ›Shadow Fist Society‹ irgendetwas?«
Brennan schüttelte den Kopf. »Nicht viel. Ich habe den
Namen in Chinatown gehört. Das ist alles.«

»Na schön«, sagte Chrysalis. »Angenommen, ich erwähne
einen Namen, der in der Organisation ziemlich weit oben
rangiert. Er ist unter dem Namen ›Loophole‹ bekannt. Sagt
das einem von euch etwas?«

Fortunato schüttelte den Kopf. Brennan sah auf den Tisch.
»Ja«, sagte Brennan. »Ich habe von ihm gehört. Sein richti-
ger Name lautet Sowieso Latham. Wie in Latham & Strauss,
der Anwaltskanzlei. Die Sache ist die, dass niemand weiß,
ob das Wild-Card-Virus alle seine menschlichen Gefühle zerstört hat oder ob er lediglich ein sehr guter Anwalt ist.«

Chrysalis nickte. »Ein fairer Austausch. Noch eine Runde?«

»Du zuerst«, sagte Brennan.

»Rein zufällig erhielt ich heute Morgen noch einen zweiten Anruf. Von einem Mann namens Gruber. Er ist Makler –
für Pfänder, nicht für Aktien, fürchte ich. Er machte sich Sorgen wegen einiger wertvoller Briefmarken, die ein Ass ihm
heute Morgen verkaufen wollte. Dieses Ass nennt sich offenbar Wraith. Arbeitet als Dieb. Sie ist nur ein Mädchen und
steckt bis über beide Ohren in der Geschichte drin. Jeder,
der diese Bücher fände, wäre in einer gewaltigen Machtposi-
tion.«

»Oder eine Leiche«, flüsterte Brennan.

»Fahr bitte fort«, sagte Chrysalis. »Ich bin ganz Ohr.«

»Den Rest hast du dir wahrscheinlich schon selbst zusam-
mengereimt«, sagte Brennan. »Vielleicht willst du den Namen nicht nennen. Es ist ein gefährlicher Name. Und daher
sehr wertvoll.«

»Nenn ihn mir«, beharrte Chrysalis.

»Kien«, sagte Brennan. »Ich bin überzeugt, Loophole arbeitet für Kien. Irgendetwas ist passiert, etwas Großes. Wenn
Loophole so sehr darauf bedacht ist, das Buch zurückzu-

bekommen, muss es Kien gehören und sehr wichtig sein. Wahrscheinlich belastendes Material. Und wenn die Shadow Fist Society Kien *ist*, könnte sie überall stecken.« Er stand auf. »Hier trennen sich unsere Wege, mein Freund.«

Fortunato nahm seine Hand. »Danke. Wenn ich etwas über diese Bücher herausfinde, lasse ich es dich wissen.«

»Viel Glück«, sagte Brennan. Kaum war er durch die Eingangstür, rannte er bereits.

Chrysalis beugte sich vor. »Ist dieser ›Demise‹ wertvoll für dich?«

»Wenn er mich zum Astronom führen kann, ja.«

»Warum kannst du deine Kräfte nicht einsetzen, um den Astronom ohne fremde Hilfe zu finden?«

»Sie sind gegen ihn wirkungslos. Er hat mich gestört, wie man damals Radar mit Stanniol gestört hat. Ich könnte ihn nicht mal sehen, wenn er gleich dort drüben stünde.« Er zeigte auf eine Stelle, und Chrysalis, deren Augen plötzlich einen ängstlichen Ausdruck hatten, wandte langsam den Kopf, um seinem Finger zu folgen.

»Nein«, sagte sie. »Niemand da.«

Fortunato sah sie schon nicht mehr an. Er konzentrierte sich auf das Bild eines großen, grotesk mageren Mannes mit braunem Haar und einem zerfurchten Gesicht. Wenn Demise in der Nähe war, konnte Fortunato ihn durch reine Konzentration finden.

Er öffnete die Augen.

»Canal Street«, sagte er. »Die U-Bahn-Station.«

Fünftes Kapitel
10:00

Als er in die verschlungenen, gewundenen Gässchen von West Village vordrang, fragte sich Jack, ob er auf die East Side und nach Jokertown wechseln oder weiter zu Jetboys Grabmal, dem heutigen Zentrum der Feierlichkeiten, gehen sollte.

Wenigstens befand er sich jetzt auf vertrautem Gelände. Als er eine bekannte Fassade auf der Greenwich Street sah, tastete er in seiner Brusttasche nach dem zerknitterten Schnappschussfoto, das Elouette ihm vergangene Weihnachten geschickt hatte. Offensichtlich war Cordelia inzwischen zu einer jungen Frau erblüht, aber die Ähnlichkeit würde reichen.

Die Bar nannte sich *Young Man's Fancy*. Sie war eine Art gesellschaftliches Chamäleon. Nach der Öffnung am Morgen war sie eine solide Arbeiterkneipe. Dann, gegen sechs Uhr abends, drehte der Wind, und *Young Man's Fancy* wurde zu einer Schwulenbar. Wie auch immer, das *Fancy* war einer der ältesten Läden im Village.

Jack nahm die drei Stufen auf einmal und öffnete die Tür. Drinnen war es dunkel, und es dauerte einen Augenblick, bis sich seine Augen daran gewöhnt hatten. Er durchquerte den rechteckigen Raum, wobei er Erdnussschalen unter seinen Schuhsohlen knacken hörte.

Der Barkeeper, der gerade ein Tablett mit Budweiser-Gläsern polierte, sah auf. »Kann ich Ihnen helfen?«

»Vielleicht haben Sie heute Morgen aus dem Fenster gesehen«, sagte Jack. Er hielt ihm das Foto vors Gesicht. »Haben Sie die gesehen?«

»Sind Sie 'n Bulle?«

Jack schüttelte den Kopf.

»Hatte ich auch nicht angenommen.« Der Barkeeper sah sich das Bild an. »Mächtig hübsches Mädchen. Ihre Frau?«

Jack schüttelte wiederum den Kopf. »Meine Nichte.«

»Aha.« Der Barmann betrachtete Jack genauer. »Habe ich Sie hier nicht so gegen sechs schon gesehen?«

»Wahrscheinlich«, sagte Jack. »Ich komme manchmal her. Das Mädchen auf dem Bild – haben Sie es heute Morgen gesehen?«

Der Barkeeper blinzelte nachdenklich. »Njet.« Er musterte Jack abschätzend. »Schätze, sie ist wirklich Ihre Nichte, wie? Vermisst, ausgerissen oder entführt?«

»Entführt.« Jack kritzelte eine Nummer auf eine Serviette. Bagabond hatte ihm Rosemarys Durchwahl gegeben. »Tun Sie mir einen Gefallen, ja? Wenn Sie sie sehen, ob allein oder in Begleitung, rufen Sie diese Nummer an und hinterlassen Sie eine entsprechende Nachricht.« Er ging zur Tür. »Ich weiß das echt zu schätzen«, sagte er über die Schulter.

»Schon gut«, erwiderte der Barkeeper. »Tag oder Nacht, für Stammgäste tun wir alles.«

♥

Sie fuhr mit dem Taxi zum *Freakers*. Der Club war auch um 10:20 morgens brechend voll, und der Türsteher, der ihr beim Aussteigen behilflich war, sah aus, als sei er bereits einigermaßen abgefüllt. Sein weiches weißes Fell war zerzaust, und die roten Augen blickten zugleich trübe und klar. Er zeigte auf den Clubeingang, doch Roulette schüttelte nur den Kopf und ging in Richtung *Crystal Palace*.

Sie hätte sich beinahe zu Tode erschreckt, als die Doppeltür aufflog und eine lange Reihe tanzender Joker zwischen den Neonschenkeln der sechsbrüstigen Stripperin hervorquoll, die die Clubtür einrahmte. Angeführt wurde die Reihe von einer wunderschönen Frau, die keine Probleme mit den Verrenkungen des Tanzes hatte, da sie vom Hals abwärts den Körper einer irisierenden Schlange besaß. Ihr Schwanz, der in einem unpassenden Federbusch endete, war nach oben gerichtet, und der Joker hinter ihr hatte die Spitze fest im Griff.

Er trug keine Maske, womit er zu den wenigen Ausnahmen gehörte. Der Rest der schwankenden, grölenden Menge trug eine Vielzahl von Masken, von kunstvollen gefiederten und juwelen- und paillettenbesetzten Kreationen bis hin zu scheußlichen Visagen, die – vermutlich – schlimmer waren als die Entstellungen, die sich darunter verbargen.

Das Ende der Schlange bildeten ein paar Norms, die sowohl aufgeregt als auch befangen und eine Spur streitlustig aussahen, als wollten sie die in der Bowery wohnenden Joker zum Widerspruch herausfordern und den Touristen kribbelnde, schaurige Unterhaltung bieten.

Einen Moment lang hasste Roulette die leeren, normalen Gesichter, die im Schutz ihrer selbstzufriedenen Sicherheit Nervenkitzel suchten. *Ich hoffe, es ist ansteckend*, kam der boshafte Gedanke. *Gott verdamme euch alle.* Aber der Gedanke galt Josiah. Josiah, der geschworen hatte, sie zu lieben und sich um sie zu kümmern, und der sie stattdessen im Stich gelassen hatte, als sie ihn am dringendsten brauchte. Offenbar reichte das Schuldgefühl eines liberalen Weißen nicht, um sich mit einer Frau abzugeben, die das Wild-Card-Virus hatte. Vielleicht war es ansteckend. Und sie konnte sich ihre ehemalige Schwiegermutter lebhaft vorstellen, wie sie selbstzufrieden in ihrem Anwesen in Newport saß, Tee trank und darüber redete, *da so oft alle Mühe vergeblich war, egal wie*

intensiv man mit einem von diesen »farbigem« Mädchen arbeitete.
Oft waren sie einfach durch die Unterdrückung des Weißen so-
wohl geistig als auch körperlich zu deformiert, um in die weiße Ge-
sellschaft einzutreten. War das nicht ein Jammer? Seufz.

Aber wahrscheinlich hat sie die Laken verbrannt und jedes
Möbelstück im Haus desinfizieren lassen, nachdem Josiah
sich von mir hat scheiden lassen. Scheinheiliges, heuchleri-
sches Miststück!

Roulette bemerkte plötzlich, dass sie sich blindlings durch
die Massen quetschte, die die Straßen Jokertowns bevölker-
ten. Die Geräusche der Hämmer und Tacker hallten durch
den bereits schwülen Morgen, begleitet von grüßenden und
beleidigenden Rufen der Joker, die Buden und Stände er-
richteten. Essensgerüche – sowohl angenehme als auch un-
angenehme – durchzogen die mit Auspuffgasen geschwän-
gerte Luft. Am Himmel kreiste ein kleines Privatflugzeug,
das ein Banner mit der Aufschrift JOKER ZU ASSEN. ERGEBNISSE
GARANTIERT. TELEFON 5559448 hinter sich herzog.

An einer anderen Ecke hatte die Kirche von Jesus Christus
Joker bereits einen Stand aufgebaut und verteilte Broschü-
ren an jeden, der sich ansprechen ließ. Die Ergebnisse dieser Kirche waren ebenfalls garantiert, allerdings erst im Jen-
seits. Von allen Seiten umlagert, dachte Roulette, Scharlatane
für das Hier und Jetzt und auch für das Danach. Hoffnungs-
lose Hoffnung. Nun, meine Leute können euch alles darüber
erzählen, und es wird erst dann leichter, wenn irgendeine
neue, noch unbeliebtere Minderheit auftaucht, die euren
Platz einnimmt. Und ich kann mir nicht vorstellen, dass je
eine unbeliebtere und scheußlichere Minderheit als die Joker
auftauchen wird, ihr armen Teufel.

Die Henry Street war abgesperrt. Das war nicht legal, aber
Chrysalis war eine bedeutende Persönlichkeit in Jokertown,
und das zuständige Polizeirevier hatte allen Grund, der
Besitzerin des *Crystal Palace* dankbar zu sein. Mehr als ein

schwerer Fall war aufgrund ihres Eingreifens gelöst worden, also würde der Chief wegen einer Verkehrsstockung einmal im Jahr keinen Stunk machen. Chrysalis koordinierte außerdem die Straßendekoration, und so präsentierte sich die Henry Street in einer geschmackvoll stolzen Aufmachung, die sich von dem grellen, auf Schock bedachten Look abhob, der in den anderen Straßen vorherrschte. Rechts von Roulette erstreckte sich über eine Länge von einem halben Block ein leerer Platz mit einigen Schutthaufen, eine Erinnerung an die Jokertown-Krawalle von 1976. Hüfthohes Unkraut und ein paar genügsame Pflanzen wucherten auf den Ziegel- und Gipshaufen. In mehreren Haufen sah sie dunkle Löcher wie klaffende Mäuler, und sie fragte sich, ob der Ort ein Zufluchtsort für Tiere geworden war. Sie konnte sich nicht vorstellen, dass die äußerst penible Chrysalis gleich neben ihrer Bar ein Rattengehege duldete. Als Roulette genauer hinsah, machte sie in einem der Löcher ein Leuchten aus, das sie rasch als den Glanz eines von zottigen Haaren umgebenen Augenpaars identifizierte. Aber es war kein Tier, das aus dem Bau lugte. Es war ein Mensch – in gewisser Hinsicht.

Mit einem Keuchen duckte sich Roulette und eilte weiter, vorbei an Arachne, deren acht schlanke Beine an dem Seidenfaden zusammenliefen, der seinen Ursprung in ihrem knollenförmigen Leib hatte und von ihr rasch zu einem ihrer berühmten Schals aus Spinnenseide verwoben wurde. In ihrem Stand war ihre Tochter damit beschäftigt, eine Reihe eingefärbter Halstücher und Schals aufzuhängen. Die meisten Norms würden niemals eines dieser zitternden, fast transparenten Kunstwerke kaufen, wenn sie ihre Herstellung sähen, aber Arachne verdiente gut, indem sie Saks und Neiman-Marcus mit ihren Erzeugnissen belieferte. Roulette besaß selbst einen Schal von ihr, eine zarte pfirsichfarbene Kreation, die aussah, als habe sie sich einen Sonnenuntergang über die dunklen Schultern geworfen, wenn sie ihn trug. Hätte sie von Arachnes Stand auf der Henry Street gewusst, hätte sie den Schal getragen, um der Frau zu zeigen, dass zumindest ihr die Herkunft und die Art der Herstellung nichts ausmachte und sie die Kunstfertigkeit bewunderte.

Sie hörte ein dumpfes Grollen, das an Intensität zunahm und in einem krachenden Donnern endete, als Elmo, der Rausschmeißer des *Palace*, ein weiteres Metallfass mit Bier durch die Vordertür auf die Straße rollte. Wie ein rundliches Queue, das gegen die frisch aufgebauten Billardkugeln stößt, gesellte es sich zu seinen Brüdern. Der Rausschmeißer, der selbst große Ähnlichkeit mit einem Bierfass hatte, spannte zufrieden die Schultern und ging wieder zurück, um das nächste Fass zu holen.

Kinder schossen in alle Richtungen den Bürgersteig entlang und jagten einem ramponiert aussehenden Fußball hinterher, während am anderen Ende des Blocks ein spontanes Baseballspiel begonnen hatte. Gettoblaster spien eine Kakofonie gegensätzlicher Musikstile aus: Soul, Rock, Country, Klassik. Kinder weinten und Mütter riefen, aber diesem Wahnsinn haftete ein Gefühl heiterer Gelassenheit und Sicherheit an. Ein Gefühl von Familie. Nirgendwo spürte sie den verzweifelten und nervtötenden Drang, *sich zu amüsieren*, der die tanzende Menge vor dem *Freakers* gepackt hatte. Diese Leute, so abstoßend viele von ihnen auch sein mochten, befanden sich alle in einem Zustand inneren Friedens.

Roulette riss sich von dem Anblick der Horde spielender Kinder los und zwang sich, die Menge nach einer charakteristischen rotschopfigen Gestalt abzusuchen. Vor dreißig Minuten war Roulette in der Jokertown-Klinik gewesen, wo ihr Tachyons äußerst kühle, äußerst elegante, äußerst gut aussehende und äußerst missbilligende Chefchirurgin gesagt hatte, der *gute* Doktor sei nicht anwesend, könne aber zweifellos beim Hausbesuch in irgendeiner von zahlreichen Bars angetroffen werden. Roulette hatte es bei *Ernie's* und *Wally's* sowie im *Funhouse* ohne Erfolg versucht. Jetzt hatte sie ihn im *Crystal Palace* gefunden.

Er saß an einem kleinen Tisch, umgeben von vielen anderen kleinen Tischen, die sich vor dem *Palace* auf dem Bürgersteig drängten. Lange schlanke Finger hielten einen Cognacschwenker und ließen ihn leicht kreisen, sodass die bernsteinfarbene Flüssigkeit an den Seiten des Glases herunterlief. Eine andere gläserne Gestalt stand links neben ihm, doch diese war mit den Knochen und Organen gefüllt, die ein menschliches Wesen ausmachen. Die langen Fingernägel waren in einem irisierenden Rosaton lackiert, und auf ihren unsichtbaren Wangen funkelte silberblauer Glitzerstaub. Chrysalis persönlich.

Der kritische Augenblick war da. Sie hatte sich nur darauf konzentriert, den Takisier zu finden, und sich nicht mit der Frage beschäftigt, was sie tun sollte, wenn es so weit war. Sollte sie in Ohnmacht fallen? Einen verstauchten Knöchel vortäuschen? Wie der Rest der Welt wusste auch sie von der Schwäche des Außerirdischen für schöne Frauen, aber in New York gab es massenhaft schöne Frauen. Was sollte sie tun, wenn er bereits eine Begleiterin für den Tag gefunden hatte? Und wenn nicht, wie konnte sie erreichen, dass er sie auswählte? Schönheit besaß sie, aber nicht die Fähigkeiten, die gemeinhin damit einhergingen. Sie hatte es in der Kunst des Flirtens nie weit gebracht. Und in diesem Augenblick empfand sie eine Woge der Erleichterung. Sie würde an ihm vorbeigehen. Wenn er sie bemerkte … nun, dann sollte es wohl so sein. Dann sollte er seinem Schicksal begegnen. Wenn nicht … Sie versuchte nicht an den verhutzelten kleinen Mann zu denken, der in seinem feuchten Bau lauerte.

Starr richtete sie den Blick auf die Straßensperre und fing an, ihre Schritte zu zählen. Sie merkte, wie die Kreppgummisohlen ihrer Schuhe auf dem Beton zu federn schienen, wie die Jeans ihre Knöchel umschmeichelten, wie ihre dünnen Zöpfe gegen …

»Ich halte dich für einen Dummkopf.« Chrysalis sprach mit ihrem üblichen britischen Akzent. »Jedes Jahr fängst du hier an, trinkst den ersten Brandy des Tages, bleibst so lange nüchtern, dass du die Rede durchstehen kannst, schüttest dann während des Spiels Bier in dich hinein, hältst deine flüssige Diät während Hirams Dinner aufrecht und endest dann wieder hier, um dem Tag die Krone aufzusetzen, volltrunken, voller Schuldgefühle und in erbärmlicher Verfassung. Warum beherzigst du nicht meinen Rat und …«

»Und jedes Jahr gibst du mir denselben Rat«, unterbrach sie Tachyon mit seiner musikalischen Stimme.

»Geh nach Miami«, schlossen sie im Chor.

Tachyons Lächeln verblasste. »Wie könnte ich verreisen? Diese schrecklichen Nachrichten über den Howler und keinen Hinweis auf seinen Mörder.«

»Du bist kein Bulle. Überlass das den Profis.« Ein stures Kopfschütteln. »Tachy, dass du an dieser grotesken Feier teilnimmst! Jokertown weiß, dass du Anteil nimmst. Wir würden dich nicht hassen, nur weil du an einem von dreihundertfünfundsechzig Tagen nicht da bist.«

»Aber nicht gerade an diesem Tag. Ich muss hier sein.« Als er einen großen Schluck Brandy nahm, geriet sein Adamsapfel in Bewegung. »Das ist meine Buße.« Seine Stimme klang heiser, wohl von den Nachwirkungen des Brandys.

»Du bist ein Dummkopf«, wiederholte Chrysalis leise und drückte seine Schulter mit ihrer transparenten Hand.

Roulette, die gebannt die weißen Fingerknochen auf dem rubinroten Stoff von Tachyons Mantel anstarrte, sah plötzlich in einer erschütternden Vision den Tod neben dem Takisier stehen. Langsam hob sie eine Hand vor ihr Gesicht und musterte sie. Die Art, wie sich die Sehnen unter der milchkaffeebraunen Haut bewegten, die blässlich weißen Halbmonde unter den polierten Nägeln, die winzige Narbe am Zeigefinger, wo sie sich mit sechs Jahren beim Kochunterricht geschnitten hatte. Dann sah sie wieder zu Chrysalis, die jetzt durch die Tür des *Palace* ging, und sie dachte, sie sollte wie sie aussehen. Ich bin der Tod.

Etwas Kühles berührte den Bluterguss in ihrem Gesicht. Ein Anker. Sie keuchte, ihre Augen öffneten sich, und sie blickte in die besorgten lilafarbenen Augen des Takisiers.

»Madam, ist alles in Ordnung? Sie sahen aus, als würden Sie in Ohnmacht fallen.«

»Nein ... ja ... es geht mir gut«, plapperte sie.

Die Kraft des Arms, der ihre Hüfte umschlang, stand im Widerspruch zu den zarten Gesichtszügen. »Hier, setzen Sie sich.«

Die Metallkante des Stuhls drückte gegen ihre Kniekehlen, und als sie sich setzte, ging ihr auf, wie nah sie einer Ohnmacht gewesen war. Der Cognacschwenker wurde ihr in die Hand gedrückt.

»Nein.«

»Es ist ein bewährtes, wenn auch etwas altmodisches Mittel gegen Ohnmachtsanfälle.«

Ihre Schlagfertigkeit kehrte zurück, und sie richtete sich in dem Stuhl auf. »Und ich bin so altmodisch, dass ich es für viel zu früh am Tag halte, um Brandy zu trinken.«

Erstaunt sah sie, wie sein schmales Gesicht rot anlief und sich die rötlichen Wimpern senkten, um den Verdruss in den violetten Augen zu verbergen. Tachyon nahm das Glas rasch weg und stellte es ziemlich weit von ihnen ab, als wollte er dem Alkohol abschwören.

»Sie haben recht. Chrysalis hat recht. Es ist noch viel zu früh am Tag, um mich zu betrinken. Was möchten Sie gern?«

»Einen Fruchtsaft. Ich ... Mir fällt gerade auf, dass ich heute nur Kaffee zum Frühstück hatte.«

»Nun, das ist ganz eindeutig zu wenig und lässt sich leicht korrigieren. Augenblick, bitte.« Er sprang von seinem Stuhl auf und eilte in den *Palace*.

Roulette stützte den Kopf auf eine Hand und versuchte, ihre Gedanken zu ordnen. Vielleicht dachte sie auch zum ersten Mal richtig nach. Der Mann, der ihr Leben ruiniert hatte, war nur eine verschwommene Silhouette gewesen. Zum einen hatte sie nicht damit gerechnet, dass er so klein war und ein derart süßes Lächeln und eine drollige Art von Höflichkeit besaß, die direkt dem achtzehnten Jahrhundert zu entstammen schien.

Und Hitler liebte Kinder und Schäferhunde, ermahnte sie sich. Ihr Blick richtete sich auf einen der Ballspieler, einen kleinen Jungen, dessen aufgeblähter Körper auf schmalen Füßen mit Schwimmhäuten ruhte und dessen Flossenarme vor Aufregung wedelten, als der Ball geschlagen wurde. *Das Verbrechen ist zu monströs, und sein Tod wird nicht nur mein Leiden lindern.*

Tachyon kam zurück und stellte ein Glas Orangensaft vor ihr ab. Er sah ihr zu, wie sie einen Schluck trank, entspannt zurückgelehnt, einen bestiefelten Fuß auf dem Tisch. Das Schweigen schien ihm nichts auszumachen, was sie bei Männern nicht gewöhnt war. Die meisten schienen wie als Bestätigung ihrer Bedeutung ein beständiges Geplapper von den Frauen in ihrer Umgebung zu erwarten.

»Besser?«

»Viel besser.«

Die Vorderbeine seines Stuhls knallten auf den Boden. »Da eine gegenseitige Vorstellung jetzt angebracht zu sein scheint … ich bin Dr. Tachyon.«

»Roulette Brown-Roxbury.«

»Roulette«, wiederholte er, indem er dem Namen einen französischen Klang verlieh. »Ein ungewöhnlicher Name.«

Sie wirbelte das Glas herum, das einen Kringel kondensierter Flüssigkeit auf dem Tisch hinterließ. »Dahinter steckt eine Geschichte.« Sie warf ihm einen Blick zu und sah, dass er sie mit beunruhigendem Interesse betrachtete. »Meine Mutter war allergisch gegen die meisten Verhütungsmittel, also entschieden sich meine Eltern für die Rhythmusmethode. Dad sagte, es wäre wie russisches Roulette gewesen, und als das Unvermeidliche geschah, gaben sie mir den Namen Roulette.«

»Bezaubernd. Namen sollten etwas über die Person oder ihren Hintergrund aussagen. Sie sind wie Geschichten, die mit jeder nachfolgenden Generation länger werden. Aber ich habe etwas gesagt, das Sie beleidigt hat.«

Roulette zwang sich, eine gleichmütige Miene aufzusetzen. »Nein, überhaupt nicht.«

Sie kehrte wieder zu ihrer Betrachtung des Kondensationsrings zurück, und Schweigen senkte sich über sie, sodass die Schreie der Kinder und das Pochen der Hämmer nur umso lauter wurden.

»Doktor ...«

»Madam ...«

Sie begannen gleichzeitig und ließen sich verlegen in ihren Stuhl zurücksinken. »Bitte.« Sie lächelte aufmunternd. »Fahren Sie fort.«

»Ich fragte mich, was Sie an diesem Tag nach Jokertown führen könnte. Ihnen fehlt die schuldbewusste Neugier oder der morbide Hunger, der die meisten Normalen antreibt.«

»Ich bin gekommen, um eine Reise in die Verzweiflung zu unternehmen«, hörte sie sich sagen, und der dunklere Teil ihrer Seele schalt sie eine Närrin. Welcher Mann würde den Tag mit einer morbiden und weinerlichen Frau verbringen wollen?

Seine Hand legte sich auf ihre und schloss sich um ihre Finger, und Kummer schien zwischen ihnen hin und her zu fließen. »Dann lassen Sie uns gemeinsam reisen. Wenn Sie möchten«, fügte er rasch hinzu, als habe er Angst, sie zu beleidigen. »Dieser Tag ist … schwer … für mich. In Ihrer Gesellschaft wäre er leichter zu ertragen.«

»Ich habe keinen Trost zu spenden.«

»Ich verlange auch keinen. Nur Ihre Gesellschaft.« Seine Finger strichen leicht über ihre Wange. »Und vielleicht, wenn Sie wollen, kann ich Sie trösten.«

»Vielleicht.« Und an seinem geheimen Ort frohlockte der Tod … nur ein wenig.

♦

Leute stießen von allen Seiten gegen ihn. Die Bürgersteige waren mit kostümierten Jokern und gaffenden Norms verstopft. Er bewegte sich mit derselben Geschwindigkeit und in dieselbe Richtung wie die Menge, ließ sich von ihr mitreißen. Es hatte keinen Sinn, Aufmerksamkeit auf sich zu ziehen. Der Astronom konnte überall sein und war es meist auch.

Spector brauchte erst in über einer Stunde am Times Square zu sein. Er wollte nicht zu früh dort auftauchen, um nicht übereifrig zu erscheinen. Der Jokertown-Umzug war der sicherste Platz, den er sich vorstellen konnte, um Zeit totzuschlagen.

Auf der Straße stimmte eine Band »Jokertown Strutters Ball« an. Spector fühlte einen Anflug von Klaustrophobie. Er tastete sich zum Rand der Menge vor. Ein dreiäugiger Pantomime mit weißen Handschuhen versperrte ihm den Weg und bedeutete ihm, stehen zu bleiben. Spector spannte sich. Der Pantomime runzelte übertrieben die Stirn, dann trat er beiseite und winkte ihn vorbei. Spector rammte ihm den Ellbogen in den Magen. Als der Joker sich zusammenkrümmte, lächelte er. Er hasste Pantomimen.

Spector war dankbar für seinen beständigen Schmerz. Er

lenkte ihn so sehr ab, dass er sich nicht auf den Geruch der schwitzenden Joker konzentrieren konnte. Am Ende des Tages würden viele Nats von dem Gestank nach totem Fisch grün im Gesicht sein.

Spector sah auf seine Digitaluhr. Er hatte sie dem jungen Makler abgenommen, den er in der vergangenen Woche umgebracht hatte. Es war erst kurz nach halb elf. Wie der Umzug kroch der Tag langsam vorwärts. Solche Angst wie heute hatte er seit dem Tag nicht mehr gehabt, als er dem Astronom zum ersten Mal begegnet war. Der alte Mann hatte ihm gesagt, sie würden die Welt beherrschen. Und dass er in der Hierarchie der neuen Ordnung ganz weit oben stehen würde. Die hiesigen Asse hatten eingegriffen und alles zunichtegemacht. Aber der Astronom würde sie kriegen. Ich hoffe, er lässt sich Zeit, wenn er Tachyon fertigmacht, dachte Spector.

Er erreichte das Ende der Menge und stahl sich in eine Gasse. Überall lagen Abfallhaufen herum. Drei Schritte weiter hörte er das Heulen. Spector blieb stehen und sah auf. Der Astronom schwebte lächelnd zu ihm herab.

»Ich sagte dir, was geschehen würde, Demise. Du hattest deine Chance.« Der Astronom heulte wieder, ein kehliges, unmenschliches Bellen.

Spector fuhr herum und rannte in die Menge zurück, schob Leute beiseite, stieß sie zu Boden. Er ignorierte ihre Drohungen und Flüche und kämpfte sich die Straße entlang. Er jagte durch die verblüfften Bandmitglieder und rannte dann an einem Turtle gewidmeten Festwagen vorbei in die Menschenmenge auf der anderen Seite. Er hatte Angst, sich umzuschauen.

Ein Polizist hielt ihn am Arm fest. Spector rammte ihm das Knie in den Schritt und riss sich los. Ringsum schrien Leute. Er konnte kaum atmen.

»Ich bin hinter dir.« Die Stimme des Astronoms war ganz nah.

Spector drehte sich um. Der Astronom schwebte über dem Polizisten, der seine Pistole gehoben hatte, um zu schießen. Blaues Licht schoss aus der rechten Hand des Astronoms und traf die Waffe. Die Pistole explodierte, und auf den Polizisten und die Zuschauer regnete ein Hagel aus Splittern herab. Die Schreie wurden zahlreicher.

Spector stolperte über einen Abfallkorb und stürzte schwer auf den Beton des Gehsteigs, wobei er sich die Hände aufschürfte. Langsam und mit zitternden Knien rappelte er sich auf. Er spürte, wie Hände seine Schultern packten und sich kräftige Finger in sein Fleisch bohrten. Er konnte sich nicht losreißen.

»Nein.« Spectors Stimme klang so wie zuvor Grubers.

Der Astronom ließ mit einer Hand los und umklammerte seinen Kopf. »Sieh mich an, wenn ich mit dir rede, Demise.«

Spector merkte, wie sein Kopf herumgerissen wurde. Er verspürte einen unerträglich schmerzhaften Stich, ein Knacken, und dann füllte sich sein Mund mit Blut. Der Astronom grinste ihn an. »Heute ist der Tag des Jüngsten Gerichts.«

Lärm erhob sich in der Menge hinter ihnen. Der Astronom wandte sich ab, da er durch etwas abgelenkt wurde, und ließ Spector fallen wie einen Sack.

Sein Körper war gelähmt. Er konnte den Fall nicht aufhalten. Spector landete mit dem Gesicht zuerst auf dem Bürgersteig, und der Aufprall zerschmetterte Mund und Nase. Er sah die Blutlache vor seinem offenen Mund größer werden. Es war Zeit zu sterben, noch einmal. Wenigstens würde er weder sehen noch spüren, was mit ihm geschah.

♠

Stoßstange an Stoßstange und Seite an Seite nahmen die Festwagen eineinhalb Blocks auf der Center Street südlich der Canal Street ein. Fortunato konnte Des sehen, den ele-

fantengesichtigen Joker, eine Figur aus Draht und Pappmaché. Er sah auch Dr. Tods Zeppelin und Jetboys Flugzeug
samt Kondensstreifen aus Blumen. Über den Köpfen der
Menge schwebte ein durchsichtiger Plastikballon, der Chrysalis darstellte.

Er befand sich mitten in Jokertown, und hier gab es nicht
so viele Touristen. Die Touristen, die sich bis hierher wag-
ten, brachten ihre Kinder nicht mit. Fahrer in Overalls standen rauchend neben den Wagen und unterhielten sich. Der
größte Teil der Menge schien in dieselbe Richtung zu drängen wie Fortunato, und zwar zu einer Stelle nicht weit entfernt, wo etwas vorzugehen schien.

Einen halben Block voraus konnte er die Kraftlinien in
der Luft sehen. Wie Hitzeflimmern verzerrten sie die Umgebung. Es war eine Signatur, die eigentlich keine Signatur war, sondern eine Sammlung psychischer Radierstellen.
Zum ersten Mal hatte er sie vor siebzehn Jahren gesehen, im
Zimmer eines toten Jungen nicht weit von hier, wo Frauen
brutal zerstückelt worden waren, und zwar als Teil einer
Verschwörung, die damit geendet hatte, dass die große, ver-
schlingende Monstrosität namens TIAMAT die Sonne umkreiste.

Ihm war ein wenig schwindlig, und sein Puls raste. Ihm
wurde plötzlich klar, dass er zum ersten Mal in siebzehn
Jahren Angst verspürte, echtes, aufrichtiges Entsetzen.

Er bildete einen Kraftkeil, der ihm den Weg bahnte, und
rannte zu der Stelle, wo die Kraftlinien zusammentrafen.
Leute wurden nach rechts und links geschleudert, und sie
schrien ihn an, waren aber nicht in der Lage, ihn zu berühren.

Demise schrie. Trotz des Lärmens der Menge konnte Fortunato das Knacken von Knochen und Knirschen von Knor-
peln hören, dann den dumpfen Schlag eines Körpers, der auf
den Gehsteig fiel.

Als er die Mauer der Leute durchbrach, wandten sie sich bereits ab und versuchten zu fliehen. Jemand schleifte einen verwundeten Bullen beiseite, seine rechte Hand war schwarz verbrannt und das Gesicht mit Blutspritzern besprenkelt. Auf dem Bürgersteig vor ihm öffnete sich ein drei Meter durchmessender Kreis, der bis auf Demise leer war.

Demise lag auf dem Rücken, wie am Revers der Jacke seines grauen Anzugs und dem offenen Kragen des schmuddeligen Hemds zu erkennen war. Der Kopf war um hundertachtzig Grad gedreht, sodass das Gesicht flach auf dem Asphalt lag. Blut lief ihm aus Mund und Nase.

In der Menge rief jemand: »Da! Da ist er! Er haut ab! Haltet ihn auf, um Gottes willen!«

Er zeigte auf gar nichts. Fortunato konnte lediglich eine Ansammlung verschwommener Gesichter erkennen, als versuche er, zu sehr aus dem Augenwinkel zu sehen, obwohl er geradeaus starrte.

Er stört mich, dachte er. Er konzentrierte sich und verlangsamte den Zeitablauf, bis die Stimme des Mannes und das entsetzte und angewiderte Stöhnen ringsum zu einem leisen Grollen abschwoll. Ein Tornado aus psychischer Energie hing in dem erstarrten Chaos. Demises Kraft, Fortunatos eigene, die Lebensenergie der Joker. Es war hoffnungslos.

Er gab es auf, und der Zeitablauf beschleunigte sich wieder. Er konnte nichts tun. Demise war tot, was kein großer Verlust war.

Das meiste, was er über Demise wusste, stammte aus zweiter oder dritter Hand. Er hatte es von Bullen und Zuschauern nach dem Krawall in den Kreuzgängen aufgeschnappt. Demise war ein Verlierer, ein Versager aus der Mittelschicht, der die Pik-Dame gezogen hatte und in Tachyons Klinik gestorben war. Tachyon hatte ihn zurückgeholt, und das hatte ihm Demise nie verziehen.

Er war als projizierender Telepath wiederauferstanden,

hieß es, und was er projizieren konnte, war die Erinnerung an seinen Tod, und zwar so stark, dass er damit töten konnte. Eine Weile hatte er zur Rechten des Astronoms gesessen, bis Fortunato und die anderen ihre Basis in den Kreuzgängen zerstört und die Shakti-Vorrichtung in ihre Atome zerlegt hatten.

Er hätte dasselbe mit Demise und dem Astronom angestellt, wäre er dazu in der Lage gewesen. Doch jetzt schien Demise irrelevant zu sein. Aus einem Gefühl verletzten ästhetischen Empfindens heraus sank Fortunato auf ein Knie und drehte Demises Kopf richtig herum. Er wollte gerade gehen, als er Demises Stimme hörte: »Danke. Das habe ich gebraucht.«

Fortunato fuhr herum, wobei ihm eisige Spinnenfinger über den Rücken huschten. Demise hockte auf den Fersen und rieb sich die violett geschwollenen Stellen am Hals, wo Blutgefäße geplatzt waren. Die Blutergüsse verfärbten sich bereits gelb und heilten vor Fortunatos Augen ab.

Demise lächelte. Sein Mund war ein wenig zu lang und schmal und auf einer Seite etwas zu hoch. Das Lächeln war voller Entsetzen, und die Hände des Mannes zitterten so stark, dass er sie hochhielt und lachte. »Von diesem kleinen Trick wusstest du wohl nichts, was? Ich habe meine kleine schwarze Botschaft, die ich senden kann, und ich habe auch noch diese andere Sache. Nicht mal der Astronom wusste davon. Ich kann mich heilen, Bruder.« Er hustete einen Blutklumpen aus, und als er auf den Gehsteig fiel, war er bereits zu einer festen braunen Kruste erstarrt.

»Dann hält er dich für tot«, sagte Fortunato.

»Jesus, ich hoffe es. Nicht dass er mir nicht auch noch das Herz rausgerissen hätte, um ganz sicherzugehen, wenn du nicht aufgetaucht wärst. Der verdammte Hurensohn hat mir sogar gesagt, dass er es tun würde. Wäre ich in Brooklyn geblieben, hätte ich ihm vielleicht aus dem Weg gehen können.« Er spuckte noch einen Klumpen aus. »Wäre der Hund nicht zum Pissen stehen geblieben, hätte er den Hasen geschnappt.«

»Warum wollte er dich töten?«

»Er glaubt, ich hätte ihn verkauft. Aber nach der Scheiße in den Kreuzgängen war ich lediglich der Ansicht, eine andere Art der Beschäftigung wäre vielleicht gesünder.« Demise starrte ihn an. Hinter diesen Augen flackerte ein Funke, das konnte Fortunato ganz deutlich erkennen. Vielleicht war Demise kein Genie, aber er besaß zumindest Geschick und einen hellen Kopf. Die meisten Leute würden das nicht bemerken, weil sie Demise nie sehr lange in die Augen sahen. So oder so.

Hinter dem Funken war noch etwas anderes. Fortunato hatte es schon vor siebzehn Jahren gesehen, als er einen toten Jungen ins Leben zurückholte. Es war die schwarze Verzweiflung, die daher rührte, den Tod aus zu großer Nähe gesehen zu haben.

»Tatsächlich«, sagte Demise, »bin ich doch überrascht, dass er dich nicht umgelegt hat, als er hier war. Vielleicht spart er dich fürs Dessert auf.«

»Fürs Dessert?«

»Heute ist der Tag, Mann. Den Tag des Jüngsten Gerichts, nennt er ihn. Ich werde sterben, du wirst sterben, jeder von den Wichsern, die ihm in den Kreuzgängen aufs Dach gestiegen sind, wird sterben, und alles soll heute passieren. Wegen all dem anderen Scheiß, der in Jokertown abgeht, braucht er sich keine Sorgen zu machen, dass ihm Bullen oder irgendjemand anders in die Quere kommen.«

Fortunato hatte eine plötzliche Eingebung, eine Konvergenz unsichtbarer Kraftlinien. »Weißt du irgendwas über ein paar gestohlene Bücher? Oder einen Mann namens Kien?«

»Du stellst 'n Haufen Fragen.«

»Ich habe dir gerade das Leben gerettet.«

»Nein. Nein, was die Bücher betrifft, und nein, was diesen Soundso angeht.«

Er sagte die Wahrheit, aber Fortunato spürte dennoch eine Verbindung. »Vielleicht über einen Mann namens Loophole oder Latham?«

»Tut mir leid. Nicht das Geringste.«

Fortunato wollte sich abwenden. »Hey, hör mal«, sagte Demise. »Ich wollte nicht frech werden. Vielleicht könntest du mich 'ne Weile verstecken? Nur bis morgen früh?«

»Warum gerade bis morgen früh?«

»Wegen dem, was der Astronom gesagt hat. ›Abschieds-geschenk‹ und so 'n Scheiß. Ich habe das starke Gefühl, dass ich morgen früh längst über alle Berge bin. Also, was sagst du? Kannst du mich irgendwo verstecken?«

»Stell dein Glück nicht auf die Probe«, sagte Fortunato.

Demise zuckte die Achseln. Die Geste war ein wenig steif, aber ansonsten sah sein Hals fast wieder normal aus. »Dann lasse ich mir wohl besser selbst was einfallen, wie?«

♣

Die Eisskulpturen trafen um halb elf in einem Kühllastwa-gen ein, der sich von der Wohnung des Künstlers in SoHo durch die Touristenmassen bis hierher gekämpft hatte. Hiram fuhr selbst in die Lobby, um darüber zu wachen, dass kein Unglück geschah, während die lebensgroßen Skulptu-ren zum Lastenaufzug gebracht wurden. Der Künstler, ein abgerissen aussehender Joker mit kalkweißer Haut und farb-losen Augen, der sich Kelvin Frost nannte, fühlte sich bei Temperaturen um minus dreißig Grad am wohlsten und verließ nie die eisige Behaglichkeit seines Studios. Aber er war ein Genie in Eis – oder »ephemerer Kunst«, wie Frost und die Kritiker seine Werke vorzugsweise nannten.

Als die Skulpturen sicher im Kühlraum des *Aces High* verstaut waren, entspannte sich Hiram so sehr, dass er sie in Ruhe betrachten konnte. Frost hatte ihn nicht enttäuscht. Sein Auge für Einzelheiten war so erstaunlich wie eh und je, und sein Werk hatte auch noch etwas anderes – eine Schärfe, eine menschliche Qualität, die vielleicht sogar Wärme genannt werden mochte, falls Wärme in Eis existieren konnte. Hiram spürte etwas Verlorenes und Verdammtes in der Art, wie Jetboy dastand und in den Himmel starrte, jeder Zoll ein Held und doch irgendwie auch ein verlorener Junge. Dr. Tachyon grübelte wie Rodins *Denker*, aber anstatt auf einem Felsen saß er auf einer Weltkugel aus Eis. Zyklons Umhang flatterte, sodass man fast die Winde spüren konnte, die ihn umwehten, und der Howler stand mit gespreizten Beinen und in die Seite gestemmten Fäusten da, den Mund geöffnet, als sei er im Akt des Niederschreiens einer Mauer gebannt worden.

Peregrine sah aus, als sei sie in einem ganz anderen Akt gebannt worden. Ihre Skulptur war die Darstellung einer liegenden Nackten, die sich träge auf einen Ellbogen stützte und die Schwingen hinter sich halb ausgebreitet hatte, wobei jede Feder im Detail ausgeführt war. Ein verschmitztes, liebliches Lächeln erhellte das berühmte Gesicht. Die Gesamtwirkung war außerordentlich erotisch. Hiram fragte sich, ob sie wohl für Frost Modell gestanden hatte. Es hätte ihr durchaus ähnlich gesehen.

Doch Frosts Meisterstück, dachte Hiram, war Turtle. Wie sollte man einem Mann Menschlichkeit einhauchen, der sein Gesicht nicht ein einziges Mal der Welt gezeigt hatte, dessen öffentliche Erscheinung ein mächtiger, mit Kameralinsen bestückter Panzer war? Der Künstler war an der Herausforderung gewachsen: Der Panzer war da, jede Schweißnaht, aber obenauf hatte Frost eine Unzahl Miniaturen anderer Personen dargestellt. Hiram umrundete langsam die Skulptur, bewundernd, in Details versunken. Da waren die Vier Asse bei irgendeinem Letzten Abendmahl, wobei Golden Boy große Ähnlichkeit mit Judas hatte. Woanders erklommen ein Dutzend Joker den Panzer, als bestiegen sie einen unbezwingbaren Berg. Da war Fortunato, der von sich windenden nackten Frauen umgeben war, und dort eine Gestalt mit hundert verschwommenen Gesichtern, die alle zu schlafen schienen. Aus jedem Blickwinkel enthüllte das Werk neue Reichtümer.

»Irgendwie eine Schande, dass es schmelzen wird, nicht wahr?«, fragte Jay Ackroyd hinter ihm.

Hiram drehte sich um. »Der Künstler sieht das anders. Frost behauptet, dass alle Kunst vergänglich ist, dass letzten Endes alles verschwinden wird, Picasso, Rembrandt, Van Gogh, die Sixtinische Kapelle und die Mona Lisa, was auch immer, am Ende wird alles zu Staub zerfallen. Eiskunst ist ehrlicher, weil sie ihre vergängliche Natur feiert, anstatt sie zu bestreiten.«

»Echt gut«, sagte der Detektiv. »Aber bis jetzt hat sich noch niemand ein Stück von der Pieta abgehackt, um es sich in den Drink zu schütten.« Er warf einen Blick auf Peregrine. »Ich hätte Künstler werden sollen. Mädchen ziehen sich immer für Künstler aus. Können wir diesen Raum nicht verlassen? Ich habe vergessen, meinen Fellparka mitzubringen.«

Hiram verschloss den Kühlraum und führte Ackroyd in sein Büro. Der Detektiv sah irgendwie nichtssagend aus, was in seinem Beruf vermutlich ein Vorteil war. Mitte vierzig, schlank, etwas unter Durchschnittsgewicht, sorgfältig gekämmte braune Haare, flinke braune Augen, ein flüchtiges Lächeln. Auf der Straße würde man ihn nie zweimal ansehen, und wenn doch, würde man nie sicher sein, ihn vorher schon einmal gesehen zu haben. Heute Morgen trug er braune Mokassins mit Quasten, einen braunen Anzug, offenbar von der Stange, und ein am Kragen offenes Hemd. Hiram hatte ihn einmal gefragt, warum er keine Krawatten trug. »Die sind zu anfällig gegen Suppenflecke«, hatte Ackroyd erwidert.

»Nun?«, fragte Hiram, als er sicher hinter seinem Schreibtisch saß. Er warf einen Blick auf seinen stummen Fernseher.
Eine Farbgrafik zeigte Schallwellen, die aus dem Mund eines
gelb gekleideten Mannes kamen und eine Mauer einstürzen
ließen. Dann folgte ein Schnitt zu einem Livereporter, der in
die Kamera sprach. Hinter ihm hatte ein Dutzend Polizeiwagen ein Wohnhaus abgesperrt. Die Straße war mit Glasscherben übersät, die im Sonnenlicht funkelten. Die Kamera
schwenkte langsam über Reihen zerschmetterter Fenster und
die gesplitterten Windschutzscheiben parkender Autos.

»Es war keine große Sache«, sagte Ackroyd. »Ich habe eine
Stunde lang am Fischmarkt herumgeschnüffelt und des Pu-
dels Kern schnell erfasst. Bei dieser Geschichte geht es um
Schutzgelder.«

»Ich verstehe«, sagte Hiram.

»Die Hafengegend zieht Gauner an wie ein Picknick Amei-
sen, das ist kein Geheimnis. Schmuggel, Drogen, Schutzgeld,
was Sie wollen. Gelegenheiten im Überfluss. Ihr Freund
Gills und die meisten anderen kleineren Geschäftsleute haben einen Gewinnanteil an die Mafia abgetreten, und als Gegenleistung hat die Mafia für Schutz und gelegentliche Hilfe
gegen Polizei und Gewerkschaften gesorgt.«

»Die *Mafia*?«, fragte Hiram. »Jay, das hört sich ausreichend
melodramatisch an, aber ich hatte den Eindruck, die Mafia
setzte sich aus ethnisch klar gekennzeichneten Gentlemen
mit Nadelstreifenanzügen, schwarzen Hemden und weißen
Krawatten zusammen. Die Schläger, die Gills zugesetzt haben, hatten nicht einmal ein rudimentäres Modeempfinden.
Und einer von ihnen war ein Joker. Ist die Mafia mittlerweile
dazu übergegangen, Joker zu rekrutieren?«

»Nein«, sagte Ackroyd. »Das ist das Problem. Das Gebiet
am East River gehört der Gambione-Familie, aber die Gambiones verlieren seit Jahren an Einfluss. Sie haben bereits
Jokertown an die Dämonenfürsten und die anderen Joker-

Gangs verloren, und eine Gang aus Chinatown, die sich Silberreiher oder Schneevögel oder so ähnlich nennt, hat sie aus Chinatown vertrieben. Harlem haben sie schon vor langer Zeit verloren, und die Drogen fließen in dieser Stadt zum größten Teil auch nicht mehr durch die Hände der Gambiones. Aber sie haben immer noch die Hafengegend kontrolliert. Bis jetzt.« Er beugte sich vor. »Jetzt haben sie Konkurrenz. Die Konkurrenz bietet besseren Schutz zu einem viel höheren Preis. Vielleicht zu hoch für Ihren Freund.«

»Sein Sohn ist auf dem College«, meinte Hiram nachdenklich. »Die Studiengebühren sind ziemlich beträchtlich, glaube ich. Was ich heute Morgen erlebt habe, war also eine … äh … Zahlungsaufforderung?«

»Bingo«, sagte Ackroyd.

»Wenn Gills und seine Berufsgenossen den Gambiones Schutzgeld bezahlt haben, warum werden sie dann nicht beschützt?«

»Vor zwei Wochen wurde in einem Lagerhaus zwei Blocks von der Fulton Street entfernt eine Leiche gefunden, die an einem Fleischerhaken hing. Ein Herr namens Dominick Santarello. Er wurde anhand seiner Fingerabdrücke identifiziert, weil sein Gesicht zu Brei zerschlagen war. Ein Kumpel von Santarello, ein gewisser Angelo Casanovista, wurde eine Woche zuvor tot in einem Fass mit eingelegten Heringen gefunden. Sein Kopf befand sich nicht bei ihm im Fass. Auf der Straße heißt es, die neuen Jungs hätten etwas, das den Gambiones fehlt – ein Ass. Oder wenigstens einen Joker, der im Dunkeln als Ass durchgeht. Natürlich werden solche Dinge oft übertrieben dargestellt, aber man hat mir gesagt, der Bursche wäre über zwei Meter groß, unmenschlich stark und so hässlich, dass man sich bei seinem Anblick in die Hose macht. Er hört auf den charmanten Künstlernamen Keule. Die Gambiones sind ihnen einfach nicht gewachsen, würde ich sagen.« Er zuckte die Achseln.

Hiram Worchester war entsetzt. »Und was ist mit der Polizei?«

»Gills hat Angst. Einer seiner Freunde hat versucht, mit der Polizei zu reden, und seine Leiche wurde mit einer Flunder im Hals gefunden. Buchstäblich. Die Bullen untersuchen den Fall.«

»Das ist unerträglich«, sagte Hiram. »Gills ist ein guter, ehrlicher Mann. Er hat etwas Besseres verdient, als in solcher Angst leben zu müssen. Was kann ich tun, um ihm zu helfen?«

»Leihen Sie ihm das Geld, damit er bezahlen kann«, schlug Ackroyd mit einem zynischen Lächeln vor.

»Das kann nicht Ihr Ernst sein!«, widersprach Hiram.

Der Detektiv zuckte die Achseln. »Ein besserer Vorschlag – stellen Sie mich als Leibwächter für ihn ein. Hat er zufällig eine attraktive Tochter im heiratsfähigen Alter?« Als Hiram nicht antwortete, stand Ackroyd auf und schob die Hände in die Jackentaschen. »Also schön. Vielleicht lässt sich etwas machen. Ich kümmere mich darum. Chrysalis kann mir vielleicht ein paar nützliche Informationen geben, wenn der Preis stimmt.«

Hiram nickte und erhob sich hinter seinem Schreibtisch. »Gut«, sagte er. »Ausgezeichnet. Halten Sie mich auf dem Laufenden.« Ackroyd wandte sich zum Gehen. »Noch eine Sache«, sagte Hiram.

Jay drehte sich wieder um und hob eine Augenbraue.

»Dieser, äh, Keule scheint ziemlich … äh … übellaunig zu sein, gelinde gesagt. Unternehmen Sie nichts zu Gefährliches. Seien Sie vorsichtig.«

Jay Ackroyd lächelte. »Wenn Keule mir Schwierigkeiten macht, blende ich ihn mit Magie«, sagte er. Er ahmte mit der Hand eine Pistole nach, drei Finger angelegt, den Zeigefinger auf Hiram gerichtet, den Daumen aufgerichtet wie ein Schlagbolzen.

»Wagen Sie es nicht«, sagte Hiram Worchester zu ihm. »Nicht wenn Sie heute Abend hier essen wollen.« Ackroyd lachte, steckte die Hand wieder in die Tasche und schlenderte aus dem Büro.

Hirams Blick wanderte zurück zum Fernseher. Dort wurde gerade ein Interview mit dem Howler gesendet. Der Interviewer war Walter Cronkite. Eine zehn Jahre alte Aufzeichnung, erkannte Hiram, aufgenommen anlässlich der Großen Jokertown-Krawalle von 1976. Er wechselte den Sender in der Hoffnung, ein paar Livebilder von Jokertown und Jetboys Grabmal zu sehen und vielleicht noch einen Blick auf Peregrine werfen zu können. Stattdessen sah er Bill Moyers, der vor einem großen Foto des Howlers einen Kommentar sprach. Der Howler schien an diesem Morgen Schlagzeilen gemacht zu haben, dachte Hiram. Er wurde neugierig.

Er schaltete den Ton ein.

Sechstes Kapitel
11:00

Ein Umzug in Jokertown war immer ein einzigartiges Erlebnis. Irgendwelche fantastischen Kreaturen aus Draht, Blumen und Pappmaché zu bauen war überflüssig. Nein, hier sorgten die Joker mit ihren missgebildeten Leibern für jeden gewünschten Grad des Grotesken. Es gab auch keine Joker-Königin. Vor mehreren Jahren hätten sie versucht, ihm diese Idee nahezubringen, erklärte Tachyon, als er Roulette durch die Menge führte, aber er habe sich so sehr dagegen gesträubt, dass die Veranstalter Abstand davon genommen hätten. Es gab eine ganze Reihe politisch aktiver Joker, die ihm noch nicht verziehen hatten.

Im Sara-Roosevelt-Park standen überall Tiefladern, auf deren Ladeflächen atemberaubende Szenen nachgebildet waren. Im Westen zerstörte eine Traube schwitzender Bullen einen riesigen Phallus mit zwei Eicheln. Roulette fiel auf, dass eine ganze Reihe von Männern in der Menge jedes Mal wegsah, wenn sich ein Brecheisen tief in das Latex bohrte. Noch weiter im Westen tauchte die Joker-Elchslogen-Dudelsack-Kapelle auf. In der schwülen Luft hatten die Dudelsäcke einen grellen, klagenden Klang.

»Sind Sie der Großmeister des Umzugs?«, fragte Roulette bissiger, als es ihre Absicht war.

»Nein«, schnauzte Tachyon zurück, und sie ertappte sich dabei, wie sie auf seinen angespannten Rücken starrte, während er die Menge betrachtete.

Ein stämmiger Joker, der anstelle einer Nase einen langen Rüssel besaß, der in mehrere winzige Finger auslief, löste sich vom Rand der Menge wie ein Eisberg von einem Gletscher und schlenderte zu Tachyon.

»Alles klar?«, fragte er, indem er eine Hand ausstreckte.

»Alles klar. Des, ich möchte dir Roulette Brown-Roxbury vorstellen. Roulette, Xavier Desmond, der Besitzer des *Funhouse* und einer von Jokertowns gediegensten Bürgern.«

»Manche würden behaupten, dass das zu viel der Ehre ist.«

»Meine Güte, sind wir heute nörgelig«, spottete Tachyon mit einem Hauch Sarkasmus.

Die beiden Männer wechselten einen Blick, und Roulette erkannte, dass sie eine sehr komplexe Beziehung verband. Sie waren Freunde, sie respektierten einander, aber irgendetwas lag zwischen ihnen, die Erinnerung an ein altes Leid.

Dieser Anflug von Gehässigkeit hatte eine ungewöhnliche Wirkung. Anstatt sie in ihrem Wunsch zu bestärken, den Mann zu töten, machte er ihn nur noch reizender. Er war nicht perfekt, nicht einmal perfekt im Bösen, nur »menschlich«. Sie verfluchte diese Einsicht, weil es leichter ist, im Abstrakten zu hassen.

Des warf einen Blick auf seine Uhr. »Beginnt wie üblich mit Verspätung.«

»Ich hoffe nur, die Hitze und die Verzögerungen tragen nicht zu, sagen wir … Zwischenfällen bei.« Er zupfte an seiner Unterlippe. »Ich kann mir nicht helfen, ich muss einfach an 76 denken, wenn ich all diese Polizisten sehe.«

»An diesem Tag herrschte eine merkwürdige Stimmung. Glücklicherweise ist sie seitdem nie wieder so gewesen.«

»Tja, dann geselle ich mich jetzt wohl besser dazu.« Er nahm Roulettes Hände und drückte einen flüchtigen Kuss auf jede. »Ich komme wieder, um Sie abzuholen, bevor wir uns auf den Weg machen.«

»Sind Sie sicher, dass ich mitkommen soll? Vielleicht könnten wir uns danach einfach zum Mittagessen treffen oder so ...« Ihre Stimme verlor sich.

»Nein, nein. Ich brauche Ihre Unterstützung.«

»Schwierige Situation.«

»Ich verstehe nicht?« Roulette riss sich vom Anblick Tachyons rasch verschwindender Gestalt los.

»Wenn er nicht am Umzug teilnimmt, wird er beschuldigt, den Jokern mit Verachtung zu begegnen und die Asse zu bevorzugen. Wenn er teilnimmt – was er in den letzten fünf Jahren getan hat –, wird er beschuldigt, ein herzloser Schmarotzer zu sein, der sich am Elend der von ihm miterschaffenen Joker ergötzt. Ein kleiner König in seinem ganz persönlichen Reich der Missgeburten.«

Ihre Blicke schweiften durch den Park. Eisverkäufer, die die Menge abklapperten, Polizisten mit Schweißflecken unter den Achseln und auf der Brust, Tachyon wie ein rotschopfiger, rot gekleideter Teufel inmitten einer dantesken Szenerie, in der die Joker die Dämonen waren. Erledige deinen Job und verschwinde. Mehr wollte sie im Moment nicht.

Irgendwie musste sie ihn loseisen und sich mit ihm in die Abgeschiedenheit eines Hotels oder einer Wohnung zurückziehen, um ihn zur Strecke zu bringen. Jetzt würde ihr das noch nicht gelingen. Sein Pflichtgefühl würde ihn davon abhalten, diesen Missgeburtenumzug zu verlassen, und er stand auf der Liste der Redner am Grabmal. Ihre Gedanken trieben sie vorwärts, durch den Park und hinter dem Takisier her, während Des über ihren abrupten Aufbruch die Stirn runzelte.

Vielleicht eine plötzliche Indisposition? *Blödsinn!* Damit würde sie sich höchstens ein Bett in der Jokertown-Klinik einhandeln. Und zwar eindeutig das falsche Bett. Vielleicht ein – *Setz deinen gottverdammten Körper ein! Die meisten Männer denken mit dem Schwanz!*

Sein Begrüßungslächeln empfing sie. »Ah, ich glaube fast, Sie sind Telepath. Ich wollte gerade kommen und Sie holen.«

»Tatsächlich?«, hörte sie sich antworten, aber die Stimme schien von weither zu kommen. »Ich hoffe, Sie kommen noch öfter.« Ihr Arm glitt um seinen Nacken, und ihr Körper schmiegte sich an ihn, als sie ihm einen Kuss auf die Lippen drückte.

Einen Moment lang spürte sie ein Zurückweichen. Hatte sie zu dick aufgetragen? Dann begegneten sich ihre Zungen, und alle Zurückhaltung wurde fortgespült. Seine Zunge neckte, durchstieß die Barriere ihrer Zähne. Seine Hand, die heiß in ihrem Nacken lag, zog sie näher. Ringsum erhob sich ein Chor anfeuernder Rufe, und sie lösten sich voneinander.

»Puh«, brach es aus Tachyon hervor, als er ein Taschentuch zückte und sich rasch die Stirn abwischte.

Sie schmiegte sich an ihn und hakte sich bei ihm unter. »Ich war heute Morgen sehr traurig. Sie haben das geändert, und ich wollte Ihnen danken.«

»Madam … Roulette, danken Sie mir jederzeit, wenn Sie wollen.«

Ein Chauffeur mit einem Schwanz, der bis zum Boden reichte, hielt die Tür eines großen grauen Lincoln auf.

»Ah, Riggs, pünktlich wie immer. Ich frage mich oft, wie Sie mich ertragen, weil ich notorisch unpünktlich bin.«

»Ich habe gelernt, damit zu leben.« Seine Stimme klang wie weicher Samt, und seine leuchtend grünen Katzenaugen schienen vor Belustigung zu funkeln.

»Riggs, das ist Roulette Brown-Roxbury. Sie ist heute unser Gast.« Ein Druck ihrer Hand. »Und ich hoffe, auch in der Nacht.«

Riggs tippte sich an den Schirm seiner Mütze. »Ma'am.«

»Sie beschäftigen also Joker«, bemerkte sie, als sie sich in die Ledersitze sinken ließ.

»Selbstverständlich.«

Die Antwort klang in ihren Ohren ziemlich blasiert.

»Riggs' Reflexe und sein Sehvermögen im Dunkeln sind besser als bei einem gewöhnlichen Menschen. Ich bin sehr dankbar, dass meine Sicherheit in seinen fähigen Händen ruht.«

Der führende Festwagen schob sich majestätisch auf die Bowery. Dahinter bot die Marschkapelle P.S. 235 eine zackige Wiedergabe des »Pineapple Rag«.

Senator Hartmanns offener Wagen kam als nächster. Ein Ass joggte neben der Limousine. Wenigstens nahm Roulette an, dass es ein Ass war. Die meisten normalen Geheimagenten liefen nicht in weißen, hautengen Overalls mit einer schwarzen, den Kopf völlig verhüllenden Kapuze herum.

Hartmann strahlte und winkte, jeder Zoll ein Staatsmann. Jemand in der Menge am Straßenrand rief: »Wie steht's mit 88, Senator?«

»Ist das ein Vorschlag? Ich bin bereit«, rief Hartmann zurück und grinste, als Gelächter und Hochrufe in der Menge laut wurden.

Zwei weitere Festwagen folgten in Begleitung von berittener Polizei. Dann ließ Riggs den Lincoln mit stetigen zehn Meilen pro Stunde vorwärtsrollen.

»Warum fahren Sie nicht in einem offenen Wagen?«, fragte Roulette, und von oben antwortete ihr ein Summen, als das Schiebedach zurückglitt.

»Mag sein, dass ich seit vierzig Jahren auf der Erde lebe, aber ich bin immer noch Takisier. Ich will verdammt sein, wenn ich für irgendjemanden in einem offenen Wagen fahre. Und am Wild-Card-Tag sind meine Feinde ebenso zugegen wie meine Freunde.«

Fünfzehn Minuten später ließ er sich auf seinen Sitz fallen und fächerte sich mit einem Taschentuch Luft zu. »Schreckliches Wetter.«

»Hier.« Sie hatte sich den Wagen genauer angesehen, während er den Kopf durch das Schiebedach steckte und der Menge zuwinkte. Dabei hatte sie die Bar entdeckt.

»Dubonnet auf Eis. Was sind Sie für eine elegante Lebensretterin. Leisten Sie mir diesmal Gesellschaft?«

»Ja.«

Sie rückte näher, und ihr Oberschenkel presste sich gegen seinen. Sie nahmen beide einen nachdenklichen Schluck. Dann strich sie ihm mit einem ihrer langen Fingernägel über die Wange und registrierte die Art, wie seine Koteletten in langen rotgoldenen Locken auf seiner unglaublich weißen Haut lagen. Sie hielt inne und inspizierte die kleine, dreieckige Narbe an seinem spitzen Kinn.

»Wie ist das passiert?«

»Kampftraining. Sedjur und mein Vater kamen überein, wir sollten sie als Mahnung bestehen lassen, mich beim nächsten Mal schneller zu bewegen.« Sein Gesicht verschloss sich, da plötzlich Tränen des Kummers in seinen violetten Augen schimmerten.

Das war der Augenblick. Sie umschloss sein Gesicht mit beiden Händen und küsste ihn, und ihre Lippen lösten die Starre aus seinem Mund. Eine Träne fiel warm auf ihre Hand, und sie leckte sie auf.

»Warum so traurig?«

»Weil Sedjur tot ist und mein Vater, wäre er bei Verstand, dies auch gern wäre. Ich halte die Erinnerung für einen Fluch.«

»Ja, ich auch.« Ihre Hand glitt über den Satinstoff seiner Weste und packte seinen Hosenbund. Ein Keuchen entfuhr ihm beim Surren seines Reißverschlusses. »Also wollen wir uns dem Gefühl und dem Augenblick hingeben und die Erinnerungen vergessen.«

Sie hatte seine Hose geöffnet und rollte seinen Penis sanft zwischen ihren Handflächen. Er versteifte sich augenblicklich. Sein Rücken bog sich durch, auf Stirn und Oberlippe bildeten sich Schweißperlen.

»Beim Ideal, Weib, was tust du?«

Sie bedachte ihn mit einem Mona-Lisa-Lächeln, nahm den Penis in den Mund und sog behutsam. Eine Hand schoss vor und drückte auf den Knopf, der die Trennscheibe zwischen ihnen und Riggs hochfahren ließ. Er stöhnte, als ihre Zunge die Unterseite seiner Eichel liebkoste.

»Gnade«, stöhnte er, während sich eine Hand in ihren Zöpfen verkrallte.

»Na schön.« Sie zog sich zurück.

»Beim Ideal, du lässt mich in diesem Zustand?«

»Dann lass uns irgendwohin fahren.«

»Die Ansprache.«

»Hinterher.«

»O Gott!«

♥

Die Metallräder des U-Bahn-Wagens kreischten, als sie in die Station Times Square einfuhren. Die Türen öffneten sich zischend, und Spector, der sich den ganzen Morgen über noch nicht so gut gefühlt hatte, stand auf. Der Astronom musste ihn für tot halten, und der alte Mann würde einen sehr ausgefüllten Tag haben, sodass er keinen weiteren Gedanken mehr an Spector verschwenden würde.

Mit dem Fingernagel puhlte er sich getrocknetes Blut aus den Zähnen und glitt durch die stehenden Fahrgäste zur Tür. Eine Woge aus Menschen stieg in den Wagen ein und schob ihn zurück. Er drängte sich hindurch auf den Bahnsteig, wo ein Pärchen den Zug besteigen wollte. Die Türen schlossen sich.

»Hey, Mann, wegen dir haben wir jetzt den Zug verpasst.« Der Mann war noch jung und spanischer Herkunft. Er trug einen Schlapphut und einen violetten Nadelstreifenanzug. Ein Mädchen hielt sich am Ärmel seines Robbenfellmantels fest. Er schob Spector zurück und schüttelte den Kopf. »Du dämlicher Hund. In dieser Stadt kann man aber auch nirgendwohin gehen, ohne irgendwelchen Pennern zu begegnen. Keine Sorge, Baby. In ein paar Minuten fährt der nächste.«

Spector sah das Mädchen an. Es war groß und schlank und hatte dunkles Haar und dunkle Augen. Sie trug ein Heavy-Metal-Shirt mit dem Namen Ferric Jagger auf der Brust. Der Zuhälter trug einen mit Blümchen bedruckten Koffer, der offenbar der Kleinen gehörte. Sie hatte etwas an sich, das seine Aufmerksamkeit erregte. Spector hätte sich mit ihr echt amüsieren können. Nicht auf sexueller Ebene, damit hatte er nichts im Sinn. Aber es hätte ihm gefallen, gemeinsam mit dem Astronom das Mädchen umzubringen. Es war das Einzige, was Spector noch anmachte. Es würde ihm bestimmt einen irren Kick geben zu spüren, wie das Leben aus dieser kleinen Schnalle wich.

»Hey, Mann, was glotzt du so?« Der Zuhälter versetzte ihm noch einen Stoß, fester diesmal.

Spectors Hass und Schmerz bahnten sich einen Weg nach draußen. Er sah dem Zuhälter in die Augen. Der Mann stieß ein Zischen aus, als die Luft aus seiner Lunge wich, dann brach er auf dem Bahnsteig zusammen. Die Leute ringsum starrten die Leiche ein paar Sekunden lang verständnislos an, dann riefen vereinzelte Stimmen nach einem Arzt.

Glücklich über den Tod des Zuhälters, zupfte er an seinem Schnurrbart. Das Mädchen starrte ebenfalls auf die Leiche, schrie aber nicht. Noch nicht.

Er pflückte den Koffer aus der Hand des Zuhälters und lächelte das Mädchen an. »Neu in der Stadt? Ich kann dir das eine oder andere zeigen. Sehenswürdigkeiten, was du willst.«

Sie riss ihm den Koffer aus der Hand und wandte sich ab. Sie sagte kein Wort.

Spector sah einen Bahnpolizisten kommen und zog sich in die Menge zurück. Schade um das Mädchen, aber alles in allem sah es langsam ein wenig besser für ihn aus.

◆

Die Fröhliche Pfandleihe befand sich im Brooklyner Stadtteil Flatbush an der Ecke Washington Avenue und Sullivan Street. Jennifer nahm ein Taxi und ließ sich ein paar Blocks von der Adresse entfernt absetzen, um den Rest des Wegs zu Fuß zu gehen. Der Laden war von anderen kleinen Familienbetrieben umgeben, darunter Geschäfte, die Delikatessen, Kleidung und Schuhe verkauften, sowie eine kleine Pizzeria. Bis auf das Delikatessengeschäft hatten alle Läden geschlossen, und die Straße vor der Pfandleihe war nahezu verlassen, aber ein paar Blocks weiter stand auf der anderen Straßenseite eine lange Menschenschlange vor Ebbets Field. Die Leute wollten sich offenbar das alljährliche Wild-Card-Tag-Spiel der Dodgers ansehen. Dem Schild vor dem Haupteingang zufolge spielten die Dodgers gegen die Los Angeles Stars. Die Mannschaften waren alte Rivalen, und da die Dodgers in diesem Jahr im Rennen um die Meisterschaft wieder mal nicht schlecht lagen, sah es so aus, als würden genug Eintrittskarten verkauft, um das alte Baseballstadion aus allen Nähten platzen zu lassen.

Jennifer sah auf ihre Armbanduhr. Es war ein paar Minuten nach elf. Tom Seaver, der schon für die Dodgers gespielt hatte, als Jennifer noch ein kleines Mädchen war, war als Schläger gegen Fernando Valenzuela eingesetzt, dem jungen mexikanischen Werfer der Stars. Ihr blieb immer noch Zeit genug, sich eine Eintrittskarte zu kaufen, und sich das Spiel anzusehen wäre eine angenehmere Art, den Nachmittag zu verbringen, als mit Gruber essen zu gehen.

Sie lugte durch die schmutzigen Scheiben der Pfandleihe,

die den Anschein erweckte, dass sie wie die meisten anderen kleinen Läden in dem Block geschlossen hatte. Doch Gruber hatte noch nie einen Termin mit ihr platzen lassen.

Die Eingangstür war unverschlossen, und sie ging hinein. In der Pfandleihe war es dunkel und still. Die schmalen Gänge und hohen Regale waren mit unerwünschten Pfändern vollgestopft, von denen die meisten noch aus der Zeit von Grubers Vater stammten, und Jennifer empfand immer einen Anflug von Klaustrophobie, wenn sie hindurchging. Gitarren mit gerissenen Saiten, Fernseher mit ausgebrannten Bildröhren, Toaster mit ausgefransten Kabeln und fleckige und zerrissene Mäntel, Hemden und Kleider stapelten sich auf den Regalen in dem schmuddeligen Raum, und die Tinte auf ihren Pfandscheinen war bis zur Unleserlichkeit verblasst.

Die einzige Lichtquelle war eine nackte Glühbirne, die in dem Käfig hinter dem Tresen, Grubers bevorzugtem Aufenthaltsort, an einem Kabel von der Decke hing. Doch Gruber war nicht da.

Sie rief seinen Namen, doch ihre Worte hallten hohl durch den Laden, und plötzlich hatte sie das Gefühl, dass etwas nicht stimmte. Langsam näherte sie sich dem Käfig, und die Sohle ihres rechten Schuhs blieb an etwas Klebrigem wie einem weggeworfenen Kaugummi haften. Sie sah nach unten.

Eine zähe, dickliche Flüssigkeit lief einen der Gänge entlang und hatte sich zu einer Lache gesammelt. Sie trat einen Schritt vor und lugte um das Regal in den nächsten Gang, um gleich darauf zu erstarren.

Es war Gruber. Sein bleiches Gesicht war zu einer Grimasse unaussprechlichen Entsetzens erstarrt. Die blassen, weichen Hände hatten sich vor dem Bauch verkrampft, das Blut, das sich vor ihm zu einer klebrigen, flachen Pfütze sammelte, jedoch nicht aufgehalten.

Jennifer hing über einem niedrigen Tresen, der mit wertlosem Schmuck und noch wertloseren Waffen gefüllt war, und gab ihr Frühstück von sich.

Nachdem sie ihren gesamten Mageninhalt erbrochen hatte, lehnte sie sich zitternd gegen die Glaswand.

Nach einem oder zwei Augenblicken völliger Schwärze wischte sie sich über die Lippen und zwang sich zu einer erneuten Betrachtung dessen, was von Gruber noch übrig war. Es war die erste Leiche, die sie je gesehen hatte. Sie starrte sie in fasziniertem Entsetzen an und war der Ansicht, irgendetwas tun zu müssen, wusste aber nicht, was.

»Dasss issst sie.«

Eine zischende Stimme ertönte hinter ihr, und plötzlich schlug ihr Herz wie das einer Aerobic-Vorturnerin auf Speed. Sie wirbelte halb geduckt herum und starrte die drei Männer an, die den Laden lautlos durch den Hintereingang betreten hatten.

Zwei waren Norms oder sahen zumindest so aus. Der dritte war ein Joker, ein hochgewachsener schlanker Mann, der wie eine aufrecht gehende Echse aussah. Er war es, der gesprochen hatte. Jennifer starrte ihn an, und seine lange, gegabelte Zunge entrollte sich und züngelte sie an.

»Sie issst es«, zischte er. »Schnappt sie euch.«

»Jesus«, murmelte einer der anderen. »Sie hat ihn umgelegt.«

Die beiden Norms sahen einander unbehaglich an, und schließlich begann Jennifers Verstand wieder zu arbeiten.

Sie erkannte den reptilienartigen Joker wieder. Er war in Kiens Wohnung gewesen und aufgetaucht, als der Joker in dem Glasbehälter angefangen hatte zu schreien. Hatte er sie verfolgt? Sie warf einen Blick auf Grubers Leiche. Gruber war eine Möglichkeit, aber ihn würde sie nicht mehr fragen können, ob er sie verkauft hatte. Aber woher hätte er wissen sollen, dass sie das Zeug von Kien gestohlen hatte?

Für derartige Überlegungen war jetzt nicht der rechte Zeitpunkt. Die Männer und das Reptilienwesen hatten sich gerade dazu entschlossen, sie anzugreifen. Sie näherten sich langsam mit gezogenen Pistolen, während der Joker nur dastand und zusah.

Jennifer geisterte.

Sie trat aus ihrer Kleidung und behielt nur den Bikini an, den sie normalerweise trug. Die kleine Tasche mit den Büchern darin geisterte sie ebenfalls. Als sie durch ein Regal voller gepfändetem Tand schritt, warf sie einen Blick über die Schulter. Die beiden Norms starrten sie mit offenen Mündern an, und der Joker fluchte zischend.

Sie ging weiter durch die Regale, die Mauer und die Gasse zwischen der Pfandleihe und dem nächsten Haus und ließ die Männer weit hinter sich. Im Geiste hielt sie den Atem an und wurde wieder stofflich. Sie befand sich in dem Bekleidungsgeschäft.

Sie griff sich eine Jeans, eine Bluse und Turnschuhe, zog alles an, nahm zwei Zwanziger aus ihrer Tasche, legte das Geld in die Kasse und floh durch den Vordereingang.

Kiens Männer waren nirgendwo zu sehen. Ihr Verschwinden hatte sie wahrscheinlich verblüfft, aber sie konnte nicht davon ausgehen, dass ihre Verblüffung lange anhalten würde.

Sie sah nach links und rechts. Zur Rechten befand sich das Ebbets Field, in das immer noch die Baseballanhänger strömten. Zur Linken sah sie den Prospect Park mit seinem einladenden Angebot an Grünflächen und Abgeschiedenheit. Doch ihr war mehr danach, in der Nähe anderer Menschen zu sein. In der Nähe anderer Menschen war sie sicher. Dort konnte niemand versuchen, sie umzubringen. Sie würde Zeit haben, sich einige Dinge zu überlegen.

Sie lief die Straße entlang und stellte sich ans Ende der Schlange, die in das Stadion strömte. Augenblicke später kamen Kiens Männer um das andere Ende des Blocks gerannt und schüttelten mit kaum verhohlener Wut den Kopf.

♠

Sie drängten sich in Hirams Büro, alle. Die Putzkolonne, die Tellerwäscher, das Küchenpersonal, sogar der Elektriker, der gekommen war, um die defekte Leitung eines Kronleuchters zu reparieren. Sie saßen auf Stühlen, auf dem Boden, auf dem Schreibtisch, auf den Anrichten. Viele standen. Niemand sagte ein Wort. Sogar Paul LeBarre schwieg. Alle Augen waren auf den Fernseher gerichtet. Geraldo Rivera interviewte eine der Schwestern des Howlers. Hiram hatte nicht gewusst, dass der Howler Geschwister hatte. Es stellte sich heraus, dass es insgesamt vier waren.

Es ist wie an dem Tag, als Kennedy erschossen wurde, dachte er, oder wie am ersten Wild-Card-Tag vor vierzig Jahren, als Jetboy gestorben war und sich die Welt verändert hatte.

In der Nachrichtensendung wurde live zu einer Pressekonferenz der Polizei umgeschaltet. Hiram hörte zu, ihm war schlecht.

»Jesus.« Das war Peter Chou, der schlanke, stille Mann, der für die Sicherheit im *Aces High* verantwortlich war, Peter, der Brillen und schwarze Gürtel in den verschiedensten Kampfsportarten sammelte und niemals die Stimme erhob oder fluchte. »Verfluchte Scheiße«, sagte er jetzt. »Nervengift. Verfluchte Scheiße.«

»Das ergibt überhaupt keinen Sinn«, sagte einer der Tellerwäscher. »Mann, das ergibt überhaupt keinen *Sinn*, verflucht noch mal, Mann, der Sack konnte *Mauern* einschreien, ich hab's selbst gesehen, Mann, ich hab's selbst gesehen.«

Dann redeten plötzlich alle durcheinander.

Curtis tippte Hiram auf die Schulter, warf ihm einen fragenden Blick zu und nickte in Richtung Tür. Hiram erhob sich und folgte ihm. Nun, da sich alle in Hirams Büro gequetscht hatten, wirkte die Etage höhlenartig und leer.

»Draußen«, sagte Hiram. Sie gingen auf die Sunset-Terrasse und sahen die Stadt vor sich liegen. Die öffentliche Aussichtsplattform des Empire State Building befand sich auf der Etage über ihnen, und darüber ragte der alte Anlegemast empor, der einst für Zeppeline gedacht war, aber abgesehen davon gab es keinen höheren Aussichtspunkt in New York City und der ganzen Welt. Die Sonne schien grell auf sie herab, und Hiram fragte sich plötzlich, ob der Himmel an dem Tag, an dem Jetboy gestorben war, genauso blau ausgesehen hatte.

»Das Essen«, sagte Curtis schlicht. »Machen wir weiter, oder sagen wir es ab?«

»Wir machen weiter«, antwortete Hiram, ohne zu zögern.

»Sehr gut, Sir«, sagte Curtis. Sein Tonfall war betont neutral, weder billigend noch missbilligend.

Doch Hiram verspürte den Drang, seine Entscheidung zu erklären. Er stemmte die Hände gegen die steinerne Brüstung und starrte leeren Blickes nach Westen. »Mein Vater«, sagte er. Seine Stimme klang merkwürdig und zaudernd, sogar in seinen Ohren. »Er war … äh … ein robuster Mann, so groß wie ich. Er war ein Mann mit einem … äh … gesunden Appetit.«

»Er war Brite, nicht wahr?«, warf Curtis ein.

Hiram nickte. »Er hat in Dünkirchen gekämpft. Nach dem Krieg heiratete er eine amerikanische Militärangestellte und ging nach Amerika. Eine männliche Kriegsbraut nannte er sich – aber nicht, dass er Weiß getragen hätte. Das pflegte er immer hinzuzufügen, und dann errötete meine Mutter, und er lachte. Gott, konnte der Mann lachen. Er *brüllte* regelrecht. Er tat alles im großen Stil. Essen, Alkohol, sogar was die Frauen anging. Er hatte ein Dutzend Geliebte. Meiner

Mutter schien es nichts auszumachen, obwohl sie ein wenig mehr Diskretion vorgezogen hätte. Mein Vater war wirklich ein lauter Mensch.«

Hiram sah Curtis an. »Er starb, als ich zwölf war. Die Beerdigung war ... nun, die Art Ereignis, die mein Vater gehasst hätte. Wäre er nicht tot gewesen, er wäre niemals hingegangen. Die Beerdigung war grimmig und fromm und so *still*. Ich rechnete jeden Augenblick damit, dass sich mein Vater im Sarg aufrichten und einen Witz erzählen würde. Es wurde viel geweint und geflüstert, aber nicht gelacht und auch nicht gegessen oder getrunken. Ich habe jede Sekunde gehasst.«

»Ich verstehe«, sagte Curtis.

»Wissen Sie, ich habe es testamentarisch verfügt«, sagte Hiram. »Ich habe eine gewisse Summe beiseitegelegt, eine ziemlich beträchtliche Summe, möchte ich hinzufügen, und wenn ich sterbe, wird das *Aces High* seine Türen für meine Familie und Freunde öffnen, und dann wird gegessen und getrunken, bis das Geld verbraucht ist, und vielleicht wird auch gelacht. Vielleicht. Ich kenne die Wünsche des Howlers in dieser Hinsicht nicht, aber ich weiß, dass er in puncto Essen und Trinken den Besten in nichts nachstand, und er war der einzige Mensch, den ich kenne, der noch lauter lachen konnte als mein Vater.«

Curtis lächelte. »Wenn ich mich recht erinnere, hat er einmal mit seinem Lachen Kristallglas im Wert von mehreren Tausend Dollar zerschmettert.«

Hiram lächelte ebenfalls. »Und er hat sich deswegen nicht im Geringsten geschämt. Tachyon hatte einen Witz erzählt, und natürlich hat er sich danach so schuldig gefühlt, dass ich ihn fast drei Monate nicht zu Gesicht bekommen habe.« Hiram schlug Curtis leicht auf die Schulter. »Nein. Der Howler hätte bestimmt nicht gewollt, dass wir die Party absagen. Wir machen weiter. Ohne Frage.«

»Die Eisskulptur?«, erinnerte Curtis ihn sanft.

»Wir werden sie zeigen«, sagte Hiram entschlossen. »Wir werden nicht so tun, als hätte Howler nie existiert. Die Skulptur wird uns daran erinnern, dass ... dass einer von uns heute fehlt.« Irgendwo tief unter ihnen blökte eine Hupe. Ein Mann war tot, ein Ass, einer aus der glücklichen Handvoll, aber die Stadt machte so weiter wie immer, und wie immer kam jemand zu spät zu irgendetwas. Hiram erschauerte. »Lassen Sie uns jetzt weitermachen.« Sie gingen wieder hinein.

Peter Chou kam ihnen entgegen. »Ein Anruf für Sie«, sagte er zu Hiram.

»Danke.« Hiram ging in sein Büro zurück. »Ich weiß, dass Sie alle an den Nachrichten interessiert sind«, sagte er zu seinem Stab. »Das bin ich auch. Aber in ein paar Stunden müssen wir hundertfünfzig Personen bewirten. Wir werden Sie alle auf dem Laufenden halten, da können Sie ganz beruhigt sein. Und jetzt lassen Sie uns wieder an die Arbeit gehen.«

Einer nach dem anderen verließ das Büro. Paul LeBarre legte Hiram eine Hand auf die Schulter, bevor er hinausging. Im Fernsehen stand Senator Hartmann vor Jetboys Grabmal und versprach eine eingehende ANGST-Untersuchung des Mordes am Howler. Hiram nickte, drehte den Ton ab und nahm den Telefonhörer auf.

Zuerst erkannte er die Stimme nicht, und die bruchstückhaften Wörter, die mit Mühe ausgesprochen wurden, schienen keinen Sinn zu ergeben. Der Mann entschuldigte sich immer wieder und sagte etwas über Benzin. Hiram begriff nichts von alledem. »Wovon reden Sie überhaupt?«

»Hum ... Hummer«, sagte die Stimme.

»Was?«, entfuhr es Hiram. Er schoss kerzengerade in die Höhe. »Gills, sind Sie das?« Es klang jedenfalls nicht nach ihm.

»Tut mir leid ... tut mir leid, Hiram.« Er fing an zu schnaufen. Dann nahm ihm jemand den Hörer aus der Hand.

»Guten Morgen, Fatboy«, sagte eine seltsam schrille Stimme, als kratze eine Rasierklinge über eine Tafel. »Gills kann nicht so gut sprechen. Er spuckt immer noch Zähne.« Hiram hörte jemanden im Hintergrund lachen. »Was Fischgesicht dir sagen will, ist, dass wir gerade deine Scheißhummer in Benzin eingelegt haben, und wenn du sie haben willst, kannst du gerne kommen und sie abholen, weil sein Scheißlaster brennt.« Weiteres Gelächter. »Jetzt hör gut zu, Arschloch, es ist mir scheißegal, ob du so 'n Scheiß-Ass bist, du Arschgesicht, denn wenn du dich mit mir anlegst, passiert Folgendes. Hörst du auch zu?«

Einen Augenblick später ertönte ein scharfes Knacken, als bräche ein Knochen, dicht gefolgt von einem Aufschrei.

»Hast du gehört, Arschgesicht?«, fragte die Rasierklingenstimme.

Hiram antwortete nicht.

»*Ob du gehört hast, verdammt?*«, schrie die Stimme.

»Ja.«

»Einen schönen Tag noch«, sagte die Stimme, gefolgt von einem Klicken.

Hiram legte langsam den Hörer auf. Der Tag kann unmöglich noch schlimmer werden, dachte er.

Dann klingelte das Telefon erneut.

♣

Fortunato nahm den Hörer ab und wählte eine Brooklyner Nummer. Kaum hatte er sich gesetzt, als die Katze auf seinen Schoß sprang und die Beine seiner Jeans mit den Krallen durchzukneten begann. Am anderen Ende der Leitung klingelte es zweimal, bevor eine Frau antwortete. »Hallo, ist Arnie da?«, fragte er. Er hätte seinen Astralkörper schicken können, aber seine Batterien waren bereits halb leer, und es war an der Zeit, Kräfte zu sparen.

»Nein, hier spricht seine Mutter. Kann ich helfen?«

»Ich heiße Fortunato ...«

»O du Grundgütiger. Arnie redet praktisch *nur* von Ihnen. Er wird *sterben*, wenn er erfährt, dass Sie angerufen haben und er nicht zu Hause war.«

»Wenn Sie mir sagen könnten, wo er ist, Ma'am, suche ich ihn selbst.«

»Oh, er ist zu Jetboys Grabmal unterwegs. Sein Vater geht an jedem Wild-Card-Tag mit ihm hin. Sie sind vor ungefähr einer Stunde gegangen. Ich weiß nicht, ob Sie ihn in dem Getümmel finden können. Ist er in Schwierigkeiten?«

»Nein, Ma'am, nichts dergleichen. Ich bin sicher, dass ich ihn finden werde.«

»Ja, stimmt. Ich nehme an, Sie haben da Ihre Methoden, nicht wahr? Ich bin nur etwas nervös wegen dem Howler und allem.«

»Wegen dem Howler?«

»Ach, Sie wissen es noch gar nicht. Du meine Güte. Sie haben den Howler vor einer Weile gefunden. Er wurde ermordet. Irgendein Nervengift oder so. Es kam gerade im Fernsehen.«

Fortunato legte auf. Er hatte eine Liste angelegt, um seine Gedanken zu ordnen. Von den Assen, die in den Kreuzgängen dabei waren. Kid Dinosaur. Tachyon. Peregrine. Turtle. Modular Man. Der Howler. Jumpin Jack Flash. Wasserlilie.

Er strich den Howler von der Liste. Also stimmt es, dachte er. Demise hatte keinen Unsinn erzählt. Es geschah wirklich, hatte bereits begonnen.

Von denjenigen, die noch übrig waren, konnten Flash und Turtle auf sich selbst aufpassen. Tachyon konnte das nicht, aber das war Tachyons Problem.

Er rief Hiram im *Aces High* an. Er glaubte nicht, dass Hiram auf der Liste des Astronoms stand. Hiram hatte nur am Rande mit der TIAMAT-Geschichte zu tun gehabt und war nicht in den Kreuzgängen gewesen. Trotzdem konnte eine Warnung nicht schaden.

Er erzählte ihm die Geschichte so vereinfacht wie möglich und sagte dann: »Hören Sie, Sie können etwas tun, wenn Sie wollen. Ich brauche eine Kommandozentrale. Einen sicheren Ort, wohin ich diejenigen schicken kann, die ich finde, und wo Leute Nachrichten hinterlassen können.«

»Natürlich. Niemand würde das *Aces High* angreifen. Das wäre Wahnsinn.«

»Genau«, sagte Fortunato. »Aber nur für alle Fälle. Haben Sie eine Möglichkeit, sich mit diesem Androiden in Verbindung zu setzen? Modular Man?«

»Ich glaube, er hat mir mal so etwas wie einen Signalgeber gegeben. Wahrscheinlich könnte ich ihn finden.«

»Dann schmeicheln Sie ihm ein wenig. Ich glaube, das müsste reichen. Wenn nicht, könnten Sie subtil einfließen lassen, dass auch Frauen da sind. Wenn nötig, kann er eine von meinen haben. Rufen Sie einfach an und lassen Sie eine herüberfahren, auf Kosten des Hauses.« Er legte auf, bevor Hiram seine Meinung ändern konnte.

Was nun? Sollte er versuchen, einen Jungen, den er kaum kannte, aus Tausenden an Jetboys Grabmal herauszufinden? Oder sollte er die Liste weiter durchgehen?

Nein. Kid war verwegen und dumm und gerade stark genug, um sich in echte Schwierigkeiten zu bringen. Er musste sich um ihn kümmern.

♥

Das Spiel war fast ausverkauft. Es gab nur noch Plätze ohne Überdachung, als Jennifer zum Kartenschalter kam, aber das spielte keine Rolle. Sie wollte sich nur in die warme Sonne setzen, sich vom beruhigenden Lärm der Menge berieseln lassen und nachdenken.

Sie bezahlte ihre Eintrittskarte, und irgendein atavistischer Sinn ließ sie herumfahren und sich umschauen. Da war ein Mann, mittelgroß, schlank, aber stark gebaut, dunkelhaarig, dunkeläugig. Er schien sie intensiv zu beobachten, sah jedoch in dem Augenblick weg, als sich ihre Blicke trafen.

Sie betrachtete ihn genauer. Er trug Jeans, ein T-Shirt und dunkle Turnschuhe. Ihr fiel sein muskulöser Körperbau auf, dann wurde sie von der Woge der Zuschauer ins Stadion getragen.

Hatte er sie tatsächlich beobachtet, oder litt sie allmählich unter Verfolgungswahn? Sie atmete tief durch. Wahrscheinlich hatte er sie nur wegen ihrer Kleidung angestarrt. Sie hatte keine Zeit gehabt, die Sachen anzuprobieren, die sie genommen hatte. Die Hose war zu kurz und saß am Hintern zu eng, und das Sweatshirt war ebenfalls zu kurz, sodass ein paar Zentimeter nackte Hüfte zu sehen waren. Das musste es sein. Ihre Kleider. Sie wurde paranoid, suchte sich Fremde aus einer Menge aus und bildete sich ein, dass sie sie bedrohten.

Nicht dass sie keinen Grund gehabt hätte, paranoid zu sein. Schließlich waren tatsächlich Leute hinter ihr her. Jetzt musste sie nur herausfinden, warum, und, was noch wichtiger war, wie sie ihre Spur aufgenommen hatten.

◆

Spector war das Warten leid. Sein anonymer Kontakt hatte elf Uhr dreißig gesagt, und jetzt war es bereits einige Minuten danach. Vielleicht waren sie nicht mit der Art zufrieden gewesen, wie er Gruber erledigt hatte. Es war nicht sein Fehler, dass der Idiot eine Kanone gezogen hatte. So dumm zu glauben, die Kugeln hätten ihn geschafft, konnten sie doch unmöglich sein.

Er lehnte am Denkmal von George M. Cohan und knackte mit den Knöcheln. Er war sich der Ausbuchtung der Ingram in seinem Mantel bewusst. Die meisten Bullen waren in Jokertown, aber der Rest der Stadt musste ebenfalls abgedeckt sein. Vielleicht war es besser, die Kanone loszuwerden, jetzt, da der Astronom nicht mehr hinter ihm her war. Andererseits konnte man nie wissen, wann man eine automatische Pistole brauchen konnte.

Die Menge, die für Broadway-Show-Eintrittskarten Schlange stand, war kleiner als sonst. Spector hatte sich nie eine der Shows angesehen. Sie kamen ihm albern und zu teuer vor. An Silvester kam er immer aus New Jersey rüber, um sich das Feuerwerk um Mitternacht anzusehen. Das war eine der wenigen Gelegenheiten, bei denen er das Gefühl hatte, Teil von etwas Größerem zu sein.

Die Neonschilder am Times Square sahen am Tag blass und farblos aus. Wenn sein Kontaktmann nicht bald aufkreuzte, konnte er sich zum Spaß eine Nutte aufgabeln. In den Augen einer billigen Hure zu sehen, wie der Tod nach ihr griff, würde ihm für ein paar Augenblicke Erleichterung von den Schmerzen verschaffen. Es würde nicht so toll werden, wie es das bei dem Mädchen in der U-Bahn geworden wäre, aber es würde ihn ablenken. Gott, er hatte die Kleine wirklich umbringen wollen. Ihr zumindest so wehtun wollen, dass sie eine Reaktion zeigte. Aber wahrscheinlich war es besser, sich nur zu betrinken und sich irgendein Spiel im Fernsehen anzusehen. Sich den Rest des Tages bedeckt zu halten war keine so schlechte Idee.

»Scheiß drauf«, sagte er, indem er sich von dem Denkmal löste. »Diese Shadow-Fist-Brüder müssen sich schon was Besseres einfallen lassen.«

»Gehen Sie nicht so wütend weg«, sagte eine tiefe, gemeine Stimme hinter ihm.

Spector drehte sich um. Ein paar Schritte hinter ihm stand

ein Joker, der sich mit langsamen, gemessenen Schritten näherte. Auf seinem Hemd war getrocknetes Blut verschmiert. Er hatte ein einziges Auge mitten auf der Stirn.

»Sie haben sich verspätet.«

»Es war ein ziemlich reger Morgen. Ich hatte noch etwas in der Hafengegend zu erledigen.« Der Zyklop ballte eine Faust und zeigte Spector seine verschrammten Knöchel. »Sie müssen Spector sein.«

»Richtig. Also, erzählen Sie mir was.«

»Folgendes.« Er sah sich kurz um. »Die Gambiones essen heute im *Haiphong Lily* zu Abend. Ein Familientreffen, Sie wissen schon. Der Don ist im Weg. Man muss sich um ihn kümmern. Und da kommen Sie ins Spiel.«

»Heute Abend, wie? Was bringt der Job ein?«

»Fünf Riesen.«

Spector fuhr sich mit der Zunge über die Zähne und entfernte weiteres getrocknetes Blut. Er ging davon aus, dass diesem Punk von weiter oben ein Höchstbetrag genannt worden war und er den Rest für sich behalten konnte. Der Joker hatte nicht genug Grips, um einen Sechsjährigen übers Ohr zu hauen. »Auf keinen Fall. Machen Sie's selbst.«

»Schon gut, schon gut. Sieben fünf.«

»Zehn, oder suchen Sie sich jemand anders. Wir reden hier nicht über irgendeinen Penner. Schließlich wollen Sie den Don abservieren, kein leichtes Ziel.« Spector trat einen Schritt zurück und sah weg. Er wollte diesem Burschen hart zusetzen, damit ihn die Organisation nicht für einen Dummkopf hielt.

Der Joker stemmte die Hände in die Hüften. »Sie kriegen die zehn.«

»Ich will zwei sofort.« Spector streckte die Hand aus.

»Was? Gleich hier? Sind Sie verrückt?« Er sah sich wieder um, diesmal auf sehr melodramatische Art.

Spector musste sich das Lachen verbeißen. Dieser Schwachkopf brauchte Schauspielunterricht *und* den Grips, um etwas damit anfangen zu können. »Man würde Sie nicht mit Kleingeld in der Tasche hergeschickt haben. Und jetzt zahlen Sie oder holen Sie jemand, der es tut.« Spector gefiel es, dem Punk zuzusetzen und ihn dabei zu beobachten, wie er sich wand.

Der Zyklop zog einen dicken braunen Umschlag aus seiner Manteltasche und hielt ihn Spector hin. »Nur um Ihnen zu zeigen, dass wir Ihnen trauen.«

Spector verstaute den Umschlag in seiner Manteltasche und lächelte. »Ich werde es nicht einmal zählen. Noch nicht. Also, um wie viel Uhr isst unser Freund, der Don, zu Abend?«

»Gegen acht, also müssen Sie etwas früher dort sein. Sie können jetzt sehr gut essen«, sagte er, indem er auf den Umschlag in Spectors Tasche zeigte.

»Wann bekomme ich den Rest?«

»Morgen Abend. Wir sagen Ihnen, wo.« Er rückte ein wenig näher. Sein Atem stank nach Fäulnis. »Übrigens, wenn Sie zufällig etwas über ein paar fehlende Bücher hören, lassen Sie es mich wissen.« Er zückte einen kleinen Notizblock und einen Kugelschreiber, dann kritzelte er eine Telefonnummer auf ein Blatt. »In den nächsten Stunden können Sie mich unter dieser Nummer erreichen«, sagte er, indem er das Blatt abriss und Spector gab. »Das ist das Bowers Wild Card Dime Museum. In meiner Freizeit arbeite ich dort als Wachmann.«

»Sie behalten den Laden im Auge, was?«

Der Zyklop ignorierte den Witz. »Hey, man braucht einen legalen Job, aus steuerlichen Gründen. Das sagt jedenfalls der Boss. Sieht sonst verdächtig aus.«

»Sicher, sicher. Was sagten Sie, wie Sie heißen? Für alle Fälle.«

»Auge.«

»Und wenn ich Sie nicht erreichen kann?«

»Rufen Sie im *Twisted Dragon* an. Fragen Sie nach Danny Mao. Sagen Sie zu ihm, dass Sie im Jahr des Feuerpferds geboren sind. Das reicht.«

»Wie wär's, wenn Sie heute Abend mitkämen? Nur damit Sie auch ganz sicher sind, dass der Vertrag erfüllt wird.« Spector legte einen Arm um den Joker und ging ein paar Schritte mit ihm.

Auge streifte seinen Arm ab. »Erledigen Sie einfach Ihren verdammten Job. Und behalten Sie Ihre Schwulenhände bei sich.«

»War mir ein Vergnügen, Geschäfte mit Ihnen zu machen.« Spector sah ihm nach. Er hatte noch genug Zeit, in eine Bar zu gehen und sich das Spiel anzusehen, bevor er sich an die Arbeit machte. Besser, die Dodgers gewannen heute, sonst würde der Don massenhaft Gesellschaft bekommen.

Siebtes Kapitel
12:00

Die Dodgers wärmten sich gerade auf, als Jennifer ihren Platz auf der Tribüne fand. Die Spätsommersonne brannte auf ihre nackten Arme und ihr Gesicht herab. Sie schloss die Augen und lauschte den freundlichen Geräuschen im Stadion, den Rufen der fliegenden Händler, den Gesprächen der Fans, dem unmissverständlichen Krachen, wenn ein Schläger einen Ball traf.

Plötzlich wurde ihr klar, dass sie bereits seit zwei Jahren kein Baseballspiel mehr gesehen hatte, dass ihr Vater bereits zwei Jahre tot war. Ihr Vater hatte die Dodgers geliebt und Jennifer zu vielen Spielen mitgenommen. Sie war kein großer Fan von ihnen, aber sie hatte ihn immer gern begleitet. Es war ein guter Vorwand, um in den Sonnenschein und an die frische Luft zu kommen.

Tatsächlich erinnerte sie sich sogar noch an das erste Wild-Card-Tag-Spiel, zu dem ihr Vater sie mitgenommen hatte. Das war 1969 gewesen, die Dodgers gegen die Cardinals. Die Dodgers hatten Mitte der Sechziger schwere Zeiten durchgemacht und fünf Jahre hintereinander die Meisterschaft ganz unten in der Tabelle oder nicht weit davon entfernt beendet, aber 1969 war der unvergleichliche Pete Reiser, der an jenem Tag im Jahr 1946, als das Wild-Card-Virus vom Himmel gefallen war, für die Dodgers im Center Field auf dem Platz gestanden hatte, aus der Versenkung aufgetaucht, um sein altes Team zu trainieren. Als Reiser noch für die Dodgers ge-

spielt hatte, war die Mannschaft eine Ansammlung ruhm-
reicher Namen gewesen. 1969 waren sie ein Haufen ausran-
gierter, ehemaliger Talente und unerfahrener Grünschnäbel.
Reiser, der unerreichte Centerfielder in den Vierzigern und
Fünfzigern, der Mann mit den meisten Treffern, den meisten
Runs und der besten Schlagbilanz in der Geschichte, übernahm ein heruntergekommenes Team, das 1969 Schlusslicht
geworden war, und führte es mit einer an ein Wunder gren-
zenden Kombination aus Inspiration und Trainergeschick
auf den ersten Platz.

Tom Seaver, Brooklyns einziger echter Star, hatte an jenem
Tag 1969 gepitcht und Bob Gibson 2–0 geschlagen. Die Runs
der Dodgers waren zwangsläufig gekommen, erinnerte sie
sich, bei Solo-Homeruns des älteren dritten Basemans Ed
»The Glider« Charles. Nach diesem Spiel hatten die Dodgers in ihrer Liga gewonnen, und danach schlugen sie Mil-
waukee im ersten Playoff der National League, um schließlich die großmäuligen Baltimore Orioles in der World Series
regelrecht zu demontieren.

Erinnerungen an die Hochstimmung dieses Tages, als eine
ganze Stadt einen kollektiven Jubelschrei ausgestoßen hatte,
brachte ein Lächeln auf ihre Lippen. Es war ein seltener Moment gewesen, und im Nachhinein wünschte sie, sie wäre
alt genug gewesen, um die reine, vollkommene Freude, die
nicht durch andere Gefühle oder Gedanken beeinträchtigt
war, zu schätzen zu wissen. Seitdem hatte sie dieses Gefühl
nur noch selten erlebt und niemals mehr gemeinsam mit
Zehntausenden anderer Leute.

Das laute Krachen, als ein Schläger einen Ball traf, riss sie
wieder in die Gegenwart zurück, und sie hörte auf zu lächeln. Diese Erinnerungen nützten ihr gar nichts. Der ge-
fährlichen Gegenwart zu entfliehen, indem sie Zuflucht bei
angenehmen Gedanken aus der Vergangenheit suchte, war
keine Art, irgendein Problem zu lösen. Leute waren hinter

ihr her, und sie musste den Grund dafür herausfinden. Nun, tatsächlich kannte sie den Grund. Offensichtlich wollten sie die Bücher zurück. Aber wie waren sie ihr so schnell auf die Spur gekommen? Und warum hatten sie Gruber umgebracht? Nein, das stimmte nicht. Sie dachten, *sie* hätte Gruber getötet. Aber das hatte sie nicht. Wenn die anderen Gruber nicht umgebracht hatten und sie auch nicht, wer dann?

Etwas Merkwürdiges ging vor, und Jennifer steckte mittendrin. Sie unterdrückte ein Schaudern. Plötzlich war es längst nicht mehr so warm in der Sonne. Die Leute ringsum kamen ihr nicht mehr so unschuldig vor. Kiens Männer hatten sie zur Fröhlichen Pfandleihe verfolgt. Vielleicht konnten sie ihr auch hierherfolgen. Jeder von diesen »Dodgers-Fans«, der in ihrer Nähe saß, konnte ein Mörder sein.

Sie sah sich um und erstarrte, als sich ihre schlimmsten Befürchtungen zu bestätigen schienen. Aus dem Augenwinkel sah sie den dunkelhaarigen Mann, der sie in der Kartenschlange beobachtet hatte. Er saß zwei Reihen hinter ihr und etwas weiter rechts. Er gab vor, seine Scorekarte zu betrachten, aber in Wirklichkeit musterte er sie aufmerksam.

Er konnte der Mörder sein. Zumindest war er einer von Kiens Leuten. Jennifer sah sich entschlossen um. Was sollte sie tun? Natürlich konnte sie zur Polizei gehen. Aber dann musste sie zugeben, dass sie Wraith war, der kühne Dieb, der es sogar auf die Titelseite der seriösen *New York Times* geschafft hatte. Die Polizei konnte sie wahrscheinlich vor Kiens Männern beschützen, aber dafür würde sie für die Einbrüche, die sie begangen hatte, ein paar Jahre ins Kittchen wandern.

Als sie aus dem Augenwinkel sah, dass sich der Mann erhoben hatte und auf sie zukam, biss sie die Zähne zusammen.

Was tun? Was tun? Der hektische Refrain schoss ihr im Rhythmus ihres rasenden Pulsschlags durch den Kopf.

Nichts, sagte sie sich. Bleib ruhig. Tu gar nichts. Streite alles ab. Bei den vielen Leuten hier kann er mir nichts tun.

Darryl Strawberry, der junge Rightfielder, der vor zwei Jahren von den weit unten stehenden Cubs gekauft worden war, zog eine Show im Schlägerkäfig ab. Alle Augen waren auf ihn gerichtet, wie er Bälle in und über die Tribünen im rechten, linken und mittleren Feld schlug. Niemand achtete auf sie und den Mann.

Angst krampfte ihr den Magen zusammen, als er ihr seine große Hand leicht auf die Schulter legte und mit unerwartet leiser Stimme »Wraith« sagte. Bei dieser Benutzung ihres Decknamens geriet sie in Panik und geisterte. Er blieb mit erstauntem Gesichtsausdruck zurück, während er auf ihre Hose und Schuhe starrte, die in einem Haufen vor ihrem Sitz lagen, und ihr Shirt in der rechten Hand hielt.

»Warten Sie!«, hörte sie ihn rufen. Dann war sie verschwunden und sank durch die Tribüne wie ein Steingeist.

♠

Ein übertrieben diensteifriger Sicherheitsbeamter winkte die Limousine auf einen Platz hinter der beflaggten Tribüne. Riggs öffnete die Tür, und seine Miene gab der Redewendung *Katz und Maus* neue Bedeutung. Tachyon, dessen Gesichtsfarbe sich durch Roulettes Behandlung und die Tageshitze bereits beträchtlich verdunkelt hatte, lief noch dunkler an und sagte mit einem drängenden Unterton: »Wir fahren, sobald meine Rede vorbei ist.«

»Sehr gut, Doktor. Fahren wir dann wie geplant zum Ebbets Field?«

»Nein!« Tachyon fügte noch etwas Nachdrückliches in seiner Muttersprache hinzu, hakte Roulettes Arm bei sich unter und erklomm mit ihr die Hintertreppe zur Tribüne. Eine große Anzahl Würdenträger hatte sich bereits im Halbkreis um das Podium versammelt. Sie sah Hartmann, der übellaunig dreinschaute, während sich der Bürgermeister von New York über die Rückenlehne seines Stuhls beugte und um Unterstützung für seine bevorstehende Gouverneurskandidatur warb. Das Ass im weißen Overall hatte die Kapuze zurückgeschlagen und hielt sich fürsorglich im Hintergrund. Er starrte mit gläsernem Blick in die Menge auf einen attraktiven Teenager, deren Brüste ihr Top mehr als ausfüllten, und Roulette fiel auf, dass sein Gesicht irgendwie nicht harmonierte. Die Augen waren nicht ganz auf einer Linie, und die Nase schien wie eine verdrehte Knolle über einem zu kleinen Mund und gleichfalls zu kleinen Kinn zu erblühen. Er sah aus wie das unfertige Tonmodell eines Bildhauers, das dem Künstler zu langweilig geworden war.

In der zweiten Reihe saß ein vornehm aussehender Orientale. Hin und wieder kritzelte er rasch ein paar Notizen in ein ledergebundenes Buch, und Roulette fiel auf, dass der goldene Füllfederhalter eine Spur goldener Tinte zurückließ. Sie verzog das Gesicht über diese Affektiertheit und dachte daran, wie oft Geld nicht gleichbedeutend mit Klasse oder Geschmack war. Die dunklen Augen des Mannes hoben sich von dem Buch und starrten mit beängstigender Intensität auf einen weißhaarigen Mann, dessen Kleidung »Anwalt« schrie. Dieser Mann schien auf eine Gelegenheit zu warten, den unendlichen Redefluss Kochs zu unterbrechen und selbst mit Hartmann zu reden.

Am anderen Ende der ersten Reihe saß ein bedeutender Rockstar, dessen »Joker Aid«-Konzerte mehrere Millionen Dollar erbracht hatten – von denen noch kein einziger Jokertown erreicht hatte. Roulette lächelte zynisch. Aus ihrer Zeit bei den Vereinten Nationen wusste sie, wie viele Möglichkeiten es gab, Geld in eigene Kanäle abzuzweigen. Tachyon und seine Klinik konnten sich glücklich schätzen, wenn sie auch nur 10 000 Dollar sahen …

Ihr Gedankengang wurde unterbrochen. Die Stimme des Takisiers durchdrang ihre finsteren Gedanken. »Roulette, hier.«

Sie sah sich verwirrt um, konzentrierte sich auf den metallenen Klappstuhl, setzte sich.

»Mein Gott, Mrs. Brown-Roxbury! Was machen Sie denn hier?« Sie starrte in Senator Hartmanns hellbraune Augen. Er hustete verlegen. »Ach, verdammt, das klang ziemlich unhöflich, nicht? Ich bin nur so überrascht, Sie zu sehen. Mr. Love hat mir erzählt, Sie hätten die UN verlassen, und es tat mir leid, das zu hören.«

»Die UN? Was reden Sie da von den UN? Haben Sie dort gearbeitet?«, unterbrach Tachyon. »Senator, schön, Sie zu sehen.« Die Männer schüttelten sich die Hände.

Roulette öffnete den Mund und schloss ihn wieder, als Hartmann für sie antwortete. »Ja, Mrs. Brown-Roxbury hat als Volkswirtschaftlerin im Entwicklungsprogramm der Vereinten Nationen gearbeitet.«

»Nicht dass es uns je gelungen wäre, irgendwas zu entwickeln«, erwiderte sie mechanisch.

Hartmann lachte. »Das ist meine Roulette. Sie haben denen da oben immer ordentlich Feuer unterm Hintern gemacht.«

»Mrs.?«

»Keine Panik, ich bin geschieden.«

Hartmann plapperte weiter über die »wunderbare Arbeit, die vom IWF und der Weltbank geleistet wird«, während über ihnen das Stoffdach, das Schutz vor der Sonne bieten sollte, im Wind knackte und knallte. Dadurch erfuhren seine Sätze eine merkwürdige Betonung.

»Ja«, *knall*, »das Elektrifizierungspro...« *knack* »jekt in Zaire ist ein« *knall* »klassisches Beispiel für die ausgezeichnete Arbeit ...«

Ein diskretes Hüsteln unterbrach den Redefluss. »Senator.«

»Ja, was gibt es denn?«

»St. John Latham von Latham & Strauss.« Latham beugte sich vor, die wässrigen Augen ausdruckslos. »Mein Klient.« Eine Hand deutete auf den Orientalen, und Hartmann drehte sich zu ihm um.

»General Kien, wie zum Teufel geht es Ihnen? Ich habe Sie gar nicht kommen sehen. Sie hätten ein Wort sagen sollen.« Kien verstaute sein Notizbuch in der Manteltasche, erhob sich und schüttelte die ausgestreckte Hand des Senators. »Ich wollte Sie nicht stören.«

»Unsinn, ich habe immer Zeit für einen meiner zuverlässigsten Anhänger.«

Lathams wässrige, ausdruckslose Augen wanderten zwischen Kien und dem Senator hin und her. »In diesem Fall, Senator ... Der General hat heute Morgen einen herben Verlust erlitten. Mehrere äußerst wertvolle Briefmarkenalben wurden aus seinem Safe gestohlen, und die Polizei ist nicht sehr erfolgreich, was ihre Wiederbeschaffung betrifft.« Der Anwalt beäugte Tachyon, aber der Außerirdische zeigte keine Bereitschaft, sich zurückzuziehen. Mit einem Achselzucken fuhr er fort. »Tatsächlich scheint es sie einen Dreck zu interessieren. Ich habe ein wenig Druck gemacht, und man sagte mir, dass sie unter Berücksichtigung der anderen am Wild-Card-Tag anstehenden Probleme nicht die Zeit hätten, sich um einen simplen Einbruch zu kümmern.«

»Empörend. Ich fürchte, ich habe nicht sehr viel Einfluss auf die New Yorker Polizei. Im Übrigen würde ich mich auch nicht auf Bürgermeister Kochs Terrain vorwagen wollen.« Ein rasches Lächeln an die Adresse des Bürgermeisters, der immer noch hoffnungsvoll im Dunstkreis der Unterhaltung ausharrte. Hartmanns Blick strich nachdenklich über das Ass. »Trotzdem ... Gestatten Sie mir, Ihnen Mr. Ray anzubieten, meinen ergebenen Wachhund aus dem Justizministerium.«

Kien spannte sich und wechselte einen Blick mit dem ausdruckslosen Anwalt. Roulette fragte sich, ob das Gesicht des Rechtsanwalts je etwas anderes widerspiegelte als kalte Berechnung.

»Das wäre wunderbar ...«

»Sir«, unterbrach Ray. »Meine Aufgabe besteht darin, Sie zu beschützen, und nichts für ungut, Sir, aber Sie sind wesentlich wichtiger als ein paar Briefmarken.«

»Vielen Dank für Ihre Besorgnis, Billy, aber Ihre Aufgabe besteht darin zu tun, was ich Ihnen sage, und ich sage Ihnen, Sie helfen Mr. Latham.« Der Senator war jetzt ganz und gar nicht mehr so liebenswürdig. Das Ass zuckte die Achseln und kapitulierte.

»Vielen Dank, Senator«, murmelte Kien leise. Er und Latham schlängelten sich wieder durch die Stühle, Billy Ray im Schlepptau.

»Also, wo waren wir stehen geblieben?« Das Lächeln war wieder unverrückbar an Ort und Stelle. »Ah ja, wir haben über Ihre beachtlichen Beiträge gesprochen.«

In einer Demonstration jener beunruhigenden Sensibilität verstand Tachyon sofort, als Roulette die Schulter gegen ihn presste.

»Ah, Senator, ich sehe da jemanden, mit dem ich unbedingt reden muss. Ich sage Ihnen einstweilen Adieu. Madam, wollen Sie mich begleiten?« Er erhob sich und bot Roulette seinen Arm an, und die beiden gingen rasch zur anderen Seite der Tribüne.

Eine Woge von Menschen schwappte gegen das Ende der Tribüne und füllte den Platz vor Jetboys Grabmal. Hinter ihnen erhob sich das Grabmal, von dem große Flügel in den Himmel reichten. Durch die hohen schmalen Fenster konnte sie die maßstabsgetreue Nachbildung der JB-1 sehen, die an der Decke hing. Und davor starrte ein sechs Meter großer Jetboy reserviert über die Köpfe der Menge.

»Kurioses kleines Schauspiel, das wir da gerade miterlebt haben«, bemerkte Tachyon.

»Ja.«

Er sah sie an. »Du magst den Senator nicht. Warum?«

»Weil ich annehme, dass er ein Interesse an den Gesellschaften hinter dieser Multimillionen-Dollar-Verschwendung hat, über die er mit solcher Begeisterung referiert hat.«

»Es hörte sich an, als würde es den Leuten in Zaire helfen.«

»Kaum. Das Projekt ist so konzipiert, dass kein Strom für die Leute abgezweigt werden kann, die entlang der 1100 Meilen langen Leitung leben. Im Wesentlichen handelt es sich um ein Milliarden-Dollar-Unternehmen, um diesem Verbrecher Mobutu Geld zu geben, die Taschen verschiedener großer internationaler Konzerne zu füllen und einen Haufen Zinsen für eine ganze Reihe von Banken in den westlichen Ländern abzuwerfen. Es leistet einen Dreck für die Bevölkerung von Zaire, die weiterhin unter dem Existenzminimum leben wird, obwohl es in dem Land einige der reichsten Vorkommen an Bodenschätzen auf dem gesamten Kontinent gibt.«

»Roulette, du bist wunderbar.«

Sie wirbelte zu ihm herum. »Wenn du mir gerade sagen willst, wie schön ich bin, wenn ich leidenschaftlich bin, stoße ich dich von dieser Tribüne!«

Er hob die Hände. »Nein, nein, ich bewundere die Leidenschaft, und du bist sehr schön, aber du bist nicht gleichgültig, du bist so interessiert ... du erinnerst mich an eine andere Frau.« Der konfuse Satz hing in der Luft, und er schien ein Bild zu betrachten, das nichts mit den Touristenmengen zu tun hatte, die sich vor ihnen ausbreiteten.

Roulette, die sich müßig umsah, keuchte plötzlich auf, als der Schatten eines Pterodaktylus auf die Leute fiel. Sie sah nach oben, und tatsächlich flog ein Pterodaktylus auf sie zu. Tachyon, der bei ihrem Keuchen aufgemerkt hatte, seufzte und machte Scheuchbewegungen mit den Händen. Die prähistorische Kreatur flog weiter. Tachyon legte Roulette die Hände um die Hüften und zog sie unter die Markise, als mehrere kleine Pterodaktylusfladen auf die Tribüne klatschten.

»Kid«, rief Tachyon, »wenn ich dich zu fassen kriege, versohle ich dir den Hintern.«

Koch winkte ihnen zu, also kehrten sie zu ihren Stühlen zurück. Zehn Minuten später drängte sich ein hübscher Junge mit mehreren ungeschickt überpuderten Pickeln am Kinn in Jeans und T-Shirt durch die vorderste Reihe der Menge und winkte dem Takisier unverschämt zu.

»Hey, Tachy, da bin ich.«

»Wenigstens bist du angezogen.«

»Ich habe vorausgedacht und meine Kleidung im Flugzeug gelassen.« Eine Hand schoss vor und zeigte auf das Grabmal. »Ich dachte, du wolltest mir den Hintern versohlen.«

»Vielleicht tue ich das noch.«

»Ich wette, das schaffst du nicht.«

Koch tippte mit dem Zeigefinger gegen das Mikro, sodass mehrere donnernde *Plops* über den Platz hallten. Roulette, deren Blicke zwischen dem Außerirdischen und dem Jungen hin und her huschten, sah, wie sich die Augen des Menschen plötzlich beunruhigt weiteten. Tachyon, der einen schuldbewussten Blick auf Koch warf, eilte zum Rand der Tribüne. Kid drehte sich um, bückte sich und präsentierte dem Doktor gehorsam das Hinterteil, der ihm einen raschen, aber nicht sehr harten Tritt in den Allerwertesten verpasste.

»Kid, bring dich nicht in Schwierigkeiten.«

»Unfair. Abscheuliche außerirdische Mächte missbrauchen kleinen Jungen«, sagte er in einem Ton, der eine Schlagzeile des *National Informer* in Erinnerung brachte.

160

»Jugendlicher Straftäter benutzt Ass-Kräfte, um Stadt zu piesacken.«

»Zu piesacken? Kann ich nicht wenigstens terrorisieren?«

»Vielleicht wenn du älter bist.« Koch funkelte das Paar an. »Und jetzt ab mit dir. Ich muss jetzt würdevoll sein.«

»Viel Glück.« Mit einem Winken verschwand Kid wieder in der Menge.

»Wer war das?«

»Kid Dinosaur. Er ist sehr aufgeweckt, aber unglücklicherweise in jenem schwierigen Alter zwischen Junge und Mann, was bedeutet, dass er so etwas wie ein Monster ist. Er macht die Asse wahnsinnig, weil er sich ständig einmischt. Es muss ziemlich anstrengend für seine Eltern sein, ein Ass großzuziehen, aber Kinder sind so eine Freude …«

»Hey, du bist dran«, unterbrach Roulette sein Geplapper.

»Ah, beim Ideal, danke.« Er beugte sich zu ihr vor und fügte zwinkernd hinzu: »Danach können wir gehen.«

Sie fand, dass er ziemlich komisch aussah. Ein winziger kleiner Mann, dessen Kopf gerade das Podium überragte, in einem roten Satinanzug und mit langen roten Haaren wie eine Punkversion von Lord Fauntleroy. Ihr fiel auf, dass er keine Notizen hatte. Sie fragte sich, ob eine improvisierte Rede angebracht war. Dann hob er den Kopf und fing an. Die Komik wich Würde und einer überschwänglichen Anteilnahme.

»Ich finde es immer etwas schwierig, an diesem Tag die richtigen Worte zu finden. Feiern wir, und wenn ja, was? Oder ehren und gedenken wir? Und wenn ja, wen ehren und wessen gedenken wir, um uns gegen zukünftige Fehler zu schützen? Sie werden heute eine Menge über Jetboy und Turtle und Zyklon und hundert andere Asse hören.« Er deutete auf den grünen Panzer, der über der Menge schwebte. »Und, ja, sogar über mich. Aber ich halte das nicht für fair, und ich werde über andere Leute reden. Über Shiner, der einem ausgesetzten Kind ein Zuhause gab, über Jubel, der immer einen Groschen für einen Joker in Not erübrigen kann, und über Des, der mehr dazu beigetragen hat, dass in Jokertown Parks angelegt und Schulen modernisiert werden, als jeder andere.

Ich rede über die Joker, weil ich glaube, dass sich andere Leute ein Beispiel an ihnen nehmen können. Ihre Leiden, sowohl in geistiger als auch in körperlicher Hinsicht, können sich mit allen messen, die bisher in der menschlichen Geschichte erlitten wurden, und sie haben eine Reihe Methoden erprobt, mit ihrer Einsamkeit umzugehen. Diese Methoden reichten von stiller Fassung, mit der sie Polizeigewalt und Diskriminierung durch andere öffentliche Würdenträger ertrugen, bis hin zu Gewalt, die ihren Höhepunkt in den Ereignissen von 1976 fand. Jetzt versuchen sie es mit einem neuen Ansatz. Mit einem Gefühl des Auf-sich-selbst-Verlassens und der Gemeinsamkeit, das ihnen ermöglicht hat, innerhalb der Grenzen unseres sogenannten Jokertown eine echte Gemeinschaft aufzubauen.

Ich betone die verschiedenen Leistungen dieser bemerkenswerten Leute, weil es eine neue Stimmung in diesem Land gibt, die ich beängstigend finde. Wiederum wird der Versuch unternommen zu umreißen, was ›amerikanisch‹ ist, und gegen jene zu hetzen, die am Rande dieser märchenhaften ›Majorität‹ existieren. Und sie ist ein Märchen. Jede Person ist ein völlig einzigartiges Individuum. Es gibt keinen ›Meinungskonsens‹, keine ›richtige Art‹, Dinge zu tun. Es gibt nur Leute, die, unabhängig davon, wie scheußlich und verdreht sie äußerlich sein mögen, von denselben Hoffnungen, Träumen und Sehnsüchten getrieben werden wie wir alle.

Ich glaube, was ich wirklich an diesem Wild-Card-Tag 1986 sagen will, ist: ›Seid nett zueinander.‹ Denn Not und Elend haben viele Ursachen, nicht nur die eine, ein außerirdisches Virus, das uns über viele Lichtjahre hinweg gebracht worden ist. Vielleicht kommt einmal eine Zeit, wenn wir alle, ›Norms‹, ›Asse‹ und Joker gleichermaßen, ein freundliches Wort, jenes Gemeinschaftsgefühl brauchen, das die Joker auf so wunderbare Weise verkörpern. Vielen Dank.«

Tachyon erhielt donnernden Applaus, sah aber dennoch unglücklich aus, als er zu Roulette zurückkehrte.

»Sehr edel, aber was, glaubst du, wird es bringen?«, fragte sie, als er seinen Hut vom Stuhl nahm.

Er hakte wieder ihren Arm unter und drängte sie zur Hintertreppe. »Einige Leute werden mich mit Mutter Teresa vergleichen, andere werden sagen, dass ich ein selbstgerechter Hurensohn bin.«

»Und du, was sagst du?«

»Dass ich weder das eine noch das andere bin. Nur ein Mann, der versucht, mit Ehre zu leben, und der alles Glück, das sich ihm präsentiert, mit offenen Armen empfängt.« Sie standen neben der Limousine, und plötzlich schlang Tachyon die Arme um ihre Hüften und vergrub das Gesicht in ihrem Busen. »Und ich bin froh, dass du da bist, um dich mit offenen Armen zu empfangen.«

Aufgebracht wehrte sie ihn ab und wich zurück, bis sie gegen das Heck des Wagens stieß. »Glaub nicht, du könntest bei mir Trost finden. Ich habe für niemanden Trost. Das habe ich dir schon gesagt. Und wofür würdest du ihn überhaupt brauchen? Du bist der Heilige von Jokertown. Das hohe Tier mit der privaten Limousine, genauso ein Star wie jedes beliebige Ass.«

»Ja, ja und ja! Aber ich werde auch von einem Schuldgefühl gepeinigt, von einem Gefühl des Versagens, das mich jedes Jahr am fünfzehnten September ganz besonders überkommt und mich heimsucht! Gott, wie ich diesen Tag hasse.« Seine Fäuste schlugen auf das Wagendach, und Riggs wich zurück, um in scheinbarer Faszination die Manschetten sei-

ner Uniformjacke zu betrachten. Tachyons Schultern beb-
ten mehrere Sekunden lang, dann wischte er sich über die
Augen und drehte sich wieder zu ihr um. »Also schön, du
hast keinen Trost für mich. Das akzeptiere ich. Du sagtest,
du seist auf einer Reise der Verzweiflung. Das bin ich auch.
Also lass uns wenigstens zusammen reisen, und wenn wir
einander nicht trösten können, so können wir wenigstens
teilen.«

»Wunderbar.« Sie stieg in den Wagen und lehnte den Kopf
gegen die Fensterscheibe.

Und vielleicht kann ich etwas tun. Ich kann dich von deinem Schuldgefühl befreien und finde womöglich meinen
Frieden, indem ich dich auslösche.

Jennifer sank durch eine endlose Masse aus Stahl und Beton
und hielt dabei nach einer Stelle Ausschau, wo sie sich stofflich machen und eine dringend benötigte Auszeit nehmen
konnte. Sie fühlte sich beschwingt, sogar für einen Geist,
und es fiel ihr immer schwerer, sich zu konzentrieren. Sie
verspürte einen überwältigenden Drang, sich einfach treiben
zu lassen, körperlos wie eine Wolke dahinzuschweben und
all ihre Sorgen zu vergessen, all die Gefahren, die ihr auf
dem Fuß folgten wie ein knurrender Dobermann.

Doch sie konnte diesem Drang nicht nachgeben. Wenn sie
es tat, würde sie ihr Wesen verlieren und ein Phantom werden, das bewusstlos durch die Welt trieb, bis die Zufallskräfte
der brownschen Bewegung sie in alle Winde zerstreuten.

Es war schwierig, das Gefühl der Dringlichkeit aufzubringen, um sich schneller zu bewegen, aber Jennifer schaffte
es und zog sich durch den letzten Tribünenpfeiler. Plötzlich befand sie sich in einem mit Teppich ausgelegten, von
Deckenlampen erhellten Flur und wurde sofort stofflich. Sie

lehnte sich zittrig gegen die Flurwand, wobei sie sich immer noch desorientiert fühlte. Außerdem war ihr schwindlig. Es war knapp gewesen, aber sie hatte sich gerade noch rechtzeitig wieder verfestigt. Ihr wurde klar, dass sie eine Weile mit dem Einsatz ihrer Kräfte vorsichtig sein musste, bis sie sicher war, dass sie ihr System nicht überbeansprucht hatte.

Jetzt musste sie sich zuerst orientieren und dann so schnell wie möglich verschwinden. Das einzige Problem war, dass sie noch nie zuvor in den Tiefen des Stadions gewesen war und keine Ahnung hatte, wo sie sich befand.

An dem einen Ende des Flurs befand sich eine Doppeltür. In der anderen Richtung verzweigte sich der Flur. Sie musste sich für eine Richtung entscheiden, und Jennifer wählte die Tür, die bedauerlicherweise massiv war und kein Fenster besaß.

Nun, dachte sie, wenn jemand sie aufhielt, würde sie einfach sagen, dass sie sich verirrt hatte. Obwohl es möglicherweise schwierig werden könnte zu erklären, warum sie nur einen Bikini trug.

Sie holte tief Luft, atmete geräuschvoll aus und stieß die Türen auf. Sie machte einen Schritt in einen großen, gut beleuchteten, mit Teppich ausgelegten Raum und erstarrte. Das Gemurmel von einem Dutzend Unterhaltungen verstummte allmählich, da sich alle Augen im Raum auf sie richteten.

Das glaube ich einfach nicht, sagte sie sich. Sie schloss die Augen, aber als sie sie einen Augenblick später wieder öffnete, waren immer noch alle da und starrten sie an. Ich kann einfach nicht glauben, dass ich geradewegs in die Umkleidekabine der Dodgers marschiert bin.

Zwanzig Männer befanden sich in dem Raum. Ein Paar spielten in kleinen Gruppen Karten, andere unterhielten sich. Hernandez, der erste Baseman, saß vor seinem Spind und löste sein obligatorisches Kreuzworträtsel vor dem

Spiel. Pete Reiser persönlich, in den Sechzigern und grau-haarig, aber immer noch schlank und gerade, stand vor Seavers Spind und redete mit dem Schlagmann und dem kubanischen Schlagtrainer der Dodgers, Fidel Castro. Einige der Spieler trugen noch ihre Trainingskleidung, manche hatten bereits angefangen, sich die Spielkleidung anzuzie-hen. Ein paar befanden sich in einem sehr fortgeschrittenen Stadium des Umziehens.

Jennifer, die den Druck aller Augen auf sich spürte, hatte das Gefühl, etwas sagen zu müssen, aber als sie den Mund öffnete, brachte sie kein Wort heraus.

»Äh …« Sie versuchte es noch einmal. »Äh … viel Glück heute.«

Eine kleine Schnupftabaksdose aus Metall fiel Thurman Munson, einem erfahrenen Fänger der Dodgers und zu-gleich Mannschaftskapitän, aus den Händen, und das Ge-räusch, als sie vor seinem Spind auf den Boden prallte, brach den Bann, unter dem sich alle zu befinden schienen.

Ein Dutzend Spieler redete gleichzeitig, von Reisers schar-fem »Wie zum Teufel sind Sie hier reingekommen?«, über einem halben Dutzend verschiedener Varianten von »Jesus, toller, Körper« bis hin zu »Prima Outfit«.

Eine gedemütigte Jennifer vergaß ihre früheren Beden-ken und geisterte durch die nächste Wand in einen kleinen Raum mit einem Medizinschrank, einigen leeren gepols-terten Liegen, einem Haufen unverständlicher Geräte und einem tropfnassen Dwight Gooden, der gerade nackt aus dem Whirlpool stieg.

»Hey!«, sagte er, als sie vorbeiging.

»Tolles Spiel gestern«, sagte Jennifer mit einem schwachen Lächeln.

Er glitt in den Whirlpool zurück und tauchte bis zum Kinn unter, während er ihr ungläubig nachstarrte, als sie durch die Wand neben dem Whirlpool ging.

Und ein toller Körper, sagte sich Jennifer, die noch einen letzten Blick riskierte, bevor sie verschwand.

♥

Als Capo, der für Rosemarys Vater, Don Carlo Gambione, arbeitete, hatte »der Schlachter««, Don Frederico Macellaio, einmal Bagabonds Tod befohlen. Das hatte Bagabond, die neben einer Eiche im nahezu verlassenen Central Park stand, nicht vergessen. Als sie sich in Richtung Central Park West in Bewegung setzte, war sie froh, dass ganz New York vor Jetboys Grabmal versammelt zu sein schien. In dem braunen Tweedkostüm und den hochhackigen Schuhen, die sie aus einem ihrer unterirdischen Verstecke geholt hatte, kam sie sich sehr auffällig vor. Aber auf diese Weise konnte sie keiner der normalen Parkbewohner erkennen. Ein paar Obdachlose hatten im Lauf der Jahre ohnehin zu viel gesehen. Es war besser, unauffällig zu sein. Sie schlüpfte mit ihrem schmerzenden linken Fuß aus dem Schuh und verlagerte das Gewicht auf das rechte Bein, während sie stehen blieb und zusah, wie Don Frederico sein exklusives Wohnhaus verließ. Die schützende Markise besagte »Das Luxor«. Mit einem teuren, maßgeschneiderten schwarzen Anzug bekleidet, ging der Schlachter über den Gehsteig zu einer weißen überlangen Cadillac-Limousine.

Er wurde von zwei Leibwächtern mit Sonnenbrillen und offenen Anzugjacken flankiert. Als Don Frederico in den Wagen stieg, riss er seinem Chauffeur die Tür aus der Hand und knallte sie zu. Der Fahrer hielt einen Sekundenbruchteil inne, bevor er eine scharfe Kehrtwendung vollführte und einstieg. Einer der Leibwächter setzte sich neben den Fahrer auf den Beifahrersitz, während der andere den Gehsteig und Central Park West in beide Richtungen zu beobachten schien.

Die Limousine fuhr an und wendete gegen den hupenden Verkehr, um über den West Drive in den Park zu fahren. Rosemary hatte ihr einmal ungläubig von den Gewohnheiten des Dons berichtet. Er nahm immer denselben Weg. Der Don war entweder sehr dumm oder sehr selbstsicher. Eine Zurschaustellung seiner Macht. In dem Wissen, dass die Limousine über die Traversale, dann auf die 65th Street und am Temple Emanu-El vorbei zum bevorzugten Restaurant des Schlachters, *Aronica's,* fahren würde, ging Bagabond schräg durch den Park. Sie beschwor im Geiste eine Schar Tauben und fast hundert Eichhörnchen. Sie warteten an der Steinbrücke etwa auf halber Höhe der Straße.

Als Bagabond durch den Park ging, um sich mit ihnen zu treffen, trat ein großer grauer Kater, ein Abkömmling des Schwarzen und der Gescheckten, hinter einem verkrüppelten Ahornbaum hervor, in den einmal der Blitz eingeschlagen hatte, um ihr den Weg zu versperren.

Der Graue gehörte zu den wenigen Jungen, die mindestens ebenso intelligent waren wie ihre Eltern. Er hatte sich geweigert, sich Bagabonds Gruppe von Tieren anzuschließen, als er begriffen hatte, wie Bagabond die Tiere zu ihrem Vorteil benutzte, manchmal ohne sich um die Folgen für das Leben der Tiere zu kümmern. Der Graue zog es vor, abseits in einem Teil des Central Parks zu leben, den Bagabond nur selten betrat. Er lehnte ihre Anwesenheit ab.

Jetzt teilte Bagabond ihm mit, dass sie nicht lange bleiben würde. Der Kater schickte ihr eine Vorstellung von toten, überall verstreut liegenden Tieren. Bagabond versteifte sich und sagte ihm, er solle sie in Ruhe lassen. Er machte kehrt und entfernte sich ein paar Meter, bevor er sich umdrehte und in ihre Richtung spie. Unbewusst sandte sie ihre Gedanken aus, um ihn anzugreifen, hielt jedoch inne, bevor sie ihm den Verstand herausbrannte. Der Graue verschwand in einem Ahorngehölz. Bagabond stand mit geballten Fäusten da und beobachtete den Kater.

Dann wurde sie sich abrupt bewusst, wie nah der Wagen des Dons bereits gekommen war. Ein Falke, der einem urbanen Möchtegernfalkner entkommen war, diente Bagabond als Augen und folgte dem Wagen des Schlachters auf seinem Weg durch den Park. Sie sah keine Farben, aber ihr entging keine Bewegung, da die Blicke des Falken durch den Park streiften. Sie brachte ihn dazu, dass er dem Wagen des Schlachters folgte. Laut Rosemarys Akte benutzte Don Frederico Macellaio diese tägliche Fahrt, um aus der Sicherheit seines gepanzerten, abhörsicheren Wagens den Tod seiner Gegner anzuordnen. Bagabond lehnte sich gegen einen Baumstamm, zog ihre Schuhe aus und konzentrierte sich darauf, ihre Tiere zu rufen.

Als sie mit der geistigen Routine begann, die Vögel und Tiere zu organisieren und zu dirigieren, wurde Bagabond klar, dass der Graue sich zwischen den Ahornen verbarg und sie beobachtete. Sie warnte ihn, doch er antwortete mit einem Bild von sich selbst, wie er die Bäume markierte, um sein Revier abzugrenzen. Sie ignorierte ihn, da der Wagen sich der von ihr ausgewählten Stelle näherte.

Sie stellte fest, dass sie nervös war. Der Graue hatte sie in ihrer Konzentration gestört. Er hatte die Gabe, ihre Gedanken in Bahnen zu lenken, die sie normalerweise mied. Der Schlachter war ebenso Rosemarys Feind wie ihrer. Von den Tieren selbst hatte sie gelernt, zu töten oder getötet zu werden. Der Schlachter war eine Gefahr, die beseitigt werden musste. Außerdem würde es Rosemary gefallen. Für Bagabond war offensichtlich, dass sich Rosemary wegen zu vieler Dinge zu viele Sorgen machte. Das Gambione-Problem nahm sie zu sehr in Anspruch. Wenn ein neuer Don an die Stelle des alten trat, konnte sie sich entspannen und mehr Zeit mit Bagabond verbringen. Bagabond wollte das so sehr, dass sie bereit war, den Lebensrhythmus ihrer Tiere zu stören. *Sie zu töten.*

Sie schloss den Grauen aus ihren Gedanken aus und sandte ihm *Schmerzen*. Der Graue jaulte, als er von der Energie getroffen wurde.

Der Teil ihres Verstands, der die Vögel lenkte, hatte seine Aufgabe erfüllt. Die Taubenschar ließ sich vorübergehend in den Bäumen in der Umgebung der Brücke nieder. Einen Moment lang herrschte unnatürliche Stille.

Die Limousine brach zwischen den Bäumen hervor und glitzerte, als das Sonnenlicht auf den Lack fiel. In der getönten Windschutzscheibe spiegelten sich die Äste der Bäume.

Eine einzelne Taube löste sich von der Schar und stieg auf Bagabonds Befehl hoch in den Himmel. Dann stürzte sie sich nach unten auf die Windschutzscheibe, als wollte sie in den Phantomästen landen. Blut besprizte den weißen Lack der Motorhaube. Der Fahrer bremste und schien einen Augenblick lang zu zögern, bevor er weiterfuhr.

Bagabond beobachtete die Szene durch die Augen des Falken, der sich jetzt hinter dem Wagen befand, und durch die Augen der Tauben über und vor der Limousine. Bagabonds Pupillen waren geweitet, aber die anderen Eindrücke überlagerten ihr normales Sehvermögen. Sie dämpfte die Schmerzen der Taube ebenso, wie sie das beständige Sterben, das sie normalerweise erlebte, aus ihrem Bewusstsein löschte.

In den Bäumen hörten hundert Vögel auf zu gurren, als sie sie vollständig übernahm. Die Schar flog auf und stürzte sich auf den Wagen, hüllte ihn in eine Decke aus Blut und Federn. Die Bremsen der Limousine kreischten, als der Fahrer voller Panik anzuhalten versuchte, bevor er in seiner Blindheit den Wagen ruinierte.

Einige Tauben in Reserve haltend, richtete Bagabond ihre Aufmerksamkeit auf die Horden von Eichhörnchen, die sich in den niedrigeren Ästen der Eichen und Ahorne am Straßenrand versammelt hatten. Als sie ein Heer Eichhörnchen auf den schleudernden Wagen hetzte, schossen plötzlich

Schmerzen durch ihren Verstand. Ihr erster Gedanke war, dass entweder der Schwarze oder die Gescheckte in Schwierigkeiten steckte, doch eine rasche Überprüfung ihrer Individualmuster ergab, dass die Katzen wohlauf waren. *Der Graue.* Er fügte sich absichtlich Schmerzen zu, um sie in ihrer Konzentration zu stören. Bagabond wies ihn geistig zurecht, indem sie ihm Wellen emotionaler Kälte sandte und damit seinen Aufruhr unterdrückte.

Nur ein paar Sekunden waren vergangen. Doch der Fahrer stand kurz davor, den Wagen wieder unter Kontrolle zu bekommen, als aus der Straße ein lebendiger Teppich umherhuschender Eichhörnchen wurde. Der Fahrer hatte beschleunigt, um den Vögeln zu entkommen. Bagabond schickte die Tiere unter die Räder des Wagens. Das Kreischen sterbender Eichhörnchen mischte sich mit dem Quietschen überbeanspruchter Bremsen. Der Schwung des massigen Wagens trug ihn über die Massen der Nager hinweg. Ihr Blut ließ die Straße rutschig werden, und die Limousine schleuderte zur Seite. Jetzt waren auch Türen und Seitenscheiben blutverschmiert.

Bagabonds Kopf ruckte zur Seite, als die Rückkoppelung des Grauen ihre Gedanken überflutete. Diesmal reichte ihm die Ablenkung nicht. Jetzt versuchte er, die Tiere zu zerstreuen, indem er Bagabond als Fokus benutzte. In ihrem Zorn griff sie gedanklich nach ihm und schlug ihn bewusstlos. Vielleicht hätte sie ihn sogar getötet, aber sie musste ihre Aufmerksamkeit auf die Brücke richten.

Der Fahrer hatte zu stark korrigiert, und das Heck des Wagens schleuderte herum. Die Räder auf der rechten Seite prallten gegen die Leitplanke und beulten sie aus. Die Masse der Panzerplatten ließ den Wagen durch die Leitplanke brechen. Weiße Lackstreifen blieben auf Beton und Metall zurück. Eine Radkappe löste sich. Sie schoss einen Sekundenbruchteil vor der Limousine über den Abhang und flog wie ein Frisbee durch die Luft. Der Wagen hatte nicht so viel Glück.

Für Bagabond schien die Zeit stillzustehen, als sie sah, wie sich der Wagen in der Luft überschlug. Ein Teil von ihr beendete das Leben der bei dem Angriff verwundeten Vögel und Eichhörnchen. Ein anderer Teil dachte über den Mord nach und fragte sich, ob Rache zu nehmen und einer Freundin zu helfen den Preis wert war, den sie gezahlt hatte.

Der Cadillac krachte auf den Joggingpfad. Er landete hart auf dem Betonweg, und das Dach wurde gänzlich eingedrückt. Einen Augenblick später explodierte der Wagen in einem orangefarbenen Feuerball.

Ein paar Tiere zu opfern, um andere zu füttern, war im Vergleich zu diesem Gemetzel nichts, erkannte sie, als sie sich auf der Brücke umsah. Überall lagen Tierleichen. Sie empfand einen Schmerz, den sie zuletzt erlitten hatte, als sie gelernt hatte, das Leben ihrer Tiere von ihrem eigenen zu trennen. Vielleicht war der Versuch des Grauen, sie aufzuhalten, berechtigt gewesen. Der Teil ihres Verstands, den sie als menschlich betrachtete, war glücklich über den Erfolg und erpicht darauf, Rosemarys Reaktion zu erfahren. Die animalische Seite lehnte ab, was sie getan hatte.

Plötzlich erkannte Bagabond, dass die verbliebenen Tiere geduldig auf ihre Anweisungen warteten. Die dunkle Wolke der Tauben erhob sich in den Himmel und verteilte sich in alle Richtungen. Niemand sah, wie sich das Gewimmel der Eichhörnchen auflöste, als die Tiere in den bewaldeten Teil des Parks liefen. Bagabond war bereits durch die Bäume gedeckt und ging zum Eingang der U-Bahn-Station Columbus Circle.

Bevor sie die 59th Street überqueren konnte, konfrontierte sie der Graue, der sich mittlerweile erholt hatte, mit dem Bild dessen, was sie getan hatte – ein Anblick, der sich in ein Bild *ihres* blutigen und leblosen Körpers am Boden verwandelte.

Bagabond blieb stehen, als sie die endgültige Erkenntnis dessen, was sie getan hatte, traf und taumeln ließ. Dies war kein Opfer um der Nahrung willen oder zu ihrem eigenen Schutz. Sie hatte die Tiere benutzt, die sie immer auf ihre Weise beschützt hatte, um ein Ziel zu erreichen, das nur für sie Bedeutung hatte. Sie hatte das Vertrauen missbraucht, das ihr seit ihrer Rückkehr aus dem Krankenhaus entgegengebracht worden war. Bagabond fühlte sich krank, und das war nicht das Werk des Grauen. Sie hoffte, Rosemary war es wert.

Rosemary wusste natürlich noch von nichts. Bevor sich Bagabond mit ihr in Verbindung setzte, würde sie bei Jack vorbeigehen, um nachzusehen, ob es Nachrichten über seine vermisste Nichte Cordelia gab. Vielleicht fand sie jetzt die Zeit, ihm zu helfen.

Bagabond ging die Treppe zur U-Bahn hinunter und benutzte eine der Marken, die der Waschbär mittlerweile mit meisterlichem Geschick stahl. Als sie in die Linie 1 Richtung Innenstadt einstieg, ignorierte sie die bewundernden Blicke, die ihr die männlichen Fahrgäste zuwarfen.

Achtes Kapitel

13:00

Die Straße war immer noch mit spät eintreffenden Fans, Souvenirverkäufern und Kartensuchenden bevölkert. Irgendwie gelang es Jennifer, durch die Außenmauer des Stadions zu schlüpfen, ohne von jemandem bemerkt zu werden, aber auf der Straße erregte sie ziemliches Aufsehen. Köpfe drehten sich, und Pfiffe folgten ihr die Straße entlang, aber sie nahm sie kaum zur Kenntnis. Sie bewegte sich schnell und hielt Ausschau nach den Männern, die sie in der Fröhlichen Pfandleihe bedroht hatten, und nach dem Mann, der sie ins Stadion verfolgt hatte, erblickte jedoch keinen von ihnen. Sie sah ein leeres Taxi, hielt es an und sagte zum Fahrer: »Manhattan.«

Während das Taxi sie in vertrauteres Gelände fuhr, dachte sie nach. Die Dinge entwickelten sich mit unbegreiflicher Schnelligkeit und Gewalt. Kien musste seine Briefmarken wirklich vermissen. Es sei denn, es war das andere Buch ...

Sie warf einen Blick auf ihre Tasche, einen kleinen Lederbeutel, der von einer schlichten Schnur zusammengehalten wurde. Er enthielt die gestohlenen Bücher und ein paar Dollar, die sie für Notfälle wie diesen bei sich hatte, aber nichts anderes. Keine Brieftasche, keinen Ausweis. Die ganze Geschichte wurde zu heftig. Als sie plötzlich einen Blick auf sich spürte, sah sie in den Spiegel und erwischte den Taxifahrer dabei, wie er sie anstarrte. Er sah weg, und Jennifer versuchte, noch tiefer in die fleckigen und abgewetzten Polster des Rücksitzes zu sinken. Sie musste irgendwo anständige Kleidung auftreiben. Sie sah aus, als habe sie sich für den Karneval in Rio zurechtgemacht.

Vielleicht war es besser, alles abzublasen und die Bücher zurückzugeben. Sie hatten Gruber bereits das Leben gekostet – obwohl sie sich beim besten Willen nicht vorstellen konnte, wer ihn getötet hatte – und sie mit zu viel Gewalt konfrontiert.

Sie musste mit Kien in Verbindung treten. Das würde leicht sein, aber die Einzelheiten des Austauschs auszuarbeiten mochte heikel werden. Außerdem wollte sie bei dieser Geschichte nicht völlig leer ausgehen.

Nachdenklich blickte sie aus dem Fenster und folgte einer jähen Eingebung: »Halten Sie an, gleich hier!«

Der Fahrer nahm sie beim Wort und trat auf die Bremse, sodass das Taxi mit quietschenden Reifen anhielt. Hinter sich hörte sie ebenfalls Reifen quietschen, als sie aus dem Wagen sprang und ein paar zerknitterte Geldscheine auf den Beifahrersitz warf.

»Danke«, sagte sie außer Atem. Dann drehte sie sich um und rannte über die Straße.

»War mir ein Vergnügen«, sagte der Taxifahrer mit belustigter Miene, während er ihrer nur von einem Bikini verhüllten Gestalt anerkennend nachsah, als sie zum Famous Bowery Wild Card Dime Museum lief.

◆

»Jack! Jack! Das bist du, hab ich nicht recht?«

Eine vertraute Stimme, *jede* vertraute Stimme in der heutigen Zirkusatmosphäre des Village, war ein Schock. Jack drehte sich um und sah einen gut aussehenden Mann, der einen halben Kopf größer war als er.

»Hallo Jean-Jacques«, begrüßte ihn Jack. Jean-Jacques war

vor sechs Jahren aus dem Senegal eingewandert. Er arbeitete als Kellner im *Simba* an der Ecke Sixth Avenue und Eighth Street und die übrige Zeit als Tutor für ausländische Studenten, die in der New School Englisch lernten. Jack kannte keinen Mann mit bemerkenswerteren Zügen. »Hör mal«, sagte er zu ihm. »Ich brauche Hilfe.« Er zückte den Schnappschuss von Cordelia.

Jean-Jacques nickte, machte aber einen abwesenden Eindruck. »Alles, was du willst, mein Freund. Einfach alles.«

Jack wusste, dass etwas nicht stimmte. »Was ist los?«

»Nichts Besonderes.« Jean-Jacques ließ den Blick über die Fußgänger schweifen, die rasch an ihnen vorbeigingen. Die Mittagssonne leuchtete auf seiner Haut, sodass das dunkle Schwarz fast bläulich glänzte.

»Das bezweifle ich.« Jack legte dem Mann eine Hand auf die Schulter, wobei er sich ihrer warmen Vitalität bewusst war. »Erzähl mir davon.«

Jean-Jacques sah Jack wieder an, und sein durchdringender Blick begegnete Jacks. »Es ist das Retrovirus«, sagte er. »Der Killer. Ich war gerade bei meinem Arzt. Die Diagnose war unglücklicherweise positiv.« Er seufzte. »Ziemlich positiv.«

»Retrovirus?«, sagte Jack. »Du meinst das Wild-Card…«

»Nein«, unterbrach ihn Jean-Jacques. »Den sichereren Killer.« Das Wort schien ihm im Halse stecken zu bleiben. »AIDS.«

»Heilige Mutter Gottes«, sagte Jack. »Das tut mir leid.« Er rückte näher an Jean-Jacques heran, hielt einen Augenblick inne und umarmte den Mann dann. »Es tut mir wirklich aufrichtig leid.«

Jean-Jacques schob Jack sanft von sich. »Ich verstehe«, sagte er schlicht. »Du bist nicht der Erste, dem ich es sage. Sie behandeln mich bereits wie einen dieser bedauernswerten Joker.« Traurig schloss er die Augen, dann öffnete er sie wieder und fuhr fort: »Keine Sorge, alter Freund. Du bist nicht betroffen. Ich weiß, wer es war.« Er schloss wieder die Augen. »Und ich weiß, *wann* es war.« Sein Kopf zitterte ein wenig, und Jack umarmte ihn wieder. Diesmal schob Jean-Jacques ihn nicht sofort wieder weg.

»Sagtest du nicht, du bräuchtest Hilfe?«, fragte Jean-Jacques. »Sag mir, was los ist. Wenn ich dir helfen kann, werde ich es tun.«

Jack zögerte. Dann erzählte er ihm von Cordelia. Der Senegalese betrachtete das Foto. »Eine sehr hübsche junge Dame.« Er warf einen Blick auf Jack. »Ihr habt dieselben Augen.« Dann gab er ihm das Foto zurück. »Geh«, sagte er. »Such weiter. Wie ich schon sagte, wenn ich irgendetwas sehe, das dir nützen könnte, lasse ich es dich wissen.«

Es gab nichts mehr zu sagen, doch Jack blieb neben Jean-Jacques stehen.

»Geh«, wiederholte der Senegalese. Er lächelte dünn. »Viel Glück.« Dann drehte er sich um und war Augenblicke später verschwunden.

♠

»Das ist deine wichtige Zwischenstation?«, fragte Roulette, die die verfallene Wand eines Lagerhauses in Hafennähe beäugte. Tachyon hatte mit ihr mehrere Blocks entfernt den Wagen verlassen, und nach einem raschen, schweißtreibenden Fußmarsch waren sie hier gelandet.

Er sah sich hastig um, während seine schlanken Finger das große, glänzende Vorhängeschloss öffneten. In seiner Miene lagen unterdrückte Erregung und Übermut wie bei einem kleinen Jungen, der drauf und dran ist, seine Kaulquappensammlung zu zeigen. Und plötzlich wurde ihr klar, dass er tatsächlich noch sehr jung war. Aufgrund einer Mutation und der takisischen Besessenheit, was die Wissenschaft des

Lebens betraf, war die takisische Lebensspanne wesentlich größer als die menschliche. Nach irdischen Maßstäben war Tachyon mit seinen über achtzig Jahren ein Greis, aber nach takisischen Normen kaum der Jugend entronnen. Das erklärte eine Menge.

Die offenbar gut geölte Tür öffnete sich geräuschlos, und er winkte sie hinein. Ihr unwillkürlicher Schritt rückwärts ließ sie gegen ihn prallen.

»Hab keine Angst.«

»Mein Gott, was …?« Vorsichtig betrachtete sie die leuchtende Monstrosität, die in der Mitte des leeren, hallenden Raums hockte. Sie sah aus wie eine Wendeltreppenmuschel, aber die Spitzen der grauen Grate waren mit grellen bernsteinfarbenen und violetten Lichtern besetzt. Außerdem schien das Ding in einem glitzernden Strudel zu ruhen, denn Staub wirbelte zu ihm hin.

»Das Schiff«, hauchte sie.

»Was?«

»Dein Schiff«, fügte sie rasch hinzu.

»Ja, *Baby*.«

»Baby?«

»Genau.« Tachyons lilafarbene Augen ruhten zärtlich auf dem Schiff, und Roulettes Schirme, die der Astronom sorgsam errichtet hatte, reagierten auf eine offenbar in ihrem Beisein stattfindende telepathische Kommunikation.

»Sie ist frustriert. Sie wollte dich begrüßen, aber du hast Schirme.« Er legte den Kopf auf die Seite und betrachtete sie mit ernster Miene. »Merkwürdig. Die meisten Menschen …« Ein rasches Kopfschütteln. »Nun, tritt ein.«

»Ich … Lieber nicht.«

»Sie wird dir nichts tun.«

»Das ist es nicht.«

»Was dann?«

Sie zog die Schultern ein und ging auf das Schiff zu, obwohl es ihr wie ein Verrat vorkam. Irgendwann morgen früh würde der Astronom Besitz von diesem lebenden Raumschiff ergreifen und mit ihm weit wegfliegen.

Das Schiff öffnete gehorsam die Schleuse, und sie betraten den Kontrollraum. Die Innenwände und der Boden leuchteten wie poliertes Perlmutt, wodurch irisierendes Licht auf das große Himmelbett geworfen wurde, das den Raum beherrschte. Tachyon kicherte.

»Deine Miene ist unbezahlbar. Weißt du, anders als die meisten meiner Rasse habe ich geschworen, im Bett zu sterben. Dies schien eine Möglichkeit zu sein, die Einhaltung meines Schwurs zu gewährleisten.«

Der Rest des Mobiliars war von einer zerbrechlichen Schönheit, und aus der Breite der Sitzgelegenheiten ging hervor, dass Takisier kleiner als Menschen waren. Es sei denn, das Mobiliar war für Tachyons persönlichen Gebrauch angefertigt worden.

Der Außerirdische nahm sie sanft bei den Schultern und deutete auf die Wand. Fließende silberne Schrift leuchtete auf.

Ich grüße dich, Roolete.

Tachyon lächelte und schüttelte den Kopf.

Roulette.

»Sie kann noch nicht so gut buchstabieren. Sie hat erst vor Kurzem damit angefangen, als ein paar Freunde an Bord waren. Sie eignet sich langsam, aber sicher Schriftsprache an. Ich bin nachsichtig, also lasse ich ihr das durchgehen.«

»Es ist unglaublich.«

Sie setzte sich auf das Bett, während Tachyon zwei Kristallgläser aus einer Truhe holte, bei der es sich um eine Ausformung des Schiffs selbst zu handeln schien.

Eine weitere Botschaft huschte über die Wand, während Tachyon ihr den Rücken zudrehte.

Dir wird große Ehre zuteil. Die Botschaft hatte etwas Verdrießliches.

»Hör auf damit, Baby«, warnte Tachyon.

Entschuldigung.

»Akzeptiert«, sagte Roulette, die sich idiotisch vorkam.

Tachyon goss in jedes Glas einen Schluck Brandy aus seiner Hüftflasche. Auf seinen Wangen brannten zwei grellrote Flecke. »Du bist die erste Frau, die ich je hierhergebracht habe. Also ist sie neugierig, hoffnungsvoll und ein wenig aufgebracht.«

»Sie liebt dich.«

»Ja, und ich sie.« Er strich mit der Hand über eine gewölbte Wand.

»Warum hoffnungsvoll?« Sie nahm einen Schluck Cognac.

»Zwar ist sie ein wenig eifersüchtig, aber sie würde mich gern verheiratet und als Vater von Kindern sehen. Ein Stammbaum ist sehr wichtig für die Schiffe. Im Lauf der Jahrhunderte haben sie unsere Besessenheit für die Ahnenverehrung übernommen, und sie hält mich für einen Versager. Ich sage ihr ständig, dass ich noch eine Menge Zeit habe. Besonders jetzt, wo ich auf der Erde lebe.« Er gesellte sich zu ihr.

»Ich habe viel über dich gelesen, aber ich kann mich nicht erinnern, dass das irgendwo erwähnt worden ist. Natürlich ist es logisch, dass du ein Schiff hast, wie sonst solltest du hergekommen sein?«

»Ich versuche, es nicht publik werden zu lassen. Als ich mich darum bemüht habe, das Schiff vom Staat zurückzubekommen, musste ich einen ziemlichen Wirbel um *Baby* veranstalten. Jetzt bin ich vorsichtiger, und glücklicherweise haben die Leute ein kurzes Gedächtnis. Leider fühlt sie sich einsam, also komme ich, so oft ich kann. Und sie vermisst ihresgleichen. Sie sind im Wesentlichen Herdenwesen, und diese Art Isolation ist nicht gut für sie.«

»Warum wohnst du dann nicht hier in ihr?«

»Ich will ein gesellschaftliches Leben führen, und außerdem will ich ihre Existenz nicht an die große Glocke hängen. Diese beiden Ziele widersprechen einander natürlich. Also habe ich einen Kompromiss geschlossen. Ich wohne in der Nähe, ich besuche sie oft, und manchmal fliege ich mit ihr aus. Schwester Magdalena aus der South-Street-Mission sagt, ich hätte einen sozial günstigen Einfluss. Mehrere Obdachlose haben dem Alkohol abgeschworen, nachdem sie uns gesehen haben.«

Sie lachte, beugte sich vor und küsste ihn. Er nahm den obersten Knopf ihrer Bluse in seine zitternden Finger, und aus dem Augenwinkel sah sie, wie seine Erektion den Satin seiner Hose ausbeulte. Sie zuckte zurück und knöpfte rasch ihre Bluse wieder zu.

»Entschuldige, aber ich dachte, du ... wir ...«

»Nicht hier! Nicht vor Publikum.« Außerdem fragte sie sich, wie *Baby* wohl reagieren würde, wenn sie Tachyon umbrachte. Roulette bezweifelte, dass sie das Schiff dann lebend verlassen würde.

♣

Das Famous Wild Card Dime Museum (Eintritt nur 2 Dollar) war geschlossen, wahrscheinlich deshalb, weil dem Museumsleiter klar war, dass die meisten Leute die kostenlosen Unterhaltungsmöglichkeiten des Tages nutzen würden.

Das war Jennifer nur recht. Sie ging in eine Seitenstraße, vergewisserte sich, dass niemand zusah, und glitt durch die Mauer. Es war schwierig. Sie benötigte ein paar Augenblicke der Konzentration, dann musste sie sich durch die Ziegelmauer kämpfen, als sei ihr Körper solide und die Mauer eine zähe, unnachgiebige Flüssigkeit. Ihr Körper ermüdete jetzt sehr rasch, und sie wusste, sie würde eine Zeit lang nicht geistern können, aber sie musste diese Sache erledigen. Vielleicht konnte sie dann daran denken, sich auszuruhen.

Schließlich schaffte sie es, auf die andere Seite zu kommen, und fand sich in einem kleinen dunklen Raum mit einer Reihe matt beleuchteter Glasflaschen wieder, die an einer Wand aufgereiht standen wie Aquarien in einer Tierhandlung. In den Behältnissen trieben jämmerlich anzusehende kleine Körper, einbalsamierte »Monströse Jokerbabys«, wie das Schild über der Reihe verkündete. Insgesamt gab es vielleicht dreißig Stück. Die meisten hatten wenig Menschliches an sich, und Jennifer war in gewisser Hinsicht dankbar, dass sie die Grausamkeit der Welt nur für so kurze Zeit erfahren hatten.

Sie eilte aus dem Raum und fand sich in dem Teil des Museums wieder, der mit lebensgroßen Dioramen gefüllt war. Es war unheimlich still, da die Licht- und Geräuscheffekte der Dioramen ausgeschaltet waren, und ein wenig beunruhigend, das einzige lebende Wesen in der Nähe zu sein.

Sie ging an einer Szene vorbei, die im Gedenken an die Großen Jokertown-Krawalle des Jahres 1976 das brennende Jokertown darstellte. Für den moderneren Geschmack nur noch mäßig schockierend, gab es ein älteres Tableau mit der Darstellung einer angeblichen Jokertowner Orgie. Ein Schild vor einem mit Vorhängen abgedeckten Bereich empfahl, nach der jüngsten dieser unterhaltenden und zugleich informativen Darstellungen, »Die Erde gegen den Schwarm«, Ausschau zu halten.

Jennifer ging an den Dioramen vorbei in den langen Gang dahinter und betrat schließlich die Halle mit den – in einigen Fällen traurigen – Berühmtheiten.

Lebensgroße Wachsfiguren prominenter Asse und Joker standen allein oder in Gruppen im Gang. Jetboy sah jung und hübsch aus, und sein Schal wehte hinter ihm in einem nicht spürbaren, vielleicht göttlichen Wind. Seine Augen blinzelten ein wenig, als starre er in eine angenehme Sonne. Die Vier Asse – Black Eagle, Brain Trust, der Botschafter und Golden Boy – standen in einer Gruppe, drei von ihnen zusammen, eines wegen der leicht abgewandten Gesichter seiner Genossen ein wenig isoliert. Dr. Tachyon sah prächtig aus, in einem Outfit, das er, wie eine kleine Karte zu seinen Füßen besagte, dem Museum geschenkt hatte. Und es gab noch andere. Peregrine, die sich, wie Jennifer zugeben musste, ihre glühende Sinnlichkeit auch in Wachs bewahrte, Zyklon, Hiram Worchesters massiger Körper, der scheinbar über seinem Podest schwebte, Chrysalis mit unsichtbarer Haut und sichtbaren Organen im Käfig ihres Skeletts …

Jennifer sah sie sich sorgfältig an. Tachyon sollte es sein, beschloss sie. Sie stieg über die Samtkordel und näherte sich der Wachsfigur. Sie überragte die Statue um einen halben Kopf, und die wächsernen Züge waren ebenso fein wie ihre eigenen. Von einem unwiderstehlichen Drang getrieben, strich sie mit der Hand über den üppigen Stoff seiner pfirsichfarbenen Weste. Sie fühlte sich fein und weich an. Sie konnte fast glauben, dass der Text auf der Karte stimmte und das Outfit tatsächlich einmal Tachyon gehört hatte.

Sie fing sich wieder und sah sich schuldbewusst um. Der Gang war verlassen. Rasch nahm sie ihre ganze Willenskraft zusammen und schob den Beutel durch die Brust der Wachsfigur. Sie zog die Hand zurück und ließ den Beutel in der hohlen Brust, wo die beiden Briefmarkenalben und das mysteriöse dritte Buch bis zu ihrer Rückkehr sicher waren.

Jetzt musste sie sich mit Kien in Verbindung setzen. Das mochte nicht ganz leicht sein. Sie konnte seine Nummer nicht einfach im Telefonbuch nachschlagen.

Sie verließ die Ruhmeshalle mit einem letzten eifersüchtigen Blick auf die Peregrine-Figur, wobei sie sich bereits ihren nächsten Zug überlegte. Das Auge, das sie hinter einem Vorhang am anderen Ende des Gangs beobachtete, bemerkte sie nicht.

♥

Das Schlimmste daran war, dachte Fortunato, dass man den gottverdammten Politikern zuhören musste. Insgesamt traten ein Dutzend von ihnen auf, darunter auch Bürgermeister Koch und Senator Hartmann. Tachyon, der Bastard, war bereits verschwunden, eine hinreißende Schwarze mit zu dünnen Zöpfen geflochtenen Haaren im Schlepptau.

Hartmann stand auf dem Podium. »Die Zeit der Billigung ist gekommen. Eine Zeit des Friedens, wie der biblische Poet sagt. Nicht nur des Friedens zwischen den Nationen, sondern des Friedens in uns selbst. Eine Zeit, um in unsere Herzen zu schauen, Menschen, Joker und Asse gleichermaßen. Eine Zeit, die Vergangenheit nicht zu *vergessen*, sondern in der Lage zu sein, zurückzuschauen und zu sagen, hier habe ich gestanden, und ich schäme mich nicht. Aber meine Verpflichtung ist jetzt die Zukunft. Vielen Dank.«

Ein Polizeihubschrauber kreiste über ihren Köpfen. Als Fortunato aufschaute, sah er Turtles Panzer langsam über den Park schweben und dann wieder verschwinden.

Fortunato wusste ungefähr, wo Kid war. So nah bei ihm konnte er ein vages Bild dessen empfangen, was Kid sah, und er konnte Hartmann erkennen, als dieser sich an den Rand der Bühne setzte.

Dort. Fünfzehn, zwanzig Meter entfernt und zur Abwechslung einmal bekleidet, was bedeutete, er war in seiner menschlichen Gestalt gekommen und würde so bleiben. Kid lehnte an einem Lichtmast, fünf, sechs Meter von einer älteren Ausgabe seiner selbst entfernt, bei der es sich nur um seinen Vater handeln konnte.

Kid sah sich all die Pinkel und aufgetakelten Gesichter an, die Hoffmann würdevoll applaudierten, und zog angewidert einen Mundwinkel hoch. Fortunato wusste, was Kid empfand. Vielleicht hatte früher einmal aufrichtiges Gefühl in diesen Feierlichkeiten gesteckt, aber mittlerweile war es eine Angelegenheit von Gelangweilten für Gelangweilte. Zu selbstbeweihräuchernden politischen Reden kamen nur diejenigen, die dort gesehen werden wollten, diejenigen, die dadurch, dass sie anwesend waren, selbst ein politisches Statement abgaben.

Und die wenigen, denen wirklich etwas daran lag. Die weltraumbesessenen Jugendlichen, die noch Illusionen hatten, an eine klare, deutliche Trennlinie zwischen Gut und Böse glaubten und einen Krieg gegen die andere Seite führen wollten.

Fortunato betrachtete das Wild-Card-Virus als eine Art Aladins Wunderlampe des Unterbewussten. Das Virus schrieb die DNS um und passte sie dem an, was es im Hinterkopf einer Person las. Wenn man Pech hatte, fixierte es einen Albtraum, und wenn man es überlebte, war man ein Joker. Aber manchmal begegnete es auch etwas Reinem, Unverfälschtem wie Arnies Vorliebe für Dinosaurier und Comics und Asse. Und obwohl es auch eine Art Witzfigur aus ihm machte, ließ es ihn seine Träume auf der Straße ausleben.

Der Witz war ein Naturgesetz, die Erhaltung der Masse. Arnie konnte sich in jeden Dinosaurier verwandeln, den er sich vorstellen konnte, aber seine Masse blieb immer gleich. Als Tyrannosaurus war er einen Meter groß. Okay für ein Kind, aber er war bereits dreizehn oder vierzehn, mitten in der Pubertät und voller irriger Vorstellungen hinsichtlich der eigenen Unsterblichkeit.

»Hey«, rief Fortunato ihm zu. »Hey, Kid!«

Arnie drehte sich zu ihm um.

Kids Arm löste sich vom Körper.

Er zuckte, als sei den Muskeln plötzlich ein eigenes Hirn gewachsen, dann segelte er durch die Luft und fiel auf den Asphalt. Fortunato und Kid standen beide einen Augenblick lang einfach nur verständnislos da. Und dann sprudelte das Blut aus dem Armstumpf, und es roch wie auf einem Schlachthof.

Kid machte Anstalten, sich zu verwandeln. Obwohl er einen Arm verloren hatte, waren seine Instinkte noch in Ordnung. Sein verbliebener Arm schrumpfte und bekam Schuppen. Seine Oberschenkel schwollen an, und sein Bauch wurde flacher.

Fortunato setzte seine Kräfte ein und versuchte, die Zeit anzuhalten. Die Leute ringsum wurden verlangsamt, aber das Blut sprudelte immer noch ungehindert aus Kids Armstumpf.

Der Astronom, dachte Fortunato. Er schirmt Kid vor der Kraft ab, die ihn retten könnte.

Fortunato versuchte, zu ihm zu laufen. Es war wie in einem Albtraum, die Luft dickflüssig wie Zement, und es zehrte an seinen Kräften.

Kid verlor zu viel Blut. Es bildete Lachen um seine Tennisschuhe und durchtränkte die Aufschläge seiner Jeans. Er konnte die Verwandlung nicht beenden. Seiner linken Hand war eine große, sensenförmige Kralle gewachsen, und er drosch damit vergeblich auf die Luft vor seinem Gesicht ein. Sein Gesicht war noch menschlich, wenn man von einem etwas vorgewölbten Unterkiefer absah. In seinen Augen blitzten Schreck und Wut auf, dann Angst und schließlich Hilflosigkeit.

Eine Handvoll Gewebe löste sich aus Kids Hals. Der Blutfluss aus dem Schulterstumpf verlangsamte sich, da es jetzt aus der Kehle sprudelte.

Kid brach zusammen. Die merkwürdigen Gelenke seiner Beine und der Ansatz eines langen, steifen Schwanzes hielten ihn auf halbem Weg auf. Seine Brust öffnete sich, und sein Herz fiel auf den Asphalt. Im Sonnenlicht schien das Herz zu erbeben, zuckte noch einmal und lag dann still.

Und dann war ein kleiner Mann zu sehen, kaum größer als einen Meter fünfzig, der neben Kids verunstalteter Leiche stand. Er trug einen knöchellangen schwarzen Umhang, der mit Blut bespritzt war. Sein Kopf war zu groß für seinen Körper, und er trug eine Brille mit dicken Gläsern.

Fortunato hatte ihn zuvor zweimal gesehen. Einmal vor sieben Jahren in einem Tempel der Ägyptischen Freimaurer in Jokertown. Fortunato hatte durch die Augen einer Frau gesehen, die er liebte, einer Frau namens Eileen, die jetzt tot war.

Zum zweiten Mal hatte er den Astronom beim Angriff der Asse auf die Kreuzgänge gesehen, der schließlich zum Tod des Howlers und jetzt zu diesem Tod direkt vor seiner Nase geführt hatte.

»Ich habe auf dich gewartet«, sagte der Astronom. »Ich dachte schon, du würdest nicht kommen, und ich müsste ohne dich anfangen.« Seine Stimme war ein hässlicher Singsang.

Fortunato konnte sich ihm nicht weiter als bis auf fünf Meter nähern. »Warum Kid? Um Himmels willen, warum Kid?«

»Du solltest wissen«, sagte der Astronom, »dass ich keine halben Sachen mache.« Er beroch seine blutigen Finger. »Ihr werdet alle sterben. Zwischen jetzt und morgen früh vier Uhr. Verlasst euch darauf, und stellt schon mal eure Uhren.« Er warf einen Blick auf das Podium, und seine Augen huschten hin und her, als suche er jemanden, der nicht da war. Er nickte kurz und lächelte.

»Morgen früh vier Uhr?« Fortunato schrie jetzt. Er kämpfte gegen das Kraftfeld an, das ihn am Vorankommen hinderte. »Warum vier Uhr? Was passiert dann?«

Abrupt war das Kraftfeld verschwunden, und er taumelte vorwärts. Der Astronom war verschwunden. Der Zeitablauf normalisierte sich wieder. Er war unfähig, sich abzuwenden, als Kids Vater die verstümmelte Leiche seines Sohns sah und zu schreien anfing.

♦

Spector leerte sein Bierglas und unterdrückte ein Rülpsen. *The Bottomless Pit*, eine Kneipe zwischen der 27th und 28th Street, einen halben Block westlich vom Chelsea Park, war so weit von den ausgetretenen Pfaden der Touristen entfernt, dass sich niemand von ihnen hierherverirrte. Der Laden war für Schlägereien berüchtigt, was die meisten Einheimischen fernhielt. Außer Spector saßen nur zwei Leute an der Bar, obwohl alle Tische besetzt waren. Die einzigen Lichtquellen waren die Neonbierreklamen und der Fernseher. Er hörte das Klicken von Billardkugeln aus dem Hinterzimmer.

»Wollen Sie noch eins?«, fragte der Barmann. Er war groß, hatte blondes, lockiges Haar und den Körperbau eines Bodybuilders.

»Klar.« Spector fühlte sich ein wenig beschwingt. Seine Finger und Zehen wurden taub. Es wurde Zeit. Er trank bereits den ganzen Tag. Er war den Astronom los, also konnte er hier auf Tauchstation gehen, sich betrinken und sich das Spiel ansehen, wenn es übertragen wurde. Das würde in etwa die Zeit ausfüllen, die ihm noch blieb, bis er ins *Haiphong Lily* gehen musste.

Der Barmann zapfte ein Bier und stellte es auf dem verschrammten Tresen ab. Jemand hatte »Joyce + sonst wer« in das Holz geschnitzt. Spector nahm das Bierglas in die Hand und genoss das kalte Glas auf der Haut. Wie üblich fraß ihn der Schmerz von innen auf. Wenn alles gut ging, konnte er den Abend vielleicht dadurch abrunden, dass er ein paar Touristen umlegte. Er würde deswegen nicht in den Knast wandern. Das war das Schöne an seiner Kraft. Die Bullen hatten ihn einmal eingebuchtet, aber das Verfahren gegen ihn war schon in der Vorverhandlung eingestellt worden. Es gab nie einen Beweis dafür, dass er seine Opfer umgebracht hatte.

»Und jetzt schalten wir um zu Channel-Nine-Reporter Carl Thomas, der sich mit einem Sonderbericht live von Jetboys Grabmal meldet.« Spector starrte träge auf die Mattscheibe.

Der junge farbige Reporter hielt inne, legte einen Finger ans Ohr und nickte. Hinter ihm hatte sich eine Menschenmenge versammelt. Ein paar Leute beugten sich vor und winkten, um ins Bild zu kommen. »Hier spricht Carl Thomas, und ich habe einen weiteren traurigen Zwischenfall an diesem wohl gewalttätigsten Wild-Card-Tag seit zehn Jahren zu melden. Offenbar macht ein psychopathischer Ass-Killer die Straßen unsicher. Sein jüngstes Opfer ist ein Jugendlicher, der die Kraft hatte, sich in einen kleinen Dinosaurier zu verwandeln. Es liegt noch keine offizielle Stellungnahme der Polizei vor, ob es zwischen dem Tod des Jungen und dem Mord am Howler einen Zusammenhang gibt. Augenzeugen berichten jedoch, dass dies heute bereits der zweite Angriff des besagten Asses ist. Heute Morgen griff ein Mann, auf den die Beschreibung des Verdächtigen passt, bereits jemanden an, von dem wir annehmen, dass es sich um das erste Opfer handelte, und drehte ihm buchstäblich den Hals um. Glücklicherweise war Fortunato am Tatort und heilte das Opfer mit seinen Ass-Kräften. Leider war er nicht in der Lage, irgendetwas zur Rettung des Jungen zu unternehmen. Das war Carl Thomas für Channel Nine News von Jetboys Grabmal.«

»Scheiße.« Spector griff nach seinem Bier und warf das Glas um. Schaum breitete sich langsam auf dem Tresen aus. »Natürlich müssen sie das im gottverdammten Fernsehen bringen. Konnten natürlich nicht das Maul halten.«

»… diese furchtbare Tragödie. Bei einem offenbar damit nicht in Zusammenhang stehenden Zwischenfall kam heute Frederico Macellaio bei einem Autounfall ums Leben. Macellaio, auch unter dem Namen ›der Schlachter‹ bekannt und angeblich eine bedeutende Persönlichkeit in der New Yorker Unterwelt, wurde tot am Unfallort geborgen.«

»Ist einfach nicht mein Tag heute«, murmelte Spector.

Er zückte seine Brieftasche und winkte dem Barmann, doch der starrte auf die Tür. Spector sah sich um. Drei Punks standen im Eingang. Alle drei hatten schwarze Haare und denselben Haarschnitt wie Moe von den Three Stooges. Die Worte BEDTIME BOYS standen in Rot auf den Rücken ihrer Lederjacken. Jeder von ihnen trug ein Skateboard aus Fiberglas unter dem Arm. Der Anführer, der einen Kopf kleiner war als die anderen beiden, trug zusätzlich noch eine verspiegelte Sonnenbrille.

»Durchsucht alle«, sagte der kleine Boss, indem er auf seine Fingerspitzen blies.

Spectors Barhocker quietschte laut, als er sich zu ihnen umdrehte. Er machte sich Sorgen wegen des Jungen mit der Sonnenbrille. Seine Kraft wirkte nur dann, wenn die Augen des Opfers zu sehen waren. Mit den anderen beiden konnte er fertigwerden.

»Nett von dir, sie für uns rauszuholen«, sagte einer der Stooges mit einem Blick auf Spectors Brieftasche. »Gib sie her.«

Spector schob die Brieftasche in seine Hosentasche zurück. »Verpiss dich, du kleiner Scheißer. Solange du noch kannst.«

»Gib ihm seine Zähne zu fressen, Billy«, sagte der Anführer. »Das spart Zeit bei den anderen.«

Billy wirbelte sein Skateboard ein paarmal um seinen Körper, dann schwang er es hoch, bereit zum Angriff. Die Aktion erinnerte Spector an die chinesischen Kämpfer, die er in Kung-Fu-Filmen gesehen hatte. Diese Burschen wussten offensichtlich, was sie taten. Er würde sie rasch ausschalten müssen. Er nahm Blickkontakt mit Billy auf. Spectors Tod floss in ihn. Billy fiel mit dem Gesicht auf die Thekenumrandung.

»Scheiße, schnapp ihn dir, Romeo.« Der kleine Punk regelte immer noch den Verkehr.

Romeo sah zunächst Billys Leiche und dann Spector an.

Ein grober Fehler. Fünf Sekunden später lag er tot auf dem Boden.

Spector erahnte eine Bewegung und hob den Arm, wobei er mit der anderen Hand nach der Ingram griff. Das Skateboard knallte gegen seinen Unterarm und erschütterte ihn so schwer, dass er von seinem Barhocker wirbelte und die Kanone durch die Luft flog. Er prallte gegen einen Tisch und landete auf dem Boden. Die Kanone war mehrere Meter entfernt. Der Punk ließ sein Skateboard fallen und schnappte sich die Pistole. Er richtete sie auf Spectors Brust und lächelte. Eine Billardkugel traf ihn in dem Augenblick seitlich am Kopf, als er abdrückte.

Spector wälzte sich herum, da die Kugeln Splitter aus Tisch und Fußboden rissen. Er spürte, wie sich ein paar Holzsplitter durch seine Kleidung und in sein Fleisch bohrten. Er kroch zu dem verbliebenen Bedtime Boy. Der Junge richtete sich auf und schüttelte den Kopf. Die Sonnenbrille war verschwunden.

»Leb wohl«, sagte Spector.

Der Punk begegnete seinem Blick und keuchte, dann brach er zusammen.

Spector nahm die Ingram an sich, verstaute sie und stand auf. Der Barmann sah ihn an, ängstlich, aber auch verärgert. Niemand sagte ein Wort.

»Manche Leute haben überhaupt keine Manieren. Diese Jungs liegen jetzt im tiefen Schlaf. Geschieht ihnen recht«, sagte Spector, indem er seinen Arm rieb.

Der Barmann deutete zaghaft auf die Tür.

»Keine Sorge, ich bin schon weg.«

»Hey, du zäher Bursche. Wirf uns die Kugel zurück, ja?« Ein kleiner, gut gebauter Mann in einem weißen ärmellosen T-Shirt deutete auf Spectors Füße.

Er hob die Billardkugel auf und warf sie zurück. »Netter Wurf.«

Der Barmann hustete.

Spector trat auf die sonnenhelle Straße und griff sich unter das Hemd, um die Splitter herauszuziehen. Der Kampf mit den Skateboard-Punks hatte ihn den Astronom vorübergehend vergessen lassen. Er zog Luft durch die zusammengebissenen Zähne. Nun, da der Schlachter tot war, konnte er sich den Job vermutlich abschminken. Aber es konnte nicht schaden nachzufragen. Er zog einen Vierteldollar aus der Hosentasche.

Schräg gegenüber vom *Bottomless Pit* fand er ein Münztelefon. Im Dime Museum antwortete niemand, also rief Spector im *Twisted Dragon* an und fragte nach Danny Mao. Nach kurzer Wartezeit meldete sich eine junge orientalische Stimme.

»Danny Mao. Wer spricht?« Die Stimme klang geschmeidig und selbstsicher und hatte nur einen geringfügigen Akzent.

»Ich heiße Spector. Ich wurde im Jahr des Feuerpferds geboren. Ich muss mich mit einem Ihrer Leute in Verbindung setzen. Ein Bursche mit einem Bostoner Akzent, präzise, bedächtig.«

Eine kurze Pause trat ein. »Mr. Spector, ich kenne Sie nicht. Wer hat Ihnen meine Nummer gegeben?«

»Ein Joker namens Auge. Hören Sie, man hat sich heute Morgen wegen eines Jobs an mich gewandt. Die Dinge haben sich geändert. Ich muss herausfinden, was ich jetzt noch erledigen soll. Können Sie mir helfen oder nicht?«

»Möglich, aber er ist ein sehr beschäftigter Mann, insbesondere heute. Vielleicht kann er Sie später zurückrufen.«

»Schön. Dann bringe ich die Bücher jemand anders.« Er dachte sich, diese Lüge würde Mao aufhorchen lassen.

»Ah, ich verstehe. Wo sind Sie jetzt?«

Mao hatte angebissen. Die Bücher mussten noch wichtiger sein, als Spector vermutet hatte. »Sie müssen mir die Nummer geben, sonst sorge ich dafür, dass sich herumspricht, dass Sie die Ablieferung dieser Schätzchen aufgehalten haben.«

»Rufen Sie 555-4301 an. Es ist eine Privatleitung. Und ich hoffe für Sie, dass Sie uns nicht an der Nase ...«

Spector legte mitten im Satz auf. Ein schickes junges Paar stand hinter ihm und wartete offenbar darauf, das Telefon zu benutzen. Er starrte die Frau an, griff sich an den Schritt und leckte sich die Lippen. Sie verzogen sich hastig. Spector warf einen weiteren Vierteldollar in den Münzschlitz und wählte die Nummer.

Er antwortete nach dem ersten Klingeln. »Latham.«

Es war der Mann, der ihn am Morgen angerufen hatte. Keine Frage. Der einzige Latham, den er kannte, war ein Top-Anwalt. »Hier spricht Spector. Haben Sie das von dem Schlachter gehört?«

»Natürlich. Sein Tod ändert ein paar Dinge.« Latham schien nicht überrascht zu sein, von ihm zu hören. Er vernahm das Geräusch von Fingern auf einer Tastatur.

»Also ist alles abgeblasen, richtig?«

»Warten Sie. Ich glaube, es wäre das Beste, wenn Sie trotz allem im *Haiphong Lily* zu Abend essen. Die Gambione-Familie ist im Augenblick extrem angeschlagen. Ich kann mir nicht vorstellen, dass sie den Verlust weiterer Führungspersönlichkeiten verkraftet. Das könnte die Familie vollends vernichten.«

»Sie wollen also, dass so viele Führungsmitglieder wie möglich ins Gras beißen. Richtig?« Spector vergewisserte sich mit einem raschen Rundumblick, dass niemand in Hörweite war.

»Ja. Es ergäbe sich da möglicherweise ein Bonus für Sie, je nachdem, wie viele Sie neutralisieren.«

»Schön. Auge sagte, Sie hätten alles so arrangiert, dass ich ohne Probleme hineinkomme. Stimmt das?«

»Ich bin sicher, dass das der Fall sein wird. Übrigens, wer hat Ihnen meine Privatnummer gegeben?«

»Ein ziemlich glatter Punk namens Mao.« Spector hoffte, sie würden dem Burschen Bambussplitter unter die Fingernägel schieben.

»Ich verstehe. Vielen Dank, Mr. Spector. Wir bleiben in Verbindung. Gute Jagd.«

Spector hängte ein. Der Vierteldollar fiel in den Münzrückgabeschacht. Er sah nach rechts und links. Wenn der Astronom ihn erwischte, würde es keinen Bonus geben. Es würde nicht einmal ein Morgen geben.

♠

Wieder auf der Straße, machte Jennifer eine Bestandsaufnahme ihrer Situation. Sie war nicht gerade passend gekleidet. Sie hatte keine Schuhe. Sie hatte ihren letzten Dollar für das Taxi ausgegeben, das sie zurück nach Manhattan gebracht hatte. Was sollte sie jetzt tun?

Bevor sie sich jedoch darüber klar werden konnte, wurde ihr die Entscheidung abgenommen.

Sie kamen aus dem Nichts. Zwei Männer traten aus dem Strom der Fußgänger ringsum, packten jeweils einen ihrer Arme und zerrten sie die Straße entlang.

»Ein Laut, und du bist tot«, flüsterte einer ihr zu, und sie unterdrückte den instinktiven Schrei, zu dem sie bereits angesetzt hatte.

Sie überquerten die Straße und gingen in einen kleinen Park gegenüber vom Dime Museum, wo sie von drei weiteren Männern erwartet wurden. Einer von ihnen war der Reptilien-Joker, den sie zuerst in Kiens Wohnung gesehen hatte.

»Die Bücher«, zischte er, indem er ganz nah an Jennifer herantrat. »Wo sind sie?«

Sie wich vor der langen, gegabelten Zunge zurück, die zwischen seinen Lippen hervorzuckte.

»Ich habe sie nicht bei mir.«

»Dasss sehe ich.« Ohne zu blinzeln, starrte er ihren nur mit einem Bikini bekleideten Körper an. »Wo sind sie?«

»Wenn ich euch das sagen würde, brauchtet ihr mich nicht mehr.«

Der Reptilien-Joker grinste, Speichel troff von den überlangen Eckzähnen in seinem Oberkiefer. Er beugte sich vor, und seine Zunge strich zärtlich über Jennifers Gesicht. Bei der warmen, feuchten Berührung zuckte sie zurück. Der Joker senkte den Kopf, und seine Zunge glitt über ihre Kehle und zwischen ihre Brüste, dann wieder aufwärts und über ihre nackten Arme. Rau und sinnlich strich sie über ihren Unterarm, und Jennifer erbebte, halb vor Angst, halb vor Entzücken. Der Mann, der ihren rechten Arm festhielt, umklammerte ihr Handgelenk, und der Joker leckte über ihre Handfläche, bevor sie sie zur Faust ballen konnte. Die Zunge verweilte auf ihrer Hand, dann richtete sich der Joker auf und ließ die Zunge wieder im Mund verschwinden.

»Wir brauchen dich sowieso nicht«, zischte er. »Du riechsst nach diesem Aussssserirdischen, Tachyon.« Seine Augen verengten sich zu Schlitzen. »Warum hasst du ihm dasss Buch gegeben?«

Auf der Karte im Museum hatte offenbar die Wahrheit gestanden. Der Anzug hatte tatsächlich einmal Tachyon gehört, und dieser Joker hatte irgendwie Tachyons Witterung aufgenommen. Sie konnte seine Anschuldigung nicht abstreiten, wollte jedoch auch nicht sagen, dass sie die Bücher in der Wachsfigur versteckt hatte. Sie musste ihnen eine gute Geschichte auftischen, aber sie war keine besonders gute Lügnerin.

»Äh …«

»Sag esss mir.«

Die Finger des Jokers hatten dicke, scharfe Nägel. Er fuhr über die nackte Haut von Jennifers Brust, nicht so fest, dass Blut floss, aber fest genug, um rote Streifen zu hinterlassen.

»Äh …«

Der Baum hinter ihnen explodierte und überschüttete sie mit Blättern und Astsplittern. Die Druckwelle schleuderte Jennifer und die Männer, die sie festhielten, zu Boden. Einer ließ ihren Arm los, dem anderen rammte sie dreimal das Knie in den Leib. Sie war nicht sicher, ob sie Bauch oder Unterleib getroffen hatte, doch was es auch war, es war so empfindlich, dass er aufschrie und sie losließ. Sie rollte sich zur Seite und sah sich ebenso hektisch um wie ihre Häscher.

»Da!«

Einer von ihnen zeigte auf die andere Straßenseite. Ein Mann starrte sie an. Seine Züge waren unter einer Kapuze verborgen. Er war mittelgroß und ziemlich gut gebaut. Doch nichts an ihm sprang wirklich ins Auge bis auf den Bogen, den er hielt. Es war ein Hightechgerät mit merkwürdigen Krümmungen und Sehnen und Dingern daran, die aussahen wie kleine Flaschenzüge. Gelassen legte er einen weiteren Pfeil auf die Sehne, während Leute auf ihn aufmerksam wurden und anfingen zu rennen wie eine Schar aufgescheuchter Hühner.

Der Reptilien-Joker schien ihn zu erkennen. Er zischte hasserfüllt, als der Mann seinen Bogen anlegte, aber ein vorbeifahrender Bus versperrte ihm plötzlich die Sicht.

Kiens Männer verteilten sich, und Jennifer betrachtete dies als günstigen Zeitpunkt, um ebenfalls zu verschwinden. Sie rannte tiefer in den Park hinein und dankte dem Schicksal für die Einmischung des Mannes.

Wie passte er in diese Geschichte? Was konnte er wollen? Sie fragte sich, ob er der verrückte Bogenschütze war, von dem die Zeitungen in den vergangenen Monaten voll gewesen waren. Er musste es sein. New York war eine merkwürdige Stadt, aber sie bezweifelte, dass es zwei Leute geben konnte, die mit Pfeil und Bogen in der Gegend herumliefen und auf alles Mögliche schossen.

Und ihr wurde noch etwas anderes klar, als sie durch ein kleines Gehölz lief, auf einen spitzen Stein trat und schmerzhaft zusammenzuckte. Sie hatte den Mann schon mal gesehen. Obwohl er jetzt eine Kapuze trug, erkannte sie in ihm denjenigen, der sie auf der Stadiontribüne angesprochen hatte.

Warum verfolgte er sie? Was wollte *er* von ihr?

Neuntes Kapitel
14:00

Es war zwei Uhr, bevor Bagabond in der Lage war, zu Rosemarys Büro zurückzukehren. Straßen und U-Bahnen waren mit maskierten und zurechtgemachten Feiernden verstopft. Einmal hatte sie eine Alligatorschnauze in der Menge erspäht, aber bei genauerem Hinsehen hatte sie sich als Pappmachémaske erwiesen – nicht zu Jack gehörig. Es hatte sie tief beunruhigt. Bagabond hatte wegen des Virus immer Selbstmitleid empfunden. Jack und seine oft unkontrollierbaren Gestaltwandlungen hatten sie gelehrt, dass es schlimmere Schicksale gab, als Tod, Geburt und Schmerz jeder wilden Kreatur in der Stadt nachzuerleben.

Sie lehnte sich gegen die Mauer und dachte über das schreckliche Schicksal der Joker nach, die sich nie in die Anonymität flüchten konnten, weil sie zu grässliche oder lebensbedrohliche Deformierungen aufwiesen, um sie zu verbergen. Sie waren in der Isolation ihrer eigenen, verräterischen Körper gefangen. Bagabond erschauerte heftig, schloss kurz die Augen und tastete nach dem Schwarzen und der Gescheckten, ihren ältesten Begleitern. Sie waren in Sicherheit. Der Gedanke erwärmte sie.

Ein leichtes Zupfen alarmierte sie. Sie griff nach ihrer Kakihandtasche und sandte dem Mann, der ihr ihre Handtasche zu entreißen versuchte, eine Welle voller Hass und Bedrohung. Über ihre Reaktion verblüfft und von dem fremdartigen Gefühl in seinem Kopf desorientiert, zog sich der Handtaschendieb, der eine Tentakelmaske trug, in die Menge zurück.

Sie versuchte nur selten, ihre Fähigkeiten gegen Menschen einzusetzen, weil sie nie wusste, wie die Wirkung ausfiel, falls überhaupt eine eintrat. Bagabond, die sich in ihren hochhackigen Schuhen immer noch unwohl fühlte, stieß sich von der Mauer ab und tauchte in die wogende Masse der Leute ein, die zu Jetboys Grabmal vorbei am Justizgebäude unterwegs waren.

Als sie schließlich das Justizgebäude erreichte, war ein Großteil der Menge längst in Richtung Jokertown, Jetboys Grabmal und Chinatown abgebogen. Bagabond ging in die Abteilung des Bezirksstaatsanwalts. Sie fühlte sich in dem Kostüm längst nicht so sicher wie in ihren Lumpen, und es war schwieriger, mit selbstbewusst erhobenem Kopf zu gehen. In Rosemarys Etage fiel ihr auf, dass Paul Goldberg keinen Telefondienst mehr machte. Bagabond nickte dem neuen Mann hinter dem Empfang zu und ging zu Rosemarys Büro. In diesem Augenblick trat Goldberg aus einem angrenzenden Büro, den Arm voller Bücher, und stieß fast mit Bagabond zusammen.

»Jesus! Tut mir leid.« Goldberg versuchte, den Stapel Bücher auszubalancieren, was ihm auch mit allen bis auf das oberste gelang, das Bagabond auffing. »Danke«, sagte er. »Alles in Ordnung mit Ihnen?«

»Sicher. Ich nehme an, man hat Sie vom Telefondienst erlöst.« Bagabond legte das Buch bedächtig auf den Stapel direkt unter Goldbergs Kinn.

»Sie haben das Trauerspiel mitbekommen?« Goldberg grinste und sah dann verwirrt drein. »Ich kann mich nicht erinnern, Sie gesehen zu haben.«

»Sie waren abgelenkt. Ist Ms. Muldoon in ihrem Büro?« Bagabond deutete auf die entsprechende Tür.

»Wenn Sie glauben, dass der Morgen ablenkend war, werden Sie den Nachmittag lieben. Hier ist die Hölle los.« Er kippte den Bücherstapel eine Idee nach rechts. »Wenn Sie also Gelegenheit dazu haben, sagen Sie mir Auf Wiedersehen, bevor Sie gehen. Sie werden eine Insel geistiger Frische und Gesundheit für mich sein.«

»Wir werden sehen.« Sie streckte die Hand aus und rückte das oberste Buch gerade.

»Goldberg! Wo bleiben die gottverdammten Bücher mit den Präzedenzfällen?« Die raue, körperlose Stimme klang entschieden ungehalten.

»Man darf Mrs. Chavez *nie* warten lassen.« Er klemmte das oberste Buch unter dem Kinn ein und trottete den Flur entlang. »Bis später, hoffe ich.«

Bagabond schaute ihm nach. Als sie sich wieder umdrehte, sah sie Rosemary lächelnd in der Tür stehen.

»Mitten in einer Eroberung, Ms. Melotti?« Rosemary winkte Bagabond in ihr Büro.

Bagabond schüttelte den Kopf und merkte zu ihrer Verärgerung, dass sie errötete.

»Aha. Wozu die Aufmachung?« Rosemary schloss die Tür. »Setz dich doch.«

»Geschäfte.« Bagabond setzte sich und streifte ihre Schuhe mit einem unüberhörbaren Seufzer ab.

»Heißt das so viel wie: ›Ich will es eigentlich gar nicht wissen‹?« Als Antwort bekam Rosemary nur einen nichtssagenden Blick. Sie fuhr fort: »Der Schlachter ist tot. ›Autounfall.‹ Ich kann nicht gerade behaupten, dass ich übermäßig bestürzt bin, aber ich glaube einfach nicht an die Unfalltheorie. Weißt du irgendwas darüber? Der Vorfall hat sich im Central Park ereignet, und zwar kurz nach zwölf.« Rosemary setzte sich auf die Kante ihres Schreibtisches, lehnte sich zurück und reckte den Nacken und das schmerzende Rückgrat. »Da ich der hiesige Experte für Familienangelegenheiten bin, stellt mir alle Welt Fragen deswegen. Ich habe gehofft, ein

Eichhörnchen oder eine der Katzen könnte vielleicht etwas gesehen haben ...«

»Tut mir leid. Ihr Gedächtnis ist viel zu kurz für ...« Bagabond keuchte und brach ab. »Jack!« Ihr Körper zuckte.

»Suzanne, was ist los? Soll ich einen Arzt rufen?« Rosemary nahm Bagabonds Hand, die ihr gleich darauf wieder entrissen wurde. Bagabond sah *das Ende ihres Mauls, einen hellen, flammenden Blitz. Eine Hand, die ein Päckchen mit kleinen Büchern hielt, die in durchsichtige Plastikfolie gewickelt waren, eine andere Hand, die mit der Pistole wedelte. Noch einen Blitz ...*

Für Fortunato sah sie immer noch wie sechzehn aus, obwohl sie offensichtlich alt genug war, um Drinks zu servieren. Sie trug Jeans, Turnschuhe und ein T-Shirt unter ihrer Schürze, und ihr rotbraunes Haar war auf dem Kopf zu einem wüsten Durcheinander zusammengesteckt. Sie hatte eine Reihe Teller auf einem Arm und einen fetten Touristen am anderen. Der Tourist schrie sie wegen irgendwas an, und sie fing an zu schwitzen.

Es war ein Ereignis, wenn sie schwitzte. Die Luftfeuchtigkeit in ihrer Umgebung kondensierte zu Wassertröpfchen. Der fette Tourist sah auf und versuchte sich zu erklären, wie es drinnen regnen konnte.

»Jane«, sagte Fortunato leise.

Sie fuhr herum, die Augen geweitet wie die einer Gazelle. »Du!«, sagte sie, und die Teller schepperten zu Boden.

»Entspann dich. Um Gottes willen.«

Sie strich sich das Haar aus der Stirn. »Du würdest nicht glauben, was ich für einen Tag hatte.«

»Doch«, sagte Fortunato, »würde ich. Und jetzt stell keine Fragen, sondern komm einfach mit. Sofort. Vergiss deine Handtasche und deinen Pullover oder was auch immer.«

Offensichtlich gefiel ihr die Vorstellung nicht. Sie musterte ihn ein paar Sekunden lang. Irgendetwas musste sie gesehen haben, vielleicht die Dringlichkeit in seinen Augen. »Äh … okay. Aber ich hoffe, es ist wichtig. Wenn das irgendein Witz ist, werde ich garantiert nicht darüber lachen.«

»Es geht um Leben und Tod. Buchstäblich.«

Sie nickte und knüllte ihre Schürze zu einer Kugel zusammen. »Also gut.« Sie warf die Schürze auf die zerbrochenen Teller. »Dieser Job war sowieso nicht so berauschend.«

Der fette Tourist stand auf. »Hey, was ist hier eigentlich los, zum Teufel? Bist du ihr Zuhälter oder was?«

Fortunato bekam keine Möglichkeit, darauf zu reagieren. Das Mädchen warf dem fetten Mann einen hasserfüllten Blick zu, und der leichte Nieselregen, der auf ihn herabfiel, verwandelte sich in einen fünf Sekunden langen Wolkenbruch, der ihn bis auf die Haut durchnässte.

»Lass uns von hier verschwinden«, sagte Wasserlilie.

♥

»Du lieber Gott, wie oft ist schon bei dir eingebrochen worden?«, rief sie aus, während sie das untadelige Wohnzimmer mit dem weißen Plüschteppich, den kastanienfarbenen Rollläden, dem weißen Piano und dem kastanienfarbenen Sofa begutachtete.

»Zu oft. Ich wünschte, die Menschen wären so vernünftig, Drogen zu legalisieren. Dadurch würde das Leben für viele unendlich leichter.«

»Ein paar von uns *Menschen* wünschen das auch. Es wäre eine prima Einnahmequelle für den Staat«, antwortete sie, indem sie zu einem kunstvollen Bouquet mit Gardenien und Orchideen ging, das auf dem gläsernen Kaffeetisch stand. Die Klimaanlage lief auf Hochtouren und blies kalte Luft in das Zimmer, bis es fast ein wenig ungemütlich wurde.

Die Gardenien atmeten ihren Wohlgeruch in das Zimmer, der sich mit dem Kaffeeduft, der noch vom Morgen in der Luft hing, und dem Geruch nach Räucherwerk mischte. Der Rest des Tisches war bis auf einen großen Fotoband leer. *Mädchen und Pferde* von Robert Vavra. Roulette legte das Buch auf ihren Schoß und blätterte es durch.

»Und welche gefallen dir besser? Die Mädchen oder die Pferde?«

»Was glaubst du?«, erwiderte Tachyon mit einem schelmischen Lächeln. Er ging die Nachrichten auf seinem Anrufbeantworter durch, von denen die meisten von Frauen zu stammen schienen. Die letzte Nachricht endete, und er stellte das Gerät ab und stöpselte das Telefon aus. »Damit wir wenigstens ein paar Stunden ungestört sind.« Sie war nicht in der Lage, dem Hunger in seinem Blick zu begegnen, und betrachtete wieder das Buch.

»Möchtest du etwas trinken?«

»Nein, danke.«

Spannung erfüllte den Raum, bildete fast greifbare Linien zwischen ihnen. Innerlich aufgewühlt, stand Roulette auf und wanderte durch das Zimmer. An zwei Wänden standen deckenhohe Bücherregale mit Werken in mehreren Sprachen, und in einem Erker, der von zwei Fenstern flankiert wurde, befand sich etwas, das sich nur als Altar beschreiben ließ. Auf einem niedrigen Tisch mit einer bestickten grauen Decke standen ein einfaches, aber in seiner Schlichtheit wunderschönes Blumenarrangement, eine Kerze mit einem kleinen Messer daneben und ein winziger Hopi-Blumentopf mit einem langen, dünnen Räucherstäbchen darin.

»Ist das wirklich ...«

»Zur Andacht?«, sagte er, indem er sich in der kleinen Kochnische umdrehte, wo er sich gerade einen Drink eingoss. »Ja. Das sind diese Ahnengeschichten, von denen ich dir erzählt habe.«

Das rief eine Vielzahl bestürzender Erinnerungen wach: Wie sie zu Hause im Chor in ihrer Methodistenkirche sang und ihre Mutter mit den Engeln für das Weihnachtsspiel probte, wobei ihr Kopf energisch im Rhythmus hin und her schwankte, während sie die Melodie auf ihrem alten Klavier spielte und die Stimmen der Kinder das Haus erfüllten. Wie sie die Hölle-und-Verdammnis-Predigt eines durchreisenden Missionars geängstigt und sie sich Schutz suchend an ihren Vater geklammert hatte.

Sie ging zum Klavier und setzte sich auf die gepolsterte Bank. Auf dem Piano lag eine Violine, deren makellose Rundungen das Licht reflektierten. Und zum ersten Mal sah sie so etwas wie Unordnung in diesem ansonsten so perfekten Zimmer. Ein Durcheinander aus Notenblättern lag auf dem Notenständer. Roulette runzelte die Stirn und beugte sich vor, um die Noten auf einem der handbeschriebenen Blätter zu betrachten. Die Noten schienen sich an vertrauten Stellen zu befinden, aber hinter den Notenschlüsseln standen merkwürdige Zeichen. Sie hob den Klavierdeckel an und spielte die Noten vom Blatt.

Sie bemerkte sofort, wie Tachyon hinter sie trat, denn das magnetische Kribbeln verstärkte sich, und sein feiner Duft legte sich über sie. Als er zu klatschen versuchte, klirrte Eis in seinem Glas.

»Bravo, du bist sehr gut.«

»Das sollte ich auch sein, schließlich ist meine Mutter Musiklehrerin.«

»Wo?«

»An einer Schule in Philadelphia.«

Eine kurze Pause trat ein, dann fügte der Takisier hinzu: »Was sagst du dazu?«

»Klingt sehr nach Mozart.«

Eine Falte erschien zwischen Tachyons hochgezogenen Augenbrauen, und er schloss die Augen. »Welch ein Schlag.«

»Wie bitte?«

»Kein Künstler mag es, wenn man ihm sagt, dass seine Werke abgeleitet sind.«

»Oh, es tut mir leid …«

Er hob eine Hand und grinste. »Auch dann nicht, wenn er weiß, dass es stimmt.«

Sie drehte sich wieder um, tauschte die Notenblätter aus und fuhr mit der zweiten Seite fort. »Abgeleitet oder nicht, es ist schön.«

»Vielen Dank. Es freut mich, dass dir meine Arbeit gefällt, aber lass uns etwas von einem wahren Meister spielen. Ich finde nur selten jemanden, mit dem ich« – er hielt inne und warf ihr einen übermütigen Blick zu – »*spielen* kann.« Er blätterte rasch den Notenstapel durch und zog Beethovens Sonate für Violine und Klavier in F-Dur, die Frühlingssonate, heraus.

Sie sah ihm zu, fasziniert von der Art, wie seine kleinen, eleganten Hände das lackierte Holz der Violine streichelten und dabei sanft über eine Saite glitten und einen vibrierenden Ton entlockten. »Was spielst du lieber?«, fragte sie, indem sie auf das Klavier und die Violine deutete.

»Das kann ich nicht sagen, weil ich für die Violine voreingenommen bin.« Er strich wieder über das Holz. »Weil sie mich viele Jahre davor bewahrt hat, ganz in die Gosse abzurutschen.«

»Pardon?«

»Eine alte Geschichte. Wollen wir die Violine stimmen?«

Das A des Pianos hing bebend im Raum, gefolgt von einem fließenden Violinton.

»Lieber Gott, was ist das? Eine Stradivari?«

»Ich wünschte, es wäre eine. Nein, es ist eine Nagyvary.«

»Ach, ist das nicht dieser Chemiker aus Texas, der glaubt, er hätte das Geheimnis der Cremona-Schule enträtselt?«

Er ließ die Violine sinken und lächelte ihr zu. »Welch ein

Genuss deine Gegenwart ist. Gibt es nichts, womit du dich nicht auskennst?«

»Ich würde sagen, Tausende von Dingen«, erwiderte sie trocken.

Seine Lippen pressten sich gegen ihren Mundwinkel und glitten über ihren Hals, wobei sein Atem warm und sanft über ihre Haut strich.

»Wollen wir spielen?« Sie registrierte verlegen die Ergriffenheit in ihrer Stimme.

Sie begannen in perfektem Einklang. Die Violine spielte die erste getragene Note und ging dann zu eleganter Ornamentation über. Sie wiederholte das Motiv. Die Zeit blieb stehen, und die Realität wich in den Hintergrund. Zwanzig Minuten perfekter Harmonie und anmutigen Genies. Zwanzig Minuten ohne Worte, Gedanken und Sorgen. Ein perfekter Augenblick. Tachyon stand verzückt da, die Augen geschlossen, wobei die Wimpern über seine hohen Wangenknochen strichen. Sein schmales, von metallisch roten Haaren eingerahmtes Gesicht spiegelte reine Freude wider.

Roulette legte die Hände in den Schoß und starrte auf die Noten, während Tachyon die Violine ebenfalls schweigend in den Geigenkasten legte. Augenblicke später berührten seine Hände ihre Schultern und blieben dann wie nervöse Vögel auf ihnen liegen, als hätte er Angst, sie dort zu lassen.

»Roulette, ich empfinde etwas in deiner Gegenwart ... nun, etwas, das ich seit sehr, sehr vielen Jahren nicht mehr empfunden habe. Ich bin sehr froh, dass du heute über die Henry Street gegangen bist. Vielleicht gab es sogar einen Grund dafür.«

Sie bemerkte mit distanziertem Interesse, wie sich ihre Finger umeinander krampften und die Knöchel weiß wurden. »Du suchst schon wieder nach Bedeutung.«

»Ich dachte, du hättest mich nur davor gewarnt, Trost zu suchen.«

»Nun, du kannst Bedeutung hinzufügen.« Sie hob eine Ecke des betäubenden Lakens, mit dem sie ihre Gefühle abgedeckt hatte, und fand Panik, die in ihr aufwallte. Sie horchte in ihre Seele hinein und fand eine blutende Wunde. *Angst, Hass, Schuldgefühl, Bedauern, Hoffnungslosigkeit.*

Sie gab ihm die Schuld.

»Lass uns ins Bett gehen.« Sie erschrak über die Flachheit der Worte, hinter der sich so viel Angst und Schmerz verbarg.

♦

Unter der Erde konnte er die Stadt rascher durchqueren. Jack ging die Stufen der U-Bahn-Station West 4th Street hinunter. Eine Treppe, zwei Treppen, drei. Abgesehen von den Wartungsmannschaften gingen nur wenige Leute ins vierte Untergeschoss hinab. Er ging durch eine anonyme Stahltür und betrat einen in ost-westlicher Richtung verlaufenden Wartungstunnel. Die vergitterten Sicherheitslampen verbreiteten einen spröden gelben Schein, der Inseln des Lichts in dem Tunnel schuf. Jacks Schuhe wirbelten Staub auf.

Es war erfrischend, ausschreiten zu können, ohne dass ihm unzählige langsamere Fußgänger in die Quere kamen. Jack warf einen Blick auf seine Uhr und sah dann ungläubig noch mal genauer hin. Es war erst kurz nach zwei. Ihm kam es vor, als durchsuche er die Stadt bereits seit Tagen. Offenbar hatte er sein Zeitgefühl völlig verloren. Er fragte sich, ob er jetzt womöglich seine Zeit verschwendete. Vielleicht sollte er Rosemary anrufen, sich mit Bagabond absprechen, die Polizei verständigen, *irgendwas* tun ... Anstatt nachzudenken, hätte er aufpassen sollen.

Als er um eine Kurve in dem Gang bog und dabei mit je-

mandem zusammenstieß, der ihm in vollem Lauf entgegen-
kam, hatte er zuerst nur den flüchtigen Eindruck von einer
dunklen Gestalt. Er sah ein großes Auge mitten auf der Stirn
des anderen, ein Monokel, das im trüben Licht funkelte ...

»Hurensohn!«, sagte der andere, indem er die Hand gegen Jack erhob. Rote Flammen brachen aus einer Faust hervor, ein donnernder Knall hallte in Jacks Ohren, und er hörte
etwas an seinem Kopf vorbeizischen und gegen die Beton-
wand des Tunnels prallen. Zementsplitter zerkratzten ihm
das Gesicht. Noch verspürte er keine Schmerzen.

»Hey!«, brüllte Jack. Er ließ sich auf den Tunnelboden fallen, und die Epinephrine übernahmen. Jetzt lief alles rein instinktiv ab. Die aufgestaute Spannung des langen Tages, die
Frustration seiner Suche, sein Verlangen, etwas zu *töten*, all
das verband sich zu einer kritischen Masse. Außerdem war
er hungrig. Sehr hungrig.

»Bastard. Komm mir nicht zu nah! Du bist ein toter
Mann!« Die dunkle Gestalt richtete die Pistole auf ihn. Ein
weiterer Schuss. Jack sah Funken sprühen, als die Kugel eine
Stahlstrebe traf.

»Was machst du, zum Teufel?«, rief Jack. »Aaaaahhh!«,
sagte sein Reptilienverstand, als er mit willkommenen Hor-
monen überflutet wurde. Jack spürte, wie sich sein Körper
verlängerte und sein rudimentärer Schwanz anschwoll. Kleidung zerriss, und vor seinen Augen nahm sein Maul Gestalt
an. Die Zahnreihen wuchsen in Gedankenschnelle.

Seine Krallen tasteten auf dem gestampften Erdboden
nach Halt. Er zischte voller Vorfreude.

Hunger, dachte er. Er empfand auch Wut. Aber in erster
Linie Hunger.

Der Mann mit der Pistole wich in die Krümmung der
Kurve zurück. Er hielt etwas Glänzendes in der anderen
Hand und starrte den Alligator ungläubig an. »Verschwinde,
verdammt noch mal!«

Mit klaffendem Maul schoss der Alligator vorwärts. Ein donnernder Knall hallte durch den Tunnel, als die Pistole aufblitzte, und eine Kugel kratzte den Panzer der Echse an einer Vorderpfote. Die klaffenden Kiefer schlossen sich mit unglaublicher Gewalt, während der Mann schrie und in einem hoffnungslosen Versuch, die Bestie abzuwehren, die Hände ausstreckte. Die Pistole flog in die Dunkelheit. Das plastikumwickelte Päckchen verschwand im Maul des Alligators, zusammen mit der Hand, die es hielt. Und zusammen mit einem Teil des Arms, der Schulter und dem Kopf des Mannes. Die blubbernden Schreie verstummten binnen Sekunden.

Glas splitterte, als das Monokel davonflog und gegen die Tunnelwand prallte.

Der Alligator ließ von den Überresten der Leiche ab. Er kaute nicht. Die Nahrung wanderte seinen Schlund hinab, wo sich mächtige Enzyme darum kümmern und seinen Hunger stillen würden. Er riss erneut das Maul auf, um herausfordernd zu brüllen.

Nichts und niemand antwortete ihm. Der Alligator schwang den Kopf von einer Seite des Gangs zur anderen. Auf einer sehr tiefen Ebene erinnerte er sich, dass Nahrung an diesem Tag nicht seine einzige Sorge war.

Er setzte sich in Bewegung. Da war irgendetwas, das er *tun* musste.

♠

»Ein Taxi?«, fragte Wasserlilie. »Ich dachte, wir wären in Eile.«

»Ein Taxi reicht«, sagte Fortunato. »Wir wollen den Leuten kein Schauspiel bieten. Nicht heute.«

Das Taxi hielt an, und sie stiegen ein. »Empire State Building«, sagte Fortunato zum Fahrer. Er ließ sich in den Sitz zurücksinken. »Wir brauchen uns nicht selbst zu Zielscheiben zu machen.«

»Es ist der Astronom, nicht wahr?«

»Er hat gerade Kid Dinosaur umgebracht. Hat ihn förmlich in Stücke gerissen. Demise hätte er auch getötet, aber der war zäher, als man meinen sollte. Wahrscheinlich hast du von der Sache mit dem Howler bereits gehört. Also …«

Mitten im Satz brach er ab. Jane hatte irgendwo in der Mitte aufgehört zuzuhören. »Kid Dinosaur?«, fragte sie.

Fortunato nickte.

»Jesus.« Sie starrte geradeaus. Wasser – keine Tränen – bildete sich auf ihren Wangen. Fortunato konnte nicht sagen, ob sie zu weinen anfangen oder die Sitze des Taxis zerfetzen würde. Schließlich sagte sie: »Also schön.« Die Worte wurden mit dünner, erstickter Stimme vorgebracht. Sie versuchte es noch mal. »Also schön. Du kannst auf mich zählen. Wo fangen wir an?«

Es klappt nicht, dachte Fortunato. Sie ist nicht so schwach und hilflos, wie ich gedacht habe. Dafür ist sie mittlerweile zu zäh. Was macht man mit ihnen, wenn sie keinen Schutz wollen?

»Äh«, sagte er. »Wie wär's mit einem Job als Leibwächter?«

»Was, ist das dein Ernst? Wen soll ich schützen?«

»Ich dachte an Hiram Worchester.«

»Ach? Diesen fetten Burschen?«

»Er hat die Münzen des Astronomen identifiziert. Er könnte ebenfalls in Gefahr sein.«

»Aha, na schön«, sagte sie. »Einstweilen.«

♣

In einem Etablissement, das so einzigartig und gefeiert war wie das *Aces High*, gab es natürlich auch hin und wieder

Schwierigkeiten, und Hiram hatte sich schon vor langer Zeit mit der unumgänglichen Notwendigkeit von Sicherheitsvorkehrungen abgefunden, aber er bestand darauf, dass sie diskret waren. Peter Chous Männer (und Frauen) waren schnell, wirkungsvoll, hochtalentiert und höchst unaufdringlich. Niemand war besser, wenn es um Fälle von Trunkenheit, Zechprellerei und Überfälle ging. Aber der Astronom überstieg ihre Fähigkeiten bei Weitem.

Modular Man war etwa so unaufdringlich wie ein Joker in Idaho. Der Android war recht gut aussehend und erinnerte an ein männliches Model, obwohl seinem Kopf charakteristische Züge und Haare fehlten. Er trug eine Kappe, um die in seinen Kopf eingebaute Radarkuppel zu verbergen. Zwei Granatwerfer mit drehbaren Gelenken waren in das synthetische Fleisch seiner Schultern integriert.

Die Schultermodule ließen sich problemlos auswechseln, und normalerweise bestand Hiram darauf, dass Modular Man seine Bewaffnung an der Garderobe abgab. Doch heute war kein normaler Tag. Nachdem der Android auf dem Balkon gelandet und in Hirams Büro geführt worden war, fragte Hiram ihn ohne Umschweife, mit welchen Waffen er bestückt war.

»Das linke Modul schießt Tränengasgranaten ab, das rechte ist mit Rauchbomben gefüllt«, sagte Mod Man. »Natürlich beeinträchtigt der Rauch mein Radar nicht im Geringsten, blendet aber jeden potenziellen Gegner. Das Tränengas …«

»Ich weiß, was Tränengas bewirkt«, sagte Hiram kurz angebunden. »Dein Schöpfer nimmt an, dass der Astronom atmen muss. Wir können nur hoffen, dass er sich nicht irrt.«

»Ich sollte den Granatwerfer gegen eine 20-mm-Kanone mit panzerbrechender Munition austauschen«, sagte Modular Man fröhlich.

Hiram stieß einen erstickten Laut aus. »Wenn du auch nur

daran *denkst,* in meinem Restaurant mit einer Kanone zu schießen, wirst du hier nie wieder einen Fuß hineinsetzen.«

»Eigentlich handelt es sich eher um ein großes Maschinengewehr.«

»Trotzdem.« Hiram ließ sich nicht umstimmen.

»Soll ich in der Umgebung patrouillieren?«

»Du sollst dich dort ans Ende der Bar setzen und nicht im Weg stehen«, sagte Hiram zu ihm. »Wir haben noch eine Menge zu tun. Die ersten Gäste werden gegen sieben zum Cocktail eintreffen. Wenn irgendwas passiert, dann vermutlich früher.«

Er begleitete den Androiden zur Bar und ließ ihn dort in Gesellschaft einer Flasche Single Malt Scotch zurück. Auf dem Rückweg in sein Büro sprach Curtis ihn an. »Der Hummer war das Einzige, was sie zerstört haben«, berichtete er. »Einige von Gills' Angestellten räumen den Schaden auf. Diejenigen, die nicht Hals über Kopf geflohen sind. Gills wurde in die Jokertown-Klinik eingeliefert.«

»Finden Sie heraus, wer den Laden im Moment leitet, und sagen Sie ihm, dass ich Thunfisch haben will«, sagte Hiram. »Alles, was er hat. Wir machen heute geschwärzten Thunfisch anstatt Hummer.«

»Paul wird nicht besonders erfreut sein«, sagte Curtis.

Hiram blieb vor seiner Bürotür stehen. »Lass ihn nur schreien. Dann soll er kochen. Wenn er sich weigert, tue ich es selbst. Ich bin nicht ganz unvertraut mit der Cajun-Cuisine.« Er hielt nachdenklich inne. »Alligator hat einen interessanten Geschmack. Glauben Sie, Gills könnte … nein, das wäre zu viel verlangt. Ach ja, bieten Sie einen Spitzenpreis für den Thunfisch. Wenn ich mich heute Morgen nicht eingemischt hätte, wäre das alles nicht passiert.«

»Sie sollten sich nicht die Schuld dafür geben«, sagte Curtis.

»Warum nicht?« Hiram schnaubte. »Ich weiß noch, als ich

damals im Jahre 1971 untersucht wurde. Nachdem Tachyon mir versichert hatte, dass ich nicht sterben würde, sondern stattdessen mit außerordentlichen Kräften gesegnet sei, kam ich zu dem Schluss, dass ich diese Kräfte für das Wohl der Allgemeinheit einzusetzen hätte. Absurd, ich weiß, aber das war der Geist der Zeit. Ich sage Ihnen, Curtis, Heldentum ist eine lächerliche Grundlage für die Berufswahl, obwohl nicht halb so lächerlich, wie ich in meinem Kostüm aussah.« Nachdenklich hielt er inne und schnippte eine Fussel von seiner Weste. »Es war maßgeschneidert«, sagte er, »aber trotzdem lächerlich. Jedenfalls war mein Körperbau ziemlich charakteristisch, ob maskiert oder nicht, und mein misslungenes Experiment des halbprofessionellen Abenteurertums endete abrupt, als ein Klatschkolumnist meine Identität enthüllte. Ich bin kein bescheidener Mann, Curtis, aber mein Fachgebiet ist nun mal das Essen. Gills wäre jetzt besser dran, wenn ich das heute Morgen nicht vergessen hätte.« Er wandte sich ab, bevor Curtis antworten konnte, und schloss die Bürotür hinter sich.

Auf dem Schreibtisch wartete sein Mittagessen: drei dick geschnittene, mit Zwiebeln und Basilikum gegrillte Schweinekoteletts, eine Portion Nudelsalat, gedünsteter Broccoli, mit Käse gratiniert, und ein Stück des berühmten Käsekuchens des *Aces High*. Hiram setzte sich und betrachtete es.

Neben seinem unberührten Teller lag eine Zeitung. Die *Daily News* hatte bereits ein Extrablatt veröffentlicht, und Anthony hatte ihm ein Exemplar zusammen mit seinem Smoking gebracht. Das Bild, das fast die gesamte Titelseite einnahm, war von irgendeinem Amateurfotografen an Jetboys Grabmal aufgenommen worden. Hiram nahm an, dass es ein großartiges Bild für eine Zeitung war, aber er konnte es kaum ansehen.

Er stellte fest, dass er den Blick von Kid Dinosaurs verstümmeltem Körper abwandte und stattdessen die Gesichter im Hintergrund betrachtete. Ihre Gefühle waren offensichtlich: Entsetzen, Hysterie, Angst, Schreck. Einige schienen ganz einfach nur bestürzt zu sein, andere gafften mit unpassender Faszination. In der rechten unteren Ecke stand eine hübsche Blondine, die nicht älter als achtzehn sein konnte, und lachte, zweifellos über einen Witz des Jungen, an dessen Arm sie sich festhielt, weil sie auf die entsetzlichen, nur ein paar Meter entfernt stattfindenden Vorgänge noch nicht aufmerksam geworden war. Wie hatte sie sich wohl gefühlt, als sie sich umgeschaut hatte, immer noch ein Lachen auf den Lippen? Wie musste sie sich erst fühlen, wenn sie dieses Bild sah, auf dem ihr Lachen für alle Ewigkeit eingefroren war?

Sein Mittagessen wurde kalt, aber Hiram hatte keinen Appetit. Kid Dinosaur war eine ständige Plage für den Besitzer des *Aces High* gewesen. Er erinnerte sich an einen warmen Sommerabend, als ein Pteranodon durch die offenen Terrassentüren geflogen war und die Gäste zu Tode erschreckt hatte. Drinks waren verschüttet, Teller fallen gelassen und der Dessertwagen umgekippt worden, und obendrein war ein halbes Dutzend indignierter Gäste gegangen, ohne die Rechnung zu bezahlen. Hiram hatte dem Vorfall ein Ende bereitet, indem er den Flugsaurier zu schwer gemacht hatte, um sich noch in der Luft halten zu können, und ihn dann mit deutlichen Worten zurechtwies. Den Berichten zufolge war der Junge fast eine Woche lang ziemlich eingeschüchtert gewesen.

Als das Telefon klingelte, hob Hiram rasch ab. »Was gibt es?«, wollte er brüsk wissen. Er war nicht in Gesprächslaune.

»Ich bin's, Hiram«, sagte Jay Ackroyd.

Hiram hatte den Detektiv fast vergessen. »Wo sind Sie?«, wollte er wissen.

»Im Moment bin ich in einer öffentlichen Telefonzelle vor der Männertoilette im *Crystal Palace* und werde von einem Joker angestarrt, der wie eine Kreuzung zwischen einem

Duschkopf und einem Säbelzahntiger aussieht. Ich glaube, er will auch telefonieren, also komme ich gleich zur Sache. Chrysalis weiß etwas.«

»Chrysalis weiß viele Dinge«, sagte Hiram.

»Im Ernst«, erwiderte Ackroyd. »Ihr Freund Keule arbeitet nicht unabhängig. Er und seine Truppe sind Teil einer größeren Sache, einer viel größeren. Chrysalis weiß Bescheid, aber der Preis, den sie für die Information verlangt, übersteigt mein Budget um einiges. Aber vielleicht nicht Ihres. Ich bringe sie heute Abend mit, dann können Sie selbst mit ihr reden.«

»Sie bringen sie *hierher*?«, sagte Hiram. »Jay, sie ist ein Joker, kein Ass.«

»Ich bin ein Ass«, erinnerte ihn Ackroyd, »und sie ist meine Begleitung. Keine Sorge, sie hat mir versprochen, ihre Brüste zu bedecken, obwohl es eine Schande ist. Sie hat echt schöne Brüste, auch wenn sie unsichtbar sind. Tun Sie einfach so, als würden Sie ihr die Britin abnehmen, dann werden Sie prima mit ihr auskommen.«

»Schön«, sagte Hiram. »Während Sie gesellschaftliche Verabredungen getroffen und Chrysalis' Brüste betrachtet haben, hat Keule Gills ins Krankenhaus gebracht und meine Hummer verbrannt.«

»Ich weiß.«

Hiram war verblüfft. »Woher sollten Sie das wissen?«

»Ich war in der Fulton Street, bevor ich zu Chrysalis ging. Ich dachte mir, vielleicht könnte ich Gills mit ein paar Zaubertricks ködern, ihm eine Münze aus den Kiemen fischen und sehen, ob er mir etwas sagt. Ich bin sofort misstrauisch geworden, als ich in der Gasse einen Lastwagen brennen sah. Dieser Zwei-Meter-Bursche ging gerade raus, als ich reinkam. Er sah dem Burschen ziemlich ähnlich, der hier darauf wartet, dass er endlich telefonieren kann, nur dass er viel hässlicher war. Ich habe ihn ins Gefängnis geschickt.«

»Gott«, rief Hiram. »Jay, das ist die erste gute Nachricht des Tages. Vielen Dank, das war gute Arbeit. Dafür haben Sie sich einen Monat kostenloses Essen verdient.«

»Einschließlich Cocktails, hoffe ich. Aber die Sache ist noch nicht erledigt. Im Moment ist Keule zwar hinter Gittern, aber früher oder später wird ihn jemand krakeelen hören, und dann zählen sie die Köpfe und lassen ihn frei, wenn wir ihm bis dahin nichts angehängt haben. Können Sie hingehen und ihn belasten?«

Hiram saß plötzlich in einer schrecklichen Zwickmühle.

»Ich … Jay, ich würde ja gern, aber im Moment kann ich unmöglich das Restaurant verlassen.«

»Probleme mit der *Pâté de foie gras?*«

»Fortunato bringt ein paar Leute vorbei. Ich muss … äh … hierbleiben. Außerdem habe ich Keule noch nie gesehen. Gills ist derjenige, der überfallen wurde. Soll er Anzeige erstatten.«

»Er hat schreckliche Angst, Hiram.«

»Wenn Keule hinter Schloss und Riegel sitzt, braucht er keine Angst mehr zu haben. Sagen Sie ihm das. Er kann sie nicht einfach so davonkommen lassen.«

Ackroyd seufzte. »Also schön. Ich rede mit ihm. Teufel. An solchen Tagen wünschte ich, ich könnte mich selbst versetzen. Haben Sie eine Vorstellung davon, wie der Verkehr dort draußen ist?«

♥

Spector starrte über den Hudson River nach Jersey. Er war in Teaneck aufgewachsen. Solange er zurückdenken konnte, hatte er die New Yorker gehasst. Für ihre verächtlichen Bemerkungen und ihren unendlichen Vorrat an Jersey-Witzen. Sie hielten sich tatsächlich für was Besseres, nur weil sie ein paar Meilen von Jersey entfernt lebten. Jeder New Yorker, den er umbrachte, war eine kleine Rache für die Art, wie sie ihn immer behandelt hatten.

Mittlerweile wusste der Astronom, dass er noch am Leben war. Wahrscheinlich war der alte Mann zu beschäftigt, um selbst fernzusehen, aber er hatte einen Haufen Handlanger, die ihm die Information flüstern würden. Spector konnte nur hoffen, dass die anderen Asse auf der Liste wichtiger waren als er. Teufel, es bestand sogar die Möglichkeit, dass es den Astronom dabei erwischte. Sie hatten ihm schon mal derb in den Arsch getreten. Wenn es Spector gelang, sich aus allem herauszuhalten, las er morgen in der *Times* vielleicht die Nachrufe auf die anderen.

Der West Side Highway lag hinter ihm, verstopft mit Fahrzeugen. In den Docks wurde gearbeitet. Die Hafenarbeiter mussten essen. Sie konnten sich den verdammten Tag nicht freinehmen und gaffen.

Spector drehte sich wieder in Richtung Manhattan. Der Windhaven Tower lag direkt gegenüber vom Highway. Die Wohnungen darin waren exklusiv und teuer. Die Bauweise erinnerte an eine Science-Fiction-Geschichte aus den Dreißigern und schloss eine bis zum Dach hin offene Lobby ein. Er folgte der ununterbrochenen silbernen Linie des Wolkenkratzers bis ganz nach oben und blinzelte. Dort oben war etwas. Jemand.

Ein Mann an einem Drachen sprang vom Dach, zwanzig Stockwerke über dem Boden. Ein paar Sekunden lang fiel er, dann ging er in einen stabilen Gleitflug über und segelte in Richtung Fluss.

»Die Bullen stecken dich in den Knast, wenn sie dich erwischen, Kumpel.« Spector hasste die Höhe, und ihn schauderte, als er sich vorstellte, von einem Wolkenkratzer zu springen, mit oder ohne Flügel. Er wandte sich wieder in Richtung Jersey.

Von der anderen Seite des Flusses schwebte etwas auf die

Stadt zu. Es flog mehrere Hundert Fuß hoch und bewegte sich schnell. Er erkannte den vertrauten Panzer. »Turtle. Also hat dich der Astronom noch nicht erwischt.«

Spector mochte Turtle in etwa genauso wie die anderen Asse, die an dem Überfall auf die Kreuzgänge beteiligt gewesen waren, mit anderen Worten überhaupt nicht. Er straffte sich, rieb sich über den Mund, fühlte sich plötzlich sehr verletzlich. Wenn der Astronom versuchte, Turtle jetzt umzulegen, wollte er nicht in der Nähe sein.

Turtle wurde langsamer und verhielt über dem Fluss. Ein paar Privatboote kreuzten in der Nähe und schaukelten in der leichten Brise, doch keines der Boote schien in Schwierigkeiten zu sein. Turtle bebte ein wenig. Der Drache legte sich in eine Kurve und flog direkt auf ihn zu. Spector wollte fliehen, aber die Neugier hielt ihn fest. Der Drache flog Turtle schnell und direkt entgegen. Er war weniger als dreißig Meter entfernt. Ein Geräusch ertönte, als würde Glas geschnitten, dann gab es einen lauten Knall. Der Drache legte sich in eine Kurve und entfernte sich wieder. Spector erkannte das Geräusch und wusste, dass Turtle in Schwierigkeiten war. Eines der letzten Asse, das der Astronom eingewickelt hatte, war ein puerto-ricanischer Junge, den er Imp nannte. Er konnte einen elektromagnetischen Impuls erzeugen, der alle Elektrizität im Umkreis von etwa fünfzig Metern neutralisierte. Die Kameras und die andere Ausrüstung in Turtles Panzer waren jetzt praktisch Schrott.

Imp manövrierte seinen Drachen wieder über Turtle. Der Wind verlangsamte ihn und ließ ihn steigen. Hafenarbeiter stellten ihre Kisten ab und betrachteten das Schauspiel über dem Fluss. Augenblicke später ging die orangefarbene Sonne einer Explosion über dem Panzer auf. Napalm. Der Knall hallte über das Wasser. Als die Flammen erloschen, konnte Spector erkennen, dass der Panzer stellenweise brannte. Turtle bebte jetzt noch mehr als zuvor und stürzte dem Fluss entgegen. Ein lautes Klatschen ertönte, dann ein Zischen, als der Panzer auf der Wasseroberfläche aufschlug. Eines der Boote in der Nähe hielt auf Turtle zu. Der Panzer schwamm einen Augenblick, um dann rasch zu versinken, als befänden sich Flaschenzüge auf dem Grund des Flusses, die ihn in die Tiefe zogen. Von Turtle war nur noch ein wenig Dampf über dem Wasser übrig.

»Jesus. Wer hätte gedacht, dass es so leicht sein würde.« Spector spürte, wie sich seine Gesichtshaut straffte. Er vermutete, dass sich der Astronom Turtles Abgang ebenso angesehen hatte wie er selbst. Die anderen Asse würden keine große Hilfe sein. Der Astronom schaltete sie eines nach dem anderen aus. Sie hatten ihn zuvor nur besiegt, weil sie organisiert aufgetreten waren und den alten Mann überraschen konnten. Heute lief es genau andersherum. Spector hörte sich näherndes Sirenengeheul. Er drehte sich um und floh.

♦

»Wir haben es im Fernsehen gesehen«, sagte Hiram zu Fortunato. »Zuerst der Howler, dann Kid. Es war entsetzlich, unglaublich.« Fortunato nickte. Er fühlte sich in dem überfüllten Büro unbehaglich. Hirams Küchenchef war da, sein Rausschmeißer und ein paar von den Kellnern.

Modular Man kam aus seiner Ecke am Fenster. »Hallo«, sagte er zu Jane. »Ich weiß nicht, ob Sie sich noch an mich erinnern. Modular Man. Sie können mich der Einfachheit halber auch Mod Man nennen.«

Jane nickte ihm zu und beachtete ihn nicht weiter. »Du brauchst mich hier nicht«, sagte sie zu Fortunato. »Du versuchst mich irgendwo zu verstecken, wo ich dir nicht in die Quere kommen kann.«

»Das stimmt nicht«, log Fortunato. »Du hast den Astronom erlebt. Du weißt besser als jeder andere, wie mächtig er ist.

Unsere einzige Hoffnung liegt in der Menge. Wenn wir alle zusammen sind, an einem Ort.«

»Wir alle? Du auch?«

»Ich muss die anderen suchen. Das ist mein Karma, okay? Meine Verantwortung.«

»Es ist nicht allein deine Aufgabe, weißt du. Es ist kein Verbrechen, sich von jemandem helfen zu lassen.« Fortunato schwieg. »Ich ... ach, zum Teufel. Warum verschwende ich überhaupt meinen Atem? Nur noch eins. Wenn du mich hierlässt und jemand stirbt oder verletzt wird, den ich hätte retten können, sorge ich dafür, dass du das nie vergisst. Verstanden?«

»Damit kann ich leben«, sagte Fortunato.

Hiram folgte ihm nach draußen. »Äh ... Fortunato? Kann ich Sie eine Sekunde sprechen?« Fortunato nickte, und Hiram schloss die Tür. »Vor ein paar Minuten habe ich einen Anruf erhalten. Von einem Lieutenant Altobelli, New York Police Department. Er sucht Sie.«

»Was will er von mir?«

»Das wollte er mir nicht sagen, aber er meinte, er würde Sie bei den Kreuzgängen brauchen, und zwar presto.«

»Okay, gut, das erledige ich als Nächstes.«

»Fortunato?«

»Was noch?«

»Was ist mit Tachyon?«

»Was soll mit ihm sein?«

»Ist der Astronom nicht auch hinter ihm her?«

»Zum Teufel mit ihm.«

»Ist es in Ordnung, wenn ich ihn wenigstens *warne*?«

»Ist mir egal«, sagte Fortunato. »Solange Sie keine Dummheiten machen und nicht verschwinden und die Leute allein lassen, die ich herbringe. Ich zähle auf Sie, Mann. Verpfuschen Sie's nicht.«

»In Ordnung«, sagte Hiram freudlos.

Fortunatos Fahrstuhl kam. Er drückte auf die Eins und dann auf den Knopf, der die Tür schloss.

♠

Der Geruch nach heißen Brezeln ließ Spectors Magen knurren. Abgesehen von ein paar Erdnüssen im *Bottomless Pit* hatte er den ganzen Tag noch nichts gegessen. Er ging zu dem Stand. Der Verkäufer war ein kleiner Mann mittleren Alters in einem hellblauen Hemd und einer schwarzen Hose ohne Gürtel. Er lächelte Spector an und ließ dabei krumme gelbe Zähne sehen. Er trug einen Button mit der Aufschrift BREZELVERKÄUFER HABEN DEN DREH RAUS.

»Was darf's sein?«

»Geben Sie mir eine Brezel. Oder nein, besser zwei.«

Geistesabwesend wickelte der Verkäufer die beiden Brezeln ein. »Junge, ich sag dir was. Von mir aus könnte jeden Tag Wild-Card-Tag sein. Dann könnte ich mich zur Ruhe setzen und auf Pferde wetten.«

Spector nahm die Brezeln und bezahlte. Der Verkäufer hatte die schlichten, dämlichen Träume, die nur Verlierer haben. Spector war über Träume längst hinaus. Er brachte einfach nur Leute um und fragte sich gelegentlich, warum ihm das nicht mehr zu schaffen machte.

Er nahm einen großen Bissen von der ersten Brezel. Sie war warm und lecker. Das würde ihn sättigen, bis er im *Haiphong Lily* aß.

Mitten im Gehen überfiel ihn plötzlich eine Welle der Übelkeit und des Schwindels. Er ließ die Brezeln fallen und sank auf die Knie. Sein Blickfeld verdunkelte sich an den Rändern.

»Ist Ihnen schlecht, Mister?«, hörte er jemanden fragen.

Er sah die Limousine neben ihm halten. Eine getönte Scheibe wurde langsam heruntergelassen. Der Astronom lächelte ihm zu. Spector krümmte sich und presste das Gesicht gegen den kalten Asphalt. Er hatte nicht mehr die Kraft, sich zu bewegen. Nach Atem ringend, schloss er die Augen. Er konnte die Brezeln immer noch riechen.

Eine Wagentür schlug zu. Kurz bevor er das Bewusstsein verlor, spürte er Hände, die ihn aufhoben.

♣

Fortunato hatte sie als Wasserlilie vorgestellt, aber sie sagte zu Hiram, sie ziehe es vor, Jane genannt zu werden. »Ich weiß, wie Sie sich fühlen«, sagte er mit einem charmanten Lächeln. »Mich haben Sie immer Fatman genannt.« Sie machte einen schüchternen, reizenden Eindruck, aber ihre Kleidung entsprach einfach nicht den Anforderungen. Bluejeans hatten ihren Platz, aber nicht im *Aces High*, und ihre Turnschuhe waren unerträglich abgelatscht. »Ein drolliger Bursche«, sagte Hiram im Plauderton, indem er auf das grinsende Gesicht von Jumpin Jack Flash zeigte, das auf ihrem T-Shirt zu sehen war.

»Kommt er heute Abend auch?«, fragte Jane.

»Ich fürchte, nein«, erwiderte Hiram. »Natürlich hat er eine Einladung von Dr. Tachyon erhalten, aber er hat abgesagt. Er sagte außerdem, ein Freund von ihm könnte kommen, was immer das auch zu bedeuten hat. Kommen Sie mit mir, wenn Sie möchten. Im Moment ist das hier ein Irrenhaus.«

Hiram führte Jane durch das geschäftige Treiben des Restaurants in die behagliche Stille seines Büros und klingelte nach Anthony. Als sein Chauffeur kam, stellte er ihn Jane vor und sagte dann: »Sagen Sie ihm Ihre Größe.«

»Meine Größe?« Sie schien verwirrt.

»Das Essen heute Abend ist eine förmliche Angelegenheit«, erklärte Hiram, »und es gibt keinen Grund, warum eine reizende junge Dame wie Sie nicht so gut wie möglich aussehen sollte. Ich fürchte, wir werden von der Stange kaufen müssen, weil Sie nicht einkaufen gehen können. Fortunato besteht darauf, dass wir alle zusammenbleiben, und ich bin der Ansicht, dass man seinen taktischen Instinkten vertrauen kann.« Er wandte sich an Anthony. »Etwas in Blau oder Grün, würde ich sagen. Schulterfrei. Mit Strümpfen und Accessoires. Fühlen Sie sich in hohen Absätzen wohl, Jane, oder würden Sie flache vorziehen?«

»Augenblick«, sagte sie mit weit aufgerissenen, ängstlich blickenden Augen. »Ich kann mir keine teure Kleidung leisten.«

»Hohe Absätze«, sagte Hiram. »Keine Frage. Sie haben bezaubernde Beine. Das *Aces High* kümmert sich um alles.« Er lächelte. »Keine Sorge. Ich werde eine Möglichkeit finden, die Kosten von der Steuer abzusetzen. Ich habe einen ausgezeichneten Steuerberater.«

Sie schüttelte den Kopf. »Nein, tut mir leid. Das kann ich nicht zulassen.«

Hiram war verdutzt. »Warum denn nicht?«, fragte er.

»Ich kann keine teuren Kleider von Ihnen als Geschenk annehmen. Ich kann es nicht. Und ich *werde* es auch nicht.«

»Meine Liebe«, sagte Hiram unsicher. »Sie bringen mich in Verlegenheit. Wohlgemerkt, es gibt keine *strenge* Kleiderordnung beim Essen, aber es wäre eine Schande, wenn …«

Anthony meldete sich unerwartet zu Wort. »Vielleicht würde die Dame die Kleidung in Form eines Darlehens annehmen.« Sowohl Hiram als auch Jane sahen ihn überrascht an. »Wenn ich mir den Vorschlag erlauben darf.«

»Unmöglich«, sagte sie. »Auch als Darlehen. Heute Nachmittag habe ich meinen Job geschmissen, und selbst wenn ich einen anderen bekomme, wäre ich als Kellnerin nie in der Lage, es ihnen zurückzuzahlen.«

Hiram strich sich nachdenklich das Kinn und lächelte.

»Vielleicht doch«, sagte er, »wenn Sie im *Aces High* kellnern. Natürlich nicht heute, aber ab morgen, wenn wir wieder für das normale Publikum geöffnet haben. Ich kann Ihnen versprechen, die Trinkgelder sind ausgezeichnet, und wir brauchen immer fähige Kräfte.«

Jane schien für einen Moment darüber nachzudenken. »Also schön. Das geht in Ordnung. Sie können mir das, was ich Ihnen schulde, vom Lohn abziehen.« Sie sah Hiram gelassen an und bedachte ihn mit dem Anflug eines Lächelns.

»Ausgezeichnet«, sagte Hiram. »So, ich fürchte, ich muss mich jetzt um einige Dinge kümmern. Wenn Sie Hunger haben, suchen Sie Curtis, er wird Ihnen etwas zum Mittagessen bringen lassen.«

Hiram ertappte sich dabei, wie er noch länger auf die geschlossene Tür starrte, nachdem Jane das Büro verlassen hatte. Sie war viel zu jung für ihn, aber sie war bezaubernd und hatte etwas Unschuldiges an sich, das er sehr erotisch fand. Sie erinnerte ihn an Eileen Carter, die fast so jung gewesen war wie Jane, als sie und Hiram sich vor vielen Jahren kennengelernt hatten. Unschuld und Kraft, eine gefährliche Kombination. Das Mädchen würde sich in der Tat glücklich schätzen können, wenn sie diese Mischung nicht vorzeitig ins Grab brachte.

Er runzelte die Stirn, ballte unwillkürlich die Faust und dachte an die Toten. Ein pubertierender Junge mit irrigen Vorstellungen vom Ruhm und ein ganz in Gelb gekleideter Erwachsener, dessen Schreie Stein zerschmettern konnten. Und Eileen. Er durfte Eileen nie vergessen.

Das war vor langer Zeit gewesen, vor sieben Jahren, kurz nachdem Fortunato mit einem blanken blutroten Penny zu ihm gekommen war und Hiram ihn an Eileen verwiesen hatte. Er hätte sich nie träumen lassen, dass er damit ihr Todesurteil unterzeichnet hatte. Hinterher hatte Hiram es nicht glauben können. Tot? Eileen tot? Sie hatte geholfen, eine seltene Münze zu identifizieren, und aus diesem Grund war sie jetzt *tot*?

Jahre bevor das Virus ihn verändert hatte, war Eileen seine Geliebte gewesen. Als sie Fortunato kennengelernt hatte, war das längst vorbei gewesen, aber sie hatte ihm dennoch eine Menge bedeutet. Der Zuhälter war mit ihr ins Bett gegangen und hatte sie in eine Sache verwickelt, mit der sie nicht mehr zu tun hatte als Hiram, eine Sache, die sie das Leben gekostet hatte.

Die Nacht, in der Fortunato die Nachricht überbracht hatte, gehörte zu den schlimmsten Nächten seines Lebens. Während er Fortunatos Erzählung über die Freimaurer zuhörte, hatte Hiram gespürt, wie ihm die Galle hochkam und sich die Wut in ihm regte. Er hatte seine Wild-Card-Kräfte noch niemals dazu benutzt, jemanden zu töten, aber in jener Nacht war er nicht weit davon entfernt gewesen. Er hatte die Faust geballt und wieder geöffnet, geballt und wieder geöffnet, hatte die Schwerkraftwellen rings um den hochgewachsenen Schwarzen mit den halbmondförmigen Augen und der vorgewölbten Stirn schimmern sehen und sich gefragt, wie viel Gewicht Fortunato wohl ertragen konnte. Fünfhundert Pfund? Tausend? Zweitausend? Würde sein Herz platzen, bevor oder nachdem seine langen, drahtigen Beine unter der Last zerschmettert wurden? Hiram konnte es herausfinden. Er brauchte nur eine richtig feste Faust zu ballen.

Natürlich hatte er es nicht getan. Hatte es nicht getan, weil ihm etwas klar geworden war, als er Fortunato zugehört hatte. Der Mann hatte es nicht offen ausgesprochen. Er gehörte nicht zu der Sorte, die derartige Eingeständnisse machte. Doch es lag in seinem Tonfall und im Ausdruck jener dunklen Augen: Fortunato hatte sie ebenfalls geliebt. Hatte sie vielleicht sogar noch mehr geliebt als Hiram, der den riesigen Appetit und umherstreifenden Blick seines

Vaters besaß. Und so hatte er die halb geballte Faust wieder gelockert und anstatt Hass auf den scharfzüngigen Zuhäl-ter-Magier ein merkwürdiges Gefühl der Verbundenheit mit ihm empfunden.

Anschließend hatte er versucht, das alles hinter sich zu lassen. Er erhob keine Ansprüche auf Heldentum, welche Kräfte er auch haben mochte. Verbrechen waren die Domäne der Polizei, Gerechtigkeit eine Sache für Götter. Seine Auf-gabe bestand darin, Leute zu beköstigen, *gut* zu beköstigen, und sie für ein paar Stunden ein wenig glücklicher zu ma-chen.

Doch als er an Eileen und Kid Dinosaur und den Howler dachte und sich Sorgen um Gills und die reizende junge Wasserlilie und Dr. Tachyon und die anderen auf der Todes-liste des Astronoms machte, spürte Hiram Worchester, wie sich in ihm dieselbe Wut aufbaute wie in jener Nacht im Jahre 1979.

Der Astronom war ein alter Mann, hatte Fortunato gesagt. Wahrscheinlich würde er nicht sehr viel Gewicht ertragen können.

Einen Moment lang betrachtete Hiram den Teller mit sei-nem kalten Mittagessen. Dann hob er Messer und Gabel und fing an, hastig zu essen.

♥

Spector hielt die Augen geschlossen, als er wieder zu sich kam. Er wusste, dass er sich im Wagen des Astronoms be-fand. Er spürte, dass rechts und links jemand neben ihm saß. Die Person zur Linken hatte knochige Ellbogen. Der alte Mann, nahm er an.

»Verstell dich nicht in meiner Gegenwart, Demise. Das wird dir überhaupt nichts nützen.« Der Astronom stieß Spector den Ellbogen in die Rippen.

Er öffnete die Augen. Zu seiner Rechten saß eine Frau mittleren Alters. Ihre Gesichtszüge ließen sie wie die Karikatur einer Schönheit aussehen, und sie trug kein Make-up. Ihr Kleid war aus weißer Baumwolle und hatte wattierte Schultern und eine schmale Taille. Sie vermied es, ihn direkt anzusehen.

»Hast du nichts zu sagen? Nun, du warst noch nie der redselige Typ.« Der Astronom legte ihm eine Hand auf den linken Arm. »Ich nehme an, ich habe deine ungeteilte Aufmerksamkeit.«

Spector sah in die erweiterten Pupillen der Augen des Astronoms. Er versuchte, seine Kraft einzusetzen. Vielleicht würde es diesmal klappen.

Nein, Fehlanzeige. Er schob die Hand in die Tasche und griff nach der Ingram. Sowohl Kanone als auch Halfter waren verschwunden.

Der alte Mann schüttelte den Kopf. »Ich habe sie dir abgenommen. Es ist jämmerlich, dass du jetzt auf eine Kanone zurückgreifen musst. Du hast Glück, dass ich dich wiedergefunden habe.«

»Turtle ist tot, nicht wahr?«

»Ja.« Der Astronom rieb sich die Hände. »Es ist so leicht, wenn man selbst weiß, was passieren wird, und die anderen nicht.«

»Wie hast du es gedeichselt?«, fragte Spector.

»Unser guter Freund Captain Black hat ein irreführendes Notsignal über Polizeifunk gesendet.« Der Astronom legte einen Finger an seine runzelige Stirn. »Man muss die Züge seiner Gegner vorausberechnen, das ist alles.«

»Imp hatte Glück, dass er so nah herankam.« Spector ließ sich in die weichen Polster sinken und seufzte. Er hatte keine Karten mehr, die er ausspielen konnte.

»Das hatte nichts mit Glück zu tun. Turtle hatte Blutzuckerprobleme, nicht wahr, meine Liebe?«

»Ziemlich gravierende«, sagte die Frau. »Noch schlimmere als die, die Mr. Spector hatte.«

»Demise, meine Liebe. Nennen Sie ihn Demise.« Der Griff des Astronoms um Spectors Arm verstärkte sich. »Sag guten Tag zu Insulin, Demise. Sie ist meine neue Musterschülerin.«

»Hallo Zuckerpuppe«, sagte er sarkastisch. Sie wollte ihn immer noch nicht ansehen. »Ich lebe noch. Du musst etwas von mir wollen, wenn ich noch lebe. Wen soll ich umbringen?«

»All das wird von meinen vertrauenswürdigeren Mitarbeitern geregelt. Nein, ich lasse dich aus einem anderen Grund am Leben. Dieser Fortunato« – der Astronom ballte seine freie Hand zur Faust –, »ich will, dass er leidet, bevor ich ihn töte. Er hat Frauen. Wir beide werden einige von ihnen heute Nacht unterhalten. Das hat dir immer gefallen, nicht wahr, Demise?«

»Ja. Um welche Uhrzeit?« Spector glaubte nicht, dass es so leicht für ihn sein würde. Der alte Mann hielt immer noch seinen Arm fest.

»Spät. Sehr spät.«

»Schön.«

»Trotzdem muss ich dich bestrafen, weil du versucht hast, dich vor mir zu verstecken. Du musst an deine Stellung erinnert werden.«

»Nein«, sagte er, indem er von dem Astronom abzurücken versuchte.

Der Astronom packte seinen Arm mit beiden Händen und drehte. Die Knochen in Spectors Unterarm brachen. Ein knirschender Schmerz schoss durch den Arm bis in die Schulter. Er kratzte den alten Mann, riss Haut von seinen Wangen und schlug ihm die Brille von der Nase. Der Astronom hielt die gebrochenen Knochen in einem schiefen Winkel zusammen.

»Jede Kraft, die du besitzt, kann ich gegen dich verwenden, Demise. Ich kann dir jede Erinnerung nehmen und dir nur die an deinen Tod lassen, und ich kann dich verstümmeln, bis du aussiehst wie etwas aus den schlimmsten Albträumen eines Jokers.«

Spector spürte, wie seine Knochen zusammenwuchsen. Sein Arm sah aus, als sei ihm ein drittes, starres Gelenk hinzugefügt worden. Er versuchte den Arm wegzuziehen, doch der Astronom hielt ihn fest.

»Ich glaube, er hat sich jetzt gebessert, Insulin. Er wird uns nicht noch einmal aufs Kreuz legen.« Der Astronom ließ seinen Arm los.

»Sieh doch, was du mir angetan hast, verdammt noch mal«, schrie Spector.

Der Astronom hob seine Brille auf und schob sie sich wieder auf die Nase. »Auf dich warten noch viel schlimmere Dinge, wenn du mich noch einmal enttäuschst. Fahrer, halten Sie an.«

Die Limousine fuhr an den Randstein. Insulin öffnete die Tür. Sie betrachtete Spectors verdrehten Arm und lächelte.

Warte, bis er sauer auf dich ist, dachte Spector, als er sich an ihr vorbeizwängte und den Bürgersteig betrat. Ich hoffe, er kehrt dein Innerstes nach außen.

»Heute Nacht. Halt dich bereit. Ich hole dich, wenn es Zeit ist«, sagte der Astronom. Insulin schloss die Tür. Die Limousine fädelte sich wieder in den Verkehr ein.

Spector sah auf. Leute zeigten auf ihn und lachten, als sei er eine Art Witz. Andere wandten sich ab. Das Pan Am Building befand sich ein paar Blocks entfernt, ein Stück weit die Park Avenue entlang. Natürlich hatten sie ihn mitten in der Innenstadt abgesetzt. Er rieb sich den Arm. Er konnte die Hand nicht mehr drehen.

Ein Hubschrauber startete vom Dach des Pan Am Building. Spector wünschte, er würde darin sitzen, dann schüttelte er den Kopf. Es gab keinen Ort auf diesem Planet, wo man vor dem Astronom sicher war. Er ging rasch die Straße entlang und wünschte, er hätte die Zeit, jeden Einzelnen umzubringen, der ihn komisch ansah.

Zehntes Kapitel
15:00

Im Schlafzimmer setzte sich das Braun der Kastanien fort, doch der Kontrast war hier in Grau statt in Weiß gehalten. Weitere Bücher, weitere Blumen und auf der Kommode das Foto einer Frau mit traurigen Augen in einem Kleid aus den Vierzigern. Ein riesiger begehbarer Kleiderschrank voller Kleidung, ein Aufruhr von Farben. Tachyon setzte sich auf einen Sessel am Fenster und zog sich einen hochhackigen Stiefel aus. Die Klimaanlage ließ das Windspiel aus Kristall und Silber an der Decke leise klingeln.

»Lass mich.« Sie kniete sich vor ihn und zog ihm den zweiten Stiefel aus. Dabei fiel ihr auf, wie klein seine Füße im Vergleich zu denen von Josiah waren.

»Ich müsste dich ausziehen.«

Sie ließ den Stiefel fallen. »Wie wär's, wenn wir die Sache dadurch beschleunigten, dass wir uns selbst auszogen.«

»Ich bin entweder geschmeichelt, dass du so erpicht darauf bist, oder besorgt, weil du einfach nur darauf bedacht bist, es endlich hinter dich zu bringen.«

Ihre Finger erstarrten über den Knöpfen ihrer Bluse, und sie sah im Spiegel, wie alle Farbe aus ihrem Gesicht wich und nur das für ihre dunkle Hautfarbe so charakteristische seltsame Grau zurückblieb. Eilig legte sie ihre Kleider ab und starrte auf ihr Spiegelbild. Die Kristalle in ihren Zöpfen warfen das Licht zurück und funkelten in ihrem pechschwarzen Haar.

»Du bist wunderschön.« Neben ihr war er eine Gestalt aus Elfenbein und Karneol. Sein Kopf mit dem Wirrwarr roter Locken reichte ihr gerade bis zur Schulter.

Sie bleckte die Zähne zum Zerrbild eines Lächelns. »Komm. Ich bedanke mich im Bett.«

Die Matratze knarrte und schwankte, als sie es sich unter der Bettdecke gemütlich machten. Er griff nach ihr, dann wälzte er sich herum und stöpselte das Telefon auf dem Nachtschränkchen aus. Mit einem Zwinkern und einem spöttisch lüsternen Grinsen schmiegte er sich an sie und ließ Hände und Lippen kundig über ihren Körper wandern, die mühelos ihre empfindsamsten Stellen fanden und ihre Nerven in ein Bad der Gefühle tauchten. Diesmal war es keine Verpflichtung, die ertragen werden musste. Er war ein vollendeter Liebhaber und schien sie mit seinem Körper förmlich anzubeten. Seine Finger strichen ihr feuchtes Schamhaar beiseite, und seine Zunge neckte ihre Schamlippen und ihre Klitoris. Sie krallte eine Hand in sein Haar und zog ihn näher heran. Einen Moment lang waren Vergangenheit und Zukunft in der alles umschließenden Empfindung des Augenblicks vergessen.

Er wand sich an ihr hinauf, sein Penis heiß, steif und feucht an ihrem Oberschenkel. Seine Eichel sondierte ihre Vagina wie ein schnüffelndes junges Fohlen. Sie seufzte und spreizte die Beine, um ihn aufzunehmen. Doch er neckte weiter, die Arme zu beiden Seiten ihres Körpers aufgestützt. Seine Zähne nagten sanft an ihren Brustwarzen, und der heiße Druck seines Beinaheeindringens auf ihre Klitoris machte sie fast wahnsinnig. Sie knurrte und zog ihn zu sich herab, presste ihren Mund auf seinen, als er mühelos in sie hineinglitt.

Und sie spürte mehrere Dinge gleichzeitig: die federleichte Berührung seines Geists, die harmlos von den Schirmen abglitt, die der Astronom errichtet hatte, um genau diese Art des Eindringens zu verhindern, und die wogende Last des Gifts, das vorwärtsdrängte wie ein Jagdhund, der auf sein Signal wartete.

Ein Signal, das sie zurückhielt. Sie rechtfertigte die Entscheidung mit dem unausgegorenen Gedanken, dass sie mit ihm spielen, ihm Liebe versprechen würde, sodass ihr Verrat noch verheerender sein würde. Ihre Arme und Beine legten sich um ihn, und sie begegnete jedem Stoß mit einem Anheben ihrer Hüften. Seine leisen Schreie wurden immer wieder von leise gemurmelten Koseworten unterbrochen, doch sie verbiss sich jeden Laut, als könne sie ihm durch ihr Schweigen sein Vergnügen verwehren. Er kam mit einem heiseren Schrei und sackte auf ihr zusammen, wobei er ihre Brüste zwischen ihnen einquetschte.

»Roulette, ich glaube, du bist ein Ass.« Er war außer Atem und stieß die Worte keuchend hervor.

»Nein!« Sie schob ihn von sich, und er blinzelte sie verwirrt an.

»Deine Schirme sind nicht unvollständig wie die der meisten Normalen. Sie sind sehr anspruchsvoll.«

Sie kniete sich hin, schwankte auf dem Bett, die Hände zwischen die Oberschenkel geklemmt, während der Schweiß auf ihrer nackten Haut trocknete. »Ich kann es nicht erklären.«

»Wenn du mir gestattest nachzuforschen, könnte ich es vielleicht erklären.«

»Nein, nein! Das macht mir Angst. Ich will nicht, dass du das tust! Ich lasse es nicht zu!« Ihre schrille Stimme durchbohrte sie förmlich und verursachte einen stechenden Schmerz dicht hinter ihren Augen.

»Schon gut, schon gut.« Seine Hände tätschelten sie beruhigend wie ein nervöses Pferd. »Dein Körper und dein Geist gehören ganz allein dir. Ich würde dich niemals zu etwas zwingen.«

Sie warf sich neben ihn und vergrub ihr Gesicht in seine Hüfte, wo sie den salzigen Schweiß schmeckte und den Geruch nach Mann, Sex und Aftershave einatmete. »Halt mich fest. Ich will nicht mehr denken.«

»Schon gut. Sei ganz ruhig. Bei mir bist du sicher.«

Und er starrte sie wiederum verwirrt an, als ihr Gelächter durch den Raum perlte, wahnsinnige Geräuschsplitter, die durch ihre Kehle zu schneiden schienen und ihre Brust mit Schmerzen erfüllten.

♦

»Suzanne!«

»Mir geht es gut. Es ist alles in Ordnung.« Bagabond lehnte sich zurück und holte tief Luft. »So stark …«

»Was ist denn?« In Rosemarys Tonfall lag aufrichtige Besorgnis.

Bagabond sah sie an. »Er hat die Bücher – glaube ich. Die Notizbücher.«

»Jack? Wie das?« Rosemary breitete verwirrt die Arme aus.

»Er hat sie gegessen.«

»Dann gehören sie mir.« Rosemarys Augen leuchteten, und sie biss sich nachdenklich auf die Lippe.

Ihr Gespräch wurde abrupt unterbrochen, als vier Männer in das Büro kamen und Rosemary in eine eilige Besprechung mit der Einsatzgruppe Organisiertes Verbrechen des NYPD verwickelt wurde. Es ging um die Frage, welches vermutlich die nächsten Brennpunkte sein würden. Auf Bagabond wirkten die Männer wie Nullen, Verwaltungstypen.

Da die Polizei ohnehin überlastet war, konnte niemand einen größeren Bandenkrieg gebrauchen, der Rosemary zufolge nur allzu wahrscheinlich war. Die anderen Familien würden vermutlich gegen die Gambiones vorgehen, aber eher langsam, indem sie zunächst deren Führungskraft und allgemeine Stärke ausloteten. Die Silberreiher waren die größte Gefahr, noch vor den Kolumbianern, den Rockern und sogar der mexikanischen Herrera-Familie. Die Silberreiher waren nicht für ihre Vorsicht, Zurückhaltung und Geduld bekannt. Wenn die Gambiones weiter an Macht verloren, würden sie rasch völlig vernichtet werden. Keiner der Männer mochte die Gambiones, aber alle fürchteten die Alternative.

Während Rosemary das Vorgehen der fünf Familien diskutierte, saß Bagabond still auf ihrem Stuhl in einer Ecke hinter Rosemarys Schreibtisch. Mit geschlossenen Augen entfernte sie sich von der Unterhaltung, bis die nur noch ein Hintergrundmurmeln war, und suchte nach Tunnel-Jack. Er hatte sich in die Tunnel zurückgezogen, wo er sich am sichersten fühlte, aber jedes Mal, wenn Bagabond versuchte, ihn zum Anhalten zu bewegen, wehrte er sich dagegen. Obwohl der Alligator nicht genau verstand, warum und wonach er suchte, ließ er sich von seinem Vorhaben nicht abbringen. Als sie diesem Vorhaben weiter in die Tiefen seines Hirns folgte, stellte sie fest, dass der Alligator eine Verbindung zwischen Cordelia und einem besonders leckeren Happen hergestellt hatte. Als sie das herausfand, verlor Bagabond Jack beinahe aus den Augen, da die der Situation innewohnende Komik ihre Konzentration störte. Warte ab, bis du es Jack erzählst. Sie synchronisierte sich wieder mit dem Reptil, durchforschte seinen Verstand und änderte vorsichtig ein paar der neurochemischen Verbindungen zwischen Beinen und Gehirn, indem sie den Widerstand in den Neuronen modifizierte. Danach bewegte sich der Alligator buchstäblich in Zeitlupe.

Bagabond blinzelte, und Rosemarys Büro nahm vor ihren Augen langsam wieder Gestalt an, beginnend mit dem Porträt von Fiorello La Guardia an der gegenüberliegenden

Wand. Die Männer waren gegangen. Rosemary saß hinter ihrem Schreibtisch und sah eine Akte durch.

»Willkommen in der wirklichen Welt.« Rosemary schloss die Akte. »Wo ist Jack?«

»Irgendwo unter der Bowery, genauer kann ich es nicht bestimmen.« Sie blinzelte. »Hältst du das hier wirklich für – die wirkliche Welt?«

Rosemary sah aus dem Fenster. »Es ist die einzige, die ich habe.« Sie wandte sich wieder an Bagabond. »Hast du das Gespräch mitbekommen?« Als Bagabond die Achseln zuckte, fuhr sie fort: »Ich soll meine ›Informanten‹ kontaktieren und herausfinden, wie es jetzt weitergeht. Danach will ich diese Bücher haben. Was ich damit anfange, werde ich wissen, wenn ich sie habe.« Sie nahm den Telefonhörer ab und wählte eine Nummer.

Bagabond sah schweigend zu.

»Max, hier spricht Rosa Maria Gambione«, sagte Rosemary in den Hörer. »Ich hörte, dass es heute Ärger gegeben hat. Don Frederico …« Sie legte den Hörer auf den Lautsprecher.

»… lange her, dass du angerufen hast, Maria.«

»Ja, es ist lange her. Aber ich bin immer noch eine Gambione.«

»Don Frederico ist von uns gegangen«, sagte Max nach einer kleinen Pause. »Vielleicht ein Unfall, vielleicht die verdammten – entschuldige, Maria – Chinesen. Ich vermisse deinen Vater, Maria. Das wäre alles nie passiert, wenn er noch bei uns wäre.«

»Mein Vater war ein guter Don, Max. Steht jemand bereit, um der neue Don zu werden?«

»Nein. Der Schlachter – entschuldige, Maria – dachte, er würde ewig leben.«

»Was passiert jetzt mit der Familie?«

Bagabond sah Rosemary scharf an. Im Ton der stellvertretenden Bezirksstaatsanwältin lag mehr als nur berufliches Interesse, und ihre Miene war sorgenvoll. Ihre Hände waren zu Fäusten geballt, die Knöchel traten weiß hervor.

»Heute Abend um acht findet ein Treffen im *Haiphong Lily* statt – die jüngeren Capos finden es lustig, sich dort zu treffen, und das Essen ist gut. Die Capos werden entscheiden, wer der nächste Don wird. Verzeih meine Unverschämtheit, aber ich hoffe, dass sie diesmal eine klügere Wahl treffen.«

»Ich bin sicher, das werden sie, Max.«

»Maria, wenn du mir deine Telefonnummer gibst, könnte ich dich wissen lassen, was passiert.«

»Nein, nein, ich bin nie zu Hause, und ich hasse es, Maschinen zu antworten.«

»Ich kann nicht glauben, dass ein nettes Mädchen wie du noch keinen Mann gefunden hat. Du kannst nicht ewig um Lombardo Lucchese trauern, weißt du. Lass dir von dieser Tragödie nicht dein Leben ruinieren.«

»Danke, Max. Das tue ich nicht. Du weißt, wie wählerisch ich bin. Ganz die Tochter meines Vaters.«

»Ja, das bist du. Stark und klug wie er. Sei doch nicht immer so verschlossen, Rosa-Maria. Wir alle vermissen dich.«

Bagabonds Augen wurden immer größer, je länger sie Rosemarys Gespräch zuhörte. Rosemary nahm einen Kugelschreiber von ihrem Schreibtisch und warf ihn nach ihr.

»Pass auf dich auf, Max. Ich rede bald mit euch allen. Ciao.«

»Ciao, Maria.«

Das Telefon jaulte, als Rosemary den Lautsprecher ausschaltete.

»Und was ist so lustig, Suzanne?«

»›Ach Max, ich bin einfach zu sehr damit beschäftigt, stellvertretende Bezirksstaatsanwältin zu sein, um eine Familie zu haben.‹ Sie wissen es wirklich nicht?«

»Suzanne Melotti, dafür wird Gott dich strafen. Natürlich wissen sie es nicht. Rosemary Muldoon ist Irin und sieht Maria Gambione, der einzigen Madonna des zwanzigsten Jahrhunderts, überhaupt nicht ähnlich. Seit dem Begräbnis meiner Mutter vor einigen Jahren habe ich keinen von ihnen persönlich gesehen, und da trug ich eine Perücke, einen Schleier und kein Make-up.« Rosemary schüttelte den Kopf. »Warum sollten sie eine Verbindung zwischen den beiden Personen herstellen? Hier glauben alle, ich sei ein Experte in Bezug auf die Familien, weil ich die richtigen Bücher in der Schule gelesen und irgendwie die richtigen Leute kennengelernt habe. Außerdem räumen sie mir den Glücksfaktor ein.«

»Das hat Gott bereits getan.« Bagabond lehnte sich zurück und legte den Kopf ein wenig auf die Seite. »Du machst dir Sorgen um das Wohlergehen der Gambiones, nicht wahr? Die Gambiones sind immer noch deine Familie.«

»Wenn sich das Gleichgewicht der Kräfte ändert, gibt es eine Katastrophe.« Rosemary erhob sich.

»Blödsinn. Lass uns Jack holen.«

Rosemary öffnete den Mund zu einer Erwiderung, doch das Sprechgerät summte, und die körperlose Stimme der Empfangsdame meldete sich. »Ms. Muldoon, ich habe hier ein Problem. Sergeant Fitz Gerald ruft aus der Gruft an. Es scheint, als habe jemand einen mutmaßlichen Kriminellen in die Gruft … äh … ›teleportiert‹. So hat er sich ausgedrückt, glaube ich.«

»Mutter Gottes, warum heute!« Rosemary starrte das Sprechgerät an, als wollte sie, dass es explodierte. »Patricia, hat Tomlinson heute Nachmittag Bereitschaft?«

»Moment, ja, Ms. Muldoon, das steht auf meinem Plan. Aber er ist noch beim Mittagessen, und alle anderen, bei denen ich es versucht habe, sind entweder in einer Konferenz oder nicht in ihrem Büro.«

»Ich *wette,* dass sie in einer Konferenz sind.« Rosemary seufzte und setzte sich wieder. »Ich übernehme die Sache.«

Bagabond glaubte Rosemarys Versicherungen nicht, dass sie nichts mit den Gambiones zu tun haben wollte. Die Bücher waren für Rosemary zu einem Vorwand geworden, sich wieder mit ihrer Familie zu vereinen. Es ärgerte Bagabond, dass sie sich dazu hatte verleiten lassen, Rosemary bei der Erreichung dieses Ziels zu helfen. Außerdem machte es sie eifersüchtig auf Rosemarys Vergangenheit.

Bagabond verdrängte ihre Umgebung und spürte Jack auf, der immer noch seinem Reptilienweg zu seiner Beute folgte. Obwohl er sich nur sehr langsam bewegte, dauerte es einige Zeit, ihn aufzuspüren. Als sie ihn gefunden hatte, kehrte sie ins Büro zurück, wo Rosemary sie niedergeschlagen betrachtete.

»Sergeant Fitz Gerald, demnächst Officer Fitz Gerald, ist hysterisch. Außerdem bekommt er keinen zusammenhängenden Satz heraus. Ich muss sofort dorthin. Warum kommst du nicht einfach mit, dann können wir von dort aus zu Jack gehen.« Bagabond nickte, während Rosemary ihr Sprechgerät einschaltete. »Patricia, suchen Sie Goldberg für mich. Sagen Sie ihm, wir treffen uns am Aufzug.« Rosemary nahm ihre Jacke von der Rückenlehne ihres Stuhls. »Lass uns gehen, bevor noch mehr passiert. Ich will diese Geschichte rasch erledigen.«

»Warum er?« Bagabond zog ihre Schuhe wieder an und zuckte zusammen. Sie ging durch die Tür, die Rosemary ihr aufhielt.

»Du meinst deinen Freund Goldberg? Weil er neu ist und lernen muss, wie man solche Dinge regelt. Und weil ich außerdem gern Trübsal verbreite. Komm jetzt.«

Goldberg wartete am Aufzug, offenbar nervös nach Rosemary Ausschau haltend. Er nickte Bagabond zu, als die beiden auftauchten.

»Suzanne, ich glaube, du bist Paul Goldberg schon begegnet.« Rosemary deutete auf Bagabond. »Paul, das ist Suzanne Melotti, eine Freundin und Mitarbeiterin von mir.« »Freut mich, Sie offiziell kennenzulernen, Ms. Melotti.« Er lächelte sie an. »Ich hoffe, ich war nicht zu kurz angebunden.«

»Nein.« Bagabond drückte auf den Abwärts-Knopf.

»Äh, gut. Gut.« Paul wandte sich an Rosemary. »Ms. Muldoon, darf ich fragen, warum ich hier bin?« Er breitete die Hände aus und sah sie neugierig an.

»Heute ist *kein* guter Tag, um die Dinge einfach und klar auszudrücken.« Rosemary warf einen Blick auf Bagabond, die das Aufleuchten der Etagennummern verfolgte. »Ich erzähle es Ihnen unterwegs.«

»Ja, Ma'am«, sagte Paul.

♠

Altobelli nahm Fortunato an den Straßensperren vor dem Südeingang des Fort Tryon Park in Empfang. Die Straßensperren standen wegen der Jugendbanden und der Schäden, die die Asse bei der Austreibung der Freimaurer angerichtet hatten, schon so lange da, dass sie zu einer ständigen Einrichtung geworden waren.

Die Bullen waren überall. Wenn ein Mannschaftswagen wegfuhr, kam ein anderer, der seinen Platz einnahm. Sie hatten sich den Bodensatz vorgeknöpft, magere Jugendliche in Jeans und T-Shirts, mit Handschellen gefesselt und verschwitzt. Einige von ihnen bluteten im Gesicht und an den Händen. Altobelli schüttelte den Kopf. Er war klein, an den Schläfen ergraut und schlank, wenn man von einem leichten Bauchansatz absah.

»Die Idee des Polizeichefs«, sagte er. Der Polizeichef hatte die ganze letzte Woche im Radio verlauten lassen, dass die

Polizei am Wild-Card-Tag hart durchgreifen würde. »Toll, was? Diese Art Stunt ausgerechnet jetzt abzuziehen. Wären wir auf der Straße gewesen, wo wir hingehören, statt hier ein paar Kindern in den Arsch zu treten, hätten wir Howler und Kid vielleicht retten können. Von Turtle ganz zu schweigen.«

»Was?«

»Ist gerade über Funk gekommen«, erklärte Altobelli. »Ich konnte es selbst nicht glauben. Ein paar Punc-Asse haben ihn mit einer Art Störgerät ausgeschaltet. Dann haben sie den armen Kerl mit Napalm eingedeckt. Er ist in den Hudson gestürzt. Sie tauchen nach dem Panzer. Bis jetzt haben sie noch nichts gefunden.«

»Jesus. Turtle.« Wenn sie ihn geschafft haben, dachte Fortunato, sind wir alle erledigt. Es gibt keine Hoffnung für irgendeinen von uns.

Ich werde sterben, dachte er.

In gewisser Weise erleichterte es die Sache, alle Hoffnung zu verlieren. Jetzt ging es nur noch darum, unter Druck Haltung zu bewahren. Retten, was zu retten war, und den Rest sich selbst zu überlassen.

Irgendwann vor vier Uhr, dachte er, wirst du zum Schuss kommen. Du musst einfach nur darauf warten. Und bereit sein. Denk nicht einmal daran, dich zu retten, weil du bereits verloren bist. Du musst ihn töten. Was es auch kosten mag, du musst ihn töten oder bei dem Versuch sterben.

Seine Hände zitterten. Nicht aus Angst, nicht wirklich. Mehr aus einer Art Übelkeit, aus hilfloser Wut. Er ballte die Hände zu Fäusten. Er krampfte sie so fest zusammen, dass er glaubte, er würde sich verletzen. Bevor er wusste, was er tun sollte, drehte er sich um und rammte eine Faust durch das Rückfenster eines Streifenwagens. Glassplitter rieselten auf den Rücksitz wie ungeschliffene Diamanten.

»Jesus Christus, Fortunato!« Altobelli lief zum Wagen

und warf dann einen Blick auf Fortunatos Hand. »Sind Sie okay?«

»Ja.«

»Jesus, wie erkläre ich nur diese Scheibe?«

»Sagen Sie, einer der Jugendlichen hätte es getan. Ist mir egal.« Er spreizte die Finger und ging ein paar Beruhigungsmantras durch. »Vergessen Sie das Fenster, okay? Sagen Sie mir, warum Sie mich hierhaben wollten.«

»Wegen der Banden«, sagte Altobelli, indem er sich widerwillig von dem Wagen abwendete. »Niemand hat sich in die Kreuzgänge getraut, nachdem ihr Burschen dort aufgeräumt hattet, also sind die Jugendgangs dorthin zurückgekehrt. Der Polizeichef wollte ein paar Schlagzeilen machen, indem er uns die Gangs ausheben ließ. Aber dann haben wir festgestellt, dass die ganze Gegend untertunnelt ist. Und da unten lagen ein paar Leichen.«

»Zeigen Sie mir die Leichen.«

Altobelli führte ihn an den Barrikaden vorbei zu einem Krankenwagen, in dem zwei Leichen Seite an Seite auf Tragen lagen. Fortunato hob das erste Laken an. Es war einer von den Jugendlichen. Er hatte lange schwarze Haare und ein Halstuch um den Kopf gewickelt. Er kam Fortunato irgendwie bekannt vor. An der Stelle, wo sich sein Hals hätte befinden müssen, lag ein Baumwollpfropf. »Er war so eine Art Handlanger für die Freimaurer«, sagte Fortunato. »Mehr weiß ich nicht.«

Altobelli deutete auf die nächste Leiche. Der Bursche war lebendig recht hübsch gewesen – leuchtend blondes Haar, markantes Kinn, ausgeprägte Nase. Er war in der Nacht dabei gewesen, als Fortunato verhaftet worden und Eileen gestorben war. Der Bursche war zu dem Schluss gekommen, dass es sich nicht lohnte, Fortunato zu töten.

»Roman«, sagte Fortunato. »Ich glaube, er hieß Roman. Er war einer von ihnen. Das Letzte, was ich über ihn gehört habe, war, dass er im Gefängnis sitzt. Muss auf Kaution freigelassen worden sein.«

»Wir haben noch ein halbes Dutzend Jugendliche gefunden – die haben wir schon abtransportiert. Und Teile von zwei oder drei Mädchen, schwer zu sagen, wie viele es waren. Die Gerichtsmedizin wird das feststellen. Wahrscheinlich Huren.« Er warf Fortunato einen raschen Blick zu. »Nichts für ungut. Da war noch etwas, das wie eine Holzstatue aussah, nur dass nicht viel mehr als Splitter übrig waren, als wir das Ding fanden. Das Komische war, es war bekleidet.«

»Wahrscheinlich ein Ass«, sagte Fortunato. »Eine Art Holzmensch oder so.«

»Wir haben noch einen«, sagte Altobelli. »Und der lebt noch.«

♣

Er durchwühlte den Müll in der Gasse nach einem schweren Gegenstand. Spector war müde und wacklig auf den Beinen. Wahrscheinlich hatte er eine Art Kater von dem, was dieses Insulin-Miststück mit ihm angestellt hatte.

Der Astronom musste seine Kräfte schnell verbraucht haben. Das war der einzige Grund, warum Spector noch lebte. Der Astronom brauchte ihn, weil Spector ihm beim Wiederaufladen seiner Kräfte helfen konnte, wenn er sich später mit Fortunatos Mädchen beschäftigen würde. Wenn sie zusammen jemanden umbrachten, half irgendetwas daran, wie Spector die Leute tötete, dem Astronom, ihre Energie zu verzehren – oder was zum Teufel er sonst tat, um an seine Macht zu kommen. Der Astronom zweigte immer etwas von dieser Energie für ihn ab. Dann fühlte Spector sich großartig, und es gab nicht mehr viele Dinge, die das bewirken konnten. Vielleicht ergab sich eine Gelegenheit, den alten Bastard vorher zu töten, wenn der Astronom schwach genug war. Andernfalls würde sich der Astronom bis an die äußerste Grenze aufladen, und dann konnte ihn niemand mehr aufhalten.

Spector wühlte in einem Container und fand einen zerbrochenen Briefbeschwerer aus Marmor. Er sah aus wie ein scheuendes Pferd, dem jedoch der Kopf abgebrochen war. Spector kniete nieder und legte seinen verstümmelten Arm auf den Asphalt. Er hielt den Briefbeschwerer über die Stelle, wo die Knochen gebrochen waren, dann ließ er ihn ein paarmal probehalber heruntersausen, wobei er jedes Mal dicht über seinem Arm innehielt. Schließlich hob er den Briefbeschwerer so hoch er konnte. Er schloss die Augen und stellte sich den Kopf des Astronoms unter seiner erhobenen Hand vor. Spector schlug so fest mit dem Briefbeschwerer zu, wie er konnte. Ein Knacken. Er knirschte mit den Zähnen, um nicht aufzuschreien, und wiederholte das Ganze. Noch ein Knacken. Er ließ das Pferd ohne Kopf fallen, richtete seine Knochen und hielt dann den Arm fest. Nach ein oder zwei Minuten ließ er los. Sein Arm war einigermaßen gerade, aber er konnte das Handgelenk immer noch nicht drehen. Die Knochen waren verwachsen und glitten nicht so übereinander, wie sie sollten.

Spector erhob sich ein wenig wacklig. Sein Arm hing schlaff herab. Er hatte noch stärkere Schmerzen als üblich, und sein Anzug, der einzige, den er besaß, war völlig hinüber. Langsam ging er die Gasse entlang zur Straße und hoffte, dass er das Schlimmste hinter sich hatte.

♥

Fortunato trat vorsichtig über die dicken Stromkabel, die die Bullen in den Tunneln ausgelegt hatten. Alle paar Meter stand eine Bogenlampe. Die Wände waren glatt und mit

winzigen Blasen übersät. Fortunato nahm an, dass eines
der Freimaurer-Asse sie mit einer Art Hitzekraft geglättet
hatte.

Der Hauptraum durchmaß knapp zehn Meter. Auf dem
Boden lag ein verschlissener Perserteppich. Jemand hatte
Zigaretten darauf ausgetreten. Das Mobiliar war billiger
Vinylschrott, der eine Zeit lang im Regen gestanden haben
musste.

Zivilbullen mit Latexhandschuhen sammelten überall
irgendwelche Gegenstände auf und verstauten sie in kleine
Plastikbeutel. Einer von ihnen hatte gerade eine Einweg-
spritze aufgehoben. Fortunato hielt das Handgelenk des
Mannes fest und beugte sich vor, um an der Nadel zu riechen. Der Bulle starrte ihn an.

»Heroin«, sagte Fortunato.

»Zurzeit gibt es das Zeug in rauen Mengen«, sagte der
Bulle. »Ist dieser Tage billig wie Dreck.«

Fortunato nickte und dachte an Veronica. Vielleicht war
sie gerade jetzt auf der Straße, band sich den Arm ab, um die
Vene in der Armbeuge hervortreten zu lassen …

»Hier drüben«, sagte Altobelli. »Ich hab keine Ahnung,
wer zum Teufel er ist.«

Fortunato erkannte ihn anhand Wasserlilies Beschreibung
wieder. Er war einer der Albträume, ein verdrehtes kleines
Genie, das die Shakti-Vorrichtung für den Astronom nachge-
baut hatte. Seine Angst vor Schaben und sein Hass auf diese
Tiere hatten ihn selbst in eine Schabe verwandelt.

»Kafka«, sagte Fortunato. »So wirst du genannt, nicht
wahr?«

»Nicht in meiner Gegenwart«, sagte der Mann. »Ansonsten schon.« Er saß auf einem tabakfarbenen Sofa in der Ecke.
Die Stellen an ihm, die nicht unter einem weißen Laborkittel verborgen waren, hatten dieselbe braune Farbe wie das
Sofa – dünne Beine mit Stacheln auf der Rückseite, Hände

wie Pinzetten, ein glattes Gesicht ohne Nase und Schwellungen, wo sich die Augen befinden mussten.

Fortunato baute sich vor ihm auf. Er empfand lediglich Verachtung. »Wo ist er?«

»Ich weiß es nicht«, antwortete Kafka.

»Warum bist du nicht tot wie die anderen?«

Der gesichtslose Kopf wandte sich ihm zu. »Lassen Sie mir noch etwas Zeit. Ich bin sicher, dass ich es auch bald sein werde. Einige der ... *Kinder* ... draußen haben sich einen Spaß mit mir erlaubt. Als ich schließlich hier ankam, hörte ich Schreie. Ich versteckte mich in einem Seitentunnel.«

»Hast du sonst noch was gehört?«

»Er hat zu einer Frau gesagt, sie solle ihn in einem Lagerhaus treffen, wenn sie fertig sei. Es ging um ein Schiff.«

»Was für ein Schiff?«

»Ich weiß es nicht.«

»Mit wem hat er geredet?«

»Ich habe ihren Namen nie erfahren und sie nur ein- oder zweimal gesehen. Außerdem sind meine Augen ziemlich schlecht. Ich könnte versuchen, ihren Geruch zu beschreiben.«

Fortunato schüttelte den Kopf. »Ist sonst noch was? Und wenn es noch so unbedeutend erscheint.«

Kafka überlegte ein paar Sekunden. »Er sagte etwas von vier Uhr. Mehr habe ich nicht verstanden.«

Demise hatte gesagt, dass alles bis vier Uhr früh erledigt sein würde. Eine Jacht? fragte sich Fortunato. Irgendein Kreuzfahrtschiff? Unwahrscheinlich. Nichts, was auf dem Wasser fuhr, konnte ihn schnell genug so weit wegbringen, dass Fortunato ihn nicht fand.

Was bedeutete, dass es sich um ein Raumschiff handeln musste. Aber woher in aller Welt sollte der Astronom ein Raumschiff nehmen?

»Bitte, sorgen Sie dafür, dass man mich einäschert, ja?«,

sagte Kafka. »Ich hasse diesen Körper. Ich hasse die Vorstellung, dass er noch da ist, wenn ich es längst nicht mehr bin.«

»Sie sind noch nicht tot«, sagte Altobelli. »Um Himmels willen.«

»So gut wie«, sagte Kafka. »So gut wie.«

Auf dem Weg hinaus sagte Fortunato: »Er hat recht, wissen Sie. Der Astronom wird ihn töten wollen. Sie müssen ihn Tag und Nacht bewachen lassen. Von einem Einsatzkommando mit M16s.«

»Das ist Ihr Ernst, oder?«

»Er hat Turtle erwischt«, sagte Fortunato.

»Na schön. Wahrscheinlich haben Sie recht. Normalerweise würde in einem solchen Fall der Verdächtige ins Gefängnis von Jokertown wandern. Das ist Captain Blacks Revier. Aber ich gebe ihm eine Abordnung von meinen Leuten mit. Für einen Tag haben wir schon genug Dreck am Hals.«

Sie kamen wieder ans Tageslicht. »Und jetzt hören Sie mir zu«, sagte Altobelli. »Seien Sie vorsichtig. Wenn Sie diesen Astronom sehen, rufen Sie Verstärkung, verstanden?«

»Ganz genau, Lieutenant.«

»Bestimmt tun Sie das«, sagte Altobelli. »Ganz bestimmt.«

Elftes Kapitel
16:00

Der Alligator, dessen elektrochemisch-neurale Reaktionen
verlangsamt waren, schob sich in einem traumähnlichen
Zeitlupentempo durch die Tunnel tief unter der Bowery. Das
Reptilienhirn war sich dessen nicht bewusst, aber er hatte
ungefähr die Richtung zum Stuyvesant Square eingeschlagen. Die Kreatur, die zu anderen Zeiten Jack Robicheaux
war, suchte Nahrung. Ihr Maul mit den weit aufgerissenen
Nüstern schnappte nach rechts und links in dem Versuch,
den Aufenthaltsort eines besonders köstlichen Leckerbissens
auszumachen. Der Leckerbissen hatte dunkelbraune Augen
und glänzendes schwarzes Haar. Der Verstand des Alligators war auf dieses Bild fixiert.

Der Alligator watschelte durch Inseln aus kaltem Licht,
das von der an den Wänden angebrachten Niedervolt-Not-
beleuchtung abgestrahlt wurde. Die Wartungsmannschaft,
die Jack manchmal befehligte, hatte die Beleuchtung vermutlich brennen lassen, obwohl die Leute erst nach dem
Wochenende, das sich an den Feiertag anschloss, wieder zur Arbeit zurückkehren würden. Die Stadt würde
die Stromrechnung bezahlen. Niemand interessierte sich
dafür.

Der Alligator bog um eine Ecke und betrat einen viel älteren Abschnitt des Tunnels. Der Boden bestand nicht aus Beton, sondern aus Steinplatten. Die Decke wurde niedriger.
Der Alligator spürte eine willkommene Zunahme der Feuch-

tigkeit, als seine Füße durch ein paar Pfützen mit brackigem Wasser wateten.

Der Blick seiner starren Augen strich ungerührt über Graffiti, die Vandalen auf die Steinwände gekritzelt hatten. Kurz vor der Einmündung eines kleinen Seitentunnels hatte jemand, der über sehr viel Zeit verfügte, Buchstaben in das Gestein gemeißelt: CROATOAN.

Den Alligator kümmerte das nicht. Er reagierte nur auf seine Grundbedürfnisse und kämpfte gegen die grässliche Schwerkraft an, die bei jedem Schritt an ihm zerrte. Hunger. Er war immer noch so hungrig ... So bedürftig ...

Das flache Wasser bedeckte den Boden jetzt durchgängig. Der Alligator war froh darüber und hoffte auf einer ursprünglichen Ebene, dass der Wasserstand weiter ansteigen würde, bis er schwimmen konnte. Der kräftige Schwanz zuckte voller Vorfreude zeitlupenhaft hin und her.

Seine Ohren fingen ungewohnte Geräusche auf, und er hielt ruckartig an. Beute? Er war nicht sicher. Normalerweise konnte *alles* Beute sein, aber die Geräusche hatten etwas an sich ... Er hörte das Krabbeln vieler Krallen auf Stein, ein zischendes Fauchen von etwas, das an Stimmen erinnerte.

Sie kamen um die Kurve vor ihm. Es waren mindestens zwei Dutzend, die meisten winzig, so klein wie sein Fuß. Andere waren größer, und ein paar, die Anführer, maßen vielleicht ein Viertel seiner dreieinhalb Meter.

Der größere Alligator öffnete langsam das Maul und brüllte eine Herausforderung.

Die kleineren Reptilien blieben im Halbkreis um ihn stehen, ihre Augen funkelten im Licht der Notbeleuchtung. Ihre Panzer, deren moosgrüne Farbe bei den kleinsten am deutlichsten ausgeprägt war, glänzten feucht. Die Panzer der größeren, älteren Alligatoren hatten einen fahlweißen Unterton, eine dunkle Blässe.

Das ganze Rudel fing an zu zischen und zu knurren und

schob sich vorwärts. Hunderte scharfe Zähne glänzten hell wie polierte Knochen.

Der größere Alligator sah sie an und brüllte erneut. Sie *konnten* Nahrung sein, aber er wollte nicht, dass sie es wurden. Sie waren etwas anderes. Sie waren wie er, auch wenn sie viel kleiner waren. Er schloss das Maul und wartete auf sie.

Die kleineren erreichten ihn zuerst, richteten sich auf Schwanz und Hinterbeine auf und rieben sich an seinen muskulösen Füßen. Der Tunnel hallte wider vom Zischen und Fauchen, teils tief und grollend, doch vorwiegend hoch und schrill.

Sie umringten ihn nur kurze Zeit, die kleineren, agileren Alligatoren tänzelnd, während sich die größeren Reptilien an ihrem großen Bruder rieben. Der größere Alligator empfand etwas Fremdartiges, Verwirrendes, das auf allen Ebenen beunruhigend war. Es war kein Hunger. Es war etwas ganz anderes.

Dann verließ ihn das Rudel, wobei ihn die kleineren Mitglieder noch ein paarmal fröhlich umkreisten, bevor sie sich ihren Kameraden hinter der nächsten Biegung wieder anschlossen. Das Trippeln der Krallen auf feuchtem Stein wurde leiser, der Geruch der anderen Reptilien schwächer.

Und da wurde der größere Alligator in seiner entschlossenen Zielstrebigkeit schwankend. Etwas zerrte an ihm, drängte ihn umzukehren und den kleineren Reptilien zu folgen, Teil von etwas Größerem zu werden und etwas anderes zu sein als das, was er schon war.

Dann verhallten die Geräusche, die Gerüche verzogen sich, und der Alligator hörte nur noch tropfendes Wasser. Er wandte sich der Dunkelheit des Tunnels zu und hob wiederum mühsam einen Fuß nach dem anderen. Der Hunger, den er zu stillen suchte, war mehr als bloßer Appetit, und im

Augenblick gab es nichts Wichtigeres, als dem Bild in seinem Kopf zu folgen.

♦

Jennifer begriff allmählich, was es hieß, gejagt zu werden, nachdem sie zwei Stunden ohne Geld, ohne Schuhe und mit sehr wenig Kleidung allein auf der Straße verbracht hatte. Sie hatte Angst, lange an einem Ort zu bleiben, weil sie befürchtete, dass der Reptilien-Joker sie wieder aufspüren würde, aber sie hatte auch Angst, jemanden um Hilfe zu bitten. Sie hatte Angst, in ihre Wohnung zurückzukehren, falls man sie dorthin verfolgen und ihre Identität aufdecken würde. Aber es war bereits Nachmittag, bald würde es dunkel werden. Sie hatte auch Angst, auf der Straße zu bleiben. Ein halbes Dutzend unmoralische Angebote hatte sie bereits ignoriert, und bei Anbruch der Nacht würde es noch schlimmer werden. Sie wollte etwas Entscheidendes unternehmen, aber sie fühlte sich zu mitgenommen, zu sehr wie ein Hase, der von allen Hunden gehetzt wurde, um einen vernünftigen Plan zu fassen.

Sie brauchte eine Zuflucht, einen Ort voll Frieden und Sicherheit, wo sie durchatmen, ihre wunden Füße ausruhen und vor allem nachdenken konnte. Das Schild vor einem kleinen Gebäude auf der Orchard Street ließ sie innehalten. Das war genau der Ort, den sie suchte.

Es war eine Kirche. »Unsere Mutter des Beständigen Elends«, stand auf einem Schild. Vermutlich handelte es sich um eine katholische Kirche. Jennifer war protestantisch aufgewachsen, aber ihre Familie war nicht sehr religiös gewesen, und sie selbst hegte keine tiefen religiösen Gefühle. Jedenfalls keine, die sie daran hindern würden, in einer katholischen Kirche Zuflucht zu suchen.

Sie eilte die abgewetzten Steinstufen hinauf und durch die

große hölzerne Doppeltür, die sich in ein kleines Vestibül öffnete. Sie betrat das Vestibül, sah die Tür, die in das Kirchenschiff führte, und blickte sich um.

Das Vestibül selbst war ein kleiner, fensterloser, gefliester Raum. Holzbänke mit darüber angebrachten und jetzt leeren Mantelhaken standen an den Wänden. Die geschlossene Doppeltür, die ins Kirchenschiff führte, war ebenfalls aus Holz. Ein Bild zierte die Tür. Es handelte sich um naive Malerei, die wunderschön gewesen wäre, hätte es sich nicht um ein derart groteskes Motiv gehandelt.

Die zentrale Gestalt war ein gekreuzigter Jesus, aber ein Jesus, wie Jennifer noch keinen gesehen hatte. Er – Jennifer stellte ihn sich männlich vor, obwohl sie nicht sicher war, ob das Pronomen in diesem Fall zutraf – war nackt bis auf ein Lendentuch aus Leinen. Aus seiner Hüfte wuchs ein zusätzliches Paar verschrumpelter Arme, und auf seinen Schultern saß ein zusätzlicher Kopf. Beide Köpfe hatten ästhetisch schlanke Züge. Einer war bärtig und maskulin, der andere glattwangig und feminin. Wegen der Dornenkrone auf beiden Köpfen lief Blut über die Gesichter. Christi Leib besaß vier Paar Brüste, und jedes Paar war kleiner als das Paar darüber. Zwischen der dritten und vierten Brust auf der rechten Seite klaffte eine rote Wunde, aus der Blut auf die unterste Brust lief. Jennifer erkannte, dass dieser Christus nicht an ein Kreuz, sondern auf eine gewundene Doppelhelix, das Zeichen für die DNS, geschlagen worden war.

Im Hintergrund des Bildes konnte sie andere Gestalten ausmachen, die der Jesus-Figur untergeordnet waren. Eine war schmal, schlank und in grellen Farben gekleidet. Sie ähnelte Dr. Tachyon. Doch wie der römische Gott Janus hatte dieser Tachyon zwei Gesichter. Eines war heiter und engelsgleich. Es lächelte lieblich und hatte einen Ausdruck gütigen Wohlwollens. Das andere war die grinsende Fratze eines Dämons, bestialisch und wütend, und aus dem aufgerissenen Mund mit scharfen Zähnen troff Geifer. Die Tachyon-Gestalt hielt eine matte Sonne in der rechten Hand auf der Seite des Engelsgesichts. In der linken Hand hielt sie einen gezackten Blitz.

Es gab noch andere Gestalten, deren Vorbilder für Jennifer nicht so eindeutig zu erkennen waren. Eine lächelnde Madonna mit gefiederten Flügeln säugte den Kopf eines Jesus-Babys an jeder Brust, ein ziegenbeiniger Mann in einem weißen Laborkittel trug etwas, das wie ein Mikroskop aussah, während er einen Tanz aufführte. Ein Mann mit goldener Haut und einem Ausdruck immerwährender Scham und kummervoller Sorge in dem hübschen Gesicht jonglierte mit einem funkelnden Regen silberner Münzen.

Über diesem Bild standen die Worte: *Unsere Mutter des Beständigen Elends.* Und darunter in etwas kleinerer Schrift: *Kirche von Jesus Christus Joker.*

Jennifer spitzte die Lippen. Sie hatte vage von diesem Zweig des orthodoxen Katholizismus gehört, dem sich viele Joker verschrieben, die eine religiöse Ader hatten. Natürlich wollte die katholische Kirche nichts mit der Kirche von Jesus Christus Joker zu tun haben und betrachtete sie als Ketzerei. Es war nicht gerade eine Untergrundreligion, aber niemand, der kein Joker war, wusste sonderlich viel über sie – und noch weniger über die geheimen Rituale, die angeblich in unterirdischen Krypten ausgeführt wurden. Schließlich waren die für die Öffentlichkeit längst nicht so zugänglich wie die anderen Kirchenräume.

Jennifer kam zu dem Schluss, dass dies nicht der rechte Augenblick für ein theologisches Forschungsunternehmen war. Sie wollte sich gerade abwenden und die Kirche verlassen, als ein Laut, ein schabendes, saugendes, klatschendes Geräusch, von der anderen Seite der Doppeltür zum Kirchenschiff ertönte. Sie erstarrte, und das Bild von Jesus Christus Joker teilte sich in der Mitte, als sich die Tür öffnete. Eine Gestalt stand vor ihr, vage erhellt durch die Reihen brennender Kerzen im Kirchenschiff. Sie war klobig und massig, von der Größe eines normalen Mannes, aber doppelt so breit und vollkommen von einer gewaltigen Soutane bedeckt, die bis zum Boden reichte. Die Hände der Gestalt waren in weiten Ärmeln verborgen, und Jennifer konnte im Schatten der Kapuze ein kahles, leichengraues Gesicht ausmachen. Das Gesicht sah rund und ölig aus und hatte zwei große, leuchtende Augen, die von beständig zwinkernden Membranen bedeckt waren. Das Gesicht besaß keine Nase, sondern ein Bündel von Ranken an der Stelle, wo sich normalerweise die Nase befunden hätte. Die Ranken zuckten und raschelten und bedeckten den Mund des Jokers wie ein seltsamer, ungekämmter Schnurrbart.

Jennifer starrte die Gestalt an und schluckte.

Der Joker machte einen Schritt ins Vestibül. Jennifer hörte wieder das schwache Klatschgeräusch wie Saugnäpfe auf Stein. Der Joker hatte einen sonderbar modrigen Geruch nach Meer oder Fisch an sich.

Er betrachtete Jennifer mit seinen strahlenden, ernsten Augen, und als er sprach, wurde seine Stimme von den tentakelartigen Ranken vor seinem Mund gedämpft, aber sie konnte seine Worte ganz deutlich verstehen.

»Willkommen in der Mutter des Beständigen Elends. Ich bin Pater Squid.«

Die zwinkernden Membranen auf Pater Squids Augen flatterten rasch über die vorstehenden Augäpfel, obwohl die Augen selbst offen und starr waren. Hinter den Tentakeln, die seinen Mund bedeckten, lächelte er vielleicht. Jedenfalls hoben sich seine Wangen, und seine Stimme wurde noch sanfter und freundlicher.

»Hab keine Angst vor mir oder sonst etwas in diesen vier Wänden, mein Kind. Ich habe den Eindruck, du könntest Hilfe brauchen. Ich würde mich nach Kräften mühen, dir behilflich zu sein, wenn ich nur wüsste, was du brauchst.«

Die in schwerfälligen Sätzen formulierten Worte beruhigten Jennifer augenblicklich. Irgendwie konnte sie vor niemandem Angst haben, der Dinge sagte wie: »Ich würde mich nach Kräften mühen, dir behilflich zu sein.«

»Nun ja ... äh ... Pater, ich bin tatsächlich in einer Notlage. Aber ich bin nicht sicher, ob Sie mir helfen können.«

»Vielleicht«, sagte Pater Squid, »vielleicht auch nicht. Aber ich bin sicher, dass dein Erscheinen hier in Unserer Mutter des Beständigen Elends kein Zufall ist. Vielleicht hat der Herrgott deine Schritte zu unserer Tür gelenkt. Vielleicht solltest du mir ganz einfach deine Geschichte erzählen.«

Warum nicht?, dachte Jennifer plötzlich. Vielleicht wusste er wirklich einen Ausweg aus dieser Misere.

»Also gut«, begann sie, um gleich darauf wieder innezuhalten. Pater Squid nickte, als könne er ihrer Miene etwas entnehmen.

»Keine Sorge, mein Kind. Alles, was du mir erzählst, bleibt unser Geheimnis.« Er öffnete die Tür und deutete auf das Kirchenschiff. Seine Hand, die zum ersten Mal den voluminösen Ärmel seiner Soutane verließ, war groß und grau und hatte lange, dünne Finger. Jennifer konnte flache kreisförmige Vertiefungen wie von verkümmerten Saugnäpfen auf der Handinnenseite erkennen. »Der Beichtstuhl ist dort hinten. Das Band zwischen Priester und Beichtendem ist wohlbekannt und wird überall geachtet. Alles, was dort gesagt wird, bleibt unter uns.«

Jennifer nickte. Das Band zwischen Priester und Beichtendem war ebenso stark wie das zwischen Anwalt und Klient und wurde tatsächlich weniger leichtfertig durchbrochen. Immer vorausgesetzt, der Priester war vertrauenswürdig. Sie musterte den großen Joker mit dem ernsten Gesicht und kam zu dem Schluss, dass sie ihm vertraute.

Pater Squid hielt ihr die Tür auf und machte ihr Platz, als

sie *Unsere Mutter des Beständigen Elends,* die Kirche von Jesus Christus Joker, betrat.

♠

Bagabond schauderte, als das Trio durch die massiven Eingangstüren der Gruft ging. »Ich kann verstehen, warum sie das hier Gruft nennen«, sagte sie.

Paul schüttelte den Kopf. »Der Name reicht über ein Jahrhundert auf das erste hier erbaute Gefängnis zurück. Dies ist das dritte. Ursprünglich sah das Gebäude wirklich wie ein ägyptisches Grabmal aus.«

»Es gefällt mir trotzdem nicht.«

Er berührte sie an der Schulter. »Ich weiß. Ich bin vielleicht Staatsanwalt, aber ich hasse Gefängnisse ebenfalls. Ich komme mir darin vor wie ein gefangenes Tier.« Er redete leise. Rosemary, die vor ihnen rasch zum wachhabenden Sergeant ging, hörte es offenbar nicht.

»Die meisten Tiere sind frei, wenn sie nicht von einem Menschen versklavt werden.« Bagabond sah ihn direkt an. Paul zuckte unter ihrem Blick zusammen.

»Stimmt.«

Bagabond sah an ihm vorbei. »Ich glaube, Rosemary braucht Sie.« Die stellvertretende Bezirksstaatsanwältin hatte sich vom Pult des Wachhabenden abgewandt und winkte Paul.

Indem sie kurz durch das Bewusstsein eines Pennbruders streifte, der auf einer Bank in der Eingangshalle saß und sich seiner Menschlichkeit nicht mehr bewusst war, konnte Bagabond aus dieser Perspektive beobachten, wie der Ausdruck auf Pauls Miene von Verwirrung zu Nachdenklichkeit und dann zu Interesse wechselte. Sie folgte Paul zu Rosemary, während die stellvertretende Bezirksstaatsanwältin mit dem Wachhabenden stritt.

Rosemary war unzufrieden. »Sie *können* ihn gar nicht verloren haben. Dieser Bursche wurde in eine Zelle *teleportiert.* Wie viele Leute landen jeden Tag auf diese Weise hier?« Rosemary funkelte den an einem Pult sitzenden kahlköpfigen Beamten an. Der Bulle funkelte zurück.

»Wenn er teleportiert wurde, ist er nicht an diesem Pult vorbeigekommen«, sagte der Sergeant. »Wenn er nicht an diesem Pult vorbeigekommen ist, gibt es keine Unterlagen über ihn. Und ohne Unterlagen gibt es keine Möglichkeit, ihn aufzuspüren. Vielleicht ist er hier, aber wir haben keine Akte von ihm.« Der Beamte lehnte sich auf seinem überlasteten, quietschenden Stuhl zurück und lächelte auf Rosemary herab. »Man muss sich immer an die Bestimmungen halten.« Er pflanzte sein Vielfachkinn auf seine tonnenförmige Brust und sah sehr zufrieden mit sich aus.

Rosemary umklammerte mit beiden Händen die Kante des Pults und holte tief Luft.

Bevor sie etwas sagen konnte, meldete sich Paul zu Wort: »Ich glaube, sein Name ist Keule, *die* Keule.« Er warf diese Information in dem offensichtlichen Bestreben ein, seine Chefin entweder vor einem Schlaganfall oder davor zu bewahren, den Wachhabenden zu ermorden. Rosemary fuhr herum und starrte ihn mit weit aufgerissenen, zornig dreinblickenden Augen an. »Groß, muskulös«, fuhr Paul fort. »So ähnlich gebaut wie Sie.«

»Fällt mir nichts zu ein.« Der Sergeant grinste breit, während Paul sich zu Rosemary umdrehte und resigniert die Achseln zuckte. Jetzt wandte sie sich wieder an den Sergeant.

Mit mühsam beherrschter Stimme sagte sie: »Vielleicht könnten Sie einen Beamten für mich auftreiben.«

»Sind genug da.« Der Sergeant deutete vage in die Runde des Raums, wo eine Reihe von Leuten, sowohl Polizisten als auch Delinquenten, ihre Gespräche unterbrochen hatte, um dem Wortwechsel zuzuhören.

Rosemary schloss die Augen und knirschte mit den Zähnen. Mit müder Stimme sagte sie: »Wo finde ich Sergeant Juan Fitz Gerald?«

»Juan«, wiederholte der Wachhabende, als ginge er in Gedanken eine lange Liste durch. »Warum haben Sie das nicht gleich gesagt? Juan ist in Block C. Finden Sie allein dorthin, oder soll ich Ihnen einen Beamten mitgeben, der Ihnen im Dunkeln die Hand hält?«

»Ich *kenne* den Weg.« Rosemary marschierte zum ersten Tor, das zum Zellenblock führte. Paul und Bagabond folgten ihr. Bagabonds Augenwinkel legten sich vor Belustigung in kleine Fältchen.

»Was ist so komisch?« Paul warf einen ängstlichen Blick auf Rosemarys Rücken.

»Was sie sich gefallen lässt. Ich hätte ihm den Hals durchgeschnitten.« Was sie sagte, klang kategorisch und vollkommen ernsthaft.

Paul sah einen Moment lang verwirrt drein und lächelte dann. »Nee, zu viele Zeugen. Außerdem, kein Hals, keine Informationen.« Er nickte nachdenklich. »Besser wäre es, ihn in eines dieser Treppenhäuser zu locken und ihm dann die Kniescheiben zu brechen.«

Bagabond blieb stehen und betrachtete ihn zum ersten Mal mit Respekt. »Nur weiter so, Mr. Goldberg. Das gefällt mir.«

»Das freut mich. Übrigens heiße ich Paul.«

»Suzanne«, sagte sie. »Sie können mich Suzanne nennen.«

»Kommt ihr zwei?«, fragte Rosemary über die Schulter. »Ich halte den Aufzug nicht ewig fest. Ihr könnt euch noch in eurer Freizeit näherkommen.« Sie starrte sie an, während ihr offenbar klar wurde, wie missglückt ihr Witz war. Paul und Bagabond wechselten einen befangenen Blick. »Gut.« Rosemary betrat die Kabine zuerst und drückte auf den Etagenknopf.

In Block C wurden sie einer oberflächlichen Durchsuchung unterzogen, bevor sie durch das Stahltor gingen, dessen braune Farbe überall abblätterte. Als sie um die nächste Ecke bogen, blieben die drei beim Anblick des ungeschlachten Riesen, der den gesamten Gang von einer grün gestrichenen Wand zur anderen nahezu vollständig ausfüllte, unwillkürlich stehen. Er drehte ihnen den Rücken zu.

Bagabond stieß ein alarmiertes *Miau* aus, und sowohl Rosemary als auch Paul sahen sie verdutzt an.

»Was ich nicht alles für diese Stadt tue.« Rosemary trat kopfschüttelnd vor. »Rosemary Muldoon, Büro des Bezirksstaatsanwalts. Was geht hier vor?«

Der Riese drehte sich zu ihr um. Zwei Männer, die hinter ihm standen, ergriffen ebenfalls das Wort.

»Mein Klient ...«

»Dieser *Herr* ...«

»Ich will hier *raus*!«

»Ruhe, bitte!«, schnitt Rosemary allen dreien das Wort ab. »Fitz Gerald, erstatten Sie mir Bericht«, sagte sie zu dem uniformierten Beamten. »Und Sie beide merken sich, was Sie sagen wollten, und rühren sich nicht vom Fleck.«

Der Anwalt in dem hellgrauen Armani-Anzug sprach so laut, dass Rosemary und die anderen ihn im Vorbeigehen verstehen konnten. »Universität New York, würde ich sagen.« Sein Ton ließ keinen Zweifel daran, wie die Bemerkung gemeint war.

Rosemary zog den einen Meter achtzig großen puertoricanischen Beamten mit sich den Flur entlang.

Bagabond warf einen Blick auf Paul und nickte in Richtung Keule. »Behalten Sie ihn im Auge.«

»Großartig.« Paul bedachte den Anwalt und den riesigen Mann neben ihm mit einem Lächeln. Er streckte die Hand aus. »Paul Goldberg, Büro des Bezirksstaatsanwalts. Wie läuft's denn so?«

Bagabond folgte Rosemary.

»Was ist hier eigentlich los?«, fragte die stellvertretende Bezirksstaatsanwältin Fitz Gerald. »Wer ist der geschniegelte Typ?«

»Er sagt, er kommt von Latham & Strauss.« Rosemarys ungläubiger, angewiderter Gesichtsausdruck schien den Beamten ein wenig aus der Fassung zu bringen.

»Nicht schlecht für einen zu groß geratenen Punk.« Sie nickte. »Was genau ist vorgefallen?«

»Dieser Keule ist einfach so aufgetaucht. Ist wahrscheinlich von Popinjay geschickt worden – von Jay Ackroyd.«

»Ich habe den Namen schon mal gehört.« Rosemary zuckte die Achseln. »Diese Stadt braucht nicht noch mehr wehrhafte Wohltäter.«

»Nun, er hat es schon öfter getan, und es gab nie ein Problem. Normalerweise schneit er etwas später herein und macht eine belastende Aussage. Aber diesmal hat er sich nicht blicken lassen. Ich habe Keule seine Rechte vorgelesen und ihn seinen Anruf machen lassen.« Fitz Gerald deutete auf den geschniegelten Mann, der sich eingehend mit dem Goldverschluss seiner Aktentasche beschäftigte. »Vor zwanzig Minuten ist dann dieser Bursche aufgetaucht.«

»Wunderbar.« Eine Hand vor dem Mund, starrte Rosemary an die Decke, als warte sie auf eine Erleuchtung.

Der Anwalt kam zu ihnen. »Entschuldigen Sie bitte, aber mein Klient würde jetzt gern gehen.« Der Farbton des Armani-Anzugs entsprach exakt dem Grau seiner Haare. Er hatte ein öliges Lächeln aufgesetzt.

»Nun, Mr. …«

»Tulley, Ma'am. Simon Tulley.«

»Mr. Tulley. Uns liegt eine ganze Reihe ernsthafter Anschuldigungen gegen Ihren Klienten vor.« Rosemary schüttelte besorgt den Kopf.

»Ach?«, sagte Tulley. »Ich wusste gar nicht, dass überhaupt eine Anschuldigung vorliegt.«

»Ich glaube nicht, dass es im öffentlichen Interesse liegt, Mr. Keule freizulassen, ohne diese Angelegenheit gründlich zu untersuchen.«

Bagabond nickte.

Tulley sah Bagabond stirnrunzelnd an. »Und wer ist diese andere reizende junge Dame?«

»Eine Mitarbeiterin. Ms. Melotti.« Rosemary warf einen Blick auf Bagabond, um sich dann rasch wieder Tulley zuzuwenden. Keules Rechtsanwalt streckte die Hand aus. Bagabond starrte sie an, als inspiziere sie ein Stück verwestes Fleisch.

»Ich bin entzückt.« Tulley holte tief Luft und richtete seine Aufmerksamkeit wieder auf Rosemary. »Ich will die grundlose Verhaftung gar nicht als potenzielles Problem anführen, Ms. Muldoon, aber Sie sollten Ihre Position ernsthaft überdenken.«

»Mr. Tulley, wie Sie gerade scharfsinnig festgestellt haben, ist Ihr Klient noch gar nicht offiziell verhaftet worden.«

»Dann also Freiheitsberaubung. Ich verliere langsam die Geduld.« Tulley richtete seine lange aristokratische Nase auf Rosemary. »Wo sind die Anklagepapiere?«

»Die Abwicklung des Papierkrams erfolgt heute zweifellos ein wenig langsamer als sonst – der Feiertag und so weiter. Ich hatte gerade selbst ein kleines Problem damit.« Rosemary breitete die Hände zu einer Geste der Hilflosigkeit aus und lächelte Tulley unschuldig an. »Ich muss das Allgemeinwohl im Auge behalten.«

»Und ich bin hier, um das Wohlergehen meines Klienten zu schützen. Wir gehen jetzt.« Tulley zeigte seine Zähne und marschierte zu Keule zurück.

»Tulley …« Rosemary folgte ihm.

»Zeigen Sie mir einen Zeugen. Zeigen Sie mir eine Zeugenaussage. Haben Sie nicht? Dann nehme ich ihn mit, andernfalls verklage ich die Stadt.« Tulley ergriff besitzer-

greifend Keules Arm. Der Riese grinste Rosemary und Bagabond an.

»Wiedersehen«, sagte er mit hoher, schriller Stimme, die
nicht zu seiner Größe passte. »Wir sehen uns. Hoffentlich
bald.« Keule wartete auf eine Reaktion der Frauen. Als keine
kam, funkelte er sie an und ging Tulley voran zum Tor. Fitz
Gerald presste sich gegen die Wand, als sie vorbeigingen.

Rosemary sah Paul an und lachte verbittert. »Sagen Sie
dreimal leise: ›Ich liebe die Zusatzartikel.‹« Sie hob die rechte
Hand und massierte ihre Schläfe. »Geht ihr zwei schon vor.
Ich will Fitz Gerald ein paar Dinge fragen. Ich treffe euch
draußen.«

Bagabond und Paul schwiegen im Fahrstuhl. Paul sah deprimiert aus. In das Sonnenlicht hinauszumarschieren war
wie ein Auftauchen aus tiefstem Wasser. Goldberg setzte
sich auf eine der abgewetzten Marmorstufen.

»Ich habe mich jahrelang mit Konzernrecht befasst – Fusio-
nen, Übernahmen, Aufkäufe, der ganze Kram. Dann wollte
ich etwas bewirken, etwas beisteuern. Eine Art Rückzah-
lung, wissen Sie? Also nahm ich den Job bei der Staatsanwaltschaft.« Er klopfte mit den Knöcheln auf den Stein. »Und
was bewirke ich? Unsere eigenen Stärken behindern uns.«

»Das ist mir schon vor langer Zeit klar geworden.« Bagabond zuckte die Achseln und beobachtete die gelbe Flut vorbeifahrender Taxis. Müßig verlagerte sie einen Teil ihres Bewusstseins in die Tauben, die auf dem Dach der Gruft saßen,
und betrachtete die Menge.

»Aber man muss etwas zurückgeben. Man hat eine gewisse Verantwortung.« Paul sah die Frau an, die blicklos in
den Himmel starrte.

Bagabond erschrak. »Sie sind die zweite Person, die das
heute zu mir sagt.« Eine Taube flog zu ihrer Schulter, aber
sie lenkte sie fort, bevor sie auf ihrer Schulter landen konnte.
»Vielleicht haben Sie recht.«

Paul zögerte, dann sagte er: »Mir ist klar, dass das jetzt ziemlich abrupt kommt, aber ich muss Ihnen etwas sagen.«

Bagabond widmete ihm jetzt ihre ungeteilte Aufmerksamkeit.

»Sie sind die faszinierendste Person, der ich in dieser Stadt bisher begegnet bin …«

»Rosemary wird entzückt sein«, sagte Bagabond.

»Rose … Ms. Muldoon ist meine Chefin. Außerdem ist sie nicht mein Typ. Etwas zu konventionell.« Paul erhob sich und sah sie an.

»Ich bin nicht konventionell?« Belustigt fragte sich Bagabond, für wie »anders« er sie hielt.

»Nichts für ungut. Ich frage mich, ob wir nicht irgendwann mal zusammen essen gehen könnten.« Goldberg beobachtete vorübergehend ein paar Leute, die hinter Bagabond die Stufen erklommen. »Entschuldigung. Sie machen mich äußerst nervös.«

»Danke, aber ich arbeite meistens abends und nachts.« Bagabond war verwirrt. Ein Teil von ihr wollte tatsächlich seine Einladung annehmen.

»Also gut. Wie steht es dann mit Frühstück?«

»Frühstück?«

»Sicher. Ich laufe jeden Morgen zehn Kilometer, richtig früh, so gegen fünf. Dann gehe ich nach Hause und mache mich für die Arbeit fertig. Wenn mir danach ist, genehmige ich mir ein riesiges Frühstück, bevor ich zur Arbeit gehe. Es macht die Laufarbeit zunichte, schmeckt aber großartig.« Er lächelte sie an und legte den Kopf ein wenig schief. »Leisten Sie mir einmal Gesellschaft – nur beim Frühstück?«

»In Ordnung.« Bagabond nickte und lächelte dann zögernd. Zum ersten Mal spiegelte sich das Lächeln auch in ihren Augen wider. »Ja, das könnte mir gefallen.«

»Wie wär's mit morgen?«

Sie starrte ihn an, wiederum ausdruckslos.

»Erzählen Sie mir nicht, Sie haben schon eine andere Verabredung«, sagte Paul.

»Um wie viel Uhr?«

»Um sieben. Ich kann Sie abholen …«

»Ich treffe Sie. Wo?« Bagabond konzentrierte sich darauf, den Gedanken zu unterdrücken, dass sie einen *großen* Fehler machte.

»Auf dem Markt an der Ecke Greenwich und Seventh Avenue.«

»Ihr zwei seht sehr nachdenklich aus.« Rosemary kam die Stufen herab. »Ich weiß, dass Popinjay helfen wollte, aber es gibt Zeiten, da wünschte ich, die Asse würden sich nicht überall einmischen. Das würde mein Leben stark vereinfachen. Ihres auch, Paul.« Wehmütig schüttelte sie den Kopf. »Paul, gehen Sie ins Büro zurück. Arbeiten Sie mit Chavez. Suzanne und ich haben noch etwas zu erledigen.«

»Wir sehen uns später«, sagte er zu Bagabond, als er ihr zum Abschied die Hand schüttelte.

Nachdem die beiden Frauen Paul auf seinem Weg zurück zur Staatsanwaltschaft eine Weile nachgesehen hatten, betrachtete Rosemary Bagabond mit nachdenklichem Blick. »Er mag dich, weißt du. Natürlich verdient Jack als Gewerkschaftsfunktionär viel mehr Geld, aber Paul hat gewisse Reize.« Rosemary legte den Kopf schief und verengte die Augen. »Zum Beispiel einen tollen Arsch.«

»Madonna des zwanzigsten Jahrhunderts?«

»*Das war vor langer Zeit.*« Sie wechselte das Thema. »Wo ist Jack?«

»Lass uns an einen ruhigen Ort gehen, wo ich mich konzentrieren kann. Ich brauche eine Gasse.« Bagabond marschierte zur nächsten Ecke.

»Eine Gasse«, sagte Rosemary. »Du bewegst dich wirklich in den tollsten Gegenden. Hat dir noch nie jemand gesagt, dass man die Gassen von Manhattan meiden sollte?« Sie holte Bagabond ein, und sie überquerten die Lafayette Street. »An solchen Orten kann man leicht ums Leben kommen.«

♣

Die Dunkelheit im Beichtstuhl wirkte beruhigend. In dem Holzkasten roch es noch stärker nach Meer, und Pater Squids Körperfülle auf der anderen Seite der Milchglasscheibe hatte etwas Tröstliches. Er stieß leise Seufzer aus, während er über Jennifers Geschichte nachdachte.

»Ich glaube, ich kenne den Joker, der an dich herangetreten ist, mein Kind«, sagte der Priester schließlich. »Er gehört nicht zu meinen Kindern, aber es gibt nicht viele Joker, die nicht wenigstens ein- oder zweimal hier waren, um das Wort Gottes zu hören. Er hört auf den Namen Wyrm. Sein Ruf ist nicht der beste.« Pater Squid verfiel in ein meditatives Schweigen, das einige Minuten lang andauerte. »Ich bin ein wenig verwirrt, aber vielleicht stellt sich das Verständnis noch ein. Komm.« Er erhob sich, schob den schweren Vorhang beiseite, der den Beichtstuhl nach außen abschirmte, und trat hinaus. Jennifer folgte ihm. »Ich muss einige Erkundigungen einziehen.« Er hielt eine breite, spatelförmige Hand hoch, um die Frage abzuwehren, die er in Jennifers Miene sah. »Keine Angst. Ich werde äußerst subtil und umsichtig vorgehen. Mach es dir gemütlich. Ruh dich aus. Du bist hier so sicher wie in deinem eigenen Haus. Vielleicht noch viel sicherer, wenn deine Vermutungen stimmen.«

Seine Wangen hoben sich wieder, als würde er lächeln, und Jennifer nickte. Sie sah Pater Squid nach, als dieser davonwatschelte und dabei leise, klatschende Geräusche auf den Fußbodenfliesen verursachte, während er mit schwerfälliger Würde in den hinteren Teil der Kirche ging.

♥

Roulette näherte sich dem Höhepunkt, und sie versuchte zu widerstehen. Die Anstrengung bewirkte, dass sich ihre Oberschenkel verkrampften und eine Welle der Übelkeit über die feurigen Lanzen wusch, die Bauch und Unterleib ausfüllten. Tachyon mit seiner *verdammten* Sensibilität richtete die violetten Augen auf sie und verlangsamte seine Stöße. Seine Hände streichelten ihre Brüste und glitten über ihre Seiten.

Loslassen!

Und so schnell der Befehl gegeben wurde, wurde er auch wieder zurückgenommen. Die Flut zog sich zurück und machte ihrer Enttäuschung mit einer Stimme Luft, die dem Astronom gehörte.

Körper und Geist waren wieder im Einklang und nicht mehr durch Furcht und Unentschlossenheit zerrissen. Ihre Leidenschaft wuchs, und sie schaukelte in einem hektischen Rhythmus, passte sich den Stößen seines kleinen, stämmigen Körpers an.

Das schrille Klingeln der Türglocke hallte durch die Wohnung. Unter ihren Händen spürte sie, wie sich seine Muskeln spannten, und sein Glied glitt heraus.

»Verdammt, verdammt, verdammt«, flüsterte er, während er hektisch wieder in sie einzudringen versuchte. Sie griff nach unten, um ihm zu helfen. Ihre Hände gerieten sich in die Quere und rutschten über die glitschige Haut seines Penis.

Es klingelte erneut.

Endlich war er wieder in ihr, aber es klingelte weiter, und er lag schlaff und untätig auf ihr.

Seufzend schloss er kurz die Augen und sagte: »Ich glaube, der Augenblick ist ruiniert.«

»Ja.«

»Soll ich zur Tür gehen?«

»Ich glaube nicht, dass es sonst aufhört.«

»Warte hier.«

Er erhob sich und warf einen brokatbestickten Hausmantel aus schwarzer Seide über. Der Mantel war zu lang, und der Saum schleifte über den rauchgrauen Teppich. Tachyon schloss sorgfältig die Schlafzimmertür hinter sich, und sie fragte sich, ob er damit seinen oder ihren Ruf schützen wollte.

Sie verschränkte die Arme hinter dem Kopf, starrte an die Decke und lauschte den gedämpften Geräuschen des Gesprächs im vorderen Raum. Ein seltsamer dumpfer Laut, gefolgt von einem Krachen, ließ sie kerzengerade im Bett hochschießen, sodass das Laken zur Hüfte herabrutschte.

Mit einem rauen Knirschen wurde das Schlafzimmerfenster aufgebrochen und die empfindliche Stoffblende zur Seite getreten. Roulette schrie auf, und der Fuß wurde zurückgezogen, um gleich darauf Kopf und Schultern eines Mannes Platz zu machen. Das Windspiel klirrte hektisch. Sie sprang aus dem Bett und lief zur Tür, aber mit zwei großen Schritten hatte er sie eingeholt, ihr Haar gepackt und sie gegen die Kommode geschleudert. Sie keuchte vor Schmerzen, als die abgeschrägte Kante gegen ihre Seite prallte. Grimmig ergriff sie eine Haarbürste mit silbernem Rücken und versetzte dem Eindringling einen Hieb zwischen die Augen, als er sich auf sie stürzen wollte. Er jaulte auf, und wie als Antwort stieg ein zweiter Mann durch das Fenster ein. Dieser hielt eine Pistole in der Hand.

Nackt und nur mit einer Haarbürste bewaffnet, entschied sie sich für die Vernunft. Mit einem Achselzucken ließ sie ihre lächerliche Waffe fallen und hob fragend die Augenbrauen.

»Geh in das andere Zimmer«, befahl der zweite Mann, während sich der erste vorsichtig den Kopf rieb und den Schaden im Spiegel begutachtete.

»Kann ich mir etwas anziehen?«

»Hol ihr was.«

Der Mann trat vom Spiegel zurück, rieb aber weiter seinen Kopf, als er den begehbaren Kleiderschrank betrat und mit einem von Tachyons Mänteln wieder herauskam. Er war zu klein, und sie spürte, wie die Schulternähte aufplatzten, als sie sich hineinzwängte.

Beide Männer waren Orientalen. Chinesen, nahm sie aufgrund ihrer Größe und Gesichtsform an. Von den vier Männern, die Tachyon im vorderen Raum umringt hatten, waren zwei Chinesen und die anderen beiden Joker. Der große Reptilien-Joker sah noch halbwegs erträglich aus, aber beim Anblick seines einen Meter zwanzig großen Begleiters bekam sie eine Gänsehaut, und ihre Nackenhaare richteten sich auf. Roulette konnte fliegende, stechende Insekten nicht ausstehen, und jetzt wurde sie mit einer menschlichen Wespe konfrontiert. Der Körper der Kreatur wirkte vage humanoid, aber das Gesicht war ein dreieckiger Keil mit Facettenaugen, und zwischen den Beinen hing ein langer Stachel. Transparente Flügel schlugen einen hektischen Wirbel und erfüllten den Raum mit einem leisen Surren.

Sie stieß ein nervöses Lachen aus. »Mein Gott, wenn der mysteriöse Osten auf die Heimatgroteske trifft, ist das Ergebnis wohl die Joker-Sklaverei?«, fragte sie fröhlich und wankte, als sie ein harter Schlag zwischen die Schulterblätter traf.

Tachyon sprang vom Sofa auf wie ein kompakter, rotschopfiger Wirbelwind, wich einem Schlag von links aus und entwand sich dem Griff eines anderen Mannes. Es folgte ein verschwommenes Durcheinander von Bewegungen, und dann rammte die Wespe ihren Stachel in Tachyons Kniekehle. Die Lippen des Reptilien-Jokers kräuselten sich zu einer Grimasse des Vergnügens, als der Takisier vor Schmerzen aufschrie und zusammenbrach.

»Esss wird Sie nicht umbringen, Tachyon. Schmerzt nur höllisch. Und er kann beliebig oft zustechen, also versuchen Sie'sss bessser nicht noch mal.«

In einer Zurschaustellung von Kraft packte ihn der hochgewachsene Joker im Nacken und stellte ihn auf die Beine. Der Außerirdische berührte die gerötete und geschwollene Haut an seiner Kniekehle und beäugte die Pistole an Roulettes Hals. Die Anspannung der Kampfbereitschaft wich aus seinem Körper.

Sie boten einen exotischen Anblick. Vier stämmige Chinesen in Satinjacken und mit verspiegelten Sonnenbrillen. Ein paar hatten ihre Kanonen gezogen. Ein Joker hockte wie eine obszöne Wanze auf der Sofalehne, und das Reptil lehnte lässig am Klavier und reinigte seine langen, scharfen Nägel mit einem Taschenmesser. Dann war da noch Tachyon, klein und zerknautscht, mit wirren schulterlangen Haaren. Der Hausmantel klaffte auseinander, sodass seine bleiche Brust zu sehen war und die Spitze seines Glieds zwischen den Falten des Stoffs hervorlugte wie ein schüchterner Vogel.

Der Joker am Klavier gestikulierte, und zwei seiner Männer zogen Stühle vom Esszimmertisch heran. »Dr. Tachyon, bitte setzen Sie sich doch. Dann können wir reden. Tommy.«

Einer der Chinesen sah auf, wachsam und zitternd wie ein Hund, der Witterung aufgenommen hat.

»Fessssle den guten Doktor, bitte. Ich will nicht, dasss er eine Dummheit macht. Dann müsste ich nämlich der Dame wehtun.«

Roulette und Tachyon wurden auf die Stühle gescheucht. Tachyon warf ihr einen besorgten Blick zu. Sie lächelte mit einer Zuversicht, die sie nicht empfand, und sagte: »Was für ein Schlag. Schon wieder ein Betrug an der populären Kultur aufgedeckt.«

»Das verstehe ich nicht.«

»In den Fu-Manchu-Büchern ist die gelbe Gefahr immer mysteriös und exotisch. Es verdirbt alles, wenn die Schurken Namen wie ›Tommy‹ und einen unüberhörbaren Brooklyner Akzent haben.«

Schlangengesichts lange, gegabelte Zunge entrollte sich, und er beäugte sie feindselig. »Wenn du'ssss exotisch haben willssst, mach nur so weiter, dann bringe ich dich zum Bosssss. Er wird dir mehr Exotik geben, alsss du verkraften kannsssst.«

Tachyon saß mit entspannter Lässigkeit da, aber seine Lippen waren weiß, und Roulette erkannte, dass der Stich ihn immer noch schmerzte. Mittlerweile hatte Tommy ihn mit dem Gürtel seines Hausmantels an den Stuhl gebunden. Tachyon lehnte den Kopf zurück und fragte gedehnt: »Natürlich bin ich über Ihre Gesellschaft hocherfreut, aber dürfte ich vielleicht erfahren, welchem Umstand ich dieses außerordentliche Vergnügen zu verdanken habe?«

Schlangengesicht zog sich mit dem Fuß einen Stuhl heran und setzte sich rittlings darauf, die Arme auf der Lehne verschränkt. Roulette war nicht gefesselt, aber einer der Einbrecher hatte eine Hand auf ihre Schulter gelegt, und sie war sich sehr wohl der Pistolen bewusst. Wenn sie eines von ihrem Vater, einem Polizisten, angenommen hatte, dann die Weisheit, sich nicht mit jemandem anzulegen, der eine Schusswaffe besaß.

»Tachy, wir sind wegen desss Buchsss hier.«

Die kupferfarbenen Augenbrauen des Takisiers schossen in die Höhe. »Guter Mann, ich habe in dieser Wohnung etwas über tausend Bücher. Welches Buch meinen Sie?«

»Schlag ihn«, lautete die schlichte Antwort.

Tommy holte aus, und ein Geräusch ertönte, als würde eine stumpfe Axt in einen Baum getrieben. Tachyon spie Blut aus. Roulette fiel auf, dass er mit Bedacht in den Schoß seines Hausmantels zielte, um den weißen Teppich nicht zu beschmutzen.

»Dasss Buch.«

»Ich bin keine Leihbücherei.«

Diesmal trat Tommy vor Tachyon, packte die Aufschläge

des Hausmantels, riss den Takisier trotz der Fesseln zu sich hoch und verpasste ihm mehrere kräftige Ohrfeigen. Der Chinese trug eine ganze Reihe von Ringen, und Roulette verbiss sich einen Aufschrei, als sich das Metall in die alabasterfarbene Haut grub. Als Tommy fertig war, hatte der Takisier eine gespaltene Lippe, eine blutende Nase und ein blaues Auge.

»Hiram wird mir heute ohne Zweifel den Zutritt verwehren«, murmelte er wegen seiner rasch anschwellenden Lippe etwas undeutlich. »Er legt großen Wert darauf, dass ein Gentleman *point de vice* ist.«

Die gegabelte Zunge entrollte sich und zuckte schmeichelnd über Tachyons Gesicht, um das Blut aufzulecken. »Tachy, vielleicht verstehen Sie dasss nicht. Ich werde dasss Buch bekommen, und wenn ich Sie dafür aussseinandernehmen musss.«

Tachyon verzichtete auf den affektierten, provozierenden Ton und sagte frei heraus: »Ich weiß wirklich nicht, wovon Sie reden. Was für ein Buch?«

Der Joker starrte unerbittlich zurück. »Esss wurde gestohlen. Ich weisss, dasss Sie esss haben, und ich werde esss zurückbekommen.«

Der Takisier seufzte. »Von mir aus, bitte, durchsuchen Sie meine Wohnung, aber ich versichere Ihnen, dass ich kein gestohlenes Buch habe.«

»Durchsucht die Bude, nehmt sie aussseinander.« Tachyon zuckte zusammen. »Aber fessselt sie zuerssst. Wir wollen nicht abgelenkt werden.«

Tommy zog eine dünne Schnur aus der Tasche und fesselte rasch ihre Hände und Füße an den Stuhl. Die Männer verteilten sich und fingen an, die Wohnung zu verwüsten. Die Wespe saß weiterhin auf dem Sofa und summte und zirpte vor sich hin. Eine ganze Reihe von Büchern fiel aus einem Regal und zerschmetterte eine zierliche Glasschüssel. Schmerz und Wut flackerten in Tachyons Augen, aber seine Stimme klang gelassen, als er fast im Plauderton sagte: »Zweimal in ebenso vielen Monaten. Das übersteigt alles. Dem Schwarmling kann ich verzeihen, denn er war ein hirnloses Monster und zerstörte gedankenlos, aber diese Straßenräuber ...«

»Ich dachte, du hättest gewisse Kräfte. Er ... jemand hat mir gesagt, du hättest welche.« Roulette redete leise.

»Das stimmt auch.«

»Warum setzt du sie dann nicht ein?«

»Ich wollte, aber dann habe ich deinen Schrei gehört, und ich merkte, dass es mehr als vier waren. Ich kann drei Menschen gleichzeitig kontrollieren«, flüsterte er, »aber die Kontrolle ist schwach, und wenn ich außerdem kämpfen muss ...« Er richtete seine wundervollen Augen auf sie. »Ich hatte Angst, du könntest verletzt werden, falls sich meine Kräfte als zu schwach erweisen. Und diese Wespe ist verdammt schnell.« Ein bedrücktes Murmeln.

»Was sollen wir tun?«

»Warten und um eine Gelegenheit beten. Ich wünschte, du hättest keine Schirme«, fügte er gereizt hinzu. »Ich könnte telepathisch mit dir Kontakt halten. Ach, was soll's, es lässt sich nun mal nicht ändern.«

»Psst.«

»Gelb ist wirklich nicht deine Farbe, meine Liebe«, sagte er, indem er rasch auf ihre Warnung reagierte. Einer ihrer Häscher warf ihnen im Vorbeigehen einen misstrauischen Blick zu, und Roulette erwiderte zur Unterstützung seiner Komödie in mürrischem Ton: »Auf deine Bemerkungen in puncto Geschmack kann ich verzichten. Schließlich hast du dieses Katzenkotzegelb ausgesucht.«

Der Mund des Chinesen öffnete sich zu einem breiten Grinsen, bei dem ein Großteil seines rosa Gaumens und ein Goldzahn sichtbar wurden, und er ging weiter zum Küchenerker.

Tachyon warf ihr einen wehmütigen Blick zu. »Katzen-kotze? Ich habe die Farbe bisher für einen besonders reizen-den Limonenton gehalten.« Roulette lachte, und der Taki-sier warf ihr einen beifälligen Blick zu. »Gutes Mädchen, wir werden dich bald aus dieser Lage befreien.«

»Was für ein Team«, erwiderte sie trocken.

Zwölftes Kapitel

17:00

Die dunklen Fluten schwappten um seine Beine, und der Alligator hieß sie willkommen. Das pulsierende Wasser war erst vor kurzer Zeit gestiegen. Zuerst war es nur ein dünner Film auf dem Steinboden des Tunnels gewesen, dann eine Aufeinanderfolge allmählich steigender Wellen. Jetzt schwappte das Wasser gegen seinen Bauch, und sanfte Strömungen zupften an seinen Beinen, wo sie in die gepanzerten Flanken übergingen.

Der Schwanz des Alligators schwang schwerfällig und ungeduldig hin und her. Er wollte, dass ihn das Wasser von dem harten Boden hob und ihm den Auftrieb gab, den er brauchte, um zu schwimmen. Das Wasser bedeutete Freiheit.

Aber es stieg nicht höher, und so stapfte der Alligator weiter. Verschiedene Gegenstände, Klumpen aus einer Vielzahl von Substanzen, trieben an ihm vorbei. Er stieß einige davon mit dem Maul an, bevor sie von der Strömung fortgetrieben wurden.

Die Gerüche waren überwiegend unangenehm. Es gab nichts, was es zu verschlingen lohnte. Irgendetwas Weiches traf ihn und war gleich darauf wieder verschwunden.

Er entdeckte auch Fleisch, aber es war Aas, und danach stand ihm im Augenblick nicht der Sinn. Statt den zerfetzten Kadaver aufzufressen, ging der Alligator weiter. Vor ihm lag etwas Lebendiges und Köstliches. Das wusste er, und mit diesem Wissen bezähmte er seinen beinahe unstillbaren Hunger.

Unter seinen Füßen, durch seine Ohren und Nüstern, sogar durch das Schwappen des Wassers konnte er den Puls der Stadt spüren. Jetzt schlug er im Einklang mit seinem eigenen Körper.

Er ignorierte den leichten Schmerz im Bauch. Er war nichts im Vergleich zu seinem Appetit.

Vor und hinter ihm erstreckte sich der dunkle Tunnel ins Unendliche.

♦

Hiram versuchte jetzt seit zwei Stunden, Tachyon zu erreichen, und langsam machte er sich ernsthafte Sorgen.

Alle waren sich einig, dass der Takisier Jetboys Grabmal in Gesellschaft einer attraktiven Schwarzen kurz nach Beendigung seiner Rede verlassen hatte. Doch wohin waren sie gegangen? Bei ihm zu Hause meldete sich niemand, und in der Jokertown-Klinik beharrte Troll darauf, er habe den Doktor den ganzen Tag noch nicht gesehen. Wahrscheinlich war Tachyon irgendwo dort draußen und betrank sich, aber wo? Hiram hatte alle üblichen Schlupfwinkel angerufen, einen nach dem andern, hatte es sogar im *Freakers,* im *Chaos Club* und im *Twisted Dragon* versucht, falls der Takisier beschlossen hatte, sein Schuldgefühl auf unvertrautem Boden zu ertränken. Niemand hatte Tachyon zu Gesicht bekommen, nachdem er am frühen Nachmittag die Feierlichkeiten am Grabmal verlassen hatte.

Fortunato mochte das vielleicht egal sein, aber Hiram machte sich Sorgen. Hatte der Astronom Tachyon vielleicht schon erwischt? Mussten sie der Totenliste einen weiteren Namen hinzufügen?

Er hatte einen Druck in der Magengegend, der sich durch

die Zufuhr von Nahrung nicht beseitigen ließ. Ruhelos, frustriert, unglücklich stand Hiram Worchester auf und ging hinaus in das Restaurant. Die Türen würden sich in weniger als zwei Stunden öffnen. Fast jedes Ass, das zählte, würde kommen, und er hoffte inständig, dass auch Dr. Tachyon dazugehören würde. Dann war das Schlimmste überstanden. Selbst der Astronom war nicht so wahnsinnig, die Mächte anzugreifen, die sich in zwei Stunden im *Aces High* versammelt haben würden.

Hiram ging zu der langen, gewundenen Bar. Das Holz glänzte, der Spiegel war fleckenlos und strahlte im reflektierten Licht. Vier Barkeeper in himmelblauen Hemden zapften frische Fässer mit Guinness, New Amsterdam und Amstel Light an. Modular Man saß weit hinten auf dem letzten Hocker und trank einen Rusty Nail. Der Android experimentierte gern.

»Ich kann keine Anzeichen für eine feindselige Präsenz entdecken«, sagte Mod Man.

Hiram nickte abwesend. »Halte weiter Ausschau«, sagte er. Mit langen Schritten ging er zur Küche, wobei er immer noch über Tachyon nachdachte. Er musste zu Hause sein, alles andere ergab keinen Sinn. Aber wenn er zu Hause war, warum ging er dann nicht ans Telefon? Weil er *tot* ist, flüsterte irgendein düsterer Teil von Hirams Verstand, und er konnte den kleinen Takisier fast auf dem Boden liegen sehen, während Blut in sein langes rotes Haar sickerte und seine scheußliche Kleidung befleckte.

In der riesigen Küche erfüllte der große Deckenventilator den Raum mit einem ständigen Hintergrundsurren. Paul LeBarre stand mit seinen Gewürzen in einer Ecke und mischte sein eigenes Cajun-Pulver zum Schwärzen des Thunfischs, wobei er seine schlechte Laune an jedem ausließ, der in Erfahrung zu bringen versuchte, was er tat. Reihen mit Kartoffeln à la Hiram bedeckten ein Dutzend lange

Tabletts, geschnitten, gewürzt und bereit, in die Backöfen geschoben zu werden. Sechs fette Spanferkel waren garniert und vorbereitet. Küchenhilfen wuschen Gemüse und schnitten es mit dünnen, scharfen Messern, und der Konditor begutachtete eine Schokoladen-Sauerrahm-Torte, die frisch aus dem Ofen gekommen war. Hiram kontrollierte alles, kostete die saure Cherrysoße, die für die Spanferkel zubereitet wurde, wechselte ein paar Worte mit seinem Saucier und verließ die Küche genauso unruhig, wie er sie betreten hatte.

Was, wenn Tachyon noch nicht tot war? Was, wenn er gerade starb? Jemand musste nach ihm sehen. Aber Fortunato hatte Hiram nahegelegt, das Restaurant nicht zu verlassen. Wenn er zu Tachyons Wohnung ging und der Astronom in seiner Abwesenheit das *Aces High* angriff und vielleicht sogar jemanden tötete, würde er damit nicht leben können. Aber wie sollte er damit leben, wenn er blieb und Tachyon deshalb starb?

Das *Aces High* beanspruchte die gesamte Etage, und der Essbereich zog sich um sämtliche Außenwände, sodass die Gäste den prächtigen Ausblick in alle Richtungen genießen konnten. Küche, Vorratsräume, Kühlraum, Toiletten, Lastenaufzug und Büros befanden sich in der Mitte. Hiram machte eine große Runde, sah überall nach dem Rechten und nickte seinen Leuten zu, obwohl er mit seinen Gedanken ganz woanders war.

Die Aushilfskellner standen um einen der Tische und hörten dem Oberkellner zu, der ihnen erklärte, wie die Dinge im *Aces High* gehandhabt wurden. In ihren Jeans und Windjacken sahen sie aus wie ein bunt zusammengewürfelter Haufen, aber wenn sie erst einmal einen Smoking und ein blaues Seidenhemd trugen, würden sie sich nicht von den Stammkellnern unterscheiden. Wäschewagen machten die Runde, während Hilfskellner die runden B: anketttische mit frisch gestärkten Tischtüchern deckten. Curtis redete mit dem Weinkellner.

An einem Fenster stand Wasserlilie ganz allein und starrte auf die goldenen Reflexionen auf dem Dach des Chrysler Building. Sie trug ein langes blaues Satinkleid, das ihre rechte Schulter freiließ. Sie sah bezaubernd und irgendwie traurig aus. Hiram wollte zu ihr gehen, doch er sah etwas in ihren Augen, das ihn zögern ließ, sie zu stören. Er hielt kurz inne, machte dann kehrt und ging.

Peter Chou besaß ein kleines Büro neben dem von Hiram im Zentrum der Etage, aber statt eines Fernsehers an der Wand hatte er ein Dutzend. Hiram trat ein, ohne zu klopfen. »Sind wir sicher?«, fragte er.

Peter betrachtete ihn mit kühlen braunen Augen. »Ich habe die Anzahl der Männer erhöht«, sagte er. »Niemand kommt hinein, ohne dass wir es bemerken, glauben Sie mir.« Er deutete auf die Bildschirme. »Die Monitore sind alle in Betrieb, und das gilt auch für den Metalldetektor am Haupteingang. Ich habe sechs Männer hier anstatt drei. Wir sind so sicher, wie wir nur sein können, zumindest vor menschlichen Wesen.«

»Ausgezeichnet. Ich muss kurz weg. Ich werde mich bemühen, so schnell wie möglich wieder hier zu sein, aber es könnte länger dauern, als ich annehme. Warten Sie, bis ich gegangen bin, dann holen Sie Modular Man und Wasserlilie in Ihr Büro. Erklären Sie ihnen unser Sicherheitssystem. Erklären Sie es ihnen in allen Einzelheiten. Behalten Sie sie so lange wie möglich hier bei Ihnen, am besten bis zu meiner Rückkehr.«

Chou nickte.

Hiram ging ins Foyer, drückte auf den Rufknopf für den Aufzug, wippte einen Augenblick auf den Absätzen hin und her und drückte dann noch einmal auf den Knopf, als käme der Aufzug dadurch schneller. Als sich die Türen schließlich öffneten, beeilte er sich hineinzukommen und wäre fast mit Popinjay zusammengestoßen, der gerade ausstieg.

»Sie!«, rief Hiram. »Genau der Mann, den ich zu sehen hoffte. Kommen Sie mit, wir werden Dr. Tachyon besuchen.«

Ackroyd machte kehrt und ging zurück in den Fahrstuhl. Hiram drückte auf den Knopf für die Lobby, und der Aufzug setzte sich in Bewegung. »Wie ist es mit Gills gelaufen?«, fragte Hiram.

»Nicht so gut«, antwortete Popinjay. »Als ich Gills endlich überredet hatte, war Keule schon wieder draußen. Er hat einen guten Anwalt. Ich glaube, sie werden mich verklagen.« Sein Mund verzog sich zu einem Lächeln. »Sie wahrscheinlich auch. Gills hatte Angst, nach Hause zu gehen. Ich habe ihn in die Wohnung meiner Schwester teleportiert. Dort dürfte er in Sicherheit sein, und wir wissen, wo wir ihn finden können, wenn wir ihn brauchen.«

»Hölle und Verdammnis! Können wir nicht einmal einen von den Schurken loswerden? Ich weiß nicht, was aus dieser Stadt noch werden soll!«

Ackroyd zuckte die Achseln. »Warum besuchen wir Tachyon?«

Hiram sah ihn betrübt an. »Ich befürchte, dass er bereits tot ist.«

♠

Bagabond beugte sich vor, weg von der Ziegelmauer in der Gasse. Sie hielt sich an einem Müllcontainer fest. Die Gasse stank nach frischen Abfällen. Rosemary sah sich ein wenig ängstlich um. »Entspann dich. Wir sind allein.«

»Du liest nicht all die Polizeiberichte«, sagte Rosemary. »Du hast die Bilder nicht gesehen, die von den Polizisten an Orten wie diesen aufgenommen werden. Du musstest noch nie ins Leichenschauhaus gehen, um …«

»Ruhe«, sagte Bagabond.

»Hast du ihn?«

»Er ist ein ganzes Stück weiter östlich. Ich würde sagen, etwa auf Höhe des Stuyvesant Square. Natürlich unter der Erde.«

»Ich glaube, heute würde er auch über der Erde nicht auffallen«, sagte Rosemary. »Hat er die Bücher noch?«

»Soviel ich weiß, ja. Er erinnert sich nicht, was er verschlungen hat, sondern weiß nur noch, was er *nicht* verschlungen hat. Aber es gibt keinen Grund, warum das Päckchen nicht mehr dort sein sollte.«

Rosemary ging einen Schritt in Richtung Gasseneinmündung. »Das ist ziemlich weit entfernt, besonders heute. Wir beeilen uns besser, wenn wir um acht im *Haiphong Lily* sein wollen.« Sie lächelte nachdenklich. »*Dann* kann ich mir überlegen, was ich tun werde.«

Bagabond runzelte die Stirn. »Jack bewegt sich immer noch, aber so langsam, dass er uns nicht entwischen kann. Wir sollten die U-Bahn nehmen. Mit dem Taxi wird es zu lange dauern.« Sie sah, wie sich Rosemary anspannte, doch nichts dazu sagte. Dann grinste sie. »Ich kenne überhaupt kein Tier, das ständig so hungrig ist wie dieser Alligator. Ich hoffe nur, dass er den Spieß nicht umdreht.«

Rosemary hob die Augenbrauen.

»Aber dafür macht er sich zu viele Sorgen um seine Nichte«, fuhr Bagabond fort. »Obwohl er an der Oberfläche seines Reptilienhirns nichts davon bemerkt.« Sie schüttelte den Kopf und ging voran, den lärmenden Touristen entgegen.

Als sie die Gasse verließen, gerieten sie in ein Chaos aus Gesängen, exotischen Imbissständen, Geschrei und Rock 'n' Roll.

♣

»Dasss Buch issst nicht hier, Tachy. Wo issst dasss Buch?«
Das explosive Zischen der S-Laute war ein sicheres Anzeichen dafür, dass der Joker allmählich die Geduld verlor.

»Fast tausend Bücher, und sie finden nicht eins, das ihnen
gefällt. Ich finde, das ist ziemlich flegelhaft und eine eindeutige Stellungnahme hinsichtlich meines Geschmacks.«

»Oder ihres«, warf Roulette ein.

Tachyon riss den Kopf zu Schlangengesicht herum und
kam damit dessen Hieb zuvor. »Ich weiß nichts über dieses angebliche Buch. Niemand hat mir heute ein Buch gegeben. Ich habe die letzten sechs Stunden in Gesellschaft dieser
Dame verbracht. Hat mir jemand ein Buch gegeben?«

»Nein.«

»Sie haben esss.« Die Zunge leckte wieder über Gesicht
und Brust des Takisiers. »Ich habe esss an ihr gerochen, und
wenn ich dasss Niggerweib zerlegen musss, um esss zu bekommen, werde ich esss tun.« Ein Zeigefinger mit einem
unglaublich dicken, spitzen Nagel bohrte sich in ihre Schulter, und Roulette unterdrückte einen Aufschrei. Was auf sie
zukam, würde viel schlimmer werden als ein Finger, der in
eine taube, schmerzende Schulter stieß, und sie bereitete sich
besser darauf vor.

»Also gut, ich bin vernünftig. Das Buch ist nicht hier. Ich
habe es an einen sicheren Ort gebracht.«

»Und Sie werden unsss hinbringen.«

»Ja, aber Sie müssen sie gehen lassen.«

»Nein, sie wird mitkommen.«

»Dann gibt es kein Buch.«

»Dann verpasssse ich ihr ein neuesss Gesicht.« Die Türglocke läutete.

In ihre Häscher kam plötzlich Bewegung. Tommy ging
zur Tür, hielt jedoch inne. Snaky stürzte sich auf Tachyon,
aber der Takisier packte die Gelegenheit beim Schopf und
rief bereits: »Ja, Augenblick, bitte.«

»Zum Teufel mit dir, ich sollte dir deinen mageren Halsss umdrehen«, zischte der Joker, während sich seine Hand um die Kehle des Doktors schloss.

»Vielleicht sollte er besser antworten«, flüsterte Roulette, da sich Tachyons Gesicht rötete und er nicht mehr in der Lage schien, für sich selbst zu sprechen. »Sonst werden sie wissen, dass etwas nicht stimmt, und holen wahrscheinlich Hilfe.«

»Wir warten einfach ab. Vielleicht issst esss der Zeitungsssjunge oder einer von den Zeugen Jehovasss.«

Aber es war weder das eine noch das andere. Eine Männerstimme, tief und kultiviert, aber mit einem Unterton der Erregung und Anspannung, rief: »Tach? Ich muss mit Ihnen reden. Ist alles in Ordnung?«

»Sag ja.«

»Ja«, gehorchte Tachyon und hustete dann, um den Schmerz in seiner wunden Kehle ein wenig zu lindern.

»Wer issst dieser Mann?«

»Hiram Worchester.«

»Okay, gehen Sie zur Tür, aber wimmeln Sie ihn schnell ab.«

»Sie sollten sein Gesicht säubern«, sagte Roulette in demselben gelassenen Ton, den sie schon seit Beginn dieses Albtraums anschlug. Sie war sowohl erfreut als auch verwirrt über ihre Beherrschung. Innerlich war sie ein kreischendes Häufchen Elend.

»Sie werden dasss erledigen.«

Ihr wurde ein Taschentuch in die Hand gedrückt, während Tommy sie losband. Binnen Sekunden brannten ihre Fingerspitzen, als das Blut wieder in ihre Hände floss.

»Tach?«

»Ich komme«, erwiderte er, während Roulette das Taschentuch in die Vase auf dem Kaffeetisch tauchte und Tach rasch das Blut vom Gesicht wischte.

»Die rechte Seite geht«, flüsterte sie. »Aber lass ihn das

Veilchen nicht sehen.« Das linke Auge hatte es so schlimm erwischt, dass es mittlerweile völlig zugeschwollen war.

»Ich werde vorsichtig sein«, sagte er bemüht neutral, aber sein rechtes Auge schien fiebrig zu glänzen, und sein Blick war eindringlich. Sie spürte wiederum, wie der Rand ihres Bewusstseins von einer Art Wolke geküsst wurde, und sie verstand oder hoffte und glaubte zu verstehen. Dies war möglicherweise ihre Gelegenheit. Rasch drückte sie ihm die Hand und wurde mit einem Aufblitzen jenes bezaubernden Lächelns belohnt, das ein wenig unter seiner gespaltenen und geschwollenen Lippe litt.

Zwei ihrer Häscher gingen neben der Tür an der Wand in Stellung, einer links hinter Tachyon, die Waffe in die Nieren des Takisiers gepresst. Tommy legte eine Hand auf Roulettes rechte Schulter. Der Reptilien-Joker deutete auf die Küche, und Wespe schwirrte ab. Das Summen seiner Flügel wurde leiser. Tachyon öffnete die Tür einen Spalt und lugte hinaus.

»Hiram.«

»Warum um alles in der Welt hat das so lange gedauert?«

»Ich amüsiere mich.« Eine subtile Betonung des mittleren Wortes.

»Sie haben Ihr Telefon ausgestöpselt. Wir versuchen seit Stunden, Sie zu erreichen.«

Der Joker legte eine Hand über Tachyons und versuchte, die Tür zuzuschlagen, doch Tachyon warf sich nach hinten und riss sie dabei auf. Der Takisier ging zu Boden, und der stattliche und untadelig gekleidete Hiram trat wohl oder übel ein.

»Hey«, sagte ein zweiter Mann, als er durch die Tür ging. Er hielt den Mund, als ihm eine Waffe in die Seite gerammt wurde. Schlangengesicht schloss schweigend die Tür.

»Lieber Gott, Tachyon, was geht hier vor?«

»Wonach sieht es denn aus, Hiram?« Er rappelte sich auf und sah sich mürrisch in dem Zimmer um.

Zwei der Chinesen traten vor und durchsuchten die Neuankömmlinge rasch nach Waffen.

»Sie sind sauber.«

»Was machen wir jetzt?«, jammerte Tommy.

»Halt'sss Maul.«

Der kleinere Mann grinste wie eine Vogelscheuche, schob eine Hand in seine Tasche und deutete mit dem Zeigefinger eine Pistole an. »Okay! Keine Bewegung, ich hab euch alle im Visier.«

Selbst Tachyon schaute angewidert drein, und jemand sagte: »Verpiss dich, Arschloch, ich hab dich gerade durchsucht.«

Der Mann zuckte die Achseln, zog die Hand wieder aus der Tasche, betrachtete den Finger einen Moment lang, zeigte dann auf den Joker und sagte: »Pop!«

Schlangengesicht verschwand.

Zwei der Chinesen griffen sich an den Kopf und brachen mit einem Seufzer zusammen. »Hiram, *Achtung!*«, bellte Tachyon.

Der große Mann zögerte einen Augenblick. Dann warf er sich zwischen Sofa und Kaffeetisch auf den Boden, während Tommy direkt neben Roulettes Ohr losballerte. Es gab einen ohrenbetäubenden Knall, und eine zierliche Schale auf dem Kaffeetisch zersplitterte. Eine Kaskade aus Wasser und Blüten ergoss sich über Hirams Rücken, und eine einzelne Gardenie blieb einsam darauf liegen.

Bei Tachyons Ausruf trat Hirams Begleiter zurück, öffnete die Tür und verschwand auf den Flur. Der Chinese unmittelbar hinter dem Takisier hob seine Waffe und brach dann auf dem Boden zusammen.

Tachyon fuhr zu Tommy herum. Tachyons Kräfte gegen den Druck eines Fingers am Abzug. Wer würde schneller sein? Roulette packte den leeren Stuhl neben sich und schmetterte ihn gegen Tommys Schienbeine. Er jaulte auf, ließ die Kanone fallen und stürzte sich auf sie, die Arme ausgestreckt wie ein Betrunkener, der ein Mädchen umarmen will. Roulette tänzelte rückwärts, wobei sie mit dem Stuhl nach ihm stieß.

Plötzlich ertönte ein Summen wie von tausend wütenden Bienen, und Wespe kam aus der Küche geschossen. Hiram, der sich vom Boden erhob wie ein auftauchender Wal, ballte eine Faust, und der Joker krachte auf den Boden, die Flügel gefaltet wie bei einer Origamifigur.

Tommy packte ein Bein des Stuhls, und einen Moment lang spielten sie Tauziehen, als Roulette versuchte, sich ihren unzureichenden Schutz so lange wie möglich zu bewahren. Die freie Hand fuhr zum Nacken und kam mit einem Messer wieder zum Vorschein. Roulette gab ihre Verteidigung des Stuhls auf und lief schreiend davon. Er erwischte sie an den Haaren und riss sie herum. Sie erfuhr nicht, ob er sie als Geisel benutzen oder umbringen wollte, denn plötzlich erschlafften seine Züge, und er stieß ein lautes »Uff« aus. Der Arm um ihre Brust fühlte sich an wie ein Stahlträger, und sie gingen beide zu Boden. Sie strampelte sich frei, obwohl sie das Gefühl hatte, dass er mehrere Tonnen wog. All das war mehr, als ihre überreizten Nerven verkraften konnten. Die Schreie, die ihr schon lange im Hals saßen, äußerten sich in hysterischem Gelächter, das rasch in krampfhaftes Schluchzen überging.

»Ruhig, ganz ruhig.« Sanfte Hände strichen über ihr Haar, wischten die Tränen weg, hielten sie fest. »Du bist jetzt in Sicherheit. Es ist alles vorbei.« Sie lehnte den Kopf an Tachyons Schulter und atmete tief durch.

»Was zum Teufel geht hier vor?«, explodierte Hiram griesgrämig.

Tachyon rückte einen Stuhl für Roulette zurecht, die sich darauf niederließ. »Hiram, ich muss mich bei Ihnen bedanken, Sie sind im richtigen Augenblick gekommen.«

»Wer sind diese Männer?«

»Ich habe nicht die leiseste Ahnung. Sie wollten ein Buch von mir.«

Worchesters braune Augen traten ihm fast aus den Höhlen, und er starrte den Takisier misstrauisch an, als argwöhne er bei ihm Trunkenheit.

Hirams Begleiter schob den Kopf durch die Tür. »Sollen wir die Polizei rufen?«

Tachyon trat vor und streckte die Hand aus. »Auch Ihnen herzlichen Dank, aber was haben Sie mit …?« Hilflos deutete er auf die Stelle, wo noch ein paar Sekunden zuvor Schlangengesicht gestanden hatte.

Der Mann in dem braunen Anzug zuckte die Achseln. »Ich bin ein projizierender Teleporter. Ich zeige auf jemanden, und *pop*, ist er verschwunden.«

»Wohin? Wo ist er jetzt?«

»Auf der Herrentoilette im *Freakers*.«

»Auf der Herrentoilette im …«

Er zuckte die Achseln. »Ich muss den Ort kennen, an den ich die Leute schicke.«

»Ich wünschte, Sie würden die Gruft kennen.«

»Oh, die kenne ich, aber …« Er scharrte mit den Füßen, starrte an die Decke, sah Hiram an und wandte sich dann wieder an Tachyon. »Ich habe heute bereits einen Burschen dorthin geschickt, und die Bullen sind ziemlich genervt. Ich wollte nicht noch mehr Ärger.«

»Also haben wir ihn verloren, und ich werde nie erfahren, welches Buch er gesucht hat.«

»Ich würde sagen, das ist heute unsere geringste Sorge«, sagte Hiram.

»Warum?«

»Wenn gewisse Leute mehr Verantwortung zeigen und ihr Telefon nicht ausstöpseln würden, brauchten sie nicht zu fragen.«

»Nicht aufregen, bitte.«

»Tachyon, ich hatte einen ziemlich schwierigen Tag ...«

»Ich hatte selbst keinen besonders angenehmen Tag.«

Sie starrten einander schweigend an, dann seufzte Worchester. Er strich sich mit der Hand über seinen kahlen Kopf und durch den Vollbart. Tachyon lächelte und sagte in etwas weicherem Ton: »Sollen wir es noch mal versuchen?« Er band sich den Gürtel seines Hausmantels zu und setzte sich auf die Sofalehne. »Also, was hat euch hergeführt?«

»Entschuldigt bitte, aber was ist mit diesen ... diesen ... Schlägern?«, fragte Roulette.

»Du brauchst dir keine Sorgen zu machen, sie werden ein paar Stunden schlafen.«

»Und er?« Sie deutete auf die Wespe.

»Er wiegt ungefähr sechshundert Pfund«, antwortete Hiram. »Ich bezweifle, dass er irgendwohin gehen wird.«

»Oh«, flüsterte sie.

»Der Astronom wütet in der Stadt«, sagte Hiram. »Ich hatte Angst, er könnte Sie bereits erwischt haben. Die Sache mit dem Howler wissen Sie ja bereits. Kid Dinosaur ist ebenfalls tot, vor Jetboys Grabmal in Stücke gerissen, und Turtle wurde angegriffen und ist Augenzeugen zufolge in den Hudson gestürzt. Seitdem ist er nicht mehr gesehen worden.«

Worchester fing den schmächtigen Doktor auf, als dieser schwankte, und half ihm auf das Sofa. »Brandy«, schnappte er. Roulette zwang von irgendwoher Kraft in ihre zitternden Knie und gehorchte. »Ich muss mich dafür entschuldigen, es so unverblümt ausgedrückt zu haben, aber es gibt keine gute Methode, solche Nachrichten zu übermitteln.«

»Ich kann nicht glauben ... *Turtle,* sagen Sie? Und dieser Junge!« Tachyon vergrub das Gesicht in den Händen.

Mit wenigen brutalen Worten setzte Worchester sie von den Ereignissen am Grabmal in Kenntnis.

Roulette bemerkte nicht, wie Hiram das Glas aus ihren

schlaffen Fingern nahm. Sie sah ein Kind mit spitzem Gesicht vor sich, das trotz seines pickligen Kinns recht hübsch war und ständig die Erwachsenen ärgerte. Sie fragte sich, wie seine Träume und Ziele ausgesehen hatten, und ihr taten seine Eltern leid. Mit einem Geräusch, das sowohl ein gequälter Aufschrei als auch ein Schluchzen war, versank sie in der leeren Dunkelheit.

Unglücklicherweise war sie nicht leer. In ihr warteten der entstellte Leichnam *ihres* Kindes und die brennenden Augen ihres Herrn und Meisters.

♥

Fortunato drang bis zu einer Frau mittleren Alters durch, die den Eingang zu den NBC-Studios bewachte. Durch das große Fenster zu seiner Rechten sah er die Kunsteisbahn am Rockefeller Plaza. Er konnte Peregrines Anwesenheit in dem Gebäude nicht spüren, aber sie war ein Ass, und es war möglich, dass sie sich abschirmte.

»Es tut mir leid, Sir, aber derartige Informationen über unsere Künstler geben wir grundsätzlich nicht heraus.«

Fortunato sah ihr in die Augen. »Rufen Sie sie an«, sagte er.

Ihre Hand griff unfreiwillig zum Telefon und hielt dann inne. »Sie ist nicht im Hause. Letterman moderiert heute ihre Show.«

»Sagen Sie mir, wo sie ist.«

Die Frau schüttelte den Kopf. Ihr dauergewelltes Haar folgte jeder ihrer Bewegungen. »Ich kann nicht.« Sie sah aus, als würde sie gleich anfangen zu weinen. »Sie wollte heute Abend zu irgendeinem wichtigen Essen gehen. Das ist auch der Grund, warum sie heute nicht hier ist.«

»In Ordnung«, sagte Fortunato. »Vielen Dank. Sie haben mir sehr geholfen.« Die Frau lächelte zaghaft.

Auf der Fahrt nach unten lehnte Fortunato den Kopf gegen die Fahrstuhltüren. Sie hatten Turtles Leiche immer noch nicht gefunden. Peregrines Wohnung war leer. Jumpin' Jack Flash war seit Wochen nicht mehr gesehen worden.

Das Spiel war seit siebzehn Jahren im Gange und ging jetzt in die letzten zwölf Stunden. Er wird mich fertigmachen, dachte Fortunato. Ich habe ihm nur ein einziges Mal wehgetan, und das war, als ich diese verdammte Maschine zerstört und TIAMAT aufgehalten habe.

Er war erschöpft. Die ganze Nacht hatte er sich mit Hathors Spiegel herumgeschlagen, und seitdem irrte er sinnlos in der Gegend herum. Du musst den Spieß umdrehen, dachte er sich. Zurückschlagen, ihm zusetzen.

Er wollte es so sehr, dass er es fast auf der Zunge schmecken konnte.

Aber wie sollte er jemanden finden, den er nicht einmal sehen konnte?

Wie?

Dreizehntes Kapitel
18:00

Spector beschloss, wie geplant weiterzumachen und sich zuerst die Gambiones für Latham und seine Shadow-Fist-Freunde vorzunehmen. Er musste davon ausgehen, dass er eine Möglichkeit finden würde, den Astronom daran zu hindern, ihn zu töten. Wenn ihm das gelang, waren seine neuen Verbindungen möglicherweise gleichbedeutend mit einigen fetten Jobs in naher Zukunft.

Er hasste es, Geld für Kleidung auszugeben, aber mit seinem blutbefleckten Anzug würde er auf keinen Fall in das *Haiphong Lily* eingelassen werden. Er hatte sich für dieses Bekleidungsgeschäft entschieden, weil es von außen nach nichts aussah. Von innen sah es auch nicht nach mehr aus. Es gab keine schicken Umkleidekabinen, und zu viel Staub lag auf dem Boden. Es war seine Art von Laden. Spector nahm eine dunkelbraune Jacke von der Stange und zog sie an. Er ging zum Spiegel und zuckte zusammen. Er sah aus wie eine Leiche auf Urlaub.

»Kann ich Ihnen helfen, Sir?« Der Verkäufer war klein und besaß ein paar lockige rote Haarbüschel an den Kopfseiten. Ein weißes Maßband hing ihm um den Hals.

Spector schälte sich mühsam wieder aus der Jacke. Sein Arm bereitete ihm immer noch Probleme. Sein schweißnasses Hemd klebte förmlich an ihm. »Ich brauche einen Anzug. Braun ist nicht meine Farbe. Haben Sie irgendwas in Grau?«

Der Verkäufer ging zu der Stange und fing an, die Anzüge zu durchstöbern. Dabei murmelte er leise vor sich hin und schüttelte beständig den Kopf.

Spector vergewisserte sich, dass niemand zusah, und entnahm dem braunen Umschlag ein paar Hundertdollarscheine.

Der kleine Mann drehte sich um und hielt einen aschgrauen Anzug hoch. »Hm. Der könnte passen, glaube ich. Gehört die Ihnen?« Er zeigte auf Spectors alte Jacke, die auf einem Stuhl lag. Der Verkäufer sah genauer hin und strich mit der Hand über das Material. »Sind das Blutflecke?«

»Das sieht nur so aus. Nachgemachtes Blut. Ein Scherzartikel. Ich war heute in Jokertown. Da geht es ziemlich hoch her.« Spector nahm die graue Jacke und probierte sie an. Sie war ein wenig zu groß, passte ihm aber an den Schultern. »Ich nehme den Anzug.«

»Was? Wollen Sie nicht auch noch die Hose anprobieren?« Der Verkäufer blinzelte und richtete sich kerzengerade auf.

»Nicht nötig. Was kostet der Anzug?« Er legte die Hose über seinen gesunden Arm.

»Mit den Änderungen zweihundertfünfzig Dollar. Aber es ist guter Stoff. Der ist jeden Cent wert. Diese Verarbeitungsqualität finden Sie heutzutage nicht mehr sehr oft.«

»Ich brauche keine Änderungen«, sagte Spector. Der Verkäufer öffnete den Mund, doch Spector hob einen Finger. »Ich habe eine Tante in Jersey, die für ihr Leben gern näht. Also, was kostet er?«

»Zweihundertzwanzig.«

Spector gab ihm das Geld und nahm die alte Jacke von der Stuhllehne, wobei er sich vergewisserte, dass der Umschlag noch da war. Wieder sah er in den Spiegel. Gar nicht schlecht, dachte er. Du könntest heute Abend der bestangezogene Killer im *Haiphong Lily* sein. Er zog die alte Hose aus und schlüpfte in die neue. Sie war ihm zu groß, aber es würde gehen.

Der Verkäufer kehrte mit Spectors Kassenzettel und Wechselgeld zurück. »Bitte sehr, Sir. Sollten Sie es sich mit den Änderungen noch anders überlegen, lassen Sie es uns wissen. Ich kann Ihnen versprechen, dass er danach wie angegossen sitzt.«

Spector nahm das Geld und schob es in seine Tasche. »Gewiss.« Die Glocke über der Tür läutete, als er sie öffnete, um den Laden zu verlassen. »Ein Engel hat gerade seine Flügel bekommen.« Im Gehen räumte er die Taschen seines alten Anzugs aus, dann warf er ihn in die erste Abfalltonne, die er sah.

◆

Der Alligator hatte einen Wachtraum – oder zumindest so viel von einem Traum, wie es Reptilien haben.

Er befand sich nicht mehr in dem Tunnel tief unter der pulsierenden Stadt. Er war irgendwo anders, wo es wärmer und heller war und das Wasser angenehm und ständig voller lebendiger Nahrung. Das Reptil trieb durch den Bayou, den größten Teil seines Körpers unter der Wasseroberfläche verborgen, sodass nur noch Nüstern und Augen aus dem Wasser ragten und winzige Wellen schlugen.

Nach einer Weile kam er an einen Ort mit Bäumen, deren knorrige Wurzeln sich in dichten Knoten über dem Wasser wanden. Über ihm hielt das Dach der ineinander verwachsenen Zweige und Äste einen Großteil des Sonnenlichts ab. Immer öfter fielen Schatten auf seinen Rücken, während er weiter durch das Wasser glitt.

Er nahm Geräusche wahr, die durch das Wasser verstärkt wurden. Er kannte das Muster – Nahrung, allerdings solche, die ihn verletzen konnte, wenn er unvorsichtig war. Er glitt den Schwingungen entgegen.

Hinter der Kurve eines breiteren Kanals auf der anderen Seite eines fast undurchdringlichen Zypressengehölzes sah er die Piroge. Die beiden Männer darin sahen ihn nicht, beschäftigt, wie sie waren, da sie lange Stangen in das hölzerne Wirrwarr auf Wasserniveau stießen.

Er hörte weitere Geräusche. Der Mann mit der Kappe sagte: »Sie muss hier irgendwo sein, Jake.«

Der andere Mann schrie so laut, dass der Alligator seine Gehöröffnungen schließen musste. »Miststück, komm sofort da raus! Hier spricht dein Großonkel, Delia.«

»Sag's ihr, Snake Jake«, sagte der erste Mann.

»Ich sag dir, Mädchen – ich will dir nichts tun.« Er kicherte. »Jedenfalls nichts, was dir nicht gefallen wird.«

Der Alligator schwamm unerbittlich auf die Piroge zu. Es gab kein Zögern, nur Entschlossenheit. Er tat, was er tat, weil er war, was er war, und *sie* waren, was sie waren.

Er tauchte und kam unter dem Boot wieder hoch, sodass der Bug hoch in die Schatten des Bayou gehoben wurde. Die beiden Männer schrien auf und fielen ins Wasser. Dem Alligator war es egal, wen er zuerst erwischte. Er würde beide bekommen.

Sein Maul klaffte, die Zähne bereit zum Zerreißen …

… und dann war er wieder in dem dunklen Tunnel unter der Stadt.

Der Alligator schob weiterhin einen Fuß vor den anderen und setzte seine stumpfsinnige Zeitlupenodyssee fort. Der Traum blieb in seinem Verstand haften, so lebendig wie die Wirklichkeit. Sosehr er den Vorfall auch bedachte, wusste er nicht, ob es sich um ein Ereignis handelte, das einmal stattgefunden hatte, oder um eins, das noch stattfinden würde.

So oder so, beides war ihm recht. Es spielte keine Rolle.

♠

Mit dem Schlüsselbund, den Jack ihr vor Jahren gegeben hatte, öffnete Bagabond eine graue Metalltür. Dahinter befand sich eine Treppe, die abwärts in die Dunkelheit führte. Sie bückte sich, um das weiche Bündel aufzuheben, das sie vor sich auf den Boden gelegt hatte.

»Wie weit noch?« Das waren die einzigen Worte, die Rosemary ausgesprochen hatte, nachdem sie an der Chambers Street in das System der U-Bahn-Tunnel eingedrungen waren.

»Die Treppe hinunter und ein paar Hundert Meter durch einen Tunnel – glaube ich.« Bagabond zog die Tür hinter ihnen zu und schloss sie wieder ab. Das Metall klirrte dumpf. »Was ist los?«

»Nichts.«

»Es muss etwas Wichtiges sein, wenn es dich vom Reden abhält«, sagte Bagabond.

Rosemary holte hörbar Luft. »Seitdem mein Vater ... tot ist ... hasse ich U-Bahnen, Tunnel und all das. Es ist fünfzehn Jahre her, aber diese Nacht ist immer noch ein einziges Durcheinander in meinen Gedanken, und ich ... will mich nicht ... erinnern.« Die Worte wurden heruntergespult wie ein Uhrwerk, dessen Feder fast abgelaufen war.

»Aber du willst die Bücher«, sagte Bagabond mit dem Blick für das Praktische, indem sie Rosemary bei den Schultern nahm und sie zu sich herumdrehte. In dem trüben gelben Licht waren die Augen der Staatsanwältin dunkle Schatten. Bagabond suchte in Rosemary nach einem Anzeichen von Schwäche.

Die Anwältin holte noch einmal tief Luft. »Ich bin hier. Ich gehe weiter. Aber du kannst mich nicht hindern, daran zu denken, was dieser Ort C. C. angetan hat.« Rosemary entwand sich Bagabonds Griff. »Mach dir deswegen keine Gedanken, okay?«

»Ich glaube nicht, dass ich diejenige bin, die sich Gedanken macht.«

Rosemary hatte gerade den ersten Schritt gemacht, als die beiden Frauen die gedämpften Schlurfgeräusche des Alligators hörten, denen ein Fauchen folgte. Rosemarys Lippen wurden weiß, als sie sie zusammenpresste. Bagabond nickte zufrieden. »Das ist Jack.«

Rosemary blieb hinter Bagabond zurück, während sie sich dem Alligator näherten. Als er sie sah, blieb er stehen und warf den Kopf zu ihnen herum. Seine Augen funkelten im kalten Licht des Tunnels. Er stieß ein Brüllen aus, das beide Frauen zusammenzucken ließ, als das Geräusch von den Tunnelwänden widerhallte.

»Bleib hier. Ich rufe dich, wenn ich fertig bin.« Bagabond ging auf Tunnel-Jack zu, wobei sie die geistigen Fühler nach ihm ausstreckte. Ohne auf ihre Kleidung zu achten, kniete sie sich in den Tunnelschlamm und strich sanft über den Unterkiefer des Alligators, indem sie sich geistig zu Jack Robicheaux vortastete. Als sie den Funken Menschlichkeit tief im Innern des Reptilienhirns gefunden hatte, hegte sie ihn und lockte ihn hervor, während sie die protomenschlichen Synapsen und das Reptilienhirn beruhigte. Schließlich schrumpfte der Alligatorverstand. Bagabond zog sich zurück und sah zu, wie der lange, gepanzerte Schwanz kleiner wurde und das Maul sich zurückbildete. Die kurzen Beine des Tiers verwandelten sich in die Arme und Beine eines Mannes.

Der nackte Mann, der jetzt auf dem Tunnelboden lag, keuchte und schrie vor Schmerzen auf, während er die Arme um den Bauch legte. Gesicht und Hände wurden graugrün und überzogen sich mit Schuppen, als sich der Verwandlungsvorgang wieder umkehrte.

»Jack! Ich bin's, Bagabond. Beherrsche dich!« Sie redete in scharfem Ton und nahm eine Hand des Mannes in ihre. Als Jack sich auf den Rücken wälzte und heiser keuchte, bewegte sie sich mit ihm. Wieder versuchte Bagabond, in seinen Verstand einzudringen, wurde jedoch von der jetzt vorhandenen menschlichen Intelligenz blockiert. Jack öffnete die Augen und sah direkt in ihre. Er zuckte einmal, holte dann tief Luft und blieb still liegen. Seine Haut wurde wieder normal, und seine Atmung verlangsamte sich zu einem normalen Rhythmus.

Jack fuhr sich mit der Hand über das Gesicht und schnitt eine Grimasse. »Ich weiß, ich frage das immer, aber es ist wichtig – wo bin ich?« Er sah auf Bagabonds Hand und ließ sie los, wobei er verlegen wegsah.

»Versuch's mit dem Stuyvesant Square«, sagte Bagabond. »Vielleicht dreißig Meter darunter. Es ist ungefähr sechs Uhr abends.« Sie streckte reflexhaft die Hand aus und strich ihm das feuchte schwarze Haar aus dem Gesicht. »Hier ist Kleidung für dich. Ich habe sie aus dem Versteck am Union Square geholt.« Bagabond gab ihm das Bündel, das sie bei sich hatte. »Rosemary ist auch hier, ein Stück weiter hinten im Tunnel.«

»Ich nehme an, es gibt einen Grund dafür, dass ihr beide hier seid.« Jack erhob sich steif, eine Hand auf dem Bauch, die andere an der Stirn. »Ich fühle mich wie Dreck.« Mühsam zog er die Jeans und das Arbeitshemd an.

»Es ist etwas, das du gegessen hast«, sagte Bagabond sachlich. »Diese Schmerzen in deinen Eingeweiden – das ist keine Blechbüchse. Es sind Bücher. Sehr wichtige Bücher.«

»Dann habe ich einen Bibliothekar gefressen? Wunderbar.« Jack fuhr sich mit den Fingern durch das nasse Haar und sah zur Decke. »Mein Ausweis ist ohnehin abgelaufen.«

Bagabond schüttelte den Kopf. »Nach allem, was ich weiß, hast du einen Dieb gefressen. Der Dieb hatte zufällig Notizbücher bei sich, für die jeder Verbrecher in der Stadt zwanzig Großmütter umbringen würde.«

»Und ich will diese Bücher haben, damit ich herausfinden kann, warum.« Rosemary, die sich offenbar wieder in der

Gewalt hatte, kam zu ihnen. »In ein paar Stunden findet ein Treffen der Gambione-Familie statt. Wenn ich diese Bücher habe, kann ich vielleicht ein Blutbad verhindern.«

»Fragen Sie mich mal, ob mich das interessiert.« Jack verzog das Gesicht. »Meine Nichte irrt seit fast zwölf Stunden in New York umher. Mittlerweile könnte sie leicht Hundefutter sein. Das ist *mein* Problem. Ich werde sie suchen. Wenn ich sie gefunden habe, können wir über Ihre kostbaren Bücher reden.« Als Jack die ersten Schritte zurück in Richtung Treppe machte, zuckte er zusammen und krümmte sich.

»Robicheaux, ich kann Ihnen das Leben zur Hölle machen!« Rosemary machte Anstalten, ihm zu folgen.

»Halt die Klappe, Rosemary«, sagte Bagabond. »Jack, da ist noch etwas, das du wissen solltest.« Ihre Stimme klang entschlossen, und sie hielt ihn auf. »Nach diesen Büchern sucht nicht nur die Mafia. Die Burschen von der Mafia sind in dieser Angelegenheit noch die Harmlosesten. Die anderen setzen Joker ein, vielleicht sogar Asse. Wenn du mit dem Wissen über das, was du im Bauch hast, auf die Straße gehst, bist du ein toter Mann, bevor du ein Taxi rufen kannst. Irgendein Telepath wird deine Gedanken aufschnappen, und dann werden sie dir den Bauch aufschlitzen wie einem Schwein. Was wird dann aus Cordelia?« Sie ließ ein paar Sekunden verstreichen. »Ich kann *dich* dort draußen nicht beschützen, aber ich kann Cordelia suchen, wenn du nicht mehr in Gefahr bist.«

»Und wie lange würde das dauern?« Jack versuchte sich aufzurichten, keuchte aber wieder vor Schmerzen.

»Rosemary?« Bagabond nahm Jacks Arm und stützte ihn.

»Zwei Stunden, höchstens. In der Zeit können wir die Bücher zum Treffpunkt schaffen. Mehr will ich gar nicht.« Rosemary starrte Tunnel-Jack an und wartete.

Er begegnete ihrem Blick. »Sie haben die zwei Stunden, Lady. Mehr nicht. Und wenn Bagabond Cordelia« nicht finden kann, will ich, dass Sie Ihre Leute darauf ansetzen. Jeden Bullen in der ganzen Stadt. Abgemacht?« Jack schwankte und stützte sich mit einer Hand an der Tunnelwand ab.

Rosemary lächelte. »Abgemacht.«

♣

In den vier Wänden der kleinen Kirche schien die Zeit anders abzulaufen. Vielleicht lag es an der stillen Dunkelheit, die nur von einigen flackernden Opferkerzen und schwach fluoreszierenden Lampen erhellt wurde, vielleicht an der ehrfürchtigen Stille der Gemeindemitglieder, die in den Bankreihen beteten. Aus welchem Grund auch immer, die Ruhe und der Frieden in der kleinen Kirche hatten erheblich zur Beruhigung von Jennifers blank liegenden Nerven beigetragen. Irgendwann betrachtete sie ihre Sicherheit als selbstverständlich und ließ die Gedanken abschweifen. Sie studierte den bizarren Symbolismus der Buntglasfenster über den absonderlichen Dioramen, die Jesus Christus Jokers zwölf Stationen am Kreuz darstellten, verlor aber bald das Interesse daran, weil ihre theologischen Kenntnisse begrenzt waren. Ihr Magen knurrte vor Hunger. Sie sah zum Altar und fragte sich, was Pater Squid so lange aufhielt.

Alle Gemeindemitglieder, die ringsum leise beteten, waren Joker, obwohl die Verunstaltungen bei einigen offensichtlicher waren als bei anderen. Sie sah einen bärtigen Triklopen, eine hübsche, wohlgeformte Frau, deren sichtbare Haut mit einem glänzenden Fell bedeckt war, und einen gut aussehenden Messdiener, der sich ruckartig, aber sehr bedächtig bewegte, während er den Vorrat an Wein und Hostien auffüllte und sich am Altar zu schaffen machte.

Jennifer hörte leise Schritte hinter sich und fuhr herum, wobei ein Bild von Wyrm und die Erinnerung daran, wie seine Zunge über ihre Haut gestrichen war, an ihrem geistigen Auge vorüberzog. Als sie sah, dass es nicht der Reptilien-Joker war, sondern nur ein Mädchen, das durch Jennifers abrupte Bewegung ebenso erschreckt wurde wie sie selbst, entspannte sie sich.

»Es ... es tut mir leid«, sagte das Mädchen. »Ich wollte Sie nicht erschrecken.«

Es war eigentlich kein Mädchen, sondern eine junge Frau, ein Teenager, groß, schlank und sehr hübsch, mit glänzenden schwarzen Haaren und dunkelbraunen Augen. Sie trug ausgewaschene Jeans und ein verblichenes Sweatshirt, auf das der Name der Rockband Ferric Jagger gedruckt war. Sie war ungeschminkt und trug nur ein einziges Schmuckstück, einen silbernen Ohrstecker in Gestalt eines Alligators. Die Augen des Alligators waren kleine grüne Edelsteine. Die Stimme des Mädchens war leise und melodisch und hatte einen angenehmen exotischen Akzent, den Jennifer noch nie zuvor gehört hatte. Sie trug einen abgewetzten Koffer, der mit einem verblichenen Blumenmuster bedruckt war.

»Das macht doch nichts«, sagte Jennifer mit einem beruhigenden Lächeln. »Ich bin nur ein wenig nervös.«

»Ich beobachte Sie schon eine ganze Weile«, sagte das Mädchen mit ihrem unbekannten Akzent, »und mir ist aufgefallen ... äh ... vielleicht könnten Sie einen Pullover gebrauchen oder ... äh ... etwas anderes, wo es doch so kühl hier drinnen ist.« Sie hielt inne, lächelte schüchtern und fügte dann rasch hinzu, als befürchte sie, Jennifer beleidigt zu haben. »Es sei denn, Sie haben einen Grund, in diesem Bikini zur Kirche zu gehen.«

Jennifer lächelte wieder, gerührt durch das Angebot. Die Kleine war offensichtlich neu in der Stadt, wahrscheinlich *sehr* neu, möglicherweise sogar eine Ausreißerin und in Schwierigkeiten. Doch sie war trotzdem so rücksichtsvoll und aufmerksam, Jennifer anzusprechen und ihre Hilfe anzubieten.

»Das wäre sehr freundlich«, sagte Jennifer, »wenn es nicht zu viele Umstände macht.«

Das Mädchen schüttelte den Kopf, stellte den Koffer auf die Bodenfliesen und öffnete ihn.

»Das macht überhaupt keine Umstände«, sagte sie, indem sie den Koffer durchwühlte. »Hier, versuchen Sie es damit.«

Es war ein großes, verblichenes Sweatshirt mit dem Aufdruck TULANE in Druckbuchstaben. Jennifer zog es über und lächelte das Mädchen dankbar an.

»Danke.« Sie zögerte einen Augenblick, dann fuhr sie fort. »Ich heiße Jennifer. Im Moment muss ich … mich um einige Dinge kümmern, aber wenn du später irgendwas brauchen solltest, einen Platz zum Schlafen oder so …«

»Ich kann auf mich selbst aufpassen.«

»Ich auch«, stellte Jennifer fest, in der Hoffnung, dass es stimmte, »aber ab und zu ist es ganz nett, wenn man jemanden hat, auf den man sich verlassen kann.«

Das Mädchen nickte und erwiderte Jennifers Lächeln. Jennifer gab dem Mädchen ihre Telefonnummer, als der junge Messdiener mit dem zerzausten Blondhaar, dem Gesicht eines Engels und einer unter den Weiten seiner Soutane verborgenen Entstellung sich ihnen mit langsamen, ungelenken Schritten näherte.

»Pater Squid würde Sie jetzt gern sprechen«, sagte er zu Jennifer.

Jennifer nickte und wandte sich wieder an das Mädchen. »Wie heißt du?«

»Cordelia.«

»Danke für das Sweatshirt, Cordelia. Ruf mich auf jeden Fall an.«

Cordelia nickte, und Jennifer folgte dem Jungen in die Privaträume im hinteren Teil der Kirche, in denen der Priester wohnte und die Kirchenangelegenheiten regelte.

Er führte sie in ein kleines, spärlich möbliertes Zimmer. Pater Squid saß auf einem großen alten Stuhl hinter einem unordentlichen Schreibtisch. Er sah Jennifer an, ebenso wie der Mann, der auf dem einfachen Holzstuhl vor dem Schreibtisch des Priesters saß.

»Aus zuverlässiger Quelle weiß ich, dass dieser Mann seit einiger Zeit nach dir sucht. Du hast etwas, das er haben will. Als Gegenleistung bietet er dir seinen Schutz an.« Pater Squid erhob sich schwerfällig. »Außerdem hat man mir ausdrücklich versichert, dass du ihm trauen kannst. Ich weiß nicht, wie er heißt, aber er nennt sich Yeoman.«

Es war der Mann, den sie zuerst im Stadion gesehen hatte, der Mann, der sie danach, vielleicht unabsichtlich, vor Wyrm gerettet hatte. Er trug dieselbe Kleidung und dieselbe Kapuze. Ein flacher, rechteckiger Koffer lag auf dem Boden zu seinen Füßen. In seinen dunklen Augen lag ein nachdenklicher Ausdruck, während er Jennifer mit stetem Blick betrachtete.

Pater Squid beobachtete sie dabei, wie sie einander musterten. Dann schob er sich vorsichtig um seinen Schreibtisch.

»Ihr zwei habt zweifellos über sehr viele Dinge von gegenseitigem Interesse zu reden, und ich muss mich um einiges kümmern, also werde ich euch verlassen.« Er bedachte Jennifer mit einem langen, freundlichen Blick. »Viel Glück, mein Kind. Vielleicht kommst du eines Tages wieder, um uns zu besuchen.«

»Das werde ich, Pater.«

Er nickte dem Mann, den er Yeoman nannte, kurz zu und verließ den Raum mit gewichtiger Würde, wobei er die Tür hinter sich schloss. Jennifer beschloss, dem Pater eine beträchtliche Spende zukommen zu lassen, wenn sie Kien die Marken nicht würde zurückgeben müssen. So viel war sie ihm schuldig, auch wenn sein Versuch, ihr zu helfen, nicht hundertprozentig klappen sollte.

Jennifer spürte Yeomans Blick auf sich ruhen. Sie wandte sich ihm zu.

»Kiens Tagebuch«, sagte er. Seine Stimme war tief und kraftvoll. Jennifer hörte eine bebende Gespanntheit heraus, als könne er sich kaum zurückhalten. »Haben Sie es?«

Das war also das dritte Buch. Ein Tagebuch. Sie öffnete den Mund, schloss ihn sogleich wieder und fragte sich, ob sie es sich leisten konnte, ihm die Wahrheit zu sagen.

Yeomans Schroffheit ängstigte Jennifer ein wenig, aber Angst, Hunger und Müdigkeit sowie ihr Zorn darüber, den ganzen Tag gehetzt worden zu sein, ließen sie in einem so harten Ton antworten, dass es sie sogar selbst überraschte. »Ich weiß, wie Sie aussehen, also können Sie diese Maske ebenso gut abnehmen. Ich rede nicht gern mit Leuten, die etwas zu verbergen haben.«

Der Mann lehnte sich zurück. »Ich behalte sie einstweilen auf.«

Seine Züge, soweit Jennifer sich noch an sie erinnerte, waren scharf geschnitten, mit tiefen Falten auf der Stirn und um den Mund, und er hatte eine vibrierende Gespanntheit an sich, die seine Maske nicht verbergen konnte.

»Sie werden Wraith genannt?«, fragte er unerwartet. Jennifer nickte. »Sie sind ein Dieb. Ein guter, nach allem, was ich gehört habe. Sie sind heute früh in die Wohnung eines Mannes namens Kien eingebrochen und haben einige wertvolle Gegenstände aus einem Wandsafe entwendet.«

»Woher wissen Sie das alles?«

»Eine Kristalllady hat es mir verraten«, sagte er, um angesichts Jennifers Verständnislosigkeit so etwas wie Zufriedenheit zu vermitteln. »Eine Menge Leute suchen nach Ihnen, wissen Sie? Sie wollen die Gegenstände zurück, die Sie gestohlen haben.«

»Nun ja«, sagte Jennifer unverbindlich, »die Briefmarken sind sehr wertvoll.«

Yeoman beugte sich vor und stützte das Kinn auf eine große, stark aussehende Hand. Er musterte sie eindringlich. Jennifer erwiderte den Blick trotzig, bis er seufzte und weiterredete. »Sie haben tatsächlich keine Ahnung, oder?«

Sie schüttelte den Kopf und versuchte ihre steigende Erregung zu verbergen. Offensichtlich kannte Yeoman die Antworten auf einige ihrer dringendsten Fragen.

»Zum Teufel mit den Briefmarken. Niemand schert sich einen Dreck darum. Alle sind hinter Kiens persönlichem Tagebuch her, das Sie gestohlen haben. Darin sind die Einzelheiten all der schmutzigen Geschäfte niedergelegt, in denen er die Finger hat, seit er in New York ist.«

»Ich dachte, er sei Geschäftsmann. Inhaber von Restaurants und Wäschereien und solchen Dingen.«

»Ist er auch«, sagte Yeoman, »aber nur als Fassade und um seinen Reichtum zu erklären. Er hat mit allem zu tun, was schmutzig ist ... Drogen, Prostitution, Schutzgeld, Glücksspiel. Er hat seine Finger in allem. Die Informationen aus diesem Tagebuch würden ihn wahrscheinlich für lange Zeit aus dem Verkehr ziehen.«

»Versuchen Sie, es für ihn wiederzubeschaffen?«

Yeomans Lippen waren zu einer schmalen Linie zusammengepresst. Seine Gesichtsmuskeln arbeiteten. »Nein.« Es klang so hart, kategorisch und kalt, dass Jennifer einen Schauder unterdrücken musste.

»Und die Briefmarken sind Ihnen egal?«

Er nickte. Seine Augen hielten sie fest. Sie fühlte sich wie ein Spatz im Griff eines mächtigen, ruhigen, aber potenziell zerstörerischen Riesen. Es war ein beängstigendes und doch irgendwie auch erhebendes Gefühl.

»Also gut«, sagte sie zögernd. »Ihnen liegt nichts an den Briefmarken. Mir liegt nichts an diesem Tagebuch. Ich denke, wir könnten zu einer Übereinkunft gelangen.«

Yeoman lächelte, und wiederum unterdrückte Jennifer einen Schauder.

»Dann haben Sie es also.«

»Nun, ich weiß, wo es ist.« Sie schwieg einen Moment lang und dachte nach. Dieser Yeoman war ihr völlig unbekannt. Sie wusste, dass er hinter der jüngsten Flut von Pfeil-und-Bogen-Morden stand, da an vielen Tatorten mit dem Namen Yeoman unterzeichnete Spielkarten gefunden worden waren. Pater Squid hatte gesagt, man könne ihm trauen, aber sie kannte auch Pater Squid nicht. Er wartete geduldig, während sie sich all das durch den Kopf gehen ließ, als sei ihm bewusst, dass sie ein Dilemma aufzulösen versuchte. Er verhielt sich nicht wie ein mörderischer Irrer. Er war ganz eindeutig ein gefährlicher Mann, aber die Aura der Gefahr, die ihn umgab, war wie ein verlockender Duft. Sie traf einen jähen Entschluss, ausgelöst durch einen ebenso starken Impuls.

»Ich sage Ihnen, wo das Buch ist«, sagte sie, »wenn Sie mir zwei Fragen beantworten.«

»Und die wären?« In Yeomans Stimme lag aufrichtige Verwirrung.

»Wie haben Sie mich zum Stadion verfolgt?«

»Das war leicht.« Er grinste wölfisch. »Ihr Hehler hat Sie verkauft. Ihm war die Nachricht über die Bücher zu Ohren gekommen, die Kien hat ausstreuen lassen, aber er wusste nicht, wie er mit Kien Kontakt aufnehmen sollte. Er musste sich an eine dritte Partei wenden, eine Informationsmaklerin, die … eine Freundin … von mir ist. Sie hat für ihn den Kontakt zu Kien hergestellt, mir aber davon erzählt. Ich machte mich auf den Weg zu seiner Pfandleihe und kam gerade noch rechtzeitig, um zu sehen, wie Sie eines der Geschäfte neben der Pfandleihe verließen und sich an der Schlange vor dem Eintrittskartenschalter anstellten. Dann bin ich Ihnen ins Stadion gefolgt.«

»Klingt logisch … würde ich sagen. Und jetzt meine zweite Frage.« Sie lächelte lieblich. »Wie heißen Sie?«

Jennifer begriff selbst kaum, warum sie ihn danach fragte. Sie wollte nur, dass sie auf einer persönlichen Ebene miteinander zu tun hatten, nicht als anonyme, maskierte Gestalten.

Er lehnte sich zurück und verzog die Mundwinkel. »Ich könnte Sie zwingen, mir zu verraten, wo das Tagebuch ist.«

Jennifer strich das Sweatshirt glatt. Als ihr die Erkenntnis kam, dass sie in gefährlichem, womöglich tödlichem Fahrwasser schwamm, wurde ihr Hals ganz trocken.

»Ich weiß, dass Sie das könnten«, sagte sie zaghaft. »Aber Sie würden es nicht tun.«

»Wie um alles in der Welt kommen Sie darauf?«

Sie zuckte mit den schmalen Schultern. »Ich weiß es eben.«

Er starrte sie noch einen Augenblick an, aber sie senkte den Blick nicht. Er knurrte etwas Unverständliches wie ein gereizter Bär und sagte dann wütend: »Brennan.«

Jennifer nickte, vage erleichtert, dass sie recht gehabt hatte. Nicht dass sie wirklich in Gefahr gewesen wäre. Ihre Kräfte hatten sich mittlerweile regeneriert, und wenn er sie angegriffen hätte, wäre sie einfach gegeistert.

»Gut«, sagte sie. »Die Bücher sind bei Dr. Tachyon.«

»Tachyon?«, fragte Brennan mit offensichtlichem Erstaunen.

»Tatsächlich«, lächelte sie, »stecken sie in seiner Wachsfigur im Bowery Dime Museum.«

»Kein schlechtes Versteck«, sagte Brennan nach einem Augenblick des Nachdenkens. »Kiens Männer suchen immer noch nach Ihnen … sobald Wyrm einmal eine Witterung aufgenommen hat, kann er dieser überallhin folgen, solange sich noch Spuren davon auf seiner Zunge befinden … also werde ich Sie an einen sicheren Ort bringen und anschließend die Bücher holen. Das Tagebuch behalte ich, Sie können die anderen haben.«

»Ich gehe mit Ihnen …«

»Nein.« Das Wort war so hart und scharf wie die Klinge einer Guillotine. Jennifer wusste, dass er darüber nicht mit sich würde reden lassen.

»Wenn Sie mich irgendwohin bringen, dann an einen Ort, wo es etwas zu essen gibt. Ich fühle mich, als hätte ich eine Woche nichts gegessen.«

Brennan dachte kurz nach und nickte dann. Er griff in eine Gesäßtasche seiner Jeans und zog eine Spielkarte heraus, ein Pik-Ass, borgte sich einen Kugelschreiber von Pater Squids Schreibtisch und kritzelte etwas auf die Bildseite der Karte. Er legte den Kugelschreiber zurück und gab Jennifer die Karte.

»Hiram Worchester gibt heute im *Aces High* eine Party nur für Asse. Dort dürften Sie sicher sein, und außerdem wird es dort reichlich zu essen geben. Haben Sie schon von Fortunato gehört?« Jennifer nickte. »Geben Sie ihm das.«

Jennifer warf einen Blick auf die Notiz, die er auf die Karte gekritzelt hatte. Sie war kurz und prägnant. *Pass auf sie auf. Y.* Sie betrachtete Brennan mit neuem Respekt. Sie hatte ein wenig über das zwielichtige Ass namens Fortunato gehört. Nicht viel, da er die Öffentlichkeit nicht gerade suchte, aber die Tatsache, dass Brennan mit ihm auf Du und Du stand, war eine interessante Entwicklung. Sie fragte sich, ob er selbst ein Ass war, und wenn ja, welche Fähigkeit das Virus ihm gegeben hatte.

»Oder Tachyon, falls Fortunato nicht da ist. Aber was Sie auch tun, halten Sie sich von Captain Trips – ein großer, magerer Hippie – und der Tänzerin namens Fantasy fern. Ich weiß nicht, was ich von ihnen halten soll. Absolut nicht.«

Sie überdachte kurz seinen Rat und nickte dann. Wenn sie ihm vertrauen würde, dann ganz und gar.

»Ich will Ihnen nicht auf die Nerven gehen, aber könnten

wir unterwegs noch ein paar Kleider besorgen? Ich möchte in diesem Aufzug nicht gern ins *Aces High* gehen.«

»Der Pater hat mir vom Zustand Ihrer … äh … Garderobe berichtet.« Er öffnete den Koffer auf dem Boden und holte ein Bündel Kleider heraus. »Ich hoffe, sie passen.« Er musterte sie kritisch. »Sie sind größer, als ich dachte.«

Er sah sich eifrig in dem Büro um, während Jennifer aufstand, das Sweatshirt auszog, in eine Jeans schlüpfte und einen dunklen Pullover überzog. Sie zog die Socken an, die Brennan mitgebracht hatte, und als sie die Turnschuhe zugebunden hatte und aufsah, stellte sie fest, dass er sie eindringlich musterte. Bei den Kleidungsstücken befand sich außerdem eine Maske. Sie stopfte sie in die Gesäßtasche der Jeans und stand auf. Pullover und Schuhe passten ausgezeichnet, aber die Jeans war etwas zu kurz. Sie faltete das Sweatshirt zusammen und ließ es mit einer kurzen schriftlichen Erläuterung auf dem Schreibtisch des Paters zurück.

»In Ordnung.« Brennan stand auf und nahm den Koffer. »Erster Halt: Empire State Building.« Er lächelte zufrieden. »Wenn Sie in einem Raum voller Asse nicht sicher sind, dann nirgendwo.«

♥

Oben im Haus seiner Mutter im Luxus der Upper West Side schloss Fortunato die Augen. Miranda richtete seine schwarze Krawatte mit geschickten Fingern. Sie war jetzt Ende vierzig, schwerer, als sie hätte sein dürfen, wäre sie noch eine Geisha gewesen, und trug ein maßgeschneidertes Chanel-Kleid statt knapper Konfektionsware. Sie war seit zehn Jahren Geschäftsführerin ihrer Mutter und hatte seitdem keinen Dollar mehr angeschafft.

»Du siehst schlecht aus«, sagte sie. »Macht Veronica sich nicht so gut?«

»Nein«, sagte Fortunato. »Ich glaube nicht, dass sie es schaffen wird.«

»Ich habe sie noch nie verstanden. Sie will nur heiraten, Kinder kriegen und sie in die Tagesstätte bringen, um einen Mann zu haben, den sie nie sieht, und über Bedienstete, Autos und Geld zu verfügen. Ich frage mich immer, was ich falsch gemacht habe.«

»Das hat nichts mit dir zu tun. Es ist das ganze Land. Gier ist dieser Tage ziemlich schick.«

Sie berührte seine Lippen, und seine Haut prickelte. »Du bist sehr müde.«

»Erschöpft.«

»Ich wusste immer ein Mittel dagegen.« Sie stand sehr eng bei ihm. Er konnte ihr Parfüm und die Süße ihrer Haut riechen. Sie sah die Bereitwilligkeit in seinem Gesicht und sagte: »Leg dich hin.«

Er rekelte sich auf dem Bett. Sie zog Jacke und Rock aus. Fortunato griff nach seiner Krawatte, und sie sagte: »Beweg dich nicht.«

Sie zog den Rest ihrer Kleider aus und war immer noch anmutig genug, um ihren Slip ausziehen zu können, ohne die Stimmung zu verderben. Ihr BH hatte dunkle Linien auf Brust und Schultern hinterlassen, und unter ihren Armen wuchsen dunkle Haare.

Sie stieg auf das Bett, setzte sich rittlings auf Fortunato und fing an, sich zu streicheln. Sie begann an der Stirn und ließ die Finger über ihre Wangen und zu den Ohren streifen. Dabei bekam sie Gänsehaut am Hals. Sie beugte sich vor, bis ihre vollen, hängenden Brüste nur noch ein paar Zentimeter von seinem Gesicht entfernt waren. Er reckte sich, um sie zu küssen, und sie zog sich wieder zurück. »Nein«, sagte sie. »Ich sagte doch, du sollst stillhalten.«

Sie strich mit den Fingerspitzen über ihre großen, dunklen Brustwarzen, bis sie sich aufrichteten und ihm entgegenreckten. Dann strich sie federleicht über ihren Bauch und vergrub die linke Hand in ihrem Schamhaar. Mit der rechten berührte sie wieder Fortunatos Lippen. Er leckte an ihren Fingern und bog den Rücken durch.

Sie rutschte auf den Knien hoch und senkte sich auf seinen Mund. »Vorsichtig«, sagte sie. »Es ist lange her.«

Während er mit der Zunge leckte und erkundete, taute sie langsam auf und öffnete sich für ihn. Sie hielt sich an den Messingstäben des Bettgestells fest und bewegte sich langsam. Ihr Atem ging immer schneller, und ihre schweren Oberschenkel pressten sich gegen seine Schläfen.

Dann versteifte sie sich und stieß einen leisen, heiseren Schrei aus. Er trank die Kraft von ihr, hungrig und dankbar. Er spürte sie durch seinen Körper prickeln und bemerkte kaum, wie sie sich vorbeugte, um ihn flüchtig auf den Mund zu küssen. »Du schmeckst nach mir«, sagte sie. »Pass auf dich auf, Fortunato.«

Sie sammelte ihre Kleider auf und war einen Moment später verschwunden.

Als Fortunato nach unten kam, hatte sich ein Kreis wunderschöner Frauen um das Wohnzimmersofa versammelt. In der Mitte saß ein großes, umwerfend wirkendes Mädchen in Jeans und einem langärmeligen T-Shirt.

»Ichiko«, sagte Fortunato, indem er den Geisha-Namen seiner Mutter benutzte. »Was gibt es?«

»Ellroy hat sie in Jokertown aufgelesen«, sagte Ichiko. Wie Miranda hatte sie in den letzten zehn Jahren an Gewicht zugelegt. Andererseits war sie ziemlich groß und sah eindeutig angelsächsisch aus. Sie trug einen schwarzen Rock und einen gleichfarbigen dünnen Pullover mit einer schwarz-roten Seidenbluse darunter. Die obersten drei Knöpfe waren geöffnet. Geräuschlos und ohne sichtbare Anstrengung ging sie durch den Raum zu Fortunato. »Sie kam aus der Kirche von Jesus Christus Joker, und es sah so aus, als würde sie

Probleme mit einem von Gambiones Talentspürern bekommen. Ellroy hat sich erboten, sie mitzunehmen.« Sie zuckte die Achseln. »Hier ist sie.«

»Sie ist wunderschön.«

»Ja«, sagte Ichiko. »Das ist sie.«

»Okay«, sagte Fortunato zu den anderen. »Versammlung beendet. Habt ihr nichts zu tun?« Sie verließen eine nach der anderen das Zimmer, wobei Caroline kurz innehielt und ihm im Vorbeigehen einen Arm um die Hüften legte. Dann war er mit ihr allein. »Ich bin Fortunato«, sagte er.

»Cordelia.« Sie stand nicht auf, streckte aber ihre Hand aus. Fortunato nahm sie eine Sekunde und setzte sich dann neben sie. »Ich weiß die Rettung zu schätzen«, sagte sie. Ihre Stimme war tief, ein wenig atemlos, sehr südstaatenmäßig. Sexy.

»Weißt du, wo du bist?«

»Ellroy hat mir ein wenig erzählt. Er sagte, es gäbe keine Verpflichtungen, aber wenn ich wollte, könnte ich für ein Gespräch bleiben.«

»Und?«

»Ich bin noch da, oder?«

Sie war kokett, kam ihm aber noch schrecklich jung vor. »Ich muss dir ein paar persönliche Fragen stellen.«

»Zum Beispiel, ob ich noch Jungfrau bin?«

»Zum Beispiel.«

»Nein. Ich hatte einen festen Freund in Atelier Parish. Und – nun, es ist allgemein bekannt, was man über Jungfrauen aus Louisiana sagt. Das sind Mädchen ohne einen nahen männlichen Verwandten.« Sie lachte, Fortunato jedoch nicht.

»Wir müssen die Unterhaltung fortsetzen«, sagte er. »Hast du schon Pläne für das Abendessen?«

»›Pläne für das Abendessen‹? Wohl kaum! Aber so, wie Sie gekleidet sind, kann ich mir kaum vorstellen, mit Ihnen irgendwohin zu gehen.«

Fortunato sah auf die Uhr. »Hier findet sich bestimmt et-was zum Anziehen für dich. Wie schnell kannst du fertig sein?«

Vierzehntes Kapitel

19:00

Als der Barbier mit dem Stutzen des Barts fertig war und die Schürze entfernte, erhob sich Hiram Worchester majestätisch von seinem Stuhl, schlüpfte in eine perfekt geschnittene Smokingjacke und betrachtete sich im Spiegel. Sein Hemd war aus Seide und vom tiefsten, reinsten Blau, die Accessoires alle aus Silber. Blau und Silber waren die Farben des *Aces High.* »Sehr gut, Henry«, sagte Hiram. Er gab dem Barbier ein großzügiges Trinkgeld.

Curtis wartete vor der Bürotür. Das Restaurant war bereit. Kellner und Barmänner standen auf ihren Posten. Kelvin Frosts verblüffende Eisskulpturen waren ins Restaurant gefahren worden, und jede war von einem Wall aus zerstoßenem Eis umgeben, in denen Flaschen mit Champagner lagen. Überall waren Tische mit warmen und kalten Horsd'œuvres aufgebaut, damit sich die Gäste nirgendwo drängelten. Die Musiker standen bei ihren Instrumenten. An der Decke strahlten die glitzernden Art-déco-Kronleuchter ein sanftes Licht ab. Im Westen war der Beginn eines wunderbaren rotgoldenen Sonnenuntergangs zu sehen.

Hiram lächelte. »Öffnen Sie die Türen«, sagte er zu Curtis.

Ein Dutzend Leute wartete bereits im Foyer, als die Türen geöffnet wurden. Hiram verbeugte sich vor den Frauen und küsste ihnen die Hand, begrüßte jeden Mann mit einem festen Händedruck, übernahm das notwendige Bekanntmachen und führte alle zur Bar. Die Frühankömmlinge waren in der Regel obskure, unbedeutendere Asse, unsicher in Bezug auf ihren Status und aufgeregt über Hirams Einladung. Ein paar, die ihre Wild Card erst kürzlich gezogen hatten, waren noch nie zuvor im *Aces High* gewesen, aber Hiram behandelte sie alle wie lange vermisste Freunde. Die bedeutenden Asse verspäteten sich zumeist, wie es die feine Art war.

Der erste ungeladene Gast war ein großer blonder Collegeschüler, der sich in seinem geliehenen Dinnerjackett nicht sonderlich wohlzufühlen schien. »Was muss ich tun, um eingelassen zu werden – Ihr Gewicht raten?«, fragte er, als Curtis Hiram rief, um das Ansinnen zu entscheiden.

»Nein«, sagte Hiram lächelnd. »Das ist nicht mehr aktuell. Aber wie ich sehe, haben Sie *Wild Card Chic* gelesen.«

»Darauf können Sie sich verlassen. Also, was muss ich tun, um eingelassen zu werden?«

»Beweisen Sie, dass Sie eine Ass-Fähigkeit besitzen«, forderte Hiram ihn auf.

»Gleich hier?« Der Junge sah sich unbehaglich um.

»Gibt es damit ein Problem? Welche Kraft besitzen Sie, wenn ich fragen darf?«

Der Junge räusperte sich. »Das ist irgendwie schwer zu …«

Seine Begleiterin kicherte. »Er wird winzig«, verkündete sie mit lauter, klarer Stimme.

Der Collegejunge errötete. »Ja … äh … ich komprimiere die Moleküle meines Körpers, nehme ich an, um mich kleiner zu machen. Ich kann … äh … schrumpfen, bis ich nur noch fünfzehn Zentimeter groß bin.« Er versuchte leise zu reden, aber es war sehr still geworden. »Meine Masse bleibt dabei gleich«, fügte er abwehrend hinzu.

»Was für eine Kraft, Junge«, meldete sich Wallace Larabee vernehmlich vom Buffet, wo er mit einem winzigen Buchweizenpfannkuchen in der Hand stand. Unter dem Gewicht des Kaviars, den er darauf gehäuft hatte, bog er sich bedenklich durch. »Puuh, ich kriege echt Angst.«

Hiram hätte es nicht für möglich gehalten, dass der Junge noch stärker erröten könnte, aber er tat es. »Machen Sie sich nichts aus Wallace«, sagte Hiram. »Er hätte beinahe unsere Zusammenkunft vor acht Jahren ruiniert, als er *seine* Kraft demonstriert hat, und er weiß, dass ich ihn hinauswerfe, sollte er es noch einmal tun. Alle Welt nennt ihn das menschliche Stinktier.«

Die Anwesenden brachen in Gelächter aus. Larabee wandte sich ab, um sich einen weiteren Pfannkuchen zu beladen. Der Junge wirkte nicht mehr ganz so gekränkt. »Tja«, sagte er, »die Sache ist nur die, wenn ich es tue ... ich ... äh ... nun ja, es ist so, ich schrumpfe, aber meine Kleidung schrumpft nicht mit.«

Hiram verstand. »Curtis«, sagte er, »bringen Sie ihn in mein Büro und sehen Sie nach, ob er kann, was er behauptet.«

Curtis lächelte. »Hier entlang, bitte.«

Als sie ein paar Augenblicke später wieder auftauchten, nickte Curtis. Die versammelten Gäste brachen in Applaus aus, und der Junge errötete wieder. »Willkommen im *Aces High*«, sagte Hiram. »Ich habe Ihren Namen nicht mitbekommen.«

»Frank Beaumont«, erwiderte der Collegejunge.

»Aber ich nenne ihn Winzi«, fügte seine Freundin hinzu.

»*Gretchen!*«, zischte Frank.

»Sie haben mein Wort, dass ich dieses Geheimnis mit ins Grab nehme«, versprach Hiram. Er winkte einem vorbeigehenden Kellner. »Alkoholfreie Getränke, oder sind Sie alt genug, um Champagner zu trinken?«, fragte er Frank und Gretchen. »Vergessen Sie bitte nicht, dass es hier von Telepathen wimmelt.«

Sie entschieden sich für alkoholfreie Getränke.

♦

Die Straße vor dem Fifth-Avenue-Eingang zum Empire State Building war ein Tollhaus. Paparazzi, Klatschreporter und Ass-Groupies bildeten ein wogendes Spalier, das jeden unter die Lupe nahm, der das Gebäude betrat. Jennifer und Brennan sahen von der anderen Straßenseite zu, wie Limousinen vor den roten Teppich fuhren, der vom Foyer zum Bordstein ausgerollt worden war, und ein Ass nach dem anderen von Blitzlichtgewitter und entzücktem Gekreische begrüßt wurde.

Peregrine kam in ihrem Rolls mit Chauffeur. Sie trug ein rücken- und schulterfreies schwarzes Samtkleid, das vorn bis zum Nabel geschlitzt war. Sie lächelte der Menge huldvoll zu, hatte ihre Flügel aber eng an den Körper gelegt, da sie schon schlechte Erfahrungen mit Souvenirjägern gesammelt hatte, die ihr Federn ausrissen. Tachyon traf ebenfalls in einer Limousine ein. Seine Begleiterin war eine umwerfend aussehende Farbige, deren Kleid fast ebenso tief ausgeschnitten war wie Peregrines.

»An dieser Stelle muss ich mich von Ihnen verabschieden«, sagte Brennan, als ein Taxi hielt und einen Mann in einem weißen hautengen Anzug absetzte.

»Seien Sie vorsichtig«, sagte Jennifer.

Brennan lächelte. »Es wird ein Kinderspiel. Aber vergessen Sie nicht, halten Sie sich von Fantasy und Captain Trips fern. Sie könnten auf Kiens Lohnliste stehen.«

Jennifer nickte.

»Noch etwas. Ich kann mir nicht vorstellen, dass dort etwas Gefährliches passiert, aber falls irgendwas schiefgehen sollte und Sie verschwinden müssen, will ich einen Treffpunkt vereinbaren, damit wir einander nicht wieder quer durch die ganze Stadt jagen müssen.« Brennan dachte einen Moment lang nach. »Times Square an der Ecke 43rd Street und Seventh Avenue.«

»In Ordnung«, sagte Jennifer. Sie wollte ihn noch einmal

zur Vorsicht mahnen, aber das war albern. Alles war unter Kontrolle, und das Abenteuer war fast vorbei. Sie empfand, wie ihr klar wurde, nicht nur Erleichterung, sondern auch ein wenig Bedauern.

Brennan hob grüßend die Hand, und sie winkte. Sie beobachtete, wie er lautlos mit den Schatten verschmolz, dann setzte sie ihre Maske auf, drehte sich um und überquerte die Straße.

♠

»Haben Sie was von Turtle gehört?«, fragte Hiram sofort, als Fortunato durch die Tür kam.

»Seit dem Nachmittag nichts mehr. Hat man den Panzer schon gefunden?«

Hiram schüttelte den Kopf. »Nichts. Ich kann es immer noch nicht glauben. Es ist …« Plötzlich bemerkte er Cordelia. Sie hatte sich nett zurechtgemacht, und Ichiko hatte etwas Weißes, Hautenges für sie gefunden. »Meine Liebe. Bitte entschuldigen Sie meine Unhöflichkeit. Ich bin Hiram Worchester, der Besitzer dieses Etablissements.«

»Cordelia«, stellte Fortunato sie vor. Hiram beugte sich über ihre Hand. Fortunato wartete geduldig. »Was ist mit Jane? Geht es ihr gut?«

Hiram deutete auf die Bar. »Ich habe sie den ganzen Nachmittag nicht aus den Augen gelassen. Er auch nicht«, fügte er hinzu, indem er auf den Androiden neben ihr zeigte.

Fortunato nickte und bemerkte die Flasche Scotch neben Modular Mans rechter Hand. »Ist er betrunken?«

»Das habe ich gehört«, sagte Modular Man mit großer Würde. »Ich bin ein Android und kann im konventionellen menschlichen Sinn nicht vergiftet werden.« Er gab ein künstliches Räuspergeräusch von sich. »Ich habe allerdings eine Subroutine gestartet, die meine Gedankenprozesse etwas zufälliger ablaufen lässt, um die Wirkung des Alkohols zu simulieren, aber sie wird beim geringsten Anzeichen von Gefahr ausgeschaltet. Ich versichere Ihnen, ich bin *nicht* betrunken.« Er drehte sich wieder zu Wasserlilie um, die in einen Shirley Temple starrte und ungehalten wirkte. »Also, wo waren wir?«

»Fortunato?«, sagte Wasserlilie.

»Augenblick, ich komme sofort.« Fortunato sah Peregrine auf der anderen Seite des Raums. Er drehte sich zu Hiram um und sagte: »Würden Sie Cordelia für mich herumführen? Ich muss mich noch um etwas kümmern.«

»Es ist mir ein Vergnügen.«

Die Traube von Männern um Peregrine sah ihn kommen und verteilte sich. Als er bei ihr ankam, waren sie allein.

Sie trug lange Handschuhe zu ihrem Kleid, die reichlich Platz für ihre breiten, muskulösen Schultern und die großen braun-weißen Flügel ließen, die aus ihrem Rücken wuchsen. Das Kleid war so tief ausgeschnitten, dass sie es angeklebt haben musste.

Mit ihren hohen Absätzen war sie über einen Meter achtzig groß. Ihre braunen Haare waren zu einer absichtlich wirren Mähne frisiert, die mehrere Kubikdezimeter rings um ihren Kopf einnahm. Nase und Wangenknochen waren so scharf geschnitten, dass sie wie das Werk eines Bildhauers aussahen.

Ihre Augen waren von einem derart lebendigen Blau, dass Fortunato Kontaktlinsen vermutete. Doch der Ausdruck in ihnen überraschte ihn ein wenig. Die Augen funkelten, als wollten sie sich jeden Augenblick vor Lachen schließen, und ein Mundwinkel hob sich zu einem ironischen Lächeln.

»Ich heiße Fortunato«, sagte er.

»Das habe ich vernommen.« Sie betrachtete ihn eingehend von oben bis unten. Miranda hatte ihm einen schwachen Geschmack nach Moschus und eine deutlich sichtbare Erektion hinterlassen. Peregrines Lächeln wurde breiter. »Hiram sagte, Sie hätten mich gesucht?«

»Ich glaube, Sie befinden sich in ernster Gefahr.«

»Nun, vielleicht nicht im Moment, aber ich könnte es als eindeutige Möglichkeit betrachten.«

»Ich fürchte, es ist mein Ernst. Der Howler und Kid Dinosaur sind bereits tot. Der Astronom hat heute Morgen beide getötet. Ganz zu schweigen von zehn oder fünfzehn seiner ehemaligen Verbündeten. Turtle wird vermisst und ist wahrscheinlich tot. Sie, Tachyon und Wasserlilie sind offensichtlich die nächsten Opfer, auf die er es abgesehen hat.«

»Augenblick, Augenblick. Ich glaube, ich verstehe. Sie sind der Einzige, der mich retten kann, richtig? Also sollten Sie mich nach dem Essen in mein Penthouse begleiten und mich bewachen, richtig? Natürlich die ganze Nacht?«

»Ich verspreche Ihnen …«

»Ich bin etwas enttäuscht, Fortunato. Nach allem, was mir zu Ohren gekommen ist, hatte ich auf etwas, nun, Romantischeres gehofft. Nicht auf so einen lahmen Annäherungsversuch. Nicht dass er nicht originell wäre.« Sie streckte die Hand aus und tätschelte seine Wange. »Aber doch ziemlich lahm.«

Sie ließ ihn lächelnd stehen.

Fortunato ließ sie gehen. Zumindest war sie jetzt hier und damit in Sicherheit.

Er hielt Ausschau nach Cordelia und entdeckte sie. Ein Araber in einem Zirkuskostüm hatte sie in ein Gespräch verwickelt. Er versuchte mit einigem Erfolg, ihr in den Ausschnitt zu schauen.

Sie hat Talent, dachte Fortunato. Sie wusste die Männer zu nehmen, machte einen intelligenten und humorvollen Eindruck und schien nicht übermäßig pingelig zu sein. Wenn er sie einstellte, würde es an ihm sein, sie einzuarbeiten. Es war die Art Job, auf die er sich normalerweise freute, aber in diesem Fall hatte er seine Zweifel. Sie sah so gottverdammt unschuldig aus.

An der Tür gab es einen kleinen Aufruhr. Hiram schüttelte Tachyons Hand und übertrieb seine Rolle als freundlicher Gastgeber ein wenig. Neben Tachyon befand sich die Frau, mit der Fortunato ihn an Jetboys Grabmal gesehen hatte. Die Frau sah ihn einen Moment lang an, und Fortunato erkannte sie. Sie arbeitete freischaffend und war sehr teuer. Auf die Art teuer, wie es Kugelfisch in Japan war, weil jeder Mann, der sich mit ihr einließ, sein Leben riskierte. Ab und zu, angeblich rein zufällig, sonderte sie ein tödliches Gift ab, wenn sie zum Höhepunkt kam. Ihr Spitzname auf der Straße war »Russisches Roulette«.

Tachyon würde schon nichts passieren. Fortunato hielt es für unwahrscheinlich, dass der kleine außerirdische Spinner in der Lage war, eine Frau wie sie zum Höhepunkt zu bringen.

♣

»Bist du sicher, dass du hier sein willst?«

Seide raschelte, als sich ihr Bein durch den Schlitz in ihrem Kleid schob und sie aus der Limousine ausstieg, während Tachyon ihr behilflich war.

»Bist du sicher, dass *du* hier sein willst? Schließlich bist du derjenige, dessen Gesicht malträtiert wurde.«

Eine wegwerfende Handbewegung. »Es ist nichts. Und ich will Hiram nicht enttäuschen, nachdem er so nett war, uns zu retten.«

»Okay.«

»Aber du hattest ein furchtbares Erlebnis, und ich will nicht …«

»Jetzt sind wir hier, und ich sehe wirklich nicht, was es bringen soll, wenn wir hier auf dem Bürgersteig vor mehreren Hundert gaffenden Touristen noch länger über diese Angelegenheit reden.«

Sie rauschte durch den Eingang des Empire State Building, aufrichtig gelangweilt und verärgert über die Tatsache, dass er immer noch darauf herumritt. Tachyon war besorgt gewesen, als er sich angekleidet hatte, aufmerksam, als sie in ihre Wohnung gefahren waren, damit sie ihre Jeans gegen das weiße Abendkleid aus Seide eintauschen konnte, das sie jetzt trug, und fürsorglich während der Fahrt – und sie war bereit, ihn umzubringen. Die Ironie entging ihr nicht. Denn sogar als er sie verzärtelt und verhätschelt hatte, war sie nur von dem einen Gedanken beseelt, dass er noch lebte. Sie hatte acht Stunden in seiner Gesellschaft verbracht, geholfen, ihn vor Entführern zu retten, und ihn immer noch nicht getötet.

Später, es ist immer noch genug Zeit.

In der Lobby wimmelte es von Reportern. Sie ballten sich vor den Aufzügen wie ein brodelnder See, und als Tachyon eintrat, wurden sie zu einer gewaltigen Flutwelle, die ihm entgegenrauschte. Mikrofone wurden wie Degen in ihre Gesichter gestoßen, ein Wirrwarr einander überlappender Fragen – »Ihr Kommentar zum Tod von Kid Dinosaur und dem Howler?« – »Arbeiten Sie in diesem Fall mit den Behörden zusammen?« – »Stimmt es, dass *Sie* entführt wurden?« – verschmolz mit dem Surren elektronischer Fernsehkameras. Tachyon, der gewaltig aussah, winkte sie beiseite, und als das ohne Wirkung blieb, bahnte er sich einen Weg durch die Menge.

Ein gut aussehender Mann in einem zerknitterten grauen Anzug schob sich nah an Roulette heran, und sie scheute zurück.

»Hey, Tachy, wollen Sie unseren Augen nur 'ne Pause oder was gönnen, oder versuchen Sie nur, sich Ihrer Begleiterin anzupassen?« Der Blick des Reporters schweifte ironisch über Hose, Tunika und Umhang, die alle weiß waren, dann über die weißen Stiefel, in deren Absätze Mondsteine eingearbeitet waren, um dann auf dem kleinen weißen Samthut zur Ruhe zu kommen, an dessen hochgeschlagener Krempe ein Mondstein und eine Silberbrosche prangten.

»Digger, machen Sie Platz.«

»Wer ist das neue Ass? Hey, Baby, welche Kraft hast du?«

»Ich bin kein Ass, lassen Sie mich in Ruhe.« Durch die Aufregung ging ihr Atem heftiger, und sie wandte sich von dem allzu durchdringenden Blick ab.

»Tachyon«, sagte Digger plötzlich sehr ernst. »Kann ich mit Ihnen reden?«

»Nicht jetzt, Digger.«

»Es ist wichtig.«

»Tachyon, bitte bringen Sie mich von hier weg.« Ihre Finger zupften an seinem Ärmel, und er wandte seine Aufmerksamkeit von dem Journalisten ab.

»Besuchen Sie mich in meinem Büro.«

Die Türen des Expressfahrstuhls schlossen sich hinter ihnen, und ihr Herzschlag beruhigte sich. »Digger hat sich meines Wissens noch nie geirrt. Bist du ganz sicher ...«

»Ich bin *kein* Ass!« Sie schüttelte seine Hand von ihrer nackten Schulter ab. »Wie oft soll ich dir das noch sagen?«

»Es tut mir leid.« Er sprach leise, und die Kränkung stand deutlich in seinen lilafarbenen Augen.

»Nicht! Entschuldige dich nicht, sei nicht fürsorglich, kümmere dich nicht darum!«

Er zog sich in eine Ecke des Fahrstuhls zurück, und sie setzten die Fahrt schweigend fort. Der Aufzug beförderte sie in die große Außenlobby des *Aces High*. Roulette sah sich um, wobei die Neugier ihre Aufregung unterdrückte. Sie war noch nie in diesem Restaurant gewesen. Josiah hatte das ganze Ass-Joker-Phänomen als vulgär und ziemlich beängstigend angesehen – sie musste an seine Reaktion denken, als er erfahren hatte, dass er das außerirdische Virus ebenfalls in sich trug – und das Mekka der Asse gemieden.

Fotografien von Berühmtheiten hingen an den Wänden, und in der Mitte des Raums stand Hiram, lächelnd, weltmännisch, höflich, aber unerbittlich in seiner Weigerung, der hochgewachsenen Vogelscheuchengestalt in dem violetten Uncle-Sam-Anzug den Zutritt zu seinem Restaurant zu gestatten.

»Aber ich bin irgendwie ein Freund von Starshine«, protestierte der schlaksige blonde Hippie, »und von Jumpin Jack Flash auch, Mann.«

»Ich bin sicher, dass Sie das sind«, sagte Hiram. Er fuhr fort, ihm freundlich zu erklären, dass bekannte Asse viele Freunde hätten, viel mehr, als das Restaurant unterbringen könne, und das *Aces High* würde zwar entzückt sein, den Captain an jedem beliebigen anderen Tag des Jahres als Gast begrüßen zu dürfen, aber heute finde eine Privatparty statt, und er sei sicher, der Captain würde das verstehen.

Tachyon erfasste die Situation in einem Augenblick und legte eine Hand auf Hirams breite Schulter. »Ich weiß, wie es aussieht«, sagte er, »aber Captain Trips ist tatsächlich ein Ass und außerdem noch ein guter Mensch. Ich bürge für ihn, Hiram.«

Hiram schaute überrascht drein und gab dann nach. »Nun, gewiss, wenn Sie es sagen, Doktor.« Er wandte sich an Trips. »Ich bitte um Verzeihung. Wir bekommen es mit vielen Möchtegern-Assen und … äh … Ass-Groupies zu tun, die oft recht bizarre Kostüme tragen. Wenn also jemand kein Ass-Talent demonstrieren kann … Ich bin sicher, Sie verstehen das.«

»Ja, klar, Mann«, sagte Trips. »Ist alles cool. Danke, Doc.« Er setzte seinen Hut auf und betrat das Restaurant.

♥

»Nur weil Sie eine Maske tragen, bedeutet das noch lange nicht, dass Sie einfach hier hereinspazieren dürfen, Lady«, sagte der mit einem Smoking bekleidete große Mann im Foyer des *Aces High* zu Jennifer.

Sie lächelte ihn an, geisterte ihren Arm und schob ihn durch die Wand. Viel lieber hätte sie etwas Aufsehenerregenderes getan, indem sie zum Beispiel im Fußboden versank, wollte sich aber nicht vor all den Leuten, die darauf warteten, das Restaurant zu betreten, wieder anziehen.

»Ja, okay.« Der Mann im Smoking winkte sie mit einer Miene hinein, die gedämpfte Langeweile vermittelte.

Das *Aces High* war ein Traum. Jennifer fühlte sich klein, unbedeutend und eindeutig unpassend gekleidet. Sie wünschte, Brennan hätte ihr ein Abendkleid anstelle einer Jeans mitgebracht, erkannte dann aber, dass dazu eine übernatürliche hellseherische Begabung bei Brennan erforderlich gewesen wäre.

Im eigentlichen Restaurant waren gewiss über hundert Personen versammelt, die Cocktails tranken, an köstlich aussehenden Horsd'œuvres knabberten und sich in kleinen Gruppen und großen Trauben unterhielten. Jennifer ging zum Buffettisch, und ihr Magen knurrte beim Anblick von so viel Essen. Es gab Pâté de foie gras, Kaviar, Schwarzwälder Schinken, zwölf Sorten Käse und ein halbes Dutzend verschiedene Brotsorten und Cracker. Sie strich Pastete auf einen Cracker und sah sich um, wobei sie sich wie ein Prominentenjäger vorkam, da sie Dutzende berühmter Leute vorbeigehen sah.

Hiram Worchester – Fatman – sah ein wenig gehetzt aus. Wahrscheinlich der Stress, das Essen zu organisieren, dachte Jennifer. Sie erkannte Fortunato, obwohl er ein Ass war, das noch nie die Öffentlichkeit gesucht hatte. Er unterhielt sich mit Peregrine. Er wirkte sehr ernst, sie belustigt. Sie spürte die Spielkarte in der Gesäßtasche ihrer Jeans, zögerte jedoch, zu ihm zu gehen und sie ihm zu zeigen. Es sah aus, als hätte er eigene Sorgen, und außerdem konnte sie ganz gut auf sich selbst aufpassen.

Sie nahm sich ein Glas Champagner vom Tablett eines Kellners, der in dem Restaurant seine Runden drehte, und spülte Cracker und Pastete damit hinunter.

»Ich wusste es, ich wusste es einfach.« Die Stimme war männlich und hatte einen Unterton der Erregung. »Ich wusste ganz einfach, dass sie hier auftauchen würde.«

Jennifer drehte sich um, das Champagnerglas in der einen und einen halben Cracker mit Pastete in der anderen Hand. Hiram stand hinter ihr. Bei ihm war der Mann in dem weißen Kampfanzug.

»Reden Sie über mich?«

»Darauf kannst du deinen süßen Arsch verwetten, Schätzchen«, sagte der Mann in Weiß. Irgendetwas stimmte mit seinem Gesicht nicht. Er betrachtete sie mit einer aufreizenden Beharrlichkeit, bei der sich Jennifer nackt fühlte, aber das war nur zum Teil der Grund für Jennifers Unbehagen. Einzeln und für sich betrachtet, waren seine Züge in Ordnung, vielleicht sogar hübsch, aber insgesamt passten sie einfach nicht zueinander. Seine Nase war zu lang, das Kinn zu klein. Eines seiner durchdringend blickenden grünen Augen lag höher als das andere. Sein Kiefer wirkte kantig, als sei er irgendwann gebrochen und dann schief zusammengewachsen. Er leckte sich aufgeregt die Lippen.

Hiram seufzte. »Sind Sie sicher, Mr. Ray?«

»Sie ist diejenige, ich weiß, dass sie es ist. Ich wusste, sie würde sich von der gottverdammten Party nicht fernhalten. Ich will verdammt sein, wenn ich unrecht hatte.«

»Also gut. Dann tun Sie Ihre Pflicht.« Er seufzte noch einmal und rieb sich die Hände, als wollte er sie buchstäblich in Unschuld waschen. Der Mann, den er Ray nannte, nickte und wandte sich an Jennifer.

»Ich heiße Billy Ray. Ich bin Bundespolizist und würde gern Ihren Ausweis sehen.«

»Warum?«, fragte Jennifer mit einem Gefühl der Beklommenheit.

»Sie sehen wie jemand aus, der heute Morgen das Haus eines prominenten Bürgers dieser Stadt ausgeraubt hat.«

Jennifer betrachtete das Stück Cracker, das sie immer noch in der Hand hielt. Sie hatte noch nicht einmal begonnen, ihren Hunger zu stillen.

»Verdammt«, sagte sie. Cracker und Champagnerglas glitten durch ihre Hände, als sie durch den Boden geisterte.

Ray bewegte sich wie eine Katze auf Speed. Er sprang sie an, bekam aber nur noch ihr Hemd zu fassen, das zu Boden fiel.

»Ach, Jesus, Worchester«, hörte Jennifer ihn sagen, bevor sie ganz durch den Boden sank. »Sie hätten mir erlauben sollen, das Miststück kaltzustellen.«

♦

Tachyon hatte sich auf der Suche nach Alkohol zwischen die Asse gemischt. Nach Alkohol, den sie jetzt dringend brauchte. Das Gewirr der Stimmen, das Klirren von Eis in Kristallgläsern und die energischen Bemühungen der kleinen Band, all das vereinigte sich zu einer beständigen Geräuschkulisse, die sich immer tiefer in ihren Kopf bohrte.

Eisskulpturen verschiedener prominenterer Asse befanden sich überall im Restaurant. Peregrine stand nicht weit von ihrer Statue entfernt, und ihre wundervollen Schwingen drohten die gefrorene Nachbildung umzustürzen.

Captain Trips, der ein Glas Fruchtsaft in einer knochigen Hand hielt, versuchte, den Raum zu durchqueren, aber seine erstaunliche Angströhre war wieder zu Boden gefallen. Harlem Hammer, der sich in seinem besten Anzug offenbar entschieden unwohl fühlte, hob den Hut auf. Der Gegensatz zwischen dem unglaublich starken schwarzen Ass, dessen kahler Schädel im Licht schimmerte, und dem schlaksigen Captain war verblüffend.

Der Professor und die Eisblaue Sybille unterhielten sich in der Nähe der Bar. Sybille mit ihrem blauen, geschlechtslosen nackten Körper hätte für eine der Eisskulpturen durchgehen können. Sie rief sogar ein leichtes Frösteln bei jenen hervor, die in ihrer Nähe standen. Ihr Gesprächspartner sorgte mit seinem sonderbaren Sinn für Stil selbst für Aufsehen. Mit seinem Schnurrbart, dem kahlen Schädel, der Brille mit Drahtgestell und einer qualmenden Pfeife sah er aus wie jemandes netter alter Onkel. Aber kein Onkel von Roulette hätte je einen himmelblauen Smoking mit ausgelatschten Sandalen getragen.

Fantasy, ABTs Primaballerina und eines von New Yorks bekannteren Assen, wedelte mit einer Rose vor Pit Boss' Nase herum, während Trumpfkarte nachsichtig zusah.

So viele – und wer von euch wird diese Nacht überleben? Nicht viele, glaube ich, denn mein Meister ist hinter euch her.

♠

Das Problem dabei, ein freundlicher Gastgeber zu sein, war die Notwendigkeit, freundlich zu Bauerntölpeln zu sein. Hiram nippte an einem Champagnerglas, das mit Vernors Ginger Ale gefüllt war. Er hatte gern ein Glas in der Hand, um die Atmosphäre der Geselligkeit und Gemütlichkeit herauszukehren, aber er hatte zu viele Verpflichtungen, um sich einen Schwips antrinken zu können. Er versuchte, großes Interesse an dem vorzutäuschen, was Captain Trips sagte.

»Ich meine, es ist irgendwie *elitär*, Mann, dieses ganze Essen. An einem solchen Tag sollten Asse und Joker zusammenkommen, als seien sie irgendwie Brüder«, sagte der schlaksige Hippie mit den langen blonden Haaren und dem fransigen Ziegenbart zu ihm.

Das Personal des *Aces High* hatte einem Dutzend Groupies und Täuschern den Zutritt verwehrt, darunter einer Fischhändlerin mit ihrem Glas telepathisch veranlagter Goldfische, einem älterer Herrn mit einem Umhang, der im Schlaf in der Zeit reiste, und einem zweihundert Pfund wiegenden jugendlichen Mädchen, das nur einen G-String und winzige Kappen auf den Brustwarzen trug und behauptete, unsterblich zu sein. Das war zugegebenermaßen schwer zu widerlegen, aber Hiram hatte das Mädchen dennoch abgewiesen. Mittlerweile wünschte er sich, er wäre bei Trips, dessen Kräfte ähnlich schwer zu fassen waren, falls er überhaupt welche besaß, gleichermaßen hartnäckig gewesen. Wenn doch Dr. Tachyon nicht ausgerechnet in dem Augenblick eingetroffen wäre, als er …

Hiram seufzte. Das Kind war jetzt in den Brunnen gefallen. Er hatte den Captain eingelassen, und ein paar Minuten später, als er seine Runde machte und sich lächelnd unter die Gäste mischte, hatte er einen zweiten Fehler gemacht und Trips gefragt, ob er sich amüsiere. Seitdem stand er neben Peregrines Eisskulptur, während ihm der hochgewachsene Mann im violetten Uncle-Sam-Anzug ernsthaft erklärte, dass Alkohol irgendwie *Gift* sei, Mann, und er wirklich Tofu und Bambussprossen servieren sollte, weil der Körper wie ein Tempel sei, wissen Sie, und ob nicht die ganze Idee eines Wild-Card-Dinners irgendwie … äh … politisch unkorrekt sei.

Es war kein Wunder, dass Dr. Tachyon für ihn gebürgt hatte, fand Hiram nach einem Blick auf Trips' vorstehenden Adamsapfel und violetten Zylinder: Sie kauften ihre Kleidung offensichtlich in derselben Boutique. Hirams Lächeln war so eingefroren, dass er hoffte, in seinem Bart würde sich kein Eis bilden. Sein Blick schweifte durch das Restaurant, und ihm fiel auf, dass eine ganze Reihe von Gästen mit ihren Drinks auf den Balkon gingen, wo die Sonne hinter New Jersey versank und den Himmel tiefrot färbte. Bei diesem Anblick hatte Hiram eine Eingebung. »Das sieht nach einem herrlichen Sonnenuntergang aus, Captain«, sagte er. »Das ist ein Anblick, den Sie sich nicht entgehen lassen sollten, da Sie uns nicht so häufig besuchen. Der Sonnenuntergang ist von hier aus gesehen etwas ganz Besonderes, wie Sie mir gewiss zustimmen werden. Ziemlich … äh … echt abgefahren.«

Es klappte. Captain Trips reckte den Hals, nickte und machte einen Schritt in Richtung Balkon, aber irgendwie schafften es die langen Stelzenbeine, sich ineinander zu verheddern, sodass er stolperte. Bevor Hiram vortreten und ihn auffangen konnte, hatte Trips eine suchende Hand ausgestreckt, die Eisskulptur zu fassen bekommen, das Ende von Peregrines Schwinge abgebrochen und sich auf die Nase gelegt. Sein Hut flog drei Meter weit und landete vor Harlem Hammers Füßen, der ihn mit einem Ausdruck des Abscheus aufhob, zu Trips zurücktrug und ihm fest auf den Kopf drückte. Mittlerweile war Captain Trips wieder aufgestanden, die Flügelspitze aus Eis noch in der Hand. Er schien sich sehr zu schämen. »Tut mir leid, Mann«, brachte er heraus. Er versuchte das abgebrochene Stück wieder an das Ende von Peris Flügel zu heften. »Tut mir echt leid, sie war wunderschön, Mann«, sagte er. »Vielleicht kann ich es reparieren.«

Hiram nahm ihm das Eis weg und drehte ihn sanft um. »Schon gut«, sagte er. »Gehen Sie nur und sehen Sie sich den Sonnenuntergang an.«

♣

Jack stützte sich schwer auf Bagabond, als sie die U-Bahn verließen. Rosemary folgte ihnen und beobachtete die Massen.

Sie nahm Jacks freien Arm und stützte ihn ebenfalls, während das Trio die 23rd Street entlang zum *Haiphong Lily* ging. Niemand beachtete sie auf ihrem langsamen Gang über den Gehsteig. »Hier hinein.« Bagabond führte sie in einen dunklen, schmalen Hinterhof, der von zwei flackernden Straßenlaternen nur unzureichend erhellt wurde.

»Ich rieche etwas Gutes«, sagte Jack elend, indem er den Kopf hob.

»Rosemary, das ist dein Auftritt.« Bagabond half Jack, der sich an einem Stahlgeländer festhielt, das zu einem heruntergekommenen Backsteinhaus führte. Sie wandte sich wieder an die stellvertretende Bezirksstaatsanwältin. »Wie willst du es machen?«

Rosemary spähte die Straße entlang zur nächsten trüben Lichtinsel. »Ich will mithilfe dieser Notizbücher ein wenig Kontrolle über die Gambiones ausüben. Dann kann ich vielleicht auch die anderen Familien erreichen.« Ihr Bedauern war ebenso wenig zu übersehen wie zu überhören. »Tut mir leid, dass Sie das durchmachen müssen, Jack, aber wenn wir diesen Krieg zwischen den kriminellen Mächten nicht unterbinden können, wird sich die Stadt bald in einem Belagerungszustand befinden.« Ihre Stimme wurde fester. »Indem ich nur so viele Informationen durchsickern lasse, dass das Gleichgewicht aufrechterhalten wird, will ich die Wahl des neuen Don und dessen Einstellung den anderen Familien und den neuen Gangs gegenüber beeinflussen.«

»Kinderspiel«, sagte Jack mit zusammengebissenen Zähnen.

»Glaubst du wirklich, dass du das schaffen kannst?« Bagabond war nicht überzeugt davon, dass Rosemary diesen weitreichenden Plan ausführen konnte.

»Ist jedenfalls 'ne prima Rede«, sagte Jack.

»Rosa-Maria Gambione kann es schaffen.« Rosemary sah Bagabond an.

»Aber was werden sie tun, wenn sie herausfinden, wer die stellvertretende Bezirksstaatsanwältin wirklich ist?« Bagabond sah Rosemary stirnrunzelnd an. »Da könntest du auch gleich vor einen Untersuchungsausschuss treten.«

»Es ist meine Entscheidung. Es ist mein Erbe.« Sie zuckte vielsagend die Achseln. »Wie soll ich die Taten meines Vaters sonst wiedergutmachen?«

»Mit hundert Ave-Marias«, sagte Jack, der sich ein wenig hin und her wand. »Entschuldigung, war nicht so gemeint.«

»Dein Vater war aus freiem Willen, was er war. Du bist für seine Sünden nicht verantwortlich.« Bagabond packte Rosemarys Arm so fest, dass es wehtat. »Du bist nur für dich selbst verantwortlich.«

»Ich sehe das anders.« Sie löste Bagabonds Hand von ihrem Arm und hielt sie einen Moment lang fest. »Was mir nicht gefällt, ist, dass ich dich und Jack in Gefahr bringe.«

»Hey, wir sind das gewöhnt. Wir sind schließlich Asse, nicht wahr?« Bagabond sah Jack an, der leise auf Französisch fluchte. Sogar bei diesem schlechten Licht konnten sie erkennen, dass sich seine Haut grau verfärbte.

»Wie lange noch?«, fragte Jack.

»Nicht mehr lange«, sagte Rosemary beruhigend.

»Ja, klar.« Jack zuckte zusammen. »*Verdammt*, tut das weh.«

♥

Er erstarrte, als er die Limousinen vor dem Restaurant parken sah. Spector holte tief Luft und gönnte sich einen Augenblick, um sich zu beruhigen. Es war nicht der Astronom, konnte es nicht sein, noch nicht. Was glaubte er, womit die Mafiosi kommen würden, mit Hondas und Yugos?

Er sah die Neonlilie und wusste, dass er am richtigen Ort war. Er trat ein und ging die knarrende Holztreppe hinauf. Oben versperrte ihm ein massiger Mann den Weg. Der Schläger war knapp einen Meter neunzig groß und gebaut wie ein Catcher, offensichtlich ein Muskelmann der Mafia. Für Spector wäre er nicht mehr als ein Stück totes Fleisch gewesen, hätte er nicht eine verspiegelte Sonnenbrille getragen.

»Reservierung?«, fragte er, als sei dies das einzige englische Wort, das er kannte.

»Ja.« Spector versuchte sich an ihm vorbeizuschlängeln, aber der Mann hielt ihn an seinem verstümmelten Handgelenk fest.

»Augenblick.«

Spector biss die Zähne zusammen. »Gibt es irgendein Problem?«

»Wir veranstalten heute eine Privatparty.«

»Entschuldigung.« Ein orientalischer Mann legte dem Mafioso eine Hand auf die Schulter. Er sah Spector an, wobei seine Mundwinkel ein wenig zuckten. »Dieser Herr gehört nicht zu Ihrer Gesellschaft, aber er hat eine Reservierung.«

»Ist er mit einer Durchsuchung einverstanden?« Der Mafioso richtete die Frage an den Orientalen und sah dann Spector an.

»Kein Problem.« Spector knöpfte seine Jacke auf und hob die Arme. Der Mann durchsuchte ihn rasch und professionell. »Gehören Sie zum Secret Service oder was?«, fragte Spector.

»Okay. Machen Sie mit ihm, was Sie wollen.« Der große Mann ging einen Schritt zurück in Richtung Treppe.

Der Orientale – Spector hielt ihn für den Geschäftsführer – führte ihn an einen Tisch in der Nähe des Eingangs zu einem Privatraum. Er reichte Spector eine Speisekarte und lächelte schwach. »Kein Ärger«, flüsterte er. »Man hat mir gesagt, dass es keinen Ärger gibt.«

»Es gibt nur Ärger, wenn das Essen schlecht ist.«

»Das Essen ist ausgezeichnet.« Der Geschäftsführer winkte einen Kellner heran und wandte sich offenbar erleichtert ab.

Die Speisekarte war handgeschrieben, und zwar in Gold und Silber und auf irgendeinem schicken Pappstoff und nicht auf laminiertem Papier, wie er es gewohnt war. Spector öffnete sie und seufzte. Vom Regen in die Traufe: Nicht nur, dass alles auf Vietnamesisch geschrieben war, die Gerichte waren auch nicht mit Nummern gekennzeichnet. Es würde schwer genug sein, etwas Essbares zu finden, ohne es auch noch aussprechen zu müssen.

»Entschuldigen Sie, Sir. Möchten Sie vielleicht einen Tee?«

Spector sah zum Kellner auf. »Sicher.« Eine kleine Anregung konnte seinen Reflexen nicht schaden, wenn die Zeit gekommen war.

Der Kellner drehte eine Tasse mit einer weiß behandschuhten Hand um und füllte sie. »Möchten Sie noch etwas warten, bevor Sie bestellen?«

»Ja. Kommen Sie in einer Weile wieder.«

Der Kellner nickte, stellte die weiße Teekanne auf den Tisch und ging weg.

Spector hob die Tasse und blies den Dampf von der Oberfläche des Tees. Er sah ein wenig grüner aus als das, woran er gewöhnt war. Er nippte zaghaft. Der Tee war fast zu heiß, um ihn zu trinken, aber er war stark genug. Er ließ ihn ein paar Minuten abkühlen und trank dann so viel, wie er konnte. Spector roch Fleisch und Gemüse, das in heißem Öl briet. Sein Magen knurrte. Er musste ihm bald etwas Festes zuführen.

Zwei Personen betraten das Restaurant. Eine war jung, die andere musste über siebzig sein. Beide trugen einen dunklen Anzug und einen Hut. Sie redeten kurz mit dem Wächter an der Tür und verschwanden in dem Privatzimmer.

Spector konnte ihre Stimmen hören, war jedoch nicht in der Lage, genügend Wörter aufzuschnappen, um der Konversation folgen zu können. Im Grunde spielte es keine Rolle. Die meisten von ihnen würden sich in kurzer Zeit ohnehin die Radieschen von unten ansehen.

Er richtete seine Aufmerksamkeit wieder auf die Speisekarte. Wenn er ein Fleischgericht bestellte, konnte er wenigstens das Fleisch essen.

Eine weitere Gruppe passierte den Wächter und ging in das Privatzimmer. Hallo, dachte er. Ich bin Demise. Ich lege euch Ärsche heute Nacht eiskalt um.

Der Kellner kam wieder an seinen Tisch. »Sind Sie jetzt so weit, Sir?«

»Ja. Ich hätte gern etwas mit Fleisch. Sie wissen schon. Viel, scharf und heiß.«

Der Kellner nickte und ging.

Spector sah auf die Uhr. 19:45. Er hob seine Tasse und trank einen Schluck Tee. Wenn er sicher war, dass alle da waren, würde er zuschlagen.

◆

Die Cocktailstunde näherte sich dem Ende. Curtis und sein aufmerksamer Stab geleiteten die Gäste zu ihren Tischen, als endlich Jay Ackroyd mit Chrysalis am Arm auftauchte. Popinjay trug denselben braunen Anzug und dieselben Mokassins, die er schon den ganzen Tag getragen hatte. Er hatte keine Krawatte umgebunden und sah ziemlich zerknittert aus. Chrysalis trug ein glitzerndes Abendkleid in einem metallischen Silber. Es bedeckte beide Brüste und eine Schulter, aber der Schlitz an der Seite war so hoch, dass ihr Entschluss, keine Unterwäsche zu tragen, offensichtlich war. Ihre langen Beine blitzten auf, als sie durch das Restaurant marschierte, und ihre Muskeln bewegten sich wie Rauch unter transparenter Haut, während die Augen in dem skelettartigen Gesicht den Raum begutachteten, als gehöre er ihr.

Hiram traf sie an der Bar. »Jay ist so unpünktlich wie eh und je«, sagte er. »Ich sollte ihn wirklich ins Gebet nehmen, weil er uns nicht früher miteinander bekannt gemacht hat. Ich bin Hiram Worchester.« Er küsste ihre Hand.

Sie machte einen belustigten Eindruck. »Das dachte ich mir schon«, sagte sie in kultiviertem Schulenglisch.

»Sie sind Britin!«, rief Hiram mit einem entzückten Lächeln. »Mein Vater war Brite. Er hat bei Dünkirchen gekämpft, müssen Sie wissen. Eine männliche Kriegsbraut, aber nicht die Sorte, die Weiß trug.«

Chrysalis lächelte höflich.

Ackroyds Lächeln war zynischer. »Wahrscheinlich wollen Sie beide sich über Winston Churchill oder Yorkshire Pudding oder dergleichen unterhalten. Ich glaube, ich besorge mir einen Drink.«

»Tun Sie das«, sagte Hiram. Jay verstand den Wink und schlenderte davon, um mit Wallwalker zu plaudern. »Ich glaube, Sie haben Informationen für mich«, wandte sich Hiram an Chrysalis.

»Das wäre gut möglich«, antwortete sie. Sie sah sich um. Obwohl es in dem Raum von Berühmtheiten und attraktiven Frauen wimmelte, zog sie viele Blicke auf sich. »Hier?«

»In meinem Büro«, sagte Hiram.

Als er die Tür hinter ihnen geschlossen hatte, sank Hiram dankbar auf einen Stuhl und bedeutete ihr, Platz zu nehmen. »Darf ich?«, fragte sie, indem sie einer kleinen Handtasche eine Zigarette entnahm. Er nickte. Sie zündete sie an, und Hiram sah zu, wie der Rauch durch ihre Nasenhöhlen wirbelte, als sie einen Zug machte. »Lassen Sie uns gleich zur Sache kommen«, schlug Chrysalis vor. »Die Sorte Information, die Sie haben wollen, ist gefährlich und teuer. Wie viel sind Sie bereit, dafür auszugeben?«

Hiram öffnete eine Schublade, entnahm ihr ein Scheckheft so groß wie ein Rechnungsbuch und stellte einen Scheck aus. Sie beobachtete ihn. Er riss ihn heraus und schob ihn über den Schreibtisch.

Chrysalis beugte sich vor, nahm den Scheck und warf einen Blick darauf. Die geisterhafte Muskulatur ihres Gesichts arbeitete, als sie eine Augenbraue hob. Sie faltete den Scheck in der Mitte und schob ihn in ihre Handtasche. »Sehr gut. Damit können Sie eine Menge kaufen, Mr. Worchester. Nicht alles, aber eine Menge.«

»Fahren Sie fort.« Er faltete die Hände auf dem Schreibtisch. »Sie haben Jay gesagt, Keule sei Teil von etwas Größerem. Was?«

»Nennen Sie es die Shadow Fist Society«, sagte Chrysalis. »Das ist der Name, den man auf der Straße hört. Er ist so gut wie jeder andere. Es ist eine große und mächtige kriminelle Organisation, Mr. Worchester, die aus vielen kleineren Gangs besteht. Den Makellosen Silberreihern in Chinatown, den Werwölfen in Jokertown, Keules zusammengewürfelter Truppe am Hafen und einem Dutzend anderer. Sie haben Verbündete in Harlem, Hell's Kitchen, Brooklyn, in der ganzen Stadt.«

»Das Syndikat«, sagte Hiram.

»Verwechseln Sie sie nicht mit der Mafia. Tatsächlich führt die Shadow Fist Society einen geheimen Krieg gegen die Mafia, und sie gewinnt ihn. Sie hat ihre Finger in vielen Keksdosen, angefangen bei Drogen und Prostitution bis hin zum Glücksspiel, und sie tätigt auch ein paar legale Geschäfte. Keule und sein Schutzgeldgeschäft sind eines der kleinsten und unwichtigsten Räder im Getriebe dieses Unternehmens, aber sie gehören dazu. Wenn ich Sie wäre, würde ich sehr vorsichtig sein. Keule ist ein billiger Muskelmann, aber seine Hintermänner sind rücksichtslose und äußerst fähige Leute, die keine Einmischung dulden. Wenn Sie ihnen in die Suppe spucken, werden sie Sie ebenso mühelos umbringen, wie man eine Fliege zerquetscht.«

Hiram ballte eine Faust. »Das würde ihnen vielleicht nicht ganz so leichtfallen.«

»Weil Sie ein Ass sind?« Sie lächelte. »An einem Tag wie diesem scheint das ziemlich wenig zu sein, woran man sich klammern kann. Erinnern Sie sich noch an den aufsehenerregenden Bandenmord auf Staten Island im letzten Jahr? Es stand in allen Zeitungen.«

Hiram runzelte die Stirn. »Eines dieser Pik-Ass-Opfer, nicht wahr? Ich kann mich vage an die Schlagzeilen erinnern. Wie hat sich das Opfer noch genannt?«

»Scar«, antwortete Chrysalis. »Ein Teleporter und ein Killer der Shadow Fist Society. Nun, er ist erledigt, aber sie haben noch andere Asse, die für sie arbeiten, wenn man den Gerüchten Glauben schenken kann. Mit ebenso starken Kräften wie den seinen. Vielleicht sogar ein Dutzend. Man hört Namen. Fadeout. Der Flüsterer. Wyrm. Nach allem, was Sie wissen, könnte einer Ihrer Gäste dort draußen zur Shadow Fist gehören und Ihren Champagner trinken, während er sich überlegt, wie er Sie am besten aus dem Weg räumen kann.«

Hiram dachte kurz nach. »Können Sie mir den Namen des Mannes an der Spitze der Organisation nennen?«

»Das könnte ich«, sagte Chrysalis kühl. »Aber ich hätte nicht mehr lange zu leben, wenn ich Informationen dieser Art weitergäbe. Natürlich würde ich es dennoch riskieren, wenn der Preis stimmt.« Sie lachte. »Aber ich glaube ganz einfach nicht, dass Sie so viel Geld haben, Mr. Worchester.«

»Angenommen, ich wollte mit ihnen reden«, sagte er.

Sie zuckte die Achseln.

»Wenn Sie mir keinen Namen nennen, werden Sie feststellen, dass ich den Scheck ziemlich schnell sperren lassen kann.«

»Das dürfen wir natürlich nicht zulassen«, sagte sie. »Sagt Ihnen der Name Latham & Strauss etwas?«

»Die Anwaltskanzlei?«, fragte Hiram.

»Anwälte von Latham & Strauss haben Keule heute Nachmittag losgeeist, nachdem Jay ihn in die Gruft teleportiert hatte. Ich hatte heute Veranlassung, ein paar Erkundigungen über diese Firma einzuziehen, und ich habe herausgefunden, dass der Seniorpartner großes Interesse an Männern wie Keule hat. Das erscheint mir seltsam, da zu seinen persönlichen Klienten eine ganze Reihe der reichsten und mächtigsten Männer der Stadt gehört, von denen ein paar gute Gründe haben, diskret zu sein. Verstehen Sie, was ich Ihnen sagen will?«

Hiram nickte. »Haben Sie seine Adresse?«

Sie öffnete ihre Handtasche und gab sie ihm. Hirams Respekt vor ihr stieg. »Ich gebe Ihnen noch einen kostenlosen Rat obendrein«, fügte sie hinzu.

»Und der wäre?«

Chrysalis lächelte. »Nennen Sie ihn nicht Loophole«, sagte sie.

Fünfzehntes Kapitel
20:00

Die Art, wie das jährliche Dinner begann, war längst zu einem Ritual geworden.

Als alle saßen, die Kellner die Suppe gebracht und die Gäste ihre Vorspeise gewählt hatten, richteten sich die Augen auf Hiram Worchester. Er füllte ein hohes, dünnes Glas mit Champagner, machte sich leicht, leichter als Luft, und schwebte langsam zur Decke neben einen seiner Kronleuchter. »Ein Toast«, sagte er, indem er das Glas hob, wie er es jedes Jahr tat. Seine tiefe Stimme klang ernst und feierlich. »Auf Jetboy.«

»*Auf Jetboy*«, wiederholten sie im Chor, hundert Stimmen gemeinsam. Doch niemand trank. Es würden noch mehr Namen fallen.

»Auf Black Eagle«, sagte Hiram, »auf Brain Trust und auf den Botschafter, wo er jetzt auch sein mag. Auf Turtle, dessen Ruf uns aus der Wildnis zurückführte. Hoffen wir, dass er gesund und munter ist, dass, wie bei Mark Twain, die Berichte von seinem Ableben maßlos übertrieben sind. Auf alle Asse, bedeutend und unbedeutend, lebendig oder tot oder noch nicht geboren. Auf die vielen Tausende von Jokern und auf das Andenken der Zehntausende, die die Pik-Dame gezogen haben.«

Hiram hielt inne, sah sich einen Moment lang schweigend um und fuhr fort. »Auf den Howler«, sagte er, »und auf ein Lachen, das Mauern zerschmettern konnte. Auf Kid Dino-

338

saur, der nie so klein war wie derjenige, der ihn getötet hat. Auf die Takisier, die uns verflucht und göttergleich gemacht haben, und auf Dr. Tachyon, der uns in der Stunde der Not geholfen hat. Und, wie immer, auf Jetboy.«

»*Auf Jetboy*«, wiederholten sie noch einmal. Diesmal tranken sie, und vielleicht hielten ein oder zwei tatsächlich einen Moment lang inne, um des Jungen zu gedenken, der noch nicht sterben konnte, bevor sie ihre Suppenlöffel nahmen und anfingen zu essen.

Hiram Worchester sank langsam wieder zu Boden.

♠

»Du isst ja gar nichts«, bemerkte Tachyon freundlich nach einem Blick auf ihren so gut wie unberührten Teller.

»Du auch nicht.«

»Ich habe eine Entschuldigung.«

»Und die wäre?«

»Mein Mund tut mir weh.«

»Das ist nicht der eigentliche Grund.«

»Warum sollte dir etwas daran liegen, den tatsächlichen Grund zu hören?«

»Mir liegt nichts daran.« Sie sah weg, aber ihre Erinnerung formte ein transparentes Bild, das sie von dem Raum trennte. *Josiah mit seinen bebenden Nasenflügeln, dessen Züge sich plötzlich über Trips' freundliches Gesicht legten. Ihr Baby, das wie eine groteske Vorspeise auf Mistrals Teller lag.*

»Was hast du für eine Entschuldigung?«

Dass ich dich töten werde – töten muss – und die Nerven verliere. Würde dich diese Antwort zufriedenstellen?

Gedanken verbanden sich mit ihrer Stimme, und sie hörte sich sagen: »Die heutigen Geschehnisse sind mir auf den Magen geschlagen.«

»Welche?«, fragte der Takisier.

»Die am Grabmal, der Mord.«

Seine Hand legte sich auf ihre. »Und damit bist du auch auf den Grund für meinen Mangel an Appetit gestoßen. Wie kann ich essen, wenn Kid ... ich muss immer an seine Eltern denken.«

Die französische Zwiebelsuppe, die sie gegessen hatte, stieß ihr sauer auf, und sie schluckte heftig. »Entschuldige mich«, murmelte sie atemlos, indem sie den Stuhl zurückschob und vom Tisch floh. Die neugierigen Blicke fühlten sich an wie Schläge.

Im Waschraum spritzte sie sich ungeachtet ihres sorgfältig aufgelegten Make-ups kaltes Wasser ins Gesicht und spülte den Mund aus. Es half, konnte jedoch nicht den brennenden Knoten in ihrer Magengrube beseitigen. Ihre bernsteinfarbenen Augen starrten freudlos in den Spiegel, weit aufgerissen und verängstigt. Sie studierte das perfekte Oval ihres Gesichts, die hohen, wie gemeißelten Wangenknochen, die schmale Nase, das Erbe irgendeines weißen Vorfahren. Es sah aus wie ein normales Gesicht. Wie konnte sich dahinter so viel ... Ihr Verstand wehrte sich gegen das Wort. Nicht Böses. Dahinter verbargen sich Erinnerungen.

Erinnerungen an Böses.

Wessen Böses? Des Mannes, dessen Rasse dieses in der Hölle geborene Virus zur Erde gebracht und ihr Leben zerstört hatte?

Oder ihr eigenes?

Sie stützte die Hände auf das Waschbecken und beugte sich vor. Ihr Atem ging rasch und stoßweise.

»Er lebt noch, Roulette.«

Die Angst entlockte ihr ein Wimmern, und sie fuhr herum. Schreckte zurück, als er eine Nagelfeile beiseitelegte, die das *Aces High* den weiblichen Gästen zur Verfügung stellte. Gemächlich betrachtete er die knotigen Venen auf seinem Handrücken und drehte sich langsam auf dem kleinen Hocker vor der Spiegelkommode zu ihr um. Es war ein unpassender Anblick: Der Astronom war gekleidet wie ein Kellner des *Aces High* und von Doppelreihen Bühnenlichtern eingerahmt, und sein beinahe kahler Hinterkopf war im Spiegel zu sehen.

»O mein Gott. Was …«

»Ich hier tue? Offensichtlich die Angelegenheit erledigen, die du zu regeln nicht imstande warst. Ein klein wenig den Tod bringen. Ich kam in der Erwartung von Wehklagen, Angst und Hass. Und was finde ich? Einen Haufen Asse, die sich vollstopfen und reden, reden und nochmals reden.«

»Du kannst nicht … nicht hier.«

»O ja, unbedingt *hier.* Und Tachyon ist der Erste.«

»Nein!«

»Mitgefühl?«

»Er … er gehört mir.«

»Warum hast du ihn noch nicht getötet?« Seine Stimme hatte den jovialen Unterton verloren und kratzte wie Stein auf Schmirgelpapier. Er erhob sich von dem Hocker, eine Bewegung, die in ihrer Lässigkeit nur umso bedrohlicher wirkte.

»Ich …« Ihre Stimme versagte, und sie versuchte es noch mal. »Ich spiele mit ihm.«

»Was für ein dramatischer – beinahe melodramatischer – Ausspruch. Du spielst mit ihm«, wiederholte er nachdenklich. Seine Hand schoss vor und schloss sich um ihre Kehle. *»Du sollst nicht mit ihm spielen! Du sollst ihn töten!«* Speicheltropfen spritzten auf ihre Wangen, und sie wand sich in seinem Griff.

Die Hand krampfte sich um ihren Hals zusammen, und ihr Kehlkopf schmerzte unter dem Druck. Blut rauschte, hämmerte in ihren Ohren. Roulette kratzte seine Hand und bettelte um Gnade, aber aus ihrer Kehle drang nicht mehr als ein unartikuliertes Quäken. Er schleuderte sie verächtlich beiseite, und sie prallte schwer gegen ein Waschbecken.

»Du kannst mich nicht verstehen. Angst vor dir wird nicht ausreichen.«

»Das stimmt. Ich wünschte, du würdest die Weisheit dessen erkennen, was ich dir gesagt habe. Nur dein Hass kann dich befreien. Nur wenn du der Säure in deiner Seele freien Lauf lässt, kann deine Seele Frieden finden.«

Sie grub die Finger in ihre Schläfen. »Ich weiß nicht, was ich mehr hasse. Deine Drohungen oder deine pseudopsychologischen Vorträge.«

Er fuhr fort, als hätte sie nichts gesagt. »Nur diese ultimative Reinigung kann dich vor einem Leben der Erinnerung retten.«

Er riss seine sorgfältig konstruierten mentalen Schirme ein, packte und brach einen Teil ihres Verstands. Die Bilder zogen an ihren Augen vorbei. *Die Hand der Schwester auf ihrer Brust, die sie zurückhielt.* »Nicht hinsehen.« *Sie sah hin.* MONSTER! *Es lag in einem Brutkasten und wimmerte sein Leben aus. Versteckt. Vier Tage, in denen sie es sterben sah. Ekel. Aus Liebe wurde Hass. Die Hand der Schwester auf ihrer Brust, die ...*

Und so ging es immer weiter. Eine nie endende Wiederholung eines Albtraums.

»Töte ihn, und es hört auf.«

»O Gott! Ich glaube dir nicht!« Ihre Finger verkrallten sich in ihren Haaren.

»Das ist bedauerlich. Weil du wirklich keine andere Wahl hast.«

♣

»Ist es schon so weit?« Jack reckte den Kopf über das Stahlgeländer, an dem er sich festhielt.

Bagabond stellte sich neben ihn. Sie legte ihren Arm um seine Hüfte. »Bald. Es dauert nicht mehr lange.« Sie strich ihm das schweißnasse Haar aus der Stirn. Jack, der offensichtlich starke Schmerzen hatte, sah sie an. Seine Augen lagen im Schatten und verschmolzen mit der Nacht.

»Du musst in deiner menschlichen Gestalt hineingehen«, sagte sie. »Ich helfe dir bei der Verwandlung, wenn die Zeit gekommen ist. Ich werde die ganze Zeit bei dir sein.« Bagabond legte ihre Hand auf seine, die auf dem Geländer ruhte. Er drehte seine Hand um und ergriff ihre Finger.

»Ich habe ein schlechtes Gefühl bei dieser Sache«, sagte Jack. Er sah hinunter auf ihre ineinander verschränkten Finger, zog seine Hand jedoch nicht weg. »Ich wünschte, die Katzen wären hier.«

»Ich auch.«

»Wenn irgendwas schiefgeht«, sagte er, »dann sieh zu, dass du verschwindest. Das ist mein Ernst. Ich kann auf mich selbst aufpassen.«

Bagabond sagte nichts, sondern drückte nur seine Hand. Sie wandte sich an Rosemary. »Können wir jetzt hineingehen?«

Die Staatsanwältin ging zur Ecke und lugte um die schmutzige Hausmauer. »Sieht gut aus.« Sie drückte auf den Knopf ihrer Digitaluhr und warf einen Blick auf die Leuchtziffern. »Es ist zwanzig nach acht. Jeder, der kommt, sollte mittlerweile da sein. Wir gehen.«

Der Eingang zum *Haiphong Lily* war durch eine große Wasserlilie aus rotem Neon gekennzeichnet. Ihr unstetes Flackern erhellte die ruhige Straße. Ein halbes Dutzend Limousinen parkten am Randstein vor dem Restaurant. Die uniformierten Fahrer standen in einer Gruppe am Ende der Reihe und rauchten und tratschten wie gewöhnliche Taxifahrer. Jeder Wagen wurde von ein oder zwei ernsten Männern bewacht. Ein paar Wachen beobachteten gleichgültig, wie Bagabond und ihre Begleiter vorbeigingen, wobei ihre Augen ihnen folgten wie die Zielfernrohre von M-60-Maschinengewehren. Alle Wachen trugen schwarze Armbinden.

Die Düfte der vietnamesischen Küche nach heißem Öl, Fisch und scharfem Pfeffer hüllten sie ein, bevor sie die Tür erreichten.

»*Mon Dieu.*« Jack richtete den Blick zum Himmel und sah dann Bagabond an. »Ist das zu glauben? Jetzt habe ich Hunger.«

»Wir essen, sobald wir das hier erledigt haben.«

Der Eingang befand sich auf Straßenniveau, aber das eigentliche Restaurant lag eine Treppe höher. Das Treppenhaus war trübe erleuchtet, und die rote Velourstapete verschluckte den größten Teil des Lichts. In einem Erker neben der Tür zum Restaurant stand ein großer Mann, dessen distinguierter Anzug denen der Wächter draußen entsprach. Beim Geräusch der Außentür war er vorgetreten und versperrte ihnen den Weg.

»Reservierung?«, fragte er.

»Selbstverständlich.« Rosemary zögerte nicht.

Bagabond spürte, wie sie die Augen hinter der verspiegelten Sonnenbrille taxierten, nach einer Gefahr suchten. Der große Mann zuckte die Achseln. Anscheinend zufrieden, gab er den Weg frei. Offenbar erkannte er Rosemary nicht.

Im Restaurant selbst begrüßte sie ein nervöser orientalischer Mann mittleren Alters mit einem Haufen Speisekarten. »Guten Abend. Drei Personen? Ja?«

Er machte Anstalten, einen der vielen leeren Tische anzusteuern, als Rosemary ihn aufhielt. »Wir gehören zu der Gesellschaft.«

Der kleine Mann blieb abrupt stehen. Das Restaurant war so gut wie leer. Auf der einen Seite war ein älteres Paar in intimem Gespräch vertieft. Etwas näher sah ein großer, hagerer Mann mit schiefem Mund von seinem Teller auf. Er und der Orientale wechselten einen Blick. Einen Moment lang glaubte Bagabond, dass ihr der einzelne Gast *schrecklich* bekannt vorkam, aber als Jack plötzlich stolperte und beinahe gegen einen blubbernden Tank mit Karpfen gestürzt wäre, verfolgte sie diesen Gedanken nicht weiter. Der Maître machte einen bestürzten Eindruck.

Mit dünnem Lächeln sagte er: »Keine Gesellschaft.«

»Doch«, beharrte Rosemary. »Im Privatzimmer.«

»Hier gibt es keine Gesellschaft.«

»Was wir hier haben«, sagte Jack durch seine angespannten Lippen, »ist ein Verständigungsproblem.«

Rosemarys Blick schweifte durch das Restaurant und verharrte bei zwei Männern, die dunkelblaue Anzüge und teure Sonnenbrillen trugen und im hinteren Teil des Restaurants getrennt an zwei Tischen saßen. Sie trugen ebenfalls einen Trauerflor um den Arm.

Sie sprach den nächsten der beiden an. »*Buon giorno ...* Adrian, nicht wahr? Tony Callenzas Sohn?«

»Lady, Sie verwechseln mich mit jemandem.« Der Soldat auf der rechten Seite warf seinem Kumpan einen Blick zu, und der zuckte die Achseln. Bagabonds Griff um Jacks Arm wurde fester, als sie sich darauf vorbereitete, ihn in Deckung zu zerren, falls es eine Schießerei gab.

»Adrian«, sagte Rosemary. »Wir haben immer zusammen gespielt. Du hast meine Puppen entführt und Lösegeld verlangt. Es tut mir weh, dass du dich nicht mehr daran erinnerst.« Die stellvertretende Staatsanwältin war von Bagabond abgerückt und nur noch ein, zwei Meter von dem Tisch des Mannes entfernt, den sie angesprochen hatte. Sie stand ganz gelassen da, den Kopf erhoben, die Arme locker an den Seiten. Bagabond hatte sie einmal bei einer Verhandlung beobachtet. Sie war der Ansicht, sie selbst hätte nie so selbstbewusst auftreten können wie Rosemary.

Und jetzt, da Rosemary tatsächlich die Absicht hatte, die Bücher einzig und allein als Mittel zu benutzen, um die Familie zu beeinflussen, war sie noch unsicherer. Sie hatte immer noch zu viel von ihrem Vater in sich. Bagabond erinnerte sich an Rosemarys Bemerkung, sie wünschte, sie wäre ein Sohn und somit befähigt, die Herrschaft über die Familie zu erben. War sie gerade dabei, Rosemary die Mittel zur Verfügung zu stellen, diese Herrschaft doch noch zu erlangen?

»Ich sagte doch, ich heiße nicht Adrian.«

»Dann bin ich wahrscheinlich auch nicht Rosa-Maria Gambione.«

Der Mann setzte seine Sonnenbrille ab. »Maria!« Er lächelte zum ersten Mal. »Ich weiß noch, einmal habe ich dir die rechte Hand von einer entführten Puppe geschickt. Du wolltest trotzdem nicht zahlen.«

Der andere Mann ergriff zum ersten Mal das Wort. »Sei still, Adrian. Rosa-Maria Gambione ist vor vielen Jahren verschwunden.« Zu ihr sagte er: »Für mich sehen Sie eher aus wie eine Bezirksstaatsanwältin, Ms. Muldoon.«

»Sehr gut. Ich kenne Sie nicht, oder?«

»Nein.«

»Mein Vater hat auf die alte Art für die Familie gekämpft. Ich tue es auf neue Art.«

»Indem Sie uns jagen?«, fragte der zweite Mann. »Uns unter Anklage stellen?«

»Um ein nützlicher Bezirksstaatsanwalt zu sein, muss ich ein guter Bezirksstaatsanwalt sein.«

Der dünne ausdruckslose Mund unter der Sonnenbrille zuckte unmerklich. »Adrian, hol deinen Vater. Ich glaube, das hier wird ihn sehr interessieren.« Er lehnte sich zurück und sagte: »Bitte setzen Sie sich doch, Sie und Ihre *Freunde*, Ms. Muldoon.«

Rosemary zog sich einen Stuhl heran, setzte sich, schlug die Beine übereinander und lächelte den Mann auf der anderen Seite des Tisches an. Sie wandte kaum den Kopf. »Suzanne, ich glaube, jetzt wäre der passende Moment.«

Bagabond drehte Jack zu sich und legte ihm die Hand auf den Kopf. Jack zuckte zurück. »Nicht hier!«

»Du hast recht.« Sie sah Rosemary an und deutete mit dem Kinn auf die Tür der Herrentoilette.

»Gute Idee«, sagte Rosemary. Zu dem Mann auf der anderen Seite des Tisches sagte sie: »Meine Freunde schließen sich mir gleich wieder an. Ich kann Ihnen versichern, dass sie nicht ... bewaffnet sind.« Sie sah direkt in die undurchsichtigen Gläser der Sonnenbrille. »*Haben* Sie einen Namen?«

»Okay, beeilt euch.« Er winkte gleichgültig zur Toilette. »Trifft man Sie immer in Gesellschaft von Junkies an?«

Rosemary nahm das Kännchen auf dem Tisch und goss sich eine Tasse Tee ein. »Nein.«

»Morelli«, sagte der Mann.

»*Sehr* erfreut, Sie kennenzulernen.«

Bagabond führte Jack zur Tür der Herrentoilette.

»Vielleicht sollte ich allein gehen.« Jack hielt sich am Türrahmen fest.

»Du würdest es nicht schaffen«, sagte Bagabond.

»Dein Vertrauen ist rührend.« Dann keuchte er vor Schmerzen. »Andererseits ...«

Bagabond öffnete die Tür und ging hinein. Niemand stand vor dem Pissoir, aber ein Vietnamese mit einer fleckigen Küchenschürze vor dem Bauch kam gerade aus der Kabine. Er stieß ein überraschtes Grunzen aus, wusch sich eiligst die Hände und ging dann, wobei er in einer unverständlichen Sprache vor sich hin murmelte. Bagabond war froh, ihn nicht verstehen zu können. »Hier hinein«, sagte sie zu Jack. Die Tür schloss sich hinter ihm.

»Ich weiß nicht, ob es diesmal geht«, sagte Jack. »Manchmal kann ich mich nicht verwandeln. Im Moment habe ich zu starke Schmerzen, um mich zu konzentrieren. Ich ...«

»Zieh einfach nur deine Sachen aus.«

»Was?« Er lächelte gequält. »Bagabond, das ist jetzt nicht der rechte Zeitpunkt.« Er schwieg, als sie ihn aufgebracht ansah.

»Ich habe diesmal keine Reservekleidung für dich mit. Wenn du sie nicht ausziehst, wirst du zerreißen, was du trägst. Okay?«

»Oh. Stimmt.« Mit dem Rücken zu ihr knöpfte er sein Hemd auf. Ungeachtet ihres Kostüms setzte sich Bagabond auf die schmutzigen Fliesen. Nachdem er sich ausgezogen hatte, sah Jack sie zweifelnd an. Er hielt das Bündel Kleidung vor sich.

»Leg dich hin.«

Jack schluckte und streckte sich vor Bagabond aus. Da sie nur wenig Platz in der kleinen Kabine hatten, ragten seine Füße unter der hölzernen Trennwand hervor. Sie nahm ihm die Kleidung ab und legte sie beiseite. Dann nahm sie seinen Kopf in die Hände und ließ ihr Bewusstsein durch seinen Geist wandern, wo sie nach dem Auslöser für die Verwandlung suchte.

»Lass dich gehen. Hör auf zu versuchen, die Schmerzen zu beherrschen.« Bagabond redete nicht mehr mit der rauen Stimme, die sie sich vor Jahren angewöhnt hatte. Jetzt sprach sie in dem Rhythmus, den sie benutzte, wenn sie ihre Tiere beruhigte. Sie synchronisierte ihre Atmung mit diesem Rhythmus und strich über Jacks Kopf.

Sie kannte sich aus. Sie arbeitete nicht zum ersten Mal mit Jack, obwohl es das erste Mal war, dass sie versuchte, die Bestie zu wecken, statt sie einzuschläfern.

Jack entspannte sich unter ihren Händen. In seinem Geist führte er sie durch die Ebenen seines Bewusstseins. Sie umging die Barrieren und respektierte die privaten Dinge, die sich dahinter verbargen. Die Katzen hatten sie immer dazu gedrängt zu spionieren. Aus Freundschaft und wegen ihres eigenen, fast pathologischen Bedürfnisses nach Privatsphäre widerstand Bagabond dieser starken Versuchung.

Die Reise durch Jacks Bewusstsein wurde durch Gerüche definiert. Die Stadt, ihre Bewohner, Bagabond selbst, alle waren durch einen speziellen Geruch charakterisiert, nicht durch Bilder oder Worte. Das kam viel später in der Bewusstseinskette.

Als er den Geruch nach Sumpf, Verwesung, Fäulnis und Dunkelheit erreichte, hielt Jack inne. Bagabond begegnete seiner Angst, niemals aus diesem Sumpf zurückzukehren, mit ihrem beruhigenden Bewusstsein. Sie war da. Sie würde ihn nicht im Stich lassen. Doch es war ihre Willenskraft, die ihn weiter durch die Dunkelheit und den Geruch im Kern seines Reptilienwesens zwang. Als sich Jacks bewusster Verstand dem anderen unterordnete, floh Bagabond den Weg zurück durch seinen Verstand, der jetzt zu einem Reptilienbewusstsein implodierte. Der Gestank des Sumpfs und das dumpfe Brüllen eines Alligatorbullen folgten ihr wie eine Flutwelle.

Als sie in ihren eigenen Körper zurückkehrte, schleuderte die Reaktion Bagabonds Kopf gegen das Porzellanwaschbecken, und ihre Hände zuckten von dem Alligator weg, dessen Kopf schwer in ihrem Schoß lag. Das Reptil wälzte sich auf die Beine und stieß das Gebrüll aus, das Bagabond bereits gehört hatte. Sie holte ein paarmal tief Luft. Dann drang sie in den Verstand des Alligators ein und beruhigte ihn. Mit zuckender Schwanzspitze wich er ein wenig vor ihr zurück, doch in der Enge der Toilette blieb ihm nur wenig Platz.

Als Bagabond hörte, wie Rosemary draußen die Stimme hob, sah sie auf. Die Toilettentür öffnete sich weit genug, um das besorgte Gesicht des vietnamesischen Maître zu enthüllen. Angesichts des unglaublichen Anblicks wurden seine Augen groß, und seine Hand fuhr zum Mund, bevor er rasch die Tür zuschlug.

Sie konzentrierte sich wieder auf den Alligator und suchte in seinem Verstand nach dem Auslöser, um ihn zu zwingen, die Bücher hochzuwürgen. Bagabond dirigierte den Alligator in Richtung Kabine, als sie die Erinnerung an vergiftetes Fleisch bloßlegte.

Die psychische Rückkoppelung hätte sie beinahe ebenfalls dazu veranlasst, ihr Essen von sich zu geben.

Der Alligator erbrach seinen Mageninhalt auf den Boden und in die Toilette. Der Gestank der halb verdauten Nahrung schüttelte sogar Bagabond, die den meisten Aspekten des Lebens und des Todes gegenüber unempfindlich war. Sie beruhigte das aufgeregte Reptil, stand auf und suchte mit spitzen Fingern nach den in Plastik eingewickelten Büchern. Gott sei Dank dauerte es nicht lange. Sie spülte das Päckchen im Waschbecken ab. Der Alligator peitschte mit dem Schwanz und zertrümmerte die Kabinentür. Er knurrte aus tiefster Kehle, ein unzufriedenes, hungriges Grollen.

Bagabond drang wieder in den Geist des Alligators ein und begann damit, Jacks Menschlichkeit von dem Reptilienverstand zu trennen. Nach wenig mehr als einer Minute lag Jack zitternd vor ihr auf dem kalten Fliesenboden, wo zuvor der Alligator gewesen war. Sie reichte ihm seine Kleidung, während er sich ob des Gestanks und der Erinnerung zusammenkrümmte wie ein Fötus.

»Es musste sein.« Sie befeuchtete ein Papierhandtuch und wischte ihm sanft über die Stirn.

»Jedes Mal denke ich, ich werde nie wieder ein Mensch.« Jack starrte die Wand an. »Wenn das endlich passiert, ist es vielleicht das Beste so.«

»Nicht für Cordelia.« Und nicht für sie selbst, aber dieser Gedanke blieb unausgesprochen.

»Cordelia. Ja. Okay.« Seine Stimme klang entschlossen. »Dann lass uns diese Sache beenden.« Er kleidete sich rasch an und stieß die Tür auf. Bagabond folgte ihm. Rosemary stand mit zwei älteren Männern im Restaurant, die sich der Gruppe angeschlossen hatten.

»Rosa-Maria, wir empfinden den größten Respekt für deinen verblichenen Vater, aber wir dürfen dir nicht gestatten, dich in die Angelegenheiten der Familie einzumischen.« Der größere Mann breitete die Hände aus und betrachtete sie väterlich.

»Die Angelegenheiten der Familie sind *meine* Angelegenheiten.« Rosemary warf einen flüchtigen Blick auf Bagabond und Jack. »*Ich* bin eine Gambione.« Sie nahm das feuchte Päckchen, das Bagabond ihr reichte. Die beiden älteren Mafiosi wechselten verärgerte Blicke. Es war unschwer zu erkennen, dass dieses Gespräch bereits eine Weile dauerte.

»Ich habe der Familie einen Vorschlag zu machen«, sagte Rosemary. Sie legte die Bücher auf den Tisch und stützte sich darauf, als sie sprach. »Alle Capos sollten mich hören.«

Der größere Mann erhob Einspruch. »Du bist eine Frau.«

»Roberto, lass sie reden. Wir müssen Entscheidungen treffen, und diese Sache hält uns nur auf.« Der kleinere, stämmiger gebaute Capo zupfte seinen Begleiter am Arm. Der andere Mann nickte resigniert.

Morelli öffnete die Tür. Rosemary ging hinein, gefolgt von Bagabond und Jack. Morelli streckte die Hand aus, um Rosemarys Begleitern den Eintritt zu verwehren. Sie starrte die Capos an, bis diese nickten. Morelli ließ die Hand sinken und bedeutete ihnen einzutreten.

Der private Nebenraum war lang und schmal und wurde fast ganz von dem Tisch ausgefüllt, an dem die Capos der Familie saßen. Wütend diskutierten sie die geeignete Methode, Vergeltung für Don Fredericos Tod zu üben. Die schwarzen Kreppbänder waren allgegenwärtig.

Etwa in Höhe der Mitte des mit einem weißen Tuch gedeckten Tisches stand ein Mann, der sich nicht an der Diskussion beteiligte, sondern lediglich zuzuhören schien. Als Rosemary, Bagabond und Jack eintraten, hob er den Blick. »Sind das die Leute mit den Notizbüchern?«

»Ja, Don Tomaso«, sagte der große Capo, der sie draußen befragt hatte. Rosemary ging zum näher gelegenen Ende der Tafel. Ohne die Bücher loszulassen, legte sie sie auf das

Tischtuch. Bagabond stellte sich neben sie. Jack wanderte ans andere Ende des Raums und starrte aus dem Fenster auf die dunkle Gasse.

»Vielen Dank, Rosa-Maria.« Don Tomasos Stimme hatte einen öligen, salbungsvollen Unterton. »Vielen Dank, dass du sie uns gebracht hast.« Bagabond spannte sich, und ihre Augen verengten sich zu Schlitzen. Dies war ein Mensch, den sie absolut nicht leiden konnte. Sollte es notwendig werden, würde sie *ihm* an die Kehle gehen. Sie rümpfte die Nase. Der Duft nach Fischsoße ließ sie merken, dass sie ebenfalls hungrig war.

»Signorina Gambione, wenn ich bitten darf, Don Tomaso.« Rosemarys Finger verkrampften sich um die Bücher. Sie begegnete seinem Blick über den Tisch hinweg. Bagabond spürte die wachsende Spannung auf beiden Seiten und wie sich als Reaktion darauf die Muskeln verkrampften. Von draußen war das Jaulen der Hydraulik eines Müllwagens und das Krachen eines abgesetzten Müllcontainers zu hören. Der Moment des Schweigens zog sich in die Länge. Schließlich war es Don Tomaso, der zustimmend den Kopf neigte.

»Die Bücher sind kein Geschenk«, sagte Rosemary. »Sie gehören mir. Ich entscheide, wer Zugang zu den Informationen bekommt.«

»Dann sprechen Sie nicht als Angehörige der Familie, sondern als Außenstehende.« Don Tomasos Blick wanderte zu dem Mann zu seiner Rechten. Bagabond folgte der unmerklichen Bewegung. Wiederum wünschte sie, sie hätte die Krallen und Zähne der Katzen gehabt.

»Ich *spreche* als eine Angehörige, die die drohende Vernichtung der Gambione-Familie erlebt hat. Wir werden von allen Seiten umzingelt, doch ihr sitzt hier und diskutiert die Rache an einem Feind, den ihr nicht mal beim Namen nennen könnt.« Rosemary sah sich ärgerlich um und schüttelte die Bücher in Don Tomasos Richtung. »Wenn die Gambiones weiterhin dem Weg des Schlachters folgen, sind sie dem *Untergang* geweiht!«

Hinter ihnen ertönte ein Schmerzensschrei, und die Tür flog krachend auf.

»Oje«, rief Jack.

Als Bagabond nach Rosemary griff, wurde sie von dem mageren Gast zu Boden geworfen, der in den Raum hineinplatzte. Er war schnell. Der hagere Mann entriss Rosemary die Bücher und stieß sie um, als er an ihr vorbeilief.

»Stehen bleiben, oder ich schieße!« Das war Don Tomaso.

Während sich Bagabond bemühte, Rosemary aufzufangen, sah sie, wie Don Tomaso eine blank polierte Beretta zog und auf den fliehenden Dieb zielte. Zu ihrem Erstaunen lachte der Mann heiser und blieb stehen. Mit zuckenden Mundwinkeln drehte er sich um und starrte den Don an, der einmal reflexhaft schoss, dann vornüberkippte und mit der Stirn auf die Tischplatte schlug. Das war das Signal für die verblüfften Capos, auf den Dieb zu schießen, der zum Fenster eilte. Die Kugeln schienen ihn nicht zu beeinträchtigen. Capos, die sich ihm in den Weg stellten, wurden von seinem Blick zu Boden gezwungen, als würden sie von ihren eigenen Kugeln getroffen.

»Jack! Beweg dich! Sofort!« Doch noch während Bagabond ihre Warnung rief, sah sie, wie Jack dem Killer entgegentrat. Als Jack dem Mann in die Augen sah, wurde das Gesicht des Gestaltwandlers schuppig, und sein Unterkiefer schob sich vor, die Zähne groß und spitz. Einen Moment lang zögerte der Dieb, sodass er von mehreren Kugeln der Capos getroffen wurde. Dann versuchte er, über den riesigen Alligator zu springen, der ihm jetzt den Weg zum Fenster versperrte.

Als er sprang, wirbelte der Kopf des Alligators herum und schloss seine Kiefer um den Fuß des Killers. Vor Schmerz und Schreck aufschreiend, überschlug sich der Mann in der Luft, Blut spritzte aus seinem Beinstumpf in den Raum. Er krachte rückwärts durch die Fensterscheibe, die Bücher immer noch an die Brust gepresst, während er sich zusammenkrümmte wie eine verwundete Schlange.

Von draußen war ein dumpfer Schlag zu hören und das Knirschen eines Getriebes, als ein Gang eingelegt wurde. Die Mafiosi rannten zum Fenster und schossen vergeblich auf den beschleunigenden Müllwagen.

»Das Schwein ist direkt auf den Lastwagen gefallen!« Der Schütze am Fenster drehte sich wieder um. »Don Tomaso, was machen wir jetzt?«, fragte er, an den toten Mann gewandt.

Die Leiche antwortete nicht.

Der Schütze tänzelte zur Seite, um dem Alligator auszuweichen, der zufrieden brummte und schluckte.

♥

Hiram hatte ein paar Gäste umgesetzt, um an seinem eigenen Tisch Platz für die Flüchtlinge zu schaffen. Da Wasserlilie zu seiner Linken und Peregrine zu seiner Rechten saßen und Beef Wellington, Kartoffeln à la Hiram, weißer Spargel und junge Karotten vor ihm auf dem Teller lagen, war es ein wunderbares Mahl.

»Thunfisch?«, fragte Jane verblüfft. »Das ist Thunfisch?«

»Nicht nur Thunfisch«, erwiderte Hiram. »Weißfleischige Albacoren, die direkt vom Pazifik eingeflogen wurden.« Zweifellos hatte sie in ihrem Leben bereits genügend Thunfisch aus der Dose gegessen. Er schauderte innerlich und bestrich sich noch ein Brötchen mit Butter. Beim Essen besserte sich seine Laune stets, wie düster die Umstände auch sein mochten. Die Gedanken an Gefahr, Tod und Gewalt waren zu einer Erinnerung verblasst, die durch ausgezeichneten Wein, schöne Frauen und eine exzellente Hollandaise in den Hintergrund gedrängt wurde. Hinter ihrem Tisch standen

die Türen zum Balkon weit offen, und eine kühle Abend-
brise wehte durch das *Aces High*, möglicherweise abgemil-
dert durch Mistrals unsichtbare Hand.

»Nun«, sagte Wasserlilie, »er ist *wunderbar*.«

»Vielen Dank«, sagte Hiram. Sie war intelligent, kein Zweifel, aber ihre Unschuld war verblüffend. Sie musste noch viel
über die Welt lernen, diese Jane Lillian Dow, aber er hatte den
Verdacht, dass sie als Schülerin eine rasche Auffassungsgabe
und viel Enthusiasmus an den Tag legen würde. Er fragte
sich, ob sie noch Jungfrau war.

»Sie sind keine New Yorkerin«, sagte Peregrine zu Wasserlilie.

»Wie kommen Sie darauf?« Sie machte einen verblüfften
Eindruck.

»Eine Einheimische würde nie sagen, Hirams Essen sei
wunderbar. Schließlich kann man das erwarten. New Yorker halten sich für kultivierter als alle anderen Leute auf der
Welt, also müssen sie etwas suchen, das ihnen missfällt. Auf
die Art können sie sich beschweren und ihre Kultiviertheit
demonstrieren. Zum Beispiel so.« Peregrine wandte sich
an Hiram und sagte: »Die Vichyssoise hat mir geschmeckt,
wirklich, aber in Paris bekommt man sie noch besser. Aber
Sie wissen das natürlich, da bin ich ganz sicher.«

Hiram sah zu Jane, die aussah, als befürchte sie, einen
Fauxpas begangen zu haben. »Lassen Sie sich nicht korrum-
pieren«, sagte er mit einem Lächeln zu ihr. »Ich weiß noch,
wie es war, als Peri zum ersten Mal in die Stadt kam. Das
war vor den Modenschauen und dem Parfum und *Peregrine's
Perch*, bevor sie ihren Namen änderte, sogar noch vor dem
Ausklappbild im *Playboy*. Sie war eine Sechzehnjährige
aus … woher, Peri? Old Dime Box, Texas?« Peregrine grinste
ihn an, sagte jedoch nichts, und Hiram fuhr fort. »Fliegen-
der Cheerleader, so hat sie die Presse genannt. Im Madison
Square Garden fand ein nationaler Cheerleader-Wettbewerb

statt, kaum zu glauben, nicht wahr? Peri war so kultiviert, dass sie das Finale verpasste. Sie beschloss, ein wenig Geld zu sparen, indem sie hinflog, anstatt ein Taxi zu nehmen.«

»Was ist passiert?«, fragte Wasserlilie.

»Ich hatte einen Stadtplan«, erklärte Peregrine liebenswürdig, »aber ich war zu schüchtern, um mich nach dem Weg zu erkundigen. Ich hätte nie für möglich gehalten, dass ich ein so riesiges Gebäude wie den Madison Square Garden verfehlen könnte. Auf der Suche danach habe ich den Madison Square bestimmt hundertmal überflogen.« Sie drehte sich um und hob eine Augenbraue, und ihre wunderschönen Schwingen bewegten sich hinter ihr. »Du hast gewonnen, Hiram«, sagte sie. »Das Essen ist tatsächlich wunderbar. Wie immer.«

»Fliegen muss wunderbar sein«, sagte Jane mit einem Blick auf Peregrines Schwingen.

»Es ist das zweitbeste Gefühl, das es gibt«, sagte Peregrine rasch, »und danach muss man nie die Bettwäsche wechseln.« Die Bemerkung kam prompt, eine vertraute Antwort auf eine Frage, die man ihr schon tausendmal gestellt hatte. Die Übrigen am Tisch lachten.

Jane schien sprachlos zu sein. Vielleicht hatte sie etwas anderes erwartet als Peregrines lässige Frivolität, dachte Hiram. Sie sah so frisch und jung und bezaubernd in dem Kleid aus, das er für sie gekauft – nein, das *sie* sich auf Kredit gekauft hatte, korrigierte er sich, weil das so wichtig für sie war. Er beugte sich vor und legte federleicht die Hand auf ihren nackten Arm. »Ich kann Ihnen das Fliegen beibringen«, sagte er leise. Natürlich konnte er sie nicht wirklich fliegen lassen, sondern es war mehr ein Schweben, aber bis jetzt hatte sich noch nie jemand beklagt. Wie viele Männer konnten ihre Frauen leicht wie eine Feder oder sogar leichter als Luft machen?

Wasserlilie sah zu ihm auf, verblüfft und wunderschön,

und zog sich ein wenig zurück. Ihre Augen betrachteten ihn forschend, und er fragte sich, was sie an ihm suchte. Wonach suchst du, Wasserlilie?, dachte er, während sich auf ihrer glatten, kühlen Haut winzige Wassertröpfchen bildeten.

◆

Die bloßliegenden Nervenenden seines abgetrennten Fußes schrien weißglühend in seinem Verstand. Es war noch schlimmer als der Todesschmerz, den er mittlerweile, nachdem er Monate damit lebte, zu einem Hintergrundsummen zurückdrängen konnte. Bis er ihn brauchte. Glücklicherweise hatte die Wunde praktisch sofort aufgehört zu bluten. Er hoffte, das verdammte Vieh würde an seinem Fuß ersticken. Jedes Mal, wenn der Lastwagen über ein Schlagloch fuhr, schossen Schmerzen durch sein Bein. Er schob sich die Notizbücher vorne in den Hosenbund. Jetzt gehörten sie ihm. Er konnte jeden Preis dafür verlangen. Er hatte zu starke Schmerzen, um sie zu lesen, auch wenn das Licht gut gewesen wäre. Aber vielleicht war es auch ganz gut so. Er hatte an diesem einen Tag mehr Ärger gehabt, als er verkraften konnte.

Der Laster hielt an. Spector versuchte, durch den Müll zum Rand zu kriechen. Nicht gut. Sein Beinstumpf schmerzte höllisch, wenn er auch nur zuckte. Er hörte die Hydraulik und sah auf. Der Container stieg höher, kippte und lud mehrere hundert Pfund Abfälle auf ihn ab. Spector holte noch einmal tief Luft, bevor er völlig zugeschüttet wurde. Etwas Schweres landete auf seinem Beinstumpf. Er versuchte, den Schmerz zu ignorieren und sich wieder nach oben durchzuwühlen, spürte aber plötzlich, wie er nach hinten geschoben wurde. Flaschen, Kartons, Papier, Hühnerknochen, halb verzehrte Fertigmahlzeiten, alles wurde gepresst und gegen ihn geschoben. Er wanderte mit dem Müll und versuchte den

Stumpf unter das gesunde Bein zu klemmen. Der Druck ließ nach. Er hörte das Krachen, als der Container wieder abgesetzt wurde. Der Lastwagen ruckte vorwärts und setzte sich wieder in Bewegung.

»Scheiße«, sagte er und wurde mit einem Mundvoll matschigen Kaffeesatzes belohnt. Hektisch wühlte er sich durch den Müll nach oben an die frische Luft, wobei er versuchte, die Schmerzen zu ignorieren. Er hoffte nur, dass der Laster nicht noch mehr Müll aufnahm, bevor er zur Kippe fuhr.

Sechzehntes Kapitel
21:00

Er war zu erschöpft, um auch nur den Versuch zu unternehmen, aus dem Lastwagen zu klettern. Die Regeneration verbrauchte seine gesamte Energie. Spector lag auf dem Müll, während das Fahrzeug die Straße entlangpolterte. Er warf einen Blick auf seinen Beinstumpf. Fleisch ragte mehrere Zentimeter weit über das zerfranste Ende des Hosenbeins. Ihm wuchs ein neuer Fuß. Nichts dergleichen war je zuvor passiert, und er hatte sich bereits damit abgefunden, sich irgendeine Prothese dafür besorgen zu müssen. Seine Regenerationsfähigkeit war noch stärker ausgeprägt, als er gedacht hatte. Sein System entnahm dem übrigen Körper Gewebe, um daraus einen neuen Fuß wachsen zu lassen. Kein Wunder, dass er so erschöpft war. Er sah die Häuser vorbeiziehen und überlegte, wo er sich befand. Vielleicht in der Hafengegend. Auf den Straßen war Verkehr, aber der Müllwagen kam trotzdem gut voran.

Er zog die in Plastikfolie eingewickelten Notizbücher aus seiner Hose. Solange der Laster fuhr, konnte er nicht viel sehen. Das Licht der Straßenlaternen war zu unbeständig. Glücklicherweise hatte er die Frau davon reden hören. Nach all dem Ärger, den er deswegen gehabt hatte, waren es hoffentlich die richtigen. Dass er es mit einem Burschen zu tun bekommen würde, der sich in einen Alligator verwandelte, hatte er natürlich nicht ahnen können. Schließlich sollten an diesem Abend alle Asse bei Fatman sein.

Der Laster wurde langsamer, und er konnte keine Gebäude mehr sehen. Das war wahrscheinlich das Ende der Reise. Er stopfte die Bücher wieder in den Hosenbund und hielt sich mit beiden Händen an der Kante der Stahlwandung fest. Spector zog und stieß sich mit dem gesunden Bein ab. Seine Muskeln zitterten einen Augenblick, dann gaben sie unter ihm nach. Völlig erschöpft sank er in den Müll zurück.

Der Laster hielt an. Spector hörte, wie eine Metallkette entfernt wurde, dann das Quietschen eines Tors. Er schaffte es nicht mal, sich aufzurichten. Der Laster fuhr ein paar Meter und hielt erneut. Spector wusste, was als Nächstes kam.

»Halt«, sagte er. Seine Stimme war so schwach, dass der Fahrer sie nicht hören konnte.

Hydraulische Arme hoben den Müllcontainer hoch in die Luft. Er begann sich zu neigen. Spector bedeckte sein Gesicht und rollte sich eng zusammen. Er hielt die Luft an, als er zu rutschen anfing, und drückte die Notizbücher an die Brust. Er landete auf Kopf und Schultern und verlor das Bewusstsein.

♠

Als die imposanten Dessertwägelchen ihre Runden begannen, wurde Hirams Tisch selbstverständlich als Erster bedient.

Er war so entspannt und zufrieden mit sich, dass sein Appetit zurückgekehrt war. Von einem der neuen Kellner, einem verhutzelten kleinen Mann mit großem Kopf und dicker Brille, nahm er ein Stück von dem Amaretto-Käsekuchen. Obendrein ließ er sich noch ein Stück von der Schokoladen-Mango-Torte geben. Der Käsekuchen entsprach den strengen Maßstäben des *Aces High,* und die Torte war mit geraspelter Zartbitterschokolade bedeckt. Exquisit.

Peregrine entschied sich ebenfalls für die Torte. Schokolade, erklärte sie Wasserlilie mit ihrem berühmten Lächeln, sei das *Dritt*beste, was es gebe.

Jane starrte den Kellner mit seltsam leerer Miene an. »Stimmt irgendetwas nicht, meine Liebe?«, fragte der alte Mann.

Sie blinzelte zögernd und schüttelte den Kopf wie jemand, der aus einem Traum erwacht. »Nein. Ich meine … ich kann mich nicht erinnern.« Sie erschauerte. »Ich fühle mich merkwürdig.«

»Schokolade heilt alle Beschwerden«, behauptete Peregrine.

Doch Jane wählte das Kirschsorbet. »Weil«, wie sie Hiram und Peregrine lächelnd anvertraute, »ich gehört habe, dass man, wenn man die Wahl zwischen mehreren Übeln hat, sich auf jeden Fall für dasjenige entscheiden soll, das man noch nie ausprobiert hat.«

Hiram lachte schallend über ihre unerwartete Mae-West-Imitation. Der verhutzelte kleine Kellner lachte ebenfalls, ein schrilles, dünnes Kichern, das zu lange anhielt, als amüsiere er sich über einen privaten Witz, während er das Dessertwägelchen um den Tisch schob.

Überall ringsum gossen aufmerksame Kellner frisch gebrühten Kaffee aus schlanken Silberkännchen ein und stellten kleine Kännchen mit Sahne auf die Tische. Flaschen mit süßen Weinen wurden für diejenigen geöffnet, die gern einen Schluck tranken.

Nach dem Dessert würden sich die Stühle leeren, und die Gäste würden Cognacschwenker in den Händen halten und mit dem alljährlichen Ritual des Wanderns von einem Tisch zum anderen beginnen. Modular Man hatte bereits einen Vorsprung. Der Android hatte das Dessert ausgelassen und war gleich zu Courvoisier übergegangen.

Hiram aß hastig sein Dessert, spülte es mit einem Schluck

Wein hinunter und schob seinen Stuhl zurück. »Entschuldigen Sie meine Eile«, sagte er zu seinen Tischnachbarn, die wesentlich langsamer aßen und jeden Bissen genossen. »Als Gastgeber habe ich gewisse Pflichten, obwohl ich es aufrichtig bedauere, so angenehme Gesellschaft auch nur für einen Augenblick zu verlassen.« Er lächelte. »Bitte lassen Sie sich Zeit, der Abend hat gerade erst begonnen.«

Hiram ging von Tisch zu Tisch, lächelte die Gäste an, fragte, ob es ihnen geschmeckt habe, und akzeptierte die Komplimente mit huldvollem Lächeln.

Mistral, die an ihrem Tisch in der Nähe der Balkontüren Hof hielt, sagte, ihr Vater würde sich zweifellos darüber freuen, wenn er erfuhr, dass er als Vorlage für eine Eisskulptur gedient hatte. »Wir konnten Zyklon kaum übergehen«, versicherte Hiram ihr, »auch wenn er viel zu viel versäumt. Dass er in San Francisco lebt, ist wirklich keine Entschuldigung, und das können Sie ihm von mir ausrichten.«

Hiram erkannte Croyd kaum wieder, der sich begierig nach dem Dessertwägelchen umsah, das immer noch zwei Tische entfernt war. Neben ihm saß Fortunato wie unter einem dunklen Schleier und schien nicht an den Tischgesprächen teilzunehmen, die sich ringsum entwickelten. Hiram erwog, zu ihm zu gehen und ihm ein aufmunterndes Wort zu gönnen, aber der Ausdruck in Fortunatos dunklen Augen unter der gewaltig geschwollenen Stirn schien das zu verbieten.

Captain Trips hatte eine Tasse Kräutertee auf den Schoß von Frank Beaumonts Begleiterin verschüttet und rieb vergeblich mit einer Serviette an dem Fleck herum, während er sich wortreich entschuldigte, sodass Hiram die Notwendigkeit erspart blieb, alles über die Gefahren von raffiniertem Zucker zu erfahren.

Wallwalker und Harlem Hammer unterhielten sich angeregt. Als Hiram sie fragte, wie das Essen gewesen sei, beschränkte sich die Antwort auf ein knappes Nicken von

Hammer. Randa O'Reilly, eine kleine Rothaarige, die sich in einen ausgewachsenen indischen Elefanten mit der verblüffenden Fähigkeit zu fliegen verwandeln konnte, dankte ihm mit ihrem charmanten indischen Akzent. Fantasy hatte den unbedeutenden Bühnenautor, der sie begleitet hatte, verlassen und flirtete mit dem Professor. Digger Downs hatte sich irgendwie eingeschlichen und stand in einer Ecke am Fenster, wo er Pulse interviewte. Hiram runzelte die Stirn und gab ein Zeichen, und zwei von Peter Chous Sicherheitsleuten geleiteten Digger entschlossen zum Aufzug. Ein Mann, der eine Tasse Kaffee mit bloßen Händen erhitzen konnte, bat Hiram um einen Job und wurde an Chock Full O' Nuts verwiesen. Ladybug erinnerte sich warm an das Jahr, als sie einen riesigen gebackenen Alaska in der Form von Jetboys Flugzeug serviert hatten.

Jay Ackroyd sah aus, als würde er jeden Augenblick platzen und sterben. »Ich esse nie wieder etwas«, versprach er feierlich.

Hiram ließ sich auf einen leeren Stuhl neben Jay sinken. »Alles scheint wirklich sehr gut gelaufen zu sein«, sagte er erleichtert.

♣

Ein Dessertwägelchen stand zwischen den Tischen, aber niemand schien sich darum zu kümmern. Nicht dass es eine Rolle spielte. Fortunato mied Zucker, Fleisch und Konservierungsstoffe, wo er konnte.

Das war eine der größten Enttäuschungen, die das Wild-Card-Virus ihm gebracht hatte. All seine Sinne waren lächerlich scharf. Das Verrückte daran war, dass ihm alle natürlichen Gerüche, sogar verfaulendes Gemüse und ähnliche Dinge, nicht viel ausmachten. Es waren nur die künstlichen, von Menschen erzeugten Gerüche – Autoabgase, Insektizide, frische Farbe –, die ihn irritierten. Sogar mit Kokain hatte er vor Jahren Schluss gemacht. Wenn er jetzt einen veränderten Zustand anstrebte, rauchte er Gras, aß Pilze oder kaute frische Kokablätter.

Im Moment hätte Fortunato einen veränderten Zustand vorgezogen. Hiram hatte ihn an einen Tisch mit Croyd Crenson gesetzt, was an sich kein Problem war. Croyd war seit Jahren ein hoch geschätzter Kunde. Das Problem war Croyds Begleiterin. In einem Musterbeispiel für schlechtes Timing hatte Ichiko Veronica für Croyd ausgewählt.

Veronica lächelte und rührte ihren Teller kaum an. Fortunato wusste, dass ihre gute Laune nur eine Seifenblase und der Heroinkick war. Er war froh, dass Cordelia und Croyd zwischen ihm und Veronica saßen. Sie hatte ihn den ganzen Abend ignoriert, und ihre Hand lag so oft in Croyds Schoß, dass der kaum noch für etwas anderes Aufmerksamkeit erübrigen konnte. Außer für Cordelia, der er sich von Anfang an gewidmet hatte.

Croyd sah gut aus – schlank, sonnengebräunt, hohe Wangenknochen, nette Lachfältchen. Fortunato fragte nicht, wie lange Croyd bereits wach war, aber er nahm an, dass es bereits mehrere Tage waren. Seine Augen hatten einen untrüglichen Amphetaminglanz. Wenn es nicht mehr ging, würde er ein paar Tage oder Wochen schlafen und mit einem neuen Aussehen und einer neuen Kraft aufwachen.

Diesmal hatte seine Kraft etwas mit Metallen zu tun. Messer und Gabel wurden in seinen Händen beständig schlaff wie Gummi. Dann konzentrierte er sich, und sie wurden wieder starr. Er und Veronica wechselten eine Menge Zweideutigkeiten über das Thema, und nach kurzer Zeit beteiligte sich auch Cordelia daran.

Fortunato hatte etwas von dem Salat und dem Spargel gegessen und den Rest nicht angerührt.

»Hör mal«, sagte Croyd, als ein Kellner in weißem Jackett

seinen Teller gegen einen sauberen tauschte. »Können wir die Rechnung aufstocken und die Kleine hier auch noch aufnehmen?« Er hatte einen Arm um Cordelia gelegt.

»Da gibt es ein Problem«, entgegnete Fortunato. »Cordelia steht nicht auf meiner Lohnliste. Wenigstens noch nicht.«

»Oh«, sagte Croyd. »Ich will mich auf keinen Fall einmischen.«

»Darum geht es nicht«, sagte Fortunato. »Man könnte sagen, dass wir gerade dabei sind, einander vorzusprechen.«

Croyd war verlegen. »Ich wollte damit nicht andeuten, dass Sie eine ... äh ... Professionelle sind«, sagte er zu Cordelia. »Aber wenn Sie anschließend noch mit zu mir kommen wollen, können wir noch was trinken und herumalbern. Ohne Verpflichtungen, wohlgemerkt. Ich würde nichts von Ihnen verlangen, wozu Sie nicht auch bereit wären. Ich habe eine irre Stereoanlage in dieser Bude in der Hafengegend, wo sich kein Mensch daran stört, wenn ich sie laut aufdrehe ...«

Plötzlich lag ein Stück Käsekuchen auf Croyds Teller. Fortunato wusste nicht, wo es hergekommen war. Er sah sich rasch um, und als sein Blick wieder auf Croyd fiel, waren ein Stück Schokoladentorte und ein Apfelcocktail hinzugekommen.

Irgendetwas stimmte hier ganz und gar nicht. Fortunato stand auf. Verschiedene Asse waren auf den Balkon gegangen, und durch die Fensterscheiben sah er Peregrine und Wasserlilie, die Köpfe zusammengesteckt.

Er schien nicht mehr klar denken zu können. Er beugte sich vor, die Hände auf den Tisch gestützt, und schüttelte den Kopf. Die Desserts ... Woher kamen die Desserts?

Denk nach, verdammt noch mal. Torten bewegen sich nicht von allein. Das bedeutet, jemand muss sie bewegen. Jemand, den du nicht sehen kannst. Kennst du jemanden, den du nicht sehen kannst?

»Scheiße!« Der große runde Tisch stand zwischen ihm und dem Balkon. Er packte ihn an der Kante und schleuderte ihn aus dem Weg, wobei Croyd vergeblich versuchte, seine Desserts zu retten. Er war zwei Schritte von den Glastüren entfernt, als Wasserlilie aufschrie.

Etwa eine halbe Sekunde lang herrschte Stille, dann ging alles zu Bruch. Modular Man stürmte auf den Balkon und schrie: »Lass sie in Ruhe!« Sein Körper knisterte vor Energie. Croyd hob die Hände, als wollte er seine Kräfte lenken. Es klappte nicht. Als Modular Man an ihnen vorbeischwebte, wurde die Radarschüssel auf seinem Kopf schlaff. Er schmierte ab und krachte hilflos gegen eine Wand. Der Aufprall war hart und schien irgendetwas beschädigt zu haben, denn er schoss Rauch- und Tränengasgranaten ab.

Und dann gingen die Lichter aus. In der ersten Sekunde der Dunkelheit hörte Fortunato das unmissverständliche Geräusch eines trompetenden Elefanten.

Er blinzelte und ließ das bisschen Licht, das noch da war, zu sich kommen. Eine Sekunde später konnte er wieder etwas sehen, wenn auch nur undeutlich. Die Luft war mit schädlichen Gasen angereichert, also hörte er auf zu atmen.

Wasserlilie stand mit dem Rücken zum Geländer auf dem Balkon. In ihrer Umgebung fing es plötzlich an zu regnen, und die fallenden Regentropfen ließen die Umrisse des Astronoms erkennen, der nach ihr griff.

Es war genauso wie bei Kid Dinosaur. Fortunato kämpfte, um zu ihr zu gelangen, und seine Muskeln wehrten sich gegen eine unsichtbare Gewalt, die ihn kraftlos erscheinen ließ. »Nein!«, schrie er, »verdammt noch mal, nein!«, als Wasserlilie vom Balkon abhob, sich umdrehte und in die Dunkelheit stürzte.

♥

Es war wie bei Antikriegsdemonstrationen. Das nasse Taschentuch vor Mund und Nase, um die Wirkung des Tränengases zu mildern. Die Wolken wallenden Rauchs riefen raues Würgen, Husten und Schreie hervor.

Roulette, die auf der Suche nach Tachyon war, schob jemanden beiseite. Sie hatte ihn in Richtung Balkon gehen sehen, ihn jedoch aus den Augen verloren, als das Licht erlosch. Ein Ass zündete einen Flammenstrahl. Sie beschirmte die Augen mit der Hand und suchte die Menge ab. Modular Man, der sich gerade aufrappelte, eine schreiende Frau und Tachyon wurden in den Rauchschlieren sichtbar.

Tränen liefen ihm über das Gesicht. Seine Brust hob und senkte sich, während er sich bemühte, den Hustenreiz zu unterdrücken. Sein Kinn hob sich, als würde er sich auf eine übermenschliche Anstrengung vorbereiten. Der verhutzelte Leib des Astronoms wurde plötzlich in ein Leuchten gehüllt, als ein Gedankenhieb von Tachyon die Grenzen der Macht prüfte, die ihn antrieb.

Dann explodierte Modular Man.

Splitter aus glühendem Stahl und brennendem Kunststoff flogen durch das Restaurant. Ein gezacktes Stück, an dem ein Fetzen von Modular Mans Kostüm hing, traf Tachyon an der Stirn, und er ging zu Boden. Sein Gesicht war eine blutige Maske.

Schreie entrangen sich ihrer Kehle, und sie kämpfte sich zu Tachyon durch. *Du darfst nicht tot sein! Du darfst nicht tot sein!* Aber sie wusste nicht, ob der Grund für diesen geistigen Aufschrei Kummer über den Verlust war oder Wut darüber, betrogen worden zu sein.

Sie sank auf die Knie und drückte seinen schlaffen Körper an ihre Brust, sodass sein Blut die Vorderseite ihres weißen Kleids verschmierte. Dann riss sie sich das Taschentuch vom Gesicht und presste es auf die blutende, gezackte Risswunde. Das Tränengas brannte in Hals und Augen, und sie fing an zu weinen. Ihre Tränen fielen auf Tachyons Gesicht und hinterließen blasse Rinnsale in dem Blut.

◆

Wasserlilies letzter Schrei hing noch in der Luft. Das Restaurant war ein einziges Chaos. Splitter von Modular Man prallten harmlos von Fortunatos Kraftfeld ab. Er sah, wie Windböen durch den Raum wehten, als Mistral versuchte, den Rauch zu zerstreuen. Irgendein Idiot mit der Kraft eines Flammenwerfers versuchte den Laden zu erhellen, schaffte es jedoch lediglich, die Vorhänge in Brand zu setzen. Hiram rannte mit geballter Faust zum Balkon und schrie: »Nein! Nein!« Ganze Tische schwebten in der Luft und hingen dort, weil die Asse, die sie aufgehoben hatten, nicht wussten, wohin sie sie werfen sollten. Jemand lief mit dem Kopf nach unten über die Decke. Das Klirren von zu Bruch gehendem Porzellan war ein beständiges Hintergrundgeräusch und beinahe laut genug, um die Geräusche von denen zu übertönen, die sich erbrachen.

Der Astronom wurde auf dem Balkon nebelhaft sichtbar und verbeugte sich vor Fortunato. Jane, dachte Fortunato, würde immer noch fallen. Peregrine hatte sich dem Geländer zugewandt, um ihr nachzuspringen. Der Astronom packte ihren Arm und versuchte, sie zu Boden zu schleudern.

Sie war offenbar viel stärker, als er gedacht hatte. Sie bleckte die Zähne, sank auf ein Knie und versuchte dem Astronom die Augen auszukratzen. Seine dicke Brille fiel auf den Betonboden, Blut lief ihm über die Wangen.

Der Astronom lächelte. Seine Zunge zuckte hervor und fing einen Tropfen seines eigenen Bluts auf. Die Brille hob sich von selbst vom Boden und nahm wieder ihren Platz auf der Nase des Astronoms ein.

Fortunato nahm alle Kraft zusammen, die Miranda ihm

gegeben hatte, und konzentrierte sie im Manipura Chakra im Zentrum seines Unterleibs. Ein seltsamer, ächzender Laut entrang sich seiner Kehle. Er stieß das Prana, die reine Energie, von sich und schleuderte es dem Astronom entgegen.

Es schoss als blaugrüne Kugel von der Größe eines Tennisballs aus Fortunato heraus. Er zog die Arme zurück, die Finger gespreizt, die Augen weit aufgerissen. Das Prana durchbohrte die Kraftlinien, die den Astronom umgaben, und kehrte sie von innen nach außen. Die konzentrischen Kreise schrumpften zu Halbkreisen, die sich alle auf der abgewandten Seite seines Körpers befanden.

Der Griff des kleinen Mannes um Peregrine lockerte sich. Peregrine ging auf ihn los, rammte ihm das Knie in den Schritt und brach ihm mit der rechten Hand die Nase. Blut spritzte aus dem Gesicht des Astronoms.

Kaum hatte sie sich losgerissen, als Peregrine mit wild schlagenden Flügeln über das Balkongeländer sprang. Der Astronom spie sie an und wandte sich dann wieder Fortunato zu.

Die Augen des kleinen Mannes waren tot. Er hatte dieselben Augen wie Demise, dieselben wie der Junge in der Dachkammer. Der Astronom war zum Tod selbst geworden, gedankenlos, brutal, unvermeidlich. Du kannst weglaufen, sagten diese Augen, aber ich werde dich finden.

Und dann war der Astronom verschwunden.

♠

Die Menge der Asse, die sich in den Türen verkeilt hatte, entwirrte sich wie ein langsam erwachender Oktopus. Mistral wischte sich über ihr tränenverschmiertes Gesicht, hob die Arme über den Kopf und beschwor eine Brise. Der frische Wind, der den erstickenden Nebel in kleine weiße Fetzen zerteilte, schien die Leute von der schrecklichen Starre zu befreien, die sie befallen hatte. Ein würdeloser Ansturm auf die Tür setzte ein. Es fielen Bemerkungen wie »Sie hören noch von meinem Anwalt«, doch Hiram schien zu abgelenkt zu sein, um sie zur Kenntnis zu nehmen. Er starrte weiterhin ängstlich das Geländer an, über das Wasserlilie und Peregrine verschwunden waren. Irgendwo weinte eine Frau, ein entsetzliches wimmerndes Geräusch, als würde ein Tier gequält. Dann rief eine Männerstimme verzweifelt nach einem Arzt. Unglücklicherweise lag der einzige anwesende Arzt bewusstlos am Boden.

Plötzlich ertönte ein donnerndes Rauschen wie von tausend Schwänen. Peregrine, die Wasserlilie in den Armen hielt, landete leichtfüßig auf dem Balkon und sah sich mit funkelndem Blick um. Hiram stieß einen unartikulierten Schrei aus und sprang vor. Die verbliebenen Gäste stießen Seufzer der Erleichterung aus. Die beiden Frauen waren völlig durchnässt von dem unendlichen Strom des Wassers, den Wasserlilie absonderte, aber dies konnte nicht die wütenden, raubvogelartigen Blicke mildern, die Peregrine abschoss.

Ihr Blick begegnete dem Fortunatos, und die Wut wich aus ihrem Gesicht. Die Anspannung blieb, und ihr schlanker Körper vibrierte wie eine gezupfte Violinsaite. Aber es war nicht die Anspannung des Flugs oder Kampfs, es war ...

Roulette spürte, wie ihr das Blut in die Wangen schoss, als die Anziehungskraft wie die Wellen zweier starker Magneten zwischen Peregrine und Fortunato floss. Vielleicht war es eine Funktion ihrer Kraft oder nur ein Beleg für die Krankhaftigkeit ihres Geists, aber über dem demolierten Restaurant schien plötzlich der schwere, moschusartige Geruch von Pheromonen zu liegen.

Hiram, der mit leichten, tänzelnden Schritten durch das Chaos glitt, trat neben Fortunato. »Unglaublich!«, brach es aus ihm heraus. »Was für eine Schande. Buchstäblich jedes New Yorker Ass ist hier, und er macht uns alle zum Affen.«

Er sah Fortunato anklagend an, doch der Schwarze schien ihn gar nicht zur Kenntnis zu nehmen. »Gott sei Dank war wenigstens *ich* in der Lage, Wasserlilie zu erreichen. Wäre sie nicht so leicht wie Luft gewesen, hätte Peregrine sie niemals rechtzeitig erreicht.«

Fortunato grunzte, aber sein Blick blieb weiterhin auf Peregrine gerichtet, die geistesabwesend einen Arm um Wasserlilies Schultern gelegt hatte und das Starren erwiderte.

»In diesem Fall hat sich meine Kraft endlich einmal als …«

Fortunato ließ ihn stehen, und Peregrine, die Wasserlilie losließ, begegnete ihm auf halbem Weg.

»Fortunato, um Gottes willen! Ich rede mit Ihnen! Können Sie ihn aufspüren?«

Der Zuhälter wandte den Blick von Peregrine ab. »Wenn ich ihn aufspüren könnte, hätte ich dann das hier zugelassen?«

Hilflos breitete Hiram die Arme aus. »Dann müssen wir versuchen, seine Helfer ausfindig zu machen. Irgendjemand muss doch über seine Pläne Bescheid wissen.«

Roulette legte die Hand an die Kehle und spürte das Hämmern ihres Pulses. Sie richtete die Augen starr auf Tachyon, weil sie Fortunatos durchdringenden Blick fürchtete. Sie nahm das blutdurchtränkte Taschentuch und wischte Tachyon über das bleiche Gesicht, aber das machte es nur noch schlimmer. Der blutige Fetzen entfiel ihrer Hand, und sie starrte wie gebannt auf die blasse, blutige Haut ihrer Handinnenfläche.

»Hiram, verpiss dich.«

Worchester stieß ein unterdrücktes Geräusch aus, als würde Dampf aus einer Maschine abgelassen. Das beleibte Ass schien kurz vor einem Herzanfall zu stehen.

»*Ich* habe die Absicht, etwas zu unternehmen.«

»Bitte nicht. Ohne Ihre Hilfe komme ich viel besser zurecht.«

Fortunato hakte Peregrines Arm bei sich ein und ging, bevor Hiram auf diese letzte Beleidigung reagieren konnte. Das geflügelte Ass warf Hiram einen verlegenen, entschuldigenden Blick zu.

♣

Wasserlilie war in Sicherheit. Fortunato atmete tief durch und machte sich auf die Suche nach Croyd, Veronica und Cordelia.

Er fand sie hinter einem der umgekippten Tische. Croyd hatte eine ganze Schokoladentorte gerettet, und sie aßen sie mit den Fingern. Als er Fortunato sah, erlosch sein Lächeln.

»Mit Modular Man hab ich's echt verrissen«, sagte er. »Tut mir leid.«

»Spielt keine Rolle«, erwiderte Fortunato. »Solange ihr alle okay seid.«

»Uns geht's bestens«, sagte Veronica.

»Ich gehe mit zu ihm«, sagte Cordelia. »Wenn du nichts dagegen hast.«

»Überhaupt nicht«, sagte Fortunato. »Aber ich will euch heute Nacht nicht allein auf der Straße haben. Falls irgendwas passiert – Caroline kommt heute früh nach Hause. Ruft sie an und sagt ihr, dass sie sich ein Taxi nehmen und euch abholen soll.«

»Ja, o Sensei«, kicherte Veronica. Sie standen auf und gingen zu den Fahrstühlen, Croyd in der Mitte, Cordelia mit der Torte in ihrer freien Hand.

Fortunato drehte sich um und sah, dass Peregrine ihn anstarrte. Sie hatte versucht, Jane zu beruhigen, und war dabei völlig durchnässt worden. Er sah, wie sie mitten im Satz abbrach, und ging zu ihr, wobei Glas- und Porzellansplitter unter seinen Füßen knirschten.

Alles war irgendwie verblasst, bis auf sie. Sie war groß und stark und hatte vor Erregung gerötete Wangen, und

Fortunato wollte sie. Erschöpft, wie er war, schwach, wie er war, konnte er ihre Hitze dennoch durch den ganzen Raum spüren. Hiram wollte etwas zu ihm sagen. Fortunato wimmelte ihn ab, wobei er sich nicht einmal der Worte bewusst war, die er benutzte.

Er blieb vor Peregrine stehen. Sie atmete schwer, als sei sie gerannt. »Die Party ist vorbei«, sagte Fortunato.

»Ja.«

»Können wir irgendwohin gehen?«

»Mein Rolls wartet unten.«

Fortunato nickte. Sie gingen zur Tür, Seite an Seite, und ihre Hand lag dabei locker auf seinem Arm.

♥

»Warten Sie!«, sagte Hiram hustend zu Fortunato. Seine Augen tränten immer noch von dem Gas. Fortunato sah ihn eine Sekunde mit verkniffenen Lippen an und rauschte dann mit Peregrine am Arm an Hiram vorbei. Hiram stand hilflos da und betrachtete ihre Rücken, während sie durch die breite Doppeltür schritten.

Sie waren keineswegs allein. Ein steter Strom von Leuten war auf dem Weg zu den Fahrstühlen. Viele husteten noch, stolperten und stützten sich gegenseitig, die Augen gerötet und wund. Chrysalis war unter ihnen. Sie blieb stehen, um ihm zu danken. »Ich habe schon ein paar recht lebhafte Abende im *Crystal Palace* erlebt«, sagte sie trocken, »aber noch keinen wie heute Abend.« Fantasy wankte mit ruiniertem Kleid und einem Schnitt in der Wange an ihm vorbei. Sie blieb gerade lange genug stehen, um ihm mit einem Rechtsanwalt zu drohen.

Mistral wehte die letzten Reste Rauch und Gas in die Nacht hinaus, kletterte dann auf das Balkongeländer und sprang in die Dunkelheit. Ihr Umhang füllte sich wie ein

Fallschirm, als sie hinauf zu den Sternen schwebte. Während seine Freunde und Gäste zu den Fahrstühlen eilten, begutachtete Hiram Worchester, was noch vom *Aces High* übrig war. Tische waren umgestürzt, Gläser und Teller zerbrochen, und überall lagen Scherben. Das Dessertwägelchen, das der Astronom geschoben hatte, lag auf der Seite, und in Panik geratene Füße hatten Schokoladen-Mango-Torte und Amaretto-Käsekuchen in den Teppich getreten. Mehrere Leute hatten ihr Abendessen in Pfützen von Erbrochenem zurückgelassen. An einer Stelle schwelte noch der Teppich, und in der Wand war ein Loch, das aussah, als habe sich jemand einen Privatausgang geschaffen. Mindestens vier Fenster waren zu Bruch gegangen, einer der Kronleuchter war auf den Boden gekracht. Unter ihm lag ein bewusstloser indischer Elefant. Die Eisskulptur von Peregrine hatte beide Schwingen verloren, Dr. Tachyons Skulptur lag umgestoßen am Boden und schmolz langsam vor sich hin.

Dr. Tachyon selbst lag stöhnend auf dem Teppich, eine Hand an die Stirn gepresst. Roulette kniete neben ihm. Blut sickerte durch seine Finger und tropfte auf seine Tunika. Hiram ging zu ihm und wäre dabei fast über ein scharfkantiges Stück von Modular Mans Torso gestolpert, der aussah, als sei er mit einer Kettensäge geöffnet worden. »Es tut mir leid, Hiram«, sagte Tachyon, indem er seine schuldbewussten lila Augen abwandte. Roulette half dem kleinen Mann aufzustehen, aber er machte keinen allzu kräftigen Eindruck. »Ich muss zu Fortunato. Er wird meine Hilfe brauchen.«

»Er ist bereits gegangen«, sagte Hiram.

»Wohin?«, wollte Tach in gequältem Ton wissen. Er nahm die Hand von der tiefen Schramme in seiner Stirn und starrte auf das Blut an seinen Fingern.

»Das hat er nicht gesagt. Er ist mit Peregrine gegangen.«

»Ich muss ihn finden«, beharrte Tachyon.

»Ich glaube nicht, dass Sie in der Verfassung sind, irgend-

jemanden zu finden«, sagte Hiram. »Sie sollten in ein Krankenhaus gehen. Sehen Sie sich doch an!«

»Unnütz«, murmelte Tach. »Ich bin *unnütz*.«

Hiram hörte ein trompetendes Geräusch hinter sich, und
als er sich umdrehte, sah er, dass Elephant Girl auf vier
wackligen Beinen stand. Einen Augenblick später blitzte es
weiß auf, als sie ihre überschüssige Masse als Energie freiließ. Tachyon schrie laut auf, und Hiram hielt sich die Hände
vor die Augen. Als sie wieder sehen konnten, stand eine zit-
ternde, nackte Randa O'Reilly dort, wo sich zuvor der Elefant befunden hatte. Ihr Begleiter, ein gut aussehender ägyptischer Messerwerfer aus ihrem Zirkus, borgte sich Mister
Magnets langen Kettenpanzerumhang und legte ihn ihr um.

Er wandte sich wieder an Tachyon und Roulette. Der Takisier sah sehr schlecht aus. »Bringen Sie ihn in die Jokertown-
Klinik«, sagte Hiram zu Roulette. »Die Wunde muss ver-
sorgt werden, bevor sie sich entzündet. Außerdem sollte er
geröntgt werden. Vielleicht hat er eine Gehirnerschütterung
oder etwas Schlimmeres.«

»Aber Fortunato ...«, begann Tach.

Hiram versuchte streng dreinzuschauen. »In dieser Verfassung wären Sie nur eine Last für ihn. Verdammt noch
mal, sind Sie so versessen darauf, Ihren Namen der Liste der
Opfer hinzuzufügen? Sie brauchen ärztliche Hilfe, und das
wissen Sie auch.« Er hob die Hand. »Wenn Fortunato anruft,
sage ich ihm, dass er sich bei Ihnen in der Klinik melden soll.
Ich gebe Ihnen mein Wort darauf.«

Dr. Tachyon nickte widerstrebend und ließ sich von Roulette zur Tür führen.

Das Restaurant war jetzt so gut wie leer. Hiram ging zu
seinem Büro und fand Captain Trips auf dem Boden vor
dem Waschraum. Er kniete vor einem Durcheinander aus
Glasscherben und bunten Pulvern, die er mit den Fingern
einer Hand auflas und behutsam in die andere fallen ließ.

»Das ist nicht der Zeitpunkt, um sich mit Drogen vollzu-
pumpen, verdammt noch mal«, schnauzte Hiram ihn an.

Trips sah ihn mit blassen, wässrigen Augen an. »Ich wollte
nur helfen, Mann«, plapperte er. »Ich wollte einen meiner
Freunde holen, aber dann bin ich gestolpert, und als ich hin-
gefallen bin, muss alles irgendwie zerbrochen sein.«

»Gehen Sie nach Hause«, sagte Hiram.

Peter Chou tauchte neben ihm auf.

»Peter, helfen Sie dem Captain, ein Taxi zu finden, bevor
er sich an den Scherben schneidet, ja?«

Chou nickte.

Curtis fing ihn auf dem Weg in sein Büro ab. »Da ist ein
Anruf für Fortunato. Es ist die Polizei. Was soll ich sagen?«

»Er ist mit Peregrine gegangen«, sagte Hiram. »Ich glaube,
sie hat ein Funktelefon im Wagen. Geben Sie der Polizei die
Nummer.«

Er ließ Curtis stehen und betrat sein Büro. Wasserlilie saß
auf einem Stuhl, immer noch bleich und zittrig. Dünne Was-
serrinnsale liefen über ihr Gesicht, während sie ihn ansah.
Jay Ackroyd saß auf der Kante von Hirams Schreibtisch und
hielt Modular Mans Kopf in den Händen. »Ach, der arme
Silikonchip, ich kannte ihn gut«, sagte er. Jane stieß ein dünnes Lachen aus, das sich für Hiram nach beginnender Hysterie anhörte. Ackroyd warf den Kopf von einer Hand in die
andere. Die Kappe war abgefallen, und Mod Mans Radarschüssel war zerbrochen.

»Legen Sie das weg«, sagte Hiram. Müde sank er auf
einen Stuhl und sah Wasserlilie an. »Ich bin sehr froh, dass
Sie wohlauf sind. Ich glaube nicht, dass ich heute noch einen
weiteren Todesfall verkraftet hätte. Gewiss nicht Ihren.«

»Was ist mit ihm?«, sagte Jay, indem er den Kopf auf den
Schreibtisch legte. Mod Mans blinde Augen starrten Hiram
an.

»Für Modular Man tut es mir leid, aber er hat eigentlich

nie gelebt, und deshalb ist er eigentlich auch nicht tot. Sein
Schöpfer wird wahrscheinlich einen neuen bauen.«

»Ladykiller Mark Vier? Ein weiterer aus Silicon Valleys
Reihe ›Geschenke für Frauen‹?«, fragte Jane. Wieder lachte
sie dünn und abgehackt. Sie hielt sich die Hand vor den
Mund. Hiram konnte hören, wie sie unruhig atmete.

»Jane«, sagte er, »wenn Sie keine Einwände haben, wäre es
mir eine Ehre, Sie eine Weile hierzubehalten. Der Astronom
war nicht mehr da, als Peregrine mit Ihnen zurückgekehrt
ist, also wird er Sie mit etwas Glück für tot halten. Lassen
wir ihn in dem Irrtum. Schließlich hat er eine lange Liste.«
Er fuhr sich mit der Hand über die Glatze. »Ich werde Peter
und seine Leute bitten, ihren Dienst fortzusetzen. Ich weiß,
das ist nicht viel, aber es ist besser als nichts.«

Wasserlilie nickte und nahm die Hand vom Gesicht. »In
Ordnung. Ich könnte heute nicht mehr viel verkraften.«

Hiram zwang sich zu einem, wie er hoffte, tröstlichen Lächeln. »Ich hätte mir nicht träumen lassen, dass Ihre erste
Flugstunde so dramatisch verlaufen würde.«

Sie straffte sich auf dem Stuhl, offenbar bemüht, die Nachwirkungen ihres Erlebnisses weitestgehend abzuschütteln,
und betrachtete ihn wieder auf ihre forschende Art. »Was ist
mit Ihnen?«, fragte sie.

Hiram Worchester faltete die Hände über dem Bauch. Er
wusste, dass er unmöglich aussah. Er lachte. Es war ein kurzes, humorloses Bellen von einem Lachen. Der Schock ließ
langsam nach, aber sonderbarerweise hatte Hiram keine
Angst. Stattdessen war er sich eines nagenden Hungers und
einer kalten, beständigen Wut bewusst, die sich langsam in
ihm aufbaute. Er dachte an Eileen.

»Hiram?«, unterbrach Popinjay seine tiefe Nachdenklichkeit.

»Ich würde ihn umbringen, wenn ich könnte«, sagte Hiram
mehr zu sich selbst. »Vielleicht hätte ich es auch getan, aber

dann wäre Jane gestorben. Es tut mir nicht leid, dass ich mich *so* entschieden habe.« Er sah sie liebevoll an und wandte sich dann wieder an Ackroyd. »Jay, ich glaube, ich brauche Ihre Dienste noch einmal.«

»Echt gut«, sagte Ackroyd. »Wir knöpfen uns den alten Kerl vor?«

»Mit Freuden«, sagte Hiram, »wenn ich nur wüsste, wo man ihn finden kann.« Er beschrieb eine knappe, ungeduldige Bewegung mit der rechten Hand. »Nein, das wäre sinnlos, und Fortunato hat aus seinem Zorn keinen Hehl gemacht. Also werden wir ihm diese Angelegenheit überlassen. Aber es gibt noch andere Rechnungen, die heute Nacht beglichen werden sollten. Vielleicht kämpfe ich gegen Windmühlenflügel, aber nach allem, was heute Abend hier vorgefallen ist, kann ich nicht herumsitzen und nichts tun.« Er verzog das Gesicht. »Ich habe ein merkwürdiges Bedürfnis, Unrecht wiedergutzumachen.«

»Nehmen Sie zwei Aspirin und legen Sie sich hin«, sagte Jay. »Das Bedürfnis wird wieder vergehen.«

»Nein«, sagte Hiram. »Ich glaube nicht.« Er griff in die Tasche seiner Smokingjacke. Der Zettel mit Loopholes Adresse war noch da. »Betrachten Sie sich als engagiert. Wir werden uns mit einem Rechtsanwalt unterhalten.«

♦

Er spürte, wie raue Hände seine Handgelenke rieben. Spector öffnete die Augen und hielt sich die Hand vor den Mund. Das gut abgehangene Fleisch, das er im *Haiphong Lily* gegessen hatte, drohte wieder hochzukommen. Er konnte die Umrisse von jemandem sehen, der neben ihm kniete. Spector stöhnte.

»Sie sind nicht tot. Das wusste ich, als ich Sie rauszog. Sie hatten Glück, dass ich da war. Sie wären sonst erstickt.«

Die Stimme verriet Spector, dass die Person alt und männlich war. Er tastete mit den Händen herum. Er lag noch immer im Müll.

»Wo zum Teufel bin ich?«

»Auf einem Lastkahn mit Abfall, Freund. Ich könnte Sie fragen, wie Sie hergekommen sind, wenn Sie's mir erzählen würden.« Der alte Mann zündete eine Zigarette an. Er war völlig kahl, hatte braune Augen und dünne Lippen. Seine runzlige Haut hatte einen leicht orangefarbenen Teint. Sein plumper Körper erinnerte Spector an das Michelin-Männchen. Das Feuerzeug erlosch.

»Ein paar verrückte Arschlöcher haben mich zusammengeschlagen und dann in einen Müllcontainer geworfen. An mehr kann ich mich nicht erinnern.« Die Lüge war ebenso gut wie jede andere, die er erzählen konnte. Er tastete nach den Notizbüchern. Sie waren verschwunden. »Gibt es eine Möglichkeit, hier etwas Licht zu bekommen? Ich will sehen, was mir diese Schweine gelassen haben.«

Die kleine Feuerzeugflamme leuchtete wieder auf. Spector durchsuchte seine Taschen und dann den Müll zu seinen Füßen. Er wollte die Notizbücher zurückhaben. Mit ihnen als Druckmittel konnte er die Burschen von Shadow Fist zwingen, ihm zu helfen, den Astronom auszuschalten. Ein paar Männer mit automatischen Waffen würden die Angelegenheit regeln können, wenn der alte Mann so müde war, wie Spector glaubte, dass er es bald sein würde. »Wie, sagten Sie, war Ihr Name?«, fragte er in dem Versuch, die Aufmerksamkeit von seiner Suche abzulenken.

»Ich sagte gar nichts. Ich heiße Ralph. Ralph Norton.« Der alte Mann hielt das Feuerzeug tiefer. Er trug ein blaues, langärmeliges Hemd, eine dazu passende Navy-Weste und eine entsprechende Hose. Die Kleidung war fleckig und zerknittert. »Sie haben etwas verloren, richtig?«

»Ja.« Er warf eine Plastiktüte beiseite und wühlte in dem

Müll neben sich herum. »Wo haben Sie mich überhaupt gefunden?«

»Hinten am Ende der Barke, wo Sie abgeladen wurden.« Der alte Mann zeigte auf eine Stelle. »Sagen Sie mir, wonach Sie suchen, dann helfe ich Ihnen. Im Moment habe ich sowieso nichts Besseres zu tun.«

Spector betrachtete seinen Stumpf. Der neu gewachsene Fuß war rosig und weich und wuchs immer noch. Unsicher stand er auf, und seine Knie zitterten, als er in den Müll einsank. Der Fuß war wie ein Eimer Kohlen am Ende seines Beins, aber er würde damit leben müssen. »Nein, danke. Aber ich kaufe Ihnen das Feuerzeug ab.« Er griff in seine Tasche. Das Geld war noch da, und er zückte einen Geldschein.

»Unsinn. Ich leihe es Ihnen gern.« Ralph gab ihm das Feuerzeug. »Ist noch reichlich Gas darin.«

Spector nahm es und zündete es an, dann kämpfte er sich zum anderen Ende der Barke durch. Die Lichter Manhattans waren direkt vor ihm, aber bei ihrem Anblick fühlte er sich auch nicht besser. Er musste diese Notizbücher finden, bevor ihn der Astronom rief.

»Gehen Sie langsam«, sagte Ralph. »Sonst landen Sie auf der Nase.«

»Klar.« Spector atmete schwer. »Was machen Sie hier überhaupt?«

»Das ist mein Taxi nach Hause.« Ralph lachte. »Ich lebe drüben in Fresh Kills auf Staten Island.«

»Fresh Kills?«

»Die größte Müllkippe im ganzen Land. Vielleicht in der ganzen Welt. Morgen früh übernehmen sie diese vier Barken. Ich bin nur rübergekommen, weil ein paar Verwandte von mir zum Wild-Card-Tag in der Stadt waren. Ich sollte ihnen die Stadt zeigen.«

Spector pflügte durch den Abfall. »Sie leben auf einer Müllkippe?«

»Klar. Sie wären überrascht, was die Leute alles wegwerfen. Prima Sachen, total gut erhalten. Die Leute vom Gesundheitsamt haben ein paarmal versucht, mich zu vertreiben, aber ich komme immer wieder. Die Miete ist einfach zu billig.« Ralph legte Spector eine Hand auf die Schulter. »Kennen Sie irgendwelche Asse?«

Spector versteifte sich. »Nicht persönlich. Warum?«

»Weil ich eins bin. Ich habe eine Begabung.«

Spector war zu müde, um weiterzugehen, und setzte sich. »Sie sind ein Ass und leben auf einer Müllkippe. Sehe ich wie ein Hinterwäldler aus oder was?«

Ralph lächelte, hob eine Milchtüte auf, legte eine dramatische Pause ein und biss dann ein Stück heraus. Er kaute einen Moment lang und schluckte. »Ich kann alles verdauen. Das hat jedenfalls dieser Dr. Tachyon gesagt. Was für die meisten Leute Müll ist, ist für mich Nahrung.«

Spector lachte. »Sie können Abfall vertilgen. Das ist Ihre Kraft? Ich wette, dass Ihnen jeder aus dem Weg geht.«

Ralph verschränkte die Arme. »Nur zu. Lachen Sie sich kaputt. Wissen Sie, was ich in einem Jahr allein an Miete und Essen spare? Und ich bin mein eigener Herr. Niemand sagt mir, was ich zu tun habe. Niemand sagt mir, wann ich kommen oder gehen muss. Das ist mehr, als die meisten Leute je haben werden.«

»Da ist was dran. Hören Sie, ich bin ziemlich müde. Vielleicht könnten Sie mir doch helfen. Ich suche ein paar in Plastikfolie eingewickelte Notizbücher. Natürlich würde für Sie auch was dabei herausspringen.«

»In Ordnung. Aber wir brauchen was Besseres als ein Feuerzeug, sonst finden wir sie nie.« Nachdenklich legte er die Hände zusammen. »Wunderkerzen müssten gehen. Davon habe ich reichlich. Ich bin gleich zurück.«

»Wunderkerzen?«

»Ja. Ich habe ein paar Feuerwerkskörper, die ich um Mitternacht zünden wollte. So eine Art persönliche kleine Feier. Warten Sie hier.« Er stapfte durch den Müll zum anderen Ende des Kahns.

Spector schob die Finger durch ein paar Schusslöcher in seiner Jacke und nagte an seiner Unterlippe. Wenn er es schaffte, den heutigen Tag zu überleben, würde er mindestens eine Woche lang nicht aus dem Bett kommen.

Siebzehntes Kapitel
22:00

Der Rolls war erst wenige Blocks vom *Aces High* entfernt, als das Telefon klingelte. Fortunato sah Peregrine an, die achselzuckend abnahm. »Für dich«, sagte sie.

»Hier spricht Altobelli«, sagte die Stimme am anderen Ende. »Ich habe diese Nummer von Hiram bekommen. Es geht um Kafka.«

»Verdammte Scheiße«, sagte Fortunato, indem er die Augen schloss. »Er ist tot.«

»Nein«, sagte Altobelli. »Er lebt noch. Aber es war knapp.«

»Erzählen Sie.«

»Vor ungefähr fünfzehn Minuten ist irgendein Irrer mit einem weißen Umhang einfach mitten in seiner Zelle aufgetaucht. Aber ich hatte Ihre Warnung ernst genommen und ein SWAT-Team dort postiert. Als der Bursche auf Kafka losging, eröffneten sie das Feuer mit allem, was sie hatten.«

»Und?«

»Sie haben ihn nicht mal angekratzt. Aber die Kugeln haben ihn umgeworfen, und jedes Mal stand er ein wenig langsamer auf. Dann ist er wieder verschwunden.«

»Sie hatten Glück. Im Moment ist er schwach, sonst hätte ihn nichts aufhalten können.« Fortunato erwähnte nicht, wie schwach er sich selbst fühlte.

»Dieser Bursche, wer es auch war, hatte mehr als nur das Glück auf seiner Seite.«

»Wie meinen Sie das?«

»Nicht am Telefon. Erinnern Sie sich an den Ort, wo wir uns letzten Monat getroffen haben? Nennen Sie den Namen nicht, sondern sagen Sie einfach nur Ja oder Nein.«

»Ja.«

»Können Sie mich dort treffen? Wenn möglich, sofort?«

»Altobelli ...«

»Ich glaube, wir reden hier über Leben und Tod. Mein Leben und meinen Tod.«

»Ich bin schon unterwegs«, sagte Fortunato.

Als er auflegte, sagte Peregrine: »Der Astronom.«

Fortunato nickte. »Ich nehme ein Taxi. Fahr zurück zum *Aces High,* dort bist du sicher.«

»Das ist lächerlich. Bei dir bin ich sicherer. Und es hat keinen Sinn, ein Taxi zu nehmen, wenn man stilvoll in einem Rolls-Royce mit Chauffeur fahren kann.« Sie hob eine Augenbraue. »Hab ich recht?«

♠

Nachdem sie die wenigen noch verbliebenen anderen Gäste hinauskomplimentiert hatten, verlegten die Gambiones ihre Zusammenkunft in den Speisesaal und schoben mehrere Tische zusammen. Rosemary stand auf einer Seite und hörte der Diskussion der Männer zu. Bagabond sah ein schwer zu deutendes Lächeln auf ihrem Gesicht. Sie saß mit Jack an einem Ecktisch.

»Ich will jetzt endlich die Suche nach Cordelia fortsetzen. Es sind Stunden vergangen – viel mehr Zeit, als ich Rosemary versprochen habe.« Jack funkelte die stellvertretende Bezirksstaatsanwältin durch den Raum an.

»Sie kann die Anrufe erst dann tätigen, wenn sie hier fertig ist.« Bagabond warf Jack einen mitfühlenden Blick zu, der am fleckigen Ärmel der zu kleinen Kellnerjacke zupfte. »Und jetzt iss.«

Jack drückte die Zitrone über seiner Suppe aus, schüttelte den Kopf und griff nach den Essstäbchen. Er schaufelte einen kleinen Haufen Reisnudeln mit Shrimps aus der Schale in den Mund. »Was wird sie ohne die Bücher unternehmen?« Er zeigte mit den Stäbchen auf Rosemary.

»Keine Ahnung. Sie hat sich mittlerweile entschieden. Sie wird es schon schaffen.« Bagabond lehnte den Kopf an die Wand und schloss die Augen. »Ich werde herausfinden, ob irgendjemand Cordelia gesehen hat. Ruhe.«

Jack belauschte die Mafiosi, während er aß und seine Schale noch einmal nachfüllte.

Zwei Männer waren die Wortführer. Der ältere Mann hatte schwarze, glatt zurückgekämmte Haare und trug einen dunkelgrauen Doppelreiher. Er betonte, wie wichtig es sei, Don Fredericos Pläne im Interesse der Stabilität fortzusetzen. Ein jüngerer Mann, dessen dunkelbraune Haare von einem offenbar teuren Coiffeur zu einer modifizierten Punkfrisur mit Rattenschwanz geschnitten worden waren, stellte fest, dass der Schlachter nicht sonderlich erfolgreich darin gewesen sei, den Übergriffen auf ihr Gebiet ein Ende zu bereiten. Die anderen Männer hörten schweigend zu.

»Nicht eine der anderen Familien hat je unsere Autorität angezweifelt.« Der ältere Mann lehnte sich in offensichtlicher Zufriedenheit zurück.

»Jesus, Ricardo. Natürlich nicht.« Der New-Wave-Mafioso verdrehte die Augen. »Sie waren alle viel zu sehr mit den *wirklichen* Bedrohungen beschäftigt. Den Vietnamesen. Den Kolumbianern. Den Jokern. Jesus, sehen Sie denn nicht, dass sich Jokertown in ein Katastrophengebiet verwandelt, Mann?«

»Respekt, Christopher, bitte.« Ricardo neigte mitfühlend den Kopf in Rosemarys Richtung.

»Vielen Dank, Ricardo Domenici.« Rosemary trat an die Tische.

»Sie hat Schlimmeres gehört, Ricardo. Ich bin ganz sicher, dass sie im Büro des Staatsanwalts Schlimmeres gehört hat.« Christopher Mazzuchelli schüttelte aufgebracht den Kopf. »Der Witz ist doch, dass wir einen Anführer brauchen, der sich den neuen Bedrohungen stellt. Der sich, nun ja, entwickelt.«

»Mazzuchelli hat recht.« Die Blicke der Gambione-Capos richteten sich auf Rosemary. »Wir brauchen frisches Blut, um uns zu führen, sonst geht die Familie vor die Hunde. So einfach ist das.«

Der Tonfall des älteren Mannes war beschwichtigend. »Signorina Gambione, dies ist eine ernste Angelegenheit. Es liegt an uns zu entscheiden. Vielleicht wäre es besser ...«

»Ja, Ricardo, ich bin eine Gambione. Die letzte.« Rosemary sah die Männer einen nach dem anderen an. »Dies ist *meine* Familie. Ich habe ein Recht zu reden.«

»Vielleicht will sie den Job ihres Vaters.« Christopher Mazzuchelli grinste, bis sie den Blick auf ihn richtete.

»Vielleicht will ich das tatsächlich.« Rosemary lächelte rätselhaft. »Donatello ist tot, Michelangelo, Raphael und Leonardo ebenfalls. Vier Dons. Sie alle wissen, womit wir es zu tun haben, aber nicht, was zu tun ist. Ricardo sieht nur die Vergangenheit.«

»Augenblick, Augenblick.« Mazzuchellis Mund stand vor Überraschung ein wenig offen.

»Wer sonst?«

»Sie sind eine verdammte Staatsanwältin!«

»Ja.« Rosemary lächelte, während sie scheinbar die Möglichkeit erwog. »Ich könnte uns nicht völlig schützen, aber ich könnte schon eine Menge bewirken. Und die Informationen wären von unschätzbarem Wert. Meine Identität als Gambione müsste geschützt werden. Niemand außerhalb dieser vier Wände darf es je erfahren. *Omerta.*«

»Sie können die Familie kaum im Geheimen führen.«

Ricardo Domenici war die ganze Idee offenbar zuwider. »Selbst wenn wir es in Erwägung ziehen würden.«

»Sehr wahr. Jemand anders müsste mein … Sprachrohr sein.« Sie betrachtete der Reihe nach jeden Capo. »Mazzuchelli.«

Die Capos plapperten plötzlich alle durcheinander, während Christopher Mazzuchelli sie unverschämt angrinste.

»Meine Herren, haben Sie irgendwelche Einwände? Ricardo?«

»Er ist zu jung, zu unerfahren. Allein sein Äußeres …« Ricardo breitete angesichts der offensichtlichen Absurdität die Arme aus. »Die anderen Familien würden uns auslachen.«

»Das ist verrückt. Eine Frau, ein Junge …« Ein feister Mann in einer schwarzen Jacke und mit einem Anflug von Bartstoppeln im Gesicht schob seinen Stuhl zurück und stand auf. »Ich kehre zurück, wenn ihr bereit seid, den neuen Don zu wählen.«

Mazzuchelli versperrte ihm den Weg, trat aber auf eine Geste Rosemarys beiseite. Der Abweichler ging in der plötzlichen Stille durch den Raum und riss die Tür auf.

Rosemary rief scharf: »Morelli!«

Der Mann, der gerade hinausgegangen war, kam rückwärts wieder herein, den Blick auf die Uzi gerichtet, mit der Morelli auf seine Brust zielte. »Ja, Signorina?«, sagte Morelli. »Gibt es ein Problem?«

»Ich glaube, das Problem ist gelöst. Oder sind Sie anderer Meinung, DiCenzi?« Rosemary musterte den Mann auf der anderen Seite des Raums eindringlich.

Im Angesicht der Kanone schüttelte DiCenzi den Kopf. »*No*, Signorina. Es gibt … kein Problem.«

»Gut.« Rosemary fixierte die Männer, die sie anstarrten. »Hat sonst noch jemand eins?«

Ricardo warf einen raschen Blick auf die Männer neben

ihm, die ihn nachdrücklich ignorierten. »Nein, es gibt kein Problem, Dona Gambione.«

»Signorina reicht völlig, glaube ich.« Sie lächelte raubtierhaft. »Setzen Sie sich, DiCenzi. Vielen Dank, Morelli. Nehmen Sie doch Platz.«

Mazzuchelli beäugte Morelli, als wäre er ein vergammeltes Steak.

»Christopher«, sagte Rosemary, »Sie sind tatsächlich zu ehrgeizig. Das ist nicht zu übersehen. Machen Sie keinen Fehler.«

Mazzuchelli erwiderte ihren Blick mit einem Lächeln, das ebenso wölfisch war wie ihres. »Sie sind der Boss.«

Rosemary nickte und sah sich in dem Restaurant um. »Hat jemand den Geschäftsführer gesehen?«

»Sie wollen etwas zu essen?« Ricardo konnte es nicht glauben.

»Ich nehme an, die Signorina würde gern herausfinden, wie dieser Bastard, der die Bücher gestohlen hat, hier hereingekommen ist.« Mazzuchelli starrte Ricardo an. »Finden Sie nicht auch, dass das eine interessante Frage ist?«

Morelli stand auf und ging in Richtung Küche. »Signorina, er gehört Ihnen.«

Während Morelli den verängstigten Vietnamesen auf Rosemarys Fragen vorbereitete, rief das neue Oberhaupt der Gambione-Familie seine Kontaktleute in den Polizeirevieren an und erkundigte sich nach Cordelia. Auf der East Side erinnerte sich ein Streifenpolizist, jemanden gesehen zu haben, der der Vermissten sehr ähnlich sah. Sie war in Richtung Innenstadt gegangen, und zwar vor nicht allzu langer Zeit.

Bagabond wollte zu Fuß dorthin gehen, bevor sie ihre Tiere nach dem Mädchen suchen ließ. Jack war zum sofortigen Aufbruch bereit, doch Rosemary nahm das Paar noch einen Augenblick auf die Seite.

»Hört mal, danke für eure Hilfe. Es ist nicht unbedingt so

gelaufen, wie ich mir das vorgestellt habe, aber ohne euch wäre es nicht möglich gewesen.« Ihr Lächeln wirkte politisch.

»Nicht?« Bagabond sah Rosemary durchdringend an.

»Suzanne, ich hatte keine Ahnung …«

»Ja. Wir bleiben in Verbindung.« Bagabond wandte sich ab. Jack war bereits zur Tür unterwegs.

»Suzanne, ich rufe dich später an. Lass mich wissen, was mit Jacks Nichte ist.«

Bagabond warf einen Blick auf Morelli, der sich in der Ecke mit dem vietnamesischen Geschäftsführer beschäftigte. In diesem Licht sah das Blut schwarz aus. Sie schüttelte unmerklich den Kopf.

Rosemary errötete und straffte sich dann. »Ich kann hier einiges bewirken, weißt du? Alles etwas eingrenzen.«

Bagabond ging weiter.

»Suzanne, ich will später noch ein paar Ideen mit dir besprechen, die ich wegen der Tiere hatte.«

Alle Muskeln in Bagabonds Rücken spannten sich, als sie Jack durch die Tür folgte. Sie versuchte nicht hinzuhören, glaubte aber, aus dem Restaurant ein jämmerliches Wimmern zu hören.

♣

Im *Donut Hole* gegenüber dem Jokertown-Revier herrschte immer noch Hochbetrieb. Die Bürgersteige waren randvoll, und alle paar Minuten fuhr ein Streifenwagen mit der letzten Ladung Betrunkener vor, die öffentliches Ärgernis erregt hatten.

Der Rolls hatte Fortunato einen Block weiter abgesetzt und war dann auf der Suche nach einem Parkplatz durch den Verkehr gekrochen. Fortunato bahnte sich einen Weg durch die Menge zu einem der hinteren Tische und fand schließlich Altobelli, der einen Jogginganzug und eine Kappe der Brooklyn Dodgers trug. »Ich musste einen Mord begehen, um Ihnen diesen Stuhl freizuhalten. Wollen Sie einen Doughnut?«

Fortunato schüttelte den Kopf. »Reden Sie, Altobelli. Ich habe nicht viel Zeit.«

»Sie sehen etwas kränklich aus. Okay, okay. Es geht um Black, John F. X. Black, Captain des Jokertown-Reviers.«

»Ich kenne den Namen.«

»Also, wir bringen Kafka heute Nachmittag – hierher. Ungefähr eine Stunde später bekomme ich einen Anruf von einem meiner Jungs. Black hat ihnen befohlen, die Bewachung Kafkas einzustellen. Ich fahre hierher, um herauszufinden, warum, und erwische Black dabei, wie er versucht, Kafka in einem Streifenwagen wegzubringen. Er erzählt mir ein Märchen über eine Gefangenenverlegung. Ich sage, zeigen Sie mir den Papierkram. Weitere Märchen. Also übernehme ich Kafka und nehme ihn selbst mit.«

»Sie sagen also, dass Black ein schmutziger Cop ist.«

»Ich bin noch nicht fertig. Kurz nachdem der Bursche mit dem weißen Umhang und der Brille es bei Kafka versucht hat, bekomme ich einen Anruf von meinem Spitzel im Jokertown-Revier. Er erzählt mir, dass er diesen komischen Kerl mit Brille und Umhang keine fünf Minuten zuvor in Captain Blacks Büro gesehen hat.«

Fortunato stand auf. »Wo ist er?«

Altobelli deutete mit dem Daumen auf das Revier. »Jeder Cop in Manhattan legt heute eine Sonderschicht ein. Ich selbst bin für Riverside eingeteilt.«

»Dann fahren Sie hin. Und lassen Sie sich dort sehen.«

Altobelli hielt einen Augenblick inne und dachte darüber nach. Schließlich nickte er. »Okay.«

»Weiß sonst noch jemand über Black Bescheid?«

»Nur Sie und ich. Fortunato?«

»Ja?«

»Nichts. Glaube ich. Das ist nicht … die Art, wie ich Dinge erledige. Ich bin immer für meine Kollegen eingetreten.«

»Er ist nicht mehr Ihr Kollege. Er gehört dem Astronom. Und jetzt gehört er mir.«

♥

Es war eine Central-Park-West-Adresse. Sie nahmen ein Taxi. Hiram hatte nicht den Wunsch, Anthony oder den Bentley in mögliche Unannehmlichkeiten zu verwickeln.

Hinter den massiven Stahl-Glas-Türen des Wohnhauses saß ein Portier an einem antiken Schreibtisch. An der Wand befanden sich eine ganze Reihe Überwachungsmonitore. Er war gebaut wie ein Catcher, und in seinen Schreibtisch war offensichtlich eine stumme Alarmvorrichtung eingebaut, vielleicht einen Zentimeter von seiner Hand entfernt. Er würde kaum Schwierigkeiten von einem dicken Mann in einem Smoking und einem unauffälligen Burschen in einem billigen braunen Anzug erwarten. »Ja?«, fragte er über Sprechgerät, als sie sich der Tür näherten.

Jay Ackroyd formte mit der rechten Hand eine Pistole, richtete sie durch das Glas auf den Portier und sagte: »Hier sind welche, die dich sehen, Junge.« Der Mann verschwand mit einem leisen Knall, da die Luft in das Vakuum strömte, das er hinterlassen hatte.

Hiram schaukelte leicht auf den Fußballen und sah sich nervös um. »Wohin haben Sie …?«, begann er.

»In die Stadtbücherei«, sagte Jay. »Der Mann sah aus, als hätte er beim Lesen einiges nachzuholen.« Er zog seine Brieftasche, entnahm ihr eine Kreditkarte und hatte die Tür einen Augenblick später geöffnet. »Gehen Sie nie ohne aus dem Haus«, sagte er zu Hiram, als er die Karte wieder in die Brieftasche steckte. Sie betraten die Lobby.

Latham wohnte im Penthouse, wie Hiram erwartet hatte. Jay drückte auf den Knopf für das Dachgeschoss.

Auf dem gehämmerten Bronzeschild über der Klingel stand ST. JOHN LATHAM. Jay klingelte, und sie warteten in nervösem Schweigen vor dem Fahrstuhl. Er ist nicht zu Hause, dachte Hiram, natürlich ist er nicht zu Hause. Er ist sonst wo, er ist … Dann summte die Tür einmal und öffnete sich langsam.

Sie gingen in ein kleines Vorzimmer, das bis auf einen Garderobenständer aus Bugholz leer war. Die Küche war rechts, ein Wandschrank links. Voraus befand sich ein riesiges Wohnzimmer mit einer Sitzecke, einer Bar und einer Wand aus Glas, die auf einen Dachgarten mit herrlichem Blick auf den Central Park, die Stadt und die Sterne hinausging. Vom Wohnzimmer führten Türen in ein verschwenderisch eingerichtetes Schlafzimmer und ein Arbeitszimmer. Die Türen standen auf. Stimmen drangen aus dem Arbeitszimmer. Hiram ging leichtfüßig, mit kleinen, leisen Schritten, doch Jays Absätze klickten laut auf dem glänzenden Parkettfußboden, als sie das Wohnzimmer durchquerten.

»In Ordnung. Ja. Ja, unter allen Umständen. Rufen Sie an, wenn Sie etwas Neues erfahren.« Der Mann drückte auf einen Knopf, und das Gespräch war beendet. Das einzige Licht im Raum kam von einer Bankierslampe aus Messing mit grünem Glasschirm. Latham saß mit einem Stapel Pläne unter der linken Hand vor einem IBM-Computer. Seine rechte Hand bearbeitete die Tastatur. Er trug Weste und Hose eines grauen Nadelstreifenanzugs von Armani, ein weißes Hemd, dessen oberster Knopf geöffnet war, und eine dunkle Krawatte mit gelockertem Knoten. Er sah nicht auf, als sie eintraten. »Kenne ich Sie?«

»Mein Name ist Worchester«, sagte Hiram. »Hiram Worchester. Mein Begleiter ist Jay Ackroyd, ein lizenzierter Privatdetektiv …«

»Der heute auf illegale Weise einen Klienten von Latham & Strauss inhaftiert, dabei dessen verfassungsmäßige Rechte verletzt und ihm unschätzbaren psychischen Schaden zugefügt hat, von Desorientierung, Schädigung seines guten Namens und Angst um sein Leben ganz zu schweigen«, sagte Latham. Er sah immer noch nicht von der Tastatur auf. Auf dem Schirm war irgendein Gitter zu sehen. »Eine Fehleinschätzung, die Mr. Ackroyd eine beträchtliche Stange Geld kosten wird und wahrscheinlich auch seine Lizenz.« Er beendete seinen Eintrag, speicherte ab und verließ das Programm, sodass das Gitter vom Bildschirm verschwand. Erst dann ließ er sich dazu herab, seinen hochlehnigen Stuhl zu ihnen herumzudrehen und sie anzusehen. »Wenn Sie gekommen sind, um einen Vergleich vorzuschlagen, bin ich bereit zuzuhören.«

»Einen *Vergleich*?« Hiram war völlig entgeistert. »Wollen Sie damit sagen, dass wir diesem unmöglichen Schläger, der ...«

»Ich warne Sie vor Verleumdung, Mr. Worchester. Sie stecken auch so schon tief genug in Schwierigkeiten.« Das Telefon klingelte. Latham nahm nicht ab. Er drückte auf den Lautsprecherknopf und sagte: »Nicht jetzt. Ich habe Gesellschaft. Rufen Sie in zehn Minuten wieder an.« Der Anrufer legte auf, ohne seinen Namen genannt zu haben. »Nun, Mr. Worchester, was wollten Sie gerade sagen?«

»Ihr Klient ist Abschaum«, sagte Hiram mit klarer, deutlicher Stimme. »Offen gesagt, bin ich schockiert, dass ein Mann wie Sie auch nur in Erwägung zieht, ihn zu vertreten.«

»In dieser Hinsicht bin ich ebenfalls neugierig«, sagte Jay Ackroyd. Er stand in der Tür, die Hände in den Taschen. »Normalerweise haben Sie etwas mehr Klasse.«

»Ich bin nur selten mit Strafrecht befasst«, sagte Latham, »und tatsächlich bin ich auch nicht der für diesen Fall zuständige Anwalt. Aber ich habe es mir zur Pflicht gemacht, mit allen unseren laufenden Verfahren vertraut zu sein, auch wenn sie noch so unbedeutend sind, und Mr. Tulley hat mich über diese Angelegenheit erst heute Nachmittag unterrichtet.«

»Für wen arbeiten Sie wirklich?«, wollte Hiram wissen.

Jay Ackroyd stöhnte.

Hiram warf ihm einen gemeinen Blick zu und fuhr dann fort. »Es handelt sich um Erpressung, das wissen Sie, und das weiß ich. Ich will wissen, wer hinter alledem steckt, und ich will es jetzt wissen.« Er durchquerte den Raum, stützte die Hände auf den Schreibtisch, beugte sich vor und sah dem Anwalt in die Augen. »Ich warne Sie, ich bin ein Ass, und zwar kein unbedeutendes, und ich hatte einen *sehr* schlechten Tag.«

»Wollen Sie mir drohen, Mr. Worchester?«, fragte Latham in einem Ton, der höfliches Interesse verriet.

»Ich fühle mich nicht besonders«, jammerte Ackroyd an der Tür. Hiram drehte sich verärgert zu ihm um. Ackroyd hielt sich den Magen, und sein Gesicht hatte eine grünliche Färbung angenommen, aber vielleicht war das auch nur eine Folge des Lichts. »Ich hätte nicht so viel gegessen, wenn ich gewusst hätte, dass es Tränengas zum Dessert gibt.« Er rülpste. »Wo ist das Klo?«, fragte er mit offensichtlicher Dringlichkeit.

»Durch das Schlafzimmer und dann rechts«, sagte Latham. Ackroyd rannte förmlich zum Allerheiligsten, und einen Augenblick später hörten sie laute und eindeutige Geräusche. »Charmant«, sagte Latham.

Hiram drehte sich wieder zu ihm um. »Lassen wir ihn aus dem Spiel. Ihr Klient und seine Freunde haben heute einen ehrlichen, anständigen Mann ins Krankenhaus geschickt. Sie haben ihm einen Arm und zwei Rippen gebrochen, mehrere Zähne ausgeschlagen und eine Gehirnerschütterung verpasst. Außerdem haben sie seinen Lieferwagen verbrannt und sein Geschäft verwüstet. Und sie haben meine Hummer mit *Benzin* vergiftet, Mr. Latham.«

»Haben Sie unseren Klienten dabei beobachtet, wie er irgendeine dieser angeblichen Straftaten verübt hat? Nein? Das dachte ich mir. Mr. Ackroyd vielleicht?«

»Verdammt noch mal, Latham. Ich war heute Morgen dort, ich habe gesehen, was sie tun wollten …«

»Wer?«

»Sie«, sagte Hiram. »Seine Leute. Drei von ihnen, sie wurden genannt … äh … Auge und Cheech und, tja, an den Namen des Dritten erinnere ich mich nicht mehr. Auge war der Joker.«

»Ich habe keine Ahnung, wen Sie meinen«, sagte Latham. »Jedenfalls gehört Mr. Seivers keiner Gang an.«

»Mr. Seivers?« Hiram war verwirrt.

»Ich glaube, er wird auch Keule genannt. Wenn Sie den Mann wegen seines Aussehens drangsalieren wollen, könnten Sie sich wenigstens der Mühe unterziehen, seinen richtigen Namen in Erfahrung zu bringen, der, wie es der Zufall will, Robert Seivers lautet.«

Sie hörten die Toilettenspülung rauschen. Latham lehnte sich zurück. »Ihr Freund ist fertig. Wenn Sie keinen Vergleich vorschlagen wollen, sind wir, glaube ich, ebenfalls miteinander fertig. Wie Sie sehen können, bin ich sehr beschäftigt.«

Jay Ackroyd kam in das Arbeitszimmer zurück. Er sah ein wenig blass aus und tupfte sich die Lippen mit einem Taschentuch ab.

»Verschwinden Sie«, regte Latham kühl an. »Sie beide.«

»Sie können nicht einfach …«, begann Hiram.

»Würden Sie es vorziehen, wenn ich die Polizei rufe?«

Während sie auf den Fahrstuhl warteten, funkelte Hiram Jay indigniert an. »Sie waren mir eine große Hilfe«, fauchte er.

»Sie haben ein großes Talent, jemanden auszufragen, Hiram«, sagte Ackroyd. »Da wollte ich Ihnen nicht dazwischenfunken.«

Die Tür öffnete sich, und sie betraten die Kabine. »Das hat uns nicht weitergebracht«, sagte Hiram, indem er den Knopf für das Erdgeschoss mit mehr Verve drückte, als eigentlich erforderlich war.

»Oh, das würde ich nicht sagen«, erwiderte Ackroyd. Er sah auf die Uhr. »Wenn Loophole so clever ist, wie ich glaube, durchsucht er gerade sein Badezimmer.«

Hiram war verwirrt. »Er durchsucht sein Badezimmer?«

»Das Schlafzimmer auch. Ich glaube nicht, dass er mir mein Bauchweh abgekauft hat«, sagte Jay. »Er muss sich denken, dass ich zum Klo gerannt bin, um irgendwo eine Wanze anzubringen.«

»Ah«, sagte Hiram, »also verschwendet er seine Zeit damit …«

»Ich hoffe nicht. Teufel, ich habe sie nicht besonders gut versteckt. Sie ist am Telefon an seinem Bett, offensichtlicher geht es eigentlich nicht.«

Hiram starrte ihn an. »Sie haben eine Wanze angebracht, aber Sie wollen, dass er sie entdeckt. Warum?«

»Damit er etwas findet«, sagte Ackroyd. »Wenn er sie hat, müsste er eigentlich zufrieden sein. Er hält uns sowieso für Volltrottel, und heute Nacht hat er andere Dinge im Kopf.«

»Woher haben Sie eine Wanze?«

Sie hatten die Lobby erreicht. Die Tür öffnete sich, und sie verließen den Fahrstuhl.

Ackroyd zuckte die Achseln. »Oh, ich habe immer ein paar bei mir. Sie eignen sich ganz gut, um die Leute nervös zu machen. Ich bekomme sie echt billig in diesem Laden in Jokertown. Der Bursche verkauft mir alle seine kaputten, sechs Stück für einen Dollar. Wenn Loophole nicht wesentlich mehr über Mikroschaltkreise weiß, als ich glaube, wird er den Unterschied niemals entdecken.« Ackroyd sah wieder auf die Uhr. »Mittlerweile müsste er sie gefunden, an einen sicheren Ort gebracht und sich wieder an die Arbeit gemacht haben, aber lassen wir ihm zur Sicherheit noch ein paar Minuten Zeit. Haben Sie den Computer bemerkt?«

»Wie? Ja, gewiss, was ist damit?« Hiram öffnete die Tür, und sie gingen nach draußen.

»Ein Stadtplan von Manhattan«, sagte Jay. »Die Gegend um den Times Square. Das waren Straßenkarten auf dem Schreibtisch. Irgendeine Suche ist im Gange, und unser Freund Loophole koordiniert sie, würde ich sagen. Er bleibt am Telefon und hält die Verbindung aufrecht und die Fortschritte aller Beteiligten auf dem Computer fest. Echt interessant.«

»Ich weiß nicht, wovon Sie reden«, sagte Hiram.

»Erinnern Sie sich noch an unser kleines Tête-à-Tête in Tachyons Wohnung? Der große, grüne, geschuppte Bursche hat irgendein Buch gesucht, und ich hatte nicht den Eindruck, dass er zu den eifrigen Lesern gehört. Ich glaube, Loophole sucht dasselbe.«

»Ich interessiere mich nicht im Geringsten für gestohlene Bücher«, sagte Hiram. »Ich will, dass etwas gegen Keule unternommen wird.«

»Vielleicht gehören sie demselben Burschen«, sagte Jay. Er zuckte die Achseln. »Oder vielleicht auch nicht. Lassen Sie es uns herausfinden.« Er schlenderte zu dem Haus zurück und stocherte im Gebüsch herum.

Hiram verschränkte die Arme vor der Brust und verzog das Gesicht. »Was machen Sie da?«

Popinjay drehte den Kopf zu ihm. »Ich werde mich in diesem Gebüsch verstecken. Ich bin echt gut darin, mich im Gebüsch zu verstecken. Das ist das Erste, was sie einem in der Detektivschule beibringen.«

»Wie wollen Sie auf diese Weise etwas herausfinden?«

»Ich werde gar nichts herausfinden ...«, sagte Ackroyd. Er formte mit der rechten Hand eine Pistole und zeigte mit dem Finger auf Hiram. »Sondern Sie«, beendete er den Satz.

Hiram hörte das *pop* nicht mehr.

♦

Fortunatos schwarze Krawatte und langes Jackett waren im Jokertown-Revier ein wenig fehl am Platz. Es war wie eine Müllkippe für Menschen. Der vorherrschende Geruch war eine Mischung aus billigem Wein, Erbrochenem und abgestandenem Schweiß. Im Hauptdienstraum gab es keine Sitzgelegenheiten, dafür eine abgeteilte Ecke für Huren. Der Anblick ihrer verschmierten Schminke und fleckigen, grellen Kleidung war mehr, als Fortunato ertragen konnte.

Er brauchte zehn Minuten, um Blacks Büro zu finden. Die Tür stand offen, und Black war am Telefon. Mit seinen Bartstoppeln, den aufgekrempelten Ärmeln und dem billigen Haarschnitt sah Black sogar ganz gut aus. Fortunato wartete auf dem Flur, bis Black auflegte. Dann trat er ein und schloss die Tür.

»Der Name sagte mir nicht viel«, begann Fortunato. »Aber jetzt erkenne ich Sie wieder. Es war vor sieben Jahren. Ich habe die Nacht hier in einer Zelle verbracht, während einer Frau, die mir eine Menge bedeutete, das Gehirn gegrillt wurde. Sie ließen mich von einem gewissen Sergeant Matthias und einem Burschen namens Roman verhören. Schließlich kamen sie zu dem Schluss, ich sei uninteressant, und ließen mich laufen. Wahrscheinlich erinnern Sie sich nicht mehr.«

»Erinnern? Ich habe weder Sie noch diese Kerle je zuvor gesehen, die Sie erwähnt haben.« Black hatte Angst und verbarg sie nicht sehr gut. Fortunato gefiel das.

»Sie werden mir alles sagen, was Sie wissen. Ich werde

mich nicht mit Geplänkel aufhalten, weil ich in Eile bin. Also werden Sie es mir sagen, und zwar sofort.«

Es war leicht. Black war kein Ass, nur ein ganz gewöhnlicher Bursche. Fortunato war schwach, würde aber niemals wieder gewöhnlich sein. Black lehnte sich zurück, angespannt, aber widerstandslos.

»Was wollen Sie wissen?«, fragte Black tonlos.

»Der Astronom. Er will heute Nacht fliehen. Er hat ein Schiff, irgendein Raumschiff. Ich muss wissen, wo es ist.«

»Ein Raumschiff? Wie Außerirdische aus dem Weltraum? Wie Dr. Tachyon und dieser ganze Mist? Sie müssen verrückt sein.«

Fortunato setzte ein wenig mehr Energie ein. Mittlerweile war ihm leicht schwindlig. »Er muss die Absicht haben, Sie mitzunehmen. Sonst hätte er sie umgebracht.«

Black sah verwirrt aus. »Ja, er wollte … aber dann hat er beschlossen, mich für ›Notfälle‹ hierzulassen.«

»Wie zum Beispiel, die Wachen von Kafka abzuziehen?«

»Ja. Für solche Sachen.«

»Und wohin will er?«

»Es ist komisch. Ich kann mich nicht erinnern.«

»Komisch«, sagte Fortunato. Er löste sich aus seinem Körper und drang in Blacks Verstand ein. Der Mann log nicht. Die Erinnerung daran, wo der Astronom das Schiff versteckt hatte, wohin er fliegen wollte, war verschwunden. Säuberlich herausgeschnitten. Auf ähnliche Weise, wie der Astronom Eileens Verstand zugrunde gerichtet hatte.

Fortunato wandte sich zum Gehen.

»Sie … lassen mich einfach hier?«

»Sie haben keinen Nutzen für mich.«

»Aber … haben Sie keine Angst, ich könnte gegen Sie vorgehen?«

»Ja«, sagte Fortunato. »Wahrscheinlich haben Sie recht.« Mit seinen letzten Kräften griff er in Blacks Brust und hielt sein Herz an. Black stieß einen Laut aus wie ein unterdrücktes Husten und sackte auf seinem Stuhl zusammen.

»Sie hieß Eileen«, sagte Fortunato und ging.

♠

Hirams rechter Fuß war bis zur Wade nass. Er war halb stehend in der Toilette materialisiert, und dass ein Telefongespräch das Plätschern übertönte, als er sich aus der Toilettenschüssel befreite, war reines Glück. Mit seinem nassen Fuß befürchtete er bei jedem Schritt, dass ihn das Sauggeräusch verraten würde. Also versuchte er, sich möglichst wenig zu bewegen.

Geduckt kauerte er im Schlafzimmer nah der Tür zum geräumigen Wohnzimmer. Sie stand ebenso offen wie die Wohnzimmertür zum Arbeitszimmer. Abgesehen von dem leeren Wohnzimmer konnte er nichts sehen, aber alles *hören*, und nur darauf kam es an. Er war jetzt seit über zwanzig Minuten da und hatte mehr als genug gehört.

Dring. »Latham? Hier ist Hobart. Die U-Bahn ist gesichert. Die Silberreiher sind auf den Bahnsteigen. Niemand kann in einen Zug steigen, ohne dass wir es mitbekommen. Meine Leute stehen auch an allen Drehkreuzen. Sind Sie sicher, dass sie hierher unterwegs ist?«

»Unser Freund aus dem Justizministerium scheint es zu glauben. Vor ein paar Minuten habe ich mit Billy Ray geredet. Er sagte, sie ginge den Broadway entlang, und er sei nicht weit hinter ihr. Wyrm wurde informiert, und er hat es bestätigt. Er ist unterwegs.«

St. John Latham von Latham & Strauss gab seinen Klienten offenbar eine ganze Menge mehr als legale Rechtsvertretung.

Dring. »Hier ist Cholly, Mann. Wir sind im Busbahnhof. Ich stehe in einer Telefonzelle, und wir haben Leute an allen

Ein- und Ausgängen. Ein Haufen Zuhälter und Huren, aber keine Spur von einer weißen Schnalle im Bikini.«

»Halten Sie weiterhin Ausschau.«

Das Telefon klingelte ebenso beständig, wie Lathams geübte Finger die Tastatur des PCs bearbeiteten. Hiram schlich sich näher zur Tür.

Die Gejagte tat ihm leid, wer sie auch sein mochte. Latham und seine Leute zogen das Netz um das gesamte Gebiet des Times Square zusammen. Jeder Anruf schloss eine Lücke, und das Telefon klingelte unablässig.

Dring. »Sinjin? Hier spricht Fadeout.«

»Wo sind Sie?«

»Vor *Nathan's.* Keine Spur von ihr. Es ist nicht ganz so schlimm wie an Silvester, aber es fehlt auch nicht viel.«

»Sind Sie sichtbar?«

»Im Moment ja. Sonst würden mich jeden Augenblick irgendwelche Norm-Arschlöcher anrempeln. Außerdem brauche ich vielleicht die Energie, wenn sie auftaucht.«

»Sie wird auftauchen. Wyrm ist sich seiner Sache völlig sicher.«

»Wo zum Teufel ist er?«

»In seiner Limousine. Er kämpft mit dem Verkehr. Wo ist der Rest Ihrer Leute?«

»Die Silberreiher und Werwölfe sind überall. Unsere Joker tragen alle Tachyon-Masken, sodass wir wissen, wo sie sind. Der Flüsterer ist am Cohan-Denkmal. Keule hängt vor dem *Wet Pussycat* herum, Hühnerhabicht hockt auf einem Wolkenkratzer. Er soll aufpassen, aber wahrscheinlich frisst er gerade 'ne gottverdammte Taube. Wir haben auch ein paar Leute in Taxis, falls sie eines anzuhalten versucht. Vielleicht erwischt sie eines von unseren.«

Bei der Erwähnung von Keules Namen spannte sich Hiram. Als beim nächsten Anruf eine vertraute rasiermesserscharfe Stimme aus dem Lautsprecher kam, schlich er vorwärts, bis er in der Tür stand. »Loophole, du Arsch«, sagte die Stimme. »Ich bin's.«

»Ja«, erwiderte Latham eisig.

»Ich hab die Möse entdeckt. Im Moment beobachte ich gerade ihren strammen kleinen Hintern. Sie sollten sie sehen, hat nichts an außer einem verdammten Bikini, die Titten hängen halb raus. Soll ich sie umlegen?«

»Nein«, sagte Latham schneidend. »Folgen Sie ihr.«

»Scheiße, ich könnte ihr den Kopf abreißen, bevor sie überhaupt wüsste, was los ist.« Er lachte. »Aber es wär 'ne Schande, den Rest von ihr zu vergeuden.«

»Sie darf nicht getötet werden, bevor wir nicht das Buch haben. Offensichtlich hat sie es nicht bei sich. Behalten Sie sie im Auge, aber rühren Sie sie nicht an. Wyrm ist unterwegs.«

»Scheiße«, sagte Keule. »Kann ich mich mit ihr amüsieren, wenn wir den Mist wiederhaben?«

»Folgen Sie ihr, Seivers«, sagte Loophole. Er legte auf.

Einen Moment lang war es in dem Penthouse seltsam still.

Dann hörte Hiram das Quietschen von Lathams Drehstuhl, gefolgt von leisen Schritten. *Das Badezimmer,* dachte er in jäher Panik.

Die Schritte kamen näher.

Spector schob einen weiteren Müllsack beiseite. Eine Ratte von der Größe eines kleinen Dackels sprang ihn an. Das Tier huschte seinen Arm entlang zur Kehle. Er packte es mit einer Hand am Schwanz und klatschte den Kopf gegen die Metallwand des Kahns. Die Ratte quiekte und zuckte krampfhaft. Er ließ sie fallen.

Die Wunderkerze brannte herab, und winzige brennende Metallsplitter reizten die Haut auf seinem Handrücken. Er warf sie über Bord. Ein leises Zischen ertönte, als sie ins Wasser fiel.

»Gott, ich wünschte, es wäre Tag. Dann hätten wir vielleicht eine Chance, sie zu finden«, sagte Spector.

»Wenn es Tag wäre, müssten Sie gegen die Möwen kämpfen. Sie fallen über diese Kähne her wie Bienen über den Honig. Hacken einen in Stücke, wenn man nicht aufpasst. Geben Sie noch nicht auf«, sagte Ralph. Er nahm eine weitere Wunderkerze aus der Schachtel und entzündete sie an derjenigen, die er in der Hand hielt. Dann reichte er sie Spector. »Diese Notizbücher sind irgendwo auf diesem Kahn, und wir werden sie finden.«

Je mehr Zeit verging, desto kräftiger fühlte sich Spector. Sein Fuß tat nicht mehr annähernd so weh wie zuvor. Der Stumpf wurde länger und teilte sich am Ende, als bildeten sich Zehen. Der Gestank auf dem Kahn war so stark, dass er selbst Spector unerträglich schien. Er wünschte sich eine Brise und machte sich wieder daran, den Müll zu durchwühlen.

»Genau so. Nicht aufgeben.« Ralph durchsuchte den Müll, rasch, aber gewissenhaft. Schließlich hatte er eine Menge Übung.

Spector mochte Ralph, aber er war nicht glücklich darüber. Er konnte sich nicht erinnern, wann sich das letzte Mal jemand ein Bein ausgerissen hatte, um ihm zu helfen. Er würde sich ziemlich mies fühlen, wenn er den Burschen töten müsste, aber das war vermutlich das Klügste. Er durfte niemanden herumlaufen lassen, der ihn mit den gestohlenen Notizbüchern in Verbindung bringen konnte.

»Sagen Sie, Freund, Sie haben mir noch nicht gesagt, wie Sie heißen.«

»Allen«, sagte Spector. »Tommy Allen.« Er wusste nicht, warum er sich die Mühe machte zu lügen. Er würde Ralph ohnehin umlegen.

»Freut mich, Sie kennenzulernen, Tommy.« Ralph streckte

eine müllverschmierte Hand aus. Spector zögerte, ergriff sie dann und schüttelte sie einmal. »Was machen Sie beruflich?«

»Ich bin … äh … Kammerjäger.« Spector entfernte sich ein paar Schritte von Ralph und wühlte in einem Haufen frischer Abfälle herum. Er warf ein paar Papiertüten beiseite und legte ein abgewracktes Sofa frei. Die Lehnen waren verschwunden, und der beige Paisleystoff war fleckig, aber ansonsten sah es noch ganz brauchbar aus.

»Sehen Sie, was ich meine?« Ralph war immer noch direkt hinter ihm. »Völlig in Ordnung, der Kram. Ich könnte es mit meinem Dampfstrahler reinigen, dann wäre es fast so gut wie neu.«

Spector ließ sich auf das Sofa sinken. Die Chancen, die Notizbücher zu finden, wurden immer geringer. Sein übliches Pech, so etwas in die Finger zu bekommen und es gleich wieder zu verlieren. Er hätte den Astronom fertigmachen und seine eigene Haut retten können.

Ralph setzte sich neben ihn und betrachtete Spectors Kleidung. Die Flecken vom Abfall halfen, die Blutspuren zu kaschieren. »Junge, diese Kerle haben Sie echt durch die Mangel gedreht. Das ist einer der Vorteile, wenn man auf einer Müllkippe lebt: Die Verbrechensrate ist äußerst niedrig.«

Spector schwieg. Er starrte in die Wunderkerze, ließ sich die Magnesiumhelligkeit direkt in die Netzhaut brennen. Er fragte sich, was der Astronom ihm antun würde. Wahrscheinlich würde alles noch schlimmer werden, so unmöglich das im Augenblick auch zu sein schien. Noch einmal zu sterben war die einfachste Lösung, aber es war nicht das, was ihm vorschwebte.

Ralph bohrte den Griff seiner Wunderkerze in die Sofalehne, beugte sich vor und schob die Arme bis über beide Ellbogen in den Müll. Er drehte sich zu Spector um, runzelte die Stirn und zog ein in Plastik gewickeltes Päckchen heraus. »Kommt Ihnen das bekannt vor?«

Spector nahm das Päckchen und wischte es an seinem Hosenbein ab. Er sah nur grelle Flecke vor den Augen, wusste aber, dass es die Bücher waren. Er warf seine Wunderkerze so weit hinaus in den Fluss, wie er konnte. »Gottverdammt. Vielleicht ist meine Pechsträhne vorbei.«

Ralph nickte und lächelte. »Ich sagte doch, wir würden sie finden. Müll kann auf lange Sicht nichts vor mir verbergen.«

»Nun, Sie hatten recht.« Spector schob die Notizbücher wieder in seine Hose. Er würde sie erst wieder herausnehmen, wenn er sie Latham gab.

»Warten Sie hier.« Ralph stand vom Sofa auf und watete durch den Müll. »Das schreit geradezu nach einer richtigen Feier.«

Spector sah auf die Uhr. Es war 22:55. Er musste sich beeilen. Er hatte keine Ahnung, wann der Astronom ihn holen würde, und bis dahin wollte er von einem Haufen zäher Burschen umgeben sein. Der Astronom bewahrte sich Fortunato bis zum Schluss auf, also waren wahrscheinlich Jumpin Jack Flash und Peregrine die Nächsten auf der Liste. Oder vielleicht Tachyon. Für sie würde er alle Kräfte mobilisieren müssen, auch wenn ihm Imp und Insulin halfen. Spector seufzte. Er konnte Ralph ebenso gut jetzt töten und es hinter sich bringen.

Er sah Ralph etwas am anderen Ende des Kahns anzünden, um diesen Vorgang dann noch einmal zu wiederholen. Zwei kleine Flammen explodierten förmlich zu einer fünf, zehn Meter hohen Kaskade aus vielfarbigem Licht. Ralph stand ein Stück davor, den Rücken Spector zugewandt. Er schien die Feuerkaskaden im Auge zu behalten und darauf zu achten, dass der Kahn nicht Feuer fing. Schließlich konnte er nicht zulassen, dass sein Taxi nach Hause in Flammen aufging.

Spector ging auf die Uferseite des Kahns und trat an Land. Das Feuerwerk würde Aufmerksamkeit erregen, und das war das Letzte, was er wollte. Er hatte im Moment keine Zeit, Mr. Müllkippe umzulegen. Er würde es später nachholen. Wenn er die Nacht überlebte.

Er humpelte zum Kettenzaun und kletterte langsam daran empor, wobei er seinen schlimmen Fuß so wenig wie möglich benutzte. Er zog sich hinüber und ließ sich auf der anderen Seite herunter. Sein Fuß schmerzte immer noch, wenn er ihn mit seinem ganzen Gewicht belastete. Er konnte ihn jetzt sehen. Er war rosa, und die Zehen nahmen langsam Gestalt an. Morgen um diese Zeit war er vielleicht schon völlig geheilt. Falls er dann noch lebte.

Spector musste zunächst mit Latham Verbindung aufnehmen. Er wühlte in seiner Jackentasche nach der Karte mit der Telefonnummer des Anwalts. Ein Taxi zu bekommen würde die Hölle werden. Natürlich konnte er immer jemanden töten und dessen Wagen nehmen, aber er wollte die Dinge so unkompliziert wie möglich regeln.

Er humpelte die Straße entlang und sah sich nach einer Telefonzelle um.

♥

Jennifer brauchte fast zwei albtraumhafte Stunden, um bis ins Erdgeschoss des Empire State Building zu gelangen. Sie hatte Angst, die Fahrstühle oder das Treppenhaus zu benutzen, und musste ständig durch Decken, Wände und verschlossene Türen geistern. Bereits nach kurzer Zeit musste sie sich nach jeder Phase der Unstofflichkeit ausruhen und ihre Müdigkeit mit dem ständigen Bedürfnis in Einklang bringen, für den Fall weiterzuflüchten, dass ihr der Bundespolizist immer noch auf den Fersen war. Kien, wurde ihr klar, musste in der Tat Freunde in sehr hohen Positionen haben. Sie fragte sich, und das nicht zum ersten Mal, wie die Verbindung zwischen ihm und Yeoman – Brennan – aussah.

Schließlich schaffte sie es – unbeobachtet, wie sie glaubte – bis auf die Straße, wo sie sich unter die Fußgänger mischte und den Weg zur Seventh Avenue Ecke 43rd Street einschlug, möglichst im Dunkeln und die gelegentlichen Einladungen zum Mitfeiern ignorierend. Je näher sie dem Times Square kam, der fast so dicht bevölkert war wie in der Silvesternacht, desto mehr trinkende und Dope rauchende Leute waren auf der Straße. Sie schienen verdammt entschlossen zu sein, sich von nichts und niemandem den Spaß verderben zu lassen. Ihr geradezu verzweifeltes Bemühen hatte etwas Deprimierendes, ja sogar Bedrohliches an sich.

Vielleicht, dachte Jennifer, spielte sich alles nur in ihrem Kopf ab. Vielleicht war der hoch aufgeschossene Mann in der schmuddeligen Lederkleidung und der Tachyon-Maske aus Plastik, der ihr zu folgen schien, nur ein harmloser, unschuldiger Bursche, der sich amüsieren wollte. Vielleicht. Aber als ihr klar wurde, dass er ihr folgte, ging sie schneller, und ihre Furcht verstärkte sich noch, als sie sah, dass er hinter ihr Schritt hielt.

Sie hatte sich noch nie so gefreut, jemanden zu sehen, wie in dem Moment, als sie Brennan an der vereinbarten Ecke entdeckte. Sie rannte ihm förmlich entgegen, wobei sie immer wieder Menschentrauben auswich, die sich nicht bewegten. Er drehte sich bei ihrer Annäherung um, und Jennifer zögerte. Sie konnte seinen Zorn an der Art erkennen, wie sein Körper gestrafft war, an den zusammengebissenen Zähnen und der dünnen Linie seiner Lippen. Als er sie sah, verflog ein Teil seiner Anspannung und wich Unsicherheit. Ein Teil, aber nicht alles.

»Ich war nicht sicher, dass Sie kommen würden«, sagte er schroff.

»Warum?« Sie redeten leise, obwohl die Leute ringsum nicht auf sie zu achten schienen.

»Die Tachyon-Statue war zerschmettert«, sagte er knapp.

»Die Einzelteile lagen überall in der Galerie herum. Die Bücher waren verschwunden.«

»Verschwunden?« Angesichts der Verwunderung in ihrer Stimme und auf ihrem Gesicht wurde seine Miene weicher. Er seufzte und rieb sich müde das Kinn.

»Kien muss an sie herangekommen sein … irgendwie.« Er schüttelte den Kopf. »Er ist ein verschlagener Bastard. Sein Arm ist länger, als Sie sich je träumen lassen würden.«

»Das ist unmöglich.« Jennifer runzelte die Stirn und sah Brennan scharf an, da ihr plötzlich der Verdacht kam, er habe sich die Bücher geholt und wolle sein Versprechen, ihr die Briefmarken zu geben, nicht einlösen. Doch seine Schultern waren eingesunken, und in seiner Miene spiegelten sich Müdigkeit und Niederlage. So ein guter Schauspieler kann er gar nicht sein, dachte Jennifer. Aber welche Erklärung gab es dann?

Brennan schien zu wachsen. Seine Schultern strafften sich, seine Miene zeigte Fassung, er sah Jennifer an. »Kommen Sie«, sagte er barsch. »Es sieht so aus, als müsste ich Ihnen schon wieder Kleidung beschaffen.« Er runzelte die Stirn. »Wie haben Sie die verloren, die Sie hatten?«

»Ich erzähle Ihnen alles«, sagte sie, »aber zuerst lassen Sie uns irgendwo etwas zu essen besorgen. Im *Aces High* hatte ich nur einen halben Cracker mit Leberpastete. Warum gehen wir nicht irgendwo essen? Ich bezahle. Ich erzähle Ihnen, was im *Aces High* los war, und Sie können mir erzählen, warum Sie hinter Kiens Tagebuch her sind.«

Jennifer sagte sich, dass sie das Angebot aus reiner Neugier gemacht hatte, aber ein Teil von ihr flüsterte ihr zu, dass sie nicht wollte, dass Brennan sie allein ließ.

Er musterte sie mit einem dünnen Lächeln.

»Das würde ich nicht für klug halten«, begann er. Sein Lächeln verflog, er schnitt eine Grimasse und schwang seinen Bogenkoffer nach Jennifer. »Ducken!«

Sie geisterte.

Ein untersetzter Mann in einer dunkelblauen Satinjacke mit einem wunderschönen, auf den Rücken gestickten weißen Vogel – ein Kranich?, fragte sich Jennifer – ging durch sie hindurch. Er stolperte mit rudernden Armen vorwärts, während er versuchte, das Gleichgewicht zu halten. Brennans Koffer traf ihn mitten ins Gesicht, und er ging zu Boden.

»Ein Silberreiher«, schnappte Brennan. »Nichts wie weg von hier.«

Er griff nach Jennifers Hand, lief los, blieb stehen, stieß einen Seufzer aus und wartete, bis sie wieder stofflich wurde.

»Manchmal ist es schwer, mit Ihnen klarzukommen«, beschwerte er sich. Jennifer lächelte und bot ihm ihre Hand an. Es sah aus, als sei die Geschichte noch nicht vorbei. Was ist ein Silberreiher?, fragte sie sich.

Er nahm ihre Hand, und sie liefen los.

Es war unmöglich, auf geradem Weg durch die Menge zu kommen. Sie ließen eine Spur von Feiernden in ihrem Kielwasser zurück, die sie verfluchten oder beim Anblick ihrer nur mit einem Bikini bekleideten Gestalt Pfiffe ausstießen.

»Bei diesem Tempo werden wir sie nie abschütteln«, knurrte Brennan. Er riskierte einen Blick über die Schulter und sah eine ganze Horde Männer in dunklen Jacken – noch mehr Silberreiher, wurde Jennifer klar –, die sich einen Weg durch die Menge bahnten. Sie waren weniger rücksichtsvoll als Brennan und Jennifer und stießen einfach jeden beiseite, der ihnen im Weg stand. Nur wenige machten sich die Mühe, sie wegen ihrer Grobheit zurechtzuweisen. »Es sind acht«, sagte Brennan, und sein Griff um Jennifers Hand löste sich, als sie plötzlich wie angewurzelt stehen blieb.

»O nein«, sagte sie.

»Was ist denn?«

»Er.«

Ein Mann in einem hautengen weißen Anzug kam ihnen entgegen.

»Wer ist das?«, fragte Brennan.

Jennifer schüttelte den Kopf. »Er hat versucht, mich im *Aces High* zu verhaften. Er sagte, er sei ein Bundespolizist.«

»Toll.« Rasch sah sich Brennan um. Sie befanden sich in der Nähe einer Straßenecke, wo sich eine Telefonzelle, ein Briefkasten und mehrere Mülltonnen drängten. »Da entlang. Vielleicht hat er Sie noch nicht gesehen.«

Jennifer und Brennan bogen ab, und der Mann in dem weißen Kampfanzug rief: »Stehen bleiben! Sie sind verhaftet!«

Jennifer stöhnte, rempelte einen Mann mit einer Elefantenmaske an – nein, erkannte Jennifer, er trug überhaupt keine Maske –, entschuldigte sich und sprang in dem Augenblick auf den Bürgersteig, als eine Limousine mit quietschenden Reifen am Randstein hielt. Die Türen öffneten sich. Wyrm und ein halbes Dutzend Schläger sprangen aus dem Wagen.

»Jesus«, fluchte Brennan. Er ließ Jennifers Hand los, und dann geschah alles gleichzeitig.

Ein verbeultes gelbes Taxi rammte die Limousine, während Wyrm schrie: »Packt sie! Packt ihn!« Das Taxi schob die Limousine an, und die offene Tür auf der Beifahrerseite prallte gegen Wyrm. Der Reptilien-Joker ging zu Boden, während die Silberreiher die Reihen der ringsum stehenden Zuschauer durchbrachen und die Flüchtenden einzukreisen versuchten. Den Leuten innerhalb des Kreises wurde plötzlich klar, dass irgendwas vorging, und sie versuchten sich aus dem Staub zu machen. Die Leute außerhalb des Kreises spürten dasselbe und drängten sich vor, um etwas zu erkennen. Billy Ray, der sich ihnen im Laufschritt näherte, schrie: »Ich bin Bundespolizist, und Sie sind verhaftet!« Der große Mann in der schmuddeligen Lederkleidung mit der Tachyon-Maske, der sich ebenfalls durch die Menge schob, wirbelte herum und schlug ihn mit einem einzigen Schlag seiner deformierten, keulenähnlichen rechten Faust zu Boden.

Die Silberreiher sahen einander unsicher an. Brennan musterte Jennifer.

»Was soll's?«, sagte er und trat dem nächsten Silberreiher in den Magen. Der Silberreiher ging zu Boden. Zwei andere sprangen Brennan an und versuchten vergeblich, ihn zu packen.

Zum Erstaunen Jennifers, der Zuschauer und insbesondere des großen Jokers, der ihn niedergeschlagen hatte, rappelte sich Billy Ray bereits wieder auf.

»Du Arschloch«, sagte Ray durch zusammengebissene Zähne. »Dich mach ich fertig.«

Der Riese knurrte etwas Unverständliches, während Brennan zwei weitere Silberreiher niederstreckte. Der Taxifahrer sprang aus seinem Wagen und schrie den Fahrer der Limousine an, während sich einer der Silberreiher an Brennan vorbeischob und nach Jennifer griff. Sie lächelte ihn an und geisterte, und er versuchte immer wieder, sie zu packen, während sie wesenlos auf dem Gehsteig schimmerte. Als sie seine Annäherungsversuche leid war, nahm sie den Deckel von einer der Mülltonnen am Randstein, wurde stofflich und knallte dem Mann den Deckel auf den Kopf. Er starrte sie einen Moment lang voll schmerzerfüllter Wut an. Dann gaben seine Beine unter ihm nach, und er sank bewusstlos zu Boden. Einige der Zuschauer applaudierten.

Der Riese sagte etwas, und seine Stimme lenkte Jennifers Aufmerksamkeit wieder auf ihn und Ray. »Verpiss dich, du Arschloch.« Seine Stimme war ein monströses Knirschen, das kaum noch menschlich klang. Er wirkte unglaublich einschüchternd, aber Ray lächelte ihn nur an. Jennifer fand, dass er sogar äußerst glücklich aussah.

»Ich verhafte Sie wegen eines tätlichen Angriffs auf einen Bundespolizisten.«

Der große Joker knurrte und schwang seine deformierte rechte Faust, doch Ray war bereits in Bewegung. Er duckte sich unter dem Schlag hinweg, und als er wieder hochkam, landete er selbst einen Schwinger, der den Riesen in dessen harten, gewölbten Bauch traf. Alle Luft wich aus seiner Lunge. Er taumelte und ging zu Boden. Aber er war noch nicht erledigt. Als Ray an ihm vorbeiwollte, packte er dessen Bein und zog. Ray ging wieder zu Boden. Der riesige Joker wälzte sich auf ihn wie eine Flutwelle und nagelte ihn auf dem Bürgersteig fest. Er schlug zu, bevor Ray sich bewegen konnte, und zerschmetterte ihm mit seiner keulenartigen rechten Faust den Kiefer. Blut spritzte in alle Richtungen. Jennifer, die sich plötzlich schwach fühlte, wich zurück und spürte, wie sie gegen jemand stieß. Hände packten ihre Hüften. Sie wirbelte herum und starrte in hübsche blaue Augen. Augen und sonst nichts, abgesehen von ein paar Fasern, bei denen es sich um Nervenenden handeln mochte, die an ihnen hingen. Sie unterdrückte den Drang, laut aufzuschreien, und schwang den Mülltonnendeckel mit aller Kraft. Es gab einen befriedigend lauten Knall, und der Metalldeckel in ihren Händen beulte sich aus. Die Augen verschwanden, als hätten sie sich unter unsichtbaren Lidern verdreht. Die unsichtbaren Hände ließen sie los. Einen Augenblick später wurde eine hochgewachsene hagere Gestalt sichtbar, die auf dem Bürgersteig lag. Jennifer ließ den verbeulten Mülltonnendeckel fallen und trippelte ein paar Schritte zurück.

Drei der Schläger, die in der Limousine mit Wyrm eingetroffen waren, gingen auf sie los, während zwei andere versuchten, Wyrm aufzuhelfen. Der dritte wälzte sich mit dem Taxifahrer, der ihm in den Wagen gefahren war, auf dem Boden, schlug auf ihn ein und verfluchte ihn lauthals.

Aus dem Augenwinkel sah Jennifer den Joker ausholen, um Ray noch einmal zu schlagen, aber irgendwie bekam Ray, der Blut und Zahnsplitter spuckte, einen Arm hoch und hielt die Faust des Jokers fest, während er ihm mit der anderen Hand über das Gesicht kratzte. Die Maske fiel ab und gab den Blick auf ein Gesicht frei, das aussah wie ein ausgebombtes Schlachtfeld. Der vernarbte Mund des Jokers stand weit offen und schnappte nach Luft.

»Hässlicher Hurensohn«, murmelte Ray durch zerschlagene Lippen und gesplitterte Zähne. Seltsamerweise tanzte in seinen Augen ein fröhliches Licht. Er wand sich wie ein Aal, riss ein Bein hoch und traf den Joker im Schritt.

Ein Speichelstrom floss dem Joker über das Kinn, er heulte auf. Ray warf ihn herum, hockte sich rittlings auf seine Brust und bearbeitete das Gesicht des Jokers, bis seine Faust blutverschmiert war. Der Joker erschlaffte. Ray lachte und erhob sich. Seine Augen, in denen ein unheimliches Licht funkelte, richteten sich auf Jennifer. Sie warf einen raschen Blick auf Brennan, doch der war mit den Silberreihern beschäftigt. Ray ging auf sie zu, wobei er sich das von seinem gebrochenen Kiefer tropfende Blut abwischte, bevor es auf seine Uniform fiel. Gleichzeitig näherten sich die drei Schläger aus der Limousine von der anderen Seite.

»Sie kommen mit mir«, sagte Ray. Jennifer konnte seine gemurmelten Worte kaum verstehen, ließ aber zu, dass er ihren Arm ergriff.

»Hey, verpiss dich, Mann. Die Schnalle gehört uns«, sagte einer der Schläger. Jennifer ließ zu, dass der Mann ihren anderen Arm ergriff.

»Ich kann nur einen von euch begleiten«, sagte Jennifer. Sie geisterte und trat beiseite. Ray grinste maskenhaft und ging auf die Schläger los, während Brennan mit einem krachenden Rückhandschlag einen weiteren Silberreiher niederstreckte. Die beiden Silberreiher, die noch auf den Beinen waren, wechselten einen Blick, kamen offenbar zu dem Schluss, dass es die Sache nicht wert war, und flohen über den Bürgersteig, hinein in die Menge. Brennan drehte sich

wieder zu Jennifer um. Er atmete nicht mal schwer, obwohl er ziemlich verdutzt zu sein schien, als er sah, wie Ray
Wyrms Schläger ausschaltete. Jennifer warf einen Blick auf
die Limousine, die mit laufendem Motor und geöffneten
Türen vor ihnen am Randstein stand.

»Kommen Sie«, rief sie Brennan zu und hechtete durch
die offene Tür. Er folgte ihr in den Wagen und knallte die
Tür zu. Eine große vogelähnliche Gestalt schoss vom Himmel herab und prallte gegen die Windschutzscheibe. Es war
ein magerer geflügelter Joker mit einer Krone aus schmutzigen weißen Federn wie der Kamm eines Hahns, und an
seinem Kiefer hingen hässliche rote und violette Kehllap-
pen. Er schüttelte den Kopf, von dem Aufprall betäubt wie
ein Spatz, der gegen eine Fensterscheibe geflogen war. Er
krächzte irgendetwas Unverständliches und rutschte von
der Motorhaube auf die Straße, wo er Billy Ray ins Stol-
pern brachte, der gerade seinen letzten Gegner kampfunfä-
hig gemacht hatte und zum Wagen rannte. Beide gingen in
einem Wirrwarr aus Gliedmaßen zu Boden. Jennifer löste die
Handbremse und gab Gas, gerade als sich Wyrm benommen
erhob. Die Limousine raste davon, während der Joker sich
verblüfft umsah.

»Was ist passiert?«, fragte er, aber das konnte ihm niemand so recht erklären.

Achtzehntes Kapitel
23:00

Die Toilette rauschte. Latham wusch sich die Hände, trocknete sie sich an einem Handtuch mit eingesticktem Monogramm ab und schaltete das Licht aus, als er das Badezimmer verließ.

Hiram hielt den Atem an und versuchte, sich noch enger an die Decke zu schmiegen. Er hatte die Faust so stark geballt, dass die Knöchel weiß hervortraten. Bei der geringsten Bewegung würde er durch den Raum schweben. Er betete, dass Latham nicht aufsehen würde. Gott sei Dank hatte er das Deckenlicht nicht eingeschaltet. Ein Mann mit Hirams Körperumfang, der an der Decke schwebte, hätte einen unübersehbaren Schatten geworfen. Er konnte sich bei Popinjay bedanken, dass er in dieser absurden Klemme steckte.

Er hatte gehofft, dass Latham gleich wieder an seinen Computer gehen würde, aber so viel Glück hatte er nicht. Der Anwalt ging zu seiner Kommode und fing an, seine Taschen zu leeren: Geldclips, Schlüssel, eine Handvoll Kleingeld. Er löste seine Krawatte, zog die Weste aus, hängte beides ordentlich in einen begehbaren Kleiderschrank und zog eine leichte Jacke über. Sie war aus schwarzer Seide mit einem goldenen Drachenmotiv auf dem Rücken und saß perfekt. Er setzte sich auf den Bettrand, zog die Schuhe aus und ein Paar Pantoffeln an. *Nein,* dachte Hiram an der Decke, leg dich nicht hin, *bitte* leg dich nicht hin.

Das Telefon klingelte.

Geh weg, dachte Hiram hektisch, geh wieder in dein Arbeitszimmer. Loophole warf einen Blick zur Tür, als überlege er. Dann nahm er den Hörer vom Schlafzimmerapparat. »Latham.«

Eine kurze Pause trat ein. »Sie reden wirres Zeug«, sagte der Anwalt schroff. »Ja, ich verstehe, dass Sie Schmerzen haben.« Schweigen. »Er hat Ihren Fuß *gefressen*?« Er klang ungläubig. »Nein, tut mir leid, Mr. Spector, ich glaube Ihnen nicht. Wenn Sie so viel Blut verloren haben, sind Sie vielleicht …« Ein Seufzer. »Also schön, beschreiben Sie die Bücher.«

Diesmal hielt das Schweigen länger an. Hiram konnte Lathams Gesicht von der Decke aus nicht sehen, aber bei seiner nächsten Bemerkung hatte sich sein Ton geändert. »Nein, James, lesen Sie nicht daraus vor. Das wäre ungesund. Wo sind Sie?« Ein Stirnrunzeln. »Ja, aber an *welcher* Müllkippe, wo, ich … sie sind alle am Times Square, das Mädchen ist gesehen worden … nein, ich weiß nicht, wie lange es dauert.« Er warf einen Blick auf den Wecker auf dem Nachttisch. »Nein. Nein, ich will, dass Sie so schnell wie möglich herkommen. Nehmen Sie ein Taxi … Ist mir egal, wie Sie eins bekommen, nur kommen Sie her, verstanden? Sie kennen die Adresse.«

Latham legte auf, erhob sich nachdenklich vom Bett und ging dann – zu Hirams immenser Erleichterung – wieder zum Schreibtisch in seinem Arbeitszimmer.

Hiram unterdrückte einen Schauder, lockerte seine Faust und sank langsam wieder zu Boden. Leicht wie eine Feder setzte er auf. *Spector*, dachte er. Wo hatte er den Namen schon mal gehört? Wie hatte ihn Latham noch genannt? James, das war es. James Spector.

Plötzlich fiel der Groschen. Dr. Tachyon, von ihm hatte er den Namen gehört, vor einem halben Jahr bei einem Lammrücken im *Aces High*. Ein Mann, der aus der Klinik geflohen war und eine Spur des Todes zurückgelassen hatte, ein Buchhalter namens James Spector, aber jetzt hatte er einen neuen Beruf, und auf der Straße nannte man ihn … Demise.

Er hörte, wie Latham den Hörer abnahm. Hiram warf einen Blick auf die Eingangstür, doch um die zu erreichen, musste er durch das Wohnzimmer. Latham würde ihn sofort sehen, wenn er sich auch nur einmal umdrehte. Das Fenster war besser. Er schlich auf Zehenspitzen durch den Raum, öffnete es behutsam und streckte den Kopf hinaus. Es war ein tiefer Sturz, aber nicht einmal annähernd so tief wie der aus dem *Aces High*.

Widerwillig das Gesicht verziehend, kletterte Hiram Worchester auf die Fensterbank und schob sich durch das Fenster. Es war ziemlich klein, und einen furchtbaren Augenblick lang befürchtete er, er könne stecken bleiben. Dann wand er sich ein wenig, und die Knöpfe an seinem Jackett rissen ab. Er kam frei und fiel. Er hoffte nur, dass er nicht zu weit abgetrieben würde.

◆

Tatsächlich war Fortunato noch genügend Kraft geblieben, um den Rolls zu finden. Er dachte an Peregrine, an ihren Mund, ihre Brüste und daran, wie sie zwischen den Beinen schmecken würde. Der bloße Gedanke machte ihn stärker.

Er würde sie bekommen, obwohl er damit ihrer beider Leben aufs Spiel setzte. Der Astronom war mit ihnen noch nicht fertig, und im Bett würden sie schrecklich verwundbar sein.

Aber sie hatten Zeit. Der Astronom musste seine Kräfte regenerieren und Fortunato die seinen ebenfalls. Er versuchte, nicht an den Astronomen zu denken, der irgendwo dort draußen war und vielleicht gerade in diesem Augenblick sein Opfer auswählte, wollte sich nicht daran erinnern, dass die Zeit, die er hatte, auf Kosten eines anderen Lebens erkauft wurde.

Er bog um eine Ecke und sah den Rolls. Peregrine entriegelte die Tür für ihn, und er stieg ein.

»Deine Angelegenheiten?«, fragte sie.

»Sind geregelt. Einstweilen.«

»Gut«, sagte sie. »Es würde mir auch nicht gefallen, wenn du in Eile wärst.«

♠

Jennifer bog so schnell um die Ecke, dass die Reifen der Limousine zornig quietschten und ein paar Fußgänger, die vom überfüllten Gehsteig auf die Fahrbahn gewechselt waren, ebenso zornig fluchten. Sie warf einen flüchtigen Blick nach rechts und sah, dass sich Brennan mit einem entspannten Lächeln in die luxuriösen Polster gelehnt hatte.

»Worüber sind Sie so zufrieden?«, fragte sie.

»Kien hat das Buch nicht.«

»Hmmm?« Jennifer wechselte die Fahrspur und bog im letzten Augenblick nach links ab. Sie warf einen Blick in den Rückspiegel. Sie glaubte zwar nicht, dass sie verfolgt wurden, wollte aber sichergehen. »Was bringt Sie zu dieser Annahme?«

»Es ist ganz einfach«, sagte er. »Wyrm jagt uns noch immer. Oder Sie, um genau zu sein. Daher kann Kien das Buch nicht haben.« Plötzlich erlosch sein Lächeln, und er runzelte die Stirn. »Aber wenn es nicht mehr da ist, wo Sie es versteckt haben …« Er ließ den Satz unvollendet.

»Muss es jemand anders haben.« Jennifer erkannte plötzlich, dass sie mittlerweile so sehr von Brennans Suche in Anspruch genommen wurde, dass sie die Briefmarkenalben vergaß. Die Bücher also, die für sie wichtig waren oder es zumindest sein sollten. »Warum sind Sie so scharf auf das verdammte Buch?«, fragte sie plötzlich, während sie eine rote Ampel ignorierte. »Was haben Sie mit Kien zu tun?«

Brennan starrte einen langen Augenblick aus dem Fenster.

»Sie kommen sehr gut mit diesem Wagen zurecht.«

»Hören Sie schon auf«, sagte sie, enttäuscht über seine Zurückhaltung. »Schenken Sie sich die Ausflüchte und beantworten Sie meine Fragen. Das sind Sie mir schuldig.«

»Vielleicht haben Sie recht«, sagte Brennan nachdenklich. »Also schön. Kien und ich kennen uns schon sehr lange. Seit Vietnam.« Jennifer bremste auf eine vernünftige Geschwindigkeit herunter, sodass sie Brennan im Auge behalten konnte, während er erzählte. Er sah zerstreut aus dem Fenster, wobei sein Blick anscheinend weit über die Straße hinausging. »Er ist ein schlechter Mensch. Äußerst selbstsüchtig, äußerst rücksichtslos. Er war General in der südvietnamesischen Armee, aber er hat für jeden gearbeitet, der ihn bezahlte. Er ist für den Tod vieler meiner Männer verantwortlich. Er hat versucht, mich umzubringen.« Brennans Gesicht wurde ausdruckslos. »Er hat meine Frau umgebracht.«

Schweigend fuhren sie weiter, und Jennifer fragte sich, ob sie sich zu weit vorgewagt hatte, ob sie den Rest der Geschichte überhaupt noch hören wollte. Nach einer Weile fuhr Brennan fort.

»Ich hatte Beweise, die ihn mit fast jedem dreckigen Geschäft in Verbindung brachten, das in Vietnam lief, aber ich … habe sie verloren. Kien blieb an der Macht. Ich wäre beinahe vors Kriegsgericht gekommen. Als Saigon fiel, verließ ich die Armee, und Kien ging nach Amerika. Ich verbrachte ein paar Jahre im Orient und kehrte schließlich in die Staaten zurück. Ein alter Kamerad von mir hat Kien vor ein paar Monaten entdeckt und mir einen Brief geschickt, der mich nach New York geführt hat.

Ich bin überzeugt, dass dieses Tagebuch Kien mit unzähligen kriminellen Aktivitäten in Verbindung bringt. Vielleicht enthält es genug Beweise, um ihn ein für alle Mal aus dem Verkehr zu ziehen ... wie es schon die Beweise hätten tun sollen, die ich vor zwölf Jahren gesammelt habe ...«

»Ich weiß nicht, ob dieses Tagebuch vor Gericht überhaupt als Beweis zugelassen würde.«

»Vielleicht nicht«, räumte Brennan ein, »aber es dürfte unzählige Hinweise auf seine Aktivitäten, Geschäftspartner und Untergebenen enthalten.« Er sah Jennifer mit ernster Miene an. »Kien zu töten wäre leicht, aber erstens würde dadurch nicht das Netz der Korruption zerrissen, das er in New York gesponnen hat, und zweitens käme er viel zu billig davon.« Brennans Augen umwölkten sich. »Ich will, dass er nachts wach liegt und beim kleinsten Geräusch und flüchtigsten Schatten, der auf seine Träume fällt, hochfährt. Ich will, dass er alles verliert, was er besitzt, sein Vermögen, seine Macht, seine Reichtümer. Am Ende soll er nichts mehr haben als Zeit – Zeit, die schwer auf seinen Schultern lastet, während nichts, aber auch gar nichts die endlose Abfolge immer gleicher Tage stört oder unterbricht ... Und wenn er nicht in einer Gefängniszelle endet, nehme ich ihm alles, was er hat, und mache aus seinem Leben eine Hölle aus bitterer Armut und Angst. Dafür brauche ich das Tagebuch.«

Brennan schwieg wieder. Jennifer leckte sich die Lippen. Vielleicht war es an der Zeit, ihm die Wahrheit zu sagen. Er musste es wissen. Doch bei dem Gedanken erstarrte sie innerlich. Sie leckte sich wieder die Lippen, zwang sich, sie zu öffnen.

»Brennan ...«

Ein im Fond der Limousine klingelndes Telefon unterbrach sie. Brennan zuckte zusammen und drehte sich um. Sie seufzte, weil sie sich wie ein zum Tode verurteilter Sträfling vorkam, dem man einen Aufschub gewährt hatte.

Das Armaturenbrett der Limousine enthielt mehr Knöpfe und Schalter als ein Spaceshuttle.

»Welcher Schalter senkt das Fenster zwischen den Sitzen?«, fragte Brennan.

Jennifer warf einen Blick auf das Armaturenbrett und zuckte die Achseln. Brennan legte ein paar Schalter um, mit denen er das Radio einschaltete, die Türen verriegelte, die Fernsehantenne ausfuhr und schließlich auch die getönte Glasscheibe zwischen den vorderen und hinteren Sitzen senkte. Er kletterte nach hinten. Jennifer hörte einen unterdrückten Fluch, als er sich an der kleinen Bar gegenüber der Rückbank das Knie stieß. Er nahm den Hörer ab, schaltete den Lautsprecher ein, sodass Jennifer mithören konnte, und grunzte etwas hinein.

»Wyrm? Wyrm, sind Sie das? Hier spricht Latham.«

Jennifer, die ihn im Rückspiegel betrachtete, sah, wie sich ein merkwürdiger Ausdruck über seine Züge legte. Er lächelte vor Freude, aber ohne Humor, als kenne er den Namen, als sei er froh, die Stimme des Mannes zu hören.

»Hören Sie genau zu. Demise kommt mit dem Buch. Ich wiederhole: Demise hat das Buch. Brechen Sie die Suche ab und geleiten Sie ihn zu mir. Haben Sie verstanden?«

Brennans Lächeln war grimmig.

»Ganz genau«, sagte er gelassen.

»Sie sind nicht Wyrm.«

»Nein«, sagte Brennan.

»Wer spricht?«

»Die Vergangenheit. Und die holt euch ein.«

Er legte auf.

♣

Der Lärm war ohrenbetäubend, während sie quer durch die Stadt gingen. Die Menge war wie eine Flut, die die meisten Passanten mitriss.

»Ich *versuch's* ja«, sagte Bagabond zu Jack, die Augen fest geschlossen, während sie sich in einer Gasseneinmündung auf Höhe der 9th Street gegen einen Betonpfeiler lehnte. »Die Tiere dieser Stadt mussten sich noch nie mit einem derartigen Tumult von Menschen auseinandersetzen. Sie sind verängstigt.«

»Tut mir leid«, sagte Jack. Die Dringlichkeit in seiner Stimme relativierte seine Entschuldigung. »Versuch es einfach. Bitte versuch es.«

»Das tue ich ja.« Sie konzentrierte sich noch stärker. »Nichts. Es tut mir leid.« Sie öffnete die Augen. Jack bemerkte plötzlich, dass er in ihre scheinbar unendlichen schwarzen Tiefen starrte. »Es gibt acht Millionen Menschen in dieser Stadt. Wahrscheinlich gibt es zehnmal so viele Tiere, die Schaben nicht mitgerechnet. Hab Geduld.«

Jack umarmte sie. »Es tut mir leid. Tu, was du kannst. Lass uns weiter in Richtung Innenstadt gehen.« Seine Stimme hatte jetzt einen müden Unterton. Bagabond blieb eine Sekunde länger in der Umarmung als nötig. Jack hatte keine Einwände.

Plötzlich neigte Bagabond den Kopf. »Hör mal.«

»Empfängst du irgendwas?«, sagte Jack.

»Ich *höre* jemanden. Du nicht?« Sie marschierte in raschem Tempo den Block entlang.

Jack hörte es auch. Die Musik kam ihm bekannt vor, die Stimme noch mehr.

Blood and bones
Take me home

People there I owe
People there gonna go

Down with me to Hell
Down with me to Hell

»Ich will verdammt sein«, sagte Jack. »Das klingt nach C. C.«

»Es *ist* C. C. Ryder«, sagte Bagabond. C. C. war eine von Rosemarys ältesten und engsten Freundinnen in der Stadt. Ein akutes Trauma hatte ihr groteskes Wild-Card-Talent zum Ausbruch gebracht und dafür gesorgt, dass sie sich jetzt seit über zehn Jahren in Dr. Tachyons Jokertown-Klinik befand.

Sie blieben mit mehreren anderen Zuschauern stehen und drückten sich gegen das Schaufenster einer Crazy-Eddie-Filiale, in dem mehrere große Fernseher aufgebaut waren. Lautsprecher an der Decke beschallten die Straße. Auf den Bildschirmen drehten sich scharfkantige geometrische Körper in Schwarz und Weiß und stießen miteinander zusammen.

»Singt sie wieder?«, fragte Bagabond. »Rosemary hat nichts gesagt.«

»Nicht live.« Jack blinzelte durch das Glas. »Nur auf Videos wie diesem. Außerdem habe ich gehört, sie hätte kürzlich viele neue Songs geschrieben, darunter auch welche für Leute wie Nick Cave und Jim Carroll. In der *Voice* habe ich gelesen, dass sogar Lou Reed in Erwägung ziehen soll, auf seinem neuen Album einen ihrer Songs aufzunehmen ... und der macht sonst *nie* Coverversionen.«

»Ich wünschte, sie würde wieder Konzerte geben«, sagte Bagabond mit fast wehmütiger Stimme.

Jack zuckte die Achseln. »Vielleicht tut sie es. Ich schätze, sie kann sich mit nicht mehr als zwei Leuten gleichzeitig auseinandersetzen. Ich glaube, es geht ihr langsam wieder besser.«

»Wenn sie wieder Songs aufnimmt«, sagte Bagabond, »muss es ihr besser gehen.«

»Ich wette, Cordelia würde sie gern kennenlernen«, sagte Jack.

Bagabond lächelte. »Cordelia ist sechzehn. Vielleicht kennt C. C. Bryan Adams.«

»Wen?«, sagte Jack.

»Komm weiter.« Sie nahm seinen Arm und führte ihn weg von dem Schaufenster. Der Gesang folgte ihnen:

You *can sing about pain*
You can sing about sorrow
But nothing will bring a new tomorrow
Or take away yesterday

In der Nachbarkabine, die nur durch einen dünnen Stoffvorhang abgeteilt war, kotzte jemand. Geräuschvoll, inbrünstig, heftig, eine wahre *tour de force* des Kotzens.

»Also sag ich zu ihm, ich sag, ich verschmier deine hässliche Nat-Fresse über das ganze …«

Worüber der Joker mit der Bierstimme das Gesicht hatte verschmieren wollen, ging im einsamen Jaulen von Sirenen und einem lauten, schmerzerfüllten »Au!« von Tachyon unter.

»Hör auf zu plärren«, befahl Dr. Victoria Queen, die aussah, als hätte das sechsunddreißig Jahre während Leben mit ihrem unmöglichen Namen ihre Stimmung dauerhaft getrübt. Ihre grimmige Miene stand im Widerspruch zu ihrem reizenden Gesicht und üppigen Körper. Sie führte die Nadel ein weiteres Mal durch die Haut auf der Stirn des Takisiers.

»Was nimmst du? Eine Stricknadel?«

»Wo ist der takisische Gleichmut? Schmerzen zu ertragen, ohne mit der Wimper zu zucken, und im Angesicht härtester Schicksalsschläge zu lachen.«

»Du hast eine schreckliche Art, mit Kranken umzugehen.«

»Ich sehe, Sie haben ihn aufgelesen«, sagte die Ärztin, die Tachyon ignorierte. Roulette verspürte plötzlich einen Stich äußerster Beklemmung. »War er in einer Bar?«

Tachyon, der die Bemerkung beleidigend fand, rechtfertigte sich, ohne ihre ganze Tragweite zu erfassen. »Ich bin nicht *immer* in einer Bar. Ich wünschte, du würdest aufhören, den Leuten das zu erzählen.«

Von draußen war der Lärm wachsender Unruhe zu hören. »Bleib hier!«, befahl Queen und zog den Vorhang beiseite.

Tachyon zog seine Ponyfransen über die erst halb vernähte Platzwunde, in der noch die Nadel steckte, und erhob sich von der Krankenliege. Roulette breitete abwehrend die Hände aus.

»Wohin gehst du?«

»Ich will helfen.«

»Du bist verletzt. Du bist selbst Patient.«

»Es ist immer noch mein Krankenhaus.«

Sie war zu müde und zu besessen von den Bildern, die vor ihrem geistigen Auge vorbeizogen, um mit ihm zu streiten. Sie folgte ihm in die Notaufnahme der Blythe van Renssaeler Gedächtnisklinik.

Jeder verfügbare Sitzplatz war belegt. Joker jeden Aussehens krümmten sich, husteten, stöhnten, ächzten und verfolgten die überarbeiteten Ärzte mit flehenden Blicken.

Ein dreibeiniger Joker watschelte hinter Dr. Queen her. »Ich warte jetzt hier seit drei verdammten Stunden!«

»Echt schlimm!«

»Fotze!«

»Sie haben ein gebrochenes Handgelenk. Es sind andere mit schlimmeren Problemen hier. Wir nehmen Sie an die Reihe, wenn wir können. Und ich habe kein Mitleid. Persönlich bin ich der Ansicht, Elmo hätte Ihnen den verdammten Hals brechen sollen.«

Tachyon untersuchte einen bewusstlosen alten Mann auf einer der Liegen und schien das Gebrüll hinter sich nicht zur Kenntnis zu nehmen. Doch als der Joker nach der Ärztin schlug, verfehlte er sie und traf stattdessen sich selbst. Der Joker brach auf dem Boden zusammen.

»Gute Arbeit, Doc«, rief ein großer schuppiger Joker in der Uniform eines Wachmanns. »Hey, Sie sehen aus wie Dreck.«

»Danke, Troll.«

»Was soll ich mit ihm machen?« Er stieß den schlafenden Unruhestifter mit dem Fuß an.

»Delia soll sein Handgelenk schienen, während er schläft.« Ein flüchtiges Lächeln. »Das spart Betäubungsmittel.«

Ein weiterer Krankenwagen fuhr mit jaulenden Sirenen vor und spie seine Ladung aus. Eine Bahre mit einer albtraumhaften Gestalt darauf rollte quietschend vorbei. Über zwei Meter groß, der Kopf stumpf und klobig wie ein Hammer. Ein wütendes rotes und ein hellblaues Auge funkelten unter einem massiven Knochenwulst. Anstelle von Haaren wuchsen Geschwüre auf der Kopfhaut. Ein paar waren aufgeplatzt und eiterten. Der Mann sah aus, als habe jemand sein Gesicht mit einem Presslufthammer bearbeitet.

Roulette legte die Arme um den Bauch und versuchte, das Leid, die Gerüche und die Geräusche zu ignorieren. Queen entdeckte, dass Tachyon einem schniefenden Fünfjährigen eine Spritze gab, und scheuchte ihn wieder in die Nische. Als sie wieder auftauchten, hielt sie den kleinen Doktor an der Hand wie eine erboste Lehrerin einen unartigen Schüler.

»Bringen Sie ihn nach Hause.« Ein kräftiger Klaps zwischen die Schulterblätter. »Geben Sie ihm die hier. Davon wird er schlafen.«

»Es geht mir gut. Ich bleibe.«

»Am Wild-Card-Tag bist du nie hier. Normalerweise deshalb, weil du mit dem Gesicht in einer Cognacpfütze liegst. Warum mit der Tradition brechen?«

Queen schien nicht zu bemerken – oder vielleicht war es ihr auch egal –, dass ihre Bemerkung Tachyon tief gekränkt hatte. Roulette nahm seinen Arm und führte ihn durch den Seiteneingang des alten Backsteingebäudes.

»Ich muss Fortunato finden«, verkündete er abrupt.

»Und warum?«

»Und ihm bei der Suche nach dem Astronom zu helfen.« Seine Lippen waren zu einer dünnen Linie zusammengepresst.

»Tachyon, er muss doch wissen, dass nach dem Angriff auf das Restaurant sämtliche Asse New Yorks hinter ihm her sind. Er wäre ein Narr, wenn er in New York bliebe.«

»Er ist ein Wahnsinniger. Es wird ihm egal sein.«

Er schüttelte ihre Hand ab und schloss die Augen. Ein gewaltiges Ringen schien stattzufinden, obwohl es sich nur in seiner zunehmend verhärmter wirkenden Miene, dem Schweiß in seinen Koteletten und den weiß hervortretenden Knöcheln seiner zu Fäusten geballten Hände zeigte. Plötzlich wirbelte er herum und schlug mit der Faust gegen die Außenmauer des Krankenhauses.

»Er schirmt sich ab!«

»Wer?«

»Fortunato. *Zum Teufel mit ihm! Zum Teufel mit ihm! Zum Teufel mit ihm!*« Er hatte den Kopf in den Nacken geworfen und brüllte seine Wut in den Himmel. »Du verachtest mich seit Jahren, du arroganter Hurensohn. Homos aus dem All. Tja, dann nicht! Mach es selbst, und geh zum Teufel dabei.«

»Wozu die Aufregung? Vielleicht greift der Astronom dich an. Dann kannst du dich darum kümmern.«

Doch er hatte sich bereits in Bewegung gesetzt, den Kopf vorgebeugt, die Hände in den Taschen, und so entging ihm die bittere Ironie in ihren Worten.

Neunzehntes Kapitel

00:00

»Verdammt«, murmelte Brennan, als er wieder auflegte.

»Wen wollten Sie anrufen?«, fragte Jennifer.

»Chrysalis.«

»Immer noch?«

»Ja. Und sie ist immer noch nicht da.«

»Wer ist Chrysalis überhaupt?«

»Ihr gehört eine Bar namens *Crystal Palace*«, sagte Brennan, der dabei aus dem Fenster sah. »Sie ist eine Informationsmaklerin, die mich auf Ihre Spur gesetzt hat. Sie weiß so gut wie alles Wissenswerte, also weiß sie wahrscheinlich auch, wo Latham wohnt. Aber sie ist nicht erreichbar, und Elmo gehen meine ständigen Anrufe langsam auf die Nerven. Verdammt«, wiederholte er, indem er mit der rechten Faust in die Innenfläche seiner linken Hand hieb.

»Wir können kaum etwas anderes tun«, sagte Jennifer, »als in der Stadt herumzufahren wie bisher und nach einem Burschen namens Demise Ausschau zu halten, der in Plastikfolie eingewickelte Bücher bei sich hat.«

Brennan grinste widerwillig. »Ich weiß. Es scheint ziemlich aussichtslos zu sein, aber lassen Sie uns trotzdem noch eine Weile damit weitermachen.«

Jennifer zuckte die Achseln. »Klar.«

Er hatte natürlich recht.

♥

Es war kein Wunder, dass Demise Mühe gehabt hatte, ein Taxi zu bekommen.

Er war ein Dutzend Mal erschossen worden. Die Kugeln hatten Einschusslöcher in seinem billigen grauen Anzug hinterlassen, und sein Hemd war mit Pulverspuren und Blut verschmiert. Er stank nach Abfällen, und seine Hose war völlig verdreckt. Als er die Taxitür öffnete, überlief den hageren Körper ein Schauder. Demise stellte einen Fuß auf den Boden, stützte sich auf die Wagentür und zog den anderen Fuß nach. Ohne Schuhe und Strümpfe sah er im Licht der Straßenlaterne klein und bleich aus wie der Fuß eines Kindes, der an einen blutverkrusteten Stumpf angewachsen war.

Hiram schluckte und sah weg.

Der Taxifahrer war außer sich. »Du Arschloch«, schrie er. »Ich nehm dich mit, so wie du aussiehst, und du ziehst mir das Fell über die Ohren!«

Demise grinste gemein. »Wenn du das Fell über die Ohren gezogen haben willst, bist du an der richtigen Adresse. Du hast Glück, dass ich's eilig hab, du Penner.« Behutsam trat er mit dem nackten neuen Fuß auf und zuckte zusammen, als er den Asphalt berührte.

»Arschloch!«, schrie der Taxifahrer. Er fuhr so schnell an, dass die hintere Tür durch die Kraft der Beschleunigung zugeworfen wurde. Sie traf Demise an der Hüfte. Er fiel in die Gosse und schrie auf. Irgendetwas fiel ihm aus der Tasche.

Bücher, sah Hiram.

Sie waren in Plastik gewickelt. Demise hob sie auf, drückte sie an die Brust und stand mühsam auf. Dann humpelte er zum Haus, wobei er versuchte, seinen neuen Fuß möglichst wenig zu belasten. Seine Aufmerksamkeit war nach innen auf seinen Schmerz gerichtet. Die kostbaren Bücher hielt er mit beiden Händen fest. Er schien sich nicht zu fragen, warum der Portier einen Smoking trug. Hiram öffnete die Tür, und die erbärmliche Gestalt tat ihm fast leid.

Jay trat aus dem Gebüsch, den Finger auf Demise gerichtet. »Hey«, sagte er laut.

Demise drehte sich um.

Hiram ballte die Faust. Plötzlich wogen die Bücher etwas in der Größenordnung von zweihundert Pfund. Sie entglitten Spectors Finger und fielen ihm auf den neuen Fuß. Hiram hörte die winzigen, halb herausgebildeten Knochen *knacken*, sah die weiche weiße Haut aufplatzen. Demise öffnete den Mund, um zu schreien.

Und plötzlich war er verschwunden.

Hiram bückte sich, stellte das normale Gewicht der Bücher wieder her und hob sie auf. Er war in Schweiß gebadet. »Wir hätten sterben können«, sagte er zu Popinjay.

»Meine Mutter hätte Nonne werden können«, sagte Ackroyd. »Lassen Sie uns schnell von hier verschwinden.«

An der Ecke erwischten sie ein Taxi. Es war dasselbe, aus dem Demise gerade ausgestiegen war, und der Fahrer beschwerte sich immer noch über seine letzte Fuhre. »Wohin?«, fragte er schließlich.

Ackroyds Lächeln war dünn und augenblicklich wieder erloschen. »Times Square«, sagte er.

♦

»Tja«, sagte Peregrine. »Das ist es. Klein, aber mein.«

Fortunato schloss die Tür und sagte gar nichts. Das Penthouse war ein einziger großer Raum. Wände und Teppiche waren in verschiedenen Grautönen gehalten. Jeder Bereich befand sich auf einer eigenen Ebene, ein oder zwei Stufen ober- oder unterhalb der angrenzenden Zonen. Das Mobiliar war aus Stahl und Glas oder mit grauem Baumwollstoff bezogen. Alles war groß, niedrig und teuer. Eine Wand bestand ganz aus Fenstern, die zum Central Park hinausgingen. Der höchste Punkt in der Wohnung war ein riesiges Wasserbett auf einem Podest in der Ecke. Es gab keine Tagesdecke, nur zerknautschte graue Satinlaken.

»Möchtest du was zu trinken oder sonst etwas?«

Er schüttelte den Kopf. Peregrine ging zur Bar und goss sich Courvoisier in einen Schwenker. »Sei nicht so grimmig. Wir haben Wasserlilie gerettet, oder nicht?«

»Ja, das hast du. Du warst sehr beeindruckend.«

»Das bin ich auch, wenn es sein muss. Ich lasse mich nicht gern herumschubsen.« Sie setzte sich mit einem Bein auf die Kante der Bar und nahm einen tiefen Schluck Cognac. Ihre Flügel flatterten ein wenig, als er die Kehle hinunterbrannte. Ihre Sinnlichkeit war ein integraler Bestandteil ihrer Person und wirkte völlig ungezwungen. Ihre Beine drehten sich wie von selbst, sodass ihre langen runden Waden und schlanken Oberschenkel zu sehen waren. »Was nicht heißen soll, dass ich unter den richtigen Umständen nicht ein gewisses Ausmaß an Aggressivität zu schätzen weiß.«

»Vor einer Weile hast du mir noch einen ›lahmen Annäherungsversuch‹ vorgeworfen.«

»Ich habe doch wohl nicht deine Gefühle verletzt, oder?« Ihre Augen funkelten wieder. »Ich meine, woher hätte ich wissen sollen, dass du die Wahrheit sagst? Außerdem habe ich mich nur über deinen Stil beklagt. Ich habe nicht gesagt, dass ich nicht interessiert bin.«

Als Fortunato durch den Raum ging, stellte sie das Glas ab und erhob sich. Sein linker Arm glitt zwischen ihre Flügel, sein rechter um ihre Taille. Ihr Mund war weich und schmeckte nach Cognac. Ihre Zunge strich kundig über seine Zähne und glitt dann tief in seinen Mund. Ihre Beine öffneten sich, und ihre Flügel schlossen sich um ihn. Er hatte das Gefühl, als seien sie zu einem einzigen Körper verschmolzen. Er konnte die Hitze ihres Unterleibs durch sein Hosenbein spüren. Wie eine Atomexplosion raste ihre Wild-Card-Kraft durch ihren Körper und dann in seinen.

Nach Luft schnappend, brach sie den Kuss ab. »Jesus«, sagte sie. Er hob sie auf und trug sie zum Bett.

»Du wiegst überhaupt nichts.«

»Hohle Knochen«, sagte sie ihm ins Ohr. Dann zeichnete sie seine Umrisse mit der Zunge nach. »Hohl, aber stark wie Fiberglas.« Sie spannte die Arme um seine Brust, nur für einen Augenblick, um es ihm zu beweisen. Dann biss sie ihn in den Nacken.

Er fand das Bett instinktiv. Seine übrigen Sinne waren außer Kontrolle. Er suchte nach einem Reißverschluss an Peregrines Kleid, aber sie sagte: »Vergiss es, ich kauf mir ein neues. Ich will, dass du mich fickst. *Jetzt gleich.*« Fortunato packte die Schalen, die ihre Brüste bedeckten, und riss das Kleid der Länge nach auf. Ihre Brüste quollen hervor, blass und perfekt gerundet, die Brustwarzen groß und nur ein wenig dunkler als die Haut ringsum. Er nahm eine zwischen die Zähne. Sie zerrte an seinem Smokinghemd und riss die Knöpfe ab, die über den Boden tanzten. Sie öffnete seinen Gürtel, zog ihm die Hose über die Knie und nahm seinen Penis in beide Hände. Es hätte ihm wehgetan, wenn er nicht bereits so schmerzhaft angeschwollen gewesen wäre, dass er glaubte, er würde der Länge nach aufplatzen wie eine überreife Frucht.

Unter dem Samtkleid trug sie nur einen Strumpfgürtel und schwarze Seidenstrümpfe. Ihre Flügel pulsierten im Rhythmus ihres Atems. Ihr Schamhaar war dicht und weich wie ein Pelz.

Sie legte die Füße, die immer noch in ihren schwarzen Pumps steckten, auf Fortunatos Schultern und umklammerte seinen Hals. »Jetzt«, sagte sie. »Jetzt.«

Als er in sie eindrang, war es, als stöpsele er sich in eine Steckdose ein. Heiße, hellviolette Energiewellen pulsierten um ihre Leiber. So etwas hatte er in seinem ganzen Leben noch nicht erlebt. »Jesus, was machst du mit mir?«, flüsterte sie. »Nicht antworten. Es ist mir egal. Nur hör nicht auf.«

♠

Nach dem anfänglichen Schwindelgefühl wäre Spector beinahe gefallen, aber er konnte sich gerade noch am Geländer des Laufstegs festhalten, bevor er abstürzte. Sein Fuß fühlte sich an, als habe er ihn gerade aus geschmolzener Lava gezogen. Er setzte sich und versuchte herauszufinden, wohin sie ihn geschickt hatten. Er war ziemlich hoch oben und konnte vor sich eine von Autos verstopfte Straße sehen. Humpelnd ging er zum Ende des Laufstegs, wobei er sich an dem kalten Geländer festhielt. Er starrte auf die verlassene Dunkelheit des Yankee-Stadions. Der kleine Scheißer, der ihm das angetan hatte, würde dafür büßen. Er hätte Fatman an der Tür erkennen müssen, hätte überhaupt vorsichtiger sein müssen. Jetzt waren die Bücher weg, und er musste allein mit dem Astronom fertigwerden.

»Verdammte Arschlöcher. Haben mich in die gottverfluchte Bronx geschickt.« Er putzte sich die Nase und suchte einen Weg nach unten. Nach einigen Minuten fand er eine Leiter. Es waren fast zwanzig Meter bis zum Gehweg. Er bestieg die Leiter ganz vorsichtig, wobei er besonders darauf achtete, dass sein verletzter Fuß nicht anstieß. Eine Windbö peitschte ihm sein schmutziges Haar in die Augen und jagte Schmerzen durch das Gewebe, aus dem Zehen werden wollten. Er brauchte zehn Minuten, um den Boden zu erreichen.

Spector sah sich nach etwas um, das er als Krücke benutzen konnte, fand jedoch nichts. Zu beiden Seiten des Kettenzauns war nichts außer einem hässlichen Gefälle. Er humpelte den Weg entlang zu den Tribünen. Es war der einzige Weg, von dem er wusste, dass er auf ihm hinauskam.

Er zog sich über einen weiteren Zaun. Spector schätzte,

dass er sich unter der rechten Tribüne befand. Er stolperte über eine Kiste, die mit Erdnussbeuteln gefüllt war, und fiel schreiend zu Boden.

Der Lichtstrahl erfasste ihn praktisch im gleichen Augenblick. »Keine Bewegung, Freundchen.« Eine Stimme ertönte hinter der Taschenlampe.

Spector hörte, wie ein Druckknopf geöffnet wurde. Wahrscheinlich der Riemen eines Pistolenhalfters. »Hilfe! Ich brauche einen Arzt. Leuchten Sie auf meinen Fuß.« Er musste den Wachmann so nah heranlocken, dass er ihm in die Augen sehen konnte.

Der Wachmann richtete den Strahl seiner Taschenlampe auf Spectors Füße. Sein schlimmer Fuß war blau und violett verfärbt, wo die Bücher ihn getroffen hatten. »Jesus. Was zum Teufel ist Ihnen zugestoßen?«

Er war nah, aber seine Augen waren immer noch nicht zu sehen. Spector zog das Feuerzeug aus der Tasche und zündete es an. Die Augen des Wachmanns waren eisblau und hübsch im Schein der Flamme. Spector sah ihm in die Augen. Der Mann wimmerte leise. Spectors Tod überfiel ihn rasch und sicher. Er brach zusammen und rührte sich nicht mehr.

Spector durchsuchte die Leiche des Wachmanns und nahm ihm Taschenlampe und Schlüssel ab. Wenn er in eine der Umkleidekabinen kam, fand er vielleicht etwas, womit er seinen Fuß umwickeln konnte. Wahrscheinlich würde er auch etwas finden, das er als Krücke benutzen konnte, vielleicht sogar Kleidung zum Wechseln.

Er humpelte auf der Rampe zu den Tribünen und dann die Stufen zum Spielfeld hinunter.

♣

»Am vielversprechendsten sind die Ratten«, sagte Bagabond. »Ich hole Eindrücke von so vielen wie möglich ein – und es gibt eine Menge.«

»New York aus dem Blickwinkel einer Ratte«, sagte Jack. »Damit hat der Touristikausschuss nicht viel zu schaffen.« Er versuchte, seine Worte unbeschwert klingen zu lassen.

Auf der belebten Straße fand ein Schlangentanz statt – ob von Jokern oder von als Joker verkleideten Normalen konnte Jack nicht sagen. Die Tänzer hatten mehrere abgewrackte Autos, die im Halteverbot standen, in Brand gesteckt. Oder vielleicht waren sie auch noch nicht abgewrackt gewesen. Es war schwierig zu sagen. Jedenfalls brannten sie jetzt fröhlich vor sich hin, und fettiger Rauch stieg von ihnen auf.

Jack und Bagabond waren bei *Terrific Pizza* eingekehrt, um sich etwas zu trinken zu holen. Beide waren am Verdursten. »Ihr Sirup geht zur Neige«, sagte Jack zu der Bedienung. Bei dem Geschmack verzog er das Gesicht.

»Blödsinn«, sagte die Bedienung. »Wenn's Ihnen nicht schmeckt, versuchen Sie's mal am Getränkestand weiter den Block entlang.«

»Komm, wir gehen«, sagte Bagabond, während sie gleichzeitig sechshundert Ratten aus der Hintergasse befahl, in die Lagerräume von *Terrific Pizza* einzudringen und sich die Käsevorräte anzusehen.

Draußen auf dem Bürgersteig sagte Jack: »O mein Gott!« »Was ist los?«

»Komm.« Jack führte sie zu den Schlangentänzern. Die Reihen lichteten sich langsam. Offenbar missgestaltete Tänzer, von denen einige noch groteskere Kostüme trugen, bummelten ihnen entgegen.

Jack sprach einen der Tänzer an. Der Mann war groß und dunkel. Seine Haut hatte im flackernden Schein der Flammen einen blauschwarzen Schimmer. Er trug die Karikatur einer Stammestracht, Perlen und Federn im Überfluss.

Seine Haut war mit einem Schweißfilm bedeckt. Die Tropfen, die ihm über das Gesicht liefen, waren jedoch Blut, das aus Schnitten in seinen Wangen quollen. Die Schnitte verliefen im rechten Winkel zu seinen Wangenknochen. Seine Augen waren unendlich tiefe Höhlen, eingerahmt von weißer Schminke.

Er trug eine rote Clownsnase.

»*Dieu!*«, sagte Jack. »Jean-Jacques? Bist du das?«

Der Tänzer blieb stehen und starrte Jack an. Bagabond hielt sich im Hintergrund und beobachtete das Geschehen.

»Du hast mich erkannt«, sagte Jean-Jacques traurig. »Es tut mir leid, mein Freund. Jetzt, wo ich kein Mensch mehr bin, dachte ich, dass niemand wissen würde, wer ich bin.«

»Ich habe dich erkannt.« Jack streckte zaghaft die Hand aus, brach dann jedoch ab. »Dein Gesicht – was hast du getan?«

»Sehe ich jetzt nicht mehr wie ein Joker aus?«

»Du bist kein Joker«, sagte Jack. »Du bist mein Freund. Du bist krank, aber du bist mein Freund.«

»Ich bin ein Joker«, sagte Jean-Jacques mit fester Stimme. »Über mich ist das Todesurteil verhängt worden.«

Jack starrte ihn stumm an.

Der Schwarze erwiderte den Blick, dann strich er mit den Fingerspitzen über Jacks Gesicht. Die Bewegung war flüchtig und zärtlich. Andere Tänzer hatten sich um sie versammelt. Jack sah, dass es sich bei allen um Normale in exotischer Kleidung handelte. Manche trugen leuchtende und absichtlich grelle Kleidung, andere gedämpfte und auf subtilere Art groteske Sachen.

»Auf Wiedersehen, Freund Jack. Ich werde dich vermissen.« Jean-Jacques wandte sich ab und fing an, die Buchstaben »H – I – V!« zu singen. Die anderen nahmen den Gesang auf. »H – I – V!«, schallte über die Straße.

»HIV?«, fragte Bagabond Jack, als die beiden dastanden,

während Jean-Jacques und die anderen Tänzer weiterzogen.

»Das AIDS-Virus«, sagte Jack.

»Oh.« Bagabond betrachtete ihn mit seltsamer Miene. »Jean-Jacques – so heißt er?«

Jack nickte.

»Du und er?«

»Freunde«, sagte Jack. »Sehr gute Freunde.«

»*Mehr* als nur Freunde?«

Er nickte.

»Wir müssen uns unterhalten«, sagte Bagabond. »Wir werden uns unterhalten, wenn das hier vorbei ist.«

»Es tut mir leid«, sagte Jack und wandte sich ab.

»Was tut dir leid?« Sie nahm wieder seinen Arm. »Komm schon. Ich meine es ernst. Wir werden uns unterhalten.« Sie streckte die Hand aus und berührte ihn, wie Jean-Jacques es getan hatte. Sein Gesicht war kratzig von seinen Bartstoppeln. »Komm schon«, sagte sie noch mal. »Wir müssen immer noch Cordelia finden.«

Ihre Blicke trafen sich. Jeder dachte, *jetzt wird alles anders sein.* Aber keiner wusste so recht, warum.

♥

Die Dusche war heiß, aber so gefiel es Spector. Das Wasser prasselte auf ihn nieder und lief an seinem mageren Körper herab. Er öffnete den Mund, bis er voll Wasser war, gurgelte und spie aus. Sein Fuß schmerzte immer noch, aber er war Schmerzen gewöhnt. Wenigstens war er jetzt sauber.

Er drehte die Dusche ab und ging über den kalten Fliesenboden zu den Spinden, wobei er immer noch seinen schlimmen Fuß nachzog. Er pfiff den Anfang von »Take me out to the Ballgame« und hielt dann inne. Der Raum hallte. Die Umkleidekabine war viel weniger beeindruckend, als er erwartet hatte. Einfache Duschen und Spinde. Holzbänke, auf denen man sitzen konnte. Kein großer Unterschied zur Highschool.

Er ging zu einem Korb, der mit schmutzigen Baseballuniformen gefüllt war, und durchwühlte ihn auf der Suche nach etwas in seiner Größe. Die meisten waren viel zu groß, und er hasste Längsstreifen. Aber immer noch besser als sein ruinierter Anzug. Wenn jemand fragte, konnte er einfach sagen, dass er ein Kostüm trug. Schließlich fand er eine Uniform, die an ihm nicht wie ein Zelt aussah, und zog sie an.

Er ging in den Geräteraum, vorbei an dem Käfig mit Schlägern, Handschuhen und ramponierten Trainingsbällen, und betrat den Trainerraum. Er hob eine elastische Binde vom Fußboden auf. Spector holte tief Luft und fing dann an, seinen gebrochenen neuen Fuß zu umwickeln. Er musste zweimal innehalten, weil es zu stark schmerzte, aber nach ein paar Minuten war der Fuß einigermaßen abgedeckt. Er stellte den Fuß auf den Boden und verlagerte ein wenig Gewicht darauf. Ein stechender Schmerz schoss durch sein Bein, aber es war zu ertragen. Er ging zurück zur Umkleidekabine, wobei er so wenig wie möglich zu hinken versuchte.

Spector stöberte ein Paar Tennisschuhe auf und steckte eine Socke in einen davon. Dann schob er vorsichtig und unter großen Schmerzen seinen gebrochenen Fuß hinein. Er schnürte die Schuhbänder ganz locker und zog den anderen Schuh an.

»Draußen, Demise. Sofort. Ich warte.«

Spector sah auf. Das Abbild des Astronoms schwebte vor ihm. Die Projektion hatte nicht die übliche messerscharfe Klarheit. Sie war schwach, farblos und an den Rändern geisterhaft. Der alte Furz musste seine Energien ziemlich erschöpft haben.

»Wo bist du ... äh ... präzise?«, fragte Spector.

»Auf dem Parkplatz. Such den Wagen. Du sollst *sofort* kommen.«

»Bin schon unterwegs.«

Das Bild des Astronoms verschwand.

Spector hob seinen Anzug auf und ging zum Ausgang. Er rieb sich die Stirn. Der alte Mann hatte kaum noch Energie. Wenn Spector überhaupt etwas unternehmen konnte, war dies mit Sicherheit der richtige Zeitpunkt. Er schaltete das Licht im Umkleideraum aus und pfiff »The Party's over«.

Zwanzigstes Kapitel

Das Benzin der Limousine ging zur Neige, und Jennifer hatte den Eindruck, dass es um Brennans Geduld nicht anders bestellt war. Eine Stunde war vergangen, und sie hatten niemanden gesehen, der Demise mit den Büchern hätte sein können. Verdächtiges, Absonderliches und regelrecht Verdrehtes hatten sie reichlich gesehen, aber nichts, das ihnen weiterhalf.

»Wir können das Ganze ebenso gut vergessen«, sagte Brennan. Er sah auf die Uhr. »Ich will ein paar Sachen aus meiner Wohnung holen. Dann können wir unseren nächsten Zug planen.«

Sie fuhren in Richtung Jokertown, und die Straßen waren noch dichter mit Feiernden bevölkert.

»Es wird schneller gehen, wenn wir den Wagen einfach stehen lassen«, sagte Brennan. »Außerdem ist er zu auffällig. Wenn wir so durch Jokertown fahren, haben wir in null Komma nichts die Silberreiher auf dem Hals.«

Sie fuhren an den Randstein. Jennifer griff nach dem Zündschlüssel, um den Motor abzustellen, hielt jedoch mit der Hand am Schlüssel inne und lauschte dem Radio.

»Was ist los?«, fragte Brennan.

»Pssst!«

»... schlugen die Stars heute im Stadion Ebbets Field 4 zu 2, sodass Seaver sein vierzehntes Spiel gewonnen hat. Die Ereignisse des Spiels traten jedoch angesichts der bizarren

Geschichte in den Hintergrund, dass praktisch die gesamte Mannschaft der Dodgers vor dem Spiel einen Geist im Umkleideraum gesehen haben will. Dem meist gleichmütigen, man könnte fast sagen fantasielosen Thurman Munson zufolge wünschte ihnen der Geist viel Glück, bevor er durch die Clubhausmauer verschwand. Beschreibungen dieses Geists stimmen darin überein, dass es eine hochgewachsene, sehr attraktive Frau Mitte zwanzig mit langen blonden Haaren war. Er – oder vielmehr sie – trug einen schwarzen Stringbikini. Nun, wenn man schon heimgesucht wird ...«

Jennifer schaltete den Motor aus, sodass das Radio verstummte, und stieg aus. Brennan musterte sie kritisch und runzelte die Stirn.

»Was ist los?«

»Sie brauchen wirklich andere Kleidung. Wo wir gerade von auffällig reden.« Er betrachtete sie eingehend, und wenn sie seinen Blick nicht für analytisch gehalten hätte, wäre sie rot geworden. »Nun, ich werde Ihnen etwas beschaffen. Ich wünschte, Sie würden Ihre Kleidung nicht so oft verlieren. Obwohl ...«

Ohne den Satz zu beenden, drehte er sich um und setzte sich kopfschüttelnd in Bewegung.

♦

Sie verfolgten sie jetzt einige Minuten, seit sie Fortunatos Haus in einem Taxi verlassen hatte. Spector saß neben dem Astronom auf dem Rücksitz. Die Augen des alten Mannes waren geschlossen, und er verhielt sich völlig still. Imp und Insulin saßen auf der mittleren Sitzbank. Imp hatte den Arm um sie gelegt. Wahrscheinlich schliefen sie miteinander. Imp hatte einen Witz über die Baseballuniform gemacht, aber der Astronom war eingeschritten, bevor Spector ihn hatte töten können.

Die Frau war anders, als er erwartet hatte. Sie sah gut aus und hatte eine gute Körperhaltung, war aber nicht wie eine teure Hure gekleidet. Sie trug verwaschene Jeans und ein rot-weißes Sweatshirt mit einem Aufdruck der Universität Houston. Ihr Haar war dunkelblond, kurz geschnitten und lockig. Als das Taxi hielt, war sie mit einem Lächeln im Gesicht die Treppenstufen hinuntergelaufen. Das ersparte ihnen die Mühe, in das Haus einzudringen. Es würde kein Problem sein, sie zu schnappen, wenn sie an ihrem Ziel abgesetzt wurde.

Spector betrachtete den Astronom. Der alte Mann atmete geräuschvoll, seine Hände zitterten. Wenn er die Augen wieder öffnete, würde Spector seine Kraft einsetzen. Eine bessere Gelegenheit würde es nicht geben. Spector starrte auf die Augenlider des Astronoms und wartete.

Der Astronom öffnete die Augen. Spector sah immer noch Kraft darin, zu viel für ihn, um ihn herauszufordern. Er wandte den Blick ab. »Ich frage mich, wohin sie fährt«, sagte er.

»Zur Jokertown-Klinik.« Der Astronom lachte asthmatisch. »Ganz genau, Demise. Zum Ort deiner Geburt, könnte man sagen.«

»Ich gehe nicht dort hinein«, erklärte Spector kopfschüttelnd.

»Doch, du gehst, Demise. Du hast wirklich keine andere Wahl.« Der Astronom schloss wieder die Augen. »Überhaupt keine Wahl.«

Spector biss die Zähne zusammen. Der alte Bastard hatte recht. »Bist du sicher, dass sie zur Klinik fährt?«

»Das hat sie jedenfalls dem Taxifahrer gesagt, Demise. Dort werden noch zwei andere Frauen sein. Ich will sie alle. Imp und Insulin gehen mit dir hinein.« Der Astronom hielt inne. »Nur als Rückendeckung.«

Sie fuhren schweigend weiter, bis das Taxi vor der Jokertown-Klinik anhielt. Die Limousine fuhr an dem Taxi vorbei und parkte vor einem Hydranten. Das Mädchen stieg aus dem Taxi.

»Schnappt sie euch.« Der Astronom deutete mit dem Daumen in Richtung des Klinikeingangs.

Spector öffnete die Tür und stieg aus. Langsam ging er auf den hell erleuchteten Eingang zu. Seine Eingeweide fühlten sich an wie Eis. Er hatte die schlimmsten Tage seines Lebens in der Klinik verbracht, die meisten davon schreiend. Er hatte einen Pfleger umgebracht, um zu entkommen. Vielleicht erkannte ihn jemand wieder und erinnerte sich an ihn. Zwei Frauen kamen die Treppe herunter und begrüßten das Mädchen aus dem Taxi. Eine hatte dunkles Haar und trug ein schwarzes Paillettenkleid. Die andere, ebenfalls eine Brünette, trug ein tief ausgeschnittenes blaues Lamékleid, das bis zur Mitte der Oberschenkel geschlitzt war.

»Was ist passiert?«, fragte das Mädchen im Sweatshirt.

»Croyd«, sagte die Brünette. »Er ist in eine Art Koma gefallen. In dieser Sekunde geht es ihm noch blendend, und in der nächsten ist er bewusstlos. Wir können ihn nicht mehr aufwecken.«

»Aber ich wette, ihr habt alles versucht, was ihr euch nur vorstellen konntet.« Die Frau im Sweatshirt lächelte. Spector fragte sich, wie ihre Miene wohl aussehen würde, wenn sie erfuhr, was die Nacht noch für sie bereithielt.

Er hörte, wie sich hinter ihm Wagentüren schlossen. Imp und Insulin kamen zur Verstärkung. Spector konnte nicht verschwinden, solange Insulin in der Nähe war.

Spector hörte gedämpfte Schreie aus der Klinik. Das Glas der Eingangstür splitterte, und Scherben flogen nach draußen. Ein Wachmann fiel blutend die Treppe hinunter. Spector lief los.

»Geht mir aus dem Weg, ihr Pisser. Haut ab, oder ich geb euch eure eigenen Ärsche zu fressen.« Der Sprecher war einer der größten, hässlichsten Joker, die Spector je gesehen hatte. Das Gesicht des Mannes war ziemlich zerschlagen. Er hob eine keulenähnliche Hand und zerriss das weiße Krankenhausnachthemd, das seinen übergroßen Körper nur zum Teil bedeckte.

Der Joker sah die Mädchen und lächelte. Sie wichen vor ihm in Richtung Taxi zurück, das mit quietschenden Reifen abfuhr.

»Kommt zu Papa, ihr kleinen Pussys.«

Spector betrat die Klinik, als der Joker die Frau in dem Lamékleid packte. Sie versuchte, ihm das Knie in den Schritt zu stoßen, kam jedoch nicht hoch genug. Spector betrachtete die dunkelhaarige Frau und blinzelte. Es war das Mädchen aus der U-Bahn-Station, die mit dem Zuhälter. Zurechtgemacht und mit der richtigen Kleidung sah sie noch besser aus. Spector ging auf sie zu.

»Wer bist du, zum Teufel?« Der Joker hatte sich die andere Frau über die Schulter geworfen und lief die Stufen hinunter, direkt auf Spector zu. »Einer der Burschen von September?«

Spector sah den Schlag kommen und wich aus. Die gewaltige Faust streifte seine linke Wange und riss ihn zu Boden. Er wälzte sich aus dem Weg des heranstürmenden Jokers. Er konnte unmöglich Blickkontakt zu ihm herstellen, solange sich der Joker so schnell bewegte. Als hinter ihm ein Schrei ertönte, drehte er sich um. Imp zerrte die Dunkelblonde zum Wagen.

Insulin sah den Riesen an und lächelte.

Der Joker sank auf ein Knie. »Verdammt noch mal, was machst du mit mir?« Er ließ die Frau fallen und brach über ihr zusammen. Die Brünette kroch unter ihm hervor und zerriss dabei ihr Kleid. Insulin packte sie am Ellbogen und führte sie zur Straße.

Spector setzte sich auf, überlegte zu fliehen und sah zur

Limousine. Der Astronom starrte ihn an. Keine Chance zu entkommen. Er würde keine bekommen, niemals. Er ging zu der dunkelhaarigen Frau und legte einen Arm um sie. Sie sah nicht verängstigt aus, aber in ihren Augen lag ein Ausdruck, der in ihm das Gefühl hervorrief, als sei sie nicht ganz da.

»Ich schon wieder«, sagte Spector. »Sieht so aus, als würde dein Besuch in New York irgendwie kurz ausfallen.«

Sie reagierte nicht.

»Heute kommt keiner lebend davon.«

Immer noch keine Antwort.

Im Vorbeigehen trat er dem bewusstlosen Joker mit seinem gesunden Fuß ins Gesicht.

Einundzwanzigstes Kapitel
02:00

Sie sah sich um, reckte den Kopf, bis ihre Schulterblätter wie knochige Flügel hervortraten, doch Tachyon übersah den Wink. Hektisch zog er die Bürste durch die verfilzten Locken und starrte blicklos in den Spiegel. Gereizt griff Roulette hinter sich und zog den Reißverschluss des weißen Seidenkleids auf. Es fiel zu Boden, streifte dabei weich ihre Knöchel.

Die Bürste knallte auf die Marmorplatte der antiken Kommode, ein paar Kristallfläschchen fielen um. »Dieser Tag! Was hat dieser Tag nur an sich, dass er immer so viel Leid mit sich bringt? Und sie feiern.« Er deutete auf das geschlossene Fenster, das den Lärm der Feiernden nicht gänzlich abhalten konnte. »Würdest du feiern?« Als er zu ihr herumfuhr, schienen die violetten Augen in seinem blassen Gesicht aufzuflammen.

»Nein, aber ich habe ein freudloses Wesen.« Sie ging ihm ein paar Schritte entgegen, blieb aber stehen, bevor sie ihn berührte. »Und ich glaube nicht, dass du verstehst, warum sie feiern. Es geschieht nicht aus Achtlosigkeit, sondern ist ein Versuch zu überleben. Wir haben nur wenige Möglichkeiten, wenn uns das Leben seine kleinen Streiche spielt. Wir können lachen und den Schmerz verstecken. Wir können sterben. Oder wir können gerächt werden. Du hörst das Gelächter, aber ich höre Schreie des Schmerzes.«

»Schmerz. Du redest von Schmerz, wo ich seit vierzig Jahren jeden Tag damit lebe. Ihr Menschen könnt euch glücklich schätzen. Ihr habt gnädigerweise ein sehr kurzes Gedächtnis. Die Tragödien, die ihr erlebt, verblassen sehr rasch. Der Verstand webt einen Schleier. Bei uns ist das nicht so.«

Er nahm das Bild in dem silbernen Rahmen in die Hand und starrte auf das liebliche Gesicht. Seine Lippen pressten sich zu einer dünnen Linie zusammen, und die Fältchen um Augen und Mund vertieften sich.

Sie spürte wieder das Zerren, als der Astronom die schützenden Schleier fortgerissen und ihre Dämonen freigelassen hatte. Sie präsentierten ihr hingebungsvoll jeden Augenblick des Verlusts und des Verlassenseins, und jede Wiederholung war so auserlesen schmerzhaft wie die vorherige. Ihre Hand schoss vor und stieß ihm das Bild aus der Hand. Es landete mit der Bildseite nach unten auf dem kalten Marmor, und das Glas splitterte mit einem Geräusch wie erstarrte Musik. Tachyon hob die Fotografie auf und hielt sie schützend vor seine Brust, während Roulette fasziniert auf das Kristallmuster starrte, das das gesplitterte Glas hinterlassen hatte.

Sein Blick ruhte auf ihr, schien sich durch ihre Wange zu brennen. Langsam drehte sie sich zu ihm um. Lange Wimpern senkten sich, als er das Bild betrachtete. Dann ruhte sein Blick wieder ganz auf ihr.

»Du hast völlig recht«, murmelte er, öffnete eine Schublade der Kommode und legte das Foto hinein. Bevor er die Schublade schloss, sah sie das glänzende schwarze Metall einer Magnum.

♠

Inmitten des öffentlichen Chaos kam es Jack und Bagabond vor, als liefen sie im Kreis. Mitten in New York hatte das Paar das Gefühl, dass sie sich ebenso gut in einem dunklen Wald hätten befinden können, durch dessen dichtes Blatt-

werk keine Sonne drang, an der sie sich hätten orientieren
können. Die Gesichter der Menge fingen an, alle gleich auszusehen. Die Kostüme fingen an, alle gleich auszusehen. Das
Einzige, was fehlte, war ein großes, schlankes sechzehnjäh-
riges Mädchen mit glatten schwarzen Haaren und dunklen
Augen.

Sie gingen an einer Gasse vorbei und hörten Geräusche,
die wie Schreie klangen.

Bagabond schüttelte den Kopf und wollte weitergehen.

»Augenblick«, sagte Jack. Er ging ein paar Schritte in die
schmale Gasse hinein. Er sah mehrere Leute, denen er heute
bereits zu verschiedenen Gelegenheiten begegnet war. Einer
war Jean-Jacques. Er hatte sich schützend über einen der
anderen Tänzer gebeugt, der in seiner zerrissenen Ballett-
kleidung auf dem Asphalt lag. Seine Mundwinkel waren
blutverschmiert.

Vor den beiden stand der punkige junge Mann, mit dem
Jack am Vormittag vor dem *Young Man's Fancy* zusammengestoßen war. Die Regenwasseraugen des jungen Mannes
waren in der Dunkelheit der Gasse nicht zu sehen.

»Versuch das mal zu lutschen«, sagte er.

Jack und Bagabond hörten das Klicken eines Schnappmes-
sers und sahen die Klinge aus dem Griff des Stiletts zucken,
das der junge Mann in der Hand hielt.

Der junge Mann mit dem Messer ging in die Hocke und
fuchtelte vor Jean-Jacques herum. Der Senegalese rührte sich
nicht. »Verdammte Homos. Ich schlitze jeden auf, der sich
bewegt.«

Jack trat vor. Bagabond stellte ihm ein Bein. Jack fiel in die
Gasse, konnte den Sturz aber abfangen. Er spürte, wie ihm
der raue Straßenbelag die Haut aufschrammte.

»Warte.« Bagabond legte die Stirn in Falten und konzentrierte sich.

Hinterhofkatzen brachen aus den in der Dunkelheit gestapelten stinkenden Müllbergen hervor. Jaulend stürzten sie sich auf den jungen Mann mit dem Messer. Er fauchte als Antwort und stellte sich ihnen.

»Komm«, sagte Bagabond, indem sie Jack auf die Beine half. »Die Sache ist erledigt. Alles ist cool.« Sie zog an seinem Arm.

Jack zögerte, doch dann sah er, dass Jean-Jacques seinem Freund beim Aufstehen behilflich war. Er folgte Bagabond.

Die Hinterhofkatzen kreischten und jaulten triumphierend hinter ihnen, als alle Menschen mit Ausnahme des jungen Mannes die Gasse verließen.

»Hätte keinem netteren Homophoben passieren können«, murmelte Jack.

Spector war noch nie zuvor im Penthouse des Astronoms gewesen. Es lag in der Nähe des Central Parks irgendwo in den Siebzigern. Die Einrichtung wirkte überraschend distinguiert: dunkle Holzfußböden und Möbel, weiße Wände und Decken.

Der Astronom schloss die Tür zu einem Zimmer auf, das an die Bibliothek grenzte, und bedeutete ihnen einzutreten. Der alte Mann stützte sich schwer am Türrahmen ab. Spector schob das dunkelhaarige Mädchen hinein. Unterwegs hatten die gefangenen Frauen geschwiegen, wahrscheinlich Insulins Werk. Der Raum war düster, die einzige Lichtquelle ein großes Oberlicht. Darunter stand ein Altar aus Mahagoni. An jeder Ecke waren stählerne Handschellen angebracht, und an einem Ende befand sich eine große V-förmige Kerbe. Spector brauchte nicht zu überlegen, wozu sie diente.

»Die da.« Der Astronom zeigte auf die Frau im Sweatshirt und schloss die Tür.

Imp zog der Frau das Sweatshirt aus und zerrte sie zum

Altar. Er ließ die Handschellen um ihre Handgelenke einschnappen, öffnete ihre Jeans und zog die Hosenbeine herunter. Er warf sie auf den Boden und riss ihr den roten Baumwollslip vom Leib. Dann fesselte er auch ihre Füße.

Spector spürte, wie sich die dunkelhaarige Frau anspannte, und er verstärkte den Griff um ihre Arme.

»Bereite sie vor.« Der Astronom öffnete eine Schublade in der Seite des Altars und entnahm ihr eine Spritze. Er machte eine Faust und band sich den Arm ab, dann stach er sich die Nadel in die Vene und injizierte sich langsam etwas, von dem Spector wusste, dass es sich nur um Heroin handeln konnte. Der alte Mann holte tief Luft und zog die Nadel heraus, die einen winzigen roten Punkt hinterließ. Sein Arm war mit roten Punkten übersät. Der Astronom öffnete sein Gewand und ließ es fallen. Imp kniete zwischen den Beinen der Frau und feuchtete sie mit seiner Zunge an.

Mit schwankenden Schritten ging der Astronom zum Altar und streichelte dabei seinen erigierten Penis. »Wie heißt du, meine Liebe?«

»Caroline.« Sie wehrte sich vergebens gegen die Handschellen. »Haben Sie eine Ahnung, wessen Mädchen wir sind? Wenn uns irgendwas passiert, sitzen Sie tief in der Scheiße.«

Der alte Mann lachte und quetschte eine ihrer Brustwarzen zwischen Daumen und Zeigefinger. »Fortunato, der Zuhälter. Er ist mir seit Jahren ein Dorn im Fleisch, aber auch nicht mehr. Was könnte angemessener sein, als seine eigenen Frauen zu benutzen, um seine Vernichtung zu gewährleisten?« Er wandte sich an Imp, der immer noch seinen Kopf zwischen ihren Beinen vergraben hatte. »Das reicht.«

Imp erhob sich und gesellte sich schweigend zu Spector und Insulin, die die beiden anderen Frauen festhielten. Dabei zupfte er an seiner Zungenspitze herum, um ein verirrtes Schamhaar zu entfernen. »Nehmen wir ihn mit?« Imp deutete auf Spector.

»Ich denke schon.« Der alte Mann strich mit einem Finger über den nackten Körper der Frau, während er den Altar umrundete.

»Lass sie in Ruhe.« Die Frau in dem blauen Kleid mühte sich, von Insulin wegzukommen, erschlaffte aber in deren Armen.

»Keine Unterbrechungen mehr.« Der Astronom stand in der Altarkerbe zwischen Carolines Beinen. Er drang in sie ein und schloss die Augen. Die einzigen Laute in dem Raum waren das angestrengte Atmen des Astronoms und das leise Klirren der Handschellen.

Der Astronom legte seine Hände in ihre Achselhöhlen und zog langsam die Finger über die Rippen, die dunkelrote Striemen auf ihrer Haut hinterließen. Caroline schrie auf. Der alte Mann hielt sich die Hände vor den Mund und knabberte an den Hautfetzen, die er ihr abgerissen hatte. Blut sammelte sich auf dem polierten Holz. Der Astronom schnitt ein Symbol in die Haut um ihren Nabel.

Das dunkelhaarige Mädchen sah weg und fing an zu zittern. Spector zog es näher an sich. »Wie heißt du?«

»Cordelia.«

»Das wird er mit euch allen machen, wenn ihn niemand daran hindert. Aber das würde nur ein Idiot versuchen.« Spector wunderte sich über Imps Bemerkung. Wohin würden sie gehen? Der Astronom hatte am Morgen irgendwas von anderen Welten geschwafelt, aber bis jetzt hatte er sich nichts dabei gedacht.

Der Rücken des Astronoms straffte sich. Sein Körper war von einem Schweißfilm bedeckt. Mit jedem Stoß gewann er an Lebenskraft. Caroline bog ihren Unterleib so weit wie möglich nach unten und versuchte, den alten Mann aus sich herauszupressen. Vor Schmerzen biss sie die Zähne zusammen, schrie jedoch nicht mehr.

»Dämliche Nutte.« Der Astronom glitt aus ihr heraus und

kletterte auf sie. »Imp, kümmere dich um sie.« Er zeigte auf Cordelia. »Demise, komm her.«

Spector wartete, bis er sicher war, dass Imp das Mädchen fest im Griff hatte, dann ging er ans Kopfende des Altars.

»Es macht dir doch nichts aus, wenn ich dich in den Mund ficke, nicht wahr, du kleine Nutte?« Der Astronom glitt über ihren Körper.

»Versuch's doch einfach, du Arschloch.« Sie öffnete den Mund weit und bleckte die Zähne.

»Das wird nicht nötig sein. Ich habe da meine ganz besondere Methode.« Er griff nach ihrem Hals und schlitzte ihn mit dem Finger auf.

»Sieh mich an, Schätzchen«, sagte Spector, der sich wappnete. Er packte ihren Kopf und drehte ihn mit einem Ruck herum. Als ihr Genick brach, knackte es. Caroline zuckte und rührte sich nicht mehr.

»Idiot.« Der Astronom packte Spector und schleuderte ihn durch den Raum. »Du hast sie getötet, ihre Energie vergeudet.« Er packte Carolines Kopf und stieß ihn hart gegen den Altar. »Dafür bringe ich dich um. Sobald ich mit ihnen fertig bin. Schmerzen, wie du sie dir nicht vorstellen kannst, Demise. Imp, bring mir die Nächste.« Er löste die Handschellen und warf die Leiche auf den Boden.

Spector stand auf und sah sich nach etwas um, das er als Waffe benutzen konnte. In der offenen Schublade des Altars lagen Messer, wenn er so weit kam. Er spürte, wie er in den Knien schwach wurde. Das musste wieder Insulin sein.

Imp zerrte Cordelia vorwärts. Ihr Gesicht war weiß. »Nein!« Sie schrie und riss sich von Imp los. Das kleine Ass knirschte mit den Zähnen und fasste sich an die Brust.

»Was, zum Teufel ...?« Spector richtete sich auf. Was auch immer vorging, es hatte Insulin so sehr abgelenkt, dass sie ihn vergessen hatte. Ungeachtet der Schmerzen in seinem verkrüppelten Fuß lief er auf den Astronom zu.

Imp fiel keuchend zu Boden und zerrte dabei an seinem Hemd. »Sie ist es.« Der Astronom zeigte auf Cordelia, die einen Schritt zurückwich. »Mach das kleine Miststück fertig, Insulin, pass auf.«

Die Warnung kam zu spät. Veronica war wach. Mit gekrümmten Fingernägeln fuhr sie Insulin durchs Gesicht und zerrte sie zu Boden. Spector warf sich auf den alten Mann und schleuderte ihn vom Altar. Dann ging er auf Insulin los. Veronica war wieder bewusstlos. Insulin bemerkte nicht, dass Spector sich ihr von hinten näherte. Er riss sie herum und rammte ihr zweimal hart die Faust gegen das Kinn. Sie verdrehte die Augen und erschlaffte.

Imps Lippen hatten sich bläulich verfärbt. Er stieß noch ein letztes Keuchen aus, dann lag er still. »Sehr beeindruckend, meine Liebe. Du hast irgendwie seine Herz- und Atemfunktionen gleichzeitig gestoppt. Ein schmerzhafter Tod.« Der Astronom richtete sich wieder auf und wischte seine blutigen Hände am Altar ab. »Deiner wird noch schmerzhafter sein.«

Spector wusste, dass der Astronom Cordelias Kraft mit seiner eigenen neutralisieren konnte. Genau das geschah jedes Mal, wenn er versuchte, den alten Mann zu töten. Er beschloss, etwas auszuprobieren. Sie waren sowieso tot, wenn er nur herumstand. Er näherte sich dem Astronom.

»Was du auch mit Imp angestellt hast, versuch es bei ihm.« Spector zeigte auf den Astronom, der sich zu ihm umdrehte. Spector nahm Blickkontakt auf und versuchte, dem alten Mann seinen Tod aufzuzwingen. Er spürte, wie ihn der Astronom blockierte. »Mach schon«, rief er Cordelia zu. Schmerzen flackerten in den Augen des alten Mannes auf, und er griff sich an die Brust. Es war so, wie Spector vermutet hatte. Der Astronom konnte nicht zwei Ass-Kräfte gleichzeitig neutralisieren, und Cordelias drang zu ihm durch.

Spector ließ in seinen Bemühungen nicht nach. Der Astronom konnte nun, da sie Blickkontakt hatten, nicht mehr wegsehen.

Der Astronom sank auf die Knie. »Bringe euch alle um«, sagte er gerade so laut, dass sie es hören konnten.

»Diesmal nicht, du alter Furz.« Spectors Atem ging vor Anstrengung schneller.

»Was tust du?« Veronica war wieder wach und sah Cordelia fragend an.

»Keine Ahnung. Ich mache es zum ersten Mal.«

Der Astronom schob sich die rechte Hand durch die Haut und in seine eigene Brust. Er schrie.

»Jesus, lass uns machen, dass wir von hier verschwinden.« Veronica ergriff Cordelias Hand und zerrte sie zur Tür.

Spector unterbrach den Blickkontakt und betrachtete einen Moment lang die Unterarmmuskeln des Astronoms. Der alte Mann massierte sein Herz, damit es nicht zu schlagen aufhörte. Hasserfüllt sah er Spector an. »Tot. Ihr alle.«

Spector lief den Frauen hinterher. »Hey, kommt zurück! Wir müssen ihn jetzt erledigen.« Er hörte ein Zischen, als der Astronom wieder zu atmen anfing. »Scheiß drauf. Jemand anders wird es tun müssen.«

Spector lief durch die Wohnung zum Fahrstuhl. Veronicas Kleid war an der Fahrstuhltür hängen geblieben, und sie zerrte daran, um es loszureißen. Spector warf sich in die Kabine, wobei er Veronica umstieß und ihrem bereits ruinierten Kleid noch einen weiteren Riss hinzufügte. Cordelia drückte auf den Knopf für das Erdgeschoss. Die Kabel quietschten, und der Fahrstuhl setzte sich in Bewegung.

♥

»Ich kriege es nicht hin«, sagte Jay. »Ich kriege es einfach nicht hin. Nicht mit Milch. Nicht mit Zitronensaft. Hitze richtet auch nichts aus. Die Eindrücke sind zu schwach, um etwas damit anfangen zu können. Ich kriege es einfach nicht hin.« Mit einem Ausruf des Abscheus knallte er das Notizbuch zu und starrte trübsinnig auf das Bambusmuster auf dem blauen Stoffeinband.

Hiram stand am Fenster und lugte hinter einem zerrissenen Rollo vor. Jays winziges Zweizimmerbüro befand sich im dritten Stock eines baufälligen Backsteinhauses in der 42nd Street, einen halben Block vom Broadway entfernt. Vom Fenster aus konnte er die Markise des Wet Pussycat Theater sehen. Botschaften flackerten abwechselnd rot und blau über die Neonschilder zu seiner Linken. GIRLS GIRLS NACKTE GIRLS war blau, während TAG UND NACHT DURCHGEHEND OBEN OHNE rot war. Popinjay sagte, er träfe immer nette Leute in dem Haus.

Hiram ließ das Rollo sinken und wandte sich von den Lichtern ab. Jays Schreibtisch war mit den Überresten der Pizza – Wurst, Champignons, doppelt Käse und Sardellen auf Ackroyds Hälfte – bedeckt, die sie vor einer Stunde gegessen hatten. Hiram hatte seine Kräfte ziemlich stark beansprucht, und danach war er erschöpft und ausgehungert gewesen. Die Pizza hatte geholfen. Er wünschte, sie hätten noch eine. Stattdessen hatten sie drei ziemlich problematische Bücher.

»Wir können nicht hierbleiben«, sagte Hiram, indem er sich auf den Heizkörper setzte. In den letzten Stunden hatte er sein Gewicht nicht verringert, um sich auszuruhen, und der Stuhl, den Jay seinen Klienten anbot, war der Aufgabe nicht ganz gewachsen. Hiram wusste nicht, ob er selbst es war. Er fühlte sich erschöpft. »Sie müssen nach uns suchen«, fuhr er fort. »Früher oder später werden sie Ihr Büro finden.«

»Ich wüsste nicht, warum«, sagte Ackroyd. »Die Klienten finden es nie.«

»Sehr witzig«, sagte Hiram. »Ich hoffe, Sie behalten Ihren Sinn für Humor auch dann noch, wenn auf uns geschossen wird.«

»Bis jetzt ist noch niemand aufgetaucht«, stellte Popinjay fest. »Hey, bis zum Yankee-Stadion ist es zu Fuß ein ziemlich weiter Weg, besonders auf einem Fuß.«

»Auf einem und einem halben Fuß«, sagte Hiram.

»Nach allem, was wir wissen, hängt Demise immer noch auf der Anzeigetafel, und Loophole sitzt am Telefon und fragt sich, was wohl aus ihm geworden ist.«

Hiram erhob sich stirnrunzelnd. Er war müde. Der Schlafmangel machte sich mit Macht bemerkbar, weil er sich nicht mehr in unmittelbarer Gefahr befand. Er brauchte Kaffee. Noch besser wären acht bis zehn Stunden Schlaf, vorzugsweise ohne sich Gedanken deswegen machen zu müssen, ob gerade jemand dabei war, in sein Haus einzubrechen, um ihn zu töten. »Was zu viel ist, ist zu viel«, verkündete er. »Ich scheine mich vage zu erinnern, dass wir einen guten Grund hatten, uns in diese Geschichte einzumischen, aber ich weiß nicht mehr, welcher es war.« Er ging durch den Raum und nahm die beiden Bücher mit den schwarzen Ledereinbänden. »Meine Interessen gehen eher in Richtung Numismatik als Philatelie, aber ich weiß, dass diese Briefmarken mindestens einige Hunderttausend Dollar wert sind. Was das andere Buch betrifft, so weiß ich nicht, was ich davon halten soll, und Sie wissen es auch nicht. Es hat keinen Wert für uns.«

»Damit sind wir die große Ausnahme«, sagte Ackroyd. »Jeder andere will es ganz dringend haben.«

»Genau. Ich werde Latham anrufen. Ich will, dass Sie am anderen Apparat mithören.«

Der Detektiv hob eine Augenbraue. Hiram fischte den Zettel, den Chrysalis ihm gegeben hatte, aus der Jackentasche und ging in Ackroyds Wartezimmer, ein winziger Verschlag, der bis an die Grenze zur Klaustrophobie mit einem orangefarbenen Sofa, einem grauen Stahlschreibtisch und der Empfangsdame gefüllt war, einer extrem drallen Blondine, deren

Lippen zu einem beständigen O der Überraschung gespitzt waren. Sie hieß Oral Amy. Jay hatte sie in einem Laden namens Boytoys irgendwo im East Village entdeckt. Hiram zog sie an den Haaren hoch, setzte sich auf ihren Stuhl, nahm den Telefonhörer ab und wählte.

Es klingelte zweimal. »Latham.«

»Ich will kein Blatt vor den Mund nehmen«, sagte Hiram schneidend. »Hier spricht Hiram Worchester. Wir haben Ihre Bücher.« Er hörte, wie Jay den Hörer des anderen Apparats abnahm.

»Ich weiß nicht, welche Bücher Sie meinen.«

»Natürlich wissen Sie das«, sagte Hiram bedrückt.

»Hiram«, sagte Jay, »er will sich nur keine Blöße geben, falls wir das Gespräch aufzeichnen. Stimmt's nicht, Latham?«

Einen Moment lang herrschte nachdenkliches Schweigen. Schließlich sagte Latham: »Es ist ziemlich spät. Wir wollen die Sache beschleunigen. Was ist der Zweck Ihres Anrufs?«

Hiram zupfte an seinem Bart und wog seine Worte ab. »Es geht um eine juristische Frage«, sagte er. »Nehmen wir einen hypothetischen Fall an, nur diskussionshalber. Nehmen wir an, ich wäre, ganz unabsichtlich, in den Besitz einiger Bücher gelangt. Sagen wir, zwei schwarze Lederalben mit wertvollen Briefmarken und ein blaues Notizbuch mit Stoffeinband, dessen Inhalt ... äh ... sehr interessant ist. Können Sie mir folgen?«

»Vorausgesetzt, Sie wären in der Tat unabsichtlich in ihren Besitz gelangt, bin ich ganz sicher, dass Sie sie ihrem rechtmäßigen Eigentümer zurückgeben wollten«, sagte Latham.

»Gewiss. Tatsächlich bin ich in unserem hypothetischen Fall sogar ganz sicher, dass mir genau dieser Gedanke durch den Kopf ging, als ich die Bücher aus den Händen eines berüchtigten gesuchten Verbrechers befreite. Ich komme einfach nicht umhin, mich zu fragen, wie dieser Verbrecher wohl in ihren Besitz gelangt sein mag. Vielleicht durch Diebstahl?«

»Wenn ja, wäre der Besitzer wahrscheinlich sehr dankbar für ihr Wiederauftauchen. Vielleicht wäre sogar eine Belohnung angebracht.«

»Die gute Tat an sich ist Belohnung genug«, sagte Hiram.

»*Hey!*«, protestierte Jay.

»Ruhe«, sagte Hiram. »Also, Mr. Latham, da wir hier über gestohlenes Eigentum reden, bestünde die korrekte Verfahrensweise darin, die Bücher der Polizei zu übergeben.«

»Technisch gesehen ja, aber falls in diesem Fall Anklage erhoben würde, könnten die Bücher als Beweismittel einbehalten werden. Ich könnte mir gut vorstellen, dass das dem Besitzer nicht recht wäre.«

»Ich verstehe«, sagte Hiram. »Ich glaube, wir verstehen einander. Ich will ganz offen sein. Ich weiß nicht, wer der Besitzer ist, und werde es auch wohl kaum erfahren, oder?«

»Da mögen Sie recht haben.«

»Aber ich weiß, dass Sie ihn vertreten. Nein, bestreiten Sie es nicht. Ich bin zu müde für diese Spielchen. Ihr Klient will seine Bücher zurück? Wunderbar. Ich bin Geschäftsmann, Mr. Latham, kein Briefmarkendieb oder Ermittlungsbeamter. Lassen Sie uns ein Geschäft machen, dann können Sie die Bücher haben. Hier sind die Bedingungen. Erstens, keine Vergeltungsmaßnahmen gegen mich, mein Restaurant oder meine Freunde einschließlich Mr. Ackroyd. Die Klage gegen ihn wird fallen gelassen.« Hiram räusperte sich und beugte sich vor. Oral Amy starrte ihn vom Boden aus an, den Mund weit geöffnet, als sei selbst sie ein wenig überrascht. »Zweitens«, sagte er mit fester Stimme, »die Schutzgelderpressungen in der Fulton Street werden umgehend eingestellt. Gills und die anderen Fischhändler können ihren Geschäften nachgehen, ohne Angst vor weiteren Belästigungen haben zu müssen. Drittens, ich will, dass Keule ins Gefängnis geht.«

»Ich bin kein Richter«, sagte Latham. »Ich kann nicht entscheiden, wer ins Gefängnis geht und wer nicht.«

»Wenn Ihr Klient verspricht, dass Gills nichts geschieht, reicht dessen Zeugenaussage. Wenn nicht, auch gut. Das Risiko gehe ich ein.« Er holte tief Luft. »Das ist alles.«

»Ich muss mich mit meinem Klienten beraten. Persönlich bin ich der Ansicht, dass diese Bedingungen die Basis für eine Übereinkunft sein könnten. Ich rufe Sie zurück. Wie ist Ihre Nummer?«

»Auf keinen Fall«, warf Popinjay ein. »Für wie dumm halten Sie uns? Nein, wir werden uns treffen. Wir vier, das heißt, Hiram und ich, Sie und Ihr Klient.«

»Wo und wann?«, fragte der Anwalt.

»Im *Crystal Palace*«, sagte Ackroyd. »Wenn der Laden schließt, wird Chrysalis als Vermittler fungieren, gegen eine Gebühr, versteht sich. Sie hat einen telepathisch begabten Barmann, der dafür sorgen wird, dass niemand falsch spielt.«

»Einverstanden«, sagte Latham.

◆

Seine Hände spielten auf ihr, streichelten sie, beteten sie an. Vage war sie sich der Tatsache bewusst, dass sich irgendetwas verändert hatte. Irgendwas war hinzugekommen. Seine Aufmerksamkeit konzentrierte sich in einer Art auf sie, die an Besessenheit grenzte. Es hätte sie gewiss beunruhigt, wäre sie mehr bei der Sache gewesen. Aber er konkurrierte mit einer dantesken Vision – *es ist allen Blicken entzogen. Ich wünschte, es würde sterben. Sie geht immer zu ihm. Es versucht zu säugen.* Und seine gemurmelten Koseworte gingen in den anderen Stimmen unter. »*Sie sind offensichtlich beide Latente. Unglücklicherweise hat es das Virus vorgezogen, sich in Ihrem Kind zu manifestieren.*«

»Dieses Ding *hat nichts mit mir zu tun! Es ist offensichtlich, dass meine Frau mir untreu war.*« *Vorwurfsvolle braune Augen, das Gesicht in Falten gelegt, die das heroische Erdulden eines unaussprechlichen Betrugs ausdrückten.* »*Alles andere könnte ich verzeihen, Rou, aber die Familie ist heilig.*«

»*Josiah, warum tust du mir das an? Wo ich dich so sehr brauche?*«

Kein Mitleid.

Tachyon drang in sie ein, und sie spannte sich, schloss ihre feuchte Weichheit um ihn. Spinnwebfinger, die über ihre Schirme strichen. Ihr Körper schien zu schrumpfen, als sie ihre Willenskraft zusammennahm und aus jeder Körperzelle den Tod beschwor. Einen Moment lang zögerte sie, und die Unentschlossenheit war ein körperlicher Schmerz.

Dieser Mann, so ... gut. Sie hatten Musik, Liebe und Furcht geteilt. Kein anderer Weg zur Freiheit von ... Monstern.

In einer bewussten, vorsätzlichen Wahl ließ sie den Tod frei, und er floss weich, eine sanfte, unerbittliche Liebe.

Und ihre Schirme brachen. Sie waren künstliche Gebilde. Als sie losließ, gab etwas in ihrem Verstand nach und damit auch die Schirme.

Roulette spürte seine Ekstase, als sie für einen kurzen Augenblick eins wurden. Dann trat Entsetzen an die Stelle der Freude. Sie spürte, wie er alles aufnahm. Das Kind, Howler, Josiah, den Astronom, *Baby,* TOD!

Er fuhr zurück, fiel mit den Bettlaken auf den Boden und kroch zur Wand. Er krümmte sich, würgte mehrere Minuten lang, dann wichen die Krämpfe einem Schluchzen. Er wiegte sich hin und her und schlang die Arme um seinen Leib, während ihm die Tränen über das verschrammte Gesicht rannen.

Verschwinde von hier. Um Gottes willen, *lauf!* Aber sie konnte keine Kraft in ihre Beine zwingen, also kuschelte sie sich in die Kissen und sah zu, wie er weinte. Es war ohnehin sinnlos. Sie würden sie sehr bald gefunden haben, und sie wollte, dass es ein Ende hatte. Sie konnte mit diesen Erinnerungen nicht mehr weiterleben. Vielleicht lag es daran, dass sie Tachyon nicht getötet hatte, dass sich der Albtraum ständig wiederholte. Sie dachte einen Augenblick darüber nach und verwarf den Gedanken dann als falsch. Nein, es lag daran, dass der Astronom *gelogen* hatte. Und ihr wurde klar, dass sie doch nicht bereit war zu sterben. Zuerst war noch eine Abrechnung fällig.

Zweiundzwanzigstes Kapitel

03:00

Spector sah sich um, bevor er über die Straße lief. Cordelia und Veronica trotteten ihm nach.

»Nicht so schnell, um Himmels willen«, sagte Veronica. Sie hielt ihr Lamékleid über den Knien zusammen. »Der alte Mann wird uns keinen Ärger mehr machen. Er sah ziemlich fertig aus, als wir gegangen sind. Vielleicht ist er schon tot.«

Spector schüttelte den Kopf und führte Cordelia in die Dunkelheit zwischen den Straßenlaternen. »Du hast verdammt noch mal keine Ahnung, wovon du redest. Er ist mächtig genug, um uns alle zu erledigen. Er braucht sich nur jemanden von der Straße zu holen und zu beenden, was er mit eurer toten Freundin begonnen hat. Wie war noch gleich ihr Name? Caroline?«

Veronica blieb stehen und hielt Cordelia an der Schulter fest. »Genau. Und du hast sie umgebracht.« Veronica schniefte. Spector wusste nicht, ob die Erkenntnis von Carolines Tod endlich durchgedrungen war oder ob es nur an der Kälte lag. »Lass uns diesen Burschen abhängen. Er wird uns keine Schwierigkeiten machen.« Veronica zog Cordelia an sich. »Und wenn doch, gibst du's ihm. Genauso wie diesem Imp.«

»Schön«, sagte er. »Macht, dass ihr verschwindet. Ihr haltet mich nur auf. Geht und helft eurem Zuhälter. Er wird es brauchen.«

Cordelia drehte sich langsam um und ließ sich von Veronica wegführen. Einen Moment lang erwog er, den beiden

Frauen zu folgen und sie zu töten. Er würde keine Mühe haben, Cordelia zu überraschen und außer Gefecht zu setzen, bevor sie ihre Kraft einsetzen konnte. Die andere war nur eine ganz gewöhnliche Schnalle. Aber ihm war nicht danach. Eigentlich wollte er nur den Astronom töten oder zumindest tot sehen. Andererseits konnten ihm Cordelia und Veronica Schwierigkeiten bereiten. Sie konnten bezeugen, dass er Caroline umgebracht hatte. Wie der Mafioso Tony einmal zu ihm gesagt hatte: »Man bedauert nicht die Morde, die man begangen hat, sondern die, die man nicht begangen hat.«

»Scheiß drauf. Ich kann nicht jeden kaltmachen.« Er ging über die Straße zur U-Bahn-Station in der 77th Street. Er konnte die Linie 5 nach Jokertown nehmen. Was er dann tun würde, wusste er noch nicht.

♠

Fortunatos Kopf ruhte auf Peregrines nacktem Bauch. Sie lag in dem Chaos aus Bettwäsche, zerrissenen Kleidern und Federn, die sich im Eifer des Gefechts gelöst hatten, und hatte alle viere von sich gestreckt. Erst vor ein paar Minuten hatte Fortunato drei von den Federn benutzt, um sie zu ihrem vierzehnten oder fünfzehnten Orgasmus zu bringen. Er hatte lange vorher den Überblick verloren, die Zeit vergessen, sogar vergessen, wo er war.

»Was in Gottes Namen hast du mit mir angestellt?«, stöhnte sie. »Ich fühle mich, als hätte ich an einem Marathonlauf teilgenommen.«

»Tut mir leid«, sagte Fortunato. »Das ließ sich irgendwie nicht vermeiden.« Er hatte noch nie zuvor Sex mit einem anderen Ass gehabt. Die Verschmelzung ihrer Kräfte überstieg alles, was er je erlebt hatte. Sein Astralkörper war zu groß für seine fleischliche Hülle. Er war überall von einer leuchtend weißen Aura umgeben.

Er war selbst dreimal gekommen, und jedes Mal hatte er die Ejakulation verhindert und in sich zurückgelenkt. Dabei hatte er ein paar Tropfen verloren, genug, um Peregrine schwach leuchten zu lassen, obwohl es ihrem Energieniveau nichts nützte.

Sie strich über seine Brust. »Ich habe schon vom Nachleuchten gehört, aber das hier ist lächerlich.«

Er wälzte sich herum und küsste sie auf den Oberschenkel. »Ich muss gehen.«

»Der Astronom.«

»Irgendwas wird in einer Stunde passieren. Er hat sich eine Fluchtmöglichkeit geschaffen, um sich ein für alle Mal abzusetzen. Das kann ich nicht zulassen.«

»Warum nicht? Lass ihn doch einfach verschwinden. Was nützt es dir, wenn du ihn umbringst?«

»Es geht mir nicht um Gerechtigkeit, wenn es das ist, was du meinst. Dass er für seine Verbrechen büßt oder etwas in der Art. Es ist nur so, dass ich nicht den Rest meines Lebens ständig auf der Hut sein und mir Gedanken darüber machen will, ob er wohl wieder auftaucht.«

»Blödsinn. Du willst seinen Tod, und du willst derjenige sein, der ihn umlegt.«

»Ja. Okay. Ich will, dass dieser Haufen Rattenscheiße stirbt. Ich geb's zu. Ich will es so sehr, dass ich es schmecken kann.« Er stand auf, zog seine Hose an, krempelte die Ärmel seines Smokinghemds auf und ließ es offen, statt in der Wohnung nach den fehlenden Kragen- und Manschettenknöpfen zu suchen.

Sie kam zu ihm und schlang ihm die Arme um den Hals. »Ich würde dir ja meine Hilfe anbieten, aber mir wird schon vom Stehen schwindlig.«

»Du brauchst nur mit mir zum *Aces High* zurückzugehen und dort zu bleiben, bis alles vorbei ist. So oder so.«

»Warte …«

»Ich kann nicht warten. Die Zeit wird knapp.«

»Nein, ich meine, lausch doch mal. Hörst du nichts?«

Seine Sinne waren übersättigt. Von seinem Körper schien ein leises elektrisches Summen auszugehen. Aber darüber hinaus konnte er noch etwas anderes hören, ein Geräusch, als rieben nasse Teller in Spülwasser aneinander. Er sah auf die Digitaluhr neben dem Bett. Das Bett vibrierte auf seinem Podest.

»O Scheiße«, sagte Fortunato in dem Augenblick, als das Wasserbett explodierte.

Die Wucht der Explosion schleuderte sie durch den Raum. Das Wasser kochte zuerst, kühlte sich jedoch rasch ab, als es sich ausbreitete. Fortunato prallte gegen einen grauen, tönernen Pflanzenkübel, der unter ihm zerbrach. Bevor er seine Lunge wieder mit Luft füllen konnte, flog eine menschliche Leiche durch die Fensterwand, und er war von umherfliegenden Glassplittern umgeben.

Fortunato wollte den Zeitablauf verlangsamen, doch die Zeit widerstand ihm. Er mühte sich nach Kräften, nahm die Kraftlinien in dem Raum in topografischer Reliefdarstellung wahr und sah, dass es sich um eine Frauenleiche handelte. Aber mehr wollte er nicht sehen, noch nicht.

Er zerrte mit seinem Geist an den Kraftlinien. Wo er und Peregrine lagen, erhoben sich kleine Kraftkegel. Die Glassplitter folgten den Konturen der neuen Raumzeit im Zimmer und beschrieben gekrümmte Flugbahnen um sie herum, um dann an den Wänden zu Staub zu zerplatzen.

Peregrine kroch über den Boden. Fortunato sah, wohin sie wollte, und umgab sie mit seiner schützenden Kraft. Sie erreichte die Stelle, wo ihre klauenbewehrten Handschuhe an der Wand hingen, und streifte sie über. Daneben hing ein Kostüm, aber sie machte sich nicht die Mühe, es anzuziehen.

Das Dach ächzte und spaltete sich der Länge nach. Trümmerstücke aus Stahl und Beton regneten auf sie herab, doch die Schirme, die sie umgaben, waren solide. Fortunato brauchte kaum etwas von seiner neuen Kraft, um sie aufrechtzuerhalten. Peregrine stieß sich ab und flog in die Dunkelheit hinaus.

Der Boden wölbte sich unter Fortunato. Wasserfontänen schossen aus geplatzten Rohren, und es stank nach Erdgas. Er kroch zu der toten Frau und drehte sie um.

Caroline.

Es war Caroline.

Ihr Genick war gebrochen. Die Haut war zerkratzt und zerbissen und zerfetzt.

Sie war seit sieben Jahren seine Favoritin. Er konnte ihre heftigen Gemütsschwankungen und den sarkastischen Humor niemals voraussehen, konnte nie genug von der schieren körperlichen Intensität bekommen, wenn sie sich liebten. Trotz der neuen Mädchen war er immer zu ihr zurückgekommen.

Lange Zeit konnte er nichts empfinden. Ein großes Trümmerstück verfehlte ihn um Zentimeter, während er neben ihrer Leiche kniete.

Als schließlich die Wut kam, veränderte sie ihn.

Es ging um Leben und Tod, so einfach war das. Der Astronom bezog seine Macht aus dem Töten. Der Astronom war der Tod. Fortunato zog Kraft aus dem Sex, aus dem Leben. Und das Leben verkroch sich in seinem Bau, zu verängstigt, um herauszukommen und dem Tod ins Angesicht zu schauen. Es brüllte nur leere Drohungen und hoffte, der Tod würde verschwinden.

Er öffnete die Augen. Es bedurfte nur eines Blinzelns, und alles, was ihm entgangen war, sprang ihn förmlich an. Die flimmernden Hitzelinien, die er vor siebzehn Jahren in der Wohnung des toten Jungen gesehen hatte, zogen sich in die Nacht hinaus.

Fortunato stand auf, und die Kraft seiner Wut bewirkte,

dass er einen halben Meter über dem Boden schwebte. Er packte das pyramidenförmige Netz der Macht, war bereit hineinzufliegen, sich von seinem Strudel mitreißen zu lassen und die Ursache in Stücke zu reißen.

Er tastete sich vorwärts, und dann waren die Linien verschwunden.

Er ging durch die zerschmetterte Glaswand und schwebte dort oben, dreißig Stockwerke über den Straßen Manhattans, in der Luft. Hoch über sich konnte er Peregrine sehen, die in ihrer Nacktheit einen prächtigen Anblick bot, wie sie den Park überflog. Die Lichter der Stadt ließen den Himmel eben und grau erscheinen, und sie selbst wirkte zweidimensional wie ein Drache mit Geschlechtsmerkmalen. Sie umkreiste ihn einmal und landete dann auf dem zerstörten Dach ihrer Wohnung.

»Jesus«, sagte sie. »Ich bin so müde ...«

»Hast du ihn gesehen?«, fragte er sie.

»Nein. Nichts. Du?«

»Für einen Augenblick. Ich sah die Spuren, die er hinterlassen hat. Zum ersten Mal. Zum ersten Mal bin ich stärker als er. Wenn ich ihn finden könnte, dieses gottverdammte Schiff finden könnte, würde ich ...«

»Was ist los?«

Schiff, dachte er. Wie Außerirdische aus dem All, hatte Black gesagt. Wie Tachyon.

Tachyon. Jesus, Tachyon hatte ein Schiff!

Je länger er darüber nachdachte, desto überzeugter war er. Der Astronom wollte sich Tachyons Schiff aneignen.

Fortunato ging zu Peregrine zurück und küsste sie. Der Duft ihrer Körperflüssigkeiten umgab sie wie ein Parfum, und es war schwer für ihn aufzuhören. Sie schwankte ein wenig, als er sie losließ.

Dann sah sie Carolines Leiche.

»O Gott«, flüsterte sie.

Fortunato nahm Carolines Leiche in die Arme. »Das hat nichts mit dir zu tun«, sagte er. »Das hat nur was mit mir zu tun. Du solltest es vergessen.« Er machte einen Befehl daraus, ohne es zu wollen. Sie nickte.

Er ging wieder in die Nacht hinaus.

»Fortunato …?«

Er wollte sich umdrehen, aber es gab nichts mehr zu sagen. Er ließ sich von seiner Kraft in die Dunkelheit tragen.

♣

Die Straßen waren trotz der späten Stunde immer noch überfüllt, und jeder, der noch auf den Beinen war, schien betrunken, bekifft, streitlustig, verrückt oder alles auf einmal zu sein. Jennifer erregte ein unangenehm hohes Maß an Aufmerksamkeit. Wäre Brennan nicht bei ihr, hätte sie keinen halben Block weit gehen können, ohne ihre Kräfte einzusetzen, um unerwünschten Annäherungsversuchen auszuweichen.

Der lange Tag verlangte seinen Tribut. Ihre Füße schmerzten, sie war todmüde, und ihr Hunger war ständig größer geworden, bis er sich anfühlte wie ein kleines Tier, das in ihr nagte. Sie musste unbedingt etwas essen, um wieder geistern zu können. Unstofflich zu werden verbrannte einen Haufen Energie, und in ihrer schlanken Gestalt waren nicht viele Kalorien gespeichert.

Jennifer sah einen Straßenhändler, der ebenso angeheitert aussah wie die Feiernden ringsum. Sie sagte Brennan, sie brauche etwas zu essen, und blieb stehen. Er kaufte dem Mann ein paar Hot Dogs ab.

»Tut mir leid, mehr kann ich nicht tun«, sagte Brennan, der selbst an einem Hot Dog knabberte. »Die meisten Restaurants lassen nur Gäste rein, die reserviert haben. Oder sie sind so überfüllt, dass wir nicht einmal zur Tür hereinkämen.«

»Die Hot Dogs reichen«, sagte Jennifer mit vollem Mund. Sie verzog das Gesicht und nahm einen tiefen Schluck von ihrer Limonade. »Der Senf ist *scharf*!«, sagte sie und versuchte, gleichzeitig zu reden und Eis auf ihrer Zunge hin und her zu rollen.

»Hmm?« Brennan blieb stehen, ging zum Straßenverkäufer zurück und kaufte eine ganze Plastikflasche von dem Senf.

»Wofür soll das gut sein?«, fragte Jennifer, als er die Flasche einsteckte.

»Für später.« Er führte das nicht näher aus, und Jennifer war zu sehr mit Essen beschäftigt, um sich Gedanken deswegen zu machen.

Sie gingen weiter durch die Straßen, bis Brennan sie in eine schmale Gasse führte, die erstaunlicherweise völlig leer war.

»Hier werden Sie bis zu meiner Rückkehr in Sicherheit sein«, sagte er.

»Wohin gehen Sie?«

»In meine Wohnung. Ich bin gleich zurück.«

Jennifer sah ihm nach, ein wenig gekränkt darüber, dass er ihr nicht genug vertraute, um sie mitzunehmen. Er kehrte wie versprochen zurück und brachte einen Mantel und ein Paar Schnürsandalen für Jennifer mit.

»Sie sind ein wenig groß«, sagte Brennan, »aber das ist immer noch besser, als barfuß herumzulaufen.«

Sie war immer noch von seinem Misstrauen gekränkt, konnte aber nicht widerstehen, nach dem Rucksack auf seinem Rücken zu fragen.

»Was ist darin?«

»Ein paar Sachen, die wir vielleicht noch brauchen, bevor der Abend vorbei ist.«

»Informativ wie eh und je«, sagte sie. »Können Sie mir nicht einmal etwas geradeheraus sagen? Wohin gehen wir jetzt?«

»Dorthin, wo wir vielleicht ein paar Antworten bekommen. Zum *Crystal Palace*.«

♥

Siebzehn Jahre lang hatte sich Fortunato im Hintergrund gehalten. Nicht aus Bescheidenheit, sondern um Ablenkungen zu vermeiden. Er flog nicht zur Rettung verschütteter Bergarbeiter, und er vereitelte auch keine Raubüberfälle in der U-Bahn. Von ein paar Monaten in den Sechzigern abgesehen, in denen er sich mit Politik abgegeben hatte, war er in seiner Wohnung geblieben und hatte gelesen. Hatte Aleister Crowley und P. D. Ouspensky studiert und ägyptische Hieroglyphenschrift, Sanskrit und Altgriechisch gelernt. Nichts war ihm wichtiger erschienen als Wissen um des Wissens willen.

Er konnte nicht sagen, wann sich das geändert hatte. Irgendwann, nachdem eine Frau namens Eileen in einer Gasse in Jokertown gestorben war, deren Hirn der Astronom leer gefegt hatte. Irgendwann, nachdem ihm alles, was er las, von Teilchenphysik über Freimaurerrituale bis zur *Bhagawadgita*, immer wieder dasselbe sagte: Alles ist eins. Nichts war wichtig. Alles war wichtig.

In dieser Nacht flog er in den Überresten seines Smokings, leuchtend wie eine Neonröhre und mit einer toten Frau in den Armen, über Manhattan. Betrunkene Touristen, durchgedrehte Joker und die letzten Kinogänger schauten auf und sahen ihn dort, und es war nicht wichtig.

Er ließ sich die Vorstellung durch den Kopf gehen, dass er möglicherweise die Nacht nicht überleben würde, und auch das schien nicht wichtig zu sein. Was bedeutete schon ein Zuhälter mehr oder weniger?

Er sah Jokertown unter sich. Die abgesperrten Straßen waren vollgestopft mit Leuten in Kostümen und Leuten, die Kostüme *waren*, und alle trugen Kerzen, Taschenlampen oder Fackeln. Jede Straßenlaterne und jede Glühbirne in jedem Fenster der Bowery brannte.

Er ließ Caroline auf den Stufen der Jokertown-Klinik liegen. Die Menge öffnete sich, um ihn durchzulassen, und schloss sich dann wieder hinter ihm. Es war keine Zeit für sentimentale Gesten. Caroline war tot. Für sie kam jede Hilfe zu spät.

Er erhob sich in den Himmel. Dort schwebte er auf der Stelle, konzentrierte sich und stellte sich Tachyon in seiner weibischen Clownskleidung und mit den zurechtgemachten roten Haaren vor. *Sind Sie schon tot, Tachyon?*, dachte er. *Hallo Tachyon, hören Sie mich?*

Tachyons Gedanken erfüllten seinen Geist. *Endlich! Wo haben Sie gesteckt? Ich habe versucht, Sie zu erreichen! Sie waren von einer Mauer umgeben!*

Ich bin heute Nacht ein wenig geladen, sagte Fortunato zu ihm.

Ich muss Sie sprechen. Das Bild eines Lagerhauses am East River formte sich in seinem Verstand. *Können wir uns dort treffen? Es ist äußerst wichtig. Es geht um den Astronom.*

Fortunato stülpte das Bild des Lagerhauses von innen nach außen. Das Schiff war darin. Es war geformt wie eine juwelenbesetzte Muschel und größer als die meisten Häuser.

Ich weiß, dachte Fortunato. *Ich weiß es bereits.*

♦

Tachyon weinte noch immer. *Ein unerschöpflicher Strom*, dachte Roulette müde, gefolgt von einem ärgerlichen Gedanken: *Was will er nur von mir?*

»Hör auf«, sagte sie, und ihre Stimme schien von weither zu kommen.

Der Außerirdische hielt mitten in einem Schluchzer inne

und nahm die Hände von seinem verquollenen, tränenüberströmten Gesicht.

»Das kümmert niemanden. Du kannst dir die Seele aus dem Leib weinen, aber es wird niemanden kümmern.«

»Ich habe dich geliebt.« Seine Stimme war ein heiseres Krächzen in der Dunkelheit des Zimmers.

»Immer in der Vergangenheitsform.« Die Bemerkung kam ihr unerträglich komisch vor. Sie merkte nicht, dass ihr Gelächter in Weinen überging.

Seine Hände packten ihre Schultern und schüttelten sie, bis ihre Zähne aufeinanderschlugen und die Kristallperlen in ihren Haaren kalt klirrten. »Warum? Warum?«, schrie er.

»Er hat mir Rache versprochen und Frieden.«

»Den Frieden des Grabs. Der Astronom zerstört alles, was er berührt. Wie viele Leichen sind nötig, um dich davon zu überzeugen?« Er schrie ihr ins Gesicht. »Und jetzt … *Baby* …«, stöhnte er, indem er sie beiseitestieß.

»Und was ist mit dir, *Doktor*?«, rief sie. »Was ist mit deinem Leben voller Leichen?« Die Dämonen begannen ihr Spiel. Sie hielt sich den Kopf und wimmerte: »Mein Baby.«

Sein Geist begegnete ihrem, aber diesmal fand keine Verschmelzung ihrer Gedanken statt. Das Chaos in ihrem Verstand widersetzte sich der Verschmelzung.

»Es geschieht wieder«, jammerte Tachyon in gequältem Flüsterton. »Ich kann es nicht ertragen. Nicht noch einmal. Was soll ich tun? Wer kann mir helfen?«

Er zog sie vom Bett und schob sie zu ihrer Kleidung. »Zieh dich an. Wir müssen uns beeilen. Wenn ich *Baby* vor dem Astronom erreichen kann. Dann, später … später werde ich alles für dich tun, was ich kann, mein armer, armer Schatz.«

Roulette, die sich mechanisch Kleid und Schuhe anzog und ihre Tasche aufhob, versuchte sich zu konzentrieren, aber Tachyons nervöses Geplapper zerrte an ihren Nerven und störte ihr Denkvermögen. Sie versuchte sich davor zu versperren.

»Persönlichkeitsverfall«, murmelte er aus dem großen begehbaren Kleiderschrank. »Es wird erforderlich sein, den Kern zu finden und Erinnerungsfelder neu aufzubauen.« Die Litanei setzte sich fort, als halte ein Schuljunge eine Generalprobe für eine Prüfung ab. Kleiderbügel wurden quietschend über die Stange geschoben.

Roulette bewegte sich rasch, öffnete die Kommodenschublade, nahm die Magnum heraus und verstaute sie in ihrer Handtasche. Einen Augenblick später kam Tachyon in den Raum gerast, warf sich eine Jacke über sein offen stehendes Hemd und nahm sie an der Hand.

Sie wehrte sich nicht. Er brachte sie zu ihrem Meister. Und dann würde sie mit ihnen beiden abrechnen.

♠

Bevor er das Lagerhaus sah, hörte Fortunato das Geschrei in seinem Kopf. Es war der Lärm eines kreischenden Kindes, doch konzentrierter, gehaltvoller, zum Verrücktwerden. Er errichtete einen geistigen Abwehrschirm, um bei klarem Verstand zu bleiben.

Er flog über den baufälligen Häuserblock hinweg und sah das Lagerhaus. Es war von Jugendlichen in schwarzen Lederjacken umringt, die Überreste der Gangs, die in den Kreuzgängen geherrscht hatten. Sie hatten Pistolen in Schulterhalftern wie Cowboys des einundzwanzigsten Jahrhunderts. Als Fortunato vom Himmel zu ihnen herabschwebte, legten alle die Köpfe in den Nacken und hielten nach ihm Ausschau.

»Lauft!«, befahl Fortunato ihnen. »Lauft weg!« Sie ließen die Waffen fallen und liefen.

Fortunato landete vor dem Eingang zum Lagerhaus. Irgendetwas darin summte wie eine monströse Trägerwelle. Über der Tür brannte ein einzelner Scheinwerfer, aber Fortunato leuchtete selbst wie eine kleine Sonne. In diesem Licht sah er Tachyon und Roulette aus der Richtung von Tachyons Wohnung auf ihn zulaufen.

Der Astronom war bereits da. Seine Energiespur bedeckte die Wände und leckte hinaus auf die Straße. Fortunato wollte gerade die Tür öffnen, als ein dünner Zylinder aus rosa Licht neben ihm die Wand durchbohrte und dann erlosch. Ein scharfes Knacken ertönte, als Luft in das Vakuum implodierte, das der Laser hinterlassen hatte. In dem Lagerhaus schrie jemand. Eine Sekunde später schnitt der Laser ein weiteres Loch ein paar Meter entfernt, dann noch eines. Der Lärm war so laut wie Kanonendonner. Dann hörten das Summen und der Laserbeschuss auf. Gleichzeitig wurde das Kreischen in seinem Kopf noch lauter.

»Ich gehe rein«, sagte Tachyon. »Er tut *Baby* weh.«

»*Baby*«, sagte Fortunato. »Jesus.«

»So heißt das Schiff«, erklärte Roulette.

»Ich weiß«, sagte Fortunato. »Was haben Sie damit zu tun?«

»Sie arbeitet für den Astronom«, sagte Tachyon. »Sie hat heute Nacht versucht, mich umzubringen.«

Fortunato hätte beinahe laut aufgelacht. Also war sie doch keine Freischaffende. Ein Jammer, dass es ihr nicht gelungen war. Fortunato riss die Tür auf und sah den Astronom in das Schiff kriechen.

Auf dem Boden lag eine Leiche, ein Jugendlicher mit einem rauchenden schwarzen Loch anstelle einer Brust. In der Ecke standen vier Personen: eine Frau, die eine Schwesterntracht und ein M16 trug, eine andere Frau in Weiß, ein Mann mit einem Katzengesicht und langen Krallen und eine unscheinbare Orientalin, die ihm irgendwie bekannt vorkam. Die Kreuzgänge, dachte Fortunato. Er hatte sie dort und im alten Freimaurertempel in Jokertown gesehen, nur wenige Minuten, bevor er ihn in die Luft gesprengt hatte. Als er sie ansah, wurde sie plötzlich wunderschön. Faszinierend. Er konnte nicht wegsehen. Er spürte förmlich, wie die Neuronen in seinem Hirn fehlzündeten.

»Hör auf!«, befahl er. Sein Verstand klärte sich, und sie wurde wieder unscheinbar und verängstigt. Die Krankenschwester hob das M16. Fortunato schmolz es, sodass sich der Plastikschaft in ihren Händen in heiße Flüssigkeit verwandelte.

»Es ist vorbei«, sagte die Orientalin, »nicht wahr? Wir kommen hier nicht mehr raus.«

»Nicht in diesem Schiff«, sagte Fortunato.

»Den ganzen Weg von San Francisco, und alles vergebens«, sagte sie.

»Es bleibt immer noch die Tür.«

Sie sah ihn durchdringend an, um sich zu vergewissern, ob er es ernst meinte. Dann lief sie los. Die anderen folgten ihr langsamer, da sie nicht gewillt waren, Fortunato den Rücken zuzukehren.

»Gresham?«, fragte Tachyon. Seine Stimme bebte vor Wut und Kränkung. »Schwester Gresham?«

»Was?«, fragte die Krankenschwester.

»Wie konnten Sie? Wie konnten Sie mein Vertrauen missbrauchen?«

»Ach, lecken Sie mich doch«, sagte Gresham. »Was interessiert mich Ihr dämliches Vertrauen?«

Tachyon legte beide Hände an den Kopf. Seine Finger verformten sein Gesicht zu einer Fratze. Fortunato fragte sich, ob er explodieren würde. Stattdessen verdrehte Gresham die Augen. Sie drehte sich einmal wie ein Kreisel und prallte dann gegen die baufällige Wand neben der Tür.

»Jesus«, sagte Fortunato. »Haben Sie sie umgebracht?«

Tachyon schüttelte den Kopf. »Nein. Sie ist nicht tot. Obwohl sie es verdient hätte.«

»Dann müssen Sie sie rausbringen«, sagte Fortunato. »Sie beide. Solange Sie noch können. Weil ich nämlich dieses Schiff wie eine Auster spalten werde.«

»Nein!« Es war praktisch ein Aufschrei. »Das können Sie nicht! Ich verbiete es!«

»Kommen Sie mir nicht in die Quere, kleiner Mann. Der Astronom ist eines Ihrer Geschöpfe. Es ist Ihr Virus, der ihn zu dem gemacht hat, was er ist. Ich werde dem ein Ende bereiten. Wenn Sie sich mir in den Weg stellen, werde ich Sie töten.«

»Nicht das Schiff«, flehte Tachyon. Der kleine Bastard wusste wirklich nicht, wann man Angst haben musste. Das musste Fortunato ihm zugestehen. »Sie lebt. Es ist nicht ihre Schuld, dass dies mit ihr geschieht. Sie können sie dafür nicht bestrafen.«

»Hier steht mehr auf dem Spiel als eine gottverdammte Maschine.«

Tachyon schüttelte den Kopf. »Für mich nicht. Und sie ist keine Maschine. Wenn Sie versuchen, ihr Schaden zuzufügen, müssen Sie erst gegen mich kämpfen. Das können Sie sich nicht leisten. Der Astronom wird uns alle töten.«

Der kleine Scheißer wollte nicht nachgeben. »Also schön. In Ordnung. Wir spielen es auf Ihre Weise. Aber Sie holen den Astronom aus dem Schiff. Oder ich hole ihn auf meine Weise.«

Tachyon hielt einen Augenblick inne und sagte dann: »Einverstanden.«

»Was ist mit mir?«, fragte Roulette.

»Du kommst mit mir.« Tachyon nahm ihre Hand, zog sie hinter sich her und betrat das Schiff.

♣

Der Astronom lehnte lässig gegen einen Bettpfosten. Die Ärmel seines Gewands waren blutverkrustet, und seine knochige Gestalt wurde vom sauren Geruch des Todes umweht. Doch zum ersten Mal, solange sie ihn kannte, spürte Roulette Verwirrung und Unschlüssigkeit.

Er musterte sie mit seinen irren, rot geränderten Augen. »Du hast ihn nicht getötet.«

Der Takisier trat vor, und seine Absätze klickten auf dem polierten Boden. »Ich war zäher als erwartet.« Der entsetzliche Blick fiel auf Tachyon. »Und nur ein Feigling schickt eine Frau vor, um für ihn zu töten.«

»Ist das alles, was Sie können? Mir ein paar Beleidigungen an den Kopf werfen? Sie sind jämmerlich, kleiner Mann.«

Plötzlich taumelte der Astronom, stöhnte und griff sich an den Kopf. Tachyon, dessen Haar wie eine feurige Wolke auf seinen Schultern lag und dessen Augen in seinem blassen Gesicht leuchteten, begann vor Anstrengung zu zittern. Auf seiner Stirn bildeten sich Schweißperlen. Dann straffte sich der Astronom mit bedrohlicher Langsamkeit und schüttelte die Gedankenkontrolle des Takisiers ab. Tachyons Augen weiteten sich vor Furcht.

»Stirb, du lästige Mücke.« Die klauenähnlichen Finger krümmten sich. Tachyon warf sich zur Seite, während ein Feuerball an der Stelle explodierte, wo er gerade noch gestanden hatte.

Der Boden kippte plötzlich, als *Baby* zusammenzuckte.

»Es nützt nichts. Sie können mit diesem Schiff nicht fliehen.« Tachyon kroch über den polierten Boden, und ein weiterer Feuerball zerstörte einen zierlichen Stuhl, hinter dem er sich verborgen hatte. »Sie kann nicht selbst navigieren. Wie gut sind Sie als Astrogator?«

Roulette quetschte sich in eine Nische und betete darum, übersehen zu werden, betete darum, nicht von einem verirrten Energiestrahl ihres Meisters eingeäschert zu werden.

»Und Sie sollten auch nicht schlafen, falls Ihnen der Start wider Erwarten gelingen sollte. Sie ist ein denkendes Wesen, aber das wissen Sie natürlich längst.« Tachyon schrie auf, und die Schulter seiner Jacke färbte sich schwarz. »Sobald Sie die Kontrolle über sie verlieren, sprengt sie die Schleusen oder fliegt in eine Sonne. Einer der Nachteile, die ein lebendes Schiff mit sich bringt, wie schon andere Feinde vor Ihnen erfahren mussten.«

Das feurige Spektakel endete. Der Astronom beäugte Tachyon mit einem Blick, der so was wie Vergnügen ausdrückte. »Sie haben ein paar interessante Einwände vorgebracht, Doktor. Also nehme ich Sie mit.«

»Nein ... ich glaube ... nicht.« Keuchende Atemzüge unterstrichen seine Worte. »Ich habe einen Todesblock errichtet. Alles, was ich bin, Körper, Seele und Geist, widersetzen sich Ihnen jetzt. Um Besitz von mir zu ergreifen, müssen Sie mich vernichten.«

»Eine erfreuliche Vorstellung.«

»Womit Ihr ursprüngliches Problem immer noch nicht gelöst ist.« Sie umkreisten sich in dem Raum. Tachyon, der sich wachsam bemühte, den Astronom auf Distanz zu halten, während der Astronom ihn mit der Geduld einer Raubkatze beschlich. »Und da ist noch eine andere unbedeutende Kleinigkeit, aber ich glaube, ich sollte sie erwähnen. Fortunato ist draußen und wartet. Er wird das Schiff zerstören, um Sie zu bekommen. Ich zöge es vor, wenn er es nicht täte. Was der Grund für meine Anwesenheit hier ist – obwohl ich alles lieber täte, als Ihnen gegenüberzutreten.«

Doch der Astronom hörte nicht mehr zu. Bei der Erwähnung Fortunatos war sein Gesicht rot angelaufen, und ein explosiver Fluch hinterließ Speichelflecken auf seinen Lippen.

»Du hast mich lange genug belästigt, du unnützes Stück Scheiße. Diesmal mache ich dich fertig.«

Er raste förmlich aus dem Schiff. Tachyon packte Roulettes Hand und lief hinterher. Hinein in die Hölle. Feuerbälle zischten durch die Luft, versengten den Betonboden und entzündeten die Lagerhausmauern. Eine Druckwelle erfasste sie, und Tachyons Griff um ihr Handgelenk löste sich. Mauerwerk und Holzträger regneten auf sie herab, als *Baby* in einem Zustand unvernünftiger Furcht durch das Dach brach und in die Nacht floh. Im dichten Mörtelstaub hustend, kroch Roulette zur Tür und ignorierte Tachyons hektische Rufe, zuerst nach *Baby*, dann nach ihr.

Die Magnum an sich drückend, kauerte sie sich in einer Gasse zusammen und beobachtete den Himmel.

Dreiundzwanzigstes Kapitel
04:00

Fortunato spürte, wie sich seine Beine vom Boden erhoben und im Lotussitz verschränkten. Die Daumen berührten die Zeigefinger und ruhten auf den Knien. Er hatte das Gefühl, als hielte sein letzter Orgasmus immer noch an. Als Peregrine ihn gehalten und mit neuer Kraft erfüllt hatte, war es, als sei er in seine Atome zerlegt und mit dem ganzen Universum in sich wieder zusammengesetzt worden. Er fühlte sich wie der Kern einer Sonne, aus der unkontrollierte Protuberanzen schossen. Er fühlte sich, als würde es nie enden.

Fünf Minuten später stürmte der Astronom aus dem Schiff. Fortunato hatte sein ganzes Leben in allen Einzelheiten noch einmal durchlebt, das Gefühl von Seide auf seiner Haut, den Klang jeder Note Musik, die er je gehört hatte, den Geschmack des Atems jeder Frau, die er geküsst hatte. Es hatte eine Ewigkeit gedauert und keine Zeit in Anspruch genommen.

»Scheißkerl!«, schrie der Astronom. »Du bist ein Wurm, eine Made, eine verdammte Amöbe! Warum schwirrst du immer um meinen Kopf herum, du Fliege, du Moskito, du Heuschrecke? Warum stirbst du nicht endlich und verschwindest?« Er hob seine dünnen Hände, und die Ärmel seines blutverkrusteten Gewands glitten über die Ellbogen zurück. Die Innenseiten seiner Arme waren mit blauen Flecken und wunden Stellen übersät. Fortunato dachte an das Heroin, das er in den Kreuzgängen gesehen hatte.

Die Hände des Astronoms schwollen an wie Melonen und explodierten dann zu Feuerbällen, Hunderten davon, die alle auf Fortunato zurasten. Jeder schälte eine Lage seiner Kraft ab, wenn er sie abwehrte, und er konnte seine Schirme nicht schnell genug wiederaufbauen. Der letzte Feuerball versengte die Haare seines linken Arms.

Das Dach des Lagerhauses explodierte. Der Astronom schoss hindurch und in den Himmel, immer noch schreiend: »Ein Hund, der mich auf der Straße verfolgt und versucht, an meinen Schuhen zu nagen. Magie? Dein Küssen und Umarmen und Ficken und Lecken? Du bist ein Kind, eine Larve, ein kleines, hilfloses, sich windendes Spermium. Du weißt gar nicht, was Macht ist.« In seinem Sog riss er Fortunato mit sich. Die Lagerhäuser, die Insel blieben unter ihnen zurück.

Jetzt leuchtete der Astronom. Heißer und heller als Fortunato. »Tod ist die Macht. Eiter, Fäulnis und Verwesung. Hass, Schmerz und Krieg.«

Fortunato sah, dass der Astronom mächtiger war, als er es sich je hätte träumen lassen. Es ließ ihn seltsam kalt. Die Stadt lag tief unter ihm, war nicht mehr als ein Lichternetz. Sie befanden sich über dem East River zwischen Manhattan und Queens. Die Williamsburg Bridge befand sich zur Rechten Fortunatos, und die Kabel kreischten hohl im Wind.

Sie waren so hoch, dass sich Fortunatos Brust dort, wo das Smokinghemd offen stand, kalt anfühlte. Die Luft war sauber, und aus dem Sund von Long Island wehte ein Salzgeruch herein. Seine Beine hatten sich entfaltet, und er stand jetzt in der Luft, die Arme an den Seiten. Er wusste, dass er sterben würde.

Er sah sich selbst als das Hexagramm Ken, der Berg, der stillhielt. Sein Gegner war Sung, der Konflikt, der vor Chaos und Zerstörung brodelte. Es hatte keinen Sinn, seine Schirme wiederaufzubauen. Er zog alle Macht im Zentrum seines Körpers zusammen, formte sie zu einer Kugel und komprimierte sie. Härter, fester, bis all seine Kraft, all sein Wissen, all seine Energie in einem Korn von der Größe eines Stecknadelkopfs dicht hinter seinem Nabel versammelt war.

Er würde keine zweite Gelegenheit bekommen. Er schleuderte das Korn dem Astronom entgegen. Es schoss durch die Luft und hinterließ Fortunato schlaff, zerbrechlich und leer. Dabei war es so hell, dass er die Hände vor die Augen legen musste und dennoch die Knochen durch ihr Fleisch sehen konnte.

Er spürte mehr, als dass er es sah, wie es den Astronom traf und seine Schirme durchschlug wie eine Gewehrkugel Gelee. Als er wieder sehen konnte, hatte sich der Astronom vor Schreck und Schmerz zusammengekrümmt.

Der Astronom ging in Flammen auf. Er brannte heiß und rot, und dichter schwarzer Rauch stieg von ihm auf. Seine Arme ragten in seltsamen Winkeln aus dem Feuerball heraus, und Fortunato sah, wie sie schwarz und krustig wurden.

Und dann erloschen die Flammen.

Der Körper des Astronoms war geschwärzt, mumifiziert. Der Wind löste Schuppen verbrannter Haut von ihm, die nach Teer rochen.

Fortunato holte tief Luft. Er hatte noch ein wenig Kraft übrig, genug, um sich in der Luft zu halten, aber das war alles. Und auch dieser Rest würde bald aufgezehrt sein.

Er schien sich nicht bewegen zu können. Ein Gefühl der Leere umgab ihn.

Der Astronom öffnete die Augen.

»Ist das alles?«, fragte er. Er brüllte vor Lachen und straffte langsam seinen Körper. Verbrannte Haut fiel von ihm ab, und Fortunato konnte das verbrühte rosa Fleisch darunter sehen. »Ist das deine stärkste Waffe? Ist das wirklich alles, was du hast? Ich sollte Mitleid mit dir haben, aber du hast mir wehgetan, und jetzt wirst du sterben.«

Fortunato sah, wie sich der widerliche, mit Blasen übersäte Mann sammelte, und die Leere, die ihn umgab, sagte ihm, was er zu tun hatte.

Er sang leise vor sich hin, bannte seine Furcht. Er klärte seinen Verstand, fand die letzten Gedanken, die noch verblieben waren – Caroline, Veronica, Peregrine –, löste sie aus seinem Bewusstsein und ließ sie abwärts treiben, den Lichtern der Stadt entgegen.

Er verlangsamte seinen Herzschlag, und als er sich wieder beschleunigte, beruhigte er ihn noch einmal, endgültig.

Schließlich war es nur der Tod.

Er berührte den Geist des Astronoms, sah die Macht, die sich dort zusammenballte, und griff ein, um zu helfen. Er löste alle Fesseln, öffnete alle Schleusen, mobilisierte alle Reserven. Er gab alles.

Wir gehen zusammen, dachte Fortunato. Du und ich. Nichts war wichtig. Er wurde nichts, weniger als nichts, ein Vakuum. Komm zu mir, dachte er. Bring alles, was du hast.

Die Nacht war von kaltem weißem Licht erfüllt.

♥

Der größte Teil der Menge konnte die Schlacht über dem East River nicht sehen, weil die Sicht durch die Manhattaner Skyline versperrt war. In erster Linie schafften es diejenigen, die auf den Kreuzungen standen und nach Osten blickten, um das Spektakel zu verfolgen.

Selbst diese Zuschauer waren nicht sonderlich beeindruckt, als sich Feuerbälle bildeten und explodierten. Ein Joker, der die Funken betrachtete, die in Kaskaden in den Fluss fielen, sagte so laut, dass Jack es hören konnte: »Hey, beim Zwanzigjährigen habe ich viel spektakuläreres Zeug gesehen. Das ist doch gar nichts. Warum machen sie nichts über der Freiheitsstatue?«

»Ja!«, sagte jemand anders. »Das wär *sauber*.«

Niemand auf der Kreuzung 14th Street und Avenue A hatte irgendeine Vorstellung davon, was sich über dem Fluss abspielte.

»Ich habe in drei Stunden eine Verabredung«, sagte Bagabond. »Es ist meine erste Verabredung seit zwanzig Jahren, und jetzt geht die Welt unter.«

Das Feuerwerk verblasste und erlosch.

»Ich glaube, es ist vorbei«, sagte Jack. »Die Welt geht nicht unter. Du hast immer noch eine Verabredung. Wer ist der Glückliche?«

Sie zuckte zusammen und wich vor ihm zurück. Ihm wurde klar, was sie dachte, und er fügte hastig hinzu: »Ich bin nicht sarkastisch. Ich meine es ernst. Wer ist es?«

»Paul Goldberg.«

»Der Anwalt? Aus Rosemarys Büro?«

»Genau.«

»Was wirst du anziehen?«, fragte Jack.

Bagabond zögerte. »Das Übliche.«

Jack lachte. »Bag-Lady-Outfit?«

Sie schüttelte wütend den Kopf. »Ein Kostüm.«

»Komm mit.«

Diesmal war es Jack, der Bagabonds Arm packte und sie über die Straße zog. »Es sind vielleicht drei Blocks bis zu All Nite Mari Ann's«, sagte er. »Das ist *der* Laden in dieser Saison.«

»Wovon redest du?«

»Du brauchst eine Boutique, die durchgehend geöffnet hat«, sagte Jack. »Das wird Spaß machen.«

»Ich bin nicht auf Spaß aus«, erwiderte Bagabond.

»Willst du zu deiner Frühstücksverabredung richtig toll aussehen?«

Sie starrte geradeaus.

»Dann los, Mädchen.«

Sie versuchte zurückzubleiben, während er voranging. Jack wartete auf sie, nahm ihren Ellbogen und zeigte ihr fröhlich den Weg. Er pfiff eine schräge und ziemlich atonale Version von »We're off to see the Wizard«.

»Du bist nicht Judy Garland«, sagte Bagabond.

Jack lächelte nur.

Die Menge zerstreute sich langsam, als sei die epische Schlacht über dem East River das Äquivalent zum abendlichen Feuerwerk in Disneyland gewesen, das die Eltern daran erinnerte, ihre Kinder nach Hause zu bringen. Mehr als das, die Menge schien ganz einfach erschöpft zu sein. Es war ein sehr, sehr langer Tag gewesen.

All Nite Mari Ann's hatte einen ausreichenden Umsatz. Der Laden konnte sich eine größere Verkaufsfläche als eine durchschnittliche Boutique leisten. Er nahm das Erdgeschoss eines ehemaligen Parkhauses in Beschlag.

Jack machte mit Bagabond einen Schaufensterbummel die Front des Ladens entlang. »Ja«, sagte er. »O ja. Ein Seidenkleid, siehst du?« Er zeigte darauf, schaute in ihr Gesicht und dann wieder auf das Kleid. »Ein wunderbares Blau. Perfekt.« Er ging voran. »Komm, Suzanne. Es ist Aschenputtel-Zeit.«

Bagabond versuchte es mit einer letzten Ausflucht. »Ich habe nicht viel Geld dabei.«

Jack hielt ihr die Tür auf und erwiderte: »Das macht nichts, ich habe ein Konto.«

♦

Als ihn der Energiestoß durchfuhr, war nichts mehr von Fortunato übrig, das diesem hätte widerstehen können. Nichts widerstand ihm, und so schoss er einfach durch ihn hindurch. Und dabei hinterließ er Partikel, Partikel des Wissens, der Erinnerung und des Begreifens.

Fortunato sah einen kleinen Mann mit einer dicken Brille aus dem East River kriechen, zwanzig Jahre zuvor. Frühere Erinnerungen gab es nicht. Wo sie sich hätten befinden müssen, war nur noch eine leere, verwüstete Stelle, selbst beigebracht. Der Astronom war ein Konstrukt. Er besaß keine menschliche Identität und keine menschliche Geschichte mehr.

Der kleine Mann war ins Gras des East River Parks gekrochen und hatte in den Nachthimmel geschaut. Zum ersten Mal hatte sich das Wild-Card-Virus in ihm geregt, und sein Verstand war in diesen Himmel und zu den Sternen gerast. Er hatte Gaswolken gesehen, die rot, violett und blau brannten. Er hatte Planeten gesehen, gestreift und gequirlt, mit Ringen und Lichthöfen. Er hatte Monde und Kometen und formlose Asteroiden gesehen.

Und er hatte etwas anderes gesehen. Etwas Dunkles und beinahe Geistloses, etwas Riesiges, Gummiartiges, Übles, etwas Hungriges. Und sein Verstand hatte geschrien.

Der kleine Mann hatte sich vor einem Backsteinhaus in Jokertown wiedergefunden, nackt bis auf seine Brille und immer noch schreiend. Eine Tür hatte sich geöffnet, und ein Mann namens Balsam hatte ihn aufgenommen. Ihn aufgenommen und unterwiesen, ihn die Geheimnisse und den Namen des Dings gelehrt, das er gesehen hatte, den Namen, der das ultimative Freimaurerwort war: TIAMAT.

Er hatte ihn alles über die Maschine gelehrt, die Shakti-Vorrichtung, die der Bruder von den Sternen Cagliostro gebracht hatte. Cagliostro, der den Orden gegründet hatte, um das Wissen um TIAMAT – die Dunkle Schwester – und die Shakti-Vorrichtung zu bewahren.

Bis Balsam den kleinen Mann nichts mehr hatte lehren können. Bis es Zeit für den kleinen Mann wurde, der Astronom zu werden und Balsam zu entfernen, und das alles mit der unwissentlichen Hilfe eines wichtigtuerischen kleinen Magiers namens Fortunato. Um die Kontrolle über den Orden zu übernehmen. Um seine Bestimmung zu vollenden. Um eine religiöse Tyrannei der Ägyptischen Freimaurer zu errichten, die die Welt beherrschen würden. Eine Welt, die aus Ehrfurcht und Dankbarkeit darum betteln würde, beherrscht zu werden. Denn der Astronom würde die Shakti-Vorrichtung so benutzen, wie es von Anfang an vorgesehen war ...

»Nein«, sagte Fortunato. »Nein.«

Doch die Erkenntnis wollte nicht weichen. Die Erkenntnis, dass die Shakti-Vorrichtung den Freimaurern gegeben worden war, um die Erde vor TIAMAT zu *retten*, und nicht, um die Dunkle Schwester herzulocken. Um das Netz zu rufen und sie zu vernichten.

Die Shakti-Vorrichtung hätte sie retten können, und Fortunato hatte sie zerstört. Seinetwegen waren Tausende gestorben. Trotz all seiner angeblichen Weisheit war er nichts weiter als eine Kreatur des Augenblicks, nichts als ein temperamentvolles Kind.

Der Astronom lebte noch. Die Brille saß auf seiner Nase, die Fetzen seines Gewands flatterten im Wind, seine Brust hob und senkte sich. Er hatte die Augen verdreht, und seine Macht war verschwunden. Völlig.

Es wäre Fortunato nicht schwergefallen, die zehn Meter, die sie trennten, zu ihm zu schweben, seine Hände um den Hals des kleinen Mannes zu legen und ihm den Rest zu geben.

Stattdessen ließ er ihn fallen.

Lange Sekunden später hörte Fortunato das Klatschen, als sich der Kreis schloss und der kleine Mann wieder in den East River fiel.

♠

Die Henry Street war ruhig und verlassen. Die Schließung des *Crystal Palace* war auch das Ende der Feierlichkeiten gewesen. An beiden Enden des Blocks versperrten noch immer Straßensperren den Weg, obwohl das Fest längst vorbei war. Hiram und Jay gingen mitten auf der Straße; vorbei an den dunklen Reihenhäusern. Die Rinnsteine quollen vor Abfall über: Servietten, Pappbecher, Plastikgabeln, Zeitungen.

In der Mitte des Blocks löste sich eine finstere Gestalt aus den Schatten und näherte sich ihnen. Popinjays Hand schoss aus seiner Jackentasche, doch Hiram hielt ihn am Arm fest. »Nicht«, sagte er.

Die Gestalt trat in den Lichtkreis einer Straßenlaterne. Es war eine schwer gebaute grauhaarige Frau in einer formlosen grünen Armeejacke. Ihre untere Körperhälfte bestand aus einem einzelnen großen weißen Bein, das feucht und knochenlos aussah. Sie schob sich vorwärts wie eine Schnecke. »Haben Sie etwas Kleingeld?«, fragte sie. »Haben Sie etwas Kleingeld für einen armen Joker?«

Hiram stellte fest, dass er die Frau nicht ansehen konnte. Er zückte seine Brieftasche und gab ihr einen Fünfdollarschein. Als sie ihn aus seiner Hand nahm, ballte er die Faust und halbierte ihr Gewicht. Die Wirkung würde nicht von Dauer sein, aber für eine kleine Weile würde sie es leichter haben.

Auf einem leeren, mit Schutt und Trümmern übersäten Platz neben dem *Crystal Palace* brannte ein Feuer. Ein Dutzend kleine verzerrte Gestalten hockten darum herum, und auf einem Spieß drehte sich irgendein Tier über den Flammen. Beim Geräusch von Schritten sprangen einige der Wesen auf und verschwanden in den Ruinen. Andere drehten sich um und starrten sie mit Augen wie glühende Kohlen an. Hiram blieb stehen. Er ging nicht oft nach Jokertown, und jetzt wusste er auch wieder, warum.

»Sie werden uns nicht belästigen«, sagte Ackroyd. »Das ist ihre Zeit, wenn die Straßen leer sind und die Welt schläft.«

»Ich glaube, das ist ein Hund, den sie da braten«, sagte Hiram.

Jay nahm seinen Arm. »Wenn Sie so sehr daran interessiert sind, sorge ich dafür, dass Chrysalis Ihnen das Rezept gibt. Kommen Sie, wir müssen weiter.«

Sie gingen die Treppe hinauf und klopften.

Das Schild an der Tür besagte GESCHLOSSEN, aber einen Augenblick später hörten sie, wie ein Riegel zurückgeschoben wurde. Ein Mann stand plötzlich vor ihnen. Er hatte einen bleistiftdünnen Schnurrbart, öliges dunkles Haar und straffe Hautlappen an den Stellen, wo sich seine Augen hätten befinden sollen.

»Sascha, das ist Hiram«, sagte Jay Ackroyd. »Sind sie schon da?«

Sascha nickte. »Im Schankraum. Nur zwei. Sie sind sauber.«

Hiram stieß einen Seufzer der Erleichterung aus. »Dann wollen wir es hinter uns bringen.« Sascha nickte und führte sie durch ein kleines Vorzimmer in den Hauptschankraum des *Crystal Palace.*

Die einzigen Lichter waren diejenigen hinter der langen Bar. Der Raum stank nach Bier und Zigarettenqualm, und die Stühle waren auf die Tische gestellt worden. Sie saßen zu dritt in einer Nische. In der Düsternis sah Chrysalis aus wie ein Skelett im Abendkleid. Das Ende ihrer Zigarette glühte wie die Augen der verlorenen Seelen draußen. Loophole Latham war mit seinem dunkelgrauen Dreiteiler makellos gekleidet, und auf dem Tisch vor ihm lag seine Aktentasche. Zwischen ihnen saß der dritte Mann im Schatten.

»Danke, Sascha«, sagte Chrysalis. »Du kannst uns jetzt verlassen.« Als das Echo seiner Schritte verhallt war, herrschte tödliche Stille im Schankraum.

Hiram fragte sich wiederum, was um alles in der Welt er hier eigentlich tat. Dann dachte er an Gills, schluckte und trat vor. »Wir sind da«, verkündete er. Seine tiefe Stimme war voller Selbstvertrauen, das er nicht empfand.

Latham stand auf. »Mr. Worchester, Mr. Ackroyd«, sagte er so gelassen, als handele es sich um ein Geschäftsessen.

Die dritte Person zischte. Etwas Langes und Dünnes zuckte aus ihrem Mund und schien die Luft zu kosten. »Wir waren nicht sicher, dasss Sie kommen würden.« Der Mann beugte sich vor und schob sein Reptiliengesicht ins Licht. Er hatte keine Nase, sondern nur flache Nüstern im Gesicht. Seine gegabelte Zunge bewegte sich ständig. »So treffen wir unsss also wieder.«

»Tut mir leid, dass Sie heute Nachmittag so schnell wegmussten«, sagte Jay. »Ich habe den Namen nicht ganz mitbekommen.«

»Wyrm«, sagte der Reptilienmann.

»Ist das der Vorname oder Nachname?«, wollte Jay wissen.

Chrysalis lachte trocken. Latham räusperte sich. »Lassen Sie uns anfangen«, sagte er. Er setzte sich, stellte die Kombination für die Zahlenschlösser an seiner Aktentasche ein und öffnete sie. »Ich habe mit meinem Klienten Rücksprache gehalten, und Ihre Bedingungen sind akzeptabel. Wir werden keine rechtlichen Schritte gegen Sie beide unternehmen, und die Klage wegen Freiheitsberaubung wird fallen gelassen. Ich habe die Papiere hier, die bereits von Mr. Seivers unterzeichnet wurden, der gegen Zahlung eines Betrags von einem Dollar auf alle Ansprüche gegen Sie verzichtet.«

»Ich werde auf keinen Fall …«, begann Hiram.

»Ich bezahle den Dollar«, sagte Latham rasch. Er gab Ackroyd ein Dokument. Der Detektiv las es rasch durch, unterzeichnete es in dreifacher Ausfertigung und gab zwei Exemplare zurück. »Sehr gut«, sagte der Anwalt. »Was den Fischmarkt betrifft … ohne damit irgendeine frühere Schuld oder Beteiligung zuzugeben, werden mein Klient und seine

Organisation in Zukunft jegliches Interesse an diesem Gebiet der Stadt aufgeben. Natürlich kann es diesbezüglich keine rechtsverbindliche Abmachung geben, aber Chrysalis ist Zeugin dieser Zusage, und Ihre Sicherheit besteht in der Reputation der Organisation.«

»Ihr Geschäft ist auf Vertrauen aufgebaut«, bestätigte Chrysalis. »Wenn sie als Lügner dastehen, wird sich niemand mehr mit ihnen einlassen.«

Hiram nickte. »Und Keule?«

»Ich habe mir den Fall nach unserer letzten Unterhaltung noch einmal angesehen, und er gehört offen gesagt nicht zu der Sorte, die Latham & Strauss gern vertreten. Wir verzichten darauf, ihn weiterhin zu vertreten.«

Wyrm ließ einen Mund voller spitzer, gelblich verfärbter Zähne sehen, als er lächelte. »Hätten Sie seinen Kopf gern auf einem Silbertablett serviert?«

»Das wird nicht nötig sein«, sagte Hiram. »Ich will nur, dass er für das, was er Gills angetan hat, ins Gefängnis geht.«

»Also insss Gefängnisss.« Seine Augen fixierten Hiram, und seine Zunge zuckte gierig vor. »Und jetzt, Fatman, haben Sie allesss, wasss Sie wollen. Geben Sie unsss die Bücher! Sofort!«

Einen Moment lang herrschte angespanntes Schweigen. Hiram sah Jay an. Der Detektiv nickte. »Sieht so aus, als wäre alles geklärt.«

»Gut«, sagte Hiram. Jetzt blieb noch die Übergabe, und dann musste er nur noch lebend aus der Bar kommen und zu seinem geregelten Leben zurückkehren. Er wollte gerade etwas sagen, als er aus dem Augenwinkel eine Bewegung hinter der Bar sah. Er drehte sich um.

Wyrm sagte: »Ich will die Bücher. Hören Sie auf, meine Zeit zu verschwenden.«

»Ich dachte, ich hätte etwas im Spiegel gesehen«, sagte Hiram. Doch jetzt war nichts mehr da. Die polierte Oberfläche glänzte schwach in der düsteren Beleuchtung, aber niemand bewegte sich.

»Wo sind die Bücher?«, wollte Wyrm wissen,

»Das wüsste ich auch gern«, fügte eine andere Stimme hinzu.

Er stand in der Tür, eine schwarze Kapuze über dem Kopf und einen komplexen Bogen in den Händen. Ein Pfeil war aufgelegt und schussbereit.

Wyrms Zischen war pures Gift.

Hiram starrte die Gestalt mit offenem Mund an. »Wer zum Teufel sind Sie?«

Er hatte kaum ausgeredet, als eine junge Frau in einem schwarzen Stringbikini aus dem Spiegel hinter der Bar trat.

»Ach, Scheiße«, meldete sich Popinjay zu Wort.

Wyrm packte Chrysalis am Arm. »Du hassst unsss reingelegt, du Fotze. Dafür wirst du büsssssen.«

»Ich habe damit nichts zu tun«, sagte sie. Sie entwand sich seinem Griff und fixierte den maskierten Mann in der Tür. »Yeoman, das gefällt mir überhaupt nicht«, sagte sie zu ihm.

»Ich bedaure.« Er hob den Bogen und spannte ihn. »Wenn ich das Buch nicht bekomme, werde ich dem Herrn in dem Dreiteiler einen Pfeil durch das rechte Auge schießen.«

Latham betrachtete ihn regungslos.

»Und Sie erzählen mir immer, ich soll mich besser kleiden«, sagte Jay Ackroyd zu Hiram. »Sehen Sie jetzt, was man davon hat?« Er wandte sich an den Bogenschützen. »Das Buch ist nicht hier. Sie halten uns doch wohl nicht für so dumm, es hierher mitzunehmen?«

»Wraith, durchsuch sie.«

Die Frau in dem Bikini ging geradewegs durch die Bar und näherte sich dem Tisch. Plötzlich erkannte Hiram sie. Im *Aces High* hatte sie mehr angehabt, aber er war sicher, dass es sich um dieselbe junge Frau handelte, die durch den Boden gesunken war, als Billy Ray sie festnehmen wollte.

Das machte ihn traurig. Sie war jung und attraktiv, viel zu reizend, um eine Kriminelle zu sein. Zweifellos war sie durch schlechte Gesellschaft korrumpiert worden.

Sie durchsuchte zuerst Jay und dann Hiram. Als sie ihn berührte, schienen ihre Hände unstofflich zu werden und durch seinen Anzug und sogar durch seine Haut zu gleiten, während sie sich von oben nach unten bewegten. Es ließ ihn schaudern. »Nichts«, sagte sie. Der Bogenschütze senkte den Bogen.

»Wissen Sie, ich bin etwas schwer von Begriff«, warf Popinjay ein. »Sie sind doch dieser Rächer mit Pfeil und Bogen, richtig? Der Pik-Ass-Mann. Wie viele Burschen haben Sie umgelegt? Mittlerweile muss es eine zweistellige Zahl sein, nicht wahr?«

Wraiths Blicke irrten zu ihrem Partner, und sie sah ein wenig verblüfft aus. Eine Unschuldige, die bis über beide Ohren in eine schlimme Sache verwickelt ist, dachte Hiram. Sein Herz flog ihr zu. Er hatte die Berichte über den Pik-Ass-Mörder im *Jokertown Cry* und in den *Daily News* gelesen, und er konnte sich nicht vorstellen, wie sich eine derart bezaubernde junge Dame mit einem mörderischen Irren hatte einlassen können.

»Wo ist das Buch?«, fragte der Bogenschütze.

Hiram starrte auf den Pfeil. Ihm hätte kalt vor Angst sein müssen, aber seltsamerweise empfand er nichts als Verärgerung. Der Tag war sehr lang gewesen. »An einem sicheren Ort«, sagte er. Er trat einen Schritt vor, die locker herabhängende Hand zur Faust geballt. Er hatte die Nase voll, und zwar endgültig. »Wo es auch bleiben wird.« Er ging zur Tür, wobei seine Körperfülle die anderen abschirmte. »Ich habe ziemliche Schwierigkeiten gehabt, das hier zu arrangieren, und ich lasse nicht zu, dass Gills etwas geschieht oder Keule weiterhin frei herumläuft, weil Sie diese Bücher für Ihre zweifellos kriminellen Zwecke wollen.«

Die Augen hinter der Maske schauten verblüfft drein, als Hiram auf ihn zukam. Der Bogenschütze zögerte, aber nur für eine Sekunde. Dann legte er den Bogen wieder an. Hiram verkrampfte sich, als die Sehne in einer geschmeidigen Bewegung gespannt wurde. Er ballte die Faust, als die Schwerkraftwellen um den Pfeil schimmerten, unsichtbar für alle außer für ihn. Der Augenblick der Wahrheit war gekommen, und …

Es machte *pop,* und der Bogenschütze war verschwunden.

Hiram hörte Wraith keuchen, dann schrie Wyrm triumphierend auf. Der Echsenmensch stieß den Tisch beiseite, der ihn in der Nische festhielt, und der Tisch wurde mit einem metallischen Kreischen aus seiner Verankerung gerissen. Wyrm sprang darüber hinweg auf die Frau zu, die vor ihm zurückwich. »Lassen Sie sie in Ruhe!«, rief Hiram.

Wyrm ignorierte ihn. Er zischte, die krallenbewehrten Finger gekrümmt, um sie zu packen, sprang geradewegs durch sie hindurch und prallte hart gegen einen Barhocker. Popinjay lachte.

Wraith fuhr herum. Ihre weit aufgerissenen Augen suchten einen Moment lang ihren Partner, bevor sie aufgab und floh. Sie lief wieder durch die Bar und verschwand im Spiegel, dessen silbrige Oberfläche sich hinter ihr schloss wie eine Wand aus Quecksilber.

»Nett von Ihnen, dass Sie vorbeigekommen sind«, rief Popinjay ihr nach. Er wandte sich wieder an die anderen. »Ich nehme nicht an, dass jemand ihre Telefonnummer hat?« Er seufzte. »Ach ja …«

Wyrm rappelte sich wieder auf und kreischte vor Wut. »Ich bringe sie um! Ich bringe alle beide um!«

»Später«, schlug Loophole vor. Der Anwalt faltete die Hände, als habe die Unterbrechung nie stattgefunden. »Haben wir immer noch eine Übereinkunft?«

»Ich will diese verdammten Bücher nicht«, sagte Hiram.

»Wenn Sie meine Bedingungen respektieren, gehören sie Ihnen.«

»Schön. Wo sind sie?«

»Wir haben sie versteckt«, sagte Hiram zu ihm, »und zwar in Jetboys Grabmal. Im Cockpit des JB-1-Nachbaus.«

»Wenn sie dort sind, gilt unsere Abmachung.«

»Wenn nicht«, fügte Wyrm hinzu, »wird esss Ihnen allen noch sehr leidtun.«

Chrysalis ging zur Bar und holte eine Flasche. »Vielleicht sollten wir auf den erfolgreichen Abschluss einer schwierigen Transaktion anstoßen.«

»Ich fürchte, wir haben nicht so viel Zeit«, sagte Latham, der seine Aktentasche schloss. Hiram hörte nicht zu. Er starrte an Chrysalis vorbei auf die silbrige Oberfläche des langen Spiegels, wo er – nur für einen Augenblick – eine Bewegung gesehen zu haben glaubte.

Sie sah ihn gegen die Strömung ankämpfen und seine spindeldürren Arme müde durch das dunkle Wasser dreschen. Eine sterbende Wasserspinne auf dem Weg zum Ufer. Roulette hatte darauf gewartet, dass er am Himmel über Manhattan starb. Stattdessen war er wie ein winziger Meteor aus Fleisch und Blut abgestürzt, und ihr Gebet dauerte an. Als sie jetzt seinen Kampf mit den Fluten beobachtete, wartete sie wiederum darauf, dass er starb. Der kleine dunkle Klumpen seines Kopfs verschwand, doch sie zwang sich zu warten. Der Astronom hatte den Tod schon früher überlistet.

Sein Kopf durchbrach die Wasseroberfläche, und die Heftigkeit seiner Armschläge zerriss einen Ölfilm, der sich in hundert Regenbogentröpfchen auflöste. *Stirb*, betete Roulette, aber die schwarzen, öligen Fluten des East River trugen ihn an das mit Abfall übersäte Ufer.

Der Astronom kroch aus dem Wasser, das Erbrochene des Flusses. Sein nackter Leib mit dem rosa Fleisch, das zwischen der aufgesprungenen, verbrannten Haut zu sehen war, lag wie ein verwesender Kadaver inmitten der verrosteten Dosen und aufgeweichten Hamburgerverpackungen am schlammigen Ufer. Die linke Hand griff nach der Brille. Während sich bei jeder Bewegung Hautfetzen von seinem Körper lösten, versuchte er langsam, sie wieder aufzusetzen.

Roulette, die mit den Absätzen ihrer zierlichen Riemensandalen tief in den Schlamm einsank, rannte zu ihm. Ihr Tritt traf ihn am Handrücken. Finger öffneten sich wie morsche Zweige, und die Brille flog in den Schlamm, wo sie funkelnd liegen blieb. Roulette stürzte sich auf sie, als enthielte sie das Wesen des Astronoms, die Seele Tachyons. Sie trat mit einem Absatz darauf, der jedoch harmlos von dem dicken Glas abglitt und sich tief in den Schlamm bohrte. Der Schlamm gab ihren Absatz mit einem traurigen, widerwärtigen Geräusch frei. Schluchzend hob sie die Brille auf.

»Fotze! Dreckige, hurende Möse! Meine Brille, gib mir meine Brille!« Seine Stimme hob sich zu einem hektischen Kreischen.

Ein gesplittertes Brett bot Abhilfe. Sie zog eine Sandale aus, kniete sich in den Schlamm und zerschlug die Gläser mit dem spitzen Absatz. Ein paar Flusskiesel schnitten in ihre Hand, sodass Blut floss. Sie packte das vom Blut glitschige Leder der Sandale fester.

»Ich bring dich um!«, heulte der Astronom, der mit ausgestreckten Händen auf dem Bauch herumkroch und dabei beständig Abfälle berührte und vor ihnen zurückzuckte.

Ein Glas zerbrach mit einem durchdringenden, kristallinen Laut.

»*Nein!*«

Das zweite.

»Du willst mich umbringen? Du kannst mich nicht mal

sehen. Wohin willst du diesmal fliehen? Sie jagen dich. Wen willst du umbringen, um wieder zu Kräften zu gelangen? Tachyon kommt bereits. Dann ist nur noch einer von euch übrig. Für mich. Du solltest besser davonkriechen, solange du noch kannst.«

Sein Gesicht – die Nase weggebrannt, der Mund ein blasser Schlitz und die Augen rot von geplatzten Äderchen – wandte sich in ihre Richtung. »Vorbei, alles vorbei«, stammelte er mit zitternder Stimme. Seine Hände gruben sich tief in den Schlamm, und die Finger schlossen sich um den widerlichen Schlick, als erinnerten sie sich an andere, herrlichere Augenblicke.

Schließlich fing er an zu kriechen, und Roulette folgte ihm. Ihre nackten Füße klatschten auf den glitschigen Schlamm, und der Saum ihres Kleids schleifte hinter ihr her, während der Riemen ihrer Abendhandtasche wegen des Gewichts der Magnum tief in ihre Schulter schnitt.

Vierundzwanzigstes Kapitel

05:00

Die Straßen leerten sich langsam. Nur die besonders Standfesten waren noch übrig, um den neuen Tag zu begrüßen.
Hinzu kamen die am wenigsten Standfesten, die wie weg-
geworfene Strohpuppen bewusstlos – falls sie wirklich nur
bewusstlos waren – in der Gosse lagen.

Der *Crystal Palace* war etwa eine Meile von Jetboys Grabmal entfernt. Jennifer wusste, dass sie keine Möglichkeit hatte, ihnen am Mausoleum zuvorzukommen. In den
Schnürsandalen, die Brennan ihr geliehen hatte, fiel ihr das
Laufen schwer, aber es war immer noch besser, als barfuß
über die abfallübersäten Straßen zu marschieren.

Brennan. Was um alles in der Welt war nur mit ihm geschehen? Der kleine Bursche hatte mit dem Finger auf ihn
gezeigt, und *zack* war er verschwunden. Einfach so. Ihr
Atem ging ein wenig schneller, als sie die Blocks zwischen
dem *Palace* und dem Grabmal in einem lockeren, langbei-
nigen Trab hinter sich ließ. Gut, dachte sie, sie hatte diesen Fischzug allein begonnen, und sie würde ihn auch beenden.

Große Worte … Sie vermisste Brennans schroffe Art bereits. Sie hoffte, dass es ihm gut ging.

Das Grabmal war eine hoch aufragende schwarze Silhouette vor den ruhigen Fluten des Hudson. Es sah verlassen
aus, aber eine lange Limousine, ein Zwilling derjenigen, die
Jennifer und Brennan sich geborgt hatten, parkte neben der

sechs Meter hohen Statue von Jetboy, die vor dem Haupteingang des Grabmals stand.

Niemand saß in der Limousine oder stand in ihrer Nähe. Wyrm und die anderen mussten sich bereits in dem großen Gebäude befinden.

Lautlos lief sie die Marmortreppe hinauf, so lautlos wie das Gespenst, nach dem sie sich benannt hatte, zog den Mantel aus, den Brennan ihr geliehen hatte, und streifte die Sandalen ab. Eine Flut von Adrenalin drängte die Müdigkeit zurück, die sie zu überwältigen drohte.

Es war ein langer Tag, sagte sie sich. Aber er wird bald vorbei sein. So oder so.

Das Grabmal war riesig. An der Decke hing ein maßstabsgetreuer Nachbau von Jetboys Flugzeug, der JB-1, das aus verborgenen Lampen in gedämpftes Licht gehüllt wurde.

Das Licht drang von der Decke bis zum Boden des Grabmals. Dort standen drei Männer, die das an der Decke hängende Flugzeug anstarrten. Sie erkannte Wyrm und den Mann, der Loophole genannt wurde. Der dritte war ein Fremder von durchschnittlicher Größe und Statur, dessen Gesichtszüge sie in dem Zwielicht nicht erkennen konnte.

Jennifer lächelte innerlich. Wenn nicht wider Erwarten einer von ihnen fliegen konnte, gab es für sie keine Möglichkeit, ins Cockpit des Flugzeugnachbaus zu gelangen. Für sie sah die Sache natürlich ganz anders aus.

Sie schlich sich auf die andere Seite des Grabmals, wobei sie sich im dunklen Bereich der Schatten an den Wänden hielt. Die Akustik war an diesem Ort ausgezeichnet, und sie hörte die Männer beratschlagen, was sie tun sollten.

»Dieser fette Hurensohn musss an die Decke geschwebt sein und die Bücher dort versteckt haben.«

»Es spielt keine Rolle, wie sie dorthin gekommen sind«, sagte der Unbekannte mit wütender Stimme. »Ich will sie haben. Sofort.«

Sie berieten das Problem immer noch, als Jennifer die Rückseite des Gebäudes erreichte. Immer noch im Schatten, geisterte sie, wobei sie einen kurzen Schwindelanfall abwehrte, und zog sich durch die Wand bis zur Decke. Das war der leichte Teil. Jetzt wurde es ein wenig heikel. Sie achtete darauf, den Rumpf des Flugzeugs als Deckung zu benutzen, als sie ins Cockpit glitt und einen kleinen Plastikbeutel sah, den Beutel, in den sie die Bücher vor noch nicht einmal vierundzwanzig Stunden gesteckt hatte. Ihr kam es vor, als sei mittlerweile ein Jahr verstrichen.

Sie konnte nicht riskieren, wieder stofflich zu werden und sich zu vergewissern, ob es die richtigen Bücher waren. Sie berührte und geisterte sie, aber statt den Triumph zu empfinden, den sie erwartet hatte, durchlief ihre unstoffliche Gestalt nur ein unbehagliches Zittern.

Sie war am Ende ihrer Kräfte angelangt. Sie hatte sich sehr stark angestrengt und war in den letzten zweiundzwanzig Stunden mehr gegeistert als je zuvor in ihrem ganzen Leben. Dabei hatte sie fast nichts gegessen und sich zwischen den Phasen der Unstofflichkeit kaum ausgeruht. Ihr blieb nur wenig Zeit, um wieder stofflich zu werden. Sonst würde sie in Schwierigkeiten geraten.

Sie glitt aus dem Cockpit, war in ihrer Hast jedoch unvorsichtig. Loophole war um das Flugzeug herumgegangen, um es aus einem anderen Blickwinkel zu betrachten, und er sah Jennifers unstoffliche Gestalt, die sich schimmernd wie ein Halloweengespenst vor der Tragfläche abzeichnete.

»Sie schon wieder! Sie hat die Bücher!«

Sie sah nach unten, und plötzlich überkam sie ein jäher Schwindelanfall. Sie musste rasch stofflich werden. Ihre Instinkte übernahmen das Kommando, und sie glitt von der Tragfläche hinunter.

Halb bewusstlos, schwebte sie sanft wie eine Feder zu Boden. Als sie den Boden berührte, übernahm ihr Körper, und sie wurde sofort wieder stofflich. Die Verwandlung zehrte ihre letzten Energiereserven auf, und sie verlor das Bewusstsein.

♥

»Aber was ist mit Cordelia?«, fragte Bagabond, als sie mit den Taschen durch den U-Bahnhof City Hall zu den Gängen schlenderten, die zu Jacks Heim führten. Die Katzen hatten sich ihnen angeschlossen. Die Gescheckte und der Schwarze rieben sich zufrieden an Bagabonds Beinen.

»Die Cajuns haben ein Sprichwort«, sagte Jack, als er die metallene Zugangstür öffnete.

»Was für ein Sprichwort?«

Das Schnurren der Gescheckten und des Schwarzen klang wie Rip Van Winkles Schnarchen.

»Ich kann mich nicht mehr erinnern«, sagte Jack. Seine Stimme schien einen irren Unterton zu haben. »Irgendwas in der Art: Wenn man sein Bestes gibt, hat man irgendwann auch Glück. Oder auch nicht.«

»Genau«, sagte Bagabond.

»Ich werde Cordelia schon finden. Und es wird ihr gut gehen.«

»Du bist müde«, sagte die Frau. »Du bist erschöpft.«

»Du auch.«

»Mir geht es glänzend.«

Die Katzen rannten voraus und erreichten Jacks Tür vor ihnen. Als er sie aufschloss und sie alle hineingingen, versteifte sich Bagabond plötzlich. »Jack«, sagte sie, ein wenig schwankend. »Ich empfange ... etwas.«

Jack hielt mitten im Schritt inne, den Schlüsselbund halb in der Tasche.

»Es ist eine Ratte«, fuhr sie fort. »Sie sitzt im Dunkeln auf einem Schrank. Sie sieht ...« Bagabond zögerte. »Verdammt noch mal, Jack, das ist *sie*!«

Er schob sie und die Katzen in das viktorianische Wohnzimmer und schloss die Tür. »Wo?«

»Das versuche ich gerade herauszufinden. Es sind noch andere Ratten im Haus. Ich wechsle von einer zur anderen ... Da!« Sie grinste. »Ich habe eine, die draußen ist und aus einer Gasse lugt. Es ist eine Bar, irgendein Club. Ich sehe eine große Neonreklame, die sich bewegt.« Sie schüttelte den Kopf. »Die Reklame hat die Form einer Frau, eine Stripperin mit sechs Brüsten. Man muss ... äh ...« Bagabond zögerte. »Man muss zwischen den Beinen durchgehen, um reinzukommen.«

»Ich habe schon davon gehört«, sagte Jack. »*Freakers*. Ich war allerdings noch nie da.« Er nahm ein *East Village Other* zur Hand und sah die Anzeigen durch. »Nichts.« Er nahm die *Fetish Times*. »Wenn alles andere versagt ...« Er blätterte die Seiten um und sagte schließlich: »Aha! Hier ist es. Chatham Square.«

»Nicht allzu weit weg«, meinte Bagabond. Sie war bereits aufgestanden und unterwegs zur Tür. Die Katzen folgten ihr.

»Nein«, sagte Jack.

Sie drehte sich zu ihm um. »Nein?« Mit peitschenden Schwänzen starrten ihn die Katzen ebenfalls an.

»Du hast anderes zu tun. Ich schaffe das auch allein.«

»Jack ...«

»Es ist mein Ernst.« Jack stellte die Taschen ab, die er noch immer in der Hand hielt. »Du musst dich fertig machen.« Er nahm eine kleinere Tüte und packte ein paar Kosmetikartikel aus. »Ich habe mir die Freiheit genommen und das hier gekauft.«

»Was hast du vor?«, fragte sie, als er sie vor den antiken versilberten Spiegel setzte.

»Es wird nicht lange dauern«, versprach er. »Dann werde ich im *Freakers* vorbeischauen.«

»Du bist verrückt«, sagte sie.

»Völlig.«

Jack nahm Lipgloss und Rouge. Er neigte ihren Kopf, sodass sie sich im Spiegel anstarrte.

»Es geht rund«, sagte er.

»Jack …« Bagabond schüttelte stur den Kopf. »Dieses Gespräch, das wir führen wollen …«

»Morgen.« Er warf einen Blick auf die Bahnhofsuhr.

»Heute. Irgendwann später. Wenn wir Zeit haben.«

Gegen ihre sonstige Art hakte Bagabond nach. »*Warum,* Jack?«

Er bückte sich und sah ihr ruhig in die Augen. »Du könntest ebenso gut nach dem Grund für das Wild-Card-Virus fragen, Suzanne. Es passiert einfach. Man setzt sich damit auseinander.«

Sie schwieg einen Moment lang. »Es wird eine Weile dauern, bis ich mich daran gewöhnt habe.«

»Ich habe auch eine Weile gebraucht.«

»Ich … trotzdem …« Sie schwieg.

»Ich auch, mein Schatz.« Jack küsste sie. »Ich auch.«

♦

Spector wusste, dass Fortunato gewonnen hatte. Im umgekehrten Fall hätte der Astronom Fortunato zu Fischfutter zerhackt, bevor er ihn in den Fluss warf. Spector hatte den Kampf ebenso beobachtet wie alle anderen. Im Unterschied zu ihnen wusste er, was vorging. Er konnte es nicht fassen, dass dieser dämliche Idiot Fortunato den alten Mann hatte entkommen lassen. Jetzt konnte der Astronom sich verstecken, seine Wunden lecken und warten, bis er seine Kräfte regeneriert hatte. Spector ging davon aus, dass der alte Mann versuchen würde, auf der Manhattan-Seite des Flusses an Land zu gehen. Wenn Spector ihn finden konnte, würde er sich ein für alle Mal um den Astronom kümmern.

»Es ist der Tag des Jüngsten Gerichts«, sagte er, indem er sich seinen schlimmen Arm rieb.

Er ging durch die verlassene Gasse. Es war so kalt, dass sein Atem kondensierte. Er war müde und fühlte sich zerschlagen. Die Gasse endete vor einer Mauer.

»Scheiße.« Er machte kehrt und blieb dann stehen. Von der anderen Seite waren Stimmen zu hören. Vertraute Stimmen. Er ging zur Mauer und sprang. Seine schmerzenden Muskeln zogen ihn langsam hoch.

♠

Der Astronom hielt keuchend und mit pfeifendem Atem inne. Eine abgehackte Litanei des Hasses ergoss sich aus seinem Mund, und die Worte hingen wie Perlen an langen Speichelfäden, die mit jedem japsenden Atemzug ausgespien wurden. Roulette hielt ebenfalls inne und wartete darauf, dass er die Kraft fand weiterzukriechen. Gereizt fragte sie sich, warum Tachyon nicht kam. Er hätte mittlerweile längst da sein müssen. Sie alle mussten sich zu einer letzten tödlichen Vereinigung treffen.

Der Astronom verschwand in der dunklen Einmündung einer Gasse, und Roulette wartete immer noch auf Tachyon. Aber der ließ sich nicht sehen. Sie folgte dem Astronom. Fast wäre sie mit dem Takisier zusammengestoßen, der aus einer Quergasse trat. Sie versteckte sich hinter einem Haufen Pappkartons und beobachtete, wie der Außerirdische mit einer Hand die Augen abschirmte, sich umsah wie ein Fuchs, der einer Spur folgte. Dann erstarrte er und schlug mit unfehlbarer Sicherheit den Weg ein, den der Astronom wenige Augenblicke zuvor genommen hatte. Roulette folgte ihm. Sie hielt die Magnum in beiden Händen, den Lauf gesenkt wie eine Wünschelrute.

Ein scharfer Rechtsknick in eine weitere Gasse, die dreißig Meter weiter vor einer Ziegelmauer endete. Tachyon, die Hände an den Seiten zu Fäusten geballt, starrte auf den Astronom. Seine zarten Gesichtszüge hatten sich zu einer wütenden Grimasse verzogen.

»Gott verdamme dich, Fortunato!« Er warf den Kopf in den Nacken und heulte in den bewölkten Himmel. »Du feiger Wunderknabe, du ehrloses Stück Scheiße, du mutterloser Zuhälter! Ich dachte, du würdest es beenden. Stattdessen überlässt du es mir! Und ich will es nicht«, endete er mit leiser, trauriger Stimme.

Der Astronom schien nicht zu erkennen, dass er sich in einer Sackgasse befand, und kroch weiter. Tachyon betrachtete seine Hände, zog ein Messer aus dem Stiefelschaft und fing an zu zittern. Roulette fluchte.

Das Kratzen von Schuhen auf Stein, als sich eine Gestalt auf die Mauer zog und dort hocken blieb wie ein mannsgroßer Gargoyle. Dann sprang er auf das Pflaster der Gasse und stieß einen lauten Fluch aus, als sein gebrochener, halb gewachsener Fuß auf dem Asphalt landete. *Demise.*

Roulette weinte vor Ärger und leckte sich die salzigen Tränen ab, als sie an ihren Mundwinkeln vorbeiliefen. Sie hob die Waffe. Sie würde nicht zulassen, dass Demise sie um ihre Rache betrog.

»James!«

Er trat vor, und mit dem nur halb ausgewachsenen Fuß war sein Gang unstet und schwankend. »Also erinnern Sie sich an mich, Doc.«

»Ja«, erwiderte Tachyon, darauf bedacht, der Gefahr, die von Spectors pickligem Gesicht ausging, fernzubleiben. »Wir haben uns Sorgen um Sie gemacht.« Sie umkreisten den auf der Straße liegenden Astronom, bis Demises magerer Rücken vor Roulette auftauchte und ihr die Sicht versperrte.

»Darauf möchte ich wetten, Sie Scheißer.« Er wandte seinen grauenhaften Blick von dem Takisier ab und richtete ihn auf die jämmerliche Gestalt zu seinen Füßen. »Schau, schau, wen haben wir denn da?« Er stieß den Astronom mit seinem verkrüppelten Fuß an. »Hey, *Meister,* ich bin immer noch da. Und du bist tot.«

Tachyon trat einen Schritt vor. Roulette tänzelte hin und her, um einen Schuss an Demise vorbei setzen zu können. »Was werden Sie tun?«

»Ihn töten. Wollen Sie mich daran hindern, Sie kleiner Kotzbrocken?«

»Nein.«

Demise starrte auf das Messer des Außerirdischen, warf den Kopf in den Nacken und lachte. Das Geräusch hallte hohl von den umliegenden Mauern wider. »Heute wollten Sie wohl selbst ein wenig Tod austeilen, was, Tachy? Wollten Sie wieder Gott spielen? Heute Leben geben, morgen Leben nehmen?«

»Hören Sie auf, bitte.« Ein gebrochenes Flüstern.

Die Worte durchfuhren Roulette und berührten... etwas. Ihr Körper wurde von einem heftigen Zittern erfasst. Die Waffe entglitt ihren gefühllosen Fingern, prallte auf und krachte los, als sich die Kugel in der Kammer löste und in die Ziegelmauer über Demises Kopf schlug.

»Scheiße!«

Tachyon und Demise fuhren zu ihr herum, und der Astronom, der offenbar Kraft gesammelt hatte, kam schwerfällig auf die Beine. Roulette bückte sich und hob die Magnum auf.

♣

Die Stimme des Astronoms war ein heiseres Krächzen. »Hilf mir, James. Töte sie. Ich werde dich belohnen. Hilf mir. Alles, was du willst. Nur hilf mir jetzt. Ich bin so schwach. Habe keine Kraft mehr.«

Spector packte den Astronom, wobei sich geschwärzte Hautfetzen von dessen Händen lösten. »Ich glaube nicht, dass ich das tun werde, alter Mann.«

Der Astronom machte einen Satz auf die Mauer zu. Spector wirbelte ihn herum, doch der Astronom wurde unstofflich in seinen Händen, trat zurück und verschmolz mit der Ziegelmauer. Jetzt blieb nur noch *eine* Waffe.

Wässrige, fast blinde Maulwurfsaugen sahen in Spectors Augen. Ein perfektes Teilen eines perfekten Augenblicks. Diesmal wurde seine Kraft nicht blockiert. Der Tod strömte schnell und hart in den Astronom. Der alte Mann keuchte und wurde wieder stofflich.

Die Ziegel, die ihn umgaben, splitterten und wurden rot glühend vor Hitze. Blut floss zischend in die Spalten und die Mauer herab. Ziegel schlossen sich zärtlich um Haut und Knochen.

Spector stieß einen Seufzer der Erleichterung aus. Er hatte es geschafft. Niemand auf der ganzen Welt hätte ihm auch nur die geringste Chance eingeräumt, dass er den alten Bastard umbringen würde, aber er war tot. Der Astronom, Lord Amun, der Meister, Setekh der Zerstörer.

Und er, Spector, war immer noch da und konnte sich darüber freuen.

♥

Das Geräusch verfolgender Schritte hallte laut durch die leere Straße. Es kam näher! Hände packten sie. Roulette wirbelte schluchzend und vor Angst keuchend herum, griff ihren Häscher mit Klauen und Zähnen an, ohne an die Magnum zu denken. Hände wie Stahlklammern schlossen sich um ihre Handgelenke und zogen sie in eine feste Umarmung. Der frische und mittlerweile vertraute Duft Tachyons hüllte sie ein. Sie sackte in seinen Armen zusammen. Eine kleine, zarte Hand strich ihr über die Wangen und wischte die Tränen weg.

Tachyons Verstand floss durch ihren wie ein sauberer, eiskalter Strom, der die Wunden betäubte, die durch den Zusammenbruch der Schirme entstanden waren. Er wusch die Erinnerungen weg und ertränkte die Berührung des Astronoms. Was blieb, war eine ausgedehnte, schmerzende Leere.

Sie spürte, wie die Magnum einen kalten Keil zwischen ihnen bildete. Er trat mit schlaff an den Seiten herabhängenden Händen zurück, und die Pistole entglitt ihrer Hand. Sie betrachteten einander über eine Entfernung, die unglaublich groß zu sein schien. Die Magnum lag zwischen ihnen auf dem Boden.

»Du bist nicht geheilt. Das ist mir nicht gegeben. Aber ich habe getan, was ich konnte.«

»Ich wollte dich umbringen.«

»Du solltest übertriebenen psychischen Stress vermeiden.«

»Ich habe den Howler umgebracht.«

»Vielleicht solltest du dich einer Therapie unterziehen.«

»Ich habe nicht nur ihn getötet.«

Er bückte sich, hob die Waffe auf und reichte sie ihr mit dem Kolben voran. »Dann beende die Sache. Wenn du es tun musst, um Frieden zu finden.«

»*Ach, Gott verdamme dich!*« Eine Mülltonne schepperte wie eine gesprungene Glocke, als die schwere Pistole dagegenprallte. »Ich habe den Howler umgebracht!«

»Ich weiß. Es gibt kaum etwas von dir, das ich nicht weiß und nicht kenne.« Seine dünnen Lippen verzogen sich zu einem traurigen, kranken Lächeln. »Ich habe ein erstaunlich kreatives Gewissen. Teil meiner Erziehung. Ich kann drei hervorragende Gründe anführen, um deine Vendetta zu rechtfertigen. Rache ist …«

Ihre Hand zuckte vor und schlug ihm ins Gesicht. »Das

ist *Schwachsinn*! Hör auf, dich zu winden, und triff eine Entscheidung. Was wirst du tun?«

Seine Zungenspitze berührte den neuerlich aufgeplatzten Riss in seiner Lippe. »Hast du die Absicht, dich den Behörden zu stellen?«

»Nein.«

»Dann werde ich gar nichts tun. Gedankenlesen ist vor Gericht als Beweis nicht zulässig.« Wieder dieses traurige Lächeln. »Außerdem hätte ich etwas dagegen, die Situation zu beschreiben, in der ich deine Gedanken gelesen habe. Es wäre meiner Würde nicht sehr zuträglich.« Eine Hand glitt in einer unbewussten, schützenden Geste vor seinen Schritt.

Sie drehte sich um und ging. Sie war sich jetzt des Schmutzes unter ihren nackten Füßen und des Schlamms bewusst, der ihr Seidenkleid bedeckte. Eine passende Hülle für ihre Seele.

»Roulette.« Sie blieb stehen, ohne sich umzudrehen. »Ich habe heute gesagt, dass ich dich liebe. Ich glaube, das tue ich immer noch.«

»Belaste mich nicht so.«

»Nenn es meine Bestrafung.«

»Ich habe nur durch Hass gelebt. Jetzt ist nichts mehr da. Lass mich sehen, ob ich zu irgendetwas anderem fähig bin.«

»Ich werde warten.«

Trotz allem lächelte sie. »Ich glaube, das wirst du wirklich tun.«

♦

Spector saß mit dem Rücken zur kalten Ziegelmauer in der Gasse. Die anderen waren weg. Er war mit dem alten Mann allein.

»Ist nicht ganz so gelaufen, wie du es dir gedacht hast,

was, Astro?« Er tätschelte die Wange des Astronoms. »Oder vielleicht doch? War es das, was dir insgeheim die ganze Zeit vorgeschwebt hat?«

Spector fühlte sich müde und leer. Er hatte gedacht, mit dem Tod des Astronoms würde so etwas wie Erleichterung verbunden sein. Seit dem Kampf in den Kreuzgängen hatte er in ständiger Angst vor dem alten Mann gelebt. Jetzt fehlte ihm ein Ziel.

Er sah in die toten Augen des Astronoms. »Jetzt weißt du, was ich durchgemacht habe. Nicht dass dich das interessieren würde, auch wenn du noch irgendwas sagen könntest. Wahrscheinlich würdest du mich nur anschreien, weil ich was verbockt habe.«

Spector hörte, wie sich jemand an der Gasseneinmündung übergab. Er richtete sich auf, warf noch einen letzten Blick auf den Astronom und ging zur Straße.

Der Mann kniete und wischte sich den Mund ab. Er stand auf und trat von der Pfütze mit Erbrochenem zurück. Er hatte etwa dieselbe Größe wie Spector, war jung und nicht schlau genug, um sich von den Gassen in Jokertown fernzuhalten. Der Anzug, den er trug, war grau, Spectors Farbe.

Spector konnte neue Kleidung gebrauchen, schon wieder. Seine Baseballuniform nützte ihm fast gar nichts gegen die frühmorgendliche Kühle. Er tippte dem Mann auf die Schulter. »Ich gebe Ihnen diesen authentischen Yankee-Dress für Ihren Anzug.«

Der Mann schrak zusammen, beruhigte sich wieder und bedachte Spector mit einem harten Blick. »Erzähl mir keinen Quatsch, Mann. Ich schlag dir den Schädel ein.«

Spector war todmüde. Er wollte seine verbliebene Energie nicht damit verschwenden, erneut eine Leiche zu entkleiden. »Wenn Sie nicht tun, was ich sage, werden Sie sterben. Ist der Anzug es wert, für ihn zu sterben? Ich glaube nicht.«

Der Mann hob die Fäuste.

»Wie dumm«, sagte Spector müde. »Sie haben da was im Auge.«

»Was?«

»Mich.« Er nahm Blickkontakt auf und tötete den Mann.

»Schwachkopf.« Spector zog dem Mann die Jacke aus und warf sie sich über die Schultern. Die Hose würde ihm mehr Mühe machen, als sie ihm wert war.

Es war an der Zeit, sich um eine unerledigte Angelegenheit zu kümmern. Zeit, zu der Müllbarke zurückzukehren und Ralph einen Besuch abzustatten.

»Macht's gut, ihr Penner«, sagte er zu den Toten in der Gasse. Keine Antwort. Er dachte an die städtischen Bediensteten, die die Leiche des alten Mannes aus der Mauer lösen würden, und lächelte.

♠

Als Jennifer das Bewusstsein wiedererlangte, war ihre erste Empfindung ein stechender Schmerz an der Wange. Sie öffnete die Augen, sah eine offene Handfläche, die auf ihr Gesicht zuschoss, und spürte raue, starke Hände, die sie aufrecht hielten. Die Handfläche traf ihre Wange und brachte sie vollends ins Bewusstsein zurück.

Sie befanden sich vor dem Grabmal neben der Limousine, die vor Jetboys Statue parkte. Wyrm hielt sie aufrecht, und Loophole schlug sie, während der dritte Mann – mittleren Alters, Orientale, etwas zu dick – zusah. Er schwang gelassen die Plastiktüte mit den Büchern, während Loophole sie schlug. Plötzlich erkannte sie den dritten Mann: Es war Kien.

Schließlich sahen sie, dass sie wieder zu sich kam. Wyrm ließ sie los und trat beiseite. Sie sank gegen die Limousine, unfähig, aus eigener Kraft zu stehen, und funkelte die Männer an. Eine weitere Gestalt, die sie in der Dunkelheit nur vage sehen konnte, stand hinter Kien und Loophole. Hoffnung flackerte in ihr auf, um gleich darauf wieder zu erlöschen, als Jennifer erkannte, dass es sich um einen von Kiens allgegenwärtigen Schlägern handelte.

»Sie waren eine Ungelegenheit«, sagte Kien in mildem Tonfall. »Tatsächlich sogar eine große Ungelegenheit. Ich wollte, dass Sie das Folgende bei vollem Bewusstsein erleben.« Er nickte Wyrm zu, und der Joker zog eine kleine, hässlich aussehende Pistole mit Stummellauf aus einem Halfter an seiner Hüfte. »Es wird mir ein Vergnügen sein, Sie sterben zu sehen.«

Wyrm hob die Pistole, und Jennifer schloss die Augen. Sie versuchte zu geistern, konnte es aber nicht. Die Energie, die sie brauchte, um die Verwandlung zu bewerkstelligen, war nicht mehr vorhanden. Sie hätte sich nie träumen lassen, dass sie einmal auf diese Weise sterben würde. Tatsächlich hatte sie bisher sogar noch nie daran gedacht, überhaupt je einmal sterben zu müssen.

»Nicht dort, du Narr«, sagte Kien mit einem Anflug von Verärgerung, »du ruinierst noch den Lack des Wagens.« Er wandte sich an den im Hintergrund stehenden Mann. »Schaff sie von dem Wagen weg.«

Der Kragen seiner Jacke war zum Schutz vor der morgendlichen Kälte hochgeschlagen, der Hut tief ins Gesicht gezogen. Jennifer starrte ihn teilnahmslos an. Ihre Augen blieben auf sein Gesicht gerichtet und starrten.

Ihre Lippen formten den Namen. Brennan. In einer einzigen Bewegung packte er ihren Arm, wirbelte sie aus dem Weg und schlug Wyrm mit einem gezielten Tritt die Waffe aus der Hand, die davonflog und klirrend auf den Asphalt fiel.

Wyrm zischte vor Überraschung. Seine Zunge schnellte hin und her wie eine blinde Schlange. Jennifer warf einen Blick auf Kien und sah, wie sich Erstaunen, Wut und schließlich Furcht auf seinem Gesicht widerspiegelten.

»Das ist er!«, sagte Kien mit leiser Stimme, halb zu sich selbst. Dann schrie er: »Tötet ihn! Tötet ihn!«

Brennan trat Wyrm mit leeren Händen entgegen, eine Hand offen, die andere zur Faust geballt. Er stand da und lächelte den Joker an, schien ihn geradezu zum Angriff einzuladen. Wyrm sprang ihn an, und sie rangen miteinander. Brennan wurde von der überlegenen Kraft des Jokers gegen die Limousine gedrängt, und Wyrm holte triumphierend zum Schlag aus.

Doch Brennan war schneller als der Joker. Er öffnete zum ersten Mal die geballte Faust und packte die Zunge des Jokers nah bei der Wurzel. Er zog die Hand über Wyrms Zunge und schmierte sie mit einer klebrigen, gelblich braunen Substanz ein. Dann ließ er sie los.

Wyrm traten die Augen aus den Höhlen. Er schrie auf, fiel zu Boden und wälzte sich herum, als stünde er in Flammen, während er gleichzeitig nach seiner Zunge tastete.

Loophole packte Jennifer, als Wyrm gequält aufheulte. Sie hörte die Schritte mehrerer Männer, die sich ihnen im Laufschritt näherten. Kien ließ die Plastiktüte mit den wertvollen Büchern fallen, zog eine Pistole und richtete sie auf Brennan.

Brennan sah ihn gelassen an.

»Meine Freude ist umso größer«, quetschte Kien durch zusammengebissene Zähne. »Nach all den Jahren bist du zurückgekommen, um mich heimzusuchen. Und jetzt wirst du durch meine Hand sterben.«

Jennifer sah, wie Brennan sich zum Sprung bereit machte, aber sie wusste, dass er die Entfernung, die ihn von Kien trennte, niemals überwinden konnte. Sie warf sich vorwärts. Zwar gelang es ihr nicht, sich von Loophole loszureißen, doch sie zog ihn mit sich in Reichweite von Kiens Pistole und packte die Waffe.

Er knurrte und versuchte sie wegzustoßen. Doch sie hielt die Pistole fest, runzelte die Stirn in angestrengter Konzentration und geisterte den größten Teil der Kanone und den größten Teil von Kiens Hand. Loophole zerrte an ihrem Arm, und zwar so fest, dass sie von Kien weggerissen wurde, der laut aufschrie.

Er fiel auf die Knie, die Überreste seiner Hand ließen die Überreste der Pistole fallen. Die gegeisterten Moleküle von beiden verloren ohne den direkten Kontakt zu Jennifer in der Morgenbrise ihren Zusammenhalt und trieben davon. Der völlig verdutzte Loophole ließ Jennifer los und bückte sich, um Kien zu helfen, den Blutstrom aus seiner verstümmelten Hand zu stoppen.

Jennifer hob die Plastiktüte auf, drehte sich um und packte Brennan am Arm.

»Kommen Sie schon«, rief sie. Er wehrte sich einen Moment lang, in dem er seinen langjährigen Feind unbarmherzig anstarrte. Dann folgte er ihr in die Dunkelheit.

♣

Fortunato klingelte lange an der Haustür, bevor Veronicas Stimme durch den Lautsprecher der Sprechanlage ertönte. Als er seinen Namen nannte, kam sie nach unten gelaufen, um die Tür zu öffnen.

Sie warf sich in seine Arme und brach in Tränen aus. »Es war so schrecklich. So schrecklich. Dieser ... Mann ... hat mich und Caroline und Cordelia entführt. Er hat Caroline umgebracht. Er ...«

»Pssst«, sagte Fortunato. »Es ist vorbei. Er ist erledigt. Er hat keine Macht mehr.«

»Ich dachte, wir würden alle sterben.«

»Wo ist Cordelia jetzt?«, fragte er sanft. »Geht es ihr gut?«

»Sie ist ausgegangen. Es geht ihr gut. Sie sagte, sie würde zurückkommen. Vielleicht. Aber Caroline ...«

Sie fing wieder an zu weinen. Allmählich beruhigte sie

sich, und Fortunato nahm sie mit hinein. Er musste seinen Koffer abstellen, um die Tür zu schließen.

»Was soll das?«, fragte Veronica, als sie den Koffer sah.

»Ich verlasse die Stadt für eine Weile.«

»Fortunato? Hör mal, ich kann mit dem Fixen aufhören. Es ist keine große Sache. Wir können uns etwas überlegen.«

»Es hat nichts mit dir zu tun.«

Sie streckte die Hand aus und berührte seine Stirn. Sie war glatt und flach. Die Wölbung, wo er seine Reserven speicherte, war verschwunden. »Ist alles in Ordnung?«, fragte sie.

Er nickte. Er war in seine Wohnung zurückgekehrt, um zu packen und aufzuräumen. Er hatte die Katze gefüttert und ein paar Minuten mit ihr auf dem Schoß dagesessen. Körperlich schien alles mit ihm zu stimmen. Da war nur dieses überwältigende Gefühl der Losgelöstheit.

»Ich muss mit Ichiko reden«, sagte er. »Ich brauche Papier und einen Stift. Und sie soll ihr Notarsiegel mitbringen.«

Er hatte sich alles vorher überlegt, und so brauchte er keine fünf Minuten, um es zu Papier zu bringen und notariell beglaubigen zu lassen. Er reichte Ichiko das Schriftstück. »Es gehört jetzt dir«, sagte er. »Alles. Du kannst es weiterführen, wenn du willst, oder auch schließen. Das liegt ganz bei dir.«

»Was ist passiert?«, fragte Ichiko.

Fortunato schüttelte den Kopf. »Ich will niemanden mehr ändern. Ich will keine Frauen mehr zu Geishas, Huren oder Heroinsüchtigen machen. Wenn jemand anders das tut, von mir aus, ich werde es jedenfalls nicht mehr tun. Ich will nur noch mich selbst ändern. Ich kann … kann die Verantwortung für all das nicht mehr tragen.«

»Und der Koffer?«

»Ich gehe heim. Zurück nach Japan. Zum Shoin-ji-Tempel in Hara.«

»Was ist mit deinen Kräften?«, fragte Miranda.

»Sie werden zurückkehren, glaube ich. Was ich damit anfangen werde, weiß ich noch nicht. Ich weiß es ganz einfach nicht.«

Miranda sah Ichiko an. »Tja«, sagte sie. »Ich will das Geschäft nicht aufgeben. Aber ich weiß nicht, ob wir ohne Hilfe zurechtkommen. Die Gambiones lauern wie Geier auf irgendein Zeichen von Schwäche.«

»Wir haben uns immer mit Einfluss und Geld geschützt«, sagte Fortunato. »Das könnt ihr mindestens so gut wie ich.«

»Vielleicht«, sagte Ichiko. »Aber da war immer die Faust im Hintergrund.«

Fortunato holte ein Kartenspiel aus einer Schublade. Er suchte das Pik-Ass heraus und warf die übrigen Karten weg. Dann nahm er den Stift zur Hand und schrieb: *Hilf, wenn du kannst. Fortunato.*

»Es gibt einen Mann namens Yeoman. Ihr könnt ihm vertrauen. Wenn ihr ihn braucht, hinterlasst eine Nachricht im *Crystal Palace* und zeigt ihm diese Karte.«

Veronica ging mit ihm zur Tür. »Was wirst du tun?«, fragte er sie.

»Mich von Männern für Geld ficken lassen«, sagte sie. »Das ist alles, was ich kann. Was wirst du tun?«

»Ich weiß es nicht.«

»Du hast Glück«, sagte sie. Sie küsste ihn zum Abschied. Ihr Mund war warm und süß und fast genug, um ihn umzustimmen.

Fünfundzwanzigstes Kapitel
06:00

Nachdem Jack gegangen war, starrte Bagabond auf die Verwandlung, die ihr widerfahren war. Der Spiegel zeigte eine attraktive Frau Mitte dreißig, die zu lächeln versuchte, doch sehr zaghaft, als könne ihr Gesicht platzen. Sie wandte sich ab. Dieses Kleid zeigte zu viel von jemandem, den sie nicht kannte. Einen Moment lang erwog sie, wieder die schmutzige, zerrissene Kleidung anzuziehen, die sie so lange getragen hatte. Diese unbekannte Person ängstigte sie.

Der Schwarze und die Gescheckte kamen zu ihr, eine Reaktion auf die unbehaglichen Gefühle, die sie ausstrahlte. Die Gescheckte sprang auf ihren Schoß und leckte sie unter dem Kinn, während der Schwarze seinen Rücken an ihrer Wade rieb. Sie wollten wissen, was es mit ihren Gefühlen auf sich hatte. Bagabond versuchte, es ihnen zu erklären. Sie sandte ihnen ein Bild von Paul. Keine der beiden Katzen war von dem Menschen beeindruckt, den sie sahen. Sogar Bagabonds emotionale Färbung des Gesichts, wie sie es in Erinnerung hatte, reichte nicht aus. Der Schwarze schaute zu ihr auf und stellte sich Paul mit zerfetzter Kehle vor. Für ihn war es die einfachste Lösung. Wenn dich etwas ärgert, töte es. Bagabond schüttelte den Kopf und stellte Pauls Bild wieder her.

Die Gescheckte sandte ihr eine Szene, in der Bagabond wieder ihre normale Kleidung trug, in Jacks Heim auf dem Boden saß und mit den jungen Katzen spielte. Bagabond streichelte die Gescheckte, löschte aber das Bild der vertrauten familiären Eintracht aus. Der Schwarze fauchte und legte seine riesigen Pfoten auf Bagabonds Knie. Er starrte ihr in die Augen, und sie wusste, wie wütend und enttäuscht er war.

Bagabond blickte wieder in den Spiegel und sah ein Mädchen mit einem perlenbesetzten ledernen Stirnband und einem Batik-T-Shirt. Die junge Frau schien ihr ermutigend zuzulächeln. Bagabond streckte die Hand aus, um das Mädchen zu berühren, wobei sie sich fragte, ob sie wirklich je so jung und glücklich gewesen sein konnte. Als sie das Glas berührte, verwandelte sich das Bild in sie selbst in ihrem blauen Kleid und dem Gesicht voller Mascara und Rouge. Als sie sich genauer betrachtete, glaubte Bagabond, noch etwas von dem Mädchen in ihren Augen zu entdecken.

Das schrille Klingeln des Telefons riss sie aus ihren Grübeleien. Während sie die Gescheckte auf den Boden setzte, fragte sie sich, ob dies weitere schlechte Nachrichten für Jack waren. Aber die Stimme am anderen Ende gehörte Rosemary.

»Suzanne, habe ich dich geweckt?«

»Nein.« Bagabond setzte sich auf den Boden neben das Telefon.

»Können wir uns bei mir zu Hause treffen? Ich meine das Penthouse.«

»Warum?«

»Ich habe nur so ein Gefühl, als …« Rosemarys Stimme wurde für einen Augenblick dünn. »Ich glaube, ich will meinem Vater sagen, was ich tue. Vielleicht ist das der Grund, warum ich es behalten habe. Aber ich will nicht allein dorthin gehen. Bitte, Suzanne.«

»Warum ich?«

Rosemary zögerte. »Suzanne … ich vertraue dir. Ich kann sonst niemandem vertrauen. Ich brauche dich.«

»Das ist nichts Neues.« Bagabond biss die Zähne zusammen, und ihre Hand verkrampfte sich um den Telefonhörer.

»Suzanne, ich weiß, dass du nicht einverstanden bist mit dem, was ich getan habe, aber ich verspreche dir, dass ich die Dinge ändern werde.«

»Schon gut. Aber ich habe eine Verabredung um sieben.« Bagabond schloss die Augen aus Abscheu gegen ihr Bedürfnis nach Rosemarys Beifall.

»Danke. Wir treffen uns dort.« Rosemary legte auf.

Bagabond betrachtete die Katzen.

»Ich glaube nicht, dass diese Nacht je enden wird.«

Sie zog den langen, offenen schwarzen Pullover an, den Jack ihr gekauft hatte. Der Schwarze und die Gescheckte begleiteten sie zur Tür. Bagabond sagte beiden, dass sie hierbleiben sollten. Die Katzen miauten ärgerlich, wichen aber von der Tür zurück. Als Bagabond die Tür hinter sich schloss, wusste sie, dass der Schwarze einen anderen Ausgang benutzte, um ihr zu folgen.

In der U-Bahn-Station hielt sie die Wagentür auf, sodass der Kater einsteigen konnte. Der Schwarze war nicht sonderlich erfreut darüber, entdeckt worden zu sein, aber doch froh, dass er den Zug nicht verfolgen oder einen anderen Weg finden musste. Er japste, als er sich an ihre Füße schmiegte. Für ihn war es ein langer Weg gewesen.

Sie stieg an der 96th Street aus, wobei ihr plötzlich bewusst wurde, wie leer es in der U-Bahn gewesen war. Offenbar waren die Feierlichkeiten zu Ende. Sie ging die Treppe hinauf zur Straße. Zwei Blocks weiter Richtung Central Park West wartete Rosemary auf der Bank einer Bushaltestelle. Ihre Augen weiteten sich, als sie Bagabonds Kleid sah, doch sie verkniff sich eine Bemerkung.

»Lass uns reingehen.« Bagabond wollte es hinter sich bringen. Sie spürte plötzlich, dass der graue Kater sie aus dem

Park auf der anderen Straßenseite beobachtete. Sie schaute auf, sah jedoch nichts in den Bäumen.

»Ich glaube, ich bin bereit.« Rosemary zögerte, bevor sie eine der massiven Glastüren öffnete.

»Signorina, das solltest du auch besser sein.« Mit dem Schwarzen im Kielwasser folgte ihr Bagabond.

Der Portier war kein Gambione-Mann. Er war jung, und Bagabond fiel auf, dass er ein Buch über Vertragsrecht las. Rosemary zeigte ihm ihren Schlüssel und trug sich unter dem Namen Rosa-Maria Gambione in die Besucherkartei ein.

Im Fahrstuhl benutzte sie einen weiteren Schlüssel, und die Kabine glitt zum Penthouse hinauf.

»Ich war seit fünf Jahren nicht mehr hier.« Rosemary sah an die Decke der Kabine.

»Willst du ganz bestimmt, dass Rosa-Maria zurückkehrt?« Bagabond legte ihr die Hand auf die Schulter. »Du warst verzweifelt darauf bedacht, all das hinter dir zu lassen. Deinen Vater, die Familie, alles. Du wolltest für seine Taten Buße tun. Und jetzt willst du sein wie er?«

»Nein!« Rosemary funkelte Bagabond einen Moment lang an, bevor sie den Kopf senkte. »Suzanne, ich könnte viel bewegen, könnte die Familie umkrempeln.«

»Warum?« In ihren hohen Absätzen konnte Bagabond kaum das Gleichgewicht halten, als der Fahrstuhl mit einem Ruck anhielt. »Lass sie vor die Hunde gehen. Sie haben es verdient. Es sind Kriminelle.«

Rosemary trat auf den Flur. »Es sieht falsch aus ohne die Männer. Hier standen immer Wachen für meinen Vater.«

»Willst du so leben?«

Rosemary schloss die Doppeltür aus Eiche auf. Dann drehte sie sich um, sodass sie von der Dunkelheit der Wohnung eingerahmt wurde. »Suzanne, verstehst du denn nicht, dass ich etwas verändern kann? Ich kann die Gewalt und das Morden beenden.«

Bagabond war skeptisch. »Du könntest dich auch selbst zerstören.«

»Es ist das Risiko wert.« Rosemary stieß die Türen weit auf und trat ein. »Das glaube ich.«

Hinter ihr sah Bagabond das neue Oberhaupt der Gambione-Familie durch den dunklen Flur gehen. Sie murmelte zu sich selbst und dem Schwarzen: »Ich weiß, dass du das tust. Gott möge dir beistehen.«

Rosemary zeigte Bagabond die Wohnung und erzählte ihr von den angenehmen Dingen, die hier stattgefunden hatten. Es gab einige: die Ferien, Familientreffen, Geburtstage. Das letzte Zimmer, das sie betraten, war die Bibliothek. Die schwarzen Walnussholzwände waren von Bücherregalen gesäumt, und schwere Vorhänge schienen das meiste Licht zu verschlucken. Trotz der bedrückenden Atmosphäre lachte Rosemary.

Auf Bagabonds fragenden Blick erklärte sie: »Es ist schrecklich. All diese Bücher. Mein Vater hat sie meterweise gekauft. Ihm war es egal, was für welche es waren, solange sie einen Ledereinband hatten und beeindruckend aussahen. Ich habe mich immer hierhergeschlichen und ein paar von ihnen gelesen, unter anderem Hawthorne, Poe und Emerson. Es war lustig.« Sie sah Bagabond abwehrend an. »Es war nicht immer schlecht, hier zu leben.«

Während sie mit der Hand über die Lehnen der Stühle strich, die am Tisch in der Zimmermitte standen, ging sie zum Stuhl am Kopfende. Einen Moment lang legte sie die Arme um die Lehne, als umarme sie jemanden. Dann zog Rosemary den Stuhl vor und setzte sich, wobei sie Bagabond über den Tisch hinweg betrachtete.

»Findest du allein hinaus?« Rosemary lehnte sich zurück und sah vor der massiven geschnitzten Stuhllehne winzig aus. »Ich will eine Weile nachdenken.«

Bagabond ging mit einem Gefühl aus dem Zimmer, als

habe sie einen Geist gesehen. Wieder im Fahrstuhl, kniete sie nieder und streichelte den Schwarzen, bis er zufrieden schnurrte. Dann erhob sie sich und wickelte den Pullover fester um sich.

Draußen war die Sonne aufgegangen, und der Verkehr auf den Straßen hatte zugenommen. Hupen und Dieselgestank ließen keinen Zweifel daran, dass der Tag begonnen hatte. Der Graue beobachtete sie immer noch aus dem Park. Sie war nicht in der Lage, seine Emotionen ohne Anstrengung aufzunehmen. Sie ließ ihm seine Privatsphäre. Bagabond streichelte den Kopf des Schwarzen und schickte ihn in den Park, um seinen Sohn zu besuchen.

Sie trat an die Fahrbahn, um ein Taxi anzuhalten, das sie in die Innenstadt zum Restaurant fahren sollte.

Während sich das Taxi durch den morgendlichen Verkehr kämpfte, machte Bagabond den Versuch, sich ein paar Gesprächseröffnungen zu überlegen. Nichts von allem, was sie noch aus den Sechzigern wusste, kam ihr angemessen vor.

Bagabond fragte sich, ob Paul Katzen mochte. Sie konnte es nur um seinetwillen hoffen.

♥

»Okay, wie sind Sie mir zu Jetboys Grabmal gefolgt?«

Er zuckte die Achseln. Jennifer trug die Bücher, Brennan hatte zwei Tüten mit chinesischem Essen im Arm. Jennifer hatte darauf bestanden, es in einem chinesischen Schnellimbiss in der Nähe ihrer Wohnung zu kaufen.

»Das war leicht. Ich hatte den Mantel, den ich Ihnen gegeben habe, mit einer Wanze versehen. Dieser kleine Bursche bei Fatman hat mich mitten in den Holland-Tunnel teleportiert, der zum Glück nicht weit von Jetboys Grabmal entfernt ist. Obwohl ich sagen muss, dass ich ziemlich besorgt war,

Sie könnten was Dummes anstellen, bevor ich bei Ihnen bin. Und ich hatte recht.«

»Aha. Und dann?«

»Und dann? Wyrm hatte Posten aufgestellt, um keine unliebsamen Überraschungen zu erleben, während sie die Bücher holten. Sie müssen angekommen sein, als sie noch nicht postiert waren oder gerade jemand anders in der Mangel hatten. Jedenfalls hatte ich gerade den Platz von einem der Posten eingenommen, als Wyrm und die anderen Sie aus dem Grabmal schleppten. Dann ging es einfach nur noch darum, auf meine Chance zu warten. Ich sah sie und griff Wyrm an.«

»Was haben Sie eigentlich mit ihm angestellt?«

Brennan hob die Hand. Die Innenfläche wies immer noch braune Flecke auf.

»Erinnern Sie sich noch an den Senf, den ich an der Imbissbude gekauft habe?« Sie nickte. »Wyrms Zunge ist ein extrem empfindliches Sinnesorgan, das Gewürze nicht sonderlich gut verträgt. Abgesehen davon, dass sie ziemlich unangenehm für ihn sind, bin ich davon überzeugt, dass der Senf alle Spuren Ihres Geruchs beseitigt hat. Also sollten Sie jetzt sicher vor ihm sein.«

»Danke. Und danke, dass Sie mir das Leben gerettet haben.«

»Sie haben dasselbe für mich getan. Gegen Kiens Pistole hätte ich keine Chance gehabt.«

Jennifer nickte. Sie hatte ihr Talent noch niemals auf diese Weise benutzt. Obwohl es unabsichtlich geschehen war und Kien schließlich versucht hatte, sie umzubringen, wurde ihr jetzt, wo sie Zeit hatte, darüber nachzudenken, ein wenig übel. Das viele Blut …

Eine Weile gingen sie schweigend nebeneinander. Sie spürte Brennans Blick auf sich ruhen, sagte jedoch nichts, bis sie die vier Treppen zu ihrer Wohnung erklommen hatten.

»Da sind wir.«

Überall im Wohnzimmer befanden sich Bücher, was ihm eine gemütliche Atmosphäre verlieh. Zumindest empfand Jennifer es so. Brennan stellte die Tüten mit dem Essen auf die Anrichte zwischen Kochnische und Wohnbereich.

»Fühlen Sie sich ganz wie zu Hause«, sagte sie, als sie die Kaffeemaschine einschaltete und zwei Teller und Besteck aus dem Küchenschrank holte. Als sie sich umdrehte, sah sie Brennan mit ungeduldiger Miene mitten im Zimmer stehen. »Sie wollen das Buch sehen?«

Er nickte. Sie legte die Plastiktüte auf die Anrichte neben das Essen. Sie wählte eine Schachtel aus, füllte eine Portion gebratenen Reis auf ihren Teller und griff nach dem Huhn in süßsaurer Soße.

»Bedienen Sie sich.«

Falls Brennan die Resignation in ihrer Stimme auffiel, so ließ er sich jedenfalls nichts anmerken. Er trat eifrig vor, nahm die Tüte und sah hinein. Jennifer konzentrierte sich ganz auf das Essen. Sie kostete eine Gabel voll von dem Huhn, und irgendwie schmeckte es nicht so gut, wie sie es sich vorgestellt hatte.

»Soll das ein Witz sein?«, fragte Brennan mit flacher, ausdrucksloser Stimme.

Er hielt Kiens Tagebuch hoch.

Jennifer schluckte. »Nein, nein, ich glaube nicht«, sagte sie schwach.

Mit ungläubiger Miene blätterte er in dem Buch. »Es ist leer«, sagte er, indem er für Jennifer die Seiten noch einmal durchging.

»Ich weiß.« Sie legte ihre Gabel nieder und sah Brennan zum ersten Mal seit geraumer Zeit wieder an.

»Was zum Teufel ist passiert?«, wollte Brennan mit wachsendem Ärger wissen. Sie sah seine Kiefermuskeln arbeiten, als er die Zähne immer fester zusammenbiss.

»Wenn ich das richtig sehe, ist die Tinte nicht verwandelt worden, als ich das Buch geisterte. Wissen Sie, es bedarf besonderer Anstrengung, um dichte Materialien wie Blei oder Gold unstofflich zu machen, und er muss so etwas als Tinte benutzt ... haben ... wissen Sie ...«

Sie wurde immer kleinlauter, je stärker sich das Gewitter in Brennans Gesicht zusammenbraute.

»Ich habe ... diese ganze Scheiße ... für ein leeres Buch ... mitgemacht.« Er sprach jedes Wort so aus, als sei es ein ganzer Satz.

»Ich konnte es Ihnen nicht sagen. Zuerst habe ich Ihnen nicht völlig vertraut. Und als ich dann merkte, wie wichtig es Ihnen war, sah ich keine Möglichkeit mehr.«

Brennan starrte sie schweigend an. Sie zuckte zusammen, weil sie damit rechnete, dass er schreien, das Buch werfen, sie schlagen, einfach irgendetwas tun würde.

»Ein leeres Buch«, wiederholte er. Das Gewitter in seinem Gesicht löste sich auf und verschwand ebenso schnell, wie es sich zusammengebraut hatte. Er ließ sich auf den großen Polstersessel neben dem Bücherschrank sinken, erhob sich ein wenig und nahm die gebundene Ausgabe von *Scaramouche* in die Hände, die aufgeschlagen über der Lehne lag. Er betrachtete das Buch, als habe er noch nie zuvor eins gesehen, und murmelte: »Ishida, mein Roshi, hättest du doch die Ereignisse dieses Tages erleben können. Welche Lehren können wir daraus ziehen? Sag es mir.« Er sah Jennifer mit ernstem, fragendem Blick an. »Welche Lehren kann man aus einem leeren Buch ziehen?«

»Ich ... ich weiß es nicht«, stotterte sie.

Er zuckte die Achseln. »Ich weiß es auch noch nicht. Ein neues Rätsel, über das ich meditieren muss.« Brennan blätterte wieder durch das Tagebuch, diesmal nachdenklich. »Natürlich«, sagte er nach einem Augenblick, »weiß Kien nicht, dass das Buch leer ist. Er weiß es ganz und gar nicht.«

Er lächelte, das erste echte Lächeln, das Jennifer je auf seinem Gesicht gesehen hatte. Er sah Jennifer an, und sein Lächeln wurde breiter und ging schließlich in Gelächter über. Es war ein fröhliches, reinigendes Lachen. Jennifer spürte, dass er schon lange nicht mehr laut gelacht hatte. Sie spürte, wie sie ebenfalls lächelte, einerseits aus Erleichterung, andererseits wegen der nicht zu übersehenden bindenden Kameradschaft, die sich bereits zwischen ihnen entwickelt hatte.

Brennan erhob sich, kopfschüttelnd und immer noch lachend. Er ging zur Anrichte. Seine und Jennifers Augen befanden sich auf gleicher Höhe. Wenn überhaupt, musste er aufschauen, um in ihre zu sehen. Sie hatte ihn noch nie zuvor mit einem echten Lächeln auf dem Gesicht erlebt, und es gefiel ihr. Wortlos sagte er ihr, dass ihm gefiel, was er sah, nur über den Blick in ihre Augen.

Er nahm die Kapuze ab und ließ sie auf die Anrichte fallen. Ein Großteil der Anspannung war von ihm gewichen, und er sah um Jahre jünger aus als bei ihrer ersten Begegnung.

»Hast du auch Frühlingsrollen?«, fragte er.

Sie sah auf die kleinen Schachteln mit chinesischem Essen und empfand einen merkwürdigen und unerklärlichen Stich der Freude.

♦

Als Jack das *Freakers* schließlich gefunden hatte, begriff er, warum es nicht zu der Sorte durchgehend geöffneter Schuppen gehörte, die eifrig Werbung für sich betrieben. Jene, die wissen wollten, wo es sich befand, fanden es auch so heraus. Nach einem Blick auf die Neonfrau über der Tür dachte Jack, dass einige Leute einfach dadurch herfanden, dass sie ihren dunkelsten Instinkten folgten.

Das Neon versengte seine Netzhäute wie ein Brandeisen.

Zu dieser frühen Morgenstunde gab es keinen Türsteher mehr. Wahrscheinlich kam um diese Tageszeit nur die hingebungsvollste Kundschaft.

Die geschwungenen, leuchtenden Linien ringsum ignorierend, stieß Jack die Tür auf und trat ein. Qualm, gedämpfter Gesprächslärm, geometrische Neonmuster in den Grundfarben – das war das Erste, was ihm auffiel.

Auf der anderen Seite des Hauptschankraums ging eine offensichtlich müde Stripperin auf einer zylindrischen Drehbühne lustlos ihrer Arbeit nach. In rosa Scheinwerferlicht getaucht, wiegte sie sich in einem langsamen Takt, den Jack nicht einmal hören konnte. Er blinzelte, versuchte in dem Rauch etwas zu erkennen. Plötzlich sah er, dass der Unterleib der Stripperin mit etwas bedeckt war, das aussah wie vertikale Lippenpaare. Sie war bei ihrem letzten G-String angelangt.

Jack wandte sich ab und musterte die Tische. Er ging zu der billigen Holzbar. Dann sah er die Nischen im hinteren Teil. In einer von ihnen saß ein Mädchen – eine junge Frau mit schwarzen Haaren, die glatt an den Seiten ihres schmalen Gesichts herunterhingen. Sie trug ein umwerfendes, hautenges blaues Kleid und sah ihn direkt an.

Vor der Nische stand ein nichtssagender Mann in einem braunen Anzug und redete mit der jungen Frau. Als Jack sich näherte, richtete er sich auf. Jack zögerte. Dann ging er direkt zu ihnen. Er ignorierte den Mann im braunen Anzug und betrachtete nur die Frau. Sie lächelte plötzlich.

»Onkel Jack?« Die Malachitaugen in dem silbernen Alligator an ihrem linken Ohrläppchen blitzten auf, als das Licht eines Scheinwerfers von der Bühne auf sie fiel.

»Cordelia!«

Sie sprang auf und klammerte sich an ihn, als reise sie auf dem Zwischendeck der *Titanic* und er habe die einzige Schwimmweste. So blieben sie ein paar Sekunden.

Der Mann, der sich mit Cordelia unterhalten hatte, sagte:

»Hey, wenn Sie das wollen, sollten Sie sich vielleicht ein Zimmer mieten.« Er schien es ohne wirkliche Boshaftigkeit zu sagen. Jack sah ihn über Cordelias Schulter an. Die Anzugjacke des Mannes war zerknittert. Er trug keine Krawatte. Für Jack sah er aus, wie man sich einen unehrenhaft entlassenen, abgebrannten FBI-Agenten vorstellte, der sich auf dem absteigenden Ast befand. Der Mann grinste dünn. »Hey, ich dachte, ein Versuch könnte niemandem schaden. Nichts für ungut.«

»Kenne ich Sie?«, sagte Jack.

»Ich heiße Ackroyd«, sagte der Mann. »Jay Ackroyd, Privatdetektiv.« Er streckte die Hand aus.

Jack ignorierte sie. Ein paar Sekunden lang sahen die beiden Männer einander in die Augen. Dann lächelte Ackroyd. »Es ist vorbei, Mann. Wenigstens einstweilen. Alle sind hundemüde. Waffenstillstand.« Seine Geste schloss die ganze Bar ein. »Außerdem würde niemand irgendwas tun, während Billy Ray an seinem Bier nuckelt.«

Jack folgte Ackroyds ausgestrecktem Finger. Er sah einen Burschen in einem weißen hautengen Kampfanzug allein an einem Tisch sitzen. Die Züge des Mannes waren unregelmäßig und machten einen irgendwie zusammengestückelten Eindruck. Sein Kiefer sah entzündet aus, und er trank das Bier durch einen Strohhalm. »Der Stolz des Justizministeriums. Der Härteste der Harten«, sagte Ackroyd. »Hören Sie, kühlen Sie sich ab, trinken Sie was, unterhalten Sie sich mit Ihrer Nichte.« Er entfernte sich von der Nische. »Ich wollte sowieso etwas frische Luft schnappen.« Ackroyd steuerte auf die Tür zu und schwankte dabei nur ein wenig in seinen abgenutzten Mokassins.

»Setz dich, Onkel Jack.« Cordelia zog ihn auf den Sitz.

»Was trinkst du?« Er berührte ihr Glas.

»7 Up.« Sie kicherte. »Ich wollte RC, aber das gibt es hier nicht.«

»Das gibt es«, sagte Jack. »In Manhattan kannst du alles bekommen. Du bist nur in der falschen Gegend.«

Ein Barmädchen in einem Satintop und Shorts, deren Haut ein Flickwerk körniger Tumore zeigte, kam zu ihrer Nische. »Irgendwas zu trinken?« Jack bestellte ein Bier. Iron City. Das war die Sorte importiertes Gebräu, die man in einem Laden wie diesem bestellen konnte.

»Was um alles in der Welt tust du hier?«, fragte er. »Bagabond – eine Freundin von mir – und ich haben dich den ganzen Tag gesucht. Ich habe dich am Busbahnhof gesehen – du warst weg, bevor ich mir einen Weg durch die Menge bahnen konnte. Du warst mit jemandem zusammen, der wie ein Zuhälter aussah.«

»Er war wohl auch einer«, sagte Cordelia. »Da war ein Mann namens Demise … Er hat mich gerettet.« Sie zögerte. »Natürlich hat er auch bei dem Versuch geholfen, mich umzubringen. Das ist eine ziemlich verwirrende Stadt, Onkel Jack.«

»Ich bin ihm was schuldig«, sagte Jack, »auf die eine oder andere Art.« Für einen Sekundenbruchteil schien sich sein Gesicht zu verändern und sein Kiefer zu deformieren. Er holte tief Luft, lehnte sich zurück, spürte, wie seine Zähne wieder ihre normale menschliche Größe annahmen. »Warum bist du hier? Deine Eltern drehen durch.«

»Warum bist *du* hier, Onkel Jack? Ich habe immer Sachen von Mama und den Verwandten darüber gehört, warum du ausgerissen und nach New York gekommen bist.«

»Berechtigte Frage, aber ich konnte auf mich aufpassen.«

»Das kann ich auch«, sagte Cordelia. »Du würdest überrascht sein.« Sie zögerte. »Weißt du, was heute alles passiert ist?« Die junge Frau wartete nicht auf Jacks Kopfschütteln. »Ich kann dir nicht mal alles erzählen, so viel war es. Aber doch wenigstens einiges: Jemand wollte mich entführen, ich wurde gerettet, ich habe einige echt merkwürdige und auch einige echt fabelhafte Leute kennengelernt, ich habe den fantastischsten Mann aller Zeiten getroffen – Fortunato –, ich wäre fast getötet worden, und dann ...« Sie hielt inne.

Jack schüttelte den Kopf. »Und dann *was*, um Gottes willen?«

Sie beugte sich vor, sah ihm direkt in die Augen und sagte ernsthaft: »Und dann ist etwas Unglaubliches passiert.«

Jack wollte lachen, tat es aber nicht. Er akzeptierte ihre Ernsthaftigkeit und sagte: »Und was war das, Cordelia?«

Trotz der trüben Neonbeleuchtung konnte er erkennen, dass sie errötete. »Es war so wie damals, als meine Periode anfing«, sagte sie schließlich. »Weißt du? Wahrscheinlich nicht. Jedenfalls war ich in diesem Penthouse, und dieser alte Kerl wollte mich gerade umbringen. Und da hat sich irgendwas ganz einfach *verändert*. Es ist schwer zu beschreiben.«

»Ich glaube, ich weiß Bescheid«, sagte Jack.

Sie nickte feierlich. »Ja, ich glaube, das tust du. Das ist auch der Grund, warum du uns vor all den Jahren verlassen hast, nicht wahr?«

»Ich nehme es an. Du ...« Jetzt geriet er ins Stottern. »Du hast dich verändert, nicht wahr? Und jetzt bist du nicht mehr dieselbe.«

Cordelia nickte heftig. »Ich weiß immer noch nicht, was aus mir wird. Ich weiß nur, als dieser Kerl namens Imp mich gepackt hat ... Er wollte dem Alten dabei helfen, mir das Herz herauszureißen oder irgendwas in der Art ... Ich hatte dieses Gefühl in mir, als sei alles unheimlich gespannt, und dann ...« Sie zuckte vielsagend die Achseln. »Ich habe ihn getötet. Ich habe ihn *getötet*, Onkel Jack. Tatsächlich hatte ich auf einmal das Gefühl, ich könnte irgendwas ganz tief in meinem Verstand benutzen, von dem ich vorher nicht wusste, dass es überhaupt vorhanden war. Ich konnte den Männern, die mir wehtun wollten, plötzlich Dinge antun.

Ich konnte ihre Atmung anhalten, ihren Herzschlag stoppen – ich weiß nicht, was alles. Jedenfalls hat es gereicht. Und so bin ich hier.« Sie legte wieder die Arme um seinen Hals. »Ich bin echt froh.«

»Du hast eine Art, die Dinge zu untertreiben«, sagte Jack grinsend. »Hör mal, bist du bereit, nach Hause zu kommen?«

»Nach Hause?« Sie klang verwirrt.

»Zu mir. Du kannst bei mir wohnen. Wir regeln alles. Deine Familie schwitzt Blut und Wasser.«

Sie zog sich zurück. »Ich gehe nicht zurück, Onkel Jack. Nie mehr.«

»Du musst mit deinen Leuten reden.«

Sie schüttelte den Kopf. »Und anschließend setzt du mich in den Bus. Ich steige an der nächsten Haltestelle aus. Ich reiße wieder aus. Ich schwöre es.« Sie wandte sich von ihm ab.

»Was ist los, Cordelia?« Er war völlig verwirrt.

»Wenn ich zurückgehe, ist da Onkel Jake. Großonkel Jake.«

»Snake Jake?« Jack dämmerte etwas. »Hat er …?«

»Ich kann nicht zurück«, sagte sie.

»Okay. Dann gehst du auch nicht zurück. Aber du musst trotzdem mit Robert und Elouette reden.« Zu seiner Verblüffung weinte sie.

»Nein.«

»Cordelia …«

Sie wischte die Tränen weg. Ihre zerbrechlich wirkenden Züge hatten jetzt etwas Hartes an sich, und ihre Stimme besaß einen stählernen Unterton. »Onkel Jack, du musst das verstehen. Heute sind Dinge passiert. Vielleicht werde ich eine von Fortunatos Geishas oder serviere Getränke an einem Ort wie diesem oder gehe zur Columbia-Universität und werde Atomwissenschaftlerin. Irgendwas. Ich weiß es nicht.

Ich bin nicht mehr die, die ich war. Ich weiß nicht, was ich jetzt bin – wer ich jetzt bin. Ich werde es herausfinden.«

»Ich kann dir helfen«, sagte er ruhig.

»Kannst du das?« Sie starrte ihn durchdringend an. »Weißt du überhaupt, wer *du* bist?«

Jack sagte nichts.

»Ja.« Sie schüttelte langsam den Kopf. »Ich liebe dich sehr, Onkel Jack. Ich glaube, wir sind uns sehr ähnlich. Aber ich muss herausfinden, wer ich bin. Ich muss es einfach.« Sie zögerte. »Ich glaube nicht, dass du dir selbst oder den Leuten, die dir nahestehen, viel eingestehst.« Es war, als schaue sie in ihn hinein, als durchleuchte sie sein Bewusstsein und seine Gedanken mit einem Suchscheinwerfer. Er fühlte sich unbehaglich, sowohl wegen des kompromisslosen Blicks als auch wegen der Schatten.

»Hey!« Der Ruf kam von Ackroyd, der den Kopf durch die Eingangstür steckte. »Das müsst ihr sehen! Ihr alle.« Der Kopf verschwand wieder.

Cordelia und Jack sahen einander an. Die junge Frau schloss sich den anderen an, die zur Tür gingen. Jack zögerte und folgte ihnen dann.

Draußen zog sich die Nacht zurück. Über dem East River graute der Morgen. Ackroyd stand auf der Straße und zeigte in den Himmel. »Seht euch das an!«

Alle sahen hin. Jack blinzelte und erkannte zuerst nicht, was er da anstarrte. Dann konnte er Einzelheiten ausmachen.

Es war Jetboys Flugzeug. Nach vierzig Jahren düste die JB-1 wieder über Manhattans Skyline. Die Form des Flugzeugs ließ keinen Zweifel daran, dass es sich um Jetboys Experimentalflugzeug handelte. Der rote Rumpf schien in den ersten Strahlen der Morgensonne förmlich zu glühen.

Irgendetwas stimmte mit diesem Bild nicht. Dann erkannte Jack, was es war. Jetboys Flugzeug zog Kondensstreifen an den Tragflächen und der Heckflosse hinter sich her. *Was soll das?*, dachte er. Doch er war von dem Anblick ebenso hypnotisiert wie alle anderen. Es war, als würden alle kollektiv den Atem anhalten.

Dann brach alles auseinander. Eine Tragfläche der JB-1 klappte nach hinten und riss vom Rumpf ab. Das Flugzeug löste sich auf.

»Himmel-Arsch-und-Zwirn-verflucht noch mal«, sagte jemand. Es war fast ein Gebet.

Plötzlich wurde Jack klar, was er sah. Es war nicht die JB-1, nicht wirklich. Er sah, wie sich Teile von dem Flugzeug lösten, die nicht aus Stahl oder Aluminium bestanden, sondern aus bunten Blumen, gefalteten Papierservietten und Blumendraht. Es war das Flugzeug vom Jetboy-Festwagen des gestrigen Umzugs.

Trümmer regneten auf die Straßen von Manhattan herab wie vor vierzig Jahren.

Jack sah, was sich in der Nachbildung von Jetboys Flugzeug verbarg. Er konnte den stählernen Panzer erkennen, die unverkennbaren Umrisse eines modifizierten VW-Käfer.

»Gott sei Dank!«, sagte jemand stellvertretend für alle. »Es ist Turtle!«

Jack konnte Jubelrufe vom nächsten Block und dem Block dahinter hören. Während die letzten Teile der JB-1-Nachbildung vom Himmel fielen, flog Turtle eine Siegesrolle. Dann wendete er in einem eleganten Bogen und schien im Osten in den Strahlen der über den Dächern der Bürohochhäuser aufgehenden Sonne zu verschwinden.

»Ist das zu glauben?«, sagte einer der Übriggebliebenen aus dem *Freakers*. »Turtle lebt. Wahnsinn.« Das Grinsen auf seinem Gesicht klang auch in seiner Stimme durch.

Plötzlich bemerkte Jack, dass Cordelia nicht mehr neben ihm stand. Er sah sich verwirrt um. Direkt hinter ihm sagte

Ackroyd: »Sie bat mich, Ihnen zu sagen, dass sie einiges zu tun hat. Sie wird Sie wissen lassen, wie sich die Dinge entwickeln.«

Jack breitete hilflos die Hände aus. »Wie soll ich sie finden?«

Ackroyd zuckte die Achseln. »Sie haben sie heute Morgen auch gefunden, oder?« Der Mann zögerte. »Ach ja, sie bat mich auch, Ihnen zu sagen, dass sie Sie liebt.« Er legte Jack die Hand auf die Schulter. »Kommen Sie, ich spendiere Ihnen ein Bier.« Er wandte sich der Neonfrau zu. Im Licht des anbrechenden Tages war sie verblasst. Über die Schulter sagte der Detektiv: »Ich gebe Ihnen meine Karte. Wenn alle Stricke reißen, können Sie mich beauftragen.«

Jack zögerte.

Ackroyd fügte hinzu: »Außerdem werde ich Sie mit allen bekannt machen. Ich hörte, dass Sie dort drinnen angefangen haben, sich zu *verändern*. Ich kenne Sie nicht, aber ich habe das Gefühl, dass es eine Menge von unseren Kollegen gibt, die Sie auch nicht kennen. Es wird Zeit, dass Sie ihre Bekanntschaft machen.«

Billy Ray hatte mitgehört. »Zum Teufel mit Ihnen, Ackroyd«, sagte er.

Ackroyd grinste. »Diese Justizheinis haben irgendwas gegen uns Privatschnüffler.«

Bevor Jack ihm ins *Freakers* folgte, sah er noch mal nach Osten. Im blendenden Licht der Sonne konnte er Turtle nicht mehr sehen.

Es war ein neuer Morgen. Aber schließlich waren *alle* Morgen neu.

♠

Spector hatte fast eine Stunde gebraucht, um ein Taxi in Jokertown zu finden. Er saß auf dem Rücksitz und blätterte die Frühausgabe der *Times* durch. Alle toten Asse mit Ausnahme des Astronoms waren auf der Titelseite mit einem Trauerrand abgebildet. Neben Turtles Namen befand sich ein Fragezeichen, aber offensichtlich war er gesund und munter. Spector war fast froh darüber. Aber er begriff nicht, warum er nicht auch tot war. Turtle hatte es immer geschafft zu überleben. Die meisten Verlierer taten das.

»Gestern war ein höllischer Tag, das kann ich Ihnen sagen«, meldete sich der Taxifahrer zu Wort.

»Gestern?« Spector schüttelte den Kopf. Zu viel hatte sich in den letzten vierundzwanzig Stunden ereignet. Es war wie ein langer böser Traum.

»Ja. Würde mir echt in den Kram passen, wenn sich diese Asse alle gegenseitig umbrächten. Ich hab für die nichts übrig.«

Spector ignorierte den Mann und nahm sich den Sportteil vor. Er fragte sich, ob die Jets dieses Jahr besser abschneiden würden.

»Was ist mit Ihnen?«

»Hm?«

»Wie denken Sie über die Asse?«

»Gar nicht. Warum halten Sie nicht einfach die Klappe und fahren?«

Es dauerte ein paar Minuten, bis der Fahrer wieder etwas sagte. »Wir sind da. Was zum Teufel wollen Sie hier eigentlich?«

Spector öffnete die Tür und stieg aus. Er gab dem Taxifahrer einen Hundertdollarschein. »Warten Sie hier.«

»Von mir aus. Aber ich kann nicht den ganzen Morgen hier rumsitzen.«

Spector ging zum Kettenzaun. Es wurde Zeit für einen zweiten Besuch bei Ralph. Vielleicht war er zu müde, um zu töten. Der König der Müllkippen hatte den Tod nicht verdient.

Ein junger Schwarzer in einer grünen Windjacke und mit

einer roten Kappe trat ihm am Zaun entgegen. »Wollen Sie irgendwas?«

»Ja, heute Nacht waren hier ein paar Müllkähne und ein Bursche namens Ralph. Wo sind sie?«

Der Mann drehte sich um und zeigte hinaus auf den Fluss. »Mittlerweile auf halbem Weg nach Fresh Kills. Aber es ist nur ein Mülltransport.«

»Aha. Danke.« Spector sah dem Mann nach und blickte dann über das Wasser. »Du wirst leben, Ralphie. Es sei denn, du sagst irgendwas Dummes.«

Der Taxifahrer hupte. In einem Punkt hatte Ralph recht gehabt. Es ging wirklich nichts darüber, sein eigener Herr zu sein. Er hatte für den Astronom und Latham gearbeitet, und was hatte ihm das eingebracht? Schusswunden, gebrochene Knochen und eine unfreiwillige Reise auf die Anzeigetafel im Yankee-Stadion. Er war es leid. Er wollte keine geladene Kanone sein, die irgendein hohes Tier auf jemand anders richtete. Von nun an würde er selbst entscheiden, wen er umbrachte und wann.

Der Taxifahrer hupte wieder. »Noch ein Mal, Arschgesicht«, murmelte Spector. »Nur noch ein einziges Mal.«

Der Himmel hellte sich langsam auf, aber das Licht brachte keine Wärme. In den Docks herrschte bereits Betrieb. Die meisten Leute wachten gerade auf oder tranken ihre erste Tasse Kaffee. Spector würde ins Bett fallen und eine Woche lang schlafen. Das Gerede über diesen Wild-Card-Tag würde wahrscheinlich noch eine ganze Woche lang nicht verstummen, vielleicht sogar den ganzen Monat nicht.

»Jawohl, Ralph, du hast mir gezeigt, wo's langgeht. Von nun an bin ich meine eigene Nummer eins. Nie wieder anderer Leute Scheiße wegräumen.«

Ein drittes langes Hupen. Spector drehte sich langsam um. »Du wolltest es nicht anders, du Schwachkopf.« Der endlose Schmerz durchzuckte ihn wie ein frischer Schnitt.

Es würde höllisch schwer sein, ein anderes Taxi zu finden.

♣

Auch in den dunkelsten Stunden vor dem Morgengrauen schläft Manhattan nie wirklich, aber als Hiram Worchester aus seinem Taxi stieg, war der Riverside Drive still und menschenleer. Es war beinahe unheimlich. Er gab dem Fahrer ein Trinkgeld, zückte den Schlüssel und kletterte über die Veranda seines Hauses. Nichts hatte je so einladend ausgesehen.

Hiram ging müde die Treppe hinauf, ohne sich die Mühe zu machen, das Licht einzuschalten. Er zog sich aus, während er nach oben wankte, hängte seine Jacke über den hölzernen Knauf am Fuß des polierten Geländers, ließ Krawatte und Hemd auf die Stufen fallen, streifte seine Schuhe auf dem ersten Absatz ab und die Hose auf dem zweiten. Das Hausmädchen konnte die Sachen morgen einsammeln. Aber es war bereits Morgen, oder? Nein, entschied er. Was der Kalender auch anzeigte, für ihn war immer noch Wild-Card-Tag und würde es auch bleiben, bis er eingeschlafen war.

Aus dem Schlafzimmer im zweiten Stock konnte man auf den Hudson blicken. Hiram ging zum Fenster und öffnete es weit, sog die kühle Morgenluft ein. Der Himmel im Westen war schwarzer Satin, aber drüben in Jersey gingen die Lichter bereits wieder an. Der schönste Anblick aber war das übergroße Wasserbett, dessen Kissen aufgeschüttelt und einladend aussahen und dessen Laken zurückgeschlagen waren. Es sah warm und behaglich aus. Hiram legte sich mit einem dankbaren Seufzer hin und spürte das Wasser unter sich sanft schaukeln. Er glitt unter die Bettdecke und schloss die Augen.

Irgendwo lachte der Howler, und Hirams Träume zersplitterten zu Kristallscherben. Kid Dinosaur flog durch das *Aces High* und ließ Stücke seines Körpers auf die Essteller fallen. Ein Verrückter mit Pfeil und Bogen zielte auf sein Auge, doch Popinjay schickte ihn mit einer zweideutigen Bemerkung fort. Gesichter wandten sich ihm zu, zerschlagen und blutend, die Augen voller Kummer: Tachyon, Gills, eine alte Jokerfrau, die sich wie eine Schnecke fortbewegte. Wasserlilie lächelte, und das Wasser lief über ihre nackte Haut, als sei sie gerade unter der Dusche gewesen, während ihre Haare im weichen Licht der Kronleuchter glänzten. Sie ging nach draußen, um sich die Sterne anzusehen, und kletterte auf die Umrandung des Balkons, um nach ihnen zu greifen. Hiram wollte sie warnen und rief ihr zu, sie müsse vorsichtig sein. Aber dann rutschte sie aus. Als sie fiel, sah er, dass es gar nicht Jane war, sondern Eileen ... Eileen, die hilfesuchend die Hand ausstreckte. Aber Hiram war nicht da, und sie fiel schreiend in die Tiefe. Im Traum fällt man eine Ewigkeit.

Dann war er in seiner Küche und kochte, rührte in einem großen Topf, und in dem Topf befand sich eine dickliche Flüssigkeit, die träge blubberte und aussah wie Blut. Er rührte hektisch, weil die Gäste bald kommen würden und das Essen noch nicht fertig war. Es war nicht gut, sie würden es nicht mögen, sie würden *ihn* nicht mögen. Er musste es fertig machen, musste dafür sorgen, dass alles perfekt war. Er rührte schneller, und jetzt hörte er Schritte, die immer lauter wurden. Schwere, stampfende Schritte auf der Treppe, jemand, der immer näher kam ...

Als eine Faust von der Größe und Farbe eines geräucherten Virginiaschinkens durch die geschlossene Schlafzimmertür krachte, schoss Hiram hoch und verstreute dabei Kissen und Bettzeug. Ein Tritt gegen die Tür, noch einer. Beim dritten Tritt flog sie auf. Keule trat ein. Hiram keuchte.

Er war über zwei Meter groß und trug eng sitzendes Leder. Sein Kopf war quadratisch und brutal, mit Schwielen und knorrigem Horn bewachsen. Die Augen befanden sich unter einem massiven Knochenwulst, das eine wässrig hellblau, das andere leuchtend rot. Die rechte Seite seines Munds war unter glänzendem Narbengewebe verborgen, das darüber gewachsen war, und die Haut wurde von einem riesigen blauen Fleck entstellt. Die Ohren waren ledrige, geäderte Dinger wie die Flügel von Fledermäusen, der Kopf anstelle von Haaren mit Geschwüren bedeckt. »*Wichser*«, schrie er mit einer Stimme, die aus der offenen Mundhälfte pfiff wie siedender Dampf. »*Verdammtes Arschgesicht von einem Ass*«, kreischte er. Die Finger seiner rechten Hand waren zu einer Faust geschlossen. Knöchel und Finger waren mit rauer, schwieliger Haut überzogen, die Höcker bildete. Als er die linke Hand zur Faust ballte, spannten sich seine Muskeln, und die Nähte seiner Lederjacke platzten auf. »Ich leg dich um, du verdammtes Arschloch, du arschgesichtiger Fatboy.«

»Du bist nur ein Albtraum«, sagte Hiram. »Ich schlafe noch.«

Keule schrie und trat gegen das Bett. Der Holzrahmen barst, der Kunststoff platzte auf, und aus dem Bett spritzte Wasser. Es sah aus wie ein kleiner Springbrunnen. Hiram saß da wie betäubt, während das Wasser seine Unterwäsche durchnässte, und blinzelte benommen. Dies ist kein Traum, sagte er sich, als er immer nasser wurde. Keule griff durch den Springbrunnen, packte ihn mit der linken Hand an seinem Unterhemd und hob ihn hoch. »Du Wichser!«, schrie der Riese immer wieder. »Ich bin draußen, du arschgesichtiger Drecksack! Du stinkendes Stück Schmalz, sie haben mich *fallen lassen,* und das alles wegen dir! Ich leg dich um, verdammt, du arschgesichtiger mösenleckender Fatboy! Du bist *tot,* hast du verstanden? Hast du verdammt noch mal *verstanden*?«

Seine rechte Hand wedelte vor Hirams Nase, eine ungeschlachte Kugel aus Knochen, Narbengewebe und verhornten Schwielen, die zu einer ewigen Faust geballt war. »Damit kann ich *Panzer* verbeulen, du arschgesichtiger Wichser! Also stell dir vor, was sie deiner mösenleckenden Fresse antun wird. Siehst du's? *Siehst du's, du Wichser?*«

Hiram, der am Ende von Keules Arm hing, gelang es zu nicken. »Ja«, sagte er. Er hob seine eigene Hand. »Siehst du die?«, fragte er und ballte sie zur Faust.

Als Keule den Boden unter den Füßen verlor, kam seine Keulenfaust herum und traf Hiram an der Wange. Es tat ziemlich weh und hinterließ eine rote Schwellung. Mittlerweile schwebte Keule und klammerte sich aus Leibeskräften an Hiram fest, während seine Füße über die Decke schabten. Er fing an, Drohungen zu brüllen. »Ach, sei still«, sagte Hiram zu ihm. Er versuchte, Keules Finger von seinem Unterhemd zu lösen, doch der Joker war zu stark.

Stirnrunzelnd stellte Hiram sein volles Gewicht wieder her.

Dann verdoppelte er es.

Dann verdoppelte er das neue Gewicht.

Anstatt zu versuchen, Keule wegzuschieben, zog er ihn näher, presste ihn gegen seinen vollen Bauch und landete auf ihm, nagelte ihn auf dem Holzboden fest. Es war das zweite Mal an diesem Tag, dass er Knochen knacken hörte.

Hiram kam keuchend und mit wild hämmerndem Herzen auf die Beine. Er machte sich leichter und starrte stirnrunzelnd auf Keule, der sich die Rippen hielt und schrie. Als er sich wieder vom Boden hob, packte ihn Hiram an Handgelenk und Knöchel und bugsierte ihn aus dem offenen Fenster.

Er stieg nach oben. Hiram ging zum Fenster und sah ihm dabei zu. Der Wind kam aus westlicher Richtung. Er würde ihn über die Stadt und den East River nach Long Island und schließlich über den Atlantik wehen. Er fragte sich, ob Keule schwimmen konnte.

Das Bett war ruiniert. Hiram ging zum Wäscheschrank. Er blieb mit dem frischen Bettzeug in der Hand stehen, schüttelte den Kopf und legte es ordentlich wieder zurück. Was hatte das noch für einen Sinn? Die Nacht war so gut wie vorbei, und er hatte viel zu tun … Das *Aces High* sollte zur Mittagszeit öffnen, jemand würde die Reparaturen leiten müssen. In wenigen Minuten würde es dämmern und ein neuer Tag beginnen. Er war ohnehin zu müde, um zu schlafen.

Tief seufzend ging Hiram Worchester nach unten und fing an zu kochen. Er machte sich ein Käseomelett und eine dreifache Portion gegrillten Schinken, briet dazu ein paar kleine rote Kartoffeln mit Zwiebeln und Paprika und spülte alles mit einem großen Glas Orangensaft und einer frisch gebrühten Tasse Jamaican Blue Mountain hinunter.

Danach war er fast sicher, dass er es überleben würde.

♥

Ringsum erwachte die Stadt zum Leben. Mehrere Millionen Menschen nahmen die kleinen, alltäglichen Handlungen vor, die einem Leben Gestalt geben. Eine Litanei des Gewöhnlichen, des Weltlichen, des Gemütlichen. Und Roulette verspürte einen Anflug von Interesse, ein Aufflackern der Vorfreude. Es war so eintönig im Vergleich zu der Besessenheit, die ihr Leben beherrscht hatte. Und zugleich so erholsam in seiner Einfachheit. Sie würde damit beginnen, dass sie sich eine Tasse Kaffee kochte. Und danach? Die Möglichkeiten waren unbegrenzt.

♦

Es fuhren immer noch Handelsschiffe in den Fernen Osten. Es war immer noch möglich, eine Kabine auf einem dieser Schiffe zu bekommen, obwohl die kurzfristige Buchung ziemlich teuer gewesen war.

Aber es war erledigt. Fortunato stand an der Reling, als das Schiff an Governor's Island vorbei in die Upper New York Bay stampfte.

Die Sonne ging über Brooklyn auf. Unter ihm bewegte sich das Meer in seinem eigenen Rhythmus, majestätisch, ausgeglichen, fließend und doch unwandelbar. Es war der erste von Fortunatos neuen Lehrern.